한국현대문학전집 13

천변풍경

박태원 작품선

천변풍경

박태원 작품선 · 권은 엮음

한국 현대문학 전집을 펴내며

학교 교육에서 문학 교육이 차지하는 비중은 대단히 크다. 초등학교, 중학교, 고등학교 국어 과목 안에 '문학'이 한 영역을 차지하고 있으며, 고등학교에서는 심화 학습으로 문학 과목을 배운다. 문학 교육의 비중은 갈수록 커져가고 있어 '2009년 개정 교육과정'에서는 문학 1과 문학 2로 과목이 확대되었다.

게다가 인문학 교육의 중요성이 강조됨에 따라 대학 교육에서 문학 교육의 위상이 갈수록 높아지고 있음은 모두가 아는 사실이다. 인간과 세계의 진실을 정신과 감각의 차원에서 통합적으로 파악하고자 하는 문학에 대한 넓고 깊은 이해가 중요함은 새삼 말할 필요도 없다. 모든 학문의 바탕이며 동시에 종합인 문학에 대한 올바른 인식이 확산되면서 그동안 실용 학문에 밀려 주변부를 맴돌았던 문학 교육이 다시금 제자리를 찾아 교육의 중심으로 돌아오고 있다. 따라서 지금이야말로 문학 교육에 더 많은 관심을 기울여야 할 때다.

새로운 현실은 새로운 문학 전집을 요청한다. 문학 교육의 중요성이 갈수록 더 강조되고 문학 교육의 위상이 갈수록 높아지는 새로운 현실의 요청에 응하여 여기 〈한국현대문학전집〉을 펴내고자 한다.

우리는 몇 가지 원칙에 따라 이 전집을 엮고자 하였다. 〈한국현대문학전집〉의 편집 원칙은 다음과 같다.

첫째, 국문학계에서의 연구 성과에 근거하여 한국현대소설사를 일구어온 대표 작가의 대표작들을 엄선하여 수록함으로써 이들 대표 작가 개개인의 문학 세계와 한국현대소설사의 구체적 전체상을 담아낸다.

둘째, 문학 교육의 비중이 갈수록 높아지는 현실에 따라 문학 교육 과정에서 중시되고 있는 작품들을 수록한다. 문학 교육 과정에서 중시되는 작품들은 곧 한국현대소설사에 솟아 있는 우수한 작품들이니 이는 첫 번째 원칙과 통한다.

셋째, 작가의 최종 수정판을 수록하는 것을 원칙으로 하되, 명백히 잘못된 부분은 다른 판본과의 대조를 통해 수정함으로써 비평적 정본을 제시한다.

넷째, 전문 연구자의 해설을 붙여 독자가 해당 작가의 문학 세계를 깊이 이해할 수 있도록 한다. 해설인 '소평전小評傳'은 작가의 삶과 문학 세계에 대한 비평적 개괄과 수록 작품들에 대한 정밀한 분석 두 부분으로 구성한다.

다섯째, 작품들 뒤에 그 작가의 문학 세계를 이해하는 데 도움이 될, 그 작가와 관련된 수필 또는 비평문을 '인상기'로 두세 편 수록한다.

〈한국현대문학전집〉이 학교의 문학 교육 현장을 비롯한 문학 생활의 공간 곳곳에서 학생들에게 그리고 문학을 사랑하는 모든 사람들에게 널리 읽히기를 바란다.

2011년 여름

〈한국현대문학전집〉 편집위원 김윤식, 정호웅, 서경석, 김경수

차례

일러두기

1. 이 책은 1938년 박문서관에서 출간된 『천변 풍경』과 1948년 을유문화사에서 출간된 『성탄제』의 「소설가 구보 씨의 일일」을 정본으로 삼았다. 「소설가 구보 씨의 일일」의 경우, 단행본 출간 시 검열에 의해 강제 수정된 부분을 《조선중앙일보》 연재본을 기준으로 복원하여 각주를 달아 밝혔다.
2. 이 책은 현행 한글맞춤법에 따르는 것을 원칙으로 하였다. 다만 방언이나 구어체 표현, 의성어, 의태어 등은 작품을 이해하는 데 어려움이 없는 한 그대로 두었으며 특히 대화문에서는 원래 표기를 최대한 살렸다.
3. 외래어는 현행 외래어 표기법을 따르되 작품 분위기에 영향을 미치는 어휘는 가능한 한 그대로 두었다.
4. 대화나 인용은 " ", 생각이나 강조는 ' '로 표시하였다. 또한 장편소설이나 책 제목은 『 』, 단편소설이나 시 등은 「 」, 잡지나 신문 등은 《 》, 영화나 연극, 노래 등은 〈 〉로 통일하였다.
5. 독자들의 이해를 돕기 위해 필요하다고 판단되는 경우 국립국어원의 표준국어대사전, 『소설어 사전』(최동호 · 김윤식 저, 고려대학교출판부) 등을 참고하여 뜻풀이를 달았다.

해설

청계천 변의 모더니즘 : 박태원 문학의 지도 그리기

권 은

1. 리얼리즘 부재의 모더니즘

소설은 전 세계적으로 가장 보편적인 문학 장르라 할 수 있다. 그런데 정작 세상에 등장한 것은 사실 그리 오래되지 않았다. 18세기 무렵 유럽에서 처음 등장한 이후, 100여 년 만에 세계 각국으로 퍼져나갔는데, 문학 장르 중 가장 변환(번역)되기 쉬운 구조를 취하고 있기 때문이었다. 소설은 두 가지 측면에서 이전의 문학 장르와는 현격히 구별된다. 우선 소설은 애초부터 인쇄 매체에 의해 '텍스트'의 형태로 등장했고, 또한 서유럽이라는 분명한 지리적 공간에 기반해 탄생했다. '인쇄물' 형태의 소설은 언어를 표준화하고 사람들의 문자 해독력을 증진시키며, 공동체 내의 원활한 소통과 이해를 가능하게 했다. 이는 곧 근대적 국민의 탄생을 의미하는 것으로, 소설은 민족국가라는 근대적 '상상의 공동체'를 건설하기 위한 필수적 매개체였다. 20세기 초 한국에 등장한 소설에는 자본주의와 민족국가의 형성, 민족문학의 성립, 근대화(서구화) 과정 등 복잡한 역사 · 사회적 문제들이 뒤엉켜 있다.

한국문학사에서 박태원은 시인 이상李箱과 더불어 1930년대를 대표하는 모더니즘 작가로 평가받는다. 그렇지만 자못 자명해 보이는 이러한 평가는 사실 그리 자명한 것이 못 된다. 모더니즘이라는 용어 자체가 애초에 외래(서구)적인 것이기 때문이다. 모더니즘은 리얼리즘의 예술 전통에 반발하면서 등장한 20세기 초의 전방위적 움직임을 일컫는다. 정의 자체에서 규범에 대한 '위반'을 전제하고 있기 때문에 모더니즘은 리얼리즘에 선행할 수 없다. 그렇지만 소설의 탄생지 유럽을 제외하면, 리얼리즘 문학의 전통을 온전히 갖춘 나라는 존재하지 않았다. 한국을 포함한 비서구 국가들에서는 리얼리즘이 부재하는 상태에서 모더니즘 문학이 등장했던 것이다. 엄밀해 말해, 비서구의 소설들은 애초부터 리얼리즘과 모더니즘이 혼합된 형태로 창작되었고, 따라서 두 범주 어디에도 명확히 수렴되지 않는다. 실제로 박태원의 모더니즘 소설은 동시에 리얼리즘 계열의 '사소설私小說'로도 분류된다.

우리가 박태원 문학을 단순히 '모더니즘'으로 명명하는 순간, 여러 가지 착시 현상이 뒤따르게 된다. '모더니즘'이라는 개념을 따라 유럽의 사회·역사적 맥락이 잠입하게 되는 것이다. 경성京城의 남루한 종로 거리는 보들레르가 거부할 수 없는 매력에 사로잡혔던 파리의 샹젤리제 거리와 접맥되고, 미츠코시 백화점 풍경은 벤야민이 목도했던 아케이드의 판타스마고리아적 순간과 혼합되며, 그러한 공간을 배회하는 구보는 '댄디'이자 '근대적 산책자'가 되고 만다. 그러는 사이 식민지적 현실은 휘발되고 텍스트는 19세기 유럽의 어딘가를 떠도는 존재가 되어버린다.

서구 기반의 문학 이론이 박태원 문학과 서구 모더니즘 문학 간의 유사점을 부각시키고, 그러한 특질들이 다시 박태원 문학을 확고한 '모더니즘'으로 자리매김하게 된다. 이러한 해석학적 순환의 오류는 박태원과 이상 등을 낭만주의적 개념인 '천재적 작가들'로 둔갑시키고, 식민지 맥락과는 무관한 '탈역사적 작가들'처럼 만들어버린다. 한국 모더니즘 문학

논의가 대부분 미학적·추상적 차원에 갇히게 되는 근본 원인도 여기에 있다. 흔히 훌륭한 예술 작품은 '보편적 호소력'을 갖추고 있기에 시간과 장소를 초월해 전 인류에게 호소한다고 이야기된다. 그렇지만 비서구 문학의 '보편성'은 유럽식 도식 안에서 이해되고 체계화될 수 있을 때에만 성립될 수 있다.

박태원 문학의 통약 불가능한 특성은 서구 이론의 프리즘으로는 간취될 수 없는 것이다. 우리는 박태원 문학의 특수성이 어떠한 역사적 조건들에서 발생했으며 또한 어떠한 조건들을 반영하고 있는지 주목해야 한다. 그러기 위해서는 유럽 어딘가를 떠돌고 있는 박태원 텍스트들을 다시 '경성'의 역사적 장場에 위치시켜야 한다. 모레티의 주장처럼, 이제 우리는 모더니즘의 발이 다시 땅 위를 딛게 해야 한다.

비서구의 소설은 공통적으로 번역과 번안에서 파생했다. 번안飜案은 원작 줄거리를 그대로 따르되 인물과 배경을 토착 인물과 배경으로 치환하는 과정을 거친다. 창작을 표방한 경우도 서구의 유명 작품들의 틀을 거의 그대로 모방한 경우가 많았다. 그래서 비서구 근대 소설은 '절반 정도는 이미 구워진half-baked' 문학으로 불리기도 한다. 소설은 가장 유연한 잡식성 장르로 일컬어지고, 실제로 소설의 내용은 어떠한 것으로도 채울 수 있을 정도로 무한히 자유로워 보이지만, 정작 플롯은 고도의 제한된 틀에 의해 작동된다. 따라서 아무리 소설 텍스트를 토착적 내용으로 가득 채운다 하더라도, 번안소설은 본질적으로 서구 중심적 형식에 예속될 수밖에 없게 된다. 그렇다고 형식을 임의로 바꿀 수도 없다. 소설의 형식적 기준에서 벗어날 경우, '전근대적 문학' 혹은 '비소설'로 낙인찍히게 되기 때문이다. 문제는 소설 형식이 결코 투명하지 않다는 데에 있다. 소설 형식은 비서구 문화를 서구 문화에 종속시키는 역할을 담당한다는 점에서 형식적으로나 이데올로기적으로 자본주의(제국주의)와 매우 밀접한 관련을 맺고 있다.

2. 경성 모더니즘 시론: 유럽중심주의 극복하기

여전히 우리는 유럽을 통하지 않고서는 '근대'를 사고할 수 없다. 근대와 관련된 시민권, 민족국가, 공적 영역, 인권, 평등, 개인, 민주주의, 사회정의, 과학적 합리성 등의 개념들이 모두 유럽의 사상과 역사에 크게 빚지고 있기 때문이다. 그렇다고 해서 근대화를 추진한 모든 국가들이 서구의 과정을 그대로 답습한 것은 아니다. 비서구 사회는 자신들의 역사적 조건 하에서 특유의 근대화를 추진해나갔다. 일종의 크레올화creolization가 진행된 것이다. 전 세계의 근대화 과정은 서로 닮았으면서도 상이한 '가족 유사성'의 형태를 취하고 있다. 각국 특유의 근대화 과정을 파악하기 위해서는 보편적 기준으로 간주되는 '유럽'을 지구상의 한 지역으로 상대화하는 과정이 필요하다. 유럽을 지도상의 한 점으로 고정시킴으로써, 우리는 각 나라의 상대적 거리와 통약 불가능한 특성을 파악할 수 있게 된다.

'제국의 언어'인 영어가 세계 공용어가 되었지만 정작 영어 사용자 대부분은 영국 이외의 민족이듯, 오늘날 소설은 서구 이외의 지역에서 더 많이 창작 · 유통되고 있다. 비영어권 영어가 본국 영어와 차별화되듯, 비서구 근대 소설은 서구 리얼리즘의 형식적 범주에서 불가피하게 일탈하게 된다. 그런 점에서 비서구 소설은 본질적으로 '모더니즘 문학'에 좀 더 가깝다. 말하자면, 협의의 모더니즘 문학이 리얼리즘 문학 전통에 대한 서구 내부의 반발이었다면, 광의의 모더니즘 문학은 각 나라들이 서구의 소설을 수용 · 변용시킨 응전의 과정이기도 했다. 따라서 비서구 근대 소설은 모더니즘적 맥락에서 서구 리얼리즘 문학과의 대위법적 독해를 통해서만 그 특성을 온전히 파악할 수 있다.

서구 모더니즘 작가들이 대부분 이민자나 망명자 아니면 외국인들이었다는 사실에 주목할 필요가 있다. 또한 피카소의 '입체파'나 조이스의 '순환론적 시간관' 등이 아프리카와 아시아 예술에 얼마나 큰 빚을 지고 있는지도 기억해야 한다. 모더니즘 문학은 서구 중심의 일방향적 운동이 아니었다. 전 세계의 이질적인 문화가 서로 충돌하면서 발생한 입체적 과정이었고, 그 운동을 주도한 작가들은 서구 기준에서는 대부분 '이방인'들이었다.

여기서 우리는 모더니즘 작가들이 공통적으로 소설의 '형식 파괴'를 주도했었다는 사실에 주목할 필요가 있다. 소설 '형식'은 서구중심성의 'DNA'가 응축되어 있는 핵심 영역으로, 형식의 해방 없이 진정한 자유로움을 획득하는 것은 불가능했다. 형식에 대한 도전은 서구중심주의에 대한 도전이자 제국주의에 대한 도전이기도 했다. 흔히 카프(KAPF) 계열의 사회주의 리얼리즘 작가들의 정치적 성격이 거론되곤 하지만, 진정한 의미의 정치적 작가들은 소설의 미학적 혁신을 추구한 모더니즘 작가들(구인회)이었다. 그들은 '완벽하게 새롭게 구운' 자신들만의 소설을 추구했던 것이다. 대표적 모더니즘 기법인 '복수적 시점複數的 視點'은 서구 중심적 단일 시점에 대한 도전으로, 텍스트 내에 타자로 간주되던 이방인의 시점을 삽입함으로써 현실을 입체적으로 조망하려는 의도에서 추구된 것이다. 모더니즘 텍스트에서는 전경과 후경, 내부와 외부, 중심과 주변 간의 위계가 사라지고, 텍스트의 유기적 통일성은 파편들의 다중 억양적이고 혼성적인 병치로 변모하게 된다.

근대성 담론에서의 서구중심주의에 대한 비판은 사실 그리 새로운 것은 아니다. '주변부 모더니즘'이나 '저발전의 모더니즘' 등의 논의는 비서구 혹은 제3세계의 문학을 주체적으로 재평가하기 위한 기획에서 출발한 것이다. 그러나 이러한 논의들조차 여전히 서구 중심적 사고에 기반하고 있다. '제3세계'나 '주변부' 등의 용어 자체가 서구를 제외한 모든 지역을 통칭하여 타자화한 개념이기 때문이다. 같은 '제3세계'라 하더라도 아프리카와 남아메리카, 한국과 케냐의 사정은 다를 수밖에 없다.

'지오-모더니즘Geomodernisms'은 이러한 서구 중심적 사고에서 벗어나기 위해 공간적 사유를 도입한 새로운 논의다. 같은 시간대에 속해 있다 하더라도 모든 사람들이 사회 문화적으로 동시대에 속하는 것은 아니다. 블로흐는 이것을 '동시대성의 비동시대성'이라고 명명했다. 지오-모더니즘은 모더니즘이 발생한 특정한 지리적 장소를 부각시켜 그 특수한 역사적 조건을 탐색하려는 탈국가적 시도다. 모더니즘은 파리의 센 강 주변에서만 발생한 것이 아니라 미국의 흑인 할렘 구역이나 인도의 갠지스 강 혹은 경성의 청계천 변에서도 발생했다. 비록 각각의 모습이 상이했고, 때로는 전혀 근대적 외양을 하지 않았을지라도 말이다. 한 장의 가상의 세계지도를 펼쳐놓고 각 나라의 모더니즘 발생지를 표시해보면, 그 특유의 성격을 대위법적으로 비교 · 파악할 수 있게 된다. 우리는 식민 도시 경성의 도시 공간을 중심으로 형성되었던 한국 모더니즘 문학을 '경성 모더니즘'이라 명명할 수 있을 것이다.

3. 박태원 소설의 공간문학사

예술 작품은 본질적으로 특정한 역사적 계기에 의해 형성되기에, 뛰어난 예술 작품은 자신도 의식하지 못하는 당대의 진정한 역사 서술이 된다. 그래서 아도르노는 위대한 작품은 거짓말을 하지 않는다고 했다. 박태원 문학 작품의 진정한 가치는 식민지 시기의 역사적 맥락을 그것을 온몸으로 살아냈던 식민지 지식인의 고유한 시선으로 밀도 있게 재현하고 있다는 점에 있다. 그의 '고현학考現學'적 방법론은 동시대의 시공간을 고고학자의 방식과 흡사하게 과학적으로 기록하려는 시도였다. 이는 대표적 리얼리즘 작가인 플로베르의 '고고학적 방법론'과도 흡사한 방식이었다. 이처럼 박태원의 창작 방법은 본질적으로 리얼리즘에 기반한 것이지만, 미학적 형태는 모더니즘적인 형태에 가깝게 발현되고 있다.

모더니즘 문학은 공통적으로 공간적 상상력에 기반하고 있어 일종의 문학적 지도地圖를 표방한다. 모더니즘과 동시대에 발생한 제국주의가 영토 침략과 강탈이라는 '공간적 폭력'에 기반하고 있기 때문이다. 모더니즘 문학은 리얼리즘의 선형적 서술과 달리 '공간적 형식'을 취한다. 작품 속 시간은 '하루'나 '1년'처럼 짧은 기간으로 한정되고, 대신 공간적으로 서사가 확장되는 경향을 보인다. 조이스의 『율리시스』나 포스터의 『인도로 가는 길』, 콘래드의 『어둠의 심연』 등이 대표적이다. 이처럼 모더니즘 문학은 공간적 독법을 통해 보다 선명히 파악될 수 있다.

박태원 문학의 변모 양상을 공간적 역사의 차원에서 살펴보기로 한다. 박태원의 소설 창작은 서구 소설의 번역에 기반해 출발했다. 1930년 동경 유학(영문학 전공)을 전후하여, 박태원은 주로 헤밍웨이나 맨스필드 등 영미권 작가들의 작품과 톨스토이의 다수의 작품을 '몽보夢甫'라는 필명으로 번역했고 프로문학 작가인 파제예프 등을 소개하기도 했다. 흥미로운 것은 그가 본격적으로 창작 활동을 시작한 시기에 때맞추어 등장한 「방랑아 쭈리앙」(1933)이라는 작품이다. 프랑스 파리를 배경으로 한 이 작품이 번역(혹은 번안)인지 창작인지는 그리 중요한 논점이 아니다. 중요한 것은 박태원이 도시 공간을 창작의 본격적 대상으로 삼으면서 '근대 도시의 원형'인 파리를 우선적으로 탐색하고 있었다는 점이다. 이처럼 박태원의 공간 의식은 소설의 발생지인 유럽에서 출발하고 있다.

생면부지의 아버지를 찾아 시골에서 상경한 십대 소년 쭈리앙에게 근대 도시 파리의 화려한 외관은 놀라움으로 경험된다. 소년이 아버지를 찾기 위해 파리의 유명한 장소들을 차례로 방문하는 것이 이 작품의 주된 이야기다. 시골에서 상경한 소년 '쭈리앙'은 근대 소설의 기원을 찾아 파리로 거슬러 올라가는 제3세계 '소설가 구보'에 다름 아니다. 그가 즐겨 읽던 발자크와 플로베르 등 불문학 작품의 텍스트적 공간을 소년의 눈을 통해 되짚어가는 것이다. 특히 이 소설의 시간적 배경은 프랑스 혁명 이후 부르주아가 사회 전체의 주도권을 장악한 시기다. 쭈리앙은 샹젤리제 거리에서 부르주아가 내리는 고급 자동차의 문을 열어주고 팁을 받는다. 센 강 다리 밑에서 기거하는 노숙자인 재크 할아버지와 함께 쭈리앙은 배고픔을 달래기 위해 도시 반대편에 위치한 '평민 식당'으로 향한다. 이처럼 소설은 부르주아와 프롤레타리아 계급이 공간적으로 뚜렷하게 격리된 근대 도시 파리의 공간적 특성을 면밀하게 간파하고 있다.

파리에서 출발한 박태원의 공간 의식은 곧장 조선으로 향하지 않고, 일본의 수도 동경東京을 경유한다. 이러한 의식의 이동은 근대화의 이동 경로이기도 했고, 제국주의의 전파 경로이기도 했다. 당시 식민지 조선은 유럽의 '근대'를 일본을 경유하여 굴절된 형태로 받아들였다. 박태원은 실제로 동경에서 약 1년간 유학 생활을 경험했다. 서구 리얼리즘 소설은 일본에서 '사소설'이라는 독특한 형태로 변형되었는데, 이 시기의 박태원 작품들도 외형상 리얼리즘적 색채를 띤다. 파리 묘사가 순전히 상상력과 독서 경험의 소산이라면, 동경 묘사는 1년 남짓의 짧은 유학 경험에 기반한 것이다. 그래서 텍스트의 밀도와 치밀함이 높아졌고, 발표 작품 수도 증가했다.

『반년간』(1933), 「사흘 굶은 봄달」(1933), 「딱한 사람들」(1934) 등이 모두 동경을 배경으로 한 작품들이다. 파리의 쭈리앙이 시골에서 상경한 소년이었다면, 이 작품들의 중심인물들은 조선에서 건너온 유학생들이다. 파리든 동경이든, 기본적으로 '이방인'의 시각에서 현실을 바라보는 것이다. 그들의 눈에 동경 대지진 이후 '메트로폴리스'로 거듭나는 '대동경大東京'의 웅장하고 화려한 모습이 사실적으로 묘사되고 있다. 그렇지만 이 시기는 또한 세계 대공황이 몰아닥친 시기이기도 했다. 대공황은 사회적 약자인 조선인 유학생들에게 더욱 큰 곤경으로 다가왔고, 식민지인과 피식민지인 간의 착취 관계는 보다 노골화된다. 작품의 주된 내용도 실직과 경제적 궁핍에 관한 것들이다.

파리에서 출발해 동경을 경유한 박태원의 공간 의식은 비로소 식민 도시 경성에 안착하게 된다. 대표작인 「소설가 구보 씨의 일일」(1934)과 『천변 풍경』(1936) 등이 모두 이 시기에 발표되었다. 이제 소설의 시점은 이방인이 아닌 토착민의 시선으로 바뀐다. 이 시기부터 박태원의 미학적 실험이 본격적으로 시작되고 있음에 주목할 필요가 있다. 식민 도시 경성을 소설적으로 재현하기 위해서 박태원은 혁신적인 기법들을 독창적으로 시도하고 있다. 파리와 동경을 배경으로 한 작품들이 형식적으로는 리얼리즘 문법에 가깝다면, 경성을 배경으로 한 작품들은 모더니즘 계열에 가깝다. 이는 경성의 시공간적 배경이 파리나 동경보다 물질적으로 발달되었거나 보다 근대적이기 때문이 아니다. 오히려 리얼리즘적으로는 재현이 불가능한 '기이하고 불길한'(uncanny) 식민지적 요소들이 텍스트에 전면화되고 있기 때문이다. 경성이라는 통약 불가능한 고유 지표는 박태원 문학을 비통합적이고 파편적인 '판타스마고리아적 텍스트'로 변모시킨다.

4. 이중 도시 경성과 공간적 의식의 흐름

이언 와트는 『소설의 발생』에서 근대 소설은 본질적으로 근대 도시의 산물이라고 주장한 바 있다. 실제로 소설의 형식은 해당 도시의 공간적 구조를 그대로 닮아 있다. 그렇지만 식민 도시가 파리나 런던과 같은 메트로폴리스와는 근본적으로 다른 성격을 갖는다는 사실이 알려진 것은 그리 오래되지 않았다. 그래서 기존 논의들은 서구 메트로폴리스를 배경으로 한 이론적 틀에 박태원 문학을 단순히 투사하는 경우가 많았다. 벤야민의 '판타스마고리아' 개념이 대표적이다. 오늘날 규모 큰 대도시를 모두 '메트로폴리스'라 부르지만, 원래는 제국의 중심지를 지칭하는 용어였다. 벤야민이 주장하는 파리의 화려한 '판타스마고리아'는 세계 각국의 이국적 산물들과 사람들이 본래의 맥락에서 벗어나 메트로폴리스 공간 안에 인위적으로 집중되면서 생겨난, 지극히 제국적인 현상이었다. 식민지에서의 과잉 착취가 메트로폴리스의 판타스마고리아를 만들어낸 것이다. 식민 도시 경성은 외양적으로는 파리나 동경과 유사하지만, 본질적으로 메트로폴리스에 위계적으로 종속되어 있다는 점에서 큰 차이가 있다. 그래서 경성에서는 파리와 같은 '판타스마고리아'가 나타나지 않는다.

서구의 소설 형식이 식민 도시를 재현 대상으로 할 때, 서구 대도시의 특성들과 식민지의 낯선 이소적異所的 특질이 텍스트 전면에 동시에 부각되게 된다. 따라서 식민지 도시문학은 리얼리즘적 형식을 취하지 않으며, 그 자체가 일종의 '판타스마고리아적 텍스트'가 된다. 남미 대륙에서 '마술적 리얼리즘'이 탄생하는 것이 좋은 예다. 그러니까 조이스의 더블린이나 박태원의 경성 텍스트들의 문학적 형식은 리얼리즘이 아닌 모더니즘이 된다.

메트로폴리스든 식민 도시든, 자본주의하에서의 근대 도시는 구역별로 세분화되고 위계적으로 발달된다. 도시 구역의 세분화는 소설 장르의 세분화로 이어졌다. 런던의 경우 부유한 서부 지역과 빈곤한 동부 지역으로 양분 발전되었는데, 각각의 구역에서는 상류층을 다룬 '실버-포크 소설'과 범죄소설의 일종인 '뉴게이트 소설'이 발달했다. 도시 특정 구역에서 그에 걸맞은 하위 소설 장르가 발전하게 된 것이다. 파리의 경우도 센 강을 중심으로 우안과 좌안에 '부르주아극'과 '아방가르드극'이 각각 발전하게 되었다.

식민 도시 경성을 구조적으로 살펴볼 필요가 있다. 1930년대 경성은 청계천을 기점으로 조선인 거주 지역인 '북촌'과 일본인 거주 지역인 '남촌'으로 확연히 격리 발전되었다. 박태원의 주요 작품들은 주로 '북촌'을 배경으로 삼고 있다. 그곳이 대다수 조선인들의 거주지였기 때문이다. 「소설가 구보 씨의 일일」의 '구보'나 「애욕」(1934)의 '하웅'은 경성 시내를 자유롭게 활보하는 것처럼 보이지만, 실제로는 북촌의 한정된 구역만을 이동할 뿐이며 텍스트 내에 일본인도 거의 등장하지 않는다. 반면 '남촌'은 동시대 소설 작품의 주요 무대가 되지 못했다. 리얼리즘이 본질적으로 사회적으로 중간이나 그 이하 계층의 사람들을 재현하기에 적합한 특성을 갖고 있기 때문이다. 그러므로 식민지인들의 구역인 '남촌'은 종속적 지위의 피식민지인 작가가 사실적으로 재현하기에 적합하지 않았을 수도 있다. 그래서 파리나 런던에서 양 계층 구역에 따라 두 개의 서로 다른 하부 장르가 발전된 것과는 다르게, 경성에서는 북촌만이 주요 재현

대상이 되어왔던 것이다.

박태원은 이러한 식민지 소설의 재현상의 한계를 극복하기 위해서 새로운 계열의 작품들을 창작하게 된다. 외양적으로 '통속장편소설'의 모습을 취하고 있지만, 이 작품들〔『청춘송』(1935), 『우맹』(1938) 등〕은 심층적으로 경성 내부의 일본화된 지역인 남촌을 탐사하는 일종의 '모험소설'의 성격을 취하고 있다. 국경 너머 외국을 탐험하듯, 서사는 북촌에서 시작되어 남촌까지 확장된다. 경성의 '내부 경계'를 넘어 남촌으로 진입하면서 등장인물들은 점차 일본어 어휘를 구사하기 시작하고, 궁극적으로는 두 인물이 각각 일본어와 조선어로 대화를 나누는 '초현실적' 장면도 등장하게 된다. 박태원의 유명한 페르소나 쌍인 '구보'와 '하웅'이 통속장편소설 계열에서는 '김철수'와 '리남수' 쌍으로 변화한다. 말하자면, 박태원은 북촌과 남촌의 소설 형상화에 적합한 두 계열의 작품군과 거기에 알맞은 두 쌍의 페르소나를 갖고 있었던 셈이다. 북촌과 남촌의 공간적 경계인 청계천을 주 배경으로 한 『천변 풍경』은 이 두 계열의 특성을 공유하고 있다.

제국주의가 문학에 미치는 효과는 본국의 문학보다 '식민지 문학'에서 훨씬 더 분명하고 불가피하게 나타나게 된다. 경성을 배경으로 한 박태원의 작품들에서는 중간중간에 느닷없이 메트로폴리스 동경이 텍스트 전면에 등장하게 된다. 식민지의 물자와 사람들이 식민 본국으로 빨려 들어가듯, 텍스트의 중심이 불현듯 일본 메트로폴리스 동경 안으로 흡착되는 것이다. 그래서 박태원 문학에서는 과거와 현재의 의식이 교차하는 순간에 동경과 경성의 공간적 차원도 동시에 병치되는 특이한 현상이 나타나게 된다. 말하자면 '공간적 의식의 흐름'이 일어나게 되는 것이다. 단 한 문장으로 구성된, 의식의 흐름 기법의 「방란장 주인」(1936)에서는 '동경'의 서사가 '경성'의 서사를 끊임없이 방해하고 좌절시키며 압도하게 된다. 이러한 방식은 경성의 식민 도시적 성격을 극명히 부각시키며 텍스트 자체를 환상적 형태로 변모시킨다. 박태원의 모더니즘 기법은 단순한 미학적 실험이 아니라, 리얼리즘적 묘사로는 재현 불가능한 식민지적 현실을 효율적으로 재현하기 위한 특유의 전략에 가깝다.

1937년 중일전쟁을 기점으로 일본의 중국 침략이 본격화되면서 식민지 조선은 일본의 전시 체제에 전략적으로 동원된다. 이 시기 박태원은 중국 고전인 『삼국지』(1941)와 『수호전』(1942) 등을 번역하고 동시대 중국을 배경으로 한 『아세아의 여명』(1941) 등 '정치소설'을 발표하기도 한다. 일본의 중국 침략과 더불어 그의 공간 의식이 경성에서 중국으로 다시 확장되고 있는 것이다. 이처럼 박태원의 공간 의식은 제국주의의 이동 경로와 매우 밀접한 상동성을 맺고 있다. 제2차 세계대전에서 일본이 패망하면서 조선은 독립국의 지위를 되찾게 된다. 이 시기를 기점으로 박태원의 공간 의식도 그 흐름을 멈춘다. 한국전쟁 시기 월북한 박태원은 이제 공간이 아닌 시간 여행을 떠난다. '역사소설가'로 변모하게 되는 것이다.

장편소설

천변 풍경

● 제1절

청계천 빨래터

정이월에 대독 터진다는 말이 있다. 딴은, 간간이 부는 천변 바람이 제법 쌀쌀하기는 하다. 그래도 이곳, 빨래터에는, 대낮에 볕도 잘 들어, 물 속에 잠근 빨래꾼들의 손도 과히들 시리지는 않은 모양이다.

"아아니, 요새, 웬 비웃*이 그리 비싸우?"

주근깨투성이 얼굴에, 눈, 코, 입이, 그의 몸매나 한가지로 모두 조그맣게 생긴 이쁜이 어머니가, 왜목** 욧잇을 물에 흔들며, 옆에 앉은 빨래꾼들을 둘러보았다.

"아아니, 을말 주셨게요?"

그보다는 한 십 년이나 젊은 듯, 갓 서른이나 그밖에는 더 안 되어 보이는 한약국 집 귀돌 어멈이 빨랫돌 위에 놓인 자회색 바지를 기운차게 방망이로 두들이며 되물었다. 왼편 목에 연주창*** 앓은 자죽이 있는 그는, 언제고, 고개를 약간 왼편으로 갸우뚱한다.

"글쎄, 요만밖에 안 되는걸, 십삼 전을 줬구료. 것두 첨엔 어마허게 십

---

* 청어.
** 광목.
*** 연주 나력이 헐어 터져서 생기는 부스럼.

오 전을 달라지? 아, 일 전만 더 깎재두 막무가내로군."

지금 생각하여보아도 어이가 없는 듯이, 빨래 흔들던 손을 멈춘 채, 입을 딱 벌리고 옆에 앉은 이의 얼굴을 치어다보려니까, 그의 건너편으로 서너 사람째 앉은 얼금뱅이 칠성 어멈이,

"그, 웬걸 그렇게 비싸게 주구 사셨에요? 어제 우리 안댁에서두 사셨는데, 아마 한 마리에 팔 전 꼴두 채 못 된다나 보든데……."

그리고 바른손에 들었던 방망이를 왼손에 갈아 들고는 한바탕 세차게 두드리는 것을, 언제 왔는지 그들의 머리 위 천변 길에가, 우선, 그 얼굴이 감때사납게* 생긴 점룡이 어머니가 주춤하니 서서,

"어유우, 딱두 허우. 낱개루 사 먹는 것허구, 한꺼번에 몇 두름씩 사 먹는 것허구, 그래 겉담? 한 마리 팔 전씩만 헌담야 우리 겉은 사람두, 밤낮, 그 묵어빠진 배추김치 좀 안 먹구두 사알게?"

사내같이 우락부락한 소리로 하는 말에, 이쁜이 어머니는 고개를 끄덕이어 동의를 표하기는 하면서도, 반은 혼잣말로,

"그 묵은 통김치나마 넉넉하게나 있었으면 좋겠수. 우린 그나마두 낼만 먹으면 그만야."

욧잇을 빨랫돌 위에 올려놓은 채, 잠깐 손을 쉬고 한 그 말에는 대답이 없이,

"그, 저어번에 입었든 국사** 저고리 아뉴?"

점룡이 어머니는 허리를 굽히고, 그의 옆에 놓인 빨래 광주리를 내려다본다.

---

* 매우 감사납게. 사람이 억세고 사납게.
** 봄가을의 한복을 만드는 데 주로 쓰던 전통 옷감.

"이거어?"

이쁜이 어머니는 일부러 몸을 돌려, 광주리에서 점룡이 어머니의 주의를 이끈 빨랫감을 집어 들고,

"글쎄, 한 번 입구, 오늘 첨 빤 게 이 꼴이구료? 모두 왼통 째지구. 내기가 맥혀……."

"그러기에 나 먹은 사람은 호살 말라는 게지. 딸은 안 해주구, 저만 해입으니 그럴밖에……. 그거, 인조야?"

"인존, 왜에? 이 꼴에 이게 한 자 사십 전짜리 교직이라우."

"그게 사십 전예요오?"

귀돌 어멈은 새삼스러이 그의 편을 돌아보고,

"질기긴 외래 인조가 낫죠. 교직은 볼품은 있어두, 그저 첨 입을 그때뿐이지, 한 번 입으면 그만이니……."

그리고 다음은 상반신을 외로 틀어 흐응 하고 코를 푼다.

요란스러이 종을 울리며 자전거가 지난다. 인력거가 지난다. 그러나, 이곳, 천변 길에 노는 아이들은 그러한 것에 결코 놀라지 않는다.

"글쎄 굴묵 안으루들 들어가 놀어라. 난, 그저, 가슴이 늘 선뜩선뜩허는구나."

이맛살을 찌푸리고 소리를 질러 일러도 듣지 않는 아이들을 못마땅하게 둘러보다가,

"참, 저건, 밤낮 애두 잘 봐."

점룡이 어머니가 하는 말에 그편을 돌아보고,

"잘 보지 않으면 그럼 으째? 매부 집에 와서 얻어먹구 있으려니, 그저 그럴밖에……."

이쁜이 어머니는 욧잇을 다시 한 번 흔들어서 빨랫돌에다 대고 연해 비

빈다.

“그래두 말이에유.”

하고, 칠성 어멈은, 저도, 그 딱한 사나이 편을 돌아본 다음에,

“매부 집이 어렵기나 하다면 그두 모를 일이죠만두, 그렇지두 않은 터에 점잖은 이가 자기 처남을 하인 대신 부려먹는 게, 그게 인산 아니죠.”

눈을 끔벅거리며 하는 말을 점룡이 어머니가 다시 받아가지고,

“뭐얼. 제가 다아 변변치가 못해 그렇지. 나이 서른다섯이 되두룩 장가도 못 가구, 뭐 하나 밴 것이라군 없구…… 그래 제까짓 게 어디 가서 뭘 해먹구 살어? 작년 여름에도, 쥔 영감이, 처남, 용돈이나 뜯어먹게 해주느라, 밑천을 주어 야시장에서 애들 장난감 장수두 시켜봤건만, 뜯어먹기커녕은 밑천까지 까먹어 버리구…… 그나마 제 매부가 그저 멕여주는 것만 해두 고마운 일이지.”

그리고 그는 다시 고개를 들어, 개천 건너 한약국 앞을 오락가락하는, 동저고리 바람에 아이를 업은 사나이를 바라다본다.

“글쎄, 그두 그렇지만요.”

칠성 어멈은 방망이를 다시 고쳐 쥐며,

“그래두 처남 매부 새에 대접이 그러면 그게 결국은 자기 체면 깩이는 거 아녜요? 둔푼이나 있으니, 어디 장개래두 들여…….”

그러나, 그가 채 말을 맺기 전에, 이때까지 잠자코 빨래만 하던 귀돌 어멈이 나서서,

“돈푼이 있긴 뭬 있어? 전엔 괜찮었지만 지금은 뭐어…….”

하고, 고개를 설레설레 흔들며 다 빤 자회색 바지를 앙세게 쥐어짠다.

“그래두, 아들 대학교 보내구, 뭐어구, 다아 괜찮은가 보든데…….”

칠성 어멈이, 그래도 알 수 없다는 듯이, 중얼중얼하는 말을, 마침 뒤로

지나던 샘터 주인이, 일부러 걸음을 멈추어서까지 받아가지고,

"괜찮은 게 다 뭐유. 그래 가만히 생각해보구료. 다른 얘긴 그만두구래두, 한 십 년 전에 첩 하나 얻어, 그래두 전세루 집 한 채 얻어줬든 걸, 사오 년 전엔 사글세 집으루 옮아앉히구, 그게 그러껜 셋방이 됐다가, 이젠 아주 자기 집 안으루 끌어들여, 큰마누라허구 한집 살림을 시키구 있으니, 그것 한 가지만 허드래두 벌써 알조 아니유? 게다 지금 들어 있는 집이나 점방이나 모두 은행에 들어가 있는 데다, 그 밖에두 이곳저곳에 빚이 여러 천 환 되는 모양이니……."

허, 허, 허, 하고 너털웃음을 한 번 웃고서, 몇 걸음 저편으로 걸어가다가, 생각난 듯이 걸음을 멈추고 고개를 돌려,

"참 칠성네 아주머니, 빨래 삶는다지 않었수? 삶을 테건 어서 가져오슈. 아마 인제 곧 솥이 날 모양이니……."

그리고 새삼스러이 주위를 둘러보다가 혼자 고개를 끄떡이고, 마악, 나무장* 공동변소에라도 다녀 나오는 듯싶은 젊은 사람을 치어다보고,

"용돌이이. 곧 좀 집이 가서 철사 좀 가지구 오게. 밤낮 예다가 줄 좀 몇 개 더 매논다면서 늘 잊어버리구, 잊어버리구……."

뒤는 또 무엇인지 입안말로 중얼거리며 돌아서다가, 마침 눈에 띈 큼직한 유리 조각을,

"그리 말래두 누가 또 예다 내버렸어?"

허리를 굽혀 집어가지고는 개천 한복판을 향하여 팽개쳤다.

"그래 으떡허다 그렇게 됐나유? 그래 뭣에 실팰 봤나유?"

칠성 어멈이 그 얽은 얼굴에 남의 일이라도 딱해하는 빛을 띠고, 반은

* 옛날 땔감을 사고팔던 장터.

정신이 없이 제 옆에 놓인 빨래 광주리를 끌어 잡아당기며 주위에 앉은 이들에게 물은 말을, 그저 천변에가 서서 아래를 내려다보고, 되는대로 이 아낙네 저 여편네하고 이 말 저 말 주고받던 점룡이 어머니가 또 나서서,

"으떡허다 그러긴…… 그것두 다아 말허자면 시절 탓이지. 그래, 이십년두 전에 장사를 시작해서 한 십 년 잘해먹던 것이, 그게 벌써 한 십 년 될까? 고무신이 생겨가지구 내남직 헐 것 없이 모두들 싸구 편헌 통에 그것만 신으니, 그래 징신* 마른신**이 당최에 팔릴 까닭이 있어? 그걸 그 당시에 으떻게 정신을 좀 채려가지구서 무슨 도리든지 간에 생각해냈드라면 그래두 지금 저 지경은 안 됐을걸, 들어오는 돈이야 있거나 없거나, 그저 한창 세월 좋을 때나 한가지루, 그대루 살림은 떠벌린 살림이니, 그, 온전허겠우?…… 집, 잡혔겠다, 점방두, 들앉었겠다, 남에게 빚은 빚대루 졌겠다. 아, 그나 그뿐인 줄 아우?"

그는, 갑자기, 굽힌 허리에 얼굴조차 앞으로 쑥 내밀고, 한껏 낮은 음성으로,

"누구 얘길 들으니까 말야……."

하고, 모든 사람의 머리를, 얼굴을 둘러보다가, 저편 바른쪽으로 눈이 가자, 변덕스럽게 별안간, 놀라는 표정을 짓고,

"아아니, 저이 좀 봐아. 그래 남들, 아래서 흰 빨랠 허는데, 위에서 그저 염체두 좋게 처더억처덕 무새*** 빨랠 허니……."

소리소리 치는 그 통에 빨래꾼들도 그제서야 새삼스러이,

"아아니 저이가 그래……."

---

* 들기름에 절여 만든 가죽신. 진 땅에 신었으며, 신창에 징을 촘촘히 박아서 만듦.
** 기름으로 결지 아니한 가죽신. 혹은 마른땅에서만 신는 신.
*** 무색. 물감을 들인 빛깔.

"그래 이렇게 구정물이 나는군그래."

"이게 무슨 심사야? 남우 빨랠 왼통 망쳐놨으니……."

"여보, 저어리 내려가서 빨려건 빨우. 온, 참, 천하에……."

"아아니, 저, 웬 예펜네야? 보지두 뭇허든 인데……."

무어니, 무어니, 그대로 한데들 뒤범벅이 되어 야단야단 치는 통에, 그, 이곳에서 낮선 젊은 여인은, 겨우 한두 마디,

"잠깐 헹구기만 했에요……."

"뭐어, 회색 빨랜데 그것 좀 가지구……."

잠깐 말대꾸를 하여도 보았으나, 그만 얼굴을 붉힌 채, 조그만 빨래 보퉁이를 들고, 엉거주춤히 자리에서 일어나는 수밖에 없었다.

그 모양을 일종 비웃음을 가지고 보고 있던 점룡이 어머니는 다시 칠성 어멈 쪽을 내려다보고,

"그런데, 글쎄, 누구 애길 들으니까 말야."

하고 다음은 좀 더 은근한 목소리로,

"그, 쥔 영감이, 왜, 지난번에 강원도 춘천엔가 댕겨오지 않었수? 그게 거기다 집을 보러 갔든 거라는군그래. 인제 왼 집안 식구가 모조리 그리 낙향을 헐 모양이지."

그는 자기 이야기에 거의 모든 빨래꾼들이 일하던 손을 멈추고, 놀라는 기색으로 자기 얼굴을 치어다보는 것을, 일종 자랑 가득히 둘러보다가, 갑자기 또 눈살을 찌푸리고,

"하여튼 남의 일이나마, 그, 안되지 않었수? 그 양반이 원래가 서울 태성이라는데, 더구나 한참 당년에 남부럽지 않게 지내다가, 일조일석에 그만 그 꼴이 되니…… 자기두 정신을 못 채리긴 했지만 그래두 말허자면 시절 탓이지. 사실 말이지 그만큼 얌전헌 이두 드물우. 첩을 두긴 했어두,

이번에 한집 살림을 시키기 전까지, 단 하룻밤이래두 첩한테서 묵구 오는 일이란 없었으니…… 그저, 자정이 되나, 새루 한 점 두 점이 되나, 꼭 댁으루 돌아왔죠."

점룡이 어머니 이야기에 칠성 어멈은 무턱대고 고개만 끄떡이다가, 그 말에 이르러 무심코,

"그럼, 우리 댁 영감마님허군 아주 딴판이로구먼."

한마디 한 말을 귀돌 어멈이 재빨리 받아가지고,

"그럼 민 주산, 아주 관철동 가서 사슈?"

하고, 지금 마악 물에 흔들어서 빨랫돌 위에 올려놓은 인조견 단속곳에다 비누칠을 하려던 손을 멈추고 가늘게 간사한 눈을 떠 본다.

"가서 사실 건 없어두 밤마다 가시긴 그리 가시니까…… 낮엔 늘 댁에서 사무 보시구……."

그러면서 신전* 집 주인 이야기 듣느라 그사이 내버려 두었던 빨래를 다시 시작하려니까, 저편에서 누군지,

"오오, 그래 민 주사가 그렇게 빼애빼 말렀군그래."

하고 농치는 통에 모두들 소리를 내어 웃으니까,

"어디 그래두 게서 주무시는 줄 아우? 요새 거기 마아짱**이라나 뭐라나 그게 밤마다 판이 벌어져, 그래 그저 날밤만 새시나 본데……."

변명 비슷이 그러한 말을 한마디 하였으나, 그 즉시 그는 자기가 객쩍은 말을 하였다 뉘우쳤다. 주인마님이, 밤마다, 영감, 첩에게 가는 것이 못마땅하여서 그러는 말도 말이겠지만,

---

* 신발 가게.
** 마작.

"그거 이제 경찰서에서래두 알기만 허면, 대번에 붙잡혀 가서 가진 욕 다 보구, 백 환씩 벌금 물구 허실 텐데, 그래두 밤마다 붙잡으시니……."

하고 몇 번씩이든 혀를 차던 것이 생각나자, 그는 누가 뭐라든 주인집 이야기는 이제는 더 하지 않겠다고 결심을 하였다. 그래 점룡이 어머니가 또 한몫을 끼어,

"참, 민 주사가 늘 손쑥*이 좋와서 많이 딴다는데, 그 입구 대니는 외투두, 그럼, 그게 공짜루 생긴 건가? 하, 하, 하."

사내 같은 웃음을 웃어도 칠성 어멈은 아랑곳 안 하고 그저 방망이만 놀리고 있었으나,

"아아니 그럼 이거 참 빨래 공짜루 허는 줄 알었습디까?"

갑자기 샘터 주인의 우락부락한 목소리가 들리자, 그는 누구보다도 먼저 그편으로 눈을 주었다.

위에서 무새 빨래를 하였다고 아까 타박을 받은, 그, 낯선 여편네가 이편 끝으로 내려와서, 하던 빨래를 대강 마치고서, 개천 둑에다 널판 쪽으로 비스듬히 짜놓은 사다리를 반이나 올라가고 있는 것을, 마침 빨랫줄을 매고 있던 샘터 주인이 발견하고, 소리를 지른 것이다. 스물너덧이나 그 밖에는 더 안 되어 보이는 그 여인은, 잠깐 어리둥절하여 빨래터 주인의 얼굴만 바라보다가,

"그러믄, 돈을 내요?"

어이없이 묻는 양이, 이곳 풍습에는 매우 어두운 듯싶다. 김 첨지는 그대로 그곳에가 서서 줄을 매면서도 더욱 기가 나서,

"아아니, 둔을 내요라니…… 그럼 이건, 누가, 남 자선 사업으루 허는

---

* 손속. 노름할 때 힘들이지 않아도 손대는 대로 잘 맞아 나오는 운수.

줄 알었습디까? 무어 이래저래 둔 드는 거, 노력 드는 거, 다아 그만두구 래두, 우선 해마다 경성부청에다 갖다 바치는 세금만 해두 수십 환야. 이 건, 왜, 어림두 없이 이러는 거요?"

하도 으르딱딱거리는 통에, 다시 얼굴이 새빨개가지고,

"그런 줄 누가 알었나요? 몰랐죠. 몰르구 그랬죠."

하고, 그나마 몇 번인가 더듬어가며 어색하게 말하는 품이, 시골서 올라온 지 얼마 안 되리라고는, 진작, 아까 짐작은 하였던 것이, 다시 상고하여보니, 이것은, 아주, 서울에 발을 들여놓았어도 바로 어제나 그저께가 분명하였다.

그렇다 알자, 빨래꾼들의 동정은, 역시, 그 아낙네에게로 몰려, 우선 점룡이 어머니가,

"저런…… 그, 시굴서 첨 올라, 물르구 그랬군그래. 뭐어, 빨래두 많진 않은가 본데, 그저 이번은 그냥 눌러 봐주구료."

한마디 말하여준 것을 기회로, 다른 여편네들도 각기 말들이 있어, 아무리 셈속 빠른 주인으로서도 그것에는, 역시, 별수가 없어서,

"여러분이 말씀두 기시구 허니, 오늘은 어서 그냥 가슈. 요댐버텀이나 정신 채리구……."

그리고 그는 큰기침을 한 번 하고, 아주 그 김에, 보기 좋게 개천 물에다 가래침을, 탁, 뱉었다.

그제서야 가만한 한숨조차 토하고, 부리나케 사다리를 위까지 올라가, 간신히 점룡이 어머니에게만 약간 머리를 굽혀 사례하는 뜻을 표하고, 그대로 도망질치듯 골목 안으로 달려 들어가는, 그, 젊은 여편네의 뒷모양이, 그 골목을 다 나가기 전, 바른편으로 셋째 집 문 안으로 사라질 때까지 그악스럽게도 보고 난 점룡이 어머니는, 무슨 크나큰 발견이나 한 듯

이, 수다스럽게 다시 빨래터를 내려다보고,

"그 젊은 게, 바루 요 굴묵 안 기생집으로 들어가는데그래애. 필시 시굴서 그 필안이네 찾어온 사람인 게야."

잠깐 말을 끊었다가, 문득, 혼자 신기한 듯이 눈을 끔벅거리고,

"오오라, 그 예펜네 아닌가?"

"그 예펜네라니?"

이쁜이 어머니가 다 한 빨래를 광주리에 담아 들고 일어서며 물었다.

"아, 왜, 필안이네가 밤낮 그러지 않었어? 저이 시굴, 바루 한이웃에, 그저 밤낮 제 서방헌테 얻어만 맞구 지내는 젊은 예펜네가 있다구. 그래 그동안 무던히 참어두 왔지만, 근래엔 딴 기집이 또 생겨 더구나 구박이 심해서 그대루 지낸단 수가 없어, 어떻게든 자식 데리구 서울루나 올러갈까 허는데, 어디 남의 집 살 데 없겠냐구, 바루 요 며칠 전에두 편지를 했다든 그 예펜네 말야."

혼자 늘어놓는 그 말을 이쁜이 어머니는 입가에 가만한 웃음을 띠운 채,

"글쎄에—."

한마디 할 그뿐으로, 고개를 돌려, 저편에서 빨래 삶는 솥에다 몇 개비 장작을 더 지피고 있는 김 첨지에게다 대고,

"을마죠?"

"어디요."

샘터 주인은 그대로 앉은 채, 상고머리에 구레나룻이 듬성듬성 난 얼굴만 돌려, 먼빛으로 그의 광주리에 담긴 빨래를 바라보고,

"네—. 십오 전만 냅쇼."

"저어, 오늘두 뭇 가주 나왔는데, 그럼 모두 을마죠?"

"저번 게 십오 전, 이십 전, 도합 삼십오 전이니까, 그럼 꼭 오십 전요."

"네에, 모두 오십 전."

그리고 혓바닥을 내밀어 보고 사다리를 올라온 이쁜이 어머니의, 안으로 접힌 고대*를 펴주면서, 점룡이 어머니는 생각난 듯이,

"참, 우리 이쁜이 혼인이 은제지? 날 택일했우?"

이 마누라쟁이의 타고 나온 수다로, 이러한 말소리는 지극히 은근하고도 또 다정하다.

"정작 날 택일은 안 했지만서두 역시 삼월 안이지."

"에구, 그럼 한 달두 채 못 남었구료오. 오죽 바뿌겠수. 그끄저껜가? 문간에 잠깐 나온 걸 봤는데, 으떻게 그렇게두 더 이뻐졌우우? 채려입기만 헌담야, 기생에두 개 따를 년 없겠습디다."

이쁜이 어머니는, 그러나, 그 말에는 대답 없이, 빨래 광주리를 이고 저편으로 걸어갔다. 그 뒷모양을 잠깐 바라보다가 마침 개천 건너 남쪽 천변으로 기생 탄 인력거가 호기 있게 달려가는 것이 눈에 띄자, 그는, 순간에, 일종 부러움 가득한 얼굴을 하여가지고,

"뭐어니, 뭐어니 해두, 호강은 늬가 지일이다."

거의 한숨조차 섞어서 하는 말을, 마악 빨래를 마치고 일어서서 아픈 허리를 펴고 있던 귀돌 어멈이 듣고,

"누구, 말예요?"

그의 얼굴을 치어다보니까, 점룡이 어머니는 기다리고나 있었던 듯이,

"언년이 말이요. 취옥이 말이야아. 개 어머니가, 개 기생으루 집어넣군 아주 막 호강허는데?…… 언년이가 바루 이쁜이허구 한동갑이지. 열네 살부터 소리를 배워가지구, 작년 봄엔가, 열여덟에 머리를 얹었는데, 인

---

* 깃고대. 옷의 깃을 붙이는 자리. 두 어깨솔 사이로 목 뒤에 닿는 곳.

젠 아주 잘 불려 대니는데?……"

그리고 그는 또 소리를 낮추어,

"그래, 내가 이쁜이 어머니헌테두 여러 번이나 권했지. 이쁜이두 곤반*에다 느라구. 그럼 그넌 팔자두 해롭지 않거니와 마누라두 딸의 덕을 볼 게 아니냐 말야? 헌데, 딸 기생에 넣어라는 걸, 이건 무슨 큰 욕이나 되는 줄 아는군그래, 이쁜이 어머니는. 내가 그 얘기만 끄내면 아주 딱 질색이지. 그게 내 딸이 아니니까 맘대루 못 허지, 그저 내 조카딸쯤만 돼두, 꼭 우겨서 곤반에 넣구 말지. 아아무렴 그렇다마다. 모두들 인물이 잘나지 못해 못 되는 게지. 아, 이쁜이만큼만 이쁘다면야 그걸 왜 그냥 둬?…… 그야, 양반으루, 부자루, 다 같은 집안에다 시집이래두 보낸다면, 그건 호옥 몰라두, 어려운 집 딸자식은 그저 파닥지**나 추하지 않으면 별수 없어어. 소리나 가르쳐서 기생으루 내놓는 것밖엔…… 그래, 그렇지 않수?"

입에 침이 마를 새 없이 늘어놓는 말을, 귀돌 어멈은 쓴웃음을 웃으며 듣고만 있다가,

"그래두, 기생이면 다 잘 버나요? 것두 기생 나름이죠."

"아아무렴, 그야 그렇지."

"뭐, 저어, 필안이네 안집 기생은, 지난달에 세 번 불려갔는데, 모두 열 시간두 못 된다지 않어요? 그래 그걸 가주구 으떻게 살어요?"

"글쎄, 인물두 밉진 않은데, 이상허게두 그리 세월이 없다는군. 허지만 말야. 어디, 기생 수입이란, 놀음에 불려 댕기는 그것뿐인가? 지금 말헌 명월이만 허드래두, 아아무렴, 한 달에 열 시간두 못 불려 댕기구, 대체,

* 권번券番. 일제 때 기생들의 조합.
** '얼굴'의 비속어.

맨밥은 먹게 되나? 그렇지만, 그 대신, 반해서 찾어대니는 작자가 있거든. 왜, 저어, 은방 주인 말야. 그 사람이, 아, 겨우내, 양식허구, 나무허구, 대주지? 옷 해주지? 작년 동짓달엔 김장 당거줬지?…… 다아 그런 숙이 있거든."

그리고 다음은 혼잣말같이,

"그저 딸자식이 잘 벌어들이기만 하면야, 사내자식 외딴치지,* 어디, 요새 사내 녀석들, 무슨 값이 나가나? 어림두 없지."

그러한 소리를 하다가 그제서야 생각난 듯이,

"아아니, 참, 점룡이 녀석, 이 녀석, 어디 갔어? 해전에 왕십리 대녀오라구 그렇게 일러두 듣잖구."

마침, 빨래터에서 줄 매고 남은 철사를 들고 올라오는 용돌이라나 하는 젊은이를 보자,

"우리 점룡이 녀석 봤어?"

거의 달려들다시피 하여 묻는 것을 젊은이는 어이없는 얼굴로, 그를 흘낏 치어다보고,

"아—니 바루 앞에다 두구 찾으세요?"

"앞이라니?"

점룡이 어머니가 새삼스러이 주위를 둘러보는 것을 용돌이는 턱으로 샘터를 둘러쌓은 거적 담 하나 격한, 이웃 모래판을 가리키고,

"저—기 앉은 건 누구에요?"

그곳에는 스물 안팎으로 대여섯까지의 젊은이들이 칠팔 명이나 동저고리 바람으로 모여들 앉아, 모래판에 깔아놓은 한 장 거적 위에서 윷들을

---

* 외딴치다. 능히 앞지르다.

놀기에 정신이 팔려 있다. 한 달 전 정초의, 그 기분이 아직도 완전히 가시지 않은 그들은, 제각기 가진 약간의 볼일은 결코 마음에 키우지 않는다.

진작부터 그곳에 윷판이 벌어져 있는 것은 짐작하고 있었으나, 이때까지 빨래꾼들하고 객담만 하느라 그 속에서 점룡이 찾을 생각은 못 하고 있었던 그 수다스러운 마누라쟁이는, 부리나케 노름판 벌어진 바로 위 천변으로 걸음을 옮겨 아래를 굽어보고, 금시에 표정을 험상궂게 꾸미고,

"아아니, 이 녀석. 그래 갔다 오란 심부름은 아주 제쳐두구 그저 똑 놀음에만 팔렸으니, 그래 저런 죽일 녀석이……."

소리를 버럭 지르는 것을 이제껏 곰방대를 빼뚜름히 물고서, 천변에가 쭈그리고 앉아 윷놀이만 구경하고 있던 칠성 아범이,

"하, 하, 그 가만둡쇼, 점룡이가 내리 따는 판인데요."

그리고 자기도 몸이 다는지 좀 더 끝으로 바싹 다가앉는 것을, 점룡이 어머니는 어이없는 듯이,

"그래 내리 따면 그게 십 전이나 되겠수? 온 참, 나 먹은 이까지 주책없는 소릴 허지."

눈을 흘기는 것을, 칠성 아범은 담뱃대를 고쳐 들고,

"몇십 전이 뭐에요? 아까부터 혼자 장을 쳐서 따 들인 게, 이래저래 이 환 각순* 실허게 될걸."

역시, 순간에, 점룡이 어머니의 얼굴에는 적지 아니 좋아하는 빛이 떠올랐다. 즉시, 이래서는 안 되겠다고, 얼른 표정을 엄숙히 하고,

"그거 따면, 뭘 해? 그저 따거나 잃거나, 패가망신허긴 으레에 주색자깨(잡기)지. 둔이란 꼭 곧은 일을 해서 벌어야만 몸에 붙는 법입니다."

---

* 각수. 돈을 '원' 단위로 셀 때 남는 몇 전이나 몇십 전을 이르는 말.

그리고 다시 놀음판을 향하여,

"아, 그래 이 녀석아. 일은 안 허구 밤낮 놀음만 허니그래……."

소리를 다시, 버럭, 질러도 보았으나, 아래서는 당자 점룡이부터 고개 한 번 들어보는 일 없이 잃은 놈은 잃은 놈대루, 딴 놈은 딴 놈대루, 몸들은 달 대로 달아가지고,

"아아니, 저거 막 가는 거냐?"

"이거, 왜 이래? 으째 가다 한 번 이기려는 걸, 고걸 배를 앓니?"

제각기 판을 들여다보고 지껄이느라, 남이 여간 뭐라는 소리는 귀 근처에 범접도 안 시킨다.

점룡이 어머니는 그 꼴을 못마땅하게 내려다보다가, 옆에 앉은 칠성 아범을 돌아보고,

"노름이란 천해애 고약헌 거유. 거기 미쳐 패가망신 안 허는 놈 없지. 그래두 따는 놈은 고땐 아주 이헌 것 같지? 하지만, 누가 따구서 일어스게 둬야지? 땄든 둔 다 털어 다시 잃어야만 경우가 일어스게 되니……."

올해 쉰한 살 먹은 저의 어머니가 후유— 하고 한숨조차 토하거나 말거나, 점룡이는 윷을 모아 들고 말판을 노려본 뒤에, 가장 자신 있게,

"두 모—, 두 모 개면 되는구나."

말이 채 맞기 전에, 화닥, 솟았다 떨어진 윷이,

"한 모다, 한 모야."

두 번째 솟았다 떨어진 윷이,

"지화자 얼씨구, 애애 또 모다, 또 모야."

점룡이하고 한편은, 기가 나서 야단이요, 모처럼 한 번 이겨볼 듯싶다가 다시 형세가 불리한 편은, 그만 풀이 죽어 말이 없는 중에,

"개든, 걸이든, 윷이든, 모든, 그저 뭘 치든 된다. 뚝 도만 치지 말어라."

같은 편 주의를 들으며, 세 번째 머리 위로 올라갔던 윷이,

"애—, 또 모다, 또 모야. 아주 빽 모로구나."

열광한 나머지에, 하나가 옆에 앉은 놈의 덥수룩한 머리털을 꺼들고 발을 쾅쾅 구르는 것을,

"아, 그, 참, 아주 흡사 미친 녀석들일세."

가장 기가 맥히기나 하는 듯이, 흐, 흐, 웃음을 웃고 무어라 또 입안말로 중얼거리다가, 진 편에서들 윷판에다 제각기 내어던진 십 전짜리 백통전을, 점룡이가 세 푼인가 네 푼인가 제 주머니에 집어넣는 것을 보고는, 역시, 스스로 입가에 떠오른 웃음을 금치 못하였으나, 문득, 칠성 아범이,

"여, 점룡이이. 끝나거든 한잔 내야 허네."

한마디 하는 말에, 그만 찔끔하여,

"온 참, 개가 술 사낼 둔이 어딨수? 저게 어디 딴 거유? 그저 입때꺼정, 재가 날마다 둔 들구 나와선 똑 남 준 일만 해왔는데…… 오늘 딴 게, 저게 어디 딴 건가? 지난번에두 방세 사 환을 들구 나와선 고대루 잃구 들왔는데……."

열이 나서 늘어놓는 말이 채 끝나기 전에, 노름판에서 하나가 고개를 번쩍 들고,

"원, 아주머니두 거짓말 좀 작작 허우. 그래 언제 점룡이가 사 환씩이나 잃었수? 여기 앉은 놈들, 밤낮 점룡이 준 일은 해줘두, 그 애 둔 단 오십 전 따본 놈이라군 없에요. 언제 사 환을 누구헌테 잃어?……"

이때까지 지기만 했는지, 눈이 시뻘개가지고 하는 말에, 점룡이 어머니는 괴팍스럽게 입을 따악 벌리고,

"아아니, 온, 저 소리 좀 들어봐아. 그래, 점룡이 녀석이 딴 게 뭬 있어? 밤낮 잃구만 들오는걸……."

그러나 그 말은 더 하지 않고 다음은 혼잣말같이,

"에이 저 녀석이 은제 갔다 와. 내가 힝여케* 대녀올밖에……."

돌아서서 몇 걸음 가다가, 문득 생각난 듯이 다시 돌아서서,

"얘, 점룡아. 너, 아까, 아주머니 갖다 준다든 돈 일 환, 이리 내놔라. 왕십린 내 지금 갈 테니……."

천변에가 그러고 버티고 서서, 진 편에서들야, 곁눈질을 하여가며,

"은제, 점룡이가 밑천 가주 했던가? 걔 주머니엔 애최 이십 전인가 그밖에 없든가 보든데……."

그러한 말을 하거나 말거나, 윈 눈 하나 까딱 않고, 정작 점룡이는 돈 넣은 주머니에 손도 넣지 않는 것을,

"얘애, 노마야아."

하고, 그는 노름판 옆에서 구경을 하고 섰는 애 녀석을 불러서,

"저, 둔 주는 거 어서 받어가지구 올로나라."

기어코 백통전 열 닢을 손에 받아 쥔 다음에야,

"그저, 남의 둔은 얼른 갚아야지."

그러한 말을 하며, 점룡이 어머니는 저편으로 걸어갔다.

---

* 횡허케. 중도에 지체하지 않고 곧장 빠르게.

● 제2절

이발소의 소년

민 주사는 거울에 비친 자기 얼굴을 물끄러미 바라보다가, 숫제 텁수룩할 때는 그래도 좀 덜하던 것이, 이발사의 가위 소리에 따라 가지런히 쳐지는 머리에, 흰 털이 어째 더 돋뵈는 것만 같아, 그 마음이 좋지 않았다. 그것은, 물론, 오늘 비롯한 것이 아니다. 근년에 이르러 이발소 의자에 앉을 때마다 늘 느껴온 것이지만, 그 희끗희끗한 머리터럭으로, 아무리 싫어도 자기 나이를 세어보게 되고, 그와 함께 작년에 얻어 들인 안성집과 사이의 연령의 현격을 생각하지 않으면 안 되는 것이, 그에게는 적지 아니 고통거리인 것이다. 민 주사는 올에 이미 천명을 알았고,* 관철동에 살림을 시키고 있는 그의 작은마누라는, 꼭, 그 절반인 스물다섯 살이었다.

양 볼이 쭉 빠져, 가뜩이나 한 얼굴이 좀 더 여위어 뵈고, 우글쭈글 보기 싫게 주름살이 잡힌 것을, 그는 우울하게 바라보며, 근래, 거의 하루걸러큼씩은 마작을 하느라 날밤을 꼬박이 새우고 새우고 하여, 그래, 더욱이 건강을 해하고, 우선 혈색이 이렇게 나쁘다고,

'좀 그 장난두 삼가야…….'

---

* 지천명知天命. 하늘의 뜻을 앎. 쉰 살을 달리 이르는 말.

그렇게 마음을 먹기도 하였으나, 다시 돌이켜, 외려 마작으로 밤을 새우면 새웠지, 꾼이 없어 판이 벌어지지 않는다든지 하는 때, 그 젊은 계집의 경영이, 사실은, 더욱 두통거리인 것에 생각이 미치자, 그의 마음은 좀 더 우울하여지지 않을 수 없었다.

그는, 연해, 자기 머리 위에 가위를 놀리고 있는, 이제 스물대여섯이나 그밖에는 더 안 된 젊은 이발사의, 너무나 생기 있어 보이는 얼굴을, 일종 질투를 가져 바라보며, 현대의 의술이 발달되었으니 무어니 하는, 그 말이 다 헛말이라고, 은근히 그러한 것에조차 분노를 느꼈다. 자기가 그렇게 신임하는 젊은 약방 주인이 권하는 대로, 열심히 복용한 '요힌비'*는, 그야 오직 잠시 동안의 정력을 도와 일으켜는 주는 것이었으나, 그 뒤에 그것이 가져오는 특이한 그 불쾌감과, 피로와, 더욱이 심신의 쇠약이 무엇보다도 두려웠다. 그냥 그 임시 그 임시의 최정제 말고, 근본적으로 정기를 왕성하게 하는 약이나, 무슨 술법이 있다면, 돈 천 원쯤 아깝지 않다고, 그는 그렇게까지 생각하였다. 민 주사는, 그저, 그만한 정도의 부자다.

그러나 그것이, 역시, 용이한 일이 아니라고 새삼스러이 느껴지자, 그는 이내 그것을 단념하고,

'무어, 내겐 그래두 돈이 있으니까…….'

그러한 것을 생각하려 들었으나, 사실은, 자기가 가진 돈이라는 것이 그리 대단한 것이 못 될 뿐 아니라, 우선, 얼마 안 있어 시작될 부회의원 선거전에, 그 비용으로, 한 이천 원 융통하지 않으면, 모처럼 별렀던 입후보도 적지 아니 곤란한 일이라고, 문득 그러한 것에 생각이 미치자, 그는 '청춘'만큼은 불가능사가 아닌 듯싶은 '부귀'가 버썩 탐이 났다.

---

* 요힌비yohimbe. 요힘빈. 음위증陰萎症 치료제나 최음제로 쓰이기도 함.

'무어, 돈이 제일이지. 지위가 제일이지.'

민 주사는, 자칫하였다면 입 밖에까지 내어 중얼거릴 뻔한 것에 스스로 놀라, 거울 속에서 다른 이들의 얼굴을 찾으려니까, 저편 행길로 난 창 앞에 가 앉아 있는 이발소 아이놈의 얼굴이 이편을 향하고 있는 것과 시선이 마주쳐, 어째 그사이 그놈이 자기의 표정으로 자기의 마음속을 화안하게 들여다본 것만 같아, 그는 제풀에 당황하여, 순간에, 엄숙한 표정을 지었다. 아이는, 그러나, 별로 민 주사에게 흥미를 가지고 있지는 않았다. 그는 다시 유리창 너머로, 석양 녘의 천변 길을 오고 가는 행인들에게 눈을 주었다.

소년은, 그곳에 앉아 바라볼 수 있는 바깥 풍경에, 결코, 권태를 느끼지 않는다. 손님이 벗어놓은 구두를 가지런히 놓고, 슬리퍼를 권하고, 담배 사러, 돈 바꾸러 잔심부름 다니고 그러는 이외에 그가 이발소에서 하는 일이란, 손님의 머리를 감아주는 그것뿐으로, 이렇게 틈틈이 밖이라도 내다보지 않고는 이러한 곳에서, 누가 그저 밥만 얻어먹고 있겠느냐고, 그것은 좀 극단의 말이나, 하여튼 그는 그렇게도 바깥 구경이 좋았다.

그렇게 매일 내다보고 있는 중에, 양쪽 천변을 늘 지나다니는 사람들에 관한 여러 가지가 무어 누구한테 배우지 않더라도 저절로 알아지는 것이 제 딴에는 너무나 신기하여, 그래, 그는, 곧잘, 이발하러 온 손님이 등 뒤에서,

"인석. 뭘 이렇게 정신없이 보구 있니?"

하고라도 물을 양이면,

"저것 좀 내다보세요."

바로 기다리고나 있었던 듯이 창 밖을 손으로 가리키고,

"저어기, 개천에서 올라오는 저 사람이 인제 어딜 가는지 알아내시겠에요?"

"어데, 누구."

손님이 넥타이 매던 손을 멈추고 그가 가리키는 곳을 내다보노라면, 딴은 낡은 노동복에 때 묻은 나이트캡을 쓰고, 아무렇게나 막 되어먹은 놈이 덜렁덜렁 빨래터 사다리를 올라온다.

"저거, 땅꾼 아니냐?"

"땅꾼요?"

"거지 대장 말야."

"저건 둘째 대장예요. 근데 지금 어딜 가는지 아시겠에요?"

"인석. 그걸 내가 으떻게 아니?"

그러면 소년은 가장 자랑스러이,

"인제 보세요. 저어 대리께 가게루 갈 테뇨."

"어디…… 참, 딴은 가게로 들어가는구나. 저눔이 담밸 사러 갔을까?"

"아무것두 안 사구 그냥 나올 테니 보세요. 자아, 다시 돌쳐서서 이쪽으로 오죠?"

"그래 인젠 저눔이 어딜 가누?"

"인제, 개천가 선술집으루 들어갈 테니 보세요."

"어디…… 참, 딴은 술집으루 들어가는구나. 그래두 저눔이 가게서 뭐든지 샀겠지, 그냥 거긴 갔다 올 까닭이 있나?"

"왜 들어가는지 아르켜드리까요? 저 사람이, 곧잘, 대리 밑으루 들어가서, 게서, 거지들한테 둔을 십 전이구 이십 전이구, 얻어 갖거든요. 그래 그걸루 술두 사 먹구, 밥두 사 먹구 허는데, 그게 거지들이 동량해 들인 거니, 이십 전이구, 삼십 전이구 간에, 모두 동전 한 푼짜릴 거 아녜요? 근데 저 사람이 동전 가지군 절대 술집엘 안 들어가거든요. 그래 은제던지 꼭 가게루 가서, 그걸 모두 십 전짜리루 바꿔달래서……."

하고 한참 재미가 나서 이야기를 하노라면, 그런 때마다 무슨 일이든 생기는 것도 공교로워,

"인마. 잔소리 그만허구, 어서 둔 좀 바꼬나라."

들어온 지 얼마 안 되는 젊은 이발사 김 서방이, 바로 젠 척하고 소리치는 것도 은근히 약이 오르는 노릇이다…….

소년은, 아까 한나절 아이를 보아주던, 신전 집 주인의 짱구 대가리 처남이, 이번에는, 또 언제나 한가지로 물지게를 지고 천변에 나오는 것을 보고,

'저이는, 밤낮, 생질의 아이나 봐주구, 물이나 길어주구, 그러다가 죽으려나?……'

어린 마음에도, 어쩐지, 그러한 그가 딱하게 생각되었으나, 그것도 잠시 동안의 일로, 문득 창 앞을 느린 걸음으로 점잖게 지나는 중년의 신사를 보자, 어린이의 입가에는, 제풀에, 명랑한 웃음이 떠올랐다.

그 신사는, 우선, 몸이 뚱뚱하고, 더욱이 배가 앞으로 쑥 나왔다. 그것에 정비례하여, 그의 얼굴이 크고 또 살진 것은 물론이지만, 그 큰 얼굴에 또 그대로 정비례하여, 눈, 코, 귀, 입이 모두 크다. 그중에도 장관인 것은, 그의 코로, 그 이를테면 벌렁코 종류에 속하는 크고 둥근 콧잔등이가, 근래는 단연히 금주하였음에도 불구하고, 역시 전에 그가 애주하였을 때의 그 기념으로, 새빨갛게 주독이 든 것이, 여간 탐스럽지 않다. 그러한 얼굴에다, 그 위에, 그가 애용하는 중산모를 얹고, 실내화 신은 발을 천천히 옮겨 걸어갈 때, 그를 대하는 모든 사람이, 마음에 은근한 기쁨을 갖더라도, 그것은 결코 이상한 일이 아닐 것이다. 더구나 그가 남의 앞에서 즐겨 꺼내 보는 그 시계는 참말 금시계지만, 역시 참말 십팔금인 것같이 남이 알아주기를, 은근히 바라고 있는 듯싶은 그 시곗줄이, 사실은 오금에 지나지

않는다는 것을, 이발소 안에서의 풍문으로 들어 알고 있는 소년은, 그의 태도와 걸음걸이가 점잖으면 점잖을수록에, 더욱이 속으로 우스웠다.

그 웃음에는, 그러나, 물론 악의 같은 것이 품어 있지는 않았다. 만약 있다면, 오히려 호의일 것이다. 자기의 매부가 부회의원인 것을 다시없는 명예로 알고, 때로, 육십 노모까지를 끼어서 온 가족을 인솔하고 백화점 식당으로 가서 점심을 먹는 취미를 가진 그를, 사실 이 소년이 미워한다든 비웃는다든 할 아무런 근거도 없다.

가운데 다방골 안에 자택을 가지고 있는 그는, 바로 지척 사이인 광교 모퉁이 큰길 거리에서 포목전을 경영하고 있었다. 아침에 점에 나왔다가 저녁때 집으로 돌아가는 이 신사는, 언제고, 골목에서 나와 배다리를 지나 북쪽 천변을 광교에까지 이르는 노차*를 택하였다. 까닭에, 광교와 배다리 사이 북쪽 천변에 있는 이발소 창으로, 소년은 언제든 그렇게 가까이서 그를 조석으로 대한다. 그리고 대할 때마다 은근한 기쁨을 갖는다. 그 기쁨과 함께 어느 한 개의 기대를 갖는다. 이 소년이 아무에게도 설파하지 않고, 혼자 마음속으로만 이 점잖은 포목전 주인에게 갖는 기대라는 것을 아주 이 기회에 말하면, 그것은 신사의 머리 위에 얹혀 있는 중산모의 위치에 관한 것이었다.

소년의 관찰에 의하면, 그의 중산모는 그의 머리 둘레에 비하여 크도 작도 않은 것임에 틀림없었다. 그러나 신사는, 결코 그것을 보는 사람의 마음이 편안할 수 있도록 깊이 쓰는 일이 없었다. 그는, 문자 그대로, 그것을 머리 위에 사뿐 얹어놓은 채 걸어 다녔다. 어느 때고 갑자기 바람이라도 세차게 분다면, 그의 모자가 그대로 그곳에가 안정되어 있을 수 없

* 노선의 차.

을 것은 분명한 일이다. 소년은 그것에 적지 아니 명랑한 기대를 가졌다. 그러나 모든 기대가 그러한 것과 같이, 이것도 그리 쉽사리 실현되지는 않았다…….

오늘도 소년은 신사의 뒷모양을, 그가 배다리를 건너 골목 안으로 사라질 때까지 헛되이 바라보고 나서, 고개를 돌려 천변 너머 맞은편 카페로 눈을 주었다.

밤이 완전히 이르기 전, 이 '평화'라는 옥호를 가진 카페의 외관은, 대부분의 카페가 그러하듯이, 보기에 언짢고, 또 불결하였다. 그나마 안에서 내비치는 전등불이 없을 때, 그 붉고 푸른 유리창은 더구나 속되었고, 창 밖 좁은 터전에다, 명색만으로 옹색하게 옮겨다 심은 두어 그루 침엽송은, 게으르게 먼지와 티끌을 그 위에 가졌다.

소년은, 그러나, 이루 그러한 것에 별 느낌을 가지고 있는 것이 아니었다. 그는 지금, 바로 조금 아까부터 그 밖에가 서서, 혹 열려 있는 창으로 그 안도 기웃거려보며, 혹 부엌으로 통한 문의, 한 장 깨어진 유리 대신, 서투른 솜씨로 발라놓은 엷은 반지*가 한 귀퉁이 쭈욱 찢어진 그 사이로, 허리를 굽혀 그 안을 살펴도 보며 하는, 이미 오십 줄에 든 조그맣고 낡은 부인네에게 호기심을 가졌다. 그이는 그 카페의 여급 '하나꼬'의 어머니다.

'하나꼰, 아까 목욕을 가나 보든데…….'

소년은 속으로 그러한 것을 중얼거리며, 분명히 동대문 안인가 어디서 드난**을 살고 있다는 그를 위하여, 모처럼 틈을 타서 딸 좀 보러 나왔던 것이 그만 가엾게도 허행이 되고 말 것을 애달파하였다.

---

* はんし(半紙). 일본 종이의 한 종류.

** 남의 집 행랑에 붙어 지내며 주인집 일을 도와주는 고용살이.

그러나, 물론, 아낙네는 그러한 것을 알 턱이 없다. 그는 그대로 애타는 걸음으로 문 앞을 오락가락한다. 이미 그의 얼굴은, 카페 안의 모든 사람에게 알려지었고, 또, 여급들이 채 단장도 하기 전인 이 시각에, 객이라고는 아직 한 명도 와 있지 않건만, 저런 이들은 쓰윽 부엌으로라도 들어가서, 아무에게나 물어본다든 그러는 일도 없이, 언제든 딸 만나보는 데 그렇게도 어려워한다.

그가, 네 번째, 반쯤 열어젖힌 창 앞에가 발돋움을 하고서 그 안을 기웃거려보았을 때, 그러나 마침내 부엌으로 통하는 문이 열리고, 분명히 삼십이 넘은, 그리고 얼굴이나 맵시가 결코 어여쁘지 않은 여급이 때 묻은 행주치마를 두른 채 맨발에 흰 고무신을 꿰고 나왔다. '기미꼬'다. 밖에 나오는 그 길로, 개천가로 다가서지도 않고, 그대로 그곳에서 개천 속을 향하여, 사내 녀석같이 퇴에 하고 침을 뱉고, 문득 고개를 돌려 제 동무의 어머니를 발견하자,

"아까, 목욕 갔에요."

표정도 고치는 일 없이 일러주는 그 말소리가, 개천을 건너 소년의 귀에까지 들리도록, 역시 그렇게도 크고 또 거칠다.

저렇게 무뚝뚝하고, 못생기고, 또 늙은 것을, 대체 뭣하러 여급으로 데려다 두었누 하고, 혹 모르는 이는 말해도, 그것은 참말 모르는 말로, 사실은 주인의 술을 그만큼 많이 팔아주는 계집도 드물었다. 우선 기미꼬는 제 자신 술을 잘 먹는다. 그래, 그의 차례에 온 손님들은, 자기들이 먹은 거의 갑절의 술값을 치르지 않으면 안 되었다. 이곳에 오는 손님 중에는 무엇보다도 그러한 점에 있어 그를 좋아 여기지 않는 이가, 더러 있기는 있었다. 또 얼굴이 아름답지 못하고, 우선 젊지 못한 그 대신에, 그러면 구변이라도 능하고 애교라도 있느냐 하면, 또한 그렇지도 못하여, 어쩌다

가 인사성 있게라도 좋은 말 한마디 한다든, 유쾌한 웃음 한 번 웃는다든 그러는 일이 없다. 카페 같은 데 드나드는 사람들이 결코 좋아할 턱 없는, 온갖 요소만을 갖추고 있는 기미꼬가, 남보다 특별나게 손님들의 총애를 받고 있다는 것은, 이를테면, 적지 아니 괴이한 일이나, 현대에 있어서는, 혹은 그러한 것도 소홀히 볼 수 없는 매력일지도 모른다.

그러나 물론, 그에게도 남이 따르기 어려운 장점이 있기는 있었다. 그것은 협기*다. 이 지구 위에 부모 형제는 이를 것도 없고, 소위 일가친척이라 할 아무 하나 가지고 있지 않다고 스스로 말하는 그는, 자기 자신, 어렸을 적부터 그렇게도 고단한 생애만을 살아오지 않으면 안 되었으므로, 그래 그 까닭으로 하여 그러한지는 알 수 없는 노릇이나, 하여튼 누구에게 대하여서나, 그들의 참말 어려운 경우에 진정으로 애쓰고 생각하여 주는 것만은, 사실, 무던하였다…….

소년은 하나꼬 어머니가 광교 쪽을 바라보며 난처한 얼굴로 생각에 잠겨 있다가, 이내 한두 마디 기미꼬에게 말하고, 기미꼬가 또 큰 소리로,

"그럼, 그리 가보세요."

하고 말하자, 그에게 목례를 하고 돌아서서 큰길로 향하여 걸어 나가는 것을 보고,

'아마, 목욕탕으루 찾아가나 부다. 또, 돈 좀 해달라구 왔나?……'

혼자 생각을 하며 고개를 조금 돌려, 저편 한약국 집에서 젊은 내외가 같이 나오는 것을 보자,

'하여튼, 의는 주와. 언제든지, 꼭, 동부인이지…….'

제풀에 빙그레 웃음이 입가에 떠올랐다.

---

* 호협한 기상.

그들 젊은 내외를 가리켜 의가 좋다는 것은, 다만, 이 이발소 소년 혼자의 의견이 아니다. 동경 어느 사립대학 영문과를 졸업한 한약국 집 큰아들이, 현재의 아내와 결혼을 한 것은 지금부터 햇수로 삼 년 전의 일이요, 그들이 서로 안 것은 그보다도 일 년이 일러, 같이 어깨를 가지런히 하여 거리를 산책하는 풍습은 이미 그때부터 시작되었던 것이다. 동경서 갓 나온 한약국 집 아들이, 역시 그해 봄에 '이화'를 나온 '신식 여자'와 '연애'를 한다는 소문은, 우선 빨래터에서 굉장하였고, 이를테면 완고하다 할 한약국 집 영감이, 이러한 젊은 사람들의 사이에 대하여, 어떠한 의견을 가질지는 의문이었으므로, 동리의 말 좋아하는 사람들은 제법 흥미를 가지고 하회를 기다렸던 것이나, 아들의 말을 들어보고, 한 번 여자의 선을 보고 한 완고 영감이, 두말하지 않고 그들에게 선뜻 결혼을 허락하여준 것은, 참말, 뜻밖의 일이었다. 그것으로, '영감'은 '개화'하였다는 칭찬을 동리에서 받았으나, 아들 내외의 행복에 대하여서는, 객쩍게, 남들은, 또 말들이 많아, "연애를 해서 혼인했단 사람들이 더 새가 나쁘드군……." 그러한 말을 하는 사람도 더러 있었으나, 그들의 사랑은 참말 진실한 것인 듯싶어, 흔히 '신식 여자'라는 것에 대하여 공연히 빈정거려보고 싶어 하는 동리의 완고 마누라쟁이로서도, 이제는 방침을 고쳐, 도리어 그들 젊은 내외를 썩 무던들 하다고, 그렇게 뒷공론이 돌게 된 것은 퍽 다행한 일이라 아니할 수 없다.

소년은, 잘 닦아놓은 유리 창문 너머로, 한약국 안, 사랑방에가, 손님과 대하여 앉았는 주인 영감을 바라보았다. 집도 그리 크지는 못하였고, 살림살이도 그다지 부유하여 보이지는 않았으나, 남들 이야기를 들으면, 벼 천이나 실하게 하는 터이라 한다. 그것도 그가 당대에 자기 한 사람의 손으로 모아놓은 것이라 생각하니, 그 허울은 별로 좋지 못한 약국 영감이,

소년의 눈에는 퍽 잘난 사람같이, 은근히 우러러보이는 것이다.

주인 영감과 이야기를 마치고, 시골 손님이 밖으로 나왔다. 벌써 오래 전에 세탁소에 보냈어야만 할 다갈색 중절모를 쓰고, 특히 이번 서울 길에 다려 입고 나온 듯싶은 고동색 능견* 두루마기에, 흰 고무신을 신은 그는, 문을 나올 때 흘낏 보니, 가엾게도 애꾸다. 이 천변에서 애꾸를 구경하기도 참말 오래간만이어서, 광교로 걸어 나가는 그를 지켜보려 하였으나, 뒤미처 방에서 나온, 서사 보는 홍 서방이 대문간 옆 약 곳간에서 큼직한 약 부대를 끌어내는 것이 곁눈에 띄자, 그는 다시 그편으로 눈을 돌리며, 저도 모르게 침이 한 덩어리 목구멍을 넘어갔다.

'참말이지, 기피를 얻어먹어 본 지두 오래다…….'

돌석이가 약국을 나가버린 지도 이미 열흘이나 가까웠다. 그 애 대신 누가 또 들어오려누 약국 심부름하는 애들과 사귀어본 것도 돌석이 아래로 셋이나 되지만, 그 애같이, 한 쪽만 씹어도 입안이 얼얼하게 매운 계피를 툭하면 갖다 주고 갖다 주고 하던 아이도 없었다.

'자식이, 그냥 있지 않구 괘—니 나가서…….'

일은 고되고 월급은 적고 한 것이, 그가 약국을 나간 이유라지만,

'어이 자식두…… 둔 일 전 못 받구 있는 나는 어쩌구…….'

다른 약국에 비해 적다고 하는 말이지만, 그래도 먹고 오 환이면, 그게 얼마야— 하고, 공연히, 잠깐, 심사가 좋지 못하였으나, 저녁 찬거리를 장만하러 귀돌 어머니가 바구니를 들고 대문을 나오는 것을 보자,

'참, 행랑 사람이 아직 안 들어와서, 그래, 저이가 빨래두 허구, 찬거리두 사러 가구…… 혼자서, 요샌 약 올를걸?……'

---

* 명주실로 짠 비단.

그것은 어떻든, 약국집에서 사람 부리는 것이 그리 심악하다거나 박하다거나 한 것도 아닌 모양인데, 역시 사람 만나기란 그렇게도 어려운 것인지, 이번에 나간 하인도 일 년이나 그밖에는 더 안 살았다.

'그저, 저 사람 하나지. 아주 죽을 때꺼정 그 집이서 살겠다구 헌다니까…….'

시앗*을 보고, 남편의 학대를 받고, 마침내는 단 하나 어린 자식마저 없애고, 이제는 이 세상에 믿고 살 모든 것을 잃은 귀돌 어멈이, 한약국 집으로 안잠을 살러 들어온 것은, 지금으로부터 오 년 전, 지금 유치원에 다니는 막내딸 기순이가 세상에 나오던 바로 그해 가을이다. 동리 아낙네들이, 모두 그를 무던한 여편네라 칭찬하고 있는 것을 잠깐 생각하여보며, 배다리 반찬 가게로 향하는 귀돌 어멈의, 왼편으로 약간 고개를 갸우뚱한 뒷모양을 바라보고 있으려니까, 웃고 재깔이며 십칠팔 세씩 된 머리 땋아 늘인 색시가 세 명, 걸음을 맞추어 남쪽 천변을 걸어 내려온다. 흡사 학생같이 차렸으나, 손에들 들고 있는 것은 벤또 싼 보자기로, 조금 전 다섯 시에, 전매국 의주통** 공장이 파한 것이다. 모두 묘령들이라 그리 밉게는 보이지 않아도, 특히 가운데 서서 그중 웃기 잘하는 색시가 가히 미인이라 할 인물로, 우선, 그러한 공장 생활을 하는 여자답지 않게 혈색이 좋은 얼굴이 참말 탐스럽다. 교직 국사 저고리에, 지리멩*** 검정 치마를 입고 납작 구두를 신은 맵시도 썩 어울리는 그 처녀는, 수표 다리께 사는 곰보 미장이의 누이로, 소년은, 그가 얼굴값을 하느라고 행실이 단정하지 못하다는 소문을 들어 알고 있다.

---

* 첩.
** 서울 중구에 있는 동.
*** 치리멘ちりめん(縮緬). 바탕이 오글오글하게 된 평직의 비단.

행실이 단정하지 못하기로 말하면, 이 색시의 형 되는 사람이 오히려 더하여, 지금은 과부가 되어 저의 오라비에게로 와서 지내나, 남편이 살았을 때에도 사내가 한둘은 아니었던 모양이요, 병도 병이려니와 그러한 것으로 남편은 속을 썩이어, 그래, 서른여덟 살, 한창 살 나이에 죽었다고 남들의 뒷공론이 대단한 모양이다. 이미 서른넷이나 되어, 고운 티도 다 가시고, 이제 또 개가를 하느니 어쩌니 그러한 것이 문제 될 턱도 없는 것이지만, 원래가 그러한 여자라 그대로 집에 두어두자니, 필경 추잡한 소문만 퍼뜨려놓을 것이요, 그것은 이제 쉬이 시집을 보내야 할 둘째 누이를 가지고 있는 오라비로서, 정히 머릿골 아픈 노릇이라, 역시, 누구 나서는 사람이 있으면 그에게다 과부 누이를 떠맡기고 싶어 하는 모양이라 한다…….

물을 다 긷고 난 신전 집 주인의 처남이, 다시 아이를 들쳐 업고 문간에 나왔을 때, 천변으로 창이 난 작은아들의 방에서 풍금 소리가 들려왔다. 〈바그다드의 추장〉*—, 물론, 소년은, 그 곡명을 알지는 못하였으나, 신전 집 작은아들이 즐겨서 타는 이 행진곡은, 그냥 귀로 듣기만 하여도, 악한의 뒤를 추격하는 '청년'의 모양이 눈에 서언하여, 절로 신이 나는 것이다. 그러나, 풍금을 타는 사람의 마음이 그래서, 듣는 이도 전만큼은 흥이 나지 않는 것일까?—이 봄에 대학을 마치면 의사로 나서게 되는 그는, 보통학교 적부터 음악에 취미를 가져, 하모니카와 대정금**으로 시작된 노래 공부가, 이어서 풍금, 만돌린, 색소폰, 바이올린, ……그에게는 온갖 악기가 있었고, 그것들을 그는 어느 정도까지 희롱할 줄 알아,

"으떻든 재주 한 가지는 지일이야."

---

* 아드리앙 브와엘디외Adrien Boieldieu의 오페라 〈Le Calife de Bagdad〉의 주제곡.
** 타이쇼고토たいしょうごと(大正琴). 일본 현악기의 일종.

하고, 점룡이 어머니도 칭찬이 대단하였으나, 이제는 그것들을 다시 만져 보려도 쉽지 않아 가운*이 기울어지는 것과 함께 악기 나부랭이도 혹은 전당포 곳간으로, 고물상 점두**로 나가버리고, 이제는 하나 남은 풍금이 낡아서 몇 푼 돈이 안 되는 채, 때때로 젊은이의 심사를 위로하여줄 뿐인 것이다.

소년은 눈을 돌려, 두 집 걸러 신전 편을 바라보았다. 이월이라, 물론 파리야 있을 턱이 없는 일이지만, 이를테면, 저러한 것을 가리켜 "파리만 날리고 있다." 그렇게 말하는 것일 게다. 아까부터 보아야 누구 하나 찾아 들지 않는 쓸쓸한 점방에가, 머리 박박 깎은 큰아들이 신문만 뒤적거리고 있었다. 그것도 한약국 집에서 얻어 온 어저께 신문일 것이다. 이 집에서 신문을 안 본 지도 여러 달 된다. 어린 마음에도 남의 사정을 딱하게 여기고 있었으나, 사람들은, 그의 그러한 갸륵한 심정을 알아줄 턱 없이, 정신 없이 그러고 앉았는 그가 질겁을 하게시리,

"인마, 뭣에 또 정신이 팔렸니? 어서 선생님 머리 감아드리지 않구……."

바로 등 뒤에서 소리를 꽥 지르는 것이 들어온 지 얼마 안 된 게 주짜*** 만 빼려 드는 김 서방이라, 소년은 은근히 골이 나서,

"내가 인마예요? 내 이름은 어엿허게 재봉이예요."

볼이 멘 소리를 하고, 민 주사의 뒤를 따라 세면대로 걸어갔다.

---

* 집안의 운수.
** 가게의 앞쪽.
*** 말이나 행동이 분에 넘치며 버릇이 없는 것.

● 제3절

시골서 온 아이

소년은, 드디어, 그렇게도 동경하여 마지않던 서울로 올라오고야 말았다. 청량리를 들어서서 질펀한 거리를 달리는 승합자동차의 창 너머로, 소년이 우선 본 것은 전차라는 물건이었다. 시골 '가평'서는 결코 볼 수 없었던 것이, 그야, 전차 한 가지가 아니다. 그래도 그는, 지금 곧, 우선 저 전차에 한번 올라타 보았으면 한다. 그러나 아버지는 어린 아들의 감격을 일일이 아랑곳하지 않고, 동관 앞 자동차부에서 차를 내리자, 그대로 그를 이끌어 종로로 향한다.

소년은 행길 한복판을 거의 쉴 사이 없이 달리는 전차에가, 신기하지도 아무렇지도 않은 듯싶게 올라타고 있는 수많은 사람들의 얼굴에, 머리에, 등덜미에, 잠깐 동안 부러움 가득한 눈을 주었다.

"아버지. 우린, 전차, 안 타요?"

"아, 바루 저긴데, 전찬 뭣허러 타니?"

아무리 '바루 저기'라도, 잠깐 좀 타보면 어떠냐고, 소년은 적이 불평이었으나, 다음 순간, 그는 언제까지든 그것 한 가지에만 마음을 주고 있을 수 없게, 이제까지 시골구석에서 단순한 모든 것에 익숙하여온 그의 어린 눈과 또 귀는 어지럽게도 바빴다.

전차도 전차려니와, 웬 자동차며 자전거가 그렇게 쉴 새 없이 뒤를 이어서 달리느냐. 어디 '장'이 선 듯도 싶지 않건만, 사람은 또 웬 사람이 그리 거리에 넘치게 들끓느냐. 이 층, 삼 층, 사 층…… 웬 집들이 이리 높고, 또 그 위에는 무슨 간판이 그리 유난스레도 많이 걸려 있느냐. 시골서, '영리하다', '똑똑하다', 바로 별명 비슷이 불려온 소년으로도, 어느 틈엔가, 제풀에 딱 벌려진 제 입을 어쩌는 수 없이, 마분지 조각으로 고깔을 만들어 쓰고, 무엇인지 종잇조각을 돌리고 있는 사나이 모양에도, 그의 눈은, 쉽사리 놀라고, 수많은 깃대잡이 아이놈들이 앞장을 서서, 몽당수염 난 이가 신나게 부는 날라리 소리에도, 어린이의 마음은 걷잡을 수 없게 들떴다.

몇 번인가 아버지의 모양을 군중 속에 잃어버릴 뻔하다가는 찾아내고, 찾아내고 한 소년은, 종로 네거리 굉대한 건물 앞에 이르러, 마침내, 아버지의 팔을 잡았다.

"예가 무슨 집이에요, 아버지."

"저—, 화신상……, 화신상이란 데야."

"화신상요? 그래, 아무나 들어가요?"

"그럼, 아무나 들어가지."

그러나 아버지는, 아들이 지금 그 안에 들어갈 것을 허락지 않았다. 그는 겨우내 생각하고 또 생각한 나머지에, "마소 새끼는 시골로, 사람 새끼는 서울로."의 속담을 그대로 좇아, 아직 나이 어린 자식의 몸 위에 천만 가지 불안을 품었으면서도, '자식 하나, 사람 만들어보겠다'고, 이내 그의 손을 잡고 '한성'으로 올라온 것이다. 지난번 올라왔을 때 들르지 못한 화신 상회에, 자기 자신 오래간만이니 잠깐 들어가 보고도 싶었으나, 그는, 자식의 앞길을 결정하는 사무가 완전히 끝나기까지, 자기의 모든 거조가,

그렇게도 긴장되고, 또 경건하기를 바랐다.

청계천 변, 한약국 주인 방에, 가평서 올라온 부자는 주인 영감과 마주 대하여 앉았다.

"얘가 자제요니까?"

"네에…… 얘, 인사 여쭤라."

소년은 주인 영감의 짧은 아랫수염과 뒤로 젖혀진 귓바퀴에, 시골 구장 영감을 생각해내며, 한껏 긴장한 마음으로 공손히 절을 하였다. 그는 처음 보는 주인 영감 앞에서 몸 가지기가 거북한 것을 느끼지 않을 수 없었다. 아버지도 그의 앞에서는 보잘것없는 인물인 듯싶은 것이 또 마음에 부끄럽고 불안하였다. 그가 바로 검붉은 살빛까지 구장 영감과 흡사한 것에 비겨, 자기 아버지가 '시골뜨기'로, 더구나 '애꾸'라는 것을 생각할 때, 소년은 제풀에 얼굴이 붉어졌다.

"너, 몇 살이지?"

"네에, 이놈이 지금 열네 살이랍니다."

소년은, 자기가 대답할 수 있기 전에, 아버지가 대신 말하여준 것이, 또 불평이었다. 열네 살이면, 처음 보는 이 앞에서도 능히 그러한 것을 제 입으로 대답할 수 있다. 어른이 대신 말하여줄 때, 모르는 이는 아이가 똑똑지 못한 것같이 잘못 알지도 모른다. 그는 광대뼈가 약간 나온 주인 영감의 옆얼굴을 곁눈질하며, 만일 이름을 묻거들랑, 아버지가 채 무어라기 전에, 얼른,

"창수예요."

그렇게 대답하리라고 정신을 바짝 차렸던 것이나, 주인 영감은 얼굴뿐이 아니라, 그 마음까지도 구장 영감을 닮아 심술궂은지, 슬쩍 그러한 것

을 좀 물어주는 일도 없이, 조금 있다,

"문간에 나가 구경이래두 허렴. 어디 머언 데는 가지 말구……."

그리고 어른들은 어른들끼리만 무슨 은근한 이야기가 있으려는지, 새로이들 권연을 피워 물었다.

소년은 곧 밖으로 뛰어나왔다. 그리고 신기롭게 주위를 둘러보았다. 이곳은 가평이 아니라 서울이다. 나는 그렇게도 오고 싶어 마지않았던 서울에 기어코 오고야 말았다—이 생각이 소년의 눈에 보이는 것, 귀에 들리는 것, 그 모든 것에 감격을 주었다. 아무리 시골서 처음 올라온 소년의 마음에라도, 결코 그다지는 신기로울 수 없고, 또 아름다울 수 없는 이곳 '천변 풍경'이, 오직 이곳이 서울이라는 그 까닭만으로, 그렇게도 아름다웠고, 또 신기하였다.

창수는, 우선, 개천 속 빨래터로 눈을 주었다. 한 이십 명이나 모여든 빨래꾼들—, 그들의 누구 하나 꺼리지 않고 제멋대로들 지절대는 소리와, 또 쉴 사이 없이 세차게 놀리는 방망이 소리가, 그의 귀에는 무던히나 상쾌하다.

그는 눈을 들어, 이번에는 빨래터 바로 위 천변의, 나무장 간판이 서 있는 곳을 바라보았다. 그곳에는 이미 윷을 놀지 않는 젊은이들이, 철망 친 그 앞에가 앉아서들 잡담을 하고, 더러는 몸들을 유난스러이 전후좌우로 놀려가며, 그것은 또 무슨 장난인지, 서로 주먹을 들어 때리는 시늉을 한다. 그것이 '권투'라는 것의 연습임을 배운 것은 그로부터 며칠 뒤의 일이거니와, 그러한 장난도 창수의 눈에는 퍽 재미스러웠다.

그러한 소년의 눈에, 천변을 오고 가는 모든 사람들이, 그 모두가, 한결같이 잘나만 보이는 것도 또한 어찌할 수 없는 일이 아니냐. 임바네쓰*입은 민 주사며, 중산모 쓴 포목전 주인이며, 인력거 위에 날아갈 듯이 앉아 있는 취옥이며, 그러한 모든 사람은 이를 것도 없거니와 다리 밑에 모여서들 지껄대고, 툭 치고, 아무렇게나 거적 위에가 뒹굴고, 그러는 깍정이** 떼들도, 이곳이 결코 시골이 아니라 서울일진댄, 그것들은 또 그만큼 행복일 수 있지 않느냐.

더구나, 소년은, 줄창, 이곳에만 있어, 오직 이곳 풍경만 사랑하지 않아도 좋을 것이다.

'암만 좋은 구경이래두, 밤낮 본다면 물리고 만다…….'

그러나 이제 창수는 '화신상'도 가볼 수 있고, '전차'도 탈 수 있고, 옳지, 또 가만히 서만 있어도 삼 층 꼭대기, 사 층 꼭대기로 데려다 준다는 '승강기'라는 것이 있다지 않나. 수길이 말을 들으면, 머리가 어찔하게 현기증이 나더라지만, 그것은 타는 법을 몰라 그럴 것이다.

'눈을 꼭 감고만 있으면 아무 상관이 없다…….'

창수는, 말로만 들었지 정작 눈으로 본 일은 없는 '승강기'라는 물건을, 잠깐 머릿속에 아무렇게나 만들어보느라 골몰이었으나, 어느 틈엔가 제 곁에가, 서너 명의 아이들이 모여 선 것을 깨닫고, 그들을 둘러보았다.

"얘가 시굴 아이다, 시굴 아이야."

칠팔 세나 그밖에 더 안 된 아이가, 옆에 있는 아이들을 둘러보고 그렇게 말하니까, 모두 고만고만한 또래의 딴 아이들이,

"그래 시굴 아이야, 시굴 아이……."

저마다 연방 고개를 끄떡이고, 열한두 살이나 그렇게 된 계집아이 등에가 업혀 있는 두세 살 된 갓난애조차, 잘 안 돌아가는 혀끝을 놀리어,

---

* インバネス(inverness). 남자용 외투의 일종.

** 거지.

"시구라, 시구라."

하고, 빼안히 저를 치어다보는 것에, 소년은 그러한 것에도 쉽사리 붉어지는 제 얼굴을 아무렇게도 하는 수 없이, 문득, 등 뒤에서 요란스러이 울린 자전거 종소리에, 그만 질겁을 하여 한옆으로 허둥대며 비켜서는 꼴을 보고, 그 결코 그렇게는 놀라는 일이 없는 '서울 아이'들이, "하, 하, 하." 하고 가장 재미 있는 듯싶게 한바탕을 웃었을 때, 소년은 귀밑까지 새빨개가지고 마음속에 끝없는 모욕을 느끼지 않으면 안 되었다.

그러나 저를 비웃은 아이는, 옆에 모여 선 그 애들뿐이 아니다. 개천 건너 이발소 창 앞에가 앉아, 저보다 좀 큰 아이가 아까부터 제 편만 지켜보고 있었던 듯싶어,

"하, 하, 하…… 년석, 놀라기는……."

하고, 그러한 말을 하더니, 눈이 마주치자,

"너, 약국에, 오늘 둘왔구나?"

아주 어른같이 그러한 것을 묻는다. 창수는 또 변변치 못하게 얼굴을 붉히며, 가까스로 고개를 한 번 끄떡하고, 문득, 부모를 떠나 외따로이 이러한 곳에서 이제 어떻게 지내가누 겁이 부썩 나며, 그저 아버지가 '전차'나 태워주고, '화신상'이나 구경시켜주고, 또 '승강기' 있다는 데도 데리고 가주고, 그러한 다음에, 같이 집으로나 다시 내려갔으면, 그러면 퍽 좋겠다고 침을 몇 덩어리나 삼키며, 저 혼자 속으로 생각하지 않으면 안 되었다.

소년이, 그렇게, 서울에서의 자기에 대하여, 눈곱만 한 자신도 가질 수 없을 때, 그러나, 아버지는, 단 하룻밤이라 같이 묵어주는 일 없이, 그대로 무자비하게도 자기의 볼일만을 보러, 영등포라나 어디라나로 떠나버

렸으므로, 어린 창수는, 대체, 혼자서, 이제, 어찌하여야 좋을지, 끝없는 불안에 사로잡히고 말았다. 그야, 아버지는, 내일 아침 가평으로 돌아가기 전에, 다시 한 번, 이 한약국에를 들르마고, 그러한 말을 하였던 것이나, 그까짓 것이 그의 마음의 불안을 조금이라도 덜어주는 것이 될 수는 없었다. 그래, 얼마 있다, 주인 영감이 '피죤' 한 갑 사 오라고 한 장의 일 원 지폐를 내주었을 때, 담배 가게가 어디가 붙어 있는지, 우선 그것부터 모르는 창수는 고만한 심부름에도 애가 쓰였다.

돈을 두 손으로 받아 들고 밖으로 나오는 그의 등에다 대고, 주인 영감은 생각난 듯이 한마디 하였다.

"너, 담배 파는 데, 아―니?"

"네―."

얼떨결에 그렇게 대답하고, 또 얼굴을 붉히며, 천변에 나와, 대체, 어디로 발길을 향하여야 옳을지 분간을 못 하고 있었을 때,

"너, 심부름 가니?"

개천 건너 이발소 창 앞에가 그저 앉아 있는, 아까 그 아이가 말을 또 걸어, 그래,

"응."

하고 대답하니까,

"뭐어. 무슨 심부름."

"담배."

하니까, 마음씨는 착한 아이인 듯싶어,

"저―기, 배다리 가게서 판다."

일러주는 그 말이, 이 경우의 창수에게는 퍽 고마웠다.

창수는 한달음에 다리 모퉁이 반찬 가게로 뛰어갔다.

"담배 한 갑 주세요. 마코요…… 아—니, 저어, 피죤요."

아버지는 늘 마코만 태우신다. 구장 영감도 피죤을 태우는 것을 못 보았다. '쥔 영감'은 참말 부잔가 보다…… 창수는 썩 지전을 내놓았다.

주인 영감이 일 원 지폐를 그에게 주었던 것은, 혹은, 따로 잔돈이 있었으면서도, 그러한 간단한 셈이라도 소년이 칠 줄 아나 어떤가— 시험해 보려는 그러한 마음에서 나온 것일지도 모른다. 창수는, 그러나, 그러한 것에 서투르지 않다. 마침내, 그는, 한 갑의 담배와, 아홉 개의 백통전을, 주인 영감 책상머리에 갖다 놓고, 제 딴에는 무슨 크나큰 일이나 치른 듯이, 가만한 한숨조차 토하였던 것이나, 돈을 세어보고 난 주인 영감이, 뜻밖에도 눈살을 잔뜩 찌푸리고서, 가장 못마땅한 듯이 그의 얼굴을 면구스럽게 치어다보며,

"너, 을마 거슬러 온 거냐?"

한마디 말에, 그만 창수의 얼굴은 어처구니없이 붉어지고,

"구십, 구십 전이죠. 왜, 저어……."

변변하지 못하게 말소리조차 더듬어지는 것을, 제 자신, 어쩌는 수 없이,

"그래, 이게 구십 전야?"

주인 영감이 거의 음성조차 높여가지고, 그의 눈앞에 내보이는, 그 거슬러 온 돈을 다시 한 번 세어보아도, 역시 틀림없이 아홉 푼이기는 하였으나, 성미 급하게 주인 영감이 마침내 집어서 보여주는 그중의 한 푼은, 둘레는 거의 십 전짜리만이나 하였어도, 역시 틀림없는 오 전짜리 백통전이 분명하였다.

창수는 얼굴이 무섭게까지 새빨개가지고, 대체, 이제 어찌하여야 좋을 것인지, 어림이 도무지 서지 않았다. 이제까지 시골에 있어서도, 그는 이러한 경우를 당하여본 일이 없었다. 그러한데, 이곳은, 더구나, 누구라 하

나 아는 사람을 가지지 못한 서울 한복판이 아니냐? 소년은 금방 울 것 같은 마음으로 오 전짜리 백통전을 내려다보며, 얼마 동안을 바보같이 그곳에가 서 있었다. 아무리 어려운 일, 아무리 힘든 일이라도 좋았다. 대체, 이러한 경우에는 어떻게 하여야만 옳은 것인지, 우선, 그것만 알아낼 수 있더라도 당장 살 것 같았다.

그러하였던 까닭에, 그때 옆에서 장부를 뒤적거리고 있던 홍 서방이, 비로소 말참견을 하여,

"어여, 가게 한 번, 다시 갔다 오너라."

일러주었을 때, 창수는, 오직 그 말 한마디로 금시에 소생이나 하여 난 듯이, 가만히 숨 쉬고, 부리나케 다시 가게로 달음질쳐 갔던 것이다.

그러나 그것은 부질없는 일이었다. 창수가, 자신 없이, 그것도 더듬어 가며 하는 말을, 반찬 가게 주인은 결코 끝까지도 들어주지 않았다.

"애, 어림두 없는 소리는, 허지두 말어라."

눈을 부라리며 한마디 하였을 뿐으로, 다음은, 마침 무엇을 사러 나온 칠성 아범을 보고, 자기가 이 장사를 열네 해를 하였어도, 이제까지, 단 '고린전'* 한 푼 셈을 틀려본 일이 없었노라고, 그것을 역설하여, 단순한 민 주사 집 하인의 찬동을 어렵지 않게 얻었다.

창수는, 비애와, 애원과, 원망과…… 그러한 온갖 감정이 뒤범벅을 한 눈을 들어, 얼마 동안 가게 주인의 얼굴만을 치어다보았다. 그러나 그러한 것이 이 경우에 아무런 보람도 있을 턱 없이, 그대로 하는 수 없는 발길을 옮겨 다시 약국 앞에까지 왔던 것이나, 그냥 문 안으로 들어설 용기가 나지 않는 채, 담에가 시름없이 몸을 기대서려니까, 이제까지 목구멍

---

* 보잘것없는 푼돈.

너머에 눌러두었던 울음이, 바로 제때나 만난 듯이 복받쳐 올랐다.

고생이 되어도 좋다고, 어떠한 일이든지 하겠다고, 그저 서울로만 보내 달라고, 어머니며, 아버지를 졸랐던 어제까지의 자기가 자꾸 뉘우쳐졌다. 아버지가 볼일 보러 간 곳이 대체 어디쯤인지, 만약 찾아갈 수만 있다면 지금이라도 당장 그리로 달려가고 싶었다. 그리고 아버지에게 하소하면, 아버지는, 물론, 이러한 경우에도 반드시 '자기의 편'일 것으로, 어린 아들을 좀 더 고생시키는 일 없이, 다시 손을 이끌고 시골로 내려갈 것이다.

그러나, 이튿날 아침—, 차 시간이 촉박하여, 단 오 분이라 지체할 수가 없다고, 분주하게 약국에를 들른 아버지는, 결코, 창수에게 그러한 말을 할, 시간과 기회를 주지 않았다. 아버지는, 그저, 주인 영감에게 향하여, 아무것도 배우지 못한 자식을, 잘 좀 나무라주시고, 지도하여주시어, 어떻게 사람이 되게 하여줍시사고, 그러한 것을 또 당부하였고, 창수에게는, 그저 매사를 주인어른 말씀대로만 꼭 해야 한다고, 집에 있을 때와는 다르니까, 바짝, 정신을 차려야 한다고, 그리고 또 몸 성히 잘 있어야 한다고, 집을 나오기 전에도 몇 번씩 당부하던 그 말을 또 한 번 되풀이하였을 뿐으로, 서투른 솜씨로 후추를 연질*하고 있는 아들의 모양을, 잠깐 애달프게, 또 일종 미덥게 내려다본 뒤,

"애애."

하고 은근히 아들에게,

"그저 한시 쉬지 말구, 일을 부지런히 해야 헌다."

그렇게 또 한 번 타이르고서는, 다만 대문간까지라도 아들이 따라 나올

* 생후추를 약한 불에 말리는 일을 가리키는 말로 짐작됨.

것을 허락하지는 않았다.

그러한 아버지에게, 창수는 겨우 입을 열어,

"아버지, 안녕히 내려가세요."

단 한마디 인사말을, 그것도 거의 들릴까 말까 하게 중얼거려보았을 그뿐으로, 순간에 떠도는 눈물을, 남몰래 소매 끝으로 씻은 그다음에, 얼른 다시 고개를 들어보았을 때에는, 이미 아버지의 모양을 이 한약국 구석진 방에 찾을 수 없었다. 창수는 별 까닭 없이 잠깐 그 안을 둘러보고, 그리고, 이제 혼잣몸이 이곳에서 어찌나 지내갈 것인가— 문득, 끝없는 외로움과 또 애탐을, 그는 마음 깊이 느끼지 않으면 안 되었다…….

● 제4절

불행한 여인

익숙지 않은 일에 얽매여 고생하는 것은 그러나 오직 창수 혼자의 슬픔이 아니다. 파랑 칠한 중문 하나 격하여 약국 안채에서는, 행랑에 든 지 사흘이 채 못 되는 만돌 어멈이, 새아씨가 건넌방 툇마루에 내어놓았던 연분홍 하부다이* 치마를, 그저 제 짐작으로, 다른 무명 빨래와 함께 잿물에다 막 삶았대서, 새아씨는 물론, 안방마님의 퉁명스러운 꾸지람을 듣고, 또 뒤 이어, '이 댁에서 죽을 때까지 살겠다'는 안잠자기** 귀돌 어멈에게까지 핀잔을 맞아, 어리둥절한 채, 이제는 태워본대야 아무런 보람이 없는 애를, 혼자 부엌 속에서 태우고 있었다.

고생은 날 적부터 타고 나온 제 팔자다. 가난한 것은, 이미 아무렇게도 하는 수 없는 것이었고, 잘못 만난 서방 탓으로, 밤낮 속을 썩이는 것에도, 이제는 완전히 익숙하였다. 그러나 그래도 '내 사내'라고 받들어 왔던 남편이, 드디어 딴 계집을 얻어가지고, 그대로 차고, 때리며, 나가라 구박

---

* 하부다에はぶたえ(羽二重). 하부타에. 순백색 견직물의 한 종류.
** 여자가 남의 집에서 먹고 자며 그 집의 일을 도와주는 일. 또는 그런 여자.

이 자심할 때, 한때는 죽어버릴까 하고, 그렇게 모진 마음조차 먹어보았던 것이나, 아직 철이 나기도 먼, 만돌이, 수돌이, 두 어린것을 생각하고는, 도저히 결심이 서지 않았다. 그때, 문득, 생각난 것이 반년 전에 서울로 올라간 필원이네 소식이다. 한이웃에 살며, 거의 매일같이 서로 마을을 댕기던 필원이네가, 서울서 드난을 살며, 그래도 어떻게 탈 없이 지낸다는 것이, 그의 걸어갈 길을 지시하여주었다. 그래, 남의 집 사는 것이 결코 수월치 않다는 것쯤은 짐작을 하면서도, 그래도, 그것이, 지금의 이 고생살이보다는 오히려 나으리라고, 오직 필원이네를 믿고 어린것들의 손목을 잡아, 난생처음, 서울로 올라온 그것이, 바로 지금으로부터 보름 전의 일이다.

그는 그렇게 하여, 저의 앞길이 갑자기 터진 것같이, 한때는, 생각하였다. 열일곱 살에 사내를 알아가지고, 스물네 살 되는 이제까지, 시집살이 팔 년 동안에 눈곱만 한 기쁨도 준 일 없이, 오직 한숨과 눈물로만 날을 보내게 하여주던 남편과도, 이제는 참말 영이별이다. 그야, 어린것을 둘씩이나 데리고 아직도 새파랗게 젊은 몸이, 대체 어떻게 살아가야 하나—그것이 마음에 큰 걱정이 아닐 수 없었으나, 그 무지하고 표독한 사내와 이렇게 떨어질 수 있는 것만 해도, 우선 얼마나 다행한지 몰랐다.

그러나 넓은 서울 장안에서도, 그와 두 어린것을 용납하여주도록 관대한 집은 드물었다. 수소문을 하여 사람 구한다는 집을 차례로 다녀보았으나, 모든 것이 부질없는 일이었다. 행랑것으로는, 서방이 없는 것이 흠이었고, 안잠자기로는, 또 어린것이 둘씩이나 있는 것이 탈이었다. 그래, 만돌 어미가 기진역진*한 끝에, 또다시 모진 마음을 먹으려 들었을 때, 그것

* '기진맥진'과 같은 말.

은 또 무슨 생각으로선지, 그렇게 구박을 하여 내쫓아 놓고, 지금쯤은 새로 얻은 계집과 재미나게 살고 있어야만 옳을 만돌 아비가, 제 계집의 뒤를 쫓아 서울에 나타났다.

서울에 오던 당초에, 만돌 어미가 필원이네를 보고 서러운 사정을 하소연한 다음, 이제는 애아버지와도 참말 영이별이라고, 그렇게 말하였을 때, 그보다는 네 살이나 위요, 또 그만큼 경난*을 한 필원 어멈이, 호젓하게 웃으면서,

"내외 사이가, 어디 그렇게 쉽게 갈라지나? 다아 어림없는 말이지."

그렇게 하던 말이, 지금 생각하여보면, 역시 옳았다.

불행한 여성은, 어떻게 무정한 사내에게 좀 더 반항하여본다든 하는 수 없이, 그대로 운명에 맹종하기로 마음을 먹고, 안팎드난이라야 한대서, 서방이 아직 올라오지 않았을 때는 들어갈 수 없었던 한약국 집에, 이제 네 식구는 필원이네의 극력 주선으로, 평생 처음인 남의 집 고용살이를 시작하였던 것이다.

그러나 같은 조선 사람의 생활이면서도, 자기들이 이제껏 시골에서 경영하여오던 살림과는 전연히 달라서, 처음 서울 올라온 여인은, 오직 밥 짓는 것 한 가지밖에는, 대체 무엇을 어떻게 하여야 옳을 것인지, 밤낮 귀돌 어머니의 핀잔만 맞아, 한 가지의 실책이 있을 때마다, 혹시나 이러기 때문에 드난도 못 살고 쫓기어나는 것이나 아닐까, 그것이 마음에 겁났고, 또 아직은 별 행패가 없으나, 제 버릇 개 줄 리 없이, 이제 당장이고 시골서 하던 그대로 술이나 처먹고, 애아범이 안팎을 소란하게나 만들면 어쩌는고— 하고, 그는 그러한 것에, 자나 깨나, 애가 탔다.

---

* 어려운 일을 겪음.

그러나 한 열흘이나 지나도록, 만돌 아비는 아주 별사람이나 된 듯싶게, 얌전하니 아무런 일도 일으키지는 않았다. 안잠자기 귀돌 어멈은, 원래, 빨래터에서 들은 말이 있었던 까닭에, 행랑에서 크고 작고 간에 이제 쉬이 무슨 분란이든 있으리라고, 그러한 것에 은근히 기대를 가졌었던 듯싶으나, 얼마 동안 유지되어가는 평화에, 그 왼편으로 기울어진 고개를 그는 좀 더 기울여보곤 하는 것 같았다. 그러나, 그것만으로 만돌 어미가 어리석게도, 혹은 참말, 서방이 이제는 맘보를 바로 가지고 못된 행실을 고치려는가 하고, 그렇게 은근하게 기뻐하려 하였던 것은, 결코 옳지 않았다.

어느 날 낮에 장작이 한 마차 들어와, 그것은 마땅히 행랑아범이 있어가지고, 헛간에다 쌓는 데 거들어야 하고, 또 당장 저녁에 땔 것만이라도 단 몇 단, 우선, 패어놓아야만 되는 것을 대체 어디로 무엇을 하러 갔는지, 만돌 아비는 암만을 찾아도 보이지 않아, 그래, 꾸지람은 어멈이 혼자 도맡아 받고, 그리고 혼자 좁은 가슴만 태우지 않으면 안 되었던 그날 밤의 일이다.

밤 열 시나 거의 되어서, 술까지 잔뜩 취하여가지고 돌아온 애아범을 보고, 만돌 어미는, 이내 참지 못하고,

"아아니, 그래, 바쁜데 일은 안 허구 어딜 또 갔었수?"

한마디 불만을 토하여놓았다. 여기가 만약 자기네들만이 사는 집이라면, 이제까지나 마찬가지로, 불행한 계집은, 결코 그러한 말 한마디 입 밖에 내어놓았을 리 없다. 그러나 자기들은 지금 남의 집에 드난을 살고 있는 것이었고, 더구나 불은 때야 하고 장작 팰 아범은 들어오지 않고 하였을 때, 주인 서방님이 서투른 도끼질을 하느라, 손바닥에 생채기조차 내었던 것이 마음에 어찌나 죄스러웠던지, 그는 그대로 잠자코 있을 수가

없었던 것이다. 만돌 아비는, 그러나, 그러한 모든 어려움을 결코 머릿속에 두지 않았다.

"어디 갔다 오든, 이년아, 늬가, 무슨 상관야?"

말은 오직 그 한마디로, 다음에 무수한 주먹과 또 발길이, 가엾은 여인의 몸 위에 떨어졌다. 사내는, 결코, 제 본성을 고쳤던 것도 아무것도 아니었다. 계집의 팔자는 그리 쉽사리 좋아질 수 없다. 만돌 어미는 그대로 독한 매를 맞으며, 방 안에 가득한 어린것들의 울음 소리에 흥분할 대로 그는 흥분하여가지고, 모두들 나중에 어떻게 되든지, 자기는 이대로 얻어맞아 죽기나 했으면, 참말이지 그것이 오히려 얼마나 나을지 모르겠다고, 불행한 여인은 이를 꽉 악물고,

'정말이지 쥑이려거든, 제발 나 좀 쥑여다우, 쥑여다우…….'

몸을 그곳에 그대로 내어던져 둔 채, 그는 쉴 사이 없이 그러한 것을 마음속으로 외치고 있었다.

● 제5절

경사

음력 삼월 중순—, 내일모레 창경원의 '야앵'*이 시작되리라는 하늘은, 매일같이 얕게 흰 구름을 띄운 채, 훠언하게 흐리다. 사람들의 마음이 애달프게도 들뜨려 할 때, 배다리 골목 안, 최장님 집에서는, 그 건넌방을 빌려 든 이쁜이네에게, 오늘 크나큰 경사가 있다 해서, 이른 아침부터 좁은 집 안에 사람이 들끓었다. 작년 가을부터 말이 있어오던 이쁜이가, 기어코 이날을 기약하여 아래대** 강씨 집안으로 시집을 가는 것이다.

가지고 갈 것이라고는 칠 원에 사 들인 조그만 머릿장 하나. 고등문화견 금침 한 벌. 선채*** 받은 인조견 치마저고리 두 벌. 그리고 다음은, 값싼 경대와 반짇고리 하나가 있을 뿐이었으나, 그것도 없는 사람 눈에는 퍽 장하여 보였다.

그러나, 이미, 부귀라 하는 것이 우리에게 있어, 한 조각 뜬구름일진댄, 혼인의 장하고, 또 장하지 못함을 어찌 그러한 것에서 상고하여 마땅하랴. 신부의 그 얌전한 품과, 더할 나위 없이 어여쁜 인물이, 매일같이 보

---

* 밤 벚꽃놀이.

** 서울 성안의 동남쪽 지역을 이르던 옛말. 동대문 쪽이 해당됨.

*** 혼례를 치르기 전에 신랑 집에서 신부 집으로 보내는 채단.

아온 이들에게도 새로운 한 개의 경이일 때, 사람은, 그 이상의 아무것도 더 바랄 수 없다.

사실 제 오촌 아주머니가 지성껏 성적*을 하여주고, 낭자**를 하여주고 한 이쁜이는, 오늘 딴 때에 비겨 몇 곱절이나 더 어여뻤다. 모든 아낙네들이 혹은 툇마루에가 걸터앉고, 혹은 마당에가 늘어서고, 또 더러는 방 안에까지 들어가 있어, 각기 입이 아프게, 이쁜이를 칭찬하고 또 탐냈다. 그 중에서도 점룡이 어머니가 더욱이 그러하였다. 그는 이쁜이의 인물이, '옛적에 당명왕을 뇌여낸 양구비'보다 결코 못하지 않다는 말을, 그의 타고난 수다로 한바탕 늘어놓은 다음에,

"내가 그저 사내라면, 조걸 글쎄 가만둬? 지금 당장이래두 썩 달려들어, 그저 고 가는 허릴 끊어지라구 얼싼구, 보기 좋게 입을 쪽 맞히지……."

그러한 말을 하여 사람들을 웃겼다. 그러면서도 한편 속으로는, 이쁜이가 오늘 저렇게 더 예쁘면 예쁠수록에,

'고것, 그저 기생으루 넣으면, 참말이지 을마나 탐스러울꾸…….'

하고, 숫신랑은 숫신랑이라지만, 그것 한 가지밖에는 무엇 하나 취할 것이라고 없는, 젊은 전매국 직공 같은 녀석에게,

'대체, 이 집 마누라는, 무슨 생각으루 이 귀헌 딸을 내주려는 겐구…….'

그 심사를 알 수 없는 것과 함께, 그렇다면, 차라리 우리나 주지— 하고, 그는, 문득, 그러한 것이 애석하여 견디는 수가 없었다. 그는, 이제까지, 아들 점룡이의 마음속은 전연 모르고 있었고, 또 자기 집 형세가 지금 곧 며느리를 본다든 그럴 만큼 넉넉지도 못하여, 그래 이쁜이를 우리에게

* 혼인날 신부가 얼굴에 분을 바르고 연지를 찍는 일.

** 여자의 예장에 쓰는 딴머리의 하나.

달라고 그러한 말은, 입 밖에 내어볼 생각도 못 하기는세레, 꿈조차 꾸지 않고 있었다. 그러던 것이, 이쁜이 혼인이 정말 작정이 되고, 경삿날이 며칠 안 남은 요즈음에 이르러, 갑자기 아들 녀석의 눈치가 이상하여져서, 별로 밖에 놀러도 안 나가고, 방구석에만 들어박혀, 전에는 없던 버릇으로, 어디 몸이 아픈 듯도 싶지 않은데, 잔뜩 이불을 들쓰고 곧잘 자빠지고 하여, 이것은, 대체, 어인 까닭일꼬— 하고, 친어미 되는 자기로서도 도무지 어림이 서지 않았다. 그러나, 마침내, 오늘 새벽에, 이쁜이 어머니가 집으로 찾아와서, 신부가 오늘 아주 시집으로 가버리는데, 점룡이서껀, 용돌이서껀, 세간짐 좀 날러다 줄 수 없겠느냐고 말이 있었을 때, 그럽쇼, 어렵지 않습니다, 그 대신 술이나 한잔 잘 냅쇼— 하고, 용돌이는 선뜻 대답을 하였건만, 점룡이는 대체 무엇이 못마땅한지, 대답도 않고, 아침밥도 뜨는 둥, 마는 둥, 그대로, 휙, 밖으로 나가버린 채, 그림자도 볼 수 없는 것을 보면,

'그럼, 그 녀석이 이쁜이한테 은근허게 맘이래두 있어서?……'

어쩌면, 그랬던 것일지도 모르겠다고, 몇 번이나 느리게 고개를 끄떡거려도 보았던 것이나,

'흐, 흥. 허지만, 대체, 우리가 무슨 성세에…….'

그야, 이번 신랑 집도 잘살 것은 없지만, 그래도 온채 집을 전세로 얻어 들고 있는 모양이요, 신랑도, 달에, 한 삼십 원이나 가깝게 월급을 탄다는 것을 생각하여보면, 우선 그러한 점으로도, 자기네가, 도저히 그들보다 낫다고는 내세울 수 없을 것 같았다. 그러니까, 점룡이 어머니는, 원래 자기의 '주의'가 그렇기도 하였거니와,

'차라리 기생으루나 내놓지 않구서…….'

하는 생각이, 좀 더 강렬하여지는 것이다.

그러나 이쁜이 어머니의 마음은, 그렇게 한가로울 수 없었다. 차리는 것은 별로 없으면서도 그래도 역시 그 분수대로 바쁘기는 매한가지로 바쁜 그는, 동넷집에서 빌려 온 소반이며, 기명이며, 수저며를, 안방 주인마누라와 함께, 부엌에서 행주질을 하고 있느라 정신 못 차렸다. 그러자, 안방 시계가 땡, 땡 오정을 쳤다. 이쁜이 어머니는 그만 허겁을 하여 마당으로 뛰어나왔다.

'신랑은 오정에 온댔는데…… 그야, 안집 시겐 거의 반 시간이나 더 가긴 허지만…….'

그는, 안방 앞창 앞에 가 마루에 걸터앉아, 방 안의 이쁜이 얼굴만 들여다보고 있는 점룡이 어머니를 보고,

"여보. 이러구 있으면 으떡허우. 금방이래두 신랑이 올걸…… 어서, 저어, 마당에 자리 좀 피구, 평풍 좀 치구……."

그리고 고개를 돌려, 마침 대문을 들어서는 칠성 어멈이 눈에 띄자,

"아, 마침 잘 왔군. 요릿집이 한 번만 더 갔다오우. 글쎄 웬일이야? 입때 안 가져오는 법이……."

이쁜이 어머니는, 다음에 또 어찌하여야 좋을지를 모르다가, 생각난 듯이, 점룡 어머니가 앉았던 앞창 앞으로 가서, 방 한구석에가 사람들에게 싸여, 한껏 상기한 얼굴을 푸욱 수그리고 앉았는 딸의 모양을 바라보았다. 그러자, 저 모르게 뜨끔하고 그의 눈에 눈물이 핑 돌았다.

영감이 돌아간 지 이미 열세 해—, 일곱 살 적부터 저것을 자기 한 손으로 길러가지고, 그래 저만큼이나 키워서 오늘은 마침내 시집을 보낸다…… 이 마당에서 문득 죽은 영감 생각이 가장 새로운 것도 어찌하는 수 없거니와, 한방 속에서 이제껏 모녀가 단둘이 의지하여 살아오던 터에, 저것이 한번 간 뒤, 오늘 밤부터라도 휘엉하니 빈 방 속에가, 대체, 나

는 어떻게 혼자서 잠을 이루겠다는 말인고…… 그것도 저것 하나나 탈 없이, 일 없이, 저희끼리 잘이나 살아간다면, 그 밖에는 다른 원이 없겠지만서도, 그것은 또한 알 수 없는 일이라…….

그러나, 이쁜이 어머니는, 그 즉시, 이 경사로운 날, 그렇게도 불길한 생각만을 하고 있는 자기를 깨닫고, 그다지나 요망스러운 자신을 꾸짖었다. 그리고, 새삼스러이, 이제 금방이라도 신랑이 오리라는 사실에 생각이 미치자, 그는 당황하여 좁은 뜰 안을 갈팡질팡하였다.

신랑은 예정보다도 한 시간이나 늦게, 거의 새로 한 점이나 되어서야 왔다. 신부 집보다는 나아도, 역시 그다지 넉넉지는 못한 신랑 집의 일이라, 제법 예라고 갖추는 수 없이, 신랑은 평복을 한 채, 기러기 아범으로 나선 친구 한 명과, 남치마를 얻어 두르고 보자기에 사모 각대를 싸서 머리에 인 옆집 계집 하인 하나를 데리고, 골목을 걸어 들어와, 미리 정하여 두었던 대로, 바로 한이웃집 문간방에가 들어앉아, 그곳에서 옷을 벗고, 사모 각대를 하였다. 신부의 당의나 한가지로, 그것은 일 원짜리 세물에 지나지 않았으나, 그래도 그냥 평복과는 비길 수 없어, 역시 그만한 위의와 경건한 무엇이 그 예복에서 느껴졌다.

아낙네들은 옆집 대문이 미어지게 몰려들 서서, 이쁜이의 남편 될 사람의 인물과 거조를 살피느라 바빴다. 아무러한 그들로서도, 신랑의 흠집을 바로 그곳에서 끄집어 입 밖에 내는 수는 없었으나, 생각하였던 것보다는 키가 좀 작고, 또 야뿌장한 그 얼굴은 괜찮지만, 눈가가 제법 검푸른 것이 흉이라면 흉일 것 말고는, 대체로 얌전하고 좋은 신랑이라는 것이 거의 그들의 공통된 의견이었다. 기러기 아범이 목기러기를 두 손에 들고 툇마루를 내려서는 것을 보자, 아낙네들은 다시들 우— 이쁜이네 집 대문 안

으로 몰려 들어가며, 누군지, 한마디,

"그만허면, 신랑은 잘 얻었수."

하고 소곤거렸을 때, 모두들 그 말을 과히 그르지는 않다고 생각하였다.

식은, 간단히, 또 아무 별일 없이 진행되었다. 마당에 평풍 치고 자리 깔아놓은 그 위에, 다홍 보자기를 펴놓은 소반 앞에서, 기러기 아범이 지휘하는 대로, 그보다는 두어 살 아래인 신랑이, 이쁜이와의 '백년해로'를 하늘께 맹세하여 세 번 절한 뒤, 마루로 올라와서, 수모* 대신 저의 아주머니에게 부축을 받아 안방에서 나온 신부와 독자를 하고, 그리고 임시 수모가 명색만으로 따라준 술을, 역시 명색만으로 신랑이 받아먹고, 다음에, 가운데 다방골 요릿집에서 차려 온 오 원짜리 상을 큰상이라 신랑이 받고 나자, 이제 남은 일이라고는 신부가 신랑을 따라 그의 시집으로 들어가는 것뿐이었다. 그저 그만한 것에 지나지 않았어도, 역시 그것이 젊은 두 남녀의, 새로운 생활에 한 걸음을 내어놓는 것의, 한 개, 소홀히 볼 수 없는 예식이라, 모든 사람들의 입에서 큰일을 치르고 난 뒤의 가만한 한숨이 새어 나왔다.

이 집 주인마누라의 손에 큰상이 헐리자, 집 안은 갑자기 복작대었다. 마루에서는 그가 손님상을 차리느라, 부엌에서는 오늘 일 보아주러 온 칠성 어멈이 국수를 마느라, 아무 일이고 손에 잡히지 않는 채, 그대로 그 사이를 이쁜이 어머니는 또 종종걸음 치느라, 그리고 모든 아낙네들은 이제 곧 장국 한 그릇이나마 먹게 되는 것에 즐거운 기대를 가지며 웃고 떠드느라, 얼마 동안은 역시 혼인집답게 온 집안이 부산하였다.

---

* 전통 혼례에서 신부의 단장 및 그 밖의 일을 곁에서 도와주는 여자.

그러자 대문간에, 갑자기 우락부락한 젊은 놈 말소리가 들렸다. 거지들의 '둘째 대장'이라는 녀석이, 바로 잔칫집이라고 달려든 것이다. 이 구차한 집에 대체 무엇을 얻어먹으러 왔느냐고, 이쁜이 어머니는, 그 주근깨 투성이 조그만 얼굴을 잔뜩 찡그리고, 입이 아프게 말하였으나, 끝끝내, 한 잔 술과 한 그릇 국수장국에다 한 푼의 오십 전 은화를 얹어서 돌려보내는 수밖에 없었다.

"이 녀석아. 이제 딴 녀석이 또 와두 우린 모른다."

점룡이 어머니가 다지는 말에,

"아, 염네 맙쇼."

소매로 입을 쓰윽 씻고, 그놈이 덜렁덜렁 나간 지 얼마 안 되어, 또 젊은 놈 목소리가,

"우리들 술 한잔 주세야죠."

하고 문밖에서 왁자지껄하고 들려와, 이쁜이 어머니는, 순간에, 또 왔나, 하고, 다시 이맛살을 찌푸렸으나, 그것은 신부의 세간을 나를, 이 동리의 젊은이 두 명이었다.

그저 겨우 입내를 내었다 할밖에 없는 혼인 잔치이긴 하였지만, 가난한 그대로 분잡하기는 일반이어서, 객이래야 동넷집 아낙네들이 대부분이지만서도, 그래도 저마다 한 그릇의 국수장국을 대접할 수 있기 전에, 시계는 어느 틈엔가 다섯 시를 치고, 신랑은 그 좁은 건넌방에가 그렇게 들어앉아 있는 것에 그만 염증이라도 생긴 듯싶어, 몇 번인가 주머니에서 조그만 회중시계를 꺼내어 보며, 그 자리가 매우 편안치 않은 모양이었다.

그 눈치를 챈, 주인마누라가 은근히 일러주는 대로, 이쁜이 어머니는 손을 씻고 방으로 들어갔다. 새 사위의 절을 받아 외로운 어머니는 반절을 하고, 그리고 무슨 말이고 사위에게 일러줄 것이나 있는 것같이, 잠깐,

그는 그곳에 주춤하니 앉아 있었다.

사위는, 이 가난한 장모가 얼마나 애를 태워가며, 이쁜이를 이만큼이나 길러놨는지 알고나 있는 것인가.

이 외로운 장모가, 세상에 다시없는 보배로 이쁜이를 극진히나 사랑하고 있다는 것을 짐작이나 하고 있는 것인가.

이 어리석은 장모는, 행여나, 사위가, 귀여운 내 딸을 사랑하지 않는 일이 있을까, 그것을 얼마나 걱정하고 있는지, 마음에 생각이나 하고 있는 것인가…….

참말이지, 그는 사위에게 얼마든지 할 말이 있었다. 그러나, 그중의 단 한 마디를 하기 위하여 잠시 입을 열더라도, 터져 나올 것은 틀림없이 울음일 것이다.

열세 해—, 홀어미와 외딸이 걸어온 이제까지의 고단한 길이, 머릿속에 너무나 역력하다. 젊은 과부의 몸에는, 별별 말이 다 많았고, 어리고 어여쁜 딸에게는, 밤낮으로 허다한 애가 쓰였다…….

'여보게, 사위. 제발 내 딸을 귀애주게. 그것이 배운 것은 없어두, 마음은 착해서, 지성으루 자네를 섬길 게니. 참말이지 죽는 날까지, 변하지 말고 저것을 좀 귀애주게그려.'

이쁜이 어머니는, 그러나, 그러한 말을, 오직, 자기의 마음속에서만 하여보았을 그뿐이다. 그는 침을 삼키고, 눈물에 어린 눈을 들어, 이제 딸이 가지고 갈 세간을 둘러보았다.

머릿장에, 인조견 금침에, 선채 받은 함에, 경대에, 반짇고리에…….

암만을 장하게 차려준들, 어머니 마음에 흡족하다 할 날이 있으랴만, 몇 번을 둘러보아, 이쁜이 어머니는 새삼스러이, 너무나 가난한 자기 신세가 애달팠다.

'허지만, 이쁜아. 에미를, 결쿠, 섭섭허게 생각해선 안 된다. 이게 네 에미가 그저 있는 힘을 다해서 마련해논 게 아니냐…….'

그는, 아무리 참으려도 울음이 터져 나올 것만 같아, 좀 더 그곳에 앉아 있지 못하고, 방을 나왔다. 경삿날, 남에게 눈물을 보이기 싫어, 부엌에 들어가서, 손을 들어 코를 풀고, 치맛자락으로 눈을 씻었을 때, 동리 아이가 뛰어 들어오며 큰길에 자동차가 왔다고 소리쳤다. 갑자기 또 집 안이 부산하여지며, 기다리고나 있었던 듯이 어느 틈엔가 구두를 신고 뜰로 내려서는 신랑—, 동네 아낙네들에게 싸여 그의 뒤를 따르는 신부—. 이쁜이 어머니는 다시 허둥지둥 부엌을 나와, 새삼스러이, 딸에게 일러줄 말이 너무나 많은 것을 생각하며, 그중의 단 한 마디를 골라내지 못한 채, 그대로 동리 마누라들에게 휩싸여, 골목을 전찻길로 향하여 나갔다.

그 골목이 그렇게도 짧은 것을 그가 처음으로 느낄 수 있었을 때, 신랑의 몸은 벌써 차 속으로 사라지고, 자기와 차 사이에는 몰려든 군중이 몇 겹으로 길을 가로막았다. 이쁜이 어머니는 당황하였다. 그들의 틈을 비집고,

'이제 가면, 네가 은제나 또 온단 말이냐?……'

딸이 이제 영영 돌아오지 못하기나 하는 것같이, 그는 마악 자동차에 오르려는 딸에게 달려들어,

"이쁜아."

한마디 불렀으나, 다음은 목이 메어, 얼마를 버엉하니 딸의 옆얼굴만 바라보다가, 그러한 어머니의 마음을 알아줄 턱 없는 운전수가, 재촉하는 경적을 두어 번 울렸을 때, 그는 또 소스라지게 놀라며, 그저 입에서 나오는 대로,

"모든 걸, 정신 채려, 조심해서, 해라……."

그러나 자동차의 문은 유난히 소리 내어 닫혀지고, 다시 또 경적이 두어 번 운 뒤, 달리는 자동차 안에 이쁜이 모양을, 어머니는 이미 찾아보는 수가 없었다. 그는 실신한 사람같이, 얼마를 그곳에 서 있었다. 깨닫지 못하고, 눈물이 뺨을 흐른다. 그 마음속을 알아주면서도, 아낙네들이, 경사에 눈물이 당하냐고, 그렇게 책망하였을 때, 그는 갑자기 조금 웃고, 그리고, 문득, 정신을 바짝 차리지 않으면, 그대로 그곳에가 혼도하여버리고 말 것 같은 극도의 피로와, 또 이제는 이미 도저히 구할 길 없는 마음속의 공허를, 그는 일시에 느꼈다.

● 제6절

몰락

한편에서 이렇게 경사가 있었을 때,―(그야, 외딸을 남을 주고 난 그 뒤에, 홀어머니의 외로움과 슬픔은 컸으나 그래도 아직 그것은 한 개의 경사라 할 밖에 없을 것이다)―또 한편 개천 하나를 건너 신전 집에서는, 바로 이날에 이제까지의 서울에서의 살림을 거두어, 마침내 애달프게도 온 집안이 시골로 내려갔다. 독자는, 그 수다스러운 점룡이 어머니가, 이미 한 달도 전에, 어디서 어떻게 들었던 것인지, 쉬이 신전 집이 낙향을 하리라고 가장 은근하게 빨래터에서 하던 말을 기억하고 계실 것이다. 이를테면 그것이 그대로 실현된 것에 지나지 않는다. 그러나 다만 그들의 가는 곳은, 강원도 춘천이라든 그러한 곳이 아니라, 경기 강화였다.

이 봄에 대학 의과를 마친 둘째 아들이 아직 취직처가 결정되지 않은 채, 그대로 서울 하숙에 남아 있을 뿐으로,―(그러나, 그도 그로부터 얼마 안 되어 충청북도 어느 지방의 '공의'가 되어 서울을 떠나고 말았다)―신전 집의 온 가족은, 아직도 장가를 못 간 주인의 처남까지도 바로 어디 나들이라도 가는 것처럼, 별로 남들의 주의를 끄는 일도 없이, 스무 해를 살아온 이 동리에서 사라지고 말았다.

한번 기울어진 가운은 다시 어쩌는 수 없어, 온 집안사람은, 언제든 당장이라도 서울을 떠날 수 있는 준비 아래, 오직 주인 영감의 명령만을 기다리고 있었던 것이므로, 동리 사람들도 그것을 단지 시일 문제로 알고 있었던 것이나, 그래도 이 신전 집의 몰락은, 역시 그들의 마음을 한때, 어둡게 하여주었다.

그러나 오직 그뿐이다. 이 도회에서의 패잔자는 좀 더 남의 마음에 애달픔을 주는 일 없이 무심한 이의 눈에는, 참말 어디 볼일이라도 보러 가는 사람같이, 그곳에서 얼마 안 되는 작은 광교 차부에서 강화행 자동차를 탔다. 천변에 일어나는 온갖 일에 관찰을 게을리하지 않는 이발소 소년이, 용하게도 마악, 그들의 이미 오래전에 팔린 집을 나오는 일행을 발견하고 그래 이발소 안의 모든 사람이 그것을 알았을 뿐으로, 그들이 남부끄럽다 해서, 고개나마 변변히 못 들고 빠른 걸음걸이로 천변을 걸어나가, 그대로 큰길로 사라지는 뒷모양이라도 흘낏 본 이는 몇 명이 못 된다. 얼마 있다, 원래의 신전은 술집으로 변하고, 또 그들의 살던 집에는 좀 더 있다, 하숙옥 간판이 걸렸다.

● 제7절

민 주사의 우울

민 주사는 요사이 그 마음이 우울하였다. 기술이 결코 남보다 떨어지지 않는다면 결국은 손속이 없다는 수밖에 없을 것이나, 아무리 없다기로서니, 그렇게 나지 않는 손속이라는 것도 참말 드물 것으로, 마작 노름에 그가 져온 돈이, 올에 들어와서만도, 사오백 원이 착실하게 될 것이다.

그러나 그것만이라면, 그다지 우울하지 않아도 좋았다. 요즈음에 이르러, 그것은 또 어찌 된 까닭인지, 그렇게 죽어라고 없던 손속이, 갑자기 부썩 나서, 며칠을 두고 내리 혼자서 장을 치는 통에 어떻게 이대로만 얼마간 계속이 된다면, 잃었던 것 웬만큼은 회수가 되려니 하고, 은근히 속으로 좋아하였던 것도, 그러나 잠시 동안의 일이요, 일껏 난 손속에 그저 잠자코 붙들고만 앉았으면, 그대로 수울술 돈이 들어올 것이 빠안한데도, 그것을 아깝게도 못 하고, 이제 얼마 동안은 마작을 손에 잡지 않기로, 그렇게 마음먹지 않으면 안 되었던 것이 민 주사에게는 더욱이 속상할 일이었던 것이다.

늙은 마누라가,

"여보, 영감. 글쎄 그 장난을 왜 허슈? 제발 좀 삼가세요. 며칠 전에두 신문에 났는데 저어 우대*서 신사 도박단이 잽혀갔답디다그려. 그래, 그게 남의 일 걷소? 혹시 으떤 놈이 경찰서에다 고발이나 한다면, 대체 그런 욕이 어딨수? 또, 고발을 않기루서니, 그렇게 밤낮 쉬지 않구 허면, 그누가 모르겠소?"

하고, 그렇게 말하였을 때, 물론 그 말은 신기한 말도 아무것도 아닌 것으로, 이제까지 몇 번이고 귀가 아프게 들어왔던 것이요, 또 거기에는 집에는 붙어 있지 않고, 밤낮 첩에게만 가 있는 영감에게 대한, 이른바, 본마누라의 강짜가 분명히 들어 있는 것이라, 민 주사는 가만한 코웃음으로, 그냥 딴 때나 한가지로 흘려들으려 하였던 것이나 문득, 그 뒤를 이어 마누라가 또 한마디,

"혹시 그런 변이래두 있다면, 망신두 망신이려니와, 일껀 회의원 된다던 것두, 그만 틀리구 말 게 아니유?"

하고 말하자, 민 주사는 그러지 않아도 자기 자신 그러한 것을 은근히 염려한 일이 없지 않아 있던 터이라, 이제 또 마누라의 입에서까지 그러한 말을 듣고 보니, 그만 마음에 뜨끔하지 않을 수 없었다.

사실, 그것은 있을 법한 일이다. 자기에게 호의를 가지고 있지 않는 무리들—, 이를테면 이번 경성부회**의원 선거전에, 자기와 함께 출마하려는 다른 후보자들의 운동원이라든 그러한 것들이 자기가 그저 소일 삼아 하는 장난을, 무슨 크나큰 일이나 되는 것같이, 경찰서에다 참말 밀고라도 한다면, 모처럼의 자기의 희망도 그대로 수포로 돌아갈 것이다.

'또, 회의원두 회의원이지만, 우선, 그런 창피가 어딨나?'

이제까지는 아주 대수롭지 않게 생각하여오던 것도, 그렇게 되고 보니,

---

* 서울 도성 안의 서북쪽 지역을 이르던 옛말. 인왕산 부근의 동네.

** 오늘날 서울시의회.

갑자기 겁이 나서 얼마 동안은 관철동에 발그림자도 안 하고, 자기 집에서 자기 딴에는 무척 근심을 하는 것이었으나, 그렇게 밤을 새워가며 몇 달을 두고 하여오던 장난이, 그리 쉽게 잊혀질 리는 없어, 어떤 날 밤은, 꿈에서까지 '꽂'을 뜨자 '얼오빠통 방'에 '옥당'이 터져서, "구백서른, 일천팔백예순일세." 하고, 소리를 버럭 질렀던 것도, 민 주사로서는 결코 웃을 수 없는 희극이었던 것이나, 그의 참말 우울은, 물론, 그러한 천박한 것에 근원하는 것이 아니다.

믿었다면, 믿었다고도 할 수 있다. 자기가 그래도 그만큼이나 돌보아주고 있는 계집이, 그보다 지지 않게 또 자기에게 충실하리라 믿는 것은, 결코 어림없는 일이 아닐 것이다. 그래 민 주사는 안성집을 꽉 믿어왔던 것이, 천만 뜻밖에도, 자기의 눈을 기어, 계집이 어떤 젊은 학생 놈하고 좋아지내는 것을, 그는 우연한 기회에 발견하고, 놀랐다.

낮에 볼일이 있어 잠깐 밖에 나왔다가, 그간 선거 일로 바빠서, 얼마 동안을 들르지 않아 그래, 그사이 어떻게나 지내고 있나, 그것이 궁금하기도 하였거니와, 문득 생각하여보니, 며칠씩 두구 밤에는 거의 빼놓지 않고 들러주었어도, 낮에 찾은 일이란 단 한두 번이나 그밖에 더 안 되어, 그는 응당 외로이 있을 계집이 자기의 뜻하지 않은 때의 심방을 기뻐하려니 하고, 잠깐 관철동으로 발을 들여놓았다. 그러나 민 주사가 참말 뜻밖이었던 것은, 계집이 결코 외롭지도 않았고, 또 그 까닭에 자기의 뜻하지 않은 심방을 기뻐하여주지도 않은 것이다.

계집은 단속곳 바람으로 어떤 노상 젊은 전문학교 학생 놈과 바로 유성기를 틀어놓고 마루에가들 자빠져서 히히거리고 있었다. 무심히 마당에 발을 들여놓은 민 주사도 놀라기는 하였지만, 연놈도 순간에 얼굴이 새빨개가지고 질겁을 하여 일어났다. 가슴을 풀어 헤친 와이샤쓰를, 어떻게 하여야 좋을지 분간을 못 하며, 학생 놈은 얼굴이 벌겋다 못하여 거의 흙빛이 되었으나, 계집은 역시 여우였다. 즉시 천연스러운 얼굴을 지어가지고, 그 학생은 자기와 한고향인 안성 사람으로, 바로 한이웃에 살고 있었으며, 시골 있을 때에는 막 통내외하고 지내던 터이라 그래 어떻게 자기가 여기 사는 것을 알자, 오늘 처음으로 찾아온 것이라고, 그는 그러한 말을 장황하게 늘어놓고, 아주 그 김에 학생을 권하여 민 주사에게 인사까지 시켰다.

안성집의 화술과 표정은, 제법, 교묘한 것이었으나, 물론 아무리 사람이 좋은 민 주사로서도, 그러한 것에 쉽사리 넘어가지는 않았다. 그는 자기가 바로 중문을 들어설 때에, 그것들이 두 다리를 쭉 뻗고 모로 마주 드러누워서, 무엇이라 재미가 나게 쑥덕거리던 꼴이, 우선 한없이 불쾌하여 제풀에 눈살이 찌푸려졌다. 엔간히* 깊은 사이가 아니면, 즉, 이미 몸과 마음을 함께 허락한 사이가 아니면, 젊은 남녀란, 결코 그러한 자세로 서로 대하지는 않는 것이라고 저도 모를 사이에 입안에가 가득하게 쓰디쓴 침이 고였던 것이나, 그래도 그는 순간, 자기의 나이를 생각하고, 점잖은 체모를 돌볼 수 있게 마음에 여유를 가졌다.

그는, 그래서, 그 침을 탁 뱉는 일 없이, 그대로 꿀떡 목 너머로 삼켜버리고, 자기도 역시 될 수 있는 데까지 천연스럽게, 아— 그러냐고, 고개를 두어 번 끄떡거려보았을 뿐으로 그동안에 누구 찾아오지나 않았었느냐고, 무슨 별고나 없었느냐고, 그러한 것을 잠깐 물어보고는 다음에 고개를 돌려, 그 운동깨나 하는 듯싶어 매우 건장하게 생긴 학생 놈에게,

* 원문에는 '인간이나'임.

"그럼, 천천히 노다 가시구료."

그렇게 말하고는, 그대로 밖으로 나와버렸던 것이, 나중에 생각하여보아도 그러한 경우에 점잖은 신사가 취할 태도로, 지극히 온당한 것이기는 하였다. 그러나 문득 다시 돌이켜 자기가 그렇게도 관대하고 또 점잖기 때문에 도리어 계집은 그것을 믿고 자기를 넘보아, 그래, 그러한 젖내 나는 애 녀석을 끌어들여 가지고 자기 얼굴에다가 똥칠을 하는 것인지도 모른다 생각하니, 그는 금시에 얼굴이 귓바퀴까지 화끈한 것을 느끼며, 끝없는 분노에 전신을 태우지 않으면 안 되었다.

그러나, 그는, 당장 그것이 밖에까지 터져 나올 것을, 오십 먹은 사나이의 분별로 억제하였다. 하지만, 그가 골목을 걸어 나올 때, 당장 어떻게 할 것은 아니었더라도, 자기가 그렇게 질겁을 하여 뛰어나올 것까지는 없지나 않았을까 하고, 문득 그러한 것이 뉘우쳐졌다. 나중은 어쨌든 간에, 자기는 우선 그 자리에서 학생 놈을 쫓아냈어야만 옳았다. 그 집은 어엿한 자기의 집이었고, 그 계집은, 또한, 자기의 계집이 아닌가.

그러하였던 민 주사인 까닭에, 그가 채 골목을 다 나오기 전에, 거의 그와 마주칠 것같이 골목을 돌아 들어와, 문득 그의 얼굴을 보자,

"아—녑쇼?"*

인사를 한 다음 그 늘 시켜다 먹는 청요릿집 아이놈이, 제법 무거운 듯싶게 요리 궤짝을 들고서, 자기가 바로 지금 나온 대문 안으로 사라지는 것을 보았을 때, 그는 저 모르게 걸음을 멈추고, 불타는 눈을 들어 그편을 노려보았다.

그러나 지금 당장 자기는 어쩌겠단 말인고?……

---

* "안녕합쇼?"

민 주사는, 순간에 또 입안에가 잔뜩 고인 쓰디쓴 침을, 이번에는 보기 좋게 길바닥에다 탁 뱉고 그리고 그대로 고개를 숙여 천변 길을 우울하게 걸어갔다…….

● 제8절

선거와 포목전 주인

오늘도 이발소 창 앞에가 앉아, 재봉이는 의아스러운 눈을 들어, 건너편 천변을 바라보았다. 신수 좋은 포목전 주인은 가장 태연하게 남쪽 천변을 걸어가고 있었던 것이다. 우리가 이미 알고 있는 바와 같이, 그는 가운데 다방골 안에 자택을 가지고 있다. 그러한 그가 종로에 있는 그의 전으로 나가기 위하여, 그 골목을 나와 배다리를 건너는 일 없이, 그대로 남쪽 천변을 걸어, 광교를 지나가더라도 우리는 별로 그것에 괴이한 느낌을 갖지 않아도 좋을 것이다. 그 노차는, 먼저 다리를 건너, 북쪽 천변으로 하여 광교에 이르는 그것과, 어느 편이 좀 더 멀고 가까운 것이 없는 까닭이다. 그러나 소년의 관찰에 의하면, 그는 일찍이 남쪽 천변을 걷지 않았다.

그러하던 그가, 대체, 무슨 '까닭'을 가져, 삼사일 전부터, 그의 이제까지의 관습을 깨트리는 것일까?—그것이 소년에게는 적지 아니 궁금하였다. 혹 포목전 주인은 남쪽 천변에 무슨 볼일이라도 요사이 가진 것일까? 그러나, 그는, 어제도 그저께도, 또 그 전날도, 그대로 그 천변 길을 언제나 다름없는 점잖은 걸음걸이로 걸어갔을 그뿐으로, 가령, 잠깐 한약국에라도 들러서 약 한 첩 짓는다든 그러는 일도 없었다.

'그러면서, 그는 대체 무슨 까닭에…….'

그러나, 재봉이는 마침내 한 개의 새로운 사실을 발견해내고야 말았다. 포목전 주인은, 마침내, 한약국 앞에 이르러, 가장 자연스럽게 고개를 그 편으로 돌리고, 그 안, 주인 방에가 앉아 있는 영감과 필연적으로 얼굴이 마주치자, 그는 역시 자연스럽게, 그의 머리 위에 얹혀 있는 중산모를 사뿐 위로 들어 가벼이 인사를 하고, 그리고 큰기침과 함께 그대로 다시 그 길을 광교까지 천천히 걸어가는 것이다. 소년은 저 모르게 고개를 두어 번 끄떡이었다. 포목전 주인은, 분명히 어제도, 그저께도, 또 그 전날도, 조석으로 그 앞을 지나며, 그렇게 모자를 들어 한약국 영감에게 인사를 하였던 것에 틀림없었다.

그는, 어째, 그의 연래의 관습을 깨트려서까지, 요사이 갑자기 한약국 주인에게 경의를 표하는 것일까? 그러나, 그것은, 물론 이제 여남은 살이나 그밖에는 더 안 된 소년이 능히 알아낼 수 있는 그러한 문제가 아니었다. 마침내, 그는 그것을 이발소 주인에게 말하고, 그에게서 그 까닭을 배웠다. 그것은 별 큰일이 아니다. 이번 제이차 경성부회의원 선거에, 다시 출마한 자기의 매부를 위하여, 포목전 주인은 어떻게 소중한 '일 표'를 더 얻어줄 수 있을까 하여서에 지나지 않았다. 한약국 영감은, 역시 선량한 한 사람의 시민이었고, 또 물론, 어엿한 유권자에 틀림없었다.

그러나, 약국 영감에게 근래 갑자기 은근하려는 것은, 물론, 결코 포목전 주인 한 사람에게 그치는 것이 아니다. 그가 그래도 역시 자기 체면이라는 것을 돌보아, 오직 조석으로 지나는 길에 한 번씩, 묵례를 함으로써 그에게 대한 경의를 표시하려 하고 있는 것에 비겨, 기어코 이번에 입후보하고야 만 민 주사는, 실로 맹렬한 형세로 한약국 집 주인 영감의 지지를 요구하여 마지않는 것이었다. 양약을 찬미하던 민 주사가, 얼마 전부터 보제*는 역시 한약이 제일이야, 하고 재래의 주장을 변경한 것도, 모두 뜻이 있는 일이거니와, 또 그것만으로 그치지 않았다.

자기의 사상이, 결코 완고하지 않다는 것을 말끝마다 표시하기에 애쓰는 한약국 집 영감이기는 하였다. 그러나, 역시, 그와는 적지 않게 인연이 먼 '종각' 뒤 어느 '카페'에서, 그가 바로 취안이 몽롱하여가지고 나와, 보는 이의 마음을 놀랜 일이 요 며칠 전에 있었는데 그것은 어쩌면, 이발소 안의 공론마따나, 전혀 민 주사가 꾸며놓은 일일지도 모른다. 그와 같은 인물에게는, 그러한 카페라든 하는 곳에서 이름도 모를 양주를 몇 잔 대접하느니, 오히려, '어디 큰 요릿집으루래두 하룻밤 모셔 가는 것'이, 얼마나 긴할는지 모르겠다고, 그러한 의견을 내어놓는 사람도 있기는 있었다. 그러나, 어쩌면, 나 먹은 한약국 집 영감에게는 인연이 먼 것이기 때문에, 도리어 그러한 오색 등불 휘황한 곳이, 은근하게 그의 마음에는 기뻤을지도 모르겠다는 이발소 주인의 말이 가만히 생각하여보면, 사실 그럴 상도 싶었다.

이만한 지식을 얻은 뒤부터, 소년은 매일같이 조석으로 반드시 남쪽 천변을 걸으며, 꼬박꼬박이 한약국 앞에서 모자를 벗고 벗고 하는 포목전 주인의 모양을 볼 때마다, 어린 생각에도 '밑천 들지 않은 인사'가, '가후에**나 그런 데서 값나가는 술대접한 것'만 할 수는 없을 것이라, 이제 설혹 골백번을 그가 한약국 앞을 지나다닌다더라도, 그 흉측스러운 주인 영감은, 반드시 투표용지에다 민 주사의 이름을 기입할 것에는 틀림없을 것이며, 따라서 민 주사가 '우승'하는 대신에, 포목전 주인의 매부 되는 이

---

* 몸을 보하는 약제.

** 카페.

는 '낙젯국을 먹을 것'이라, 그러한 내막은 아무것도 모르고, 그대로 부질없이 헛애만 쓰고 있는 듯싶은 포목전 주인을, 소년은 한편으로 우습게도 생각하고, 또 한편으로는 몹시 딱하게 여겨도 주었다.

● 제9절

다사多事한 민 주사

그러나 철없는 이발소 소년이, 민 주사의 '당선'에 관하여, 그렇게 낙관을 하고 있는 대신에, 민 주사 자신은, 나날이 걱정만 커갔다.

한번 벼르고, 또 별러서 하는 일이라, 불행히 '낙선'을 한 뒤에라도, '운동비'를 절약하기 때문이라든 그러한 불쾌한 후회만은 맛보고 싶지 않았으므로, 제법 아낌 없이 풀어놓은 황백* 덕에 결코 넓지 못한 그의 '선거사무소'는 제법 활기를 띠어, 쉴 사이 없이 드나드는 운동원들의 분망하여하는 꼴이며, 또 그자들의 대언장어**에는 제법 볼만한 것이 있었으나, 그러함에도 불구하고, 민 주사는 때때로 자기가 어째 꼭 헛애만 쓰고 있는 것 같아, 견딜 수가 없었다. 전에는, 무어 그렇지도 않던 것이, 이번에 이 운동이 시작되자, 갑자기 누구보다도 자기가 변변하지 못한 인물로, 그래 '부회의원'이라든 그러한 영직이 어디 내게 당한 말이냐고 스스로를 낮게만 생각하게 되는 것이, 마음에는 참기 어렵게 쓸쓸하고 또 안타까웠다.

---

* 黃白. 황금과 백은이라는 뜻으로 '돈'을 이르는 말.

** 大言壯語. 대언장담, 호언장담.

그래도, 누가 이번에 입후보한 이들 가운데서 자기의 이름을 발견하고, 무례하게도,

"아, 그, 사법 서사가?…… 홍, 참, 벨꼴두 다 보는군."

그렇게 말하더라는 것을 어떻게 전하여 들었을 당초에는, 순간에, 얼굴이 붉어지는 것을 스스로 깨닫지 못하며,

'어디, 이눔, 두구 봐라!'

자기가 당선되었다는 보도를 받았을 때의, 그자의 얼굴을 눈앞에 그려 보고는, 은근히 자기의 빼빼 마른 팔을 어루만져 보기조차 하였던 것이나, 그 흥분이 식으면, 도리어 그자의 말마따나, 국으로 가만히나 있을 것이지, 내가 언감생심으로 '부회의원'을 어른다니,* 그게 대체 당한 소린가?— 하고, 두고 보란대야, 혹은 별 뾰족한 수 없이, 대부분의 사람들의 예상하였던 대로, 무참하게도 낙선이 되어버려, 그래, 남들의 비웃음만 더 사고 말게 될 것이, 그의 마음에는 우울하고 또 불쾌하였다. 그러나 한번 내친걸음을, 이제 와서 어쩌는 수는 없다. 그는, 그래도 역시 얼마간의 희망을 그곳에 가지려 노력하며, 하루하루를 자기에게 긴한 사람들 접대하고 교제하고 하느라, 눈코 뜰 사이 없게시리 분망하게 지냈다.

그러나, 말하자면 그러한 동안이 민 주사에게 있어서는, 오히려 행복되다 할 수 있을지도 모른다. 그 분망한 하루가 완전히 지난 뒤, 피로한 몸을 자리 위에 뉠 때, 문득, 뜻하지 않고 염두에 떠오르는 안성집 생각에, 민 주사의 가뜩이나 한 이맛살은 좀 더 깊고 또 굵게 찌푸려지는 것이다.

그 젊은 학생 놈하고, 단둘이서 놀고 있는 것을, 별로 무어라 말 한마디 하는 일 없이, 그대로 내버려 두고 돌아온 이후로, 벌써 보름이 훨씬 지나

---

* 어르다. 놀리며 장난하다. 여기서는 '감히 넘보다'의 뜻.

도록 오직 선거 사무에만 몸이 얽매여, 다시 관철동에는 발그림자도 하지 않았던 터이라, 그 뒤에 그 계집이 어떻게 지내고 있는 것인지, 그것을 도무지 알 수 없는 것이, 민 주사에게는 우울하게도 궁금하였다. 평시에도 결코 '정력가'는 아니었던 민 주사의 일이라, 더욱이 심신이 함께 피로할 대로 피로한 요즈음의 그가, 젊은 계집의 육체를 생객해낸다든 할, 마음의 여유가 결코 있을 턱 없었으나, 계집의 일을 궁금하게 생각하느라면, 의례히 그와 함께 마음에 떠오르는, 그 저주하여 마땅할 학생 놈으로 말미암아, 그 무던히나 색깔이 희고 또 탄력 있는 젊은 계집의 살덩어리를 딴 때 없이 애타하지 않으면 안 되는 것이 '늙은이'에게는 무던히나 속상하는 노릇이었다.

첫째, 그들의 관계라는 것이 얼만한 정도로 깊으며, 또 언제부터 시작되었는지, 도무지 어림이 서지 않는 것이 답답하였다. 그날, 처음 찾아왔다는 것은, 물론, 새빨간 거짓말일 것이다. 그렇기로 말하면, 같은 고향 사람으로, 앞뒷집에 살며, 통내외하고 지내던 사이라던 것도 족히 믿을 것이 못 된다. 그러나, 다시 생각하여보면, 그것은 혹은 사실일지도 모르나, 그렇다고 민 주사의 마음이 편안하여질 수는 없었다. 어쩌면, 계집이 안성에 있을 때부터, 그들은 서로 떨어질 수 없는 사이가 되었던 것일지도 모를 일이 아니냐?—그러나, 또다시 생각하여본다면 계집이 그러한 말을 그렇게도 태연하게 하던 것으로 미루어, 혹은, 단순한 동향 사람이랄 뿐으로, 그 관계는 그다지 우려할 만큼 깊지 않은 것일 듯도 싶었다.

민 주사는, 그렇게 생각하고, 그것이 옳을 것을 믿으려 노력하였으나, 문득, 그 당시의 광경이 다시 눈앞에 떠오르자, 눈살을 찌푸리고 입맛을 다시지 않을 수 없었다. 더구나, 요사이 자기가 사무가 바빠서, 낮에는 이를 것도 없고, 밤에도 들를 사이가 없을 것을 누구보다도 잘 알고 있는 계집이, 그대로 그 학생 놈과 마음 놓고 교섭을 갖고 있는지도 모른다는 것에 생각이 미치자, 그는 금시에 관철동으로 달려가, 괘씸한 연놈을 '한칼'에 베어버리고도 싶었다.

'무얼, 지난번에 내게 그렇게 들킨 뒤루, 그만 찔끔해서, 다신 그런 괘씸헌 짓 않겠지…….'

때로는, 그러한 생각을 함으로써, 스스로 자기의 마음을 편안하게 가져보려고도 꾀하는 것이었으나,

'계집은, 여우다!'

하고, 문득, 그러한 생각이 들면, 계집은, 혹은 앞서 그러한 장면을 자기에게 들켰기 때문에 도리어 그것을 기화 삼아, 남자가 그러한 생각을 함으로써 스스로 마음을 놓고 있을 것을 용하게도 눈치채고는, 아주 요사이는 마음을 놓고, 그 '대가리에 피두 마르지 않은 애'를 매일같이 집 안에 끌어들여다가는, 갖은 추행이 있을지도 모르겠다고,

'그래, 참말, 제갈량이가 조조 잡듯, 허허실실루…….'

하고, 천장을 똑바로 치어다보며, 바로 지금 이 시각에도, 어쩌면 청요리라든 그러한 것을 배불리 먹고 난 연놈이, 한이부자리 속에서 어떤 음란한 짓이 있을지도 모르는 일이라, 순간에 민 주사는 깨닫지 못하고 자리 속에서 주먹을 불끈 쥐어도 보는 것이나 역시 나이 진득이 자신 점잖은 이에게 '칼부림'이라든 그러한 것은 당치 않은 것이어서,

'이제, 선거래두 끝나거든, 내 체면 더 깎이기 전에, 아주 시원허게 그 년을 떼버려야…….'

하고, 그 일이 있은 이후로, 가끔 하는 생각을 다시 하여보고는, 몇 번인가 쓰디쓴 침을 삼키기도 하였다.

그러나, 계집의 처치는 그것으로 좋다 하더라도, 대체, 그 가증한 학생

놈은 어떻게 조처를 하여야만 자기의 속이 시원할 수 있을까 하고, 생각을 하여보아도 별 묘한 방도가 없는 것이 분하여, 어떠한 때는 무심코,

'호옥, 간통죄루래두?……'

하고, 난데없이 그러한 것을 입안말로 중얼거려도 보는 것이었으나, '안성집'이 어디까지든 '안성집'으로서, 결코 자기의 호적상의 아내가 아닌 이상, 어떠한 발칙한 놈이, 대체 얼마를 그 계집을 농락한다손 치더라도, 도저히 간통죄가 성립될 턱 없는 것에 새삼스러이 생각이 미치면, 그는 불쾌하게 얼굴만 더욱 찡그리는 수밖에는 없었다.

그러나, 설혹 간통죄라든 그러한 것이 성립될 수 있다더라도, 대체 자기는, 그자에게 고만한 복수를 하기 위하여, 그보다도 먼저, 자기의 체면을 손상하여도 좋을 것인가?—

이리하여 민 주사는 낮에는 선거 때문에 분망하였고, 밤에는 또 계집 때문에 그 마음을 아프게 괴롭히어 그래 얼마 동안에 그의 심신은 거의 극도로 쇠약하여지지 않으면 안 되었다.

● 제10절

사월 파일

천변을 등 장수가 지난다. 등은 무던히나 색스럽고, 풍경은 그의 느린 한 걸음마다 고요하고 또 즐거운 음향을 발한다. 날도 좋은 오늘은 바로 사월 파일—.

아이들이 서너 명, 끈기 좋게 그의 뒤를 따랐다. 그들의 눈에, 그것들은 탐스럽게 신기하다. 만돌이는 윗입술에까지 흘러내린 시퍼런 콧물을 들이마실 것도 잊고 동무들 틈에 끼어, 바싹 장수의 뒤를 쫓아간다.

'아마, 일 환두 더 줄 게다…….'

그는, 하 탐스러운 통에, 이내 참지 못하고, 마침내 장수 못 보게, 그 색색이 등을 만져보는 것에 성공하였다. 만돌이는 콧물을 혀끝으로 연해 핥으며, 가장 자랑스럽게, 또 신기하게 동무들을 돌아보았다. 그러자 등 뒤에서 누가 부르는 소리가 들렸다.

"등 장수—."

장수보다도 먼저 돌아다보니, 그것은 뜻밖에도 '엄마'다. 만돌이는 한 달음에 그의 앞으로 뛰어갔다.

"엄마. 등, 사우?"

만돌이의 가슴은, 일순간, 기대에 뛰었다. 그러나 그 즉시, 그것은 무슨 어림도 없는 생각—, 엄마는 대체 무슨 돈을 가져, 그러한 색스러운 등을 저를 사줄꼬? 엄마는 무엇을 사든지 그것은 모두 주인집 심부름이 아닌가?—

그래도 가난한 아이는, 그러면 또 그런 대로, 주인집에서나마, 그 탐스러운 등이며 풍경을 사서, 그래, 제가 그렇게도 가까이서, 그렇게도 자주, 그것들을 보고 듣고 할 것에, 남몰래 우월감을 가지려 하였다. 그러나 등을 사는 것은 물론, 한약국 한 집이 아니었다. 민 주사 집에서 칠성 아범이 나와, 등하고 풍경하고 각각 한 쌍씩 사들여 간 것은, 바로 조금 전의 일이지만, 이번에는 또 두 집 걸러 카페에서, 부엌으로 통하는 문을 열고 사무 보는 젊은 사나이가 두어 명 여급들과 함께 나와, 이것은 사도 한두 개가 아닌 모양이다.

만돌이는 등과 풍경을 각 한 개씩 사 들고 들어가는 엄마를 따라서 저도 안으로 들어갈까 하다가,

'그것은, 은제든지 볼 수 있는 게구…….'

그래, 등 사는 구경이나 좀 더 하려고, 그대로 그곳에 남아 있으려니까, 카페 부엌에서 '다로'가 뛰어나오며,

"하나꼬 상, 전화 받우."

"전화?"

"응. 병원에서 왔수."

"병원?"

하나꼬라 불린 젊은 여급이 의아스러이 고개를 기웃거려보며, 전화를 받으러 안으로 들어가거나 말거나, 만돌이는 그대로, 흥정하는 모양만 살피고 있었으나, 얼마 있다 다시 밖으로 뛰어나온 하나꼬의 얼굴이, 의외에도 새파랗게 질리고, 눈에는 눈물조차 글썽거리는 것을 재빨리 기미꼬

가 보고, 깜짝 놀라,

"아아니, 병원에서 웬 전화냐?"

황황히 묻는 것에 대답하여, 하나꼬의 울음 섞인 목소리가,

"아버지가, 아버지가 차에 치셨다는군. 자동차에 치셨다구……."

간신히 더듬어 하는 그 말에, 어린 만돌이도 눈을 크게 뜨고, 잠깐 동안은 하나꼬의 얼굴만 치어다보았다.

"아아니, 차에 치다니? 은제, 어디서?"

"글쎄 나두 몰라. 그냥 병원에서 그렇게 말을 하니……."

"그래, 대단히 다치셨다던?"

"그것두 모르지. 뭐어 자동차에 치셨다는데, 다치구 여부가 있겠수? ……"

그리고, 다음은, 눈물이 걷잡을 새 없이 뺨을 흘러내리는 것도 씻으려 하지 않고, 반은 혼잣말로,

"명일날, 글쎄 뭘 허러 벌이 나가셨어? 오늘 겉은 날은 좀 쉬시지 않구…… 구루마*두 왼통 망거졌다는데, 아버지야, 뭐……, 망헐 놈의 자동차……."

어찌하여야 좋을지를 모르며, 잠깐은 그러한 것만 중얼거리고 있었으나, 기미꼬가 얼마 동안 생각한 끝에,

"그래두 얘애. 정신은 말가신 모양이니까, 의외루, 대단친 않으신지두 모르지."

"정신이 말가신지, 으떻게 알우?"

"하여튼, 여기를 대구, 너한테 기별을 해달라구 허신 걸 보면—."

---

* 손수레.

"……."

하나꼬는 느리게 고개를 끄떡끄떡하다가, 갑자기, 생각난 듯이, 안으로 다시 뛰어 들어가더니 그 즉시 핸드백을 들고 달려 나왔다.

"나, 가보겠수."

"어느 병원이지?"

"세부란스."

"세부란스?…… 어서 먼저 가거라. 내, 뒤따라 곧 가께."

만돌이는, 거의 달음질치다시피 하여 광교로 나가, 큰길을 전차정류소로 향하는 하나꼬의 뒷모양을 물끄러미 바라보다가, 그대로 몸을 돌이켜, 한약국 문을 뛰어 들어갔다.

"엄마. 엄마."

아이는, 제 자신 이상한 흥분을 느끼며, 아침부터 '남묘'*라나 어디로 구경을 간다고 부산한 안에서, '마님'이며, '아씨'며, '귀돌 엄마'까지 깜짝 놀라 고개를 돌리도록 큰 소리를 내어,

"아버지가, 아버지가, 차에 쳈대."

"뭐야? 차에 쳈어?"

언제 불러야, 대답 한 번 변변히 해주는 일 없는 엄마가, 수채 앞에서 '마님'의 흰 고무신 닦던 손을 멈추어서까지 눈을 둥그렇게 뜨고 치어다보는 것에, 만돌이는 제법 만족을 느끼며,

"응, 바루 지금 전화가 왔어. 저— 요릿집으루 전화가 왔다누."

너무나 뜻밖의 일에, 모두들 어리둥절하고 있는 것을, 애 녀석은 차례로 둘러보고 더욱 기가 나서,

---

* 남대문 바깥에 있었던 관우를 모시는 사당.

"병원에서 요릿집으루 전화가 왔수, 엄마. 그래, 지금 막 뛔갔어. 울면서 뛔갔어."

그제서야 귀돌 어멈이, 역시 오른편으로 고개를 갸우뚱한 채,

"아아니, 뛔가다니, 누가 뛔갔단 말이냐?"

의아스러이 물으니까,

"거기 있는 사람이. 뛔갔에요. 즈 아버지 보러 뛔갔에요."

"그럼, 느이 아버지가 다친 게 아니로구나?"

"울 아버지가 왜 다쳐? 지끔 술집이 있는데……."

그리고, 바로 조금 전에 사들인 풍경이 첨하 끝에가 달려 있는 것이 눈에 띄자, 신기하게 눈을 깜박거리며, 그 앞으로 다가서려니까, 갑자기 엄마가 질겁을 하게 소리를 질러,

"에이, 이 바보 천치야. 뵈기 싫다. 나가거라."

그와 함께, 또 안에서들은,

"온, 난, 아범이, 꼭, 차에 쳈다는 줄만 알았구면."

"온, 참 깜짝야. 그 녀석이, 말을 으떻게 그럭해?"

"하, 하, 하……."

모두들 소리를 내어 웃는 바람에, 만돌이는 영문도 모르면서 얼굴이 발개가지고, 그만 밖으로 뛰어나왔다. 그러나, 어느 틈엔가 등 장수도 이미 어디로 가버리고, 동무 애들도 그곳에는 보이지 않아, 심심하게 주위를 두리번거리려니까, 배다리 편에서, 파일 빔*을 눈이 부시게 차려입은 기생 취옥이와, 광교 모퉁이 은방 주인이 나란히 서서 이편으로 걸어온다.

'애애, 저 사람두 어디 구경 가나 부다…….'

---

* 초파일에 차려입은 옷.

광교까지 나와, 어느 틈엔가 그곳에 와서 기다리고 있던 자동차 위에 오르는 그들을, 그는 부러움 가득한 눈으로 바라보았으나, 문득, 한 목판 가득히 담아서, 익숙하게 어깨에다 멘 음식점 배달부가, 종소리를 요란스레 내며 저쪽 천변을 세차게 달려와, 나무장 앞에서 사뿐 내리는 것을 보자,

'어유우, 많기두 해라…….'

이루 몇 그릇이나 되는지 세어볼 재주도 없이,

'저걸 누가 다 먹누?……'

멀거니 바라보고 있으려니까, 뜻밖에도, 그 목판을 나무장 앞에가 앉아 있던 거지 둘째 대장이 선뜻 받아가지고, 무어라고 몇 마디, 배달부와 주고받고 하더니, 그대로 목판을 어깨에다 메고, 샘터 사다리를 내려와, 개천 속 모래판을 광교 다리 밑으로 걸어간다.

만돌이는 눈을 등잔만 하게 뜨고, 다리 밑에 우물거리는 거지 떼를 바라보았다. 바라보는 중에 침이 몇 번이고 그의 목구멍을 넘어갔다. 뺑 둘러앉아서, 냉면을, 장국밥을, 대구탕을, 만두를, 비빔밥을, 그것도 나누어 먹는다든 그러는 것이 아니라, 제일히 한 그릇씩 차지하여가지고, 웃고 지껄이며 제 마음대로 막 먹는 깍정이들이, 일찍이 그러한 음식을 입에 대보지 못하였던 만돌이에게는 여간 부러운 것이 아니었다.

그러자, 건너편, 빨래터 위 골목에서 점룡이 어머니가 천변으로 나와, 우연히 그것을 발견하자, 또 변덕스럽게 입을 따악 벌리고,

"아아니, 저 년석*들이 바루 명일날이래서, 무슨 잔치를 허는 모양이 아니야?"

---

* '녀석'의 방언.

그 거친 말소리가 이편에까지 들려와 만돌이는 그편을 또 이슥히 건너다보았으나, 문득, 오늘이 파일이래서 거지들도 저렇게 잘 차려 먹는 터에, 저만 이렇게 입맛을 다시고 있으란 법이 어디 있겠느냐고, 저도 엄마한테 말만 하면 반드시 수가 생길 거라고 그러한 생각을 하니, 어째 꼭 그럴 것만 같아서, 만돌이는 다시 한 번 다리 밑으로 흘낏 눈을 준 다음에, 그대로 부리나케 안으로 뛰어 들어갔으나, 마침, 남묘로 간다고 새 옷을 다려 입고 앞장을 서서 나오던 귀돌 어머니와, 바로 중문 안에서 마주쳐, 그의 바른편 발등을 밟은 것도 공교로워,

"아아니, 이 녀석이 남의 진솔 버선을……."

하고 발을 구르자, 뒤미처, 따라가지는 못하나마 그냥 문간까지 나와보려는 엄마가,

"이 자식이, 글쎄 웬 성화야?"

주먹으로 쥐어박힌 볼따구니가 딴 때 없이 아파서, 원망스러이 그의 얼굴을 흘겨보았으나, 다시 주먹이 번쩍 들리는 것을 보자, 만돌이는 질겁을 하여 문밖으로 뺑소니를 치는 수밖에 없었다.

그러자, 문득 머리에 떠오르는 것은 아빠다. 만돌이는, 그야, 엄마보다 좀 더 아빠가 저를 귀애해준다고는 생각할 수 없었다. 볼따구니를 쥐어박힌 기억은, 엄마에게보다도, 아빠에게 훨씬 더 많았던 것에도 틀림없었다. 그러면서도, 엄마가 어쩌다가 한 번 그렇게 나서면, 어린 생각에 갑자기 아빠를 머릿속에 그려보게 되는 것도 또한 어쩌는 수 없는 일로, 만돌이는 바로 지금, 언젠가 꼭 한 번, 술안주로 아빠가 왜콩*을 한 줌 받아다 주던 것을 기억 속에서 찾아내고, 옳지, 아빠에게 가면, 어쩌면 무엇이 생

---

* 땅콩.

길지도 모르겠다고, 그대로, 아까, 분명히 아빠가 들어가는 것을 보아두었던 선술집으로 달려갔다.

그러나 그곳에 채 이르기 전에, 만돌이는, 먼저, 술집 옆 골목에서 수돌이가 훌쩍훌쩍 눈을 비비며 울고 있는 것을 발견하고, 즉시 그리로 다가가서,

"왜 울어? 누가 때렸니?"

바로 형답게 그 어깨에다 손을 얹으려니까, 수돌이는, 갑자기, 더 소리를 내어 느껴 울며,

"응. 응."

하고, 고개를 끄떡거리는 모양이, 얻어맞아도 누구에게 한 번쯤 볼따구니를 쥐어박힌 정도가 아닌 것 같아, 만돌이는 눈을 둥그렇게 뜨고,

"누가? 어느 자식이?"

그 조그만 주먹을 은근히 쥐어도 보았으나, 수돌이의 대답은, 뜻밖에도, 형 되는 자기로서도 아무렇게 할 수 없는 "아빠!"라, 만돌이는, 그만 침을 한 덩어리 꿀떡 삼키고,

"아빠가? 아빠가 왜?"

하고 물었으나, 무어 동생의 대답을 들어볼 것도 없이, 수돌이가 무엇을 사달라 하였든지 어쨌든지 그러다가, 저보다도 먼저 아빠에게 쥐어박혔던 것에는 틀림없는 일이라, 만돌이는 그대로 아우를 달래어 다시 집으로 향하며, 오늘은 대체 이게 무슨 나쁜 날인고?— 하고, 몇 번인가 그러한 것을 되풀이 생각하며, 가장 실쭉하여가지고 입을 삐쭉이 내밀어 보는 것이었다.

● 제11절

가엾은 사람들

얼마 동안 계속되는 갠 날씨에, 빨래터는 역시 언제나 한가지로 홍성거렸다. 아낙네들은 그곳에 빨래보다도 오히려 서로 자기네들의 그 독특한 지식을 교환하기 위하여 모여드는 것이나 같이, 언제고 그들 사이에는 화제의 결핍을 보는 일이 없다.

"참, 만돌이 아버지는, 요새두 관철동인가?"

하나가 옥양목 욧잇을 물에 흔들며, 생각난 듯이 한마디 하려니까, 저편에서 누가,

"아아니, 관철동이라니?"

하고, 우선 그 말부터 묻는다.

"아 그럼, 애어머닌, 입때 물르구 있는 모양이군그래? 만돌이 아버지가 관철동에 첩이 하나 생겼다우."

먼저 이야기를 꺼낸 이의 말을 가로맡아 가지고, 방망이질하던 손을 멈춘 여인은, 바로 빨래터 위 골목 안 기생집에 드난을 살고 있는 필원이 네다.

"아, 첩이라니? 제까짓 게 무슨 성세에?"

그의 옆에가 앉아, 이제까지 잠자코 제 빨래만 하고 있던 칠성 어멈이, 어리둥절한 얼굴로 묻는 것을, 애초에 말을 꺼낸 여편네가 받아가지고,

"첩이란, 별겐가? 제 기집 두구, 또 남의 기집에게 손을 대면 그게 첩이지 뭐야."

"아아니, 그래, 남의 기집에 손을 댄다니, 그년의 서방 녀석은 또 가만히 있나?"

"글쎄, 그게 벨 년의 서방두 다 있어서, 제 기집이 서방질을 허거나 말거나 그저 끽소리 한마디 뭇헌다니, 내, 온, 참……."

"아아니, 그, 누구게?"

"낸들 알 수 있수? 그년의 사내 상파대기 보구 싶건, 지금이래두 똥굴루 가보구료."

"아아니, 으쨌든, 제 눈의 기집이 서방질을 허구 있는 걸, 말 한마디 뭇허구, 그저 엎드려서 빌기만 한다니, 그래 벨꼴두 다 있지 않어? 그저 자식들이 불쌍허니, 서방질은 허드래두 자식 내버리구 도망만 가지 말아달라구……."

"흐, 흐, 아아무러기루서니……."

칠성 어멈이 그것만은 농담으로 돌리려 하는 것을 다시 필원 어멈이 유난스럽게 고개를 휘저으며,

"아무러기루서니가 다 뭐유? 글쎄 거지반 하루두 빼놓지 않구 만돌 아버지가 똥굴루 가는걸. 그래, 그년의 사내놈이 그렇게만 뭇나지 않았어두, 셋 중의 누구든 벌써 대리 뼉다귀가 부러졌어야만 헐 일 아냐?"

"그런데 말야, 참—."

하고, 한 아낙네가 새로이 말 참예를 하여,

"그 벤벤치 뭇헌 사내가 그래두 엊저녁엔 정말 골이 났던 게야."

"아아니 골이 났다니, 그럼 바루 제가……."
하고, 그것만은 필원이네에게도 새 소문인 모양으로, 눈을 깜박거리며 치어다보는 것을, 그 여인은 가장 만족한 듯이 빙그레 웃음조차 입가에 띠고,

"글쎄 엊저녁에 샛서방이 또 그년 보러 어슬렁어슬렁 똥굴루 안 갔겠수? 아, 그랬더니 이년이 숫제 밥을 짓다 말구 밖으루 나왔다는군. 허기야, 뭐, 딴 땐 은제 틈이 있어 만나봤던 게겠소만……, 그래두 엊저녁엔 참말 분헌 생각이 들었든지, 이년의 서방이 앞마당에서 장작을 패다 말구, 그대루 뛰어나와, 샛서방허구 뭐라뭐라 낄낄거리구 있는 년을, 대짜고짜루 머리채를 휘어잡구선, 바루 치구 때리구 법석이 아니었겠수?"

"그래, 그걸 보구 만돌 아버지가 또 가만히 있지 않았겠군그래."

"가만히 안 있으면, 지가 또 으쩔 테야? 워낙이 순허다 못해 지지리 못난 걸루 연놈이 아주 돌리구서, 글쎄 바루 눈앞에다 두구 늘 그렇게 만나두, 참말 등신만 남아가지구 말 한마디 못 허든 본서방이, 아닌 밤중에 홍두깨두 유분수지, 그렇게 기가 나서 날뛰는 통에, 이건 그만 어리둥절해서 얼마를 보구만 있다가, 이내—."

"으떻게, 놈팽이에게루 달려들었나?"

"달려들긴— 그대루 무슨 생각을 했는지, 굴묵을 달아 나와, 술집이 가서 막걸릴 네 사발이라든가 다섯 사발이라든가, 그대루 한숨에 들이키군, 곧장 제집으루 돌아와서, 방 숙에가 쓰러져선, 어—이 어—이 소릴 내서 울지 않었겠수?"

"호, 호, 호, 호, ……그래서?"

"그러니까, 이 또 부처님 겉은 만돌이네가, 숫제 가만 내버려 두지나 않구, 제 서방이 그렇게두 설게 우는 게 하 이상해서, 설거질 허다 말구 나와서, 아아니 왜 그러는 게냐구 묻지 않었겠수? 그랬드니, 글쎄 바루

제 기집에게다 대구, 아 그 몹쓸 녀석이 약하디약한 그 기집을, 그렇게 인정사정없이 막 패드라구, 백죄* 그걸 제 기집에게다 대구 하소를 했구료. 내 참 기가 막혀……."

"그래, 만돌이네는, 것 참 잘됐다구, 고소허다구 그랬겠군."

"어디 그년의 예펜네가 감히 그런 소릴 해애. 숙으루야 고래 싸다쯤 생각했을지 모르지만 하아두 어이가 없구, 또 뭐라구 말을 해야 좋을지두 몰라서, 그저 내버려 두구 다시 안으루 들어가려는 걸, 별안간 이눔의 사내가 이리 오라구 불러가지구선, 그저 달려들어 손으루 치구 발길루 차구, 죽두룩 때리지 않었겠수?"

"아아니, 저런 망헌 녀석이…… 그래 제 기집은 왜 때리능 거야? 그게 대체 무슨 죄가 있다구?"

"언젠, 그 예펜네가 죄가 있어 매를 맞었다우? 밤낮, 지가 수틀리면 그저 일삼어 치기가 일쑤루, 그래 만돌이네가 일 년 열두 달, 멍이 시퍼렇게 들구, 상채기 자국 가실 날이 없구 그런 게지."

"아아니, 그래두 제 쪽에선 무슨 까닭이든 있게 그렇게 때렸겠지. 백판** 그냥이야 왜……."

"까닭은 무슨 까닭이야? 그 기집년이 제 서방헌테 매 맞인 게 분허구 가엾다구, 그게 모두 만돌이네 탓이라구, 그리구 패내는걸."

"오오, 그래서 아까 귀돌 어머니를 약국집 문간에서 만났더니, 간밤에 죽두룩 얻어맞구, 오늘은 일어나질 못해서, 참 저엉 구찮어 살 수가 없다구 그러는 게로군그래."

---

* 백주에.

** 아무것도 없는 형편이나 상태.

"그래, 그 댁에선 그걸 가만두나? 한시래두 빨리 내쫓일 일 아냐?"

"그 말이 버얼써 있긴 있었지. 그래두 그 계집이 제 깐에는 정성껏 허는 게 그게 가엾대서, 그래 안에서는 참어오구, 참어오구, 그러는 모양입디다."

"아냐. 그래두 아까 귀돌 어머니 말을 들으니까, 아무래두 쉬이 내보내긴 내보낼 작정이라드군그래."

"그래, 나가면, 인제 어딜 가누?"

"가긴 어딜 가아? 누가 그런 걸 또 붙여주누?…… 여보, 난, 같은 고장 사람이래서, 올데갈데없이 쩔쩔매는 걸 그냥 보구 있을 수두 없구, 그래 그 댁에 천거해주군, 아주 탓만 듣게 돼서 죽을 지경유."

필원이네가 왼손을 주먹 쥐어 제 허리를 쾅쾅 치며 한숨조차 토하였을 때, 심심하면 빨래터로 나오는 점룡이 어머니가 사다리를 내려오며,

"아아니, 무슨 얘기들야? 재밌게 허는 게……."

변덕스럽게 눈을 끔벅거리며 빨래꾼들을 둘러본다.

"네에, 저어, 만돌 애비 말요."

"그래, 그 만돌 애비라나 그 녀석이, 무어, 계집질을 허느니, 어쩌니 허니, 그게 참말인가?"

"참말인가가 뭐에요? 그저 밤낮 똥굴에 가서 사다시피 허는데……."

"아아니, 똥굴이라니?"

"아, 똥굴이 관철동이죠, 어디에요."

"글쎄, 그 관철동에 그럼 기집년이 있단 말이군그래?…… 호, 호, 첩들은 모두 관철동에다 살림시키기가, 일테면, 유행이로군."

"아아니, 누가 또 똥굴에, 작은집을 뒀나요?"

"아, 민 주사가 그렇지? 만돌 애비가 그렇지? 게다가 아, 그 이쁜이 서

방 녀석까지 그렇다는군그래."

그 말에, 빨래꾼들은 일하던 손을 멈추고, 머리를 들어 점룡이 어머니의 얼굴을 치어다보았다.

"이쁜이 서방이라뇨?"

점룡이 어머니는 가장 크나큰 뉴스나 되는 것처럼, 잠깐 말없이 그들의 얼굴을 차례로 둘러본 다음에야 입을 열어, 퍽 은근한 목소리로,

"글쎄, 그 녀석이 우리 이쁜이한테 장갈 든 게, 그게 삼월 열이렛날이니, 그래 이제 한 달밖에 더 됐어? 그런 녀석이 그저 관철동 어느 식당이라나, 거기 있는 기집년에게 미쳐서 죽자 사자 헌다는군그래. 허기야, 그 년석이 그년을 요새 사귄 건 아니지. 이놈이 장가들기 전버텀 미쳐 날뛰든 거라니까— 온, 참, 내……."

듣고 보니, 그들에게 있어서, 그것은 미상불 크나큰 뉴스가 아닌 것은 아니다. 아낙네들은 모두 눈살을 찌푸렸다.

"에그 저런…… 그래, 그 얘길 이쁜이한테 들으셨에요?"

"여보. 딱헌 소리두 제발 좀 마우. 이쁜일 우선 만나야 애기래두 듣는 게지. 온, 참, 천하에 인사라군 배먹지두 뭇헌 집안에다 우리 이쁜일 줬군그래. 그저 신랑이란 녀석은 외입하느라 볼일 뭇 보지. 그년의 시에미라는 건 우리 이쁜일 그저 종년겉이 부려먹기만 허느라, 제 사둔 마누라한테 인사 채릴 건 애당최 염두에두 없으니……."

"온, 저런…… 그래 이쁜이가 이때꺼정 한 번두 댕겨가질 뭇했군요?"

"댕겨가는 게 다 뭐야? 그저 집 안에다 가둬두군 대문 밖을 뭇 내다보게 헌다니, 그래 그년의 집안이 무슨 재상집이란 말인가?…… 혼인날 아주 데리구 간 메누리니, 그저 삼일이래두 치르구선, 다만 메칠이구, 좀 쉬구나 오라구 보내줘야 헐 게 아냐? 그저, 열흘이 지내두 깜깜소식, 보름

이 지내두 깜깜소식…… 그만 혼자서 답답허구 궁금해서, 이쁜이 어머니가 하 으쩔 줄 모르게, 그래 내가 그랬지. 그러구 있을 게 아니라, 사람 하나 얻어 보내서 좀 데려오라구—."

"그래, 지가 갔었죠. 그랬더니, 시아버지가 병환이 대단해서 아직은 뭇 보낸다구……."

필원이네가 한몫 들어 나서는 것을 끝까지 듣지 않고, 점룡이 어머니는 다시 이야기를 계속하여,

"그래, 참, 필안이네가 갔었구면. 걔 시아버지가 병환이 대단해서 뭇 보낸다구, 그래, 더 헐 말 없이 나우다 보니깐, 병들어 자빠졌다던 늙은 게, 골목 안에서 장죽을 뻗쳐 물구, 집주릅*허구서 장기를 두구 있드라지 않아?…… 온, 참, 거짓말을 허드래두 좀 그럴듯허게나 해야지, 이건 백죄 말 한마딜 해두, 암사둔을 너무 능멜히 예겨 그러는 거 아냐? 온, 참, 하누님, 맙시사……."

점룡이 어머니가 말을 끝내자, 바로 땅이 꺼지게 한숨을 내쉬었어도, 아무도 그것을 그 마누라쟁이의 수다만으로 돌리지는 않았다. 필원 어멈도 저편 허공을 치어다보며, 반은 혼잣말로,

"그때, 내가 들어가니깐, 이쁜이가 마침 마당에서 빨래를 허구 있다, 고개를 홱 돌리는데, 내, 참말이지 대번엔 이쁜인 줄 뭇 알아봤다니깐그래. 글쎄 그 애가 조옴 탐스럽던 애유? 그게 어쩌면 그새 살이 빠지구, 얼굴이 말 아니 됐구료. 그래두, 내가 저를 데리러 온 줄 눈치는 채구, 얼른 허든 일이나 마칠려구, 세차게 방맹이질을 허드니만, 제 시어머니가 뭇 보낸다 그러니깐, 금시에 주먹 겉은 눈물이 뚝뚝 떨어지는군그래. 더구

* 집 홍정을 붙이는 일을 직업으로 가진 사람.

나, 영감쟁이가, 멀쩡허니, 문밖에서 장길 두구 있는 터에, 시어머니가, 그따위 수작을 허니, 제 맘에 조옴 야숙허구, 분했을 게야? 에이, 내, 으찌 가엾든……."

필원이네가 손등으로 눈을 비볐다. 빨래꾼들은 모두 몇 번인가 혀를 차고 고개만 끄떡이었다. 점룡이 어머니도 침을 한 덩어리 삼킨 다음에,

"이대루 있다간, 둘이 다아 말라 죽구 말걸?"

"둘이라뇨?"

"아, 이쁜이허구, 걔 어머니허구 말이지. 지금 잠깐 들렀드니, 바누질을 허다 말구 드러눠 있는데, 가뜩이나 쪼꾸만 얼굴이, 참말 조막만 허군 그래. 모녀가 단둘이서 의지허구 지내오든 터에 그리됐으니, 그 숙이 대체 으떻겠어? 아무리 출가외인이라군 허지만, 그래, 그눔의 시집이, 그러는 법이 어딨누. ……그것두, 집안은 그렇드래두 새서방 녀석이나 저를 돌봐준다면, 으떻게 견디어간다는 수두 있는 게구, 또 이쁜이 어머니두 행결 맘이 놓일 게지만서두, 이눔은 또 이눔대루, 바루 외입이라 헌답시구 제 기집 구박이 자심허니…… 타구난 팔잔, 모녀가 다 기구허지."

평소에 소란하던 빨래터도 지금 당장은 방망이 소리 하나 들리는 일 없이, 십여 명이나 모여 있는 빨래꾼들이, 바로 약속이나 한 듯, 얼마 동안은 입들을 봉하여 애달프게 조용하다.

점룡이 어머니는 문득 눈을 들어, 언제나 다름없이 의도 좋게, '동부인'을 하여 어디로 또 나가는 한약국 집 젊은 내외를 보고, 저도 모르게 가만한 한숨을 토하였다.

● 제12절

소년의 애수

자정이나 되어 천변에는 행인이 드물다. 이따금 기생을 태운 인력거가 지나고, 술 취한 이의 비틀걸음이 주위의 정적을 깨트릴 뿐, 이미 늦은 길거리에, 집집이 문들은 굳게 잠겨 있다. 다만, 광교 모퉁이 종로 은방 이층에, 수일 전에 새로 생긴 동아 구락부라는 다맛집*과 마지막 손님을 보내고 난 뒤 점 안을 치우기에 바쁜 이발소와, 그리고 때를 만난 평화 카페가 잠자지 않고 있을 뿐으로, 더욱이 한약국 집 함석 빈지**는 외등 하나 달지 않은 처마 밑에 우중충하고 또 언짢게 쓸쓸하다.

그 우중충한 앞에가 맨머릿바람의 소년이 우두커니 서서, 얼마 동안은 빈지 틈에 귀를 대고 안을 엿듣는 모양이다. 그것을, 바로 건너편 이발소에서, 쓰레받기를 들고 천변으로 나온 재봉이가 쉽사리 발견하고, 새까만 눈을 번쩍거리며 소리쳤다.

"너, 구경 갔다 오는구나?"

그 소리에 깜짝 놀라 고개를 홱 돌린 것은 서울 온 지 이제 달 반이나 그

---

* 당구장.

** 널빈지. 한 짝씩 끼웠다 떼었다 할 수 있게 만든 문.

밖에는 더 안 된 창수에 틀림없다. 그는 그 말에는 대답을 하지 않고, 다시 머리를 돌려 좀 더 안을 엿들은 다음에, 이내 조그만 목소리로 불렀다.

"만돌 어머니…… 만돌 어머니……."

중문간에 있는 행랑방에까지만 꼭 들리고, 안에는 들어가지 않도록 조심스러운 소리—, 창수도 몇 번 밤출입에, 이제는 문 열어달라는 데도 이력이 났다.

"너, 다앙사(단성사) 갔다 오는구나?"

재봉이는 쓰레기를 개천 속에 버린 뒤에도 그대로 그곳에가 선 채, 누구 꺼리지 않는 큰 소리로 묻는 것을, 창수는 질겁을 하여 홱 고개를 돌리고, 낮으나마 날카롭게,

"쉬이—."

한마디 한 뒤, 또 잠깐 안을 엿들은 다음에, 다시,

"만돌 어머니…… 만돌 어머니……."

좀 더 은근하게, 좀 더 긴하게 불렀다.

'온, 자식두……, 그럼 쥔 영감이 저 구경 갔다 온 거 물를 줄 알구 그러나? 아까두, 홍 서방이 자꾸 찾나 보든데…… 하이튼, 재두 버렸어. 지난번에두, 허라는 일은 안 허구, 놀러만 나간다구, 쥔 영감이 시굴루 편질해서, 애꾸가 올라가지군, 매를 죽두룩 맞구두, 또 구경만 대니니…… 그래두, 겁은 있어서, 저렇게 모기만 헌 소리루 문을 열어달라지?'

저러는 것을, 지긋지긋하게 더 큰 소리로 말을 걸어, 약이나 바짝 올려줄까 하고도 재봉이는 생각 안 하였던 것이 아니나, 문득, 그저께 얻어 가진 계피가 다 떨어진 것을 생각해내고, 내일은 좀 더 많이 달라리라— 그 욕심에, 다시는 말을 건네지 않고, 그대로 보고만 있으려니까, 이윽고 빈지에 달린 조그만 문의, 쇠고리를 덜거덕대는 소리가 나며, 선잠을 깬 만

돌 어멈 목소리가,

"창수냐?"

묻는 것이, 남의 속도 모르고 무턱대고 높다.

'이눔, 아주, 딱, 질색이지…….'

재봉이는 어깨를 으쓱하고 코웃음을 치며, 창수가 그 안으로 사라지고, 뒤에 문이 다시 조심스러이 닫히는 것까지 본 뒤에,

'내일은 아주 전 지독으루 매운 놈을 좀 달래야지…….'

미리 침을 한 덩어리 삼키고, 고개를 돌리려니까, 천변으로 향한 평화 카페 창으로, 커튼 자락이 바람에 휙 날리자, 그곳 테이블에 앉아 있는 은방 주인의 옆얼굴이 흘낏 보인다.

'흥, 저이두 일 났어…….'

이발하러 올 때마다 무슨 크나큰 자랑이나 되는 듯이, 기생 얘기, 여급 얘기, 갈보 얘기…… 그러한 것을 한바탕 늘어놓고는 스스로 만족하여하는 그다. 이 밤에도 이 카페 안에 그를 발견하는 것이, 그다지 이상한 일일 수 없으나, 지난번에 면모*만 잠깐 하러 왔을 때, 바로 평화 카페 얘기가 나와서, 거기는 그저 쓸 만한 것이라고는 하나꼬가 하나 있을 뿐인데, 어찌나 애가 쌀쌀한지 도대체 얘기를 붙여본다는 수가 없다고, 한탄 비슷이 하던 말을 생각하여보면, 요사이 자주 저 집에를 드나드는 은방 주인의 그 마음속에가 흉측스러운 '생각'이 꼭 들어 있는 것이라고만 여겨져서, 재봉이는, 저 모르게 코웃음조차 치고,

'흥, 암만 그래두, 하나꼬가 으떤 여자라구? 어림두 없지…….'

얼굴도 곱고, 마음도 곱고, 행실도 곱다고, 이름이 난 하나꼬는, 소년에

---

* 면도.

게도 인기가 있어, 은방 주인이 뭐라고 하든, 절대, 그 말 듣지 말라고, 그는 속으로 그러한 것을 중얼거려도 보는 것이다.

● 제13절

딱한 사람들

세월이 없기로는 이름이 나서, 근근 수년 동안에 여러 차례나 주인이 갈린 '평화' 카페이기는 하였다. 그래도 이 밤에 그곳에는 대여섯 패의 손님들이 있었고, 또 그들은 전부가 '신사'라든 그러한 사람이 아니었으므로, 그 소란하고 또 난잡한 것으로만 가지고 말한다면, 어느 아무 곳에 비겨서도 지지 않을 만큼, 제법 활기 있어 보이는 것이다.

"교오와, 오마에, 오까네와 이꾸라데모 못도루소! 아마리 빠가니스루나! 고노야로!"*

그러한 말을 몇 번이고 잘 안 돌아가는 혀끝으로 하여가며, 곧잘 주먹을 휘두르는 삼호 박스의 손님은, 사십이 넘은 대머리 진 사나이— 이곳에는 전부터 출입을 하여, 모르는 사이가 아니건만, 두어 달 전에 다른 데서 곤죽이 되어가지고 자정이나 넘어서 들어와서는, 외상술을 먹자다가 거절당한 일이 있은 뒤로, 술이 취하면 거의 입버릇같이 뇌는 말이 이 말이다. 그러나 오늘은 그것이 좀 심하였다.

---

* "너, 이 자식, 오늘은 돈이라면 얼마든지 가지고 있어! 너무 바보 취급 하지 마!"

오호 박스에 앉았는 두 사람의 객 중에, 좀 뚱뚱하고 키 작은 사나이는, 그 마음이 은근하고 또 내흉스러운 게 분명한 것이, 아까부터 벌써 몇 차례고, 자기들의 당번인 '유끼꼬'란 단발 여급은 말할 것도 없이, 잠깐 옆을 지나는 계집들까지 하나 빼놓지 않고,

"이리 좀 오!"

그래가지고 손금을 봐주마고 젊은 여자들의 손을 어루만지며,

"허— 무병장수허겠군."

이라는 둥,

"기미와, 아다마가 이이네. 즈노—셍가 도데모 핫따쓰 시데루."*

라는 둥,

"가만있거라, 연애를 두 번 허구, 세 번째 가서야 결혼이 성립되는데, 미안헌 소리지만, 아들은 없구, 딸만 삼 형제 날 수로군그래."

라는 둥, 되는대로 그러한 말을 하여가며, 눈치가, 될 수 있는 대로는 오래오래 계집의 손을 주무르려 든다.

그러면 그의 맞은편에 앉은 키 크고 마른 사나이는, 오늘 밤 이 자리에서의 술값은, 분명히 자기의 부담이 아닌 듯싶어, 친구가 그렇게 계집들의 손에 흥미를 가지고 있는 것을 기화로, 술병이 비기가 무섭게 오까와리**를 청하여, 자기는 전혀 실질적으로 술만을 들이켜고 만족하여하며, 이따금,

"허지만, 뚱뚱허구 키 적은 사람과 혼인만 헌다면, 아들 오 형제는 떼논 당상이다."

---

* "너는, 머리가 참 좋구나. 두뇌선이 매우 발달되어 있어."

** 하나 더.

하고, 난데없는 소리를 한마디씩 하곤 한다. 이 사나이는 전부터 가끔 드나드는 이로, 유끼꼬도, 그가 청진동 입구에서 전기 상회를 경영하고 있는 것쯤은 알고 있는 터이나, 그에게 오늘 처음으로 끌려와서, 언제 보았다고 추근추근하게 구는 사나이는, 대체 무엇을 하는 이인지, 처음에 어림이 서지 않았다. 그러나, 그보다, 한 반 시간쯤 뒤늦어 들어온 종로 은방 주인이, 먼저 고개를 끄떡하고 인사를 하자,

"아, 지금 들어가시는 길이십니까? 위에서 늘 소란하여, 퍽 시끄러우시죠? 생각을 못 허는 건 아니지만, 원래 영업의 성질이 그래놔서……."

하고, 그 든든한 몸집과는 반대로, 그러한 말을 바로 교제성 있게 재빨리 늘어놓던 것을 보면, 이 키 작고 뚱뚱한 신사가, 바로 수일 전에, 광교 모퉁이 은방 이 층을 세내어 '동아 구락부'라는 다맛집을 시작한 사람이 분명하였다.

"사이 상. 오늘은 웬일이슈? 그러지 말구, 우리 쟌쟝 사왕이마쇼오요."*

몇 달 전까지도, 지방 순회만을 전문으로 하는 어느 조그만 극단을 따라다니다, 그 생활도 신기한 것이 못 되어, 그만 관계를 끊고, 임시로 우선 여급으로 나섰다는 메리라는 계집이, 어깨에 손을 얹어, 가만히 그의 몸을 흔들며 이렇게 은근하게 말을 하였어도, 칠호 테이블에 혼자 와 앉았는 젊은 객은, 역시 침울한 얼굴은 얼굴대로, 맛도 아무것도 없는 듯이 술잔을 기울이고는, 때때로 저편, 일호 테이블 쪽으로 불만과 질투가 한데 뒤섞인 눈을 보내고 보내고 한다. 그 꼴을 저는 또 저대로 불만과 질투를 가져 흘낏 노리고,

"오나지 오갸꾸사마다모노, 쇼옹아 나이쟈나이노? 이마니 기마쓰가타

---

* "신나게 놀아보자구요."

모스꼬시 맛떼……."*

그러한 말을 하면서 메리는,

"애가 하나꼬헌테 녹았구나? 흥!"

하고, 이번에는 저도 고개를 일호 테이블로 돌리어, 일종 적의조차 품은 눈으로 하나꼬를 쏘아본다. 하나꼬가 젊고, 이쁜 것은 사실이다. 그러나, 메리는, 그러한 점에 있어, 결코 자기가 하나꼬만 못하다고 생각할 수는 없었다. 자기는 '화형 극단'에서도 미인으로 유명하였고, 그렇기에, 언제든 여주인공의 소임을 맡아 하였던 것이 아닌가? 지방으로나 돌아다니는 이름도 없는 극단이니까— 하고, 모르는 사람은 그렇게 생각을 할지도 모른다. 그러나, 내게 기회만 주면, 서울서 한다 하는 극장에서도 '카추샤'든, '춘향'이든 훌륭하게 소임을 감당하여낼 터이다…… 메리의 자신은 대단한 것이었으므로, 그래, 종로 한복판이기는 하여도 빈약하기 짝이 없는 이 카페에서, 이렇게 일개 여급으로 지내지 않으면 안 되는 제 신세가 퍽 불운한 것같이 느껴졌다. 그러한 터에, 이러한 곳에서까지 재미를 못 보고, 눈들이 먼 남자들 틈에서, 하나꼬가 바로 '여왕' 모양으로 꺼떡대는 꼴을 멀거니 보고만 있지 않으면 안 되었으므로, 그의, 하나꼬에게 대한 질시와 반감은 적지 아니 큰 것이었다.

'대체, 뭣 땜에들 애헌테 미처 날뛰는 겔꾸?……'

가만히 보면, 흔히들 하나꼬를 가리켜 순진하니 어떠니 하는 모양이나, 그 말을 들을 때마다 메리는 코웃음밖에 나오는 것이 없다. 딴은, 얼른 보기에, 바로 양반 댁 규수 아씨 모양으로, 기품도 있는 듯하고, 순진도 한 듯은 하다. 그러나 그것은 하나꼬가 뒷구멍으로 어떠한 짓을 하는지를 아

---

* "같은 손님인걸요. 어쩔 수 없잖아요? 지금 갈 테니 조금만 기다려주세요……."

무도 모르고 있는 까닭이다. 바로 며칠 전에, 문 닫을 임시하여서야 자리를 일어선 종로 은방 주인과, 그의 뒤를 쫓아 문밖까지 나간 하나꼬와의 사이에, 어떠한 교섭이 있었나 하는 것을 메리만은 다 알고 있었다. 그때에 은방 주인의 손에서 하나꼬의 손으로 옮아간 지전 뭉치는, 메리의 눈어림으로는 분명히 오십 원이나 그보다 적지 않은 금액의 것인 듯싶었다. 대체, 은방 주인은 무엇 때문에 그만한 돈을 이 여자에게 주었느냐?—

그는 여자 손에 돈을 쥐여주며,

"오도—산니, 나니까 갓떼 앙에나사이."*

틀림없이 그러한 말을 하였던 것이나, 하나꼬의 아버지가 자동차에 치여서 병원에 입원을 하였거나 말거나, 그저 단순한 여급과 객과의 사이라면, 이루 그가 아랑곳을 할 일이 아니다. 메리는, 그들 사이에 이미 그만한 관계가 있다고 볼 수밖에 없었다.

'오십 환씩이나…….'

그는, 은근히 그 돈을 탐내었다. 그리고 기회 있을 때마다 은방 주인에게 접근하려고 노력하는 것이었으나, 이 남자도 '눈깔이 멀어'서, 메리의 호의를 용납하려고는 안 한다. 저편에서 그러하면 이편에서도 또한 그러할밖에 수가 없어,

'아따, 그만둬라. 누가 너헌테 반해 그러는 줄 아—니?……'

어디 남자가 또 없어서, 하던 차에 나타난 것이 '사이 상'이다. 가만히 알아보니, 사실 서로 교섭을 갖기에는 오히려 은방 주인보다 이 청년이 낫다고 할 수 있어, 물론 이 남자에게도 처자는 있는 것이나, 누가 그와 살림을 벌인다는 것 아니요, 가운데 다방골에서 행세하는 최 진사의 맏아

---

* "아버지께 뭐라도 좀 사드리세요."

들인 그는, 결코 은방 주인에게 지지 않을 만큼은 돈을 만져보는 몸이라, 수단 여하에 따라서는, 단돈 오십 원짜리 자국이 아니라고, 혼자 속으로 궁리였다.

'아직 아무에게두 특별난 생각은 없는 모양이라……'

그러면 무어, 벌써 내 손아귀에 넣은 것이나 진배없다고, 메리는 오늘 밤부터라도 차차 그의 마음을 확실하게 붙잡아보리라 생각하였던 것이, 참말 뜻밖에 이 '젊은 치'도, 어째 자기에게보다는 역시 하나꼬에게 마음이 있는 듯싶어, 기껏 한다는 소리가, 일호 테이블에 가 있는 하나꼬를 좀 불러다 달라는 게 아닌가?……

그러나, 이편에서들 그러거나 말거나, 여기는 역시 내 세상이라는 듯싶게, 홀몸으로 여급을 서너 명이나 자기 주위에 둘러앉히고, 병째 갖다 놓은 '킹 오브 킹스'며, 잠깐 건드려보았을 뿐으로 내버려 둔 몇 접시의 요리며, 계집들이 사달래서 주문하여다 놓은 과일이며, 케이크이며, 크림이며, 그러한 것에 종로 은방의 젊은 주인은 가장 호기를 부리면서, 메리가 그들의 사이를 의심 두는 것도 근거가 없는 것은 아니어서, 때때로 곁에 앉아 있는 하나꼬의 등을 어루만지며, 가령,

"오도—상와 다이부 이이노까?"*

그러한 것을 묻고는, 가장 만족한 듯이 두어 번 고개를 끄덕이고 그랬다.

그러한 가운데서 기미꼬는 이 밤에 유달리 아무런 감흥도 없이, 자기가 맡은 육호 테이블 한 모퉁이에 자리를 잡고 앉아, 기계적으로 빈 술잔에다 술을 따르며, 애교도 아무것도 없게 아까부터 몇 번인가 선하품을 하고 있었다. 그 테이블의 객은, 모두 고만 또래의 노상 젊은 아이들 셋으로, 결코

* "아버지는 괜찮으신가? 좀 좋아지셨어?"

이러한 곳에 와서 산재*를 할 수 있도록 유복하여 보이지는 않았다.

혼자서 먹은 건 고작 한 병이나 그밖에는 더 안 되건만, 그것이 그대로 새빨갛게 얼굴에 올라가지고, 제 멋대로 곡조도 잘 맞지 않는 〈오까오 고에떼 유꾸요〉**를 부르다가,

"교상,*** 삐룰**** 먹으면 똑 오줌이 나우는 통에……."

하고, 변소를 찾아 자리를 일어서기가, 이번이 벌써 세 번째인 상고머리 깎은 아이—.

그 말에는 대꾸도 안 하고, 저는 또 저대로 그 역시 신통치 않은 목청을 한껏 뽑아, 〈사께와 나미다까〉*****를 부르고 있다가,

"참, 후—깡하리부******의 정옥이가 요새 웬 모양을 그리 내능 거야?"

생각난 듯이 옆을 돌아다보는, 이 패 중에서는 그중 술을 잘하는 듯싶어, 혼자 먹은 것이 벌써 대여섯 병이 착실히 되건만, 먹으면 먹을수록에 그 야쁘장한 게 눈가가 좀 검푸른 얼굴이 파래만 지는 컬러 머리 한 아이— 점룡이 어머니가, 집에서 버선짝을 깁고 있지 말고, 만약, 이리로 나와, 열어젖힌 창으로 그를 바라라도 보았다면, 그의 타고 나온 변덕 말고도 입을 따악 벌린 채 잠시는 말도 나오지 않게 놀랐을 것이다. 그는, 이쁜이의 남편, 강 서방이 틀림없었고, 그의 말을 받아,

"글쎄, 그러기에 지난번버텀 내 뭐라든? 마끼아게부*******의 김가허구

---

* 재산을 이리저리 써서 없애버림.

** 〈언덕을 넘어서〉. 1930년대 조선에서 유행한 일본 대중가요. 조선어로 편곡되었음.

*** 강씨.

**** 삐루. 일본어로 '맥주'를 뜻함.

***** 〈술은 눈물이냐 한숨이냐〉. 1930년대 조선에서 유행한 일본 대중가요. 조선어로 편곡되었음.

****** ふうかんはりぶ. 봉합 작업 부서.

******* まきあげぶ. 담배를 마는 부서.

다아 그렇다지 않었니?"

하고 말한 평복한 사나이는, 그것이 바로 이쁜이 혼인날 기러기 아범으로 나섰던 강 서방 친구가 분명하였다.

"글쎄 그두 그렇지만, 난 꼭 우석이 녀석인 줄만 알었지."

"우석이? 시아게부*의?…… 걔허구두 잠깐 괜찮긴 했었지. 허지만 김가가 정옥이허구 한동리 아냐? 그래 겉은 예배당에 다니느라 친했거든."

"예배당? 정옥이가 걔가 예수 믿든가?"

"아, 믿든가가 뭐야? 수표교 예배당엘 벌써 삼사 년이나 두구 댕기는데…… 왜, 점심시간이면, 정해놓구 이 칭에만 올러가서 찬송가 나부랭이 풍금 치는 거, 입때 구경두 못 했니?"

"글쎄, 풍금은 더러 치드구먼두…… 그래, 걔가 수표교 다리 근처서 사나?"

"바루 수표 대리 굴묵 안인가 보드라. 왜, 맘이 있니?"

"맘은 무슨……."

"맘이 있거든 지금이래두 찾어가 보렴. 수표 대리께 가서 곰보 미쟁이 집이 어디냐구 물으면 대번 아르켜줄 테니……."

"그래 걔가 김가허구 그렇게 지낸다?…… 고게 여간 쌀쌀헌 애가 아닌데……."

"쌀쌀해두, 좋아지낼 만헌 사람에겐 또 그렇지 않은 게지. 저들끼리 그러는 걸, 늬가 배는 왜 앓니?"

"배를 앓진 않지만, 하여튼 정옥이가 걔가 여간은 아닌 모양야."

강가가, 이렇게, 종시 정옥이라나 하는 여자에게 관심을 가지고 있었을

---

* しあげぶ. 마무리 부서.

때, 삼호 박스의 대머리 진 손님은, "가네와 이꾸라데모 아루소!"*를 하다 말고, 갑자기,

"어엉, 엉."

소리를 내어, 울어서, 그 안의 모든 사람들을 놀래었다.

"아아니, 웬일이세요? 글쎄 괘—니 또 왜 우시는 게야요?"

이제까지 그의 주정받이 하느라 그만 진력이 난, 아직 나 어린 여급이 또 어찌할 바를 모르는 채, 미간을 찡그리고 그렇게 말하여보았어도, 그것은 무가내하였다. 이슥히 그 모양을 바라보다가, 기미꼬는 육호 테이블에서 몸을 일으키어 그에게로 왔다.

"오늘 웬일이슈? 손 주사."

손 주사는, 그래도 용이히 그치지 않고, 또 한차례를 더 울고 나서, 얼굴을 들자, 테이블 너머로 기미꼬의 손을 덥석 잡고,

"여보. 가엾은 우리 마누라가, 그저 고생만 허다가 죽었구려."

"부인께서 돌아가셨수? 온 저런……."

기미꼬는 설마 하고도 생각하였으나, 그것이 결코 한때 상서롭지 못한 농담이 아닌 것은, 그의 얼굴에도 나타나 있었다.

"그래, 은제요?"

"오늘야. 바루 오늘 아침에……."

그리고 이 딱하게도 술이 취한 사나이는 걷잡을 새 없이 또 한차례를 울고 나서, 한숨과 함께 술기운을 토하고,

"우리 마누라가 참 좋은 마누라지. 착헌 마누라지. ……저는, 내가 쪼끔두 위해주질 않으니까, 그걸 모르는 줄만 알었겠지만…… 허지만, 내가

* "돈은 얼마든지 있어!"

속으루야 얼마나, 저헌테 감사해허구, 저 고생시키는 걸 미안해허구 했다구…… 참 마누라가 가난헌 살림에 고생을 무진 했지. 고생을 허다 허다 병이 들었지. 그래 죽게 됐는데, 허지만, 내가 바루 마누라 병구완헌다구 옆에가 붙어 있진 않었거든…… 그러기커녕은, 흥! 간밤엔 집을 비여놓구 친구허구서 색주가엘 가설랑, 술 먹구 기집 끼구 놀구, 그랬으니깐, 나는 우리 마누라가 죽는 것두 전연 모르구 있었지. 흐, 흐, 흐……."

웃음을 웃는다는 것이 그만 울음으로 변하려 하는 것을 그는 스스로 억제하고,

"허지만 내가 우리 마누랄 사랑은 했지. 내 성미가 괴팍스러워서 뭐 위해주구 으쩌구 그럴 줄은 몰랐지만, 그래두 사랑은 했지. 정말야. 내가 맘으룬 사랑을 했지……."

기미꼬는, 그의 말에 몇 번이고 고개를 끄떡이다가,

"아아니, 그럼 으쩌자구 오늘 이렇게 약줄 잡수러 나오셨수? 댁에선 야단일 텐데……."

"흥! 마누라가 살어 있을 때 아무것도 못 해주구, 이제 와서 아와데닷떼 난니 나루까?* 흥……."

"허지만, 되레 그렇길래, 마나님 돌아간 뒤에 장사래두 잘 지내드려야 도리가 아니겠수?"

대머리 진 사나이는 게으르게 고개를 끄덕거리고,

"그두 그래……."

잠깐 머엉하니 술병을 들여다보고 있다가, 생각난 듯이 몸을 일으키어 셈을 치르고, 확실하지 못한 걸음걸이로 문간으로 향하다가, 문득 돌아서

---

* "부랴부랴 (되돌린다고) 뭐가 되나?"

서 그 안의 모든 사람들을 둘러보고,

"여러분이, 유쾌허게 노시는데, 그만 파흥을 시켜드려서……."

모자를 벗어 들고, 절을 한 번 꾸뻑한 다음에, 잠깐 또 어리둥절한 듯이 서 있다가, 반은 혼잣말로,

"여러분, 암만, 약줄 잡숫든, 암만 놀러 대니시든, 무슨 상관예요? 괜찮습니다. 좋습니다…… 허지만 말예요. 옥상*은, 옥상은 그저 위해드려야죠. 아무렴요, 위해드려야죠. 마누랄 불쌍헌 마누라를 그저 위해줘야만……."

제 말에 자기가 몇 번인가 고개를 끄떡인 다음에, 술이 취할 대로 취한, 이 중년 신사는 마침내 문밖으로 사라졌다.

그가 나간 뒤, 일순간 그곳에 침묵이 있었다. 딱한 신사의 이야기가 그곳에 있는 모든 사람에게 다소라도 감동을 준 것은 사실이다. 그러나 그것은 그들이 지금 있는 장소와는 어울리지 않는 것이었고, 또 그들은 그러한 감정으로 하여, 다소간이라도 마음속에 어두운 그림자를 갖게 되는 것이 싫었으므로, 그래 부지런히 술만 먹고 있던 바짝 마른 전기 상회 주인이, 맞은편에 앉았는 다맛집 주인에게 향하여,

"상처를 했으면 했지, 이런 데서 커다니 울긴 왜 울어? 쑥야, 쑥……."
하고, 그러한 비평을 하였을 때, 대부분의 객과 여급들은 쉽사리 그것에 동의하려 들었고, 까닭에, 강 서방이,

"자아, 우리두 그만 일어슬까?"
하고, 선하품을 하였을 때,

"왜, 오늘부터, 옥상을 좀 위해볼 생각유? 벌써 가자니……."

---

* 아내.

하고, 네 번째 오줌을 누고 난 아이가 한 말도 물론 농담이었다.

그들 세 젊은이가 밖으로 나왔을 때, 이미 여름철에 들어섰다고는 하여도, 자정이 지난 큰길 거리는 역시 훠엉하니 쓸쓸하였다. 그들의 모양이 눈에 띄자 다리 모퉁이에가 그저 아스꾸리* 통을 내려놓고 있던 장수가,

"아, 아스꾸리—."

한마디 멋들어지게 외웠으나, 그들은, 흘낏 그편을 한 번 돌아보았을 뿐으로, 그대로 광교 다리를 건너, 북쪽 천변을 장교 다리로 향하여, 하나가 〈와스라레누하나〉**인가 무언가를 하니까, 모두 제멋대로 따라서 소란스러이 부르며, 길이 좁다고 거드럭거리며 내려갔다.

그 뒷모양을 비웃음을 가져 바라보며,

"재들이 어디서 둔이 나서 먹구 돌아다니누?"

다리 난간에가 걸터앉았던 용돌이가 한마디 하니까,

"아니, 누구게?"

아스꾸리 장수 점룡이가 새삼스럽게 그의 얼굴을 치어다보았다.

"그, 가운데 서서 우아기***를 벗어 들구 가는 애가, 바루 이쁜이 서방 강가라네."

"조, 키가 짝달막헌 게 말이지?"

"그리구, 평복헌 애는 기러기 아범으로 좇어왔던 거구……."

"흥……."

점룡이는 코웃음을 치고, 잠깐 동안, 그들의 뒷모양만 바라보았다.

밤중이건만, 큰 행길 위에는, 돈을 좀 더 많이 가지고 있는 사람들이,

---

* 아이스크림.

** '잊을 수 없는 꽃'(忘られぬ花)이라는 의미의 일본 대중가요.

*** 윗도리.

기생이나 그러한 것을 자동차에다 태워가지고, 이따금씩 호기 있게 달려오고 또 달려갔다. 밤도 늦었고, 또 이제는 팔 만큼은 팔았으나, 집은 바루 지척 사이였고, 이제 돌아간대야 곧 자는 것도 아니었고 또 이야기할 벗은 곁에 있었고, 그래 점룡이는 그곳에가 그렇게 좀 더 있은 채, 사람이 지날 때마다 한마디씩,

"아, 아스꾸리―."

멋들어지게 외우고 외우고 하였다.

● 제14절

허실虛實

포목전 주인은 다시 배다리를 건너 북쪽 천변을 광교까지 이르는 노차를 택하였다.

선거가 끝난 것이다.

그의 매부는 우수한 성적으로 부회의원에 당선하고, 매부의 영예는 동시에 처남의 자랑일 수 있어, 그렇게 보아 그러한지, 그의 붉은 코는 더욱 색채가 고와지고, 가슴에 늘인 오금 시곗줄은, 그의 인품 말고도, 그것만으로 십팔금의 광채를 발휘하였다.

그러나 민 주사는?— 민 주사는 드디어 병석에 눕지 않으면 안 되었다. 한약국 집 주인 영감이, 분명히 그를 위하여 '일 표'를 던져주었음에도 불구하고, 샘터 주인 김 첨지가 즐겨서 쓰는 문자마따나, '언 발에 오줌 누기'로, 그까짓 것이 별 효과가 있을 턱 없이, 민 주사는 대부분의 사람들의 예상을 그대로 좇아, 가엾게도 낙선을 하고야 말았던 것이다.

낙선을 하기 때문에 병들어 누웠다고—, 모든 사람의 비웃음이 클 것을 그는 생각 아니한 것이 아니었으나, 그동안의 속무로 하여 피로할 대로 피로한 몸에, 빚 얻어 쓴 이천 원에 대한 심려가 컸고, 또 엎친 데 덮치기로 안성집 문제가 종시 마음을 괴롭히어, 그는 자리에 쓰러진 채 신열조차 높지 않을 수 없었다.

그러나, 자기가 계집 문제로 하여 머리를 괴롭히는 것은 지극히 어리석은 일인 것 같았다. 그러한 음란한 계집년은 이제라도 곧 쫓아내면 그만이 아니냐? 그것을 가지고 혼자 머리를 썩이고 애를 태우고 할 까닭이 어데 있느냐?……

'허지만, 고게, 그렇게 고분고분허게 나갈까?……'

병들어 누운 자리 속에서, 민 주사는 저도 모르게 이맛살을 잔뜩 찌푸렸으나, 문득, 그의 머리에, 언젠가 들은 일이 있는 남대문 밖 어느 석유회사 주인의 이야기가 떠올랐다.

그는 자기보다는 훨씬 젊어, 이제 서른너덧밖에 안 된 사나이인 것이나, 역시 기생첩을 하나 얻어, 집안사람들을 감쪽같이 속여가며, 일 년 동안이나 딴 집 살림을 시키면서 자주 만나러 다녔다. 그러나 언제까지든 비밀은 지켜질 수 없어, 마침내 그 사실이 드러나자, 집안에 풍파가 컸다. 큰마누라가 울며불며 영산*을 하는 것은 오히려 문제가 아니었으나, 이미 늙은 홀어머니가 머리를 질끈 싸매고 자리에 몸져누워 버린 데는, 이 사나이도 어찌할 바를 몰랐다. 그는 그 길로 가방을 하나 들고 밖으로 뛰어나갔다. 나간 채 돌아오지 않는 그의 소식을 알 턱이 없어, 집안에는 새로이 근심이 또 컸던 것이나, 그는 그사이 아무 일도 없는 사나이같이, 안동현, 봉천 등지를 구경하며 돌아다녔다. 일주일 후에 다시 집으로 들어온 그는, 그의 가방 속에, 자기 어머니와 아내를 위하여 만주에서 구한, 보석과 주단 등속을 간직하고 있었다. 그러나 이야기가 이것으로 끝이라면, 민 주사가 지금 같은 경우에 특히 그것을 생각하여냈을 까닭이 없다. 이

* 판소리를 부르기 전에 광대가 목을 풀기 위해 부르던 노래.

석유 회사 주인은 만주 선물을 늙고 젊은 두 여인에게 나누어 주고 그 길로 첩에게로 달려갔다. 첩에게도 선물을 주려고?—주려는 게 아니라 빼앗기 위하여서다. 그는 계집에게, 즉시 집을 내놓고 나갈 것을 선언하고, 그사이 자기가 하여준 옷과 금붙이를 모조리 뺏었다. 그리하여 금붙이는 말끔 팔아버리고, 옷은 하나 남기지 않고 불에 살라버리고……. 이야기가 여기에 이르자,

"아무러기루서니……."

하고, 민 주사가 못 미더워 한 말에, 아야기하던 사람은 펄쩍 뛸 듯이 기가 나서,

"아무러기루서니가 뭐유? 저엉 못 미덥거든, 지금이래두 요릿집으루 가서, 한성 권번의 최영옥이를 불러 물어보시구료. ……내가 뭘 먹겠다구 그런 걸 거짓말을 허우?"

그렇게까지 말하는 것을 보면, 혹은 사실일 듯도 한데, 참말 그것이 사실이라면, 그렇게까지 심하게 나선 '놈'도 놈이려니와, 그러한 대접을 받고도 말 한마디 없이 물러난 '년'도 또한 별짜라 아니할 수 없다.

민 주사는 안성집을 그 최영옥이라나 하는 기생의 처지에다 놓아본다. 그러나 물론, 안성집은, 그렇게 어리석게, 그렇게 호락호락하게 나가지 않을 게다. 하지만, 자기와 그 석유 회사 주인이라는 사나이와는 그 경우가 크게 다르다. 민 주사에게는, 우선, 안성집을 쫓아내기에 족한 이유가 있다. 더구나 자기는 계집에게 해주었던 금붙이를 빼앗아 올 욕심도 없고, 더구나 옷가지를 불에다 살라버린다든 그럴 마음도 없다. 그것은 역시 점잖은 이의 할 일이 아닐 것이다. ……민 주사는 계집을 내치는 것에 있어서도, 모든 것을 점잖게, 자연스럽게 하리라 마음먹었다.

며칠 지나, 민 주사는 자리에서 일어나자, 이내 다시 한 번 마음을 결정하고, 광교를 지나, 북쪽 천변을 천천히 걸어갔다. 그리고 그는 마음속에 은근히, 예고 없이 또 한 번 들러본 첩의 집에서, 또다시 그 저주를 받아서 마땅한 학생 놈이라도 발견하기를 은근히 바라 마지않았다. 그것은, 계집에게 대하여 '선고'를 내리기에 편하다느니보다도, 실상은, 아직도 계집에게 얼마간의 '찌꺼기 감정'을 가지고 있는 자기 마음에, 어떻게 그러한 것을 빌려서라도 용이하게 '결단'을 한번 가져보려는, 민 주사의 역시 민 주사다운 생각에서이었다.

사실, 계집은 여우라, 자기를 어떻게 또다시 농락하려 들 것인지, 여자가 만약에 그렇게만 방침을 세우고 달려든다면, 자기는 그러한 경우에도 단연코 그를 물리칠 수 있을는지, 그것은 의문이었다. 그러나, 제아무리 여우라더라도, 내가 다시 속아 넘어가도록 어리석지는 않다고, 민 주사는 문득 그날 계집과 학생 놈이 희희거리고 놀던 그 장면을 다시 눈앞에 그려보고, 자기가 참말 '선고'를 내릴 때에 대체 계집은 어떠한 태도로 나올 것인지, 그것이 제법 구경거리라고, 그는 가장 그러한 여유조차 마음속에 가지고 막다른 집을 향하여 골목을 걸어 들어갔던 것이다.

계집은, 그러나, 민 주사가 생각하고 있는 것보다도 훨씬 더 여우였다.

민 주사의 눈을 기어가며, 노상 젊은 학생을 집 안에 끌어들인 계집이기는 하였으나, 연애는 연애요, 감정은 감정인 채로, 생활 문제라는 것은 또 좀 다른 것이었다. 민 주사에게서 생활과 허영의 보장을 잃어서까지 자기의 정희를 계속하여갈 생각은, 꿈에도 안성집에게는 없었다. 그러하였던 까닭에, 감쪽같이 속여왔고, 이 뒤로도 속여갈 수 있을 줄만 믿었던 민 주사가, 전례에 없이 대낮에 불쑥 찾아들어, 자기와 젊은 정인이 함께 있는 현장을 발각당하였을 때는, 아무러한 계집으로도 미상불 마음에 당황하지 않을 수 없었다.

그래도 자기는, 무슨 같은 동향 사람이라거니, 안성서는 앞뒷집에서 피차 통내외하고 지냈다거니, 무어니 무어니 하고 입에서 나오는 대로 제법 교묘하게 꾸며댄 것같이 생각하였고, 또 워낙이 사람이 좋은 민 주사는 그것으로 넉넉히 속아 넘어갈 듯싶게 믿었었다. 그러나 마루에도 올라오지 않고 그대로 총총히 돌아간 '그놈의 영감'이 그 뒤로 딱 발을 끊고 안 들러주는 데는 아무러한 그로서도 역시 마음의 불안을 어찌하는 수가 없었던 것이다.

이제 '선거'가 시작되면, 얼마 동안은 잠깐 들른다든 그러할 여가조차 없을 것이라고 바로 대엿새 전에 영감이 제 입으로 말을 하였던 것이요, 또 사실 그 '팔자에도 없는' 선거로 하여, 눈코 뜰 사이 없이 바쁘기는 한 모양이었으나, 몸에 죄를 가지고 있는 안성집은 역시 그 마음속이 평온할 수 없었다.

무어 이부자리를 펴놓은 방 속에서라도 발견되었다든 그런 것은 절대 아니요, 마루에서 유성기를 틀어놓고 남자와 함께 마주 누워서 이야기 좀 한 것에 지나지는 않는 것이나, 그것만으로도 모든 것을 의심하려 들자면 넉넉히 의심할 거리가 되는 것이요, 그래 '늙은이'의 노여움이 뜻밖에 컸을지도 모를 것을 생각하면, 이 '망할 놈의 영감쟁이'가 그것만으로 어떠한 혁명적 사상을 가질는지, 그것은 아무도 모를 일이었다.

'그러나, 대체 전례에 없는 일루, 그 망할 놈의 영감이 낮에는 왜 들른 겔꾸?……'

생각하여보자면, 우선 그것부터 수상쩍은 일로,

'그럼, 그동안의 모든 일이 소문이래두 나서, 그래 늙은이가 그 소문을

듣구서, 제 눈으루 알아보려구…….'

하고, 문득 그러한 것에 생각이 미치자, 안성집은, 새삼스러이 그 마음속에 놀라움이 커서,

'참말 그렇다면, 이거 큰일이 아닌가?……'

잠시 동안은 눈을 크게도 떠보는 것이었다. 사실 그렇기라도 하기 전에는, 그 '늙은이'가 대체 '뭣 먹을 게 있어' 딴 때 없이 대낮에 들를까?— 하고 보니, 어째 꼭 그 추측이 옳을 것만 같아, 그는 잠깐 어찌할 바를 몰랐으나,

'허지만 소문이 났다면 대체 어디서 났을꾸?……'

젊은 계집은 필연적으로, 시중드는 갓난이에게다 혐의가 가득한 눈초리를 쏘아도 보는 것이나, 무심한 얼굴로 마루 걸레를 열심껏 치고 있는 그 열여섯 살 먹은 소녀에게는 의혹을 가지려야 가질 여지가 없을 것만 같았다.

'그럼 대체 어디서…… 그래두 으떻게든 소문이 났길래…….'

안성집은 얼마든지 고개를 기웃거려보았던 것이나, 아무리 고개를 기웃거려보아도 종시 풀어낼 수 없는 그 문제에, 그는 마침내 진절머리가 나자, 만약 어디서든 말이 나가 참말 민 주사의 귀에까지 들어갔으면 들어갔어도 좋다고, 그는 흥! 하고 코웃음을 쳐버렸다.

무어 '늙은이'한테 꼼짝달싹할 수 없는 적확한 '증거'를 붙잡혔다거나 그러는 것이 아니요, 그가 제 눈을 가지고 본 것이라고는, 열 번 되풀이한대야, 대낮에 남녀가 한곳에 마주 앉아 이야기를 하고 있었다는, 단지 그것뿐이다. 이 뒤에라도 만약 그것이 문제가 된다면, 자기는 얼마든지 꾸며댈 수 있는 것이요, 그것으로 민 주사의 의혹쯤 푼다는 것은 또한 지극히 용이한 노릇이라고, 계집은 입술에다 연지를 칠하다 말고, 거울 속에

서 얄미운 표정을 지어보며, 제 용모와 제 육체에 새삼스러이 자신을 가져보기도 하는 것이다.

그렇기에, 안성집은, 학생이 민 주사에게 들킨 뒤로 그만 찔끔하여, 이제 극히 출입을 삼가려 하는 것을 굳이 붙들어다가는, 혹은 참말 언제 정작 '현장'을 발각당할지도 모르는 위태스러운 '유희'를 그대로 계속하였다. 제일에 '늙은이'는 선거라나 하는 것 때문에 참말 바빠서, 언제 이곳을 찾아오고 할 경황이 없을 것이요, 또 자기가 학생하고 같이 있는 장면을 눈으로 보고 불쾌한 낯으로 돌아갔던 까닭에, 그만 그것에 찔끔하여 다시는 관철동에 아무 일도 없을 것같이 생각하고, 십중팔구는 마음을 턱 놓고 있을 것이라, '여우'는 어디까지든 '여우'로, 그야 역시 '모험'이라는 생각은 하지 않는 것이 아니나, 이를테면 그러한 것이 좀 더 자극이 되어, 계집은 그대로 의롭지 않은 짓을 거듭하였다.

그러나 선거가 이미 끝난 그 뒤에도 민 주사가 찾아와 주지 않는 것에는, 아무러한 안성집으로도 불안이 좀 컸다. 대체 그가 어떠한 생각으로 발그림자를 안 하는 것인지 그 마음속을 알 수 없는 일이므로, 그는 이리저리 혼자 궁리를 하던 끝에, 마침내 갓난이를 살짝 다방골로 보내어, 안에서는 모르게, 살며시 사무소로 알아보았다.

그 결과가, 병으로 하여 민 주사가 이내 몸져누웠다는 것이라, 계집은 우선 그만큼 마음을 놓았다. 그러나 이제는 참말 언제 또 갑자기 '행차'를 하실는지 알 수 없는 노릇이다. 그래 마침, 학생이 학기 시험이 시작되어 놀러 올 수 없다는 것을, 그러면 그런 대로, 굳이 붙들려고 들지도 않고, 이제 민 주사가 언제 이곳에를 나타난다더라도 염려 없이 '결백'할 수 있는 준비 아래, 오직 어리석은 늙은이가 하루바삐 제게로 들러주기만 안성집은 고대하고 있었다…….

마침내 민 주사는 계집에게 속으러 왔다. 첫여름 대낮의 조용한 골목 안을 천천히 걸어 들어오는 신발 소리로, 계집은 벌써 그것이 영감인 것을 알아내었다. 그는 거의 기계적으로 아미를 다스리고 옷고름을 고쳐 매고,

'이놈의 영감이 마당에 들어스기가 무섭게 버선발루 뛰어 내려가서, 남이 눈이 빠지게 기대릴 줄은 빠안허게 알면서두, 왜 그동안 잠깐이래두 들러주지 않었느냐구, 바쁘면 바쁜 대루 무슨 기별이래두 해주는 게 아니구, 그저 남을 생으루 잡을 작정이냐구…… 아마 어디다 뭘 또 장만해놓구 그래 거기 홀려서 그런 게 아니냐구…….'

어떻게, 그렇게 한바탕 '연극'을 꾸며서 어수룩한 영감을 그대로 '녹여볼까' 하고, 순간에 생각을 하여보기도 하였으나, 대문이 삐걱하고 열렸을 때, 그는 곧 그 난데없는 계획을 버리고, 민 주사가 중문을 들어서자, 계집은 결코 유난스럽지 않은 정도로 진정 반가워하는 기색을 얼굴에 거동에 나타내며, 조용하고 또 자연스럽게 오래간만에 들른 영감을 맞았다.

그리고 그와 함께 그는 민첩하게도 민 주사의 표정을 살펴보았던 것이나, 그 주름살 잡힌 얼굴에 제법 떠름한 빛을 찾아내자, 계집은, 그가 필시 그때 일을 그저 마음에 품고 있는 것일지도 모르겠다고,

'그럼, 오늘 온 것두 무슨 딴 배짱이나 있어서?……'

하고, 은근하게 마음이 조이기도 하였으나, 설혹 그것이 사실이라 하더라도, 자기는 그저 어디까지든 태연하여야만 할 것이라고,

'긁어 부스럼이란 말이 다 있지 않으냐?……'

공연히 지레짐작으로 섣불리 서두르는 것의 불리함을 계집은 벌써 생각하고 있었다.

그러한 계집에게 대하여 민 주사는 도저히 적수가 아니었다. 그는 한결같이 용이하게 웃는 얼굴을 보인다거나 그러는 실책이 없도록 제 자신을

신칙하는 도리밖에는 없이, 계집에게 그 중대한 '선언'을 할 적당한 기회만을 엿보려 하였으나, 그것은 역시 혼자 있을 때 생각이었지, 계집을 이렇게 맞대놓고 보니, 그러한 말은 입에서 나오지를 않았다. 그뿐 아니라, 여자가 참말 아무 죄도 없는 사람같이 그렇게 너무도 자신 있게 태연한 것을 보자, 그는 자기가 이제까지 안성집에 대하여 가지고 있었던 의혹이 사실은 근거가 없는 것일지 모르겠다는 새로운 의혹을 갖지 않을 수 없었다.

'허지만, 내가 바루 내 눈으루 연놈이 희롱허는 걸 봤으니까…….'

민 주사는 이래서는 안 되겠다고, 또 한 번 결코 잊을 수 없는 그때의 그 장면을 생각 위에 떠올려도 보았던 것이나, 차차 그것도 자기가 의심을 하려니까 그렇게 보였던 것이지, 사실은 계집의 말마따나 참말 남녀는 한고향 사람이라는 것 이외에 아무런 별 관계도 없는 것일지 모르겠다는 그러한 생각이 들어도 지는 것이다.

'도적이 제 발이 제리다는 말도 있는데…….'

그 말을 가지고 논지하면, 만약에 계집에게 죄가 있는 것이라면, 민 주사가 행여나 저에게 의혹을 갖지나 않을까 하여서, 이쪽에서 묻지도 않은 것을, 객쩍게 제가 꺼내어가지고, 가장 발명을 한답시고 긴 말 짜른* 말이 다 있을 듯도 싶은 것을, 이렇게도 말이 없이 언제나 한가지로 태연한 것은, 역시 아무 별 까닭도 없었던 것이기 쉽다고, 그는 가뜩이나 꺼내놓기 어려웠던 '선고'를 정작 입 밖에 낼 것은 이내 단념하여버리고, 오래간만에 대하는 계집에게서 도리어 좀 더 새로운 매력을 느끼려 들며, 그날 저녁은 자기가 자진하여 안성집을 데리고 '정짜옥'**으로 갔던 것이다.

---

* 짜르다. 짧다.
** 정자옥丁子屋. 1922년 일본인에 의해 남대문로 2가에 들어선 조지아 백화점. 미도파 백화점의 전신.

● 제15절

어느 날 아침

아직도 이부자리 속이 잊혀지지 않는 부석한 얼굴을 하여가지고, 창수는 밖으로 나와, 늘 하는 그대로, 유난스럽게 덜거덕 소리를 내어가며, 약국 빈지를 한 장 한 장 떼고 있었다. 평화 카페와 동아 구락부는 이를 것도 없지만, 은방도 빈지가 그저 닫혀 있고, 바로 맞은편 이발소에서도 재봉이는 아직 일어날 생각을 안 하고 있는 모양이라, 소년은 연해 하품만 하면서,

'넨장, 이렇게 일찍 문을 열어노면, 뭐, 더 좀 팔릴 줄 알구 그러나?'

주인 영감과 사이가 좋지도 못하였지만, 이러한 곳에서 이러한 일을 하는 것이 도무지 그의 성질에는 맞지가 않았다.

마지막 한 장의 빈지를 떼고 난 소년은 또 한 번 하품을 하고, 다음에 게으른 걸음걸이로 안으로 들어가, 중문 구석에 처박힌 싸리비를 집어 들었다. 그러나 다시 돌아서던 그는 순간에 문득 걸음을 멈추었다. 안마당 수통 앞에서 세수를 하고 있는 듯싶은 주인 영감이, 그렇게 덜거덕 소리를 내어도 가는귀가 먹어서 못 들었는지, 아무 데나 가래침을 탁 뱉고 난 다음에,

"아—니, 참, 이눔이 그저 일어나질 않았나?"

그러한 말소리가 들려온 까닭이다. 가늘게 뜬 눈에 적의를 가득 품고, 이제 누가 어쩌나 보려니까,

"일어났습죠. 아마 문전을 치나 봅니다."

하고, 대답한 것은 분명한 귀돌 어머니 말소리라, 소년은 코웃음을 한 번 웃고,

'인젠 더 헐 말 없겠지…….'

제법 만족한 표정을 지어도 보았으나, 그 '망할 놈의 영감쟁이'는 그러면 또 그런 대로,

"아—니, 그눔이 인제서야 일어나면 그 으떡헌단 말인구? 그눔이 아무래두 겔러서……."

무어니 무어니 한참을 중얼거리는 모양이라, 창수는 입을 한껏 삐쭉이 내밀고서 밖으로 나왔다.

"제—길헐……."

싸리비를 들어 문 앞 천변 길을 쾌액쾍 쓸면서, 소년은 흥! 하고, 요 두어 달 동안, 서울 와 남의 집에 사는 사이에 제풀에 배워진 코웃음을 또 한 번 치고서,

'참말이지 꼭두새벽에 눈뜨기가 무섭게, 그저 이걸 해라 저걸 해라, 하루 왼종일을 남을 죽두룩 부려만 먹구…… 그것도 약국일 뿐이라면? 이건 툭허면 안심부름까지 골고루 시켜가며…… 그러면서두 잘했다, 애썼다, 그런 말 한마디 허는 법 없지…… 그저 밤낮 잘뭇만 했다지, 툭허면 겔르니, 꾀를 피느니, 버르쟁머리가 없느니…… 흥! 그것두 사람대접이나 대접겉이 허구서 그런다면 또 몰라. 왜, 먼점번 있던 돌석이두 오 원씩 받았었다는데, 으째서, 나는 사 원을 주는 게야?……'

창수는 어느 틈엔가 저도 모르게 비질하던 손을 멈추고 선 채,

'나게 말이지. 그래 누가 단 사 원 받구 이 노릇을 해…….'

문득, 언젠가 주인 영감과 친근히 지낸다는 이가 찾아왔다가, 말말끝에,

"참, 저 앤 을마씩이나 주누?"

옆에서 작도질을 하고 있던 창수를 턱으로 가리키며 물었을 때, 그 '망헐 영감쟁이'가 가장 점잔을 빼고 하던 말이 생각이 나서,

'흥! 뭐? 둔은 사 원을 주지만, 따루 또 멕이는 게 있으니까?…… 아니, 그럼 딴 데선 멕이지 않구 굶겨가며 사람을 쓰나?…… 아주 바루 말은 좋지. "저눔이 달에 십 원어치를 착실히 먹죠."라?…… 그래 내가 먹는 게 그게 십 원어치야? 반찬이라군 짠지 쪽에 새—젓 공딩이만 밤낮 앵기면서…… 그러구두 그저 남 부려먹을 생각만 있어서, 글쎄 여섯 점 땅 치자 일어나두 겔르다면, 그럼 대체 몇 점에 일어나야 헌단 말야?……'

아무래도 '이놈의 데' 오래 있을 데는 아니라고, 앞서 있다 나간 돌석이가, 한 이레 전부터 바로 이웃 평화 카페 보이로 들어가, 월급은 삼 원인가 그밖에 안 된다지만, 오다가다 손님에게서 생기는 게 그것도 쳐보면 적지 않다는 것을, 그는 지금 또 불쑥 생각하여도 보는 것이다. 생기는 돈도 돈이지만, 우선 일이 조금도 고될 것이 없고, 아침에도 늦잠을 만판 자도 좋은 것이며, 그 생활이 곁눈으로 보기에도 호화스러운 듯싶은 것이 소년에게는 썩 마음에 드는 것이다.

하지만, 그것이 만약 '요릿집 보이'래서 아버지가 반대라도 한다면, 그것 말고, '구락부'엘 들어가도 좋다. 역시 늦도록 자도 괜찮고, 일은 힘이 들지 않고, '다마'를 남들은 일부러 돈을 내고 배우러 오는 것을, 돈 한 푼 안 들이고 여가에 배울 수도 있는 것이고, 또 그렇게 편하게 지내면서, 돈은 십 환씩이나 벌고—, 어쩌면, 평화 카페 보이보다도 동아 구락부 '께임도리'가 사실 좋을지도 모른다.

창수는, 역시 며칠 전에, 평화 카페 단발한 유끼꼬가 구락부 주인한테 청을 해서, 제 오라비 삼봉이라나 하는 아이를 께임도리로 넣은 것을 생각해내고, 나도 좀 거기나 들어갔으면…… 하고, 멀거니 개천 건너 큰길 모퉁이, 은방 이 층을 바라보았다.

'나두 누가 좀 청을 너줬으면…….'

잠깐 정신없이 그러한 생각을 하고 있으려니까, 어느 틈에 문을 열고 나왔는지, 이발소 앞 천변에가 재봉이 녀석이 버티고 서서,

"이눔아, 마당은 쓸지 않구, 또 무슨 생각이니?……"

바로 주인 영감쟁이의 말투를 흉내 내어 한다는 소리가 가소롭다.

"요눔아, 까불지 말어. 남은 열나 죽겠는데……."

숨을 험악하게도 쉬어보았으나,

"아, 조 녀석 봐? 어른 보구 까불지 말라구?"

재봉이는 짐짓 눈을 부라리며, 다음은 또다시 한약국 집 늙은이 투로,

"허—, 그늠이 시굴서 배질 뭇헌 놈이라……."

한다는 말이 모두가 창수의 비위에는 거슬리기만 하여,

"이 자식아, 정말 까불지 말어!"

참말 성이 바짝 나가지고 잔뜩 노려보았으나, 재봉이 놈은 그러면 그럴수록에 좀 더 재미가 있는 듯이, 이번에는 한번 점잖게 뒷짐조차 지고 서서,

"허—, 당장이래두 저눔 애빌 불러다가 시굴루 쫓아야지. 눔 참 뭇쓰겠군……."

흡사하게 눈을 끔벅거려보는 것을, 창수는 이내 더 참지 못하고, 길바닥에 팔매질할 돌을 찾았다.

지금도 다시 생각을 하여보자면 열화가 터질 노릇이다. 밤낮 입버릇같이, 말을 안 들어먹느니, 겔러빠졌느니, 버릇이 없느니, 잔소리만 퍼붓기에, 은근히 골이 나서 급한 심부름을 나간 채 일부러 저녁때까지 들어가지를 않았더니, 그 '빌어먹을 영감쟁이'가 참말 약이 바짝 올라, "조넘, 큰일 날 놈이 아닌가."니 무어니 하고 펄펄 뛰던 생각을 하면, 그때 당장은 무섭지 않았던 것도 아니지만, 지금 생각하면, 은근히 통쾌하기도 한 일이나, 그 뒷일이 답답한 노릇이다.

편지에다가는, 대체, 어떻게 사연을 꾸몄던 것인지, 사흘 뒤에 부랴부랴 올라온 아버지가 영감쟁이한테 채 인사말도 변변히 할 새 없이 다짜고짜로 덜미를 잡아 방바닥에다 내다 꽂고는,

"너 겉은 자식은 진작 죽어 없어져라!"

인정사정없이 함부로 때리던 그때의 '법석'이, 아직도 팔다리에 시퍼런 멍이 가시지 않은 채, 열 번 울어도 시원치 않게 창수에게는 분하였다.

그래도 그렇게 매질을 한 다음에, 그대로 집으로나 데리고 내려갔으면 피차 다 좋을 듯도 한 것을, 어리석은 아버지는 그 '오라질 놈의 영감쟁이'를 대체 어떠한 사람으로 보았기에, 그 앞에가 죄 지은 사람같이 잔뜩 꿇어앉아서, 모두 이 아비가 잘 가르치지 못한 탓이라거니, 그저 한번 자식을 영감께 맡아줍시사 한 이상에는 죽이시거나 살리시거나 영감 손에 달렸다거니, 한 번만 꼭 눌러 용서해주시고 그저 어떻게든 사람이 되도록 가르쳐줍시사거니, ……옆에서 보기에도 민망하고 부끄럽게시리 손이 닳게 빌었던 것인지, 그저 '이눔의 집'에선 하루라 더 있기가 지긋지긋하다고만 생각이 들 뿐인 창수에게는 얼마든지 속이 상할 노릇인 것이다…….

그러나, 그가 참말 돌을 하나 집어 들고, 다시 개천 건너를 바라보았을

때, 어느 틈에 그곳에 나왔는지, 정말 주인 영감이 바로 등 뒤에가 서서,

"아, 이눔아, 어서 들어가 방 치지 않구 장난만 허니?"

질겁을 하게 소리를 꽥 질러, 창수는 그만 힘없이 돌을 땅바닥에 떨어뜨리고서, 재봉이 편을 그래도 흘낏 흘겨본 다음, 역시 게으른 걸음걸이에 주인 영감에게 대한 약한 자의 '반항'을 표시하며, 그대로 문 안으로 들어가는 수밖에 없었다.

창수를 꾸짖어 들여보낸 다음에도 약국 주인은 천변에가 남아 있어, 이른 아침의 맑은 공기를 제법 즐길 줄 아는 사람같이 잠깐 그곳을 거닐었다. 다리 밑에서는 깍정이들이 차차 거적 위에서 기동들을 하는 모양이다. 이슥히 그 꼴을 보고 있다 배다리 편으로 시선을 준 그는 마침 이리로 걸어오는 민 주사를 발견하고,

"아, 일찍이 웬일이십니까?"

창수 놈을 꾸짖을 때와는 딴판으로, 그 주름 잡힌 얼굴에 웃음이 넘친다.

"네, 운동을 나왔죠."

사실 민 주사의 복장은 경쾌하였다. 봄철에 우리가 볼 때같이 임바네스에 중절모를 쓴 그러한 민 주사가 아니다. 그에게 호의를 갖지 않는 사람들에게는 오직 비웃음을 더하게 할 뿐이었으나, 민 주사는 얼마를 망살거린* 끝에 드디어 양복점 점원이 권하는 대로 '닉커복커'**라는 신식 복장을 채택한 것이다. 그것을 그는 자기 몸에 어울리거나 말거나 하여튼 입고서, 새벽에 일어나 남산 병바위로 약물을 먹으러 다니기 이미 일주일이다.

바로 젊은 사람들 모양으로, 모자도 안 쓴 맨머릿바람에 굵직한 등나

---

* 망설인.

** kniker bocker. 무릎 아래를 졸라맨 등산용 바지.

무 단장을 든 체격은, 얼른 보아 장하였으나, 원체 빼빼 마른 데다, 더욱이 보름 남짓 앓고 난 몸이 그리 쉽게 건강이 회복될 턱이 없어, 혈색이 매우 좋지가 못하다. 그는 약국 주인 옆을 지날 때, 생각난 듯이 걸음을 멈추고,

"참, 요전 것 한 제만 더 제주시지요."

"한 제요? 네—."

약국 주인은, 양약, 한약에서 두루 강장제를 구하며, 또 아침마다 남산으로 운동을 다니며, 하느니, 그보다는 색을 좀 삼가는 게 무엇보다도 몸에는 좋으리라고, 그러한 것을 생각하며, 집에서는 모처럼 일찌거니 기동을 하여 운동을 다녀도, 관철동에 가서는 꼭 늦잠만 잔다는 그를 잠깐 딱하게 바래고 나서, 아무 데나 대고 또 가래침을 탁 뱉은 다음 안으로 걸어 들어갔다.

그러한 것을 다 보고 난 뒤에 재봉이는 늘름 혓바닥을 내밀어 보고, 다시 한 번 흉내를 내어,

"아, 이눔아, 어서 들어가 방 치지 않구……."

채 말을 마치기도 전에 누가 난데없이 주먹으로 머리를 쥐어박아, 홱 고개를 돌려보니, '언제든 젠 척허는' 김 서방이,

"이눔아, 너야말루 어여 안을 좀 체놔라. 까불구만 있지 말구……."

한다는 소리가 아니꼬워, 소년은 제 딴에는 그만 흥이 깨어져 잠시 동안 양 볼이 부어가지고 그대로 그곳에가 서 있었으나, 문득 깨달으니 광교 다리 위를 어디서 본 듯싶은 신문배달부가 맨머릿바람으로 지난다. 재봉이는, 금방, 김 서방에게 머리를 쥐어박힌 것도 잊고, 희한스럽게 눈을 반짝거렸다.

'저이는 그럼 내려가질 않었었나?……'

그 작은 몸집에 유난히 돋뵈는 짱구 대가리는 삼월에 강화로 낙향을 한 신전 집 주인의 처남이 분명하다.

'아니야. 가긴 갔었지. 그때 둘째 아들만 뒤에 남군, 저 사람두 좇어갔었으니까…….'

그러한 그가, 이제 다시 서울에 나타나 신문 배달로 나선 것을 보면, 전에는 몰라도 이제 이미 영락하여버린 그의 매부는 좀 더 그를 집에 두어두지 못하게 된 것임에 틀림없는 일이라,

'그럼, 저인, 인젠 참말 장가가기두 틀렸게?……'

그러한 그를 재봉이는 잠깐 애달파하였으나, 한 젊은 여자를 데리고 광교에서 남쪽 천변으로 꼬부라져 들어오는 한 남자의 모양이 눈에 띄자, 그는 좀 더 호기심 가득한 눈으로 그들을 지켜보았다.

신전 집이 이 동리를 떠난 뒤에, 그들이 살던 집에 '하숙옥' 간판이 붙었다는 것은 이미 우리가 알고 있는 사실이다. 그래, 그 까닭으로 하여 이 동리에는 전에 보지 못하던 사람들이 좀 더 많이, 좀 더 자주, 이 천변을 왕래하게 되었으므로, 아무러한 이발소 소년으로도 이루 그러한 사람들에게 관심을 갖는다는 수는 없었던 것이나, 그 남자는 전에도 몇 번인가 그 하숙집에를 드나들어 얼굴만은 서투르지 않았고, 또 이발소 안에서의 공론에 의하여, 그가 요사이 흔하디흔한 '금점꾼'이라는 것도 알고 있었다.

그러나 사실은 그 사나이의 직업이야 어떠한 것이든 좋았다. 그보다는, 그의 뒤를 따라가는 그 젊은 시골 여자의 일이 무던히나 궁금한 것이다.

미인은 아니지만, 면추는 한 여자다. 눈이 겹을 집어먹어 좀 크고, 광대뼈가 약간 나온 것 말고는, 별로 끄집어내어서 말할 흠은 없다. 그러나 봄철에나 젊은 여자들이 잠깐 둘러볼 뿐으로, 지금은 이미 장 속 깊이 간수되어 있을 '스카프'라나 하는 것을, 제 딴에는 그것도 역시 모양이라고 어

깨에다 슬쩍 걸친 것이라든지, 조금도 어울리지 않게 흰 장갑을 낀 손으로 한편에는 허름한 양산을 접어 들고, 또 한편에는 조그만 바스켓을 들고 그러한 꼴이, 누구의 눈에든 어색하기가 짝이 없다.

'저게 저 사람 예펜넨가? 참 체격두 묘허이…….'

소년은 속으로 그러한 것을 생각하고, 잠깐 모멸하는 웃음을 입가에 띠어보았다. 그러나, 그나 한가지로 제법 흥미를 가져 그 여자를 건너편 천변에 바라보고 있던 김 서방이, 남녀의 모양이 하숙옥 간판 아래로 사라지자, 혼잣말로,

"흥, 웬 것이 놈의 손에 또 걸려들었누?……"

한숨 비슷이 하는 말에는 소년이 듣기에도 어쩌면 그 속에 무슨 곡절이 꼭 있는 것만 같았다. 그래 재봉이는 그것을 물어 알고도 싶었으나,

'헐 말이 있으면, 왜 그냥은 뭇 헌단 말인가? 그저 툭허면 남을 쥐어박기가 일쑤구…….'

조금 전에 얻어맞은 머리가 그저 좀 아픈 것 같아서, 그는 다시 얼굴을 찡그리고, 생각난 듯이 저편으로 두어 걸음 걸어가려니까,

"아, 이놈아. 치지는 않구 또 어딜 가니?"

김 서방이 또 한 번 소리를 버럭 지르는 것을, 재봉이는 그만 저도 왈칵 짜증을 내어,

"난 똥이 매려워두 못 누러 간단 말예요?"

그 말에 얼른 대꾸를 못 하는 젊은 이발사의 얼굴을 곁눈으로 흘겨보고, 그는 가장 유유히 나무장 한데* 뒷간으로 향하여 발을 옮겨놓았다.

---

* 바깥.

● 제16절

방황하는 처녀성

재봉이와 아주 옹추*인 젊은 이발사 김 서방이,

"흥, 웬 것이 놈의 손에 또 걸려들었누?……"

하고 한 말에는, 근거가 없는 것이 아니다.

요전번에도—, 아니, 요전번에는 이삼일 그 집에 유숙하고 있는 동안, 남들 보기에 별다른 일은 없었던 모양이나, 그 전전번에 이 젊은 사나이가 이 동리에 나타났을 때에도, 이번 모양으로 그다지 영리하다고는 못할 시골 여자를 한 명 데리고 와서, 역시 그 하숙에서 며칠을 묵었었는데, 전번에 그 하숙옥 주인이 머리를 깎으러 왔을 때에, 슬쩍,

"그, 뭘 허는 사람예요?"

물어보니까, 그저 간단히,

"금광 뿌로카**죠."

하던 말이, 아주 터무니없는 말은 아니라 하더라도, 듣는 이들의 생각에는, '뿌로카'는 '뿌로카'라도 그것이 단순히 '금광' 매매에 한한 것이 아닐

---

* 늘 밉고 싫은 사람 또는 그런 관계를 비유적으로 이르는 말.

** 브로커.

지도 모르겠다 싶은 추측이 우선 서지 않을 수 없는 것이다. 그래, 이편에서들 은근히 그러한 것을 생각하고, 잠깐 잠자코 있는 것을 눈치채고 그랬든 어쨌든, 그, 서울 와서 처음으로 밥장수를 하여본다는 사나이가,

"사람이 퍽 얌전허죠."

하고, 한마디 그 사나이 변명 비슷한 말을 한 것이, 생각하기에 따라서는 도리어 수상쩍다고도 할 수 있는 것으로, 그 금점꾼이라나 하는 젊은 친구의 하는 일에는, 이 목덜미에 헌데 자국이 큼직하니 있는 객줏집 주인도 어느 정도까지의 교섭을 가지고 있는 것일지도 모른다…….

그러한 것을, 그러나, 정작 그 남자에게 끌려서 난생처음으로 서울 구경을 하는 여자 자신은, 참말 꿈에도 깨닫지 못하고 있었다.

워낙이 타고나기를 총명하지 못하여서뿐이 아니다. 불행에 익숙한 사람은 유혹에 빠지기 쉽다. 어디 사는 누구라고도 모르는 오직 한 번 본 '외간 남자'의 '엉뚱한 수작'에도, 대체 그 뒤에 어떠한 '음모'가 감추어져 있는지, 그러한 것을 잠깐 생각하여보려고도 안 하고, 쉽사리 남자의 말을 좇고 말았던 그는, 역시 그 과거에 오직 불행만을 가진 여자다.

탓을 하자면 너무나 기박한 자기의 팔자 탓이나 할까?— 가난한 농가에 태어난 금순이는 우선 그 소녀 시절에 있어서도 다행한 빛을 갖지는 못하였다.

열 살이나 그러한 나이에는 벌써 병든 어머니를 대신하여 물을 긷고, 밥을 짓고, 빨래를 하고, 오라비 뒤 거두어주고, 그러느라, 낮으로 밤으로 얽매여, 언제 틈이라 보아가지고 동리의 같은 또래의 아이들과 제법 숨바꼭질 한번 하여본다는 수 없었다.

그렇기에 그것은 금순이가 열세 살 되던 해 여름이었던가 싶은데, 이

시골 저 시골로 장사를 하러 다니느라, 본고장에는 단 보름이라고 붙어 있지는 않는 이모부가, 일곱 달 만에 집에를 돌아왔을 때, 그에게 들러, 그를 난생처음으로 읍내까지 데리고 갔던 것이 그에게는 이제까지도 기억에 남아 있었다. 그곳에서 아저씨는 떡을 사주고, 때때주머니를 사주고, 그리고 또 '활동사진'이라는 것을 구경시켜주었다. 그것은 일반 인민들에게 '위생 사상'을 보급시키기 위하여 제작된 것으로,* 아무튼지 소학교 운동장이라든 그러한 곳에서 임의로 관람할 수 있는 것에 지나지 않았으나, 역시 읍내에서의 일주야는 그렇게도 금순이에게는 '행복'으로 가뜩 찼었다.

그래, 그 뒤부터 그는 언제고 이모부가 또 집에를 들러주기만 바랐고, 들러주면 또 한 번 읍내로 데리고 가달라 졸라 마지않았다. 어린 금순이에게는 읍내라는 곳이 그렇게도 좋아 보였고, 읍내에만 가면 모든 좋은 일이 그저 걷잡을 새 없이 뒤에서 뒤에서 자꾸 생겨만 날 것 같았던 것이다. 그러나 어른들에게는, 역시 어른들로서의 바쁜 일, 요긴한 일, 그러한 것이 얼마든지 있었던 게지, 이모부는 이제 데리고 가마, 요담에는 틀림없다, 그렇게 몇 번이고 약속을 하였으면서도, 끝끝내 다시 한 번 어린 금순이를 즐겁게 하여주지는 않았다.

그러자 세월은 쉽사리 흘러가고, 어느 틈엔가 소녀는 열다섯이나 그러한 나이가 되어, 아버지는 곧잘 어머니와 더불어 금순이의 혼처에 관하여 의논하였고, 그래, 그보다 바로 세 살 아래인 사내 동생 순동이는, 제 동무 아이들과 함께 놀 때,

---

* 위생활동사진. 조선총독부가 식민지 조선인에게 '위생'에 관한 계몽을 위해 보급한 영화.

"너, 우리 누나, 쉬— 시집간다."
하고 바로 무슨 크나큰 자랑거리나 되는 것처럼 그러한 말을 퍼뜨려놓았다.

그래, 밖에 나가면, 누가 그 말로 곧잘들 그를 놀리기도 하여, 그러할 때마다 금순이는 역시 얼굴을 붉히기도 하였으나, 자기가 쉬이 시집을 간다든 그러한 것에, 십오 세의 소녀는 별로 큰 흥미도 감동도 느끼지는 못하고 있었다.

그러나, 어른들 사이에는 어렵지 않게 의견이 일치되고, 택일은 물론, 대례 지내는 동안 신랑이 거처할 사처까지 결정을 보아, 비록 가난한 집안이라고는 하여도 그래도 역시 신부 집답게—, 평시 같으면 그대로 자리 속에 누워 있어야 할, 속병으로 사철 앓는 어머니까지 새벽부터 마루에 나와, 무어니 무어니 제법 준비에 분망하였다.

그러나 내일이 바로 봉칫날*이라는 오늘 저녁에, 금순이의 남편이 될 열일곱 살 먹은 소년은 눈코 뜰 사이 없이 바쁜 집안사람들의 눈을 기어, 나중 일이야 대체 어찌 되든, 저는 또 저대로 '큰 뜻'을 품고서, 삼백칠십리 머나먼 길을 야행 열차 삼등 차실에 의탁하여, 그대로 서울로 올라가 버리고 말았던 것이다.

그래, 금순이가 정말 시집이라 갈 수 있었던 것은, 그러한 까닭으로 하여, 그 이듬해, 그의 나이 열여섯 되던 해 봄이었다.

그를 위하여 그의 부모가 두 번째 선정하여주었던 신랑은, 혼인 당시에 그 나이 겨우 십삼 세—, 바로 신부의 사내 동생 순동이와 한동갑이었으므로, 그래, 새색시는 제법 '남편'에게 대한 '어려움'이라든지, '존경'이라

* 봉치는 혼인 전에 신랑 집에서 신부 집으로 채단采緞과 예장禮狀을 보내는 일을 가리킴.

든지, '사랑'이라든지, 그러한 것을 그에게 가져보려 노력하였어도, 그것은 결코 용이한 일일 수 없었던 것이다.

동리의 입빠른 아주먼네들은, 이번 신랑은 나이가 어려서 장가들기 싫다고 서울로 도망을 간다든 그러할 염려가 없어서 좋겠다고, 그러한 말들을 하고는 저희들끼리 바로 곤댓짓을 하여가며 웃었다. 그러나 설혹 얼마쯤 숙성하다손 치더라도 열세 살이든 그러한 나이로서는 어떻게 별수가 없는 새신랑은, 어디 먼 곳으로 남몰래 빼친다든 그러지는 않는 대신에, 아직도 완전히는 잊을 수 없는 그 어머니의 품을 찾아, 마루 하나 건너 안방으로 곧잘 낯선 금순이를 피하였다.

시집살이라고 아침부터 저녁까지 일에 지친 고단한 몸으로도, 혼자 지키는 건넌방은 너무나 휑하니 쓸쓸하여, 그래, 색시는 쉽사리 잠들지 못한 채, 열에 뜨인 눈을 들어 천장을 우러러보며 곧잘 한숨을 토하였다. 이미 그 전해에, 첫 번 신랑과 정혼이 되어, 혼인날이 앞으로 닷세라고 남지 않았을 때, 어머니가 농촌 부녀자의 솜씨 없는 말투로 일러주던 '사내와 계집의 비밀'이라는 것이, 몇 번이고 그의 머리를 괴롭히었다.

그는 어둑어둑한 빈방 안에 있어, 가끔 좀 더 나이 먹은 신랑을 생각하여보고는, 애타는 가슴속을 어찌하지 못하였다. 남녀가 유별이라 해서, 먼젓번 신랑과는 한번 대면도 못하여본 채, 이제는 영영 남남이 되어버린 것이므로, 비록 몽롱하게나마라도 그의 얼굴이라든 그러한 것을 눈앞에 그려낼 수는 도저히 없었던 것이나, 그 당시 남들이 하던 말을 들으면, 열일곱으로서는 퍽 숙성하고 또 건장하다던 그가 지금은 또 열여덟일 것이라, 대체 얼마나 믿음직하고 든든하고 훌륭한 남자가 되었을까?— 하고, 금순이는 현재의 너무나 어린 남편에게 비겨, 얼마든지 그를 애달프게 그리워하지 않을 수 없었다.

'그이는, 대체, 왜 날 버리구 도망을 간 겔꾸?……'

금순이는 곧잘 첫닭이 울 임시까지 그대로 잠을 이루지 못한 채, 그러한 것을 생각하고는, 문득 저의 지금의 신세를 한숨도 쉬어보고, 박정한 사람을 원망도 하여보고 그랬다. 그래도 때로는, 그러한 자기가 너무나 음란한 계집같이도 생각이 되어, 이제 몇 해만 꿈쩍 참으면, 혹은, 도리어 훨씬 더 훌륭한 남편일 수 있을지도 모르는 현재의 '사내'에게 미안쩍고 죄스러운 마음을 품어도 보고, 그를 그래도 힘써 사랑하려 노력함으로써, 저의 건잡을 길 없는 정열을 제어하여보려고도 하였다.

그러나, 마침내 어느 날 밤, 그는 이내 더 참지 못하고, 요사이 또 며칠 동안 자기 곁에서 곤히 잠자는 열네 살짜리 남편에게 달려들어 그 입술을 빼앗는 것에 성공하였다. 그리고 그것으로 하여서 좀 더 욕정의 불꽃을 돋운 그가, 열에 익어 오른 몸을 가져 소년의 마르고 조그만 가슴 위에 던져보았을 때, 그러나 철없는 어린이는 쉽사리 잠을 깨고, 별 까닭도 모르는 채 그만 질겁을 하게 놀라, 그대로 울가망이 되어서는 안방으로 달려가고 말았던 것이다. 그리고, 그 뒤로는 암만을 시아버지가 타일러보았어도, 소년은 한사하고 다시 금순이의 곁으로는 돌아오지 않았다…….

그것은, 물론, 소년이 너무나 어린 까닭이기도 하였다. 그러나 이 어린 내외 사이를 그처럼이나 극도로 불화하게 하여놓은 것에는, 그 얼마의 책임을 우리는 그 시어머니 되는 이에게 묻지 않으면 안 된다.

원래 타고 나온 천성이 그렇기도 하였거니와, 그보다는 다섯 살이나 아래인 그의 남편 되는 사람이 또 성적으로 퍽 방종하였으므로, 그래 중년 부인의 질투심은, 거의 극단으로 병적인 것이었다.

자기의 영감이 자기 이외의 딴 계집에게 알은체한다든 하는 것은 물론, 일껏 며느리를 맞아준 내 아들이 그 며느리와 한방에서 잔다는 것조차—, 비록 그것은 한방에서 잔다는 그뿐으로, 그 사이에 있을 듯싶은 아무 일도 없다는 것은 누구보다도 자기가 잘 알고 있었으면서도, 그는 결코 마음에 좋게 생각하지 않았다. 그래, 그는 당자가 우선 제 계집을 싫어하는 것을 기화로, 언제까지고 그의 이부자리를 안방에 두어두었다. 그러나, 결국은 이제 몇 해를 더 안 가서, 그때 좀 더 자란 아들의 사랑을 어쩌면 용이하게도 자기의 품에서 빼앗아 갈 것에는 틀림없을 '며느리 년'이라, 그는, 그래, 좀 더 '미움'과 '샘'을 가져 낮으로 밤으로 들볶고 구박하느라, 그의 가뜩이나 한 표정은 나날이 험악하여만 갔다.

그러한 이 아낙네에게 있어, 자기보다 다섯 살이나 아래인 남편이, 기회 있을 때마다 그 며느리 년에게 호의와 동정을 표시한다는 것이, 적지 아니 비위에 거슬릴 수박에 없었다. 모든 젊은 색시들에게 호의를 갖는 경향이 있는 그 시아버지는, 특히 또 고독한 어린 며느리를 가엾어하고, 민망해하였다. 그래, 그러한 감정을, 정작 아들이 그럴 줄 모른대서, 대신 자기 손으로, 무어 '가루분'이니 '물분'이니 또는 '구리무'니 하는 화장품 등속을 사다 준다거나 그러한 방법으로 표현할 때, 그것은 늙은 마누라에게 있어 견디기 어렵게 눈꼴사나운 일이었고, 오직 "그, 손등이 터져 쓰라리겠구나."라든지, "워낙이 간밤에 자기를 늦게 잤으니 졸립긴들 오죽이나 허겠니."라든지, 며느리에게 대하여 그러한 말을 잠깐 입 밖에 내어놓는 것에도 샘 많은 여인네는 쉽사리 흥분하여, 그래 집안은 단 하루라 평화로울 날이 없었다.

시집을 온 지 이 년이 되도록 그저 그의 처녀성을 유지하고 있는 불행한 색시는, 전부터 잠깐 친정에 다니러 간 김에, 몇 번이나 섧고 또 딱한 사정을 부모에게 하소연하고, 이제는 죽어도 다시는 시집에 돌아가지 않겠노라고 울며 앙탈을 하기도 하였다. 그러나 그의 부모는, 그렇다고 그 것을 허락하여주는 수가 없었다. 그래, 금순이는 한 열흘 얻은 말미를 제 마음대로 한껏 보름이라든 그렇게 늘여서 좀 더 친정에 있어본다는 그뿐으로, 끝끝내는 다시 내키지 않는 발길로, 시집을 향하여 떠나지 않으면 안 되었던 것이다.

금순이는, 이제는, 친정어머니를 닮아 일 년 열두 달 골골 앓는 시어머니나 어서 죽고, 어린 남편이 자진하여 자기를 찾을 만큼 어서 크기나 바랄 수밖에 없었다. 그러나 그에게 좋은 일이란 생겨날 턱이 없었다. 그렇게 바라는 시어머니는 피둥피둥한 채, 이것은 너무나 놀랍게 정작 친정어머니가 먼저 돌아가고 말았고, 그해 가을에는 아버지마저 적지 않은 빚을 걸머진 채 제 고향에서 그대로 살길을 구한다는 도리가 없이, 달리 일자리를 구하여 어린 순동이의 손을 이끌고 어디로인지 떠나버렸으므로, 금순이는, 이제는 오직 한 군데 돌아갈 곳조차 영영 잃고 말았다.

그러나, 불행은 결코 그것으로 그치지 않았다. 암만 미덥지 않다고는 하여도 그래도 이제는 오직 '그'만을 믿고 살아가지 않으면 안 될 어린 남편이, 그것도 역시 사람의 운수라 하는 것이었던지, 무서운 병이 한창 돌아다닌다는 그러한 때에, 하필 고르디골라 '얼음과자'라나 하는 것을 사먹고, 그것으로 하여 '호열자'*에 걸린 채, 그로부터 나흘 뒤에는 십오 년의 짧은 생애를 어처구니없이도 끝막고 말았던 것이다.

그러나 죽은 사람은, 그래도 그것으로 좋다 하여두자. 사실은 뒤에 남은 어린 과부의 신세가, 이를테면, 좀 더 딱한 것이 아니겠느냐?

---

* 콜레라.

처녀 과부 금순이는 하숙방 미닫이 앞에 시름없이 앉아, 저도 모르게 가만한 한숨을 토하였다. 그리고 생각난 듯이, 뜰을 격하여 저편 방에서 주인 되는 사람과 무슨 이야기인지 한참을 소곤거리고 있는 사나이 쪽을 바라보며, 이제 쉬이, 죽은 남편의 소상을 맞이하려는 이때 이렇게 앞뒤 생각 없이 알지 못하는 사나이를 따라, 꿈에도 생각 못하였던 서울 땅을 밟게 된 것에, 그는 새삼스러이 놀랐다.

'이제 이 몸이 어찌나 될 겐구?……'

금순이는 입술을 깨물어 보았다.

'그러나…….'

그것이 설혹 별수 없이 또 불행한 것이라 하더라도, 그대로 그 저주할 시집에서, '호색'인 시아버지와 너무나 '악독'한 시어머니 틈에가 끼어, 앞길에 눈곱만 한 희망도 갖지 못한 채 그대로 그날그날을 지내고 있는 것보다 더 불행한 것일 수는 없을 것이다.

더구나 이 '사내'를 만나기 전에 먹었던 생각이, 이미 '죽음'이라든 그러한 것일진댄, 이제 또 내 한 몸 주체하지 못할 때, 그대로 이 목숨 하나 탁 끊어버리면 그만이 아니냐?……

불행한 여인은 피로한 머리를 가져 막연히 그러한 것을 생각하며, 마침 학교로 나가려는 그 하숙의 중학생 하나가, 호기심 가득한 눈으로 자기의 얼굴을 면구스럽게까지 훑어보는 것에도, 별로 뺨을 붉힌다든 그러지 않았다. 단 이태 동안에 어머니를 잃고, 남편을 잃고, 아버지와 오라비는 간 곳을 모르고…… 그러한 크나큰 변이 능히 한 사람의 몸 위에 한데 일어날 수 있을 것인가?— 그것이 팔자라면, 자기가 또 스스로 목숨을 끊으려던 것이 이렇게 알지 못하는 사나이를 따라 멀리 서울까지 올라온 것도, 이미 정해져 있는 팔자일 수밖에 없을 것이다. 그 팔자가 아무리 기구한 것이라더라도 그것은 사람의 힘으로 어찌할 수 없을 것이 아니랴?……

이제 또 얼마나 한 불행이 제 몸 위에 내린다더라도, 그러한 것에 새삼스러이 놀란다거나, 그러지는 않을 마음의 준비가 차차 금순이에게는 생겨졌다.

그러나, 그 하룻날도 어느 틈엔가 저물어, 천변에 밤이 완전히 내렸을 때, 금순이는 역시 마음속에 불안을 갖지 않을 수 없었다. 자기를 이곳까지 이끌고 왔던 남자는, 같이 조반을 치르고 난 뒤에 잠깐 볼일 보고 오마고 밖으로 나간 채, 그때까지 돌아오지를 않았던 것이다. 그는 남자가 대체 어떠한 바쁜 사무를 가졌기에 이제도록 돌아오지 않는 것인가?—누구라 하나 아는 이가 없는 하숙방에서, 밤이 늦어가면 늦어갈수록에 그는 애가 쓰였다.

그러나, 차를 타고 서울로 올라올 때에 "경찰이 심하여 조사나 나오고 그러면 귀찮은 일이니 얼마 동안은 잠시 내외 사이같이 하고 있자."고, 그러한 말을 남자가 하던 것을 생각하여보면, 이제 밤늦게 술이라도 혹은 취하여가지고 돌아올지도 모르는 남자의 모양이 퍽 망측하고 흉하여, 그래 금순이는, 대체 남자가 어서 돌아와 주는 것과, 또는 영영 돌아오지는 않는 것과, 그 어느 편이 결국 자기에게는 다행한 것일지 쉽사리 분간이 서지 않았다.

하지만, 사실, 어떠한 생각으로서이었든지, 금순이는 물론 그러한 것 청하지도 않았던 것을, 자기가 나서서 돈을 써가며 일껏 이곳까지 데리고 올라온 남자가, 어째서 자기를 그대로 이 집에 두어둔 채 어디로든지 가버리고 다시는 돌아오지 않는다든 그러할 리가 있을 것이랴?……

그는 생각난 듯이 방 안을 둘러본다. 한구석에 놓여 있는 남자의 조그만 가죽 가방이며, 들창 옆 못에 걸린 그의 땀 밴 와이샤쓰며, 그러한 것에 눈을 주고, 이제 금방이라도 남자가 이곳으로 돌아올 것에는 틀림없을 것을 생각하고, 그리고 그는 제풀에 풀이 죽지 않을 수 없었다.

나 어린 아낙네는, 남자가 채 돌아오기 전에 어떻게든 하여 남자가 자기 몸 위에 가져올 '위험'을 방비하지 않으면 안 될 것을 느꼈던 것이나, 그와 함께 이미 그곳에는 자기를 위하여 아무런 방도도 남아 있지는 않은 것을 또한 깨닫지 않으면 안 되었던 것이다.

요 수삼 일 동안의 정신적 육체적 피로가 한꺼번에 금순이의 몸 위에 눌러 내렸다. 하숙집 마루 기둥에 걸린 시계가 열 점을 치는 소리를 들으며, 그는 차츰차츰 무거워지는 눈꺼풀을 들려고 애썼다.

'자서는 안 된다. 잠이 들어서는 안 된다…….'

남자의 개기름이 지르르 흐르는 얼굴이 갑자기 그의 눈앞에 나타나, 순간에, 그의 마음에 혐오와 공포를 갖게 하였다. 그러나 그것은 다음 순간, 삼백칠십 리 떨어진 곳에서 지금쯤은 눈이 뒤집혀가지고 저를 찾을 시아버지의 얼굴로 변하였다. 그와 함께,

"어디, 그야 이 세상에 생겨난 사내 녀석들 쳐놓구, 기집 싫단 놈이야 있다구? 허지만, 글쎄 이 망나니는 그중에두……."

어떠니 어떠니 하고, 자기의 영감을 가혹하게도 비평하던 시어머니의, 그 투기로 하여 좀 더 추악하여진 얼굴이 그 곁에 나타났다.

(그의 시아버지는 분명히 '색골'이긴 하였다. 그것은 동리가 모두 알고 있는 사실이다. 하지만 그가 자기의 며느리 되는 금순이마저 어쨌느니 무어니 하고, 대체 남이 부끄럽지도 않은지 펄펄 뛰던 시어머니는 필시 환장이라도 하였던 게다…….)

'화냥년'이니 '개딸년'이니 하고, 차마 입에 담을 수도 없는 갖은 추악

한 욕설을 퍼부어가며, 동네방네가 다 떠나가게 시어머니가 자기를 닦달을 하고, 야료를 하고, 그러던 생각을 하면, 금순이는 지금도 이가 바드득 갈린다.

그러나 생각하여보면 시아버지란 자의 거조도 흉측스럽다면 흉측스럽기는 하였다.

전에도 술이 취하든 그러면, 곧잘 자기를 보는 눈이 이상은 하였지만, 그 아들이 죽은 뒤로는 그것이 더하여, 금순이는 자느라고 전혀 몰랐지만, 시어머니의 말을 들으면 그는 분명히 집안사람이 잠든 때를 타서 바로 금순이가 자고 있는 건넌방 미닫이 틈으로 곧잘 안을 엿보고 엿보고 그랬었던 것이라 한다.

그것은, 혹은 사실이었을지도 모른다. 그러나 며칠 전 밤중에 뒷간에를 다녀 나왔을 때, 공교롭게도 마침 술이 취하여가지고 밖에서 들어온 시아버지와 뜰에서 마주쳤던 것을, 때마침 선잠을 자다 깬 시어머니가 발견하고, 그대로 격렬한 히스테리를 일으키어, 집안이 망하려니까 별일이 다 있느니 무어니 하고, 아닌 밤중에 이웃이 소란하였던 것은 참말 억울한 노릇이었다.

이튿날 하루를 종일 울어 보내고, 그리고 그다음 날, 그는 아무도 모르게 집을 빠져나왔다.

갈 곳은?— 물론 그에게 갈 곳이라 있을 턱이 없었다.

그는 그대로 발 내키는 대로 걸어갔다.

읍내의 오후는 행인이 무턱대고 많았다. 모든 사람이 금순이 하나만을 눈여겨보는 것만 같았다.

그래도 그는 자꾸 앞으로만 걸어갔다.

신작로에서 샛길로 빠졌다. 수수밭을 지나서, 홰나무 아래로 하여—, 그는 마침내 강가에까지 이르렀다.

그는 어인 까닭도 없이, 그곳에 얼마를 서 있었다.

강물은 빠르지 않았으나, 푸르고 또 깊었다.

그는 한참을 그곳에 선 채, 깊고 또 푸른 강물만 들여다보았다.

그러고 있는 중에 눈물이 솟아났다.

그대로 강물을 들여다보고 있는 동안, 눈물은 뒤에서 뒤에서 자꾸 흘러나왔다.

퍽 오랫동안인 듯싶었다.

먼 곳에서 송아지 우는 소리가 들린다.

그는 문득 꿈에서나 깨어난 사람같이 주위를 둘러보았다.

얼른 둘러본 주위에는 아무도 사람이 없었다.

그는 다시 아래를 굽어보았다.

문득 가엾이 돌아간 어머니의 얼굴이 잔잔한 물 위에 어른거렸다.

지금은 대체 어디 가 어떻게 하고 있는지, 생사조차 모르는 아버지와 순동이가 머릿속을 지났다.

머리가 아뜩하였다.

다음에 저절로 중심을 잃은 몸이 푸르고 또 깊은 강물을 향하여 그대로 앞으로 넘어가려 할 제—.

구둣발 소리가 요란히 들리며 사람이 안으로 들어왔다.

금순이는 생각을 깨치고 귀를 기울인다. 그러나 그것은 활동사진 구경이라도 하고 돌아오는 옆방의 중학생이었다.

금순이는 가만한 한숨을 토하고, 모를 사이에 모기에게 물린 손등을 긁고, 그리고 생각난 듯이 일어서서 창 앞으로 갔다.

드윽 창을 열고 내다본 천변은 어두웠다. 빨래터에서는 이 밤중에 누가 빨래를 한다. 나무장 철망 앞에는 젊은이들이 모여 앉아 지금 외설한 잡담이 한창이다.

요란스러이 종을 울리며 기생을 태운 인력거가 바로 창 앞으로 처마 끝을 스칠 듯이 지났다. 분 냄새 향수 냄새가 강렬하게 콧속으로 스며든다.

금순이는 다시 시어머니가 하던 말을 생각해내었다.

"세상의 사내놈들 쳐놓구 기집 싫단 녀석 있나?……"

순간에 시아버지의 얼굴이 눈앞에 떠올랐으나, 그것은 즉시 그 내력을 알 수 없는 남자의 얼굴로 변하였다.

그는 남자가 하던 말을 생각해본다.

서울에는 자기와 동기간이나 진배없이 친한 사람이 크나큰 공장을 경영하고 있는 것이며, ……금순이만 그럴 의사가 있다면 그 공장에는 내일로라도 용이하게 들어갈 수 있는 것이며, ……사람은 아무러한 일을 당하더라도 제 손으로 제 목숨을 끊을 것은 아니라는 것이며, ……자기는 금순이의 처지가 하도 딱하여 그러는 것으로 결단코 다른 뜻이라고는 털끝만치도 없다는 것이며,

'그러나, 그것은 어쩌면 모두가 새빨간 거짓말일지도 모른다…….'

그는 또 느리게 고개를 모로 두어 번 흔들어보았다.

'허지만 그게 또 설혹 정말이라 허드래두…….'

금순이는 내일부터 공장에를 가서 제법 저 혼자 밥벌이를 할 수 있다더라도, 그것이 곧 자기의 앞길에 다행한 빛을 가져올 것같이는 생각할 수 없었다.

태엽이 다 풀린 시계가 게으르게 열한 점을 쳤다.

'이이는 대체 입때까지 웬일인구?……'

망연히 밖의 어둠을 바라보고 있었을 때, 문득 뜻하지 않고 불어 드는 천변 바람에, 강렬하게도 풍겨지는 바로 들창 옆, 못에 걸린 남자 속옷의 '냄새'가 그의 코를 놀래었다. '사내'의 때와 땀과 기름이 한데 뒤범벅이 되어 풍기는 냄새—, 그것만으로 금순이는 거의 머리가 어찔하여지는 것을 느끼며, 어느 틈엔가 호흡은 급하고 가슴은 뛰는 것에 스스로 놀라, 그는 순간에 얼굴을 붉혔다. 거의 기계적으로 주위를 둘러보고, 황급하게 들창을 꼭 닫고, 그리고 잠깐 어찌할 바를 모르다가, 다음에 얼빠진 사람같이 그 헌 와이샤쓰에다 얼굴을 갖다 대고, 그 야릇한 냄새를 좀 더 즐겼다…….

그가, 역시, 고향의 강물에 몸을 던져 죽지 않았던 것을 얼마쯤 다행한 것같이 생각하려 들었을 때, 미닫이 밖에 고무 신발 소리가 뚝 멈추고 헛기침이 두어 번 들린 다음, 문이 열리며 주인 되는 사나이가 이부자리를 들고 들어왔다.

"퍽 곤하실 텐데, 어서 먼저 쉬시죠."

금순이는 얼굴을 붉힌 채 아무 대답도 못하며, 남자는 이 집 주인에게 어떻게 말을 하여두었던 것인지, 그대로 자리 둘을 나란히 깔아놓고는, 다시 무슨 말이 있을 듯하다가 그대로 나가는 그의 얼굴에, 그렇게 생각을 하여서 그러한지, 뜻있는 듯싶은 웃음이 잠깐 뜬 듯싶은 것에 좀 더 얼굴이 익어 올랐으나, 그와 함께 저의 마음이 새삼스레 긴장되며, 일종 싫지 않은 기대가 가슴 한구석에 이는 것을, 그는 구태여 나무라고 싶지 않았다.

그래도 얼마를 망살거린 끝에, 그는 살며시 자리 위에 그대로 앉아보았다. 그리고 가만히 눈을 감으려니, 머리에 떠오르는 것은 바로 사 년 전 첫날밤 신방 안에서의 '저'였다. 신랑이 나이 비록 어렸으나, 그래도 그것이 자기 남편인 사내거니 하는 마음에, 처음 맞는 그 앞에 무던히도 두근거리던 자기의 가슴—, 바로 그때 그대로의 울렁거림이었다.

이제 남자는 돌아와 무어라 몇 마디 말을 건네고, 그리고 활활 옷을 벗어버린 다음…….

금순이의 가슴이 좀 더 뛰었다. 얼굴이 좀 더 달았다. 그는 순간에, 역시 열아홉 해를 지켜온 저의 처녀성에 대한 사랑하고 아끼는 마음에 가만히 입술을 깨물어보았다.

자기가 그 '순결'을 허락할 뻔하고 그대로 지내온 사나이들의 얼굴이 차례로 눈앞에 떠오른다. 봉치 전날 도망을 간 먼점번 신랑—, 이 년이나 같이 지내면서도 너무나 어렸던 죽은 남편—, 그리고 어쩌면 참말 망측스럽게도 기회를 엿보았었는지도 모를 시아버지…….

열다섯에 어쩌면 벌써 한 개의 '계집'이 될 뻔하였던 제가, 열아홉인 이제까지 기구하게도 보존하여온 처녀성을, 그렇게도 어처구니없이 그렇게도 우습게 이 초면부지 남자에게 빼앗기게 되는 것이, 얼른 생각에 안타깝고 또 언짢았다.

그러나 흘낏 본 벽에 붙어 있는 거울 속에, 자기는 어엿하게 머리를 쪽지고 있었고, 댕기는 그나마도 흰 댕기—, 이제 누가 저를 그대로 '숫색시'로 대접하여줄 까닭은 없는 게고 뉘게 빼앗겼든 이미 오랜 옛날에 없어졌을 저의 '몸의 순결'이라 생각하니, 이제는 아무렇게 되든 그것이 모두 역시 타고 나온 팔자일 것 같아서, 금순이는 좀 더 깊이 사내에 주리고 있는 제 자신의 음란한 마음을 책망하려고도 안 하고 이제 곧 '사내'로서의 온갖 냄새를 풍기며 돌아올 남자를, 그는 일종 연정과도 같은 마음을 가져 은근히도 기다렸다.

그러나, 한 점이 지나고, 두 점이 지나고, 금순이가 이내 고단한 몸을 이기는 수 없이 치마도 벗지 않은 채 저도 모르게 자리 위에 쓰러져, 깜박 든 잠을 다시 놀라 깨었을 때, 남향한 미닫이로 여름의 아침 햇살은 부지런히도 들었고, 문득 깨닫고 황망히 둘러본 방 안은 어젯밤 고대로, 남자는 이내 그 한 밤을 돌아오지는 않았던 것이다.

● 제17절

샘터 문답

해 뜨고 가는 비가 부실부실 내리는 오후다. 빨래터 위 골목 모퉁이 집 문간 옆에 기대어놓인 쓰레기통 위에가 샘터 주인은 올라앉아서, 옆에 서 있는 칠성 아범과 한가로운 이야기를 주고받고 있었다.

"요새 금값이 자꾸 올라간다는군그래."

곰방대를 빼어 물며, 민 주사 집 행랑아범이 하는 말.

"그저 돈 있는 사람은 을마든지 돈 벌어먹기루 마련된 세상이지."

보기 좋게 가래침을 탁 뱉고, 빨래터 관리인이 하는 말.

"하여튼, 새면* 둘러봐야 금점꾼이로군그래. 그저 금광 거간……."

"아, 그게 헐 만허니깐 그렇지. 으떡허다 꿈이나 한번 잘 꾸어, 노다지나 하나 얻어걸리는 날엔, 최챙액**이 부럽지 않으니까……."

"허지만, 그것두 얼마간 밑천이래두 있어야 말이지. 그저 경깽깽이루야 말이 되나? 뭐, 등기만 허는 데두 백여 환이 든다지 않어?"

"그러기에 없는 사람은, 또 수단대루 거간이래두 해서, 그저 매매 계약

---

* 사면.
* 최창학崔昌學. 송산창학松山昌學. 일제강점기에 금광을 개발하여 '조선의 금광왕'이라는 칭호를 얻었던 인물.

하나만 되면 몇 백 환씩 구문이 생기니…….”

“그저 불쌍허긴, 둔 없구 수단 없구 헌 우리지. ……넨—장헐 둔 한 가지 있담야 지금 세상에 정승 판서 부럴 거 있나?”

“옳은 말야.”

샘터 주인은 까칠까칠한 구레나룻을 억센 손가락으로 쓰윽쓱 비비며 잠깐 고개를 끄떡이다가,

“그래두 여보. 당신은 우리한테다 대면, 갑부유, 갑부야.”

“아—니, 내가, 그래, 갑부라니?……”

“뭐, 쇡일 것 없어. 내, 다 알구 있는데…… 그동안 둔이나 착실히 뫘다든대그래?”

“내가?…… 온, 참, 그래, 남의 집이 살며, 쥐꼬리라 타는 둔으루, 그래 설혹 뫄지면, 을마나 뫄지겠수?”

“그래두 괜찮다든대그래? 더구나, 올엔 또 운수가 터져서, 공돈이 이백 환이나 들왔으니, 그건 또 을마야?”

“뭐, 계 탄 것 말야? 공돈이 다 뭐야? 그동안 을말 내왔다구?……”

“을말 내오긴, 고작, 한 이십 환뻮에 더 냈어? 그러구 열 곱절을 먹었으니…….”

“아따, 남의 말만 허지 말구, 자기 생각을 해봐. 뭐니 뭐니 해두 우리게 다 대면 참 상팔자지. 그저 팔짱 끼구 앉었으면 먹을 게 쑤욱쑥 들오니…….”

“아아니, 내가 뭐, 버는 게 있어서? 빨래래야 그저 여름 한철이지, 그것두 이제 장마나 지면 다 쓸려 내려가구…… 흥! 그야말루 오 전 십 전 빨랫값 받어가지구 해마다 세금 바치려면 쩔쩔매는 판인데…….”

그리고 그는 잠깐 말을 끊었으나, 칠성 아범이,

"허지만……."

하고, 또 이의를 제출하려는 기색에, 그는 즉시 말을 이어,

"더구나, 소문을 들으면, 무어 청계천을 덮어버린단 말이 있지 않어? 위생에 나뿌다든가……그러니, 정말 그렇게나 되구 본 댐야, 인젠 삼순구식*두 참 정말 어려울 지경이니…… 흥! 말두 말어."

하도 기가 나서 하는 말에, 칠성 아범은 잠시 담배만 뻐억뻑 빨고 있다가, 새삼스러이 개천을 둘러보고,

"그거, 다 괜은 소리……, 덮긴, 말이 그렇지, 이 넓은 개천을 그래 무슨 수루 덮는단 말이유? 온, 참……."

"아, 관가에서 허는 일이, 덮으러 들면야, 노돌강**은 뭇 덮어?…… 조만간 덮긴 덮을 모양야, 말이 자꾸 떠도는 게……."

"……."

"그렇게 됐다간, 참말 굶어 죽을 노릇 아냐? 쉬— 무슨 도릴 채리긴 해야 헐 텐데, 그래 다소간에 둔이 있으니 장사를 허나, 기술이 있어 쟁인 노릇을 허나, ……참말이지 큰일 났수."

한탄 비슷이 그러한 말을 하다가, 갑자기 고개를 들어 개천 건너를 바라보고,

"여, 신 첨지—. 더운데 어딜 이리 가나?"

"요 앞에 좀 가는 길야."

"요새 괜찮다대그려? 참, 매씨한테두 경사가 있었다구……."

"흥, 경산 무슨……."

---

* 30일 동안 아홉 끼니밖에 먹지 못한다는 뜻으로, 몹시 가난함을 이르는 말.

** 노량진 부근의 한강을 이르는 말.

"아, 이 사람아. 그게 경사지, 그럼 뭐야? 그래, 국수 한 사발, 술 한잔 없이, 쓱싹헐 작정야?"

"……."

그러나, 그 키 작고 얽은 사나이는 그 말에 대답 없이, 한 번 싱긋 웃어 보이고는 저 갈 길을 가버렸다.

"참, 그, 누구야? 가끔 보건만……."

칠성 아범은 지까다비* 신고, 각반 친 사나이의 뒷모양을 잠깐 물끄러미 바라보았다.

"왜, 물라? 신 첨지라구……, 수표교 다리께 사는 미쟁이. 십 년 전에 신전 집 행랑에 있다가, 미쟁이루 나서서, 그사이 둔푼이나 조히 뫘지. 지금 들어 있는 천여 환짜리 집이, 그게 제집이니까……."

"허—, 그럼 아주 성공했군그래?"

"아, 그 이상 으떻게 성공을 허누? 장차꿀, 수표교, 관수교, 그 근처서 곰보 미쟁이라면 다 아니까……."

"허—, ……그래, 뭐, 경사가 있었다니?"

"아하, 그거?…… 저 사람헌테 서른너덧 된 과부 누이가 있는데 그게 이번에 뭐 개가를 했다나? 웬 녀석이 걸렸는지 인제 머리 실 노릇 생겼다……."

"왜?"

"아, 그 여자가 으떤 여잔데? 파닥지 값을 허느라구, 행실이 부정해서, 먼점 서방두, 말허자면, 그걸루 해서 병이 중해 죽었지……."

그들이 그러한 이야기를 하고 있을 때,

---

* じかたび. (일본 버선 모양의) 노동자용 작업화.

"여봐요오—."

하고, 개천 건너에서 얼금뱅이 칠성 어멈이 '영감'을 불러,

"저어, 양복점에 갔다 오라십디다."

"양복은, 왜, 어제 찾어왔는데……."

"글쎄 그 양복이 잘못돼서 고쳐가주 오라시니, 내가 아우?……"

"……."

칠성 아범이 못마땅한 얼굴로 배다리 편을 향하여 걸어간 뒤, 어느 틈엔가, 그 오나 마나 한 이슬비가 그친 천변 길을 점룡이 어머니가 이곳까지 걸어와서,

"흥! 민 주사가 요새는 모양을 더 내나 보니, 하, 하, 하……."

그러한 말을 한마디 하고, 문득, 건너 천변 하숙옥 앞에가 시름없이 서 있는 소복한 젊은 여자가 눈에 띄자, 그는 곧 샘터 주인을 돌아보고,

"저건, 누가 데리구 올라서, 여관에다 두구 나간 채 입때 안 돌아온다니……."

"글쎄 말입니다."

"그래, 일껀 꽤가주구 올론 녀석은 또 무슨 생각으루 어딜 갔게 안 오는 게유?"

"그러게 말이죠…… 허지만, 그 녀석이 온댔자, 저 여자루 말허면, 욕이나 보구, 팔려 나가구 헐 게니, 차라리 그자가 안 오는 게 되레 좋 게 아녜요?"

"온, 어림두 없는 소리 다 허지. 그대루 내버려 두구 안 올 놈이 어딨어? 더구나, 저 집 상노 녀석 말을 들으면, 쥔 녀석두 흉칙헌 생각을 먹구 있다나 보든데…… 하여튼 젊은 계집이 팔잔 망쳤지, 흥!"

머리를 설레설레 흔들며, 몇 발자국 광교 쪽으로 향하는 것을, 마침 빨

래 광주리를 들고 사다리를 올라온 필원이네가 알은체를 하여,

"아아니, 어딜 이렇게 분주히 가십니까?"

"아, 오늘이 사흘 아뇨?"

"사흘요?…… 네에, 열사흘."

"그러니까, 곗돈 내러 가지."

"참, 계 드셨지. 그래 오늘 빠지건 한턱허세얍니다."

"아, 빠지기만 헌담야, 내다마다."

그 주름살투성이 얼굴에, 바로 웃음을 띠고 하는 말을 샘터 주인이 나서서,

"참, 아주머니, 계 이름이 뭐죠?"

"돌다가라우, 돌다가—."

"돌다가요? 돌다가라니, 그 무슨 뜻예요?"

의아스러이 묻는 말을, 점룡이 어머니는 기다리고나 있었던 듯이,

"계통을 흔들지 않수? 그럼 그 속에서 우리 계알이 뱅글뱅글 돌다가 쏙 빠지거든. 그래, 돌다가 쏙 빠지라구 이름이 돌다가—."

"하하 묘허겐 지셨군.…… 허지만 돌다가 그냥 돌기만 허구 정작 빠지질 않으면 으떡헙니까?"

샘터 주인이 웃으며 하는 말을,

"에이 여보. 가뜩이나 안 빠지는데 사위스런 소릴랑 허지두 마우."

그리고 문득 생각난 듯이 다시 필원이네를 향하여 개천 건너 한약국 편을 턱으로 가리키고,

"참, 만돌 에미는 으떻게 방을 구헌다드니, 마땅헌 데가 났나?"

"마땅허구 마땅허지 않구가 어딨에요. 그 댁에서 밤낮 나가라는 거, 아무 데나 갈 데만 있으면 나갈 텐데, 그게 없으니까 오두 가두 뭇허는 게

죠. 그저 쥔댁에서두 만돌 아버지만 행세가 그렇지 않어두 나가란 말씀은 안 하실 텐데……."

"그렇구말구. 똑 만돌 애비가 병이지, 허기야……."

"그럼요, 애에미야 불쌍허죠. 제 죄야 뭬 있에요?"

그리고 돌아서며, 반은 혼잣말로,

"그래두 모꼿대린가 어디서, 내일 선뵈러 오랬대서, 거길 가보겠다구는 허두구먼두……."

점룡 어머니가 혼자 고개를 끄떡이며 저는 또 저 갈 길을 걸어갔을 때, 나무장 빈 터전에서 공을 차고 있던 용돌이가 땀을 씻으며 그곳으로 나와 샘터 주인을 보자 그 앞으로 다가가서,

"참, 박 서방 만나봤수?"

"박 서방이라니?"

"왜 고무신 행상허는 이 말야."

"으응. 못 봤는데…… 왜?"

"그이가 샘터 팔지 않겠냐구, 그런 말 헙디다."

"샘털, 팔어?"

"응, 이편서 의향만 있다면, 자기가 넹겨 맡어 허겠답디다…… 일백오십 환까진 내겠다구……."

"뭐, 일백오십 환? 흥! 어림두 없이…… 이게 이래 뵈두 으떤 건데, 단둔 일백오십 환에 내노라는 게야? 그저 가만히 앉어만 있어두 실없이 먹구는 사는걸……."

"허지만, 일백오십 환이면 괜찮지 않우? 사실 빨래래야 여름 한철이구, 더구나 인제 장마나 지면 틀려먹는 게구……."

"흥! 아—니, 여름 한철이라니, 그럼 봄 가알 겨울엔 빨랠 안 해 입는

단 말인가? 장마가 지면 그대루 개천이 송두리째 떠나간단 말인가? 왜 어림두 없이 이러는 거야?"

"허지만, 개천을 덮는단 말두 있지 않우? 허니, 아주 이번에 작자가 난 김에……."

"아—니, 이 개천을 덮어? 무슨 수루 이 넓은 개천을 덮어?…… 그러지 말구 바루 하늘에 올러가서 별을 따 오라지."

"허지만 일백오십 환이면……."

"일백오십 환커녕……."

하고 김 첨지는 길바닥에다 침을 퉤 뱉고,

"곱절을 해서 삼백 환이래두 어림없다."

"삼백 환은, 무슨, 호, 호…… 이까진 샘터 하나에 삼백 환 낼 사람이 어딨수?"

"없으면 그만이지. 누가 판다나? 보긴 이래두 벌이가 으떻다구……."

조금 전에 칠성 아범하고 이야기할 때와는 아주 딴판으로, 김 첨지의 기세가 바로 장하다. 용돌이는 더 권하기를 단념하고, 광교 편으로 눈을 주고, 생각난 듯이 그편으로 걸어갔다. 점룡이에게로 가서 아스꾸리라도 한 곱보* 얻어먹기 전에는 참말 더워서 견딜 수가 없는 것이다.

---

* '컵'의 일본식 발음인 '고뿌'에서 온 말.

● 제18절

저녁에 찾아온 손님

대체 자기에게 대하여 참말 어떠한 그윽한 생각을 가지고 이렇게 서울까지 데리고 올라왔던 것인지 그것은 물론 남자가 하던 말과 같이, 자기의 신세를 가엾다 해서, 그래 정말 인심 후한 공장에라도 넣어주고 그러려는 마음에서 나온 것만은 아닌 듯싶으나, 그러면 또 그런 대로 좌우간 무슨 동정이든 있을 듯싶건만, 이것은 참말로 뜻밖이라 아니할 수 없는 것이, 남자는 자기를 이 하숙집에다 넣어둔 채, 잠깐 볼일 보고 돌아온다던 사람이 깜깜무소식이기 이미 닷새가 넘었다.

당초에 서울이라 올라와서 처음으로 맞이한 밤에는 이제 금방이라도 돌아와 어떠한 망측한 행동으로 나올지 알 수 없는 남자가 몸이 떨리게까지 무섭고 징그러워, 여엉영 돌아오지 않았으면 좋겠다고도 생각하였고, 또 그와 함께, 남자의 벗어놓은 땀 배인 속샤쓰에서 사내의 몸 냄새를 맡았을 때에는 문득 이제까지 억압당하였던 욕정이 어처구니없이도 화알활 정염을 일으키는 대로, 초면부지 외간 남자에게 그대로 몸을 내주고 싶은 야릇한 충동을 어쩌는 수 없이, 스스로 제 호흡이 급한 것에 얼굴을 붉혀도 보았던 것이나, 남자가 과연 자기의 몸 위에 가져올 것이 또한 불행 이외의 아무것이 아니더라도, 이제 이르러서는 길흉을 물론하고, 한시바삐

그가 돌아와서, 어떻게든 자기의 갈 길을 지도하여주지 않는 이상에는,

'대체 나는 이제 앞으루 으떡해야만 허누?……'

암만 눈을 끔벅거려본대야, 무슨 도리라 할 도리가 머리에 떠오르지 않는 지금의 그였다.

'참말 이이는 어찌 된 셈인구?……'

남자가 자기를 일부러 피한다든 그럴 까닭이 도무지 있을 듯싶지 않은 것이,

'일껀 돈을 써가며 자게가 그렇게 나를 끌구 올라와서…….'

여관에다 내버려 둔 채 돌보지 않는다든 그럴 까닭은, 아무리 시골서 나서, 시골서 자라서 견문이라 할 견문을 갖지 못한 여자로서도 있을 듯싶게 생각되지는 않았다.

그는 하숙 주인의, 식모의, 상노의, 동숙인들의, 그 모든 사람들의 시선이 차차 견디기 어려움을 느끼며,

'나중 일은 어떻든 간에, 대체 이 집 밥값은 으찌 되는 겐구?……'

그러한 것에도 경난이라고는 해보지를 못한 여인은 쉽사리 겁을 먹고, 근심이 되어, 그래 조석 밥상을 대할 때도 하숙집의 된밥이 목구멍에 거북하였고,

'그래두 오늘은 돌아오려니…….'

헛되이 기다린 하루가 지나 또 밤이 되면, 학교에서 돌아와 저녁을 치르고 난 옆방의 젊은 학생이, 보통 때도 그랬던 것인지 유난스럽게 소리를 내어가며, 공부를 하고, 창가를 하고, 그러는 것에, 저도 모를 사이에 마음은 옛날로 뒷걸음질 쳐,

'내게 장가들기 싫다구 서울로 도망을 갔던 신랑이 그때 열일곱이었으니까, 지금은 아마 저 학생만은 하리…….'

그러한 생각이 들면,

'그럼, 혹시 저이가 바로 그이나 아닐까?……'

정말 그럴지도 모를 일이 아닌가 하고, 그러한 난데없는 생각에 한참 동안은 눈을 똥그랗게도 떠보는 것이나,

'허지만 아무러기로서니…….'

얼마 지나면 가엾이 고개를 흔들어서, 그 생각의 당치 않음을 마음에 깨닫기도 하나, 아니면 또 아닌 대로, 그 학생은 그 학생대로 애타게 그립기도 하였고, 그러다가,

'참, 집이서는 어쩌구들 있누?……'

문득 잊었던 시집 일이 궁금하기도 하나, 순간에 떠오른 시어머니의 험악한 얼굴에 저도 모르게 가만히 몸서리치고,

'집이선 난리가 났을 게다…….'

응당 시아버지가 각처로 염탐을 하여서 도망간 며느리를 찾을 것은 분명하나 이제는 설혹 그것을 알더라도 어쩌는 수 없이, 오직 한결같이 남자가 돌아와 주기만 기다리는 수밖에는 다른 도리가 없는 것이다.

'그건 그렇다 허구, 이 집 쥔은 으떻게나 나를 생각허구 있는 겐지…….'

이것은 자기가 이 집에 들어온 지 바로 둘째 밤이었던가 싶은데, 그와 남자와는 모르는 사이가 아닌 듯싶어,

"아, 이 사람이 어디 또 무슨 볼일이 있길래 오늘두 안 돌아오는 겐구?…… 혼자 퍽 고적허시죠?"

그러한 소리를 하고 방으로 들어와 한참이나 잡담을 하다 자기 방으로 올라갔던 것이, 그다음 날 밤중에도,

"주무십니까?……"

아아니요, 하고 대답하니까, 또 기침을 한 번 하고 들어와서, 일껏 서울

이라 올라와도 구경도 나가 못 하고 매우 갑갑하겠다고, 내일은 자기가 안내하여 '진고개'라나 하는 곳도 구경시켜주고 그러마고, 그리고 다음은 묻지도 않은 것을, 자기는 원래 개성 사람으로, 서울에 온 지는 삼 년밖에 안 되는데, 작년 봄에 상처한 이래로 독신이라는 둥, 처음 하여본 밥장수라, 시작할 때는 여러 가지로 불안도 있었으나, 아직 같아서는 재미를 보는 편이라는 둥, 하지만 이 장사야 사실 심심소일로 하는 것이지, 땅마지기나 가지고 있으니까 살 건 걱정이 없다는 둥, 무어 그러한 말을 중언부언하며, 언제 자기 방으로 돌아갈지 알 수도 없는 것을, 혹은 아름답지 않은 생각을 품고 그러한 잔소리를 늘어놓고 있는지도 모를 그의 마음속을, 시골서 갓 올라온 여인보다는 오히려 옆방의 젊은 학생이 먼저 알아차렸던 것인지, 일부러 소리를 내어 헛기침을 하고, 무슨 휘파람을 자꾸 불고 그러는 통에,

"아, 참, 내가 너무 오래 앉았었군. 곤하실 텐데 그럼 그만 주무시지."

그제야 제 방으로 돌아간 것이나, 바로 어젯밤에는 술조차 먹고서 또 밤에 내려와서, 무어니 무어니 잔소리를 늘어놓는 것에는, 사내라는 것에 대하여 무턱대고 호의를 가지려는 그로서도, 이제는 그만 지긋지긋하였다.

'이제 이대로 며칠만 더 지냈다가는……'

참말 어떠한 일이 생기고 말 것인지 어서 오늘 저녁으로라도 남자가 돌아와 주지 않으면— 하고도 생각하는 것이나, 혹은 이 하숙집 주인이라는 것을 그저 무턱대고 싫어할 것이 아니라, 만약 자기가 정말 내게 마음이 있어 그러는 것이라면 그는 지금 홀아비고 그렇다니, 어쩌면 정작은 그와 인연이라도 있는 것이 아닌가? 난처한 경우를 당하니까, 별별 생각을 다 하게 되었을 때 마악 저녁상을 물리고 난 그에게 뜻밖에도 여자 손

님이 하나 찾아왔다.

● 제19절

어머니

땡, 땡, 땡, 땡…….

출입을 하고 아무도 없는 안집의, 마루 기둥에 걸려 있는 시계가 느리게 넉 점을 쳤다.

여름 대낮에 가뜩이나 졸린 음향이다.

이쁜이 어머니는 바느질하던 손을 멈추고, 새삼스러이 고개를 들어 그 편을 바라보았다.

'벌써 네 시…….'

'동'은 달고, '섶'도 달았다. 그러나 이제 안팎을 껴 박아야 하고, 다음에 '깃'을 달아야 하고, '고름'을 달아야 하고, 또 다음에 '동정'을 시쳐야 하고…….

'일곱 점에 찾으러 온댔으니, 그럼 인제 세 시간밖에 안 남고…….'

저녁 놀음에 입고 나갈 수 있게 하여달라고, 오늘 아침에 갖다 맡긴 춘사 깨끼겹저고리는 그야 바느질이 얌전하고도 손 빠른 이쁜이 어머니로서, 하루에 넉넉히 할 수 있는 일임에는 틀림없었다.

하지만 돈이 똑 원수인 세상에, 밤이라고 잠 하나 변변히 못 자보고, 낮은 또 낮대로 일에 쫓기어, 더위가 이제 한창인 꼭 요만 시각이 되고 보

면, 스르르 오는 졸음과 함께,

'이걸 온종일 붙잡고 앉아서…… 그래 품값이 겨우 팔십 전…….'

재봉틀 한 대 가지고 이 세상을 살아오기 이미 열세 해—, 이제 이르러 새삼스럽게 무어니 무어니가 있을 턱 없는 노릇이었지만, 그래도 역시, 아무러한 이쁜이 어머니로서도, 그 하여본댔자 아무 보람이 없는 신세타령이 다시 나오지 않을 수 없었다.

이제까지 걸어온 고단한 길—, 이쁜이가 일곱 살 먹던 해에 과부가 되어가지고 이래 열세 해…….

그래도 그동안은 '내 딸' 이쁜이 하나 기르는 그 재미에, 그저 고것 하나에다 의지할 곳 없는 외로운 마음을 붙이고 왔던 것이지만…….

'그러나 그 생각을 이제 또 해서 뭘 허겠단 말인구?……'

저도 모를 사이에 눈물이 두 눈에 숨어 나온 것을, 이쁜이 어머니는 잠깐 소매 끝으로라도 씻으려 하지 않고, 생각난 듯이 한옆에 밀어놓았던 다 낡은 재봉틀을 드윽 앞으로 끌어당겼다.

바늘에 실을 꿰며, 주근깨투성이 조그만 얼굴이 어둡다.

며칠 전에 들려준 점룡이 어머니의 말을 들으면, 바로 그 전날 밤이었다던가, 강 서방이 제 친구 두엇과 술이 취하여가지고 개천가 '가후에' 집에서 나오더라 하지 않았나?

'가엾은 이쁜이…….'

재봉틀이 세차게 돌기 시작하였다.

'가엾은 이쁜이…….'

잠깐 다니러 보내달래도 보내주지 않는 사돈집으로, 이쁜이 어머니가 참다 참다 못하여 그리운 내 딸 보러 찾아갔던 것도 그것이 벌써 달포 전의 일이다.

고 전에 필원이네 말을 듣고, 박정한 내 사위와 그 몹쓸 사돈 마누라 틈에가 끼어, 어린 내 딸의 가슴은 타고, 마음은 언제든 슬퍼, 그래 몸은 마르고 얼굴은 여위었으리라— 생각은 하였지만,

'아, 가엾은 내 딸아—.'

내 딸 이쁜이가, 그렇게도 탐스럽던 내 딸 이쁜이가, 아무렇기로 그 지경에까지 이르렀으리라고는 과시 꿈밖이었다…….

이쁜이 어머니의 상반신이 질겁을 하여 뒤로 물러나고, 세차게 돌아가던 재봉틀이 순간에 딱 그쳤다. 조금만 늦었다면, 눈물은 그대로 '진동'에가 떨어지고, 호사 좋아하는 기생은 얼룩이 진 저고리를 가져 그를 탓했을 것이다.

'망할 년. 몹쓸 년. 괴악한 년…….'

저도 남의 집 며느리였었고, 또 제게도 이제 쉬이 남의 집에 며느리로 들여보내야 할 딸이 있는 년이, 그래, 그렇게 남의 무남독녀 외딸을 그저 윽박주고 구박하고 못살게 굴고, 그래도 좋다는 말이냐?……

손등으로 눈물을 씻고, 코 밑을 비비고, 다시 재봉틀 앞으로 다가앉았을 때, 언제 그곳에까지 들어왔던지, 바로 창 앞에가 멈추어진 가만한 신발 소리에 그는 새삼스러이 놀라, 고개를 들자,

"아, 이쁜아!"

한마디 부르짖음 뒤에, 그들 가엾은 어머니와 딸은 그곳에가 그렇게 앉고 또 선 채, 잠시는 흡사히 얼빠진 사람같이 서로 사랑하는 이의 얼굴만을 머엉하니 바라보았다.

밤으로 낮으로 내 딸 이쁜이를 생각하고서는 눈물짓고, 한숨 쉬고, 그러지 않은 때가 한시라 있었을까? 하지만, 제가 이렇게 제 발로 걸어서 내 앞에 이르다니…….

'이런 일이 있을 수가 있을까?……'

눈앞에 엄연한 그 사실이 그래도 용이히 믿어지지 않은 채, 거의 퀴엉한 눈으로 그가 딸을 지켜보았을 때,

"어머니!"

가엾은 딸은 그대로 방으로 뛰어들고, 외로운 어머니는 그것을 여윈 가슴 위에 받아, 서로 좀 더 힘 있게, 좀 더 든든하게 부둥켜안은 채, 모녀는 금방 미칠 듯이, 아니 이미 미친 듯이 흑흑 느끼는 이쁜이가 격렬한 감정을 그대로 몸부림쳐,

"나, 나, ……다신, 다신 안 갈 테유."

거의 외쳐 말하였을 때에, 분별성 있는 어머니로도,

"오냐. 오냐. 나하구 살자."

애달프게 그의 흐트러진 머리를 쓰다듬어 내리며, 얼마 동안은 오직 애끓는 울음 속에 그들은 있었다.

그러나 어떻게들 알았는지, 동네 여편네들이 이쁜이를 보러 찾아왔다 가고,

"얘, 시장헐 텐데 어서 좀 먹어라."

어머니가 권하는 한 그릇의 냉면을, 남기지 않고 달게 다 먹고, 그리고 좀 더 앉아 있다,

"나 좀 드러눌 테유, 어머니."

치마를 벗고 한옆에 몸을 뉘자, 십 분이 못다 가서, 그대로 코조차 골며,

'대체 얼마나 잠을 못 잤기에…… 시집살이가 얼마나 힘에 겹기에…….'

정신없이 곯아떨어진 내 딸의 모양을 보았을 때, 그것이 또다시 가엾고

애달팠으나, 또한 그와 함께, 이쁜이 어머니의 이성은 차차 불안을 느끼지 않으면 안 되었다.

'만약, 이대루 가난은 허나마 모녀가 단둘이 살아갈 수가 있다면, 그야 오죽이나 좋으랴만…….'

아까 다녀간 점룡이 어머니도, 귀돌 어멈도, 필원이네도, 쓰리고 설운 사정을 낱낱이 호소하는 이쁜이의 한 마디 한 마디에, 혹은 혀를 차고, 혹은 한숨을 쉬고, 그런 년의 집엘 가서 어떻게 단 하루라도 사느냐고, 결단코 다시 보낼 생각은 말라고—, 그렇게들 주장을 내세우기는 하였던 게지만,

'허지만 그렇다구…….'

이쁜이는 이제 나이 겨우 열아홉. 분명한 내 딸은 내 딸이면서도, 그것만을 고집 세워, 자의대로는 하는 수가 없는, 이미 남의 집 사람.

그것도 사위가 죽었다거나, 그 집에서 쫓겨났다거나 그러한 게 아닌 터에,

'대체 어떻게…….'

자기 욕심 하나로 집에 이대로 머물러 있게 할 수 있단 말인고—.

이쁜이 어머니는 일이 손에 잡힐 턱이 없건만, 그래도 벌이하는 몸은 어쩌는 수 없이, 다시 바늘을 들어, 기생의 나들이 저고리에 고름을 달며, 몇 번인가 답답하고 또 딱한 한숨을 내쉬고 내쉬고 하였다.

'그래두 보내기는 도루 보내야…….'

암만을 궁리를 하여도, 역시 그 도리밖에는 없었으나, 그렇게 가엾게시리도 곤한 잠 속에 떨어져 있는 딸의 모양을 볼 때에 이쁜이 어머니는 벌써 지금부터 안타깝게 망살거리지 않을 수 없었다.

물론 곤하기도 하였을 게다. 그러나 그보다도 역시 여기가 제집이라서,

바로 어머니의 곁이라서, 그리고 이제는 그년의 시집엘 다시 돌아가지 않아도 좋다 해서, 그래 그만해도 마음을 놓고 편히 잠들 수 있었던 것일 게다…….

또 깨닫지 못하고 눈물이 두 방울, 그의 눈을 어리었다.

이쁜이 어머니는 콧물을 들이마시고,

'오늘 하루래두 예서 편히 쉬게 허구, 내일 아침 일찍이 보낼까?……'

잠깐 바느질손을 쉬는 사이, 땀을 쭈르르 흘리고 그대로 자는 내 딸을 가엾게 부채질해주며, 그는 문득 그러한 생각도 해본다.

'하룻밤이나 편히 잠이나 좀 재워서…… 내일 잘 타일러서…….'

이쁜이 어머니는 어느덧 일곱 점을 보하는 안집 시계 소리에 놀라 다시 바늘을 집어 들며, 혼자 마음에 애달픈 '작정'이다.

그러나 여름날이라고 무작정하고 길 수는 없다. 어느 틈엔가 불이 들어오고, 동네가 완전한 밤이었을 때, 그때까지 곤한 잠이 깨지 않은 이쁜이 옆에서, 어머니는 또다시 불안에 잠겨 있었다.

그야 시집이 나쁘기는 나쁘다. '시어미'가 고약한 년이요, '사위 놈'이 망한 녀석임에는 틀림없었다.

하지만 그러함에도 불구하고, 안에서들은 '악박골'로 물을 먹으러 가고, 집 안에는 저와 시아버지만이 남아 있을 때, 그 시아버지라는 이가 낮잠이 든, 그것을 기화로, 온다 간다 말이 없이 몰래 시집을 빠져나온 내 딸의 행동은 역시 적지 아니한 '죄악'이었고, 이제 단 하룻밤이라고 묵혀 보낼 때, 그 결과는 가뜩이나 한 이쁜이의 시집살이에 좀 더 큰 불행을 가져올 것같이 어머니에게는 생각이 되어 견딜 수가 없었다.

'역시 보내야…… 이대루 보내야…….'

어머니는 몇 번인가 마른침을 삼키며, 딸을 깨우려 그의 몸에 손을 대었으나, 그래도 차마 그 몸을 흔들지 못한다.

'조금만 더 자구 나거든…… 이제 지가 깰 게니깐…….'

어머니는 수건을 들어 그의 얼굴의 땀을 훔쳐주며, 그러나 그렇게도 마음을 놓고 잠자고 있는 그의 모양이 또한 일종의 불안을 가져와,

'저는 아주 이대루 나허구 지내갈 줄만 믿구 있을지두 모르는데…….'

내 딸이 아무리 가엾고 또 불쌍하다 하더라도, 어차피 그러한 어림없는 짓은 할 수 없는 노릇이니, 진작 아까 단 한마디라도 그의 경솔한 행동을 나무라고 타일렀어야 할 것을,

'낫살 먹은 예펜네들이 모두 지각없는 소리들을 하였구…….'

또 자기도 얼떨결에,

"오냐. 오냐. 나구 살자."

그러한 말을 하였던 것이 이제 와서는 적이 뉘우쳐지기조차 하는 것이다.

그러나, 기생집에서 옷을 찾으러 조그만 계집애가 왔을 때, 마침내 이쁜이는 제풀에 잠이 깨고, 어쩐 영문을 모르는 사람같이 놀라 일어나 앉다가, 문득 어머니와 눈이 마주치자, 순간에 가엾은 웃음을 눈가에, 입가에 띠고,

"나, 퍽 잤지? 지금 몇 시유, 어머니이."

"아마 여덟 점 반이나 됐나 부다."

"벌써?"

두 손으로 흐트러진 머리를 쓰다듬고, 옷깃을 여미고 하는 그의 모양을 이슥히 보며,

'그래도 오늘 밤으루 돌려보내야…….'

마른침을 또 한 번 삼키다가,

'참, 아무튼 저녁이래두 멕여서…….'

찬밥이 많이 남았으니, 자기는 그것을 먹어치우면 그만이겠지만, 모처럼 오래만에 본 이쁜이를 더구나 찬도 없이 그걸 먹이는 수는 없고…….

이쁜이 어머니는 부리나케 밖으로 나와, 배다릿목에서 마침 필원이네를 만난 것을 다행히 여기며,

'개가 청인의 만두를 좋아허지…….'

그것을 한 그릇만 빨리 시켜다 달라고 부탁을 하고,

'아직 암말 말구, 만두나 다 먹구 나거든…….'

그러한 것을 생각하며 그는 집으로 돌아왔던 것이나, 어느 틈엔가 자기의 행주치마를 둘러 입고, 중문간으로 나온 이쁜이가, 바로 시집가기 전에 모녀가 단둘이서 지낼 때 하던 그대로 풍로에 뜬숯을 올려놓고 불을 피우고 있다가, 자기가 들어오는 것을 보자, 무심한 얼굴을 들어,

"어머니, 어디 갔었수?"

그리고 입가에 가만한 웃음조차 띠는 것에, 그의 가슴은 순간에 뭉클하며, 그대로 마음은 한껏 무거워지지 않을 수 없었다.

시아버지의 잠이 그사이에라도 깨는 일이 있을까?—그것이 겁나서, 그저 부랴부랴 옷을 주워 입었을 그뿐으로 조그만 보따리 하나 못 만들어 들고 달려온 이쁜이.

그저 이만만 하여도 금시 살아난 것같이 기운을 얻어, 풍로에 부채질을 하고 양은솥에 물을 붓고 그러는 이쁜이.

어머니의 마음은 몇 번이나 망살거렸으나,

'하지만 이대루 이 밤을 지내고 난다면…….'

그만 그것뿐으로 내 딸의 전정을 다시 무를 수 없게 그르치고야 말 것 같이 생각이 되어, 그는 이내 마음을 독하게 먹고, 그래도 딸의 얼굴만은 바로 보지 못한 채,

"애……, 그래두, 너, 한 번만 더 참구서……."

이쁜이는 처음에 어머니의 그 말이 무엇을 의미하는 것인지 알아내지 못하는 듯싶었다.

둥그렇게 뜬 눈으로 그는 다음 말을 기다리며, 어머니의 얼굴을 치어다 보았으나, 어머니는 차마 그다음을 이어서 말하지 못하였다.

마침내 어머니의 마음을 알아내자, 가엾은 딸은 너무나 뜻밖의 일에 퀭한 눈을 들어 말없이 얼마를 어머니의 얼굴만 바라보았다.

그러나 그뿐이었다. 딸은 좀 더 어머니를 괴롭히는 일 없이, 가엾게도 모든 것을 단념하고 풀이 죽어 방으로 들어갔다.

그러한 딸이 어머니에게는 좀 더 마음에 아팠다.

어머니의 행주치마를 기운 없이 벗어놓고, 다시 저의 치마끈을 매는 이쁜이는 마침 호인이 만두를 운반해 왔을 때,

"나, 먹구 싶지 않수."

가만히 고개를 모로 흔들었으나, 어머니가 두 번째 권하였을 때, 그는 더 사양하는 일 없이 젓가락을 들었다.

그렇게 좋아하던 음식이건만, 이쁜이는 아무 맛을 몰랐다.

그것이 민망하고 애처로웠다. 어머니는 곁에서 몇 번이고 울음을 삼켰으나, 그는 언제까지든 그러고만 있어서는 안 되었던 것이다.

한껏 무거운 걸음걸이로 다시 시집의 대문을 들어서지 않으면 안 되는 딸을 위하여, 어머니는 지금 당장, 과히 어색하지는 않은 '거짓말'을 하나 준비해놓아야만 하였다.

'역시 내가 병이 났다구 헐밖에…….'

그래, 보고 싶어 불러온 것이라고,

'그럼, 내가 바래다주는 수는 없는 게고…… 그러니 또 필원이네를 안동해서…… 구변은 필원이네가 그중이니까…….'

그래도 물론 그것으로 마음을 놓는다는 수는 없었으나, 이 경우에 이쁜이 어머니로서는 좀 더 용한 생각이 나지 않았다.

이쁜이가 자리에서 일어섰을 때, 어머니는 딸의 풀이 죽은 모양을 애처롭게 바라보며,

"그저 참아라…… 모든 걸 참구 지내라……."

그 말에 기운 없이 고개를 약간 끄덕이고, 내키지 않는 발길로 문지방을 넘어서려다 말고, 문득 고개를 돌려 어머니와 눈이 마주친 이쁜이는, 그 순간 이제까지 용하게 참아온 울음을 그대로 터뜨려,

"어머니. 왜, 왜, 날, 날, 여자루 나놨수?"

그대로 몸을 어머니의 가슴에 내어던져 흑, 흑, 느꼈다.

그러한 딸을 어떻게 달래볼 도리가 있을 턱 없이 어머니는 또 어머니대로, 그 창자가 끊어지는 듯하였다.

● 제20절

어느 날의 삽화

어제나 그저께나 한가지로 하늘에 흰 구름이 얕게 떠도는 채, 바람 한 점 없이 그대로 푹푹 찌는 날이다.

남쪽 천변 하숙옥 앞을 바로 누구 찾을 사람이나 있는 듯이 아까부터 오락가락하며, 그 안을 기웃거리는 중년 부인이 한 사람 있었다.

배다리 반찬 가게에서 돈을 바꾸어가지고 오던 창수는 그 옆을 지날 때 잠깐 의아스러이 그의 행색을 훑어보았으나 물론 그가 전에 본 일이 있는 사람이 아니었다.

소년은 두 손 속의 백통전을 요란스러이 흔들어 소리를 내며, 한약국 앞까지 돌아오다, 개천 건너 이발소에서 재봉이 녀석이 호스를 끌고 나와, 천변 길에 시원하게 물을 뿌리는 것을 보자, 그것이 신기하게 부러워서,

"재봉아아."

불러가지고,

"나 좀 해보자."

그러나 물론 그러한, 일은 일이라도 아이들이 저마다 하여볼 수 없는 재미있는 일을, 장난 좋아하는 재봉이가 그리 선선히 물려줄 까닭이 없었다.

"이눔아, 이건 어대감이나 허시는 거야. 너 겉은 놈은 방 숙에가 들앉

아서 그저 작도질이나 해―.”

그리고 바로 이거 보라는 듯이 호스 주둥이를 이리저리 세차게 놀리어 보기만 하여도 재미나게시리 쏴쏴 물을 주는 그 심사가 열이 나서,

“이 자식이?”

무심코 손을 번쩍 들어본 것이 잘못으로,

“에쿠!”

그대로 백통전이 몇 푼 땅에가 떨어진 것을, 부리나케 몸을 굽혀 주웠으나, 한 푼은 분명히 개천 속에 빠진 듯싶어, 암만을 되풀이 헤어보아도 오 전이 축이 났다.

금시에 얼굴이 새빨개가지고, 아래를 굽어보았으나, 구정물이 흘러가고 있는 그곳에서 암만을 들여다본대야, 그까짓 백통전 한 푼쯤이 투철나게 눈에 띌 턱이 없었다.

“이눔아, 뭘 그렇게 내려다보구 있어?”

대강 물을 뿌리고 난 재봉이가 또 한약국 집 주인 영감의 말투를 흉내내어 한마디 하다, 갑자기 눈을 반짝거리고,

“너, 인마. 뭐 떨어트렸구나? 둔이냐?”

바로 고소하기나 한 것같이 하는 말에 창수는 대답을 않고, 그대로 개천 속을 내려다보며, 잠깐 어찌할 바를 몰랐으나, 재봉이 녀석이 뒤를 이어,

“인제 이눔, 경 다부지게 쳤다. 그저 까불다 둔 잊어버리기 일쑤구…… 인마, 들여다보구만 있으면 으떡허니? 어서 발 벗구 들어가서 똥물에다 고개 푸욱 파묻군 그저 찾아봐야지.”

한다는 말이 모두가 남의 약만 올리는 것이어서,

“이 자식아. 너, 괘―니 죽어.”

증오가 가득한 눈으로 개천 건너를 노려보고는 그래도 잠깐 망살거린다.

그러나,

'경을 치면 쳤지. 누가 저 개천 숙엘 들어가?'

더구나 재봉이 녀석이 보고 있는데 창피해서 될 말이냐고, 창수는 잠깐 있다 그대로 몸을 돌이켜 약국 문을 들어섰다.

이편에서 잠깐 이러한 일이 있었을 때, 하숙옥 문 앞에는 그 중년 부인이 그저 떠나지 않고 오락가락하고 있었다.

만약 이발소 소년이 창수와 그러한 수작을 주고받은 그 뒤에, 즉시 호스를 둘둘 말아 들고 이발소 안으로 들어가는 일 없이, 잠깐 눈을 돌려 그를 보았다면, 그는 틀림없이 또 눈을 신기하게 반짝거리며,

"그, 신전 집 마나님이 서울 올랐군요?"

그래 이발소 안에 한 개의 뉴스를 제공할 수 있었을 것이다.

사실, 옛날의 신접 집 주인마누라는, 바로 다섯 달 전까지도 자기들이 살고 있었던 그 집을 찾아, 역시 그렇게도 회구의 정을 이기지 못하고 있었다.

이십 년이라면 결코 짧은 시일일 수 없다. 그사이를 꿈같이 지내온 내 집이, 하루아침, 남의 손에 넘어가자 이렇게 하숙옥이 되어버리리라고는 참말 뜻밖이었다.

정작 들어가 보지는 못하고, 그냥 대문간에서 기웃거려만 살핀 것이니, 물론 확실한 말은 할 수가 없어도, 우선 눈에 띈 대로 보자면, 두 칸짜리 광을 한 칸을 줄여 새로이 방 하나가 늘고, 장독대 앞에 그 물맛이 좋던 우물은 무슨 까닭이 있어서든 아깝게도 메워버리고, 그 터전에다 호떡집 걸상 같은 것이 두 개 ㄱ 자로 놓이고, 그 위에다 비누 쪽이 말라붙어 있

는 것은 아마도 그곳이 세수하는 곳인 듯.

'그야 자게가 둔 내서 사 든 집을, 어떻게 뜯어고치든, 누가 뭐랄 수는 없는 게지만…….'

하지만 그래도 이십 년이나 살아온 집— 자기네들의 반생을 지내온 집이 남의 손에 넘어가기가 무섭게 그렇게도 변한 것이, 더구나 집안이 기울어진 이제 일이라, 그의 마음에 무던히 애달팠다.

그러나 그는 언제까지든 그러한 것을 애달파하고만 있을 수는 없었다. 다시 한 번 그 집에 눈을 주고, 그는 이내 발길을 돌리려 하다가,

'차는 세 시나 되어야 떠나구…….'

대체 그사이의 몇 시간을 어디서 지낼까 궁리를 한 끝에,

'참, 약국집이나 들러볼까?……'

그게 좋겠다고 천변을 몇 칸통 내려왔으나, 문득 자기가 아직도 점심 전인 것에 생각이 미치자, 그는 다시 또 걸음을 멈추었다.

그러나 그는 그 즉시 혼자 마음에 작정을 하고, 다시 돌아서서 천변 국숫집에서 국수를 십 전어치, 더 좀 걸어 배다리 고깃간에서 편육을 십 전어치……, 그렇게 사서 그것들을 싸 들고 자기로서는 바로 떳떳하게, 이 동네에서 가장 오랫동안 두고 서로 사귀어온 집안, 한약국 집을 향하여 그래도 점잖은 걸음걸이로 걸어갔다.

그야 저마다 다 그렇지는 않겠지만, 그래도 사람이란 가난하여지면, 그 마음이 역시 비굴하여지지 않을 수 없는 것일지도 모른다.

예전에는 그래도 남부럽지 않게는 살아오던 집 주인 마나님이 한번 그 집이 몰락의 비운에 빠지자, 자기도 모르는 사이에 그 마음과 행동이 남의 앞에서 떳떳하지 못하게 된 것은 또한 어찌할 수 없는 노릇이다.

그가 약국집 안채로 들어가, 주인마누라와 그 집 며느리와, 그리고 귀돌 어멈까지와 반가운 인사를 주고받고 한 그 뒤에, 지금 바로 사가지고 들어온 국수와 편육을 내어놓고,

"참, 귀돌 어머니. 그 수고스럽지만, 나, 장국 한 그릇 끓여주우."

그리고 그 말에 어이가 없어,

"아아니, 아무러기로서니, 점심 대접 안 해드리까 봐 이걸 이렇게 사가지고 오셨어요?"

그 집 며느리와 귀돌 어멈이 함께 말하였어도, 그는 역시 어디까지든 태연하여가지고,

"같은 서울에 사는 것두 아니구…… 대접을 받으면 그걸 글쎄 은제 갚아드려요?"

그러한 말을 하고,

"시굴선 비가 안 와서 걱정들인데 어데 비라군 올 듯도 싶지 않군요."

쨍쨍한 하늘을 치어다보며, 부채질만 한다.

주인마누라가 또 어이가 없어, 잠깐은 그의 얼굴만 바라보다가,

"참, 그래, 강화는 사시기가 으때요?"

한마디 물은 말을, 이제는 이미 가난에 쪼들린 마누라쟁이는 입을 삐죽이 내밀고,

"예나 거기나 옹색하긴 일반이죠."

그 말에 주인 편이 얼마쯤 당황하여,

"아아뇨. 동네 인심이라든 그런 게 어떠냐 말씀예요."

그러나 객은 한결같이,

"그저 둔만 있으면 어디선 뭇 사나요? 둔이 없어 그렇죠."

무엇이라 말을 하든 막무가내였다…….

그와 거의 같은 시각에 포목전 주인은 이발소에서 머리를 깎고 있었다.

이십삼 관이라나, 사 관이라나, 그렇게 유달리 살이 찐 관계로 더위도 남의 갑절은 타는 듯싶어, 바로 등덜미에다 선풍기를 틀어놓고 앉았건만, 물에 한 번 흔든 듯싶게나 추욱 젖은 생모시 적삼은 그렇게 용이하게 마르지를 않는다.

그리 큰 부자랄 것은 없어도, 그래도 돈푼이나 가졌고, 또 자기 매부가 몇 번이나 연거푸 부회의원인 것에도 우월감을 느끼는 그는, 모든 것에 자신이 있어, 그래, 지금, 같이 머리를 깎는 이가 따로 두 사람이나 있건만, 그러한 객들은 있어도 없는 거나 한가지로, 우리의 포목전 주인은 아까부터 혼자서 이야기다.

"그, 집안에 애들이 없은즉슨, 아주 쓸쓸헌 게군그래."

"그렇습죠. 똑 집안엔 애기들이 있에압죠.…… 왜, 애기들이 어디 갔나요?"

그의 말을 받는 사람은 이 집의 주인—, 포목전 주인은, 그래도 이 사람이 이 집에서는 '어른'이래서, 어떠한 경우에든 똑 그 한 사람에게만 자기의 머리를 만지게 한다.

"응, 저—, 매년 원산엘 보냈더니, 그게 인젠 아주 습관이 돼버려서, 큰놈 둘째 놈은 그래두 중학생이니까 또 헤엄두 칠 줄 아니까, 갈 만두 하지만, 아, 인제 보통학교 이 년 댕기는 끝의 놈마저 저두 가겠다구 졸라서……."

"하, 하, 그렇겠습죠. 그럼 세 학생이 해수욕을 나갔군요."

"아, 그러니까 기집애 년두 또 가만있나? 왜, 올에 숙명학교 들어간 애 말야. 아, 그년두 또 나서서……."

"하, 하, 그럼, 사남매분이……."

"아, 그렇게 되니 늙은것두 바람이 나서, 나중엔 우리 마누라까지 애들 따라 구경 가겠다구, 하, 하, 그 법석들이란……."

"하, 하, 그럼, 영감께서만 빠지시게 되셨군요?"

"아, 나야 어디 한가로웁게 피서니 뭐니, 그렇게 되나?— 아, 거긴 너무 치키지 말구— 아, 그런데 원산 내려가더니, 인젠 날더러 한 사흘이래두 좋으니 댕겨가라구 연방 편지질이로군. 하, 하……."

"그래, 으떡허기루 허셨나요?"

"하, 졸르니, 글쎄 이번 토요일에 떠나 일요일 밤에나 돌아올까 허는데, 그것두 봐야 알겠는걸."

"아, 그래두 영감께선 때때 소풍을 허세얍죠. 저인, 가구 싶어두 그럴 처지가 못 되니까, 이렇게 땀을 뽑고 있습죠만……."

한편으로는 머리를 다스리고, 한편으로는 말을 받아주고, 또 그와 함께 표정을 풍부히 갖느라 한창 바쁜 이발소 주인은, 서울에 올라온 지 이제 삼 년이 되어오는 전라도 사람이다.

포목전 주인은, 잠깐 말을 끊고 거울 속만 바라보다가, 그 속에 한 여인을 발견하자,

"아—니, 저건 웬 사람이야? 소복헌 여자가 가회* 로 드나드니……."

딴은, 거울에 비친 개천 건너 카페 문 앞에, 며칠 전까지도 그 아래 하숙옥 문전에서 우리가 볼 수 있었던 시골 색시 금순이가 서 있다.

"누구요?…… 네—, 저 여자요?"

주인이 가위질하던 손을 멈추고, 거울에서 고개를 돌려, 바로 열어젖힌 창 너머로 그편을 바라보며 말하는 것을, 저편에가 앉아서 신문을 보고

* 카페.

있던 김 서방이라는 젊은 이발사가, 그 여자에 관하여서는 자기가 좀 자세하다는 듯이, 얼른 받아가지고,

"시골서 바람이 나서 집을 뛰나온 여자랍니다. 허기야, 유인을 헌 작자가 있습죠. 그래, 바루 저 건너 하숙집에다 데려다 두구 어디다 팔아먹으려는 중에 남자가 그만 경찰서에 붙잡혀 갔습죠? 바루 끌구 올러온 그날이든가, 그 이틀날이든가, 그만 발각이 나서……."

"허, 허—, 그래서?"

"그래, 여자만 오두 가두 못 허구 있는 중에 어떻게 교섭이 됐는지 저 집에가 있기루 그렇게……."

그러나 그 말이 채 끝나기 전에, 저편 구석에서 손님이 가져온 면도를 갈고 있던 재봉이가 고개를 돌려,

"아녜요. 그런 게 아녜요. 남잔, 여자루 해서 붙잡혀 간 게 아니라, 저 아래 삼각정인가 어디서 돈 걸구 마짱 허다가 붙들려 갔죠. 그래 여자가 오두 가두 뭇 허구 여관집이 있는 걸, 저 평화 가회에 있는 기미꼬란 이가 하두 사정이 딱허대서 밥값까지 물어주구……."

소년이 신이 나서 하는 말을, 그와는 언제든 옹추인 김 서방은 끝까지 하게 두어두지 않고,

"요눔아, 잔소리 말어. 네깐 놈이 뭘 안다구……."

탁, 핀잔을 주는 것을, 재봉이는 또 재봉이대로 결코 지지 않고,

"그래두, 내가 다— 들었에요. 정말 참, 누가 모르는지?……"

빈정거림 가득히 코웃음조차 치는 것을, 애나 어른이나 똑같은 김 서방은 가만두고 싶지 않았으나, 포목전 주인이 가장 호활스러이,

"하, 하, 그눔야. 호옥 그런 소문이란 저런 애 녀석이 더 잘 아는 수가 있지. ……나, 참, 그 담배 하나 갖다 주우. 내 왼쪽 주머니에……."

그러는 통에 김 서방은 떠름한 얼굴을 한 채, 우선은 포목전 주인의 담배 시중을 들지 않으면 안 되었다.

● 제21절

그들의 생활 설계

금순이에 관한 조그만 이야기가, 가뜩이나 한 재봉이와 김 서방의 사이를 좀 더 악화시켰을지도 모르는 것은 딱한 노릇이지만, 그 지식은 역시 재봉이의 것이 확실한 것이었다.

얼마 전에, 늘, 전화를 빌리러 하루에도 몇 차례씩 드나드는 하숙옥 상노가, 그날은 전화가 아니라, 어디 심부름을 갔다 오는 길에, 잠깐 대낮의 카페를 들러, 마침 늦은 조반을 먹고 난 기미꼬와 하나꼬를 상대로, 두서없는 잡담을 늘어놓은 끝에, 우연히 금순이의 딱한 이야기가 나온 것이 이를테면, 이번 일의 시초인 것이다.

그야 물론 금순이의 내력이라든, 그러한 것에 관하여 하숙옥 보이가 무어 아는 것은 없었고, 그저 누구나 하는 추측대로, 남자의 꾐을 받아 서울까지 끌려왔는데, 남자는 어인 까닭인지 그날 나간 채 여태껏 돌아오지는 않고, 그래 오도 가도 못 하는 것을, 눈치가, 아마 주인 되는 사람이 흉측스러운 마음을 가지고 있나 보더라고, 그렇게 말하였던 것에 지나지 않았으나 이를테면, 사정은 그만한 것으로도 족하였다.

그날 저녁, 기미꼬는 문제의 하숙으로 딱한 여자를 찾아갔던 것이다.

(우리는 「제18절」에서, 하룻날 저녁 대체 어찌하여야 옳을지를 모르는 채 그 좁은 가슴을 태우고 있는 금순이를 뜻밖에도 찾아온 손님이 하나 있었던 것을 알고 있다. 그것이 바로 이 기미꼬였던 것이다…….)

그러나, 대체 일개의 가난한 여자에 지나지 않는 기미꼬로서 얼마만 한 일을 그를 위하여 하여줄 수 있다는 말인고?……

이를테면, 처음에는 기미꼬 자신, 아무런 계획도 성산도 가지고 있지는 않았었다.

그는 우선 되는대로, 그를 이끌어 자기의 일터이며 또한 아울러 거처하는 곳인 카페로 데리고 왔다.

그러나 물론 그를 자기나 한가지로 여급을 만든다든 그러할 의사는 애초부터 없었다. 그에게 그러한 길을 택하여주는 것은, 말하자면, 그 하숙방에 그대로 두어둔 채, 아무렇게나 되어가는 대로 맡겨버리는 것보다 결코 얼마쯤이라도 나은 것일 수는 없었다.

당장 적당한 방도를 생각해내지 못하는 채, 기미꼬는 누구든 어려운 경우에 거의 본능적으로 생각하는 것같이, 자기에게 재력이 있었으면— 하고 그렇게 느꼈다.

그러나 이 경우에, 금순이에게 있어서 가장 필요한 것은, 금전이나 그러한 것보다도 오히려 그를 위하여 길을 인도하여주고, 보호하여주고 그러는 사람의 힘과 정이었다.

카페 주인이 좋아는 안 하는 것을, 그대로 사흘째 한방에서 숙식을 같이하며, 기미꼬는 마침내 절묘한 한 방도를 생각해내었다.

돈이 없어도 딱한 시골 여인을 위하여 생활을 갖게 할 수 있는 방도—, 그리고 그것은 더욱 다행하게도 자기네 자신에도 얼마쯤 뜻있는, 한 개의 생활 설계였던 것이다.

그는 스스로 제 생각에 감동하여 깨닫지 못하고 옆에 앉은 하나꼬와 금순의 손목을 한 손에 하나씩 덥석 잡고,

"자아, 좋은 수가 있어. 우리, 어디 방을 얻어가지구 같이 살림을 해보기루 허거든. 일체 생활비는 하나꼬허구, 나허구 책임 맡구, 그 대신에 금순인 우리를 위해 일을 좀 해주거든. 그럼 될 게 아냐?……"

처음 얼굴을 대하던 순간부터, 퍽 믿음성 있게, 또 든든하게 기미꼬를 알아온 금순이는, 이제 같이 어디다 방을 구하여, 서로 의지하고 살아가자는 그것만으로 이미 마음은 감동하고 또 만족하였다.

그것은 물론 하나꼬도 일반이었다. 그는 이곳에 들어오던 당초부터 기미꼬를 바로 친형같이 알아왔던 것이요, 그래 그의 말이라면, 거의 무조건하고 좇는 경향이 있었으므로, 물론 이번에도 아무런 이의가 있을 턱 없었다.

그러나, 그들보다도 몇 곱절이나, 그 계획에 대하여 명랑한 기대를 가진 것은, 바로 그것을 생각해내인 기미꼬 자신이었다.

부모를 여읜 뒤, 더욱이 얼굴이 못생긴 가난한 계집은 주위에 한 사람의 사랑하는 이도 가져보지 못한 채, 사람의 정이니, 은혜니, 그러한 것을 도무지 받아보지 못하고 지내왔다.

오직 혼자서 외롭게 걸어온 길—, 그것은 어쩌면 죽는 날까지 그대로 통할 것인지도 몰랐고, 또 그렇더라도 자기는 역시 애달프게 고개 숙여 걸음을 내딛는 수밖에는 없었을 것이다.

그러나 이제는 이미, 그러한 것을 혼자 슬퍼하지 않아도 좋았다. 한가지 불행한 동무들과 함께, 서로 믿고, 의지하고, 깊은 사랑과 따뜻한 정을 가져나갈 때, 참말 '삶'의 기쁨은 샘과 같이 서로서로의 가슴속에 용솟음

칠 것이다.

기미꼬는 오랫동안을 그리고 찾았던 부모 형제를 끝끝내 맞이하여, 이제 그 정 깊은 품 안에 몸을 맡기게나 된 사람같이, 눈은 빛나고, 입가에는 웃음조차 떠올라, 요사이는 개천 건너 복덕방의 집주릅과, 자기 일터에서 과히 떨어지지 않은 곳에, 마땅한 셋방을 구하러 다니느라, 평소에 게으름 많았던 한나절을 누구보다도 바쁘게 지냈다.

● 제22절

종말 없는 비극

한약국 집 문전에 구루마가 한 대 놓이고, 동리 아이들이 오륙 명이나 그 주위에 모여 있다.

언제나 시퍼런 코를 흘리고 있는 만돌이가 가장 자랑스러이 그 아이들을 둘러보고,

"너, 우리 집이 이사 간다, 이사 가아."

아까부터 벌써 몇 번짼가 그것을 되풀이 말하였다.

딴은 그 말이 떨어지기 전에, 중문 안 행랑방에서 우선 반닫이 궤가 하나 운반되어 나왔다.

그러나 그것을 나르는 사람은 만돌 아범이 아니다. 그는 주인집에 인사 한마디 하는 일 없이 간밤에도 밖에 나가 잔 채, 오늘은, 이제부터 새로 드난을 살 모교 다리 어씨 집 행랑방에가 들어앉아 방을 치고 도배를 하고 그러는 게 바쁘다는 것을 빙자하여, 세간짐을 나르는 것조차 제 친구 표 서방을 부탁한 것이다.

질화로가 나오고, 이불 보따리가 나오고, 귤 궤짝이나 그러한 데다 반자지 조각을 발라서 만든, 그따위 상자가 서너 개나 나오고, 쪽이 떨어진 방칫돌*이 나오고, 그리고 명색이 이삿짐이라고 조그만 구루마에 절반도

차지 않은 채 그들의 세간이라고는 그것으로 전부였다.

표 서방이 손을 들어 코를 힝 풀고, 중문간으로 들어갔을 때, 만돌 어멈은 대청 섬돌 아래에가 서서 눈이 시뻘겋게 부어가지고 울고 있었다.

잠깐 주저하다가,

"같이 안 가실료? 아주머니……."

"네에, 먼저 가세요."

만돌 어미는 눈뿐이 아니라, 양 볼까지 시뻘겋게 단 얼굴을 잠깐 돌려 말하고, 문득 이제 저의 갈 길을 생각하고 다시 흑, 흑, 느낀다.

서방만 지랄을 안 하고, 주인집에서만 그대로 두어준다면, 그사이 정이라고 들었다면 들었달 수 있는 '이 댁'에서 그저 언제까지든 살고 싶었다.

그러나 그것은 이제 와서 어쩌는 수 없는 노릇이었고, 제 마음에 없는 것을 이제 또 서방이 하자는 대로 모교 다리로 드난을 갈아본대야, 물론, 앞길에 눈곱만 한 행복이 있을 듯싶지는 않아, 역시 오래전부터 생각하여 온 것과 같이, 이 기회에 저는 저 단독으로 행동을 취할밖에는 아무 다른 도리가 없는 것이라 거듭 깨달으니, 억제하려야 억제할 수 없게시리, 뒤에서 뒤에서 눈물은 자꾸 솟아 나왔다.

그러나 언제까지 이러고 있을 것이냐?—

만돌 어미는 구루마에 싣고 남은 오직 한 개의 다리미를 집어 들고,

"영감마님, 안녕히 깁쇼…… 마님, 안녕히 깁쇼…… 아씨, 안녕히 깁쇼……."

그리고 또 잠깐 느껴 울고, 그동안 무던히도 핀잔을 주고 구박을 하고 하던 안잠자기 귀돌 어멈에게까지, 참말 떠나가는 이의 애달픈 정을 가져,

---

* 다듬잇돌.

"귀돌 어머니, 안녕히 계세요……."

인사를 마치고 돌아서서는, 조금이라도 울음을 억제하여보려는 노력으로 하여, 좀 더 격렬하게 느끼며, 그대로 대문으로 달음질쳐서 나왔다.

이제까지 동네 아이들을 상대로,

"느이들, 우리, 어디루 가는지 알어?…… 모교 대리 부잣집야. 이 집버덤 더 크구, 더 주와…… 부잣집야, 부잣집."

철없는 말을 늘어놓고 있던 만돌이가,

"야아, 우리 엄마 나운다. 우리 엄마 나와."

하고 손바닥을 딱, 딱, 쳤으나, 여전히 격렬하게 느끼는 저의 엄마의 모양을 보고는 금시에 풀이 죽어, 흡사 무슨 장난을 하다 꾸지람을 받은 아이와 같이, 실쭉하여 겁 집어먹은 눈으로, 얼마를, 그렇게도 섧게 우는 엄마만 치어다보았다.

만돌 어미는 여전히 느꼈으나, 눈물은 나올 대로 이미 다 나왔다. 잠깐 만돌이를 바라보고, 또 그 옆에 조그마니 서 있는 수돌이를 바라보고 그랬을 때, 그의 일껏 먹었던 결심은 다시 어처구니도 없이 깨어지려 하였으나, 그는 즉시 마음을 모질게 먹고서,

"만돌아, 이거 가주구, 너 먼저 가거라, 응? 수돌이 데리구서……."

내주는 다리미를 만돌이는 기계적으로 받아 들었으나, 즉시, 다시 느끼며 발길을 돌려 광교로 향하는 어머니의 거동이 어린 마음에도 수상하여,

"엄만, 어디 가우?"

달려들어 치마를 잡는 것에, 어미는 걸음을 멈추고, 소리를 버럭 질러,

"이 자식아, 어서, 말 들어. 수돌이 데리구 먼점 아버지한테 가아."

그 소리가 질겁을 하게 큰 것에 놀라 만돌이는 저도 모르게 두어 걸음 뒤로 물러서며, 그래도 용기를 내어,

"엄만 어디 가우?"

또 한 번 되풀이하여 묻는 말이 이미 울음에 젖었다.

"이 자식아, 글쎄, 왜 말 안 들어? 엄만 어디 좀 댕겨서 나중 갈 테야."

그리고 아무렇게나 코 밑을 비비고 홱 몸을 돌리어 깜짝할 사이에 거의 광교 다리에까지 이르렀으나, 그 기세에 잠깐 눌렸던 만돌이는 그것을 보자, 그대로,

"으아—."

소리를 질러 울며, 한 손에 다리미를 든 채 한사하고 달려가서, 엄마의 치맛자락을 꽉 붙잡고는,

"엄만 어디 가우?"

방울 같은 눈물이 뚝뚝 떨어지는 눈을 한껏 크게 뜨고, 묻는 것은 한결같이 그 한 말이다.

만돌 어미의 마음이 또 한 번 꺾이려 하였다.

'허지만 밤낮 이렇게 마음을 약하게 가져선…….'

쓴침을 한 덩어리 꿀떡 삼키고,

"에미 말을, 그래, 못 듣겠니?"

아비의 모습이 판에 박은 듯한 내 자식의 얼굴에, 그는 순간에 그지없는 증오조차 가지고 주먹을 번쩍 들었으나, 만돌이는 그것을 피하려고도 하지 않고 치맛자락 잡은 손에 좀 더 힘을 주며, 하는 말은 여전히,

"엄만 어디 가우?—"

어미의 주먹이 기운 없이 내려졌다. 자식의 얼굴을 이슥히 내려다보고 있다가, 한숨을 후— 쉬고, 힘없는 말소리로,

"그럼, 너, 수돌일 데리구 온."

슬픔을 알기에는 너무나 어린 수돌이는, 그때까지, 아무런 영문을 모르

고, 그대로 한약국 집 벽에가 기대어서서, 멀거니 어미와 형을 바라보고 있었다.

"어여 데리구 온."

그러나 만돌이는 용이히 믿지 않았다.

"엄마, 가버릴려구?"

어미는 또 새로운 슬픔에 느끼며,

"아아니, 안 가께. 안 가께, 어서 데리구 온."

그래, 두 어린것을 데리고 제 자신 갈 길을 모르는 채, 만돌 어미는 되는대로 우선 거리로 나왔다.

● 제23절

장마 풍경

"올에, 이, 가물려나, 웬일이야?"

"네, 이거 비 안 와 큰일입니다."

이것은 요즈음에 이르러 만나는 사람마다가 하루에도 몇 번씩 주고받는 인사였다. 그러나 하늘은 우리 점룡이라든 그러한 사람 좋은 일 하려는지 좀처럼 비를 내리지 않았다.

한나절 거리에는 그늘이란 그늘이 없었고, 사람들은 먼지만 폴싹거리는 아스팔트 위를 허덕이며 오고 또 갔다. 간혹 산수차*가 불결한 물을 큰길 위에 뿌리고 간다. 그러나 그것은 물론 먼지를 가라앉히는 데 약간의 효과가 있을 뿐, 잠깐만 밖에 나와도 전신에 쭈르르 흐르는 사람들의 땀을 어떻게 하여주는 수는 없었다.

신문은 엊그제 하룻날, 장안에서 소비된 음료빙**의 수량을 들어 더위에 허덕이고 있는 경성 시민들의 꼴을, 그러한 방면에서 엿보려 하였다. 그러나 그것을 기다리지 않더라도, 광교 한 모퉁이에서의 점룡이 '아스꾸

---

* 살수차.

** 음료용으로 만든 얼음.

리' 매상고에도 숫자 위에 더위는 너무나 또렷하게 나타나 있었다.

점룡이는 이 장사를 시작한 지 올에 삼 년이 되지만 '아스꾸리'란 이렇게도 잘 팔리는 것인 줄은 과시 뜻밖이었다. 그러기에 한여름 '아스꾸리'를 팔아, 가을에는 장가도 넉넉히 들겠다고, 용돌이는 바로 며칠 전에 점룡이 어머니보고 말하였다. 그러나 장가는 어쨌든 간에, 이대로 참말 한 여름만 벌고 보면 그것도 우습게 칠 수는 없을 금액이라, 그래 실없이 입이 벌어져서, 점룡이는 새벽에 눈을 뜨면 어제나 그저께나 매한가지로 쨍쨍한 날씨에, 바로 '아스꾸리' 통 돌리는 바른팔이 으쓱으쓱 절로 신이 나는 것이다.

그러나 하늘은 그저 언제까지든 점룡이라든 그러한 몇 사람만을 다행하게 하여주지는 않았다.

하룻날, 낮부터 찌뿌드드하던 하늘이 저녁에 들어서 드디어 곪아 터지고야 말았다.

바람도 없고 빗줄기도 굵지는 않아서 소리도 은근하게 주룩주룩 내리는 품이 바로 이른 봄에 꽃 재촉하는 그러한 비나 흡사하였으나, 나중에 생각하여보아, 그것이 역시 이 여름 장마의 시초였던 것이다.

이러한 몇 줄기 가만한 비가 우선 사람들에게는 얼마나 즐겁고, 또 반가운 것이었는지 모른다. 그러기에 저녁을 치르고 난 뒤에, 천변의 주민들은 저마다 문간에 나와 청계천 바닥에 보기에도 상쾌하게 주욱죽 내리는 빗줄기를 사랑하였다.

'아스꾸리' 장수 점룡이도, 샘터 주인 김 첨지도, 내심으로는 정작 어떻든 간에, 남들 있는 앞에서는, 농사에 큰 낭패가 없게시리 마침 단비를 내리신 하늘에 감사하였다.

밤들어 우산을 쓰고 북쪽 천변을 언제나 한가지인 점잖은 걸음걸이로

자택을 향하여 돌아가는 포목전 주인의 모양을 보고,

"간다 간다 허드니, 인젠 원산 해수욕은 다 갔군."

하고 반은 혼잣말을 이발소 소년은 하였다.

그러나 피서고 무어고, 대체 기거할 곳이라고는 광충교 다리 밑이 있을 뿐인 이곳의 깍정이들은 비가 내리기 시작하자, 딴 때보다도 좀 이르게 그곳으로 모여들어, 암만 바람이 불더라도 좀처럼은 비가 들이칠 수 없게시리 깊숙한 다리 안에다 자리들을 잡았다. 그러고서 깍정이들은 또 깍정이대로, 저희들 분수에 알맞은 잡담을 하고, 장난을 하고, 그러다가, 얼마 안 있어 한 조각 거적 위에들 고단하게 쓰러져서는 코를 골고 이를 갈고 하였다.

그러나 비는 언제까지든 그렇게 만만하게시리 오고만 있지는 않았다.

새로 두어 점이나 그러한 시각—, 잠귀가 그다지 밝지는 못한 민 주사도 이틀 만에 돌아온 자택 사랑방 자리 속에서 문득 사납게 일어나는 바람 소리에 아직도 졸린 눈이 떠졌다.

그만한 시각이면, 반드시 소변을 보러 한 번은 일어나는 한약국 집 젊은 며느리는 그때 마침 자리 위에서 몸을 뒤치는 남편을 돌아보고,

"장마가 져두, 아마 크게 진 모양이야."

하고 반은 혼잣말을 한 다음, 잠깐 밖의 사나운 빗소리에 귀를 기울였다.

여름에 들어서, 늘 하던 그대로, 골목으로 난 들창을 열어둔 채 곤하게 잠이 들었던 점룡이 어머니는 그리로 사뭇 들이치는 빗물에 발치가 축축하여 두덜거리며 일어나서, 드윽 들창 미닫이를 닫았던 것이나, 채 오 분도 못 되어 그는 다시 자리에서 일어나,

"온, 빌어먹다 뒈질 비두……."

하고 그러한 소리를 중얼거리며, 한쪽 장식이 떨어진 덧문까지를 와다닥 하고 닫지 않으면 안 되었다.

이쁜이 어머니가, 수도 앞 빨랫돌 위에 놓여 있는 함석 들통을 때리는 빗소리가 하 요란하여, 이내 참지 못하고 부스스 일어나 앞창 미닫이를 연 것은 새벽 네 시나 그러한 시각이었다. 딴 때나 한가지로 툇마루 한구석에 몰아놓아 두었던 방비와 쓰레받기와 고무신과 그러한 것들이 이미 오래전에 물초가 되어 있었다. 그러나 그보다도 수도가 막히어 평시에도 물이 잘 빠지지 않는 이 집 마당에 바로 대낮의 소나기같이 줄기차게도 퍼부은 빗물이 섬돌 아래에까지 찬 것이 마음에 놀라워,

"아—니, 아궁지마다 물이 저렇게 창열을 했으니, 그래 이 노릇을 으째 애."

안집에서도 잠이 깨어 마루 끝에 나와 앉은 주인마누라와 마당을 격하여, 이쁜이 어머니는 잠시 머엉하니 서로 얼굴만 치어다보았다.

정작 피해는, 그러나 개천 속 깍정이들의 몸 위에 좀 더 컸다.

세차게 불어 드는 바람에도 빗줄기는 그렇게 깊은 다리 밑까지는 들이치지 않았으나, 갑자기 불은 개천 물은, 잠깐 사이에 개천의 모랫바닥을 덮어, 그들이 황겁하여 잠을 깨었을 때는 이미 거적 조각이 흠씬 물에 젖은 뒤였다.

밥통이며 냄비며 누더기 보퉁이며, 그러한 그들의 살림 기구를 분담하여 들고서 부랴부랴 빨래터 사다리 밑에 이르렀을 때, 물은 그동안에도 불어, 그들의 여러 해 때가 더께더께 앉은 정강이에까지 찼다.

샘터 주인이 용돌이와 함께 베잠방이 바람에 고무신을 꿰고 나와, 말없이 그 꼴을 바라보고 있었다. 지우산을 한 자루 받고는 있었으나, 바람과

비는 함께 세차서 무릎부터 아래는 쉴 사이 없이 흙물에 씻겼다.

들이퍼붓는 비에 쪼르르 흘러, 참말 수챗구멍의 생쥐 꼴이 된 깍정이들은 빨래터 위 골목 모퉁이 남의 집 처마 밑에가 붙어 서서 달달달달 떨고 있었다. 그러면서도 애 녀석들은 그렇게도 쉽사리 개천 물이 느는 것을 무슨 신기한 일이나 되는 것같이 지저분하게 떠들며 지껄이며 지켜보고 있었다.

"얘, 이놈아!"

부르는 소리가 먼저 들리고, 다음에 거지 둘째 대장이 나무장 안에서 덜렁덜렁 뛰어나왔다.

"궤짝, 으쨌니?"

좀 대가리가 큰 왼쪽 뺨에 불에 덴 자국이 큼직한 것을 상표같이 삼고 있는 깍정이가, 그 말에,

"앗, 참……."

하고, 새삼스러이 다리 밑을 바라보는 것을,

"그냥 두구 나왔구나? 아 참이, 다 뭐냐? 이놈아!"

주먹으로 머리를 한 대 쥐어박고,

"어여 들어가 끄내 오너라."

개천 물은 또 좀 늘어서, 다시 물속에 들어간 깍정이의 두 다리는 거의 완전히 보이지 않았다. 개천 바닥이 고르지 않고, 물결이 또 세어서, 그는 몸을 가누기에 힘이 들었다. 몇 번인가 엎어질 뻔 자빠질 뻔하면서 그래도 억수같이 비가 퍼붓고 있는 속을 다리 밑에까지 이르렀다.

궤짝은 물속에 잠겨 있었으나, 다리 기둥에다 철사로 묶어놓아 위치는 변하지 않았다.

철사를 끄르기도 용이한 일이 아니었지만, 가뜩이나 무거운 궤짝에 흠

씬 물이 먹은 놈을 나르기는 정 어려웠다.

"들구 오겠니? 들구 올러오겠어?"

머리 위 천변에서 둘째 대장이 소리를 버럭 질렀다.

'자식이 어—이. 이걸 들구 올러가긴 으떻게 들구 올러가?……'

순간에 칵 치밀어 오르는 반감을 어찌하지 못하며,

"나 혼자 이걸 으떻게?"

잠깐 두 손으로 부둥켜 들고 있는 동안에도 몇 번인가 물결에 쓸려, 질척질척하는 꼴이 적지 아니 위태스러워,

"애, 애, 애—. 가만있거라, 그러구 가만있어."

그러고는 옆에 따라와 서서 아래를 내려다보고 있는 좀 작은 깍정이를 돌아보고,

"너, 인마. 좀 내려가서 거들어줘라."

그러나 비는 좀 더 퍼붓고 물은 좀 더 늘어가고 있다.

둘째 대장은 잠깐 그곳에서부터 빨래터 사다리에까지 이르는 거리를 눈으로 재어보았다. 열댓 칸통이 착실하다.

"이거 안 되겠군."

눈살을 잔뜩 찌푸리고 있다가, 다시 옆에 서 있는 또 다른 놈을 돌아보고,

"애, 인마. 너 힝여케 가서 새끼 좀 가조너라."

나무장에서 가져온 새끼를 개천 속으로 늘이며,

"여기다 궤짝을 붙들어 매—라. 끌어 올릴게……."

그러나, 새로 물속에 들어간 또 한 놈의 힘을 빌려가지고도 그것은 적지 아니 힘드는 일이었다.

"꼭 매라, 꼭 매—. 괘—니 다치면 큰일이다."

소리를 지르고, 둘째 대장은 모양 없이 생긴 손을 들어, 비에 홈빡 젖은

얼굴을 한 번 쓰다듬어 내렸다.

'제—길헐……, 위허긴 즈이 집 신주버덤두 더허이…….'

마음대로 하랬으면 그 빌어먹을 궤짝을—, 무슨 살무사며 동아뱀*이며 두더지며 온통 그따위만 쓸어 넣은 이놈의 궤짝을 개천 물속에다 홱 팽개치고 싶었다.

그래도 어떻게 소임을 마치고 두 깍정이 놈이 줄을 타고 개천에서 올라왔을 때, 물은 개천 벽에가 뚫려 있는 토관 구멍에까지 올라왔고, 사나운 물결 위에 차차 크고 작은 널판 조각이며, 오리목 토막이며, 낡은 밀짚 벙거지며, 그러한 것들이 떠내려오기 시작하였다.

날은 어느 틈엔가 완전히 밝고, 양쪽 천변 길에는 그 우중에도 물 구경 나온 사람이 많았다. 그 사이를 장정들이 기다란 장대들을 들고, 뛰어오고 뛰어갔다.

장마 때 이 개천에 물이 불면, 의례히 구경할 수 있는, 그것은 이를테면 한 개의 스포츠였다.

"내룬다, 내룬다. 야—."

그런 것을 소리 질러가며 '선수'들을 독려하는 것은 물론 구경꾼들이다. 딴은 삼청동이나 우대나 어디 그런 곳에서 뉘 집 판장이라도 쓸려 내렸는지 서푼 널이 그것도 두세 장이나 물에가 둥둥 떠서 급하게 내려온다.

칠성 아범이, 점룡이가, 용돌이가, 이쪽 천변과 저쪽 천변에서 그것을 노리고 흙탕길을 뛰었다.

장대를 개천 속으로 넣어, 널판을 제 앞으로 낚아 당기는 것은 결코 용

---

* 도마뱀.

이한 일이 아니다. 물결은 급하고 개천 폭은 넓어, 장대 길이가 넉넉히 그것에 이르고 남는다더라도, 그것을 저 있는 천변에까지 이끌어 오는 데는 적지 아니 기술이 필요하였다. 또 가까스로 한옆에까지 몰아올 수 있는 경우에도, 수면과 언덕과 그 높이의 차이는, 섣불리 서두르다 까딱 잘못하여 광충교 다리 밑으로 떠내버리기 첩경 쉬웠다. 한번 놓쳐버리면 그곳서부터는 이를테면 다른 구역이었고, 다른 구역에는, 또 그곳에도 '선수'가 있는 것이다.

깨어진 쪽박이 내려오고, 떨어진 중절모가 내려오고 귤 궤짝이 내려오고 생철통이 내려왔다. 그때마다 구경하는 이들의 입에서는 별 까닭도 없이,

"야—."

"야—."

하고, 그러한 감탄하는 부르짖음이 새어 나왔다.

어느 틈엔가 바람은 자고, 비는 엊저녁 처음 내릴 때 모양으로 다시 은근하여졌다. 그러나 개천 물이 쭉 빠지기 위하여서는 이제 반나절 이상을 요할 것이다…….

● 제24절

창수의 금의환향

그날 저녁때, 비가 잠깐 개고, 인왕산 머리에는 채 넘어가기 전의 햇볕조차 보였다.

손님이 잠깐 뜸하였을 때, 재봉이가 작년 이맘때의, 다 떨어진 《소년구락부》를 뒤적거리고 있으려니까, 그의 앉은 창 밖에 그림자가 비치며, 한약국 집 창수가 와서 선다.

"어디 심부름 가는 길이냐?"

물으니까 그 말에는 대답 없이 고개만 모로 흔든 다음,

"너, 저녁 먹구 야시 구경 안 갈련?"

그렇게 보아서 그런지는 몰라도 울기라도 하였는지 눈이 약간 벌건 것이 얼굴이 부석하다.

"야시?…… 야신 왜?"

"뭣 좀 사게 말야."

"야시가 오늘 밤에 스나?"

"날이 이렇게 갰는데, 그럼, 안 스구? 내 지금 가보구 오는 길인데……."

"그래. 그럼 있다가—."

이발소 소년이, 그러나, 채 말을 맺기 전에 김 서방은 저편 의자에가 앉

아서 코털을 뽑다 말고, 체경 속에서 재봉이를 노려보며,

"인마, 바쁜데 가긴 어델 간다구…… 그러구 앉었을 새 있거든, 수건이나 말끔 좀 빨아 널어라."

그래, 그날 밤에는 창수가 다시 부르러도 안 오고, 그 이튿날은 다시 새벽부터 비가 내리기 시작하여,

'만약, 간밤에 제가 야실 안 나갔다면 오늘두 뭐 산다든 건 틀렸구나…….'

재봉이가 그러한 것을 생각하며, 역시 창 앞에가 앉아서 늦은 조반을 치르고 나려니까,

"인마, 무슨 밥을 입때 먹어?"

머리 위에서, 한약국 집 아이의 목소리가 마악 물을 마시고 있던 그를 깜짝 놀래어주었다. 고개를 돌려보니, 어인 까닭인지 오늘은 이화 안 달린 학생모*를 반듯하게 쓰고 있어,

"너, 어디, 가니?"

의아스러이 그의 얼굴을 치어다보았으나, 언젠가 고물상에서 오십 전에 샀다든가 육십 전에 샀다든가, 가지고 와서 자랑을 하던 제법 큰 학생가방이 배가 불러가지고 한 손에 들려 있는 것을 보면, 그의 대답을 기다릴 것도 없이 저의 집으로 돌아가는 것이 분명하였다.

'밤낮, 내쫓인다거니, 아니, 제가 아주 그만두겠다거니, 쥔 영감허구 쌈만 허더니만…….'

그—예 이렇게 되고야 말았구나 생각하니까, 그래도 그 일이 다른 일과는 달라서 딴 때나 마찬가지로,

* 모표를 뗀, 보성전문학교의 모자.

"그러게 욘마. 까불질 좀 말랬지?"
하고 그러한 말도 나오지는 않았다.

"그래, 지금, 떠나니?"

저도 모르게 침을 한 덩어리 삼키고 물으니까, 창수는 고개를 한 번 끄떡하고,

"잠깐 안 나올련?"
한다.

그래 부리나케 고무신을 꿰고 밖으로 나가니까, 창수는 말없이 앞장을 서서, 역시 고물상에서 일 환 칠십 전이라든가 팔십 전이라든가에 샀다는 목구두를 신은 발을 호기 있게 내디디며, 큰길로 나가더니, 큰 행길, 조선 모자점 옆 빙수 가게로 쑤욱 들어간다.

밖에 비는 내리고 있었고, 또 그러한 시각에 그 안에 다른 객이란 있을 턱 없이, 얼음 가게 주인은 심부름하는 애 녀석에게 가게를 맡겨둔 채 자기는 우중충한 그 안, 한쪽 벽에 기대어놓인 기다란 나무 걸상 위에가 발을 쭈욱 뻗고 누워서 아주 태평으로 코를 골고 있었다.

"애애, 두 그릇만 빨리. 알았지? 응?"

잠자는 이에게 들리지 않게시리, 소리를 무척 낮게, 그리고 한쪽 눈을 찡긋하며 가게 보는 아이에게 이르는 말은, 역시 아이들은 아이들끼리 친하여, 오늘뿐이 아니라, 딴 때에도 얼음 조각이며 과자 부스러기며, 그러한 것 맛보는 데 돈은 필요 없었던 것을 의미하는 것이다.

"참, 나마까시*두 좀 허구……."

얼음을 신이 나게 갈고 있던 애 녀석이 고개를 잠깐 돌려, 새삼스러이

* なまかし. 생과자, 양과자.

창수의 차림차림을 훑어보고,

'얘 이놈, 무슨 수 났나 보다…….'

조금 뒤에, 두 소년 앞에 운반된, 일금 삼십오 전어치 물건—, 동무들에게 충실하기 위하여 주인에게 부정직한 빙수집 애 녀석의 속 꿍꿍이로는, 그 대가로 십 전짜리 백통전 두 푼만 요구할 생각이다.

"그래, 참, 어제 야시 갔었니?"

"응."

"그래, 뭐 샀니."

"이거허구……."

창수는 멋을 내느라고 윗단추 하나를 일부러 끼지 않아 턱 아래가 벌어진 시모후리* 양복저고리 틈으로 엿보이는 새 샤쓰를 가리키고,

"시곗줄허구……."

(그것은 나중에 얼음값을 치를 때 지갑에 달린 것을 보았는데, 다른 두 소년이 부러워하기에 족하도록, 십오 전짜리로 하여서는 지나치게 번쩍거리는 것이, 아주 훌륭한 금 시곗줄이었다…….)

"또, 똥그란 색경허구……."

"색경은 뭘 허게?"

"뭐허긴 우리 누나 갖다 줄 게지……, 그리구 또 만년필……."

창수는 과자 먹던 손을 멈추어서까지 저고리 윗주머니에 꽂혀 있는 새 만년필을 꺼내어 동무들 보는 앞에서 신문지 조각 위에다 아무 의미도 없는 곡선을 십여 개나 그리고 난 다음에,

"너, 이거, 사십 전이면 아주 홍재다. 너, 이게 십사금이라는 게야."

---

* しもふり. 서리가 내린 것 같은 희끗희끗한 무늬. 또는 그런 무늬의 천.

재봉이는 무어 그러기까지 않았어도, 그들보다는 이를테면 격이 좀 떨어지는 얼음집 소년은, 바보같이 입을 따악 벌리고 듣고 있다가,

"근데, 너 왜 집인 내려가니? 그냥 예 있으면 으때서?"

"그냥 있긴, 그래, 그 빌어먹을 놈의 영감 지랄허는 꼴 보려구? 흥, 어제두 시굴루 편질 해서 아버지를 불러오려는군. 그래, 내, 그랬지. 밤낮 아버지는 왜 오라구 그러느냐구. 나가라기 전에 내가 아주 나가버릴 테니 어서 그동안 밀린 월급이나 계산해달라구—. 그랬더니만 이놈의 늙은이가 약이 올라서 아주 펄펄 뛰겠지? 내, 참, 어떻게 우습던지."

듣고 있는 두 소년은, 아무러기로서니 어른을 보고 그렇게까지야 할 수 있었겠니— 싶기는 하면서도, 어쨌든 자기들 앞에서라도 그렇게 어림도 없는 수작을 서슴지 않고 할 수 있는 창수를 새삼스러이 경이의 눈을 가져 바라보는 것이다.

조금 있다 얼음 가게 아이가,

"그래, 비가 이렇게 오는데 그래두 갈 작정이냐?"

"아, 그럼. 차 타구 가는데, 뭐— 비 좀 오면 대순가?"

"그래, 인제 가면 언제나 또 올러올 테냐?"

"그건 인제 집이 가봐야 알지. 허지만, 내 인제 쉬이 또 온다."

그리고 문득 두 동무의 얼굴을 번갈아 보다가,

"참, 나, 어젯밤에 야시에 나갔다가 그 길루 우미관*엘 들어갔지. 야—, 아주 신나드라. 후도 깁손**이 악한들을 막 집어 치는데……, 어떻든 활극은 지일이야 지일."

---

* 1910년 일본인에 의해 종각 부근에 세워진 한국 최초의 영화관.

** 후트 깁슨Hoot Gibson(1892~1962). 로데오 챔피언 출신의 미국 할리우드 배우.

그 말에 재봉이가 부러움 가득한 눈을 하여가지고,

"애, 인마. 그래 혼자만 가기야? 너, 그랬겠다? 어디 좀 두구 보자."

원망스러이 하는 말을,

"에그, 자식두…… 그래, 인마. 잠깐만 야시엘 같이 가재두 그놈의 김 딱부리가 무서워서 못 가는 놈이 아주 활동사진 구경을 가? 늬가 갈 것만 겉으면, 내, 시켜줘—. 허지만 바보가 뭇 나오는 걸 으떡해."

그리고 곧 뒤를 이어, 일찍부터 일러준다, 일러준다, 하면서 그대로 지내온 것을, 이왕 말끝이니 아주 일깨워주는 것이라는 듯싶게,

"애, 참 너두, 인마, 바보겉이 굽실거리구만 있지 말어. 그까짓 거 월급두 뭇 받는 걸 이발소에가 붙어 있지 않으면 그래 어디 있을 데가 없니? 흥……."

아주 보기 좋게 코웃음조차 치는 품은 도저히 올봄이나 그렇게 비로소 서울 구경을 한 소년 같지가 않은 것이다.

이발소 소년은, 저보다 도리어 한두 살이나 그렇게 아래인, 그것도 시골 애 녀석에게 그러한 말을 듣는 것이 마음에 좋지는 않았다. 그래 역시 얼굴이 좀 벌게가지고,

"인마, 남 걱정 말구, 어서 너나 집이 가서 야까마시* 안 들을 궁리나 해. 경이나 또 죽두룩 치지 말구……."

슬그머니 위협을 하여도 보았으나, 창수는 거기에 대하여서도 이미 무슨 방침을 세운 모양이, 눈썹 하나 까딱 않고,

"뭐라구 경을 쳐? 흥, 어림두 없게……."

입을 삐죽 내밀어 보이다가, 생각난 듯이 벽에 걸린 시계를 치어다보고는,

* やかましい. 잔소리가 심함.

"저 시계, 맞지?…… 그럼 나가봐야 허게?"

금 시곗줄이 달린 지갑을 꺼내어 그곳에서의 셈을 치르고 나서,

"참……."

기계적으로 얼음 가게 주인 편을 보았으나, 그때까지도 잠이 깨지 않은 것을 알자, 그는 가방을 열고, 계피를 한 줌 꺼내어,

"이것들이나 노나 먹어라."

그러나 그때 그 속에 흘낏 엿보인 몇 가지 값나가는 건재가 재봉이에게는 실없이 의심쩍어,

"인마, 그건 또 뭐냐?"

호기심이 부쩍 들어가지고 물어보았으나, 창수는 그대로 뜻있는 듯싶게,

"아—무것두 아니란다."

빙그레 웃어버린다.

"사람의 새끼는 서울로—"라는 말은 어쩌면 지언일지도 모른다. 원래 타고 나온 천성이 그렇기도 하였겠지만, 도회의 감화란 실로 무서운 것인 듯싶어, 서울에 올라온 지 반년이 채 다 못 되어, 그렇게도 어리고 또 순진하던 열네 살짜리 소년 창수는 이미 이만큼이나 자라고, 또 '영리'하여진 것이다…….

● 제25절

중산모

비는 그대로 매일같이 줄기차게 내렸다.

아이들을 가진 집안에서는 병원과 약국에 출입이 잦았고, 사람들은 차차 너무나 지루한 장마에 멀미가 나기 시작하였다.

삼남 지방의 수해와 전선 몇 군데의 일시적 철도 불통이 얼마 동안 신문의 사회면을 가장 중요하게 점령하고 있었다.

어느 날 이발을 하러 온 포목전 주인은, 이번 장마 통에, 자기가 원산에 한 이틀 놀러 가는 것이 틀리기커녕은, 먼저 가 있던 집안 식구들이 허둥지둥 행장을 수습하여 돌아오느라, 그것도 '설상에 가상으로' 경원선이 일시 불통이 되고 하여, 그러한 소동이 없었노라고 늘어놓고, 다음에 수해에 관하여는, 충청도에 자기가 가지고 있는 땅이 이번 장마에 아주 전멸이 되다시피 되었다고, 입맛을 쩌억쩍 다셨으나, 그것은 여러 가지 점으로 보아 그대로 믿을 수는 없는 것 같았고, 그 이야기를 하고 난 그가, 즉시 뒤이어 이번 피서에 빠진 사람이 자기 집안에서는 오직 자기와 늙으신 자당뿐이라, 이제 장마나 그친 다음에 어떻게 틈을 보아가지고 이번에는 자당만을 모시고 어디 온천에라도 갔다 올 생각이라 한 말은, 이 경우에 매우 여유 있는 심정을 나타내려 한 것으로, 우리의 입가에 족히 악의 없는 미소를 띠게 하는 것이다.

그러다가 마침 개천 건너 카페 문 앞에 우산을 받고 나와 섰는 한 여인의 모양이 마주 바라보고 앉았는 거울 속에 보이자, 그는 생각난 듯이,

"참, 그래, 그 여자는 그 뒤에 어떻게 됐누?"

역시 거울 속에서, 자기 등 뒤에 서 있는 이발소 주인의 얼굴을 빠안히 치어다보았다.

그러나 이발사는 얼른 그의 말을 알아내지 못하였다. 그래, 가위 든 손을 멈추고,

"그 여자라니요?"

의아스러이 되묻는 것을, 어느 보통학교 아이의 머리를 감아주고 있던 재봉이가 얼른 아랑곳을 하여,

"네, 그 시굴서 온 여자 말씀이죠? 저―, 저 집에 있는 여자 둘허구 바루 얼마 전에 같이 살림을 시작하였습죠."

"아―니, 살림을 시작했다니?"

"저―, 수표정이라나 입정정이라나, 어디 그 근방에다 조그만 집 하나를 세내가지구, 여자끼리만 셋이서 산답니다."

"그럴 둔이 어디서 나누?"

"그야, 저 집이 있는 여자들이 집뿌* 쪼끔씩 버는 것으루 이래저래 살아가는 겝죠. 그러니까, 그 시굴서 올라온 여자는 둔 버는 게 없으니까, 그냥 이것저것 집안일이나 보구, 그러는 겝죠. 그러니까 말하자면 어멈 셈입죠."

---

* 팁.

"하, 하—, 딴은……, 그래 그 여자를 시굴서 유인해가지구 올라왔다던 작자는 그럼 헛수고만 한 셈인데, 그래 그놈은 잠자쿠 있는 거냐?"

"그게 말씀예요. 그 남자가 무슨 협잡을 했다던가 그래서 경찰서에서 아직껏 나우지를 못헌 모양이니깝쇼. 그러니까, 그 시굴 여자가 지금 그렇게 지내고 있는 것을 사실은 모를 게 아니깝쇼?"

"오—라……."

포목전 주인은, 자기 머리를 이발사에게 맡겨놓고 있는 것도 잊어버리고 무심코 그저 몇 번인가 고개를 끄덕이고 있다가,

"참, 그런데, 인석—. 넌, 대체 어디서 그런 소문을 모두 일일이 알아오니?"

새삼스러이 감탄 비슷하게 하는 말을 옹추란 하는 수 없어, 저편에서 빗에다 솔질을 싹싹 하고 있던 김 서방이 받아가지고,

"저 년석은, 밤낮, 허라는 일은 안 허구서, 그저 새—면으루 귀동냥만 댕긴답니다. 그래, 그렇게 잘 압죠."

그렇게 한마디 하는 것을, 물론 요사이의 재봉이는 더구나 지고 있을 턱 없어,

"내가 언제 귀동냥을 허러 새—면 댕겼에요? 김 서방이 연애허느라구 밤낮 바쁘지."

한껏 빈정거리며 한 말에는 필시 근거가 있을 것이, 이발소 안의 모든 사람이 무심코 우선 하, 하, 하, 웃음보를 터뜨린 것에 김 서방은 더욱 얼굴이 발개가지고,

"뭐, 으째? 이 자식아."

그대로 소년에게 달려들어 쩔꺽! 소리도 탐스럽게시리 따귀를 한 대 붙였던 것이다.

"왜 때리는 거예요? 내, 은제 없는 말 했어? 때리지 않군 말 못해? 아 이라구 아주 만만해서……."

그에게 대한 적의로 하여 온몸을 바르르 떨면서 대드는 재봉이를, 이발소 주인이,

"이눔아, 버릇없이 어델 이러니?"

포목전 주인도,

"어른한테 못 그러는 법이다."

각기 타일러, 청년과 소년은 그대로 피차 한을 품은 채, 당장은 다시 자기들의 맡은 일을 계속하였다.

그러나 원체 문제가 문제이니만치 포목전 주인은 면모가 끝난 뒤에도 몇 번인가 약간 빙그레 웃음을 띤 얼굴로 젊은 이발사 편을 바라보았고, 이발소 주인은 또 주인대로,

'하, 하—, 요새 바짝 모양을 내구, 밤이면 곧잘 구실을 맨들어가지구 밖엘 나가구 나가구 허길래, 수상쩍다 생각은 했었지만, 그럼 역시 조건이 그랬던 게로군…….'

하고, 혼자 고개를 끄덕이어, 젊은 '기사'의 처지가 좀 더 거북하였다.

그것을 당자는 물론, 민감한 재봉이도 속 깊이 느꼈다. 그래, 마음속에 은근히,

'자식이, 흥, 맘에 재민 적으렷다. 인젠 밤에 여자 만나러 가기두 거북헐 테구…….'

밤낮 나만 못 먹겠다고 그러니까, 그렇게 된 것이다. 고래 싸다고, 마음에 일종 통쾌하였으나, 어찌나 세게 얻어맞았던지, 세면소 거울에 슬쩍 비쳐보아, 시뻘건 것이 분명히 부어오른 왼편 뺨이 그저 어얼얼하게 아파서,

'이눔의 딱부리 자식. 어디 좀 두구 보자…….'

원한을 품은 시선이 저도 모르게 김 서방 쪽으로 쏘아졌던 것이나,

"애애, 선생님 모자에 어여 솔질 좀 해라."

주인이 하는 말에 이편으로 와서, 대체 덥지도 않은지, 여름 복중에도 여전히 머리 위에다 사뿐 얹고 다니는 '선생님'의 그 중산모를 손에 들려니까, 비록 잠시 동안이나마 그의 마음은 슬쩍 풀어져서,

'이놈이 한번 땅에가 떨어져야만 헐 텐데…….'

바로 제가 정성을 들여 솔질을 하면, 할수록에, 그 모자가 그만큼 쉽사리 '선생님'의 머리 위에서 떨어지기나 할 것같이, 그는 팔이 아픈 줄도 모르고 자꾸 신이 나서 닦으며,

'것두, 진창에가 툭 떨어지면 아주 멋떨어질 텐데…….'

하고, 오늘도 그대로 비가 내려 가뜩이나 한 진창길을, 그는 얼마 동안 멀거니 창 밖에 바라보는 것이다…….

● 제26절

불운한 파락호*

그날 저녁때, 며칠을 오던 비가 또 잠깐 그치고, 가만히 바람이 부는 남쪽 천변 길 위에, 그렇게 보아서 그러한지, 한 달 전에 비하여, 분명히 좀 더 여윈 게 풀이 아주 죽은 그 '금점꾼'이 아무 예고도 없이 나타났다.

이발소 소년이 어디서 얻어들었는지, 그날 낮에 포목전 주인에게 일러준 말은 역시 옳았다. 그는 사실 지금 종로경찰서 유치장에서 석방이 되어 나오는 길이었다.

그러나, 그는 무슨, 재봉이 말마따나, 사기 사건이라든지 그러한 죄명으로 하여 붙들려 갔던 것은 아니다.

하필 그날 밤에 우연히 붙들었던 마작이 원수로, 그는 어두운 방 속에 가 이렇게 사 주일을 지내고 나오지 않으면 안 되었던 것이다.

사람의 일이란 도시 알 수 없는 것이었다. 그날 아침에 그렇게도 용이하게, 그 세상모르는 젊은 계집을 서울로 꼬여가지고 왔을 때, 그는 언제든 그렇게 수단이 좋은 자기 자신이 무던히나 자랑스러웠다.

물론 미인은 아니었지만, 우선 면추는 하였고, 또 나이 열아홉이나 그

* 행세하는 집의 자손으로서 난봉을 피워 결딴난 사람.

밖에 더 안 된 젊은 계집에게는 역시 그 '젊음'의 값이라는 게 있는 법이라, 그저 며칠 동안 데리고 놀다가 아무쪼록 상당한 값을 받아가지고— 하고 생각하니, 또 얼마 동안, 그것만으로도 잔돈푼에는 걱정을 안 하여도 좋은 노릇이라, 계집을 하숙에다 맡겨둔 채 잠시 볼일 보러 나온 거리 위에서 그의 마음은 무던히나 유쾌하였었다.

한 가지 일이 잘되면, 그에 따라 여러 가지 일이 모두 잘되는 상싶어, 만나본 사람마다 교섭이 순조롭게 진행된 것이 그에게는 절로 콧소리가 나오게 마음에 만족하여,

'이제 그만 하숙으루 가서 술이나 한잔하구서, 아주 일쯔감치…….'

저도 모르게 음란한 웃음을 입가에 띠고 돌아오던 그의 어깨를, 바로 황토마루께서,

"아아니, 자네 언제 올러왔나?"

하고, 툭 친 사나이가 있음으로 하여 참말 꿈밖의 불운이 그에게로 가까이 온 것이었다.

오래간만에 만난 도박 상습자의 화제는 빠언한 것이었고, 두 사람의 의견은 쉽사리 일치되어, 다옥정으로 향하던 발길을 그는 청진동으로 돌렸던 것이다.

그래도 물론, 아침에 하숙에다 맡겨둔 채 온종일 돌아보지 않은 젊은 과부의 일이 적지 아니 궁금은 하였다. 또 노름도 좋기는 하였지만, 젊은 계집은 그보다 좀 더 매력을 가진 것이라, 그래,

"오늘은, 난, 밤은 못 새네. 같이 온 사람이 있어놔서……."

하고, 딴 때 없이 그러한 말을 하여가며 그는 패를 잡았던 것이다.

'잘되는 놈은 어디까지든 잘되구, 못되는 놈은 어디까지든 못되구…… 그것이 세상의 법측이니까…….'

자기는 그중에 잘되는 놈 축이라고 자신을 가질 수 있도록, 그날 밤, 그의 '패운'은 역시 좋았다.

그래, 자정이 넘을 임시하여, 그는 세 바가지나 따고, 그의 소득은, 그러니까 삼십 원이나 그러한 금액이었던 것이나, 물론 그만큼이나 따고 나서 그대로 훌쩍 일어나 나온다는 수도 없었고, 또 진 편에서도 대체 어떠한 이유로든지 그를 그냥 가게 내버려 둔다는 법도 없었다.

"오늘, 내가 하숙엘 안 돌아가면, 큰 낭패될 일이 있는데……."

그는 연해 그러한 소리를 하여가면서도, 그러면 또 그런 대로, 이왕 손속이 나는 김에 좀 더 남의 돈을 먹기나 하여야 하겠다고, 아주 배짱을 그렇게 차리고서,

"후 무자라는 관*일세—. 구백서른, 천팔백예순."

아주 재미가 나서 외었던 것이나, 문득,

'아? 무슨 소리가 나지 않었나?'

패를 젓던 손들을 멈추고 약속이나 한 듯이 일제히 귀를 기울였을 때에는 이미 뒤늦은 일로 대체 누가 꼬드겨서 알았던지, 세 명의 '사복'이 벼락같이 미닫이를 열어젖히고 방 안으로 달려들었던 것이다…….

그러나 물론 노름을 하다 잡혀간 것은 이번이 처음은 아니었다. 오 년 전에 적선동에서 '오이쬬'**를 하다 들킨 이후로 이번에 세 번째다.

그래 '상습자'라 해서 경찰에서는 좀 심하게 굴었고, 같이 끌려간 축에서도 유독 자기가 혼자 따먹었대서 남보다 좀 더 욕을 당한 것도 어쩌는

---

* '후 무자, 관'은 마작 용어.

** 오이쵸おいちょう. 카드놀이의 일종으로 후에 화투로 발전함. 또는 이 카드의 여덟 번째 패의 이름.

수 없는 노릇이었다.

더구나 한참 더울 때 유치장 속에서 허덕이고, 물것에 뜯기고, 또 마음이 편치 않아 살이 내리고 그런 데다, 벌금조차 호되게 문 것은 그만두고라도, 그렇게 한 달이나 그곳에 들어가 있었음으로 하여서, 일껏 순조롭게 진행되려던 모든 사무가 틀어지고 만 것이 마음에 무던히나 쓰렸다.

'온, 빌어먹을 놈의 일두 다 있지…….'

하지만, 그러한 것을 지금 되풀이 생각한다더라도 아무런 보람이 없는 노릇이라, 그래 그는 새삼스럽게 시골 여자의 얼굴을 눈앞에 그려보고,

'그거래두 둔이나 흠빽 받구 팔어먹어야…….'

그래야 단지 얼마간이라도 벌충이 되겠다고, 그는 몇 번인가 눈을 깜빡거려보았다.

'허지만, 대체 그동안 여자는 하숙에가 그대로 붙어 있을까?……'

생각하여보면, 우선 그것부터 문제가 아닌 것은 아니었다.

하지만, 자기와 하숙 주인과는 그래도 그만큼이나 피차에 아는 사이라, 내 말도 들어보지 않고, 그저 자기 마음대로 여자를 어쩐다는 그럴 까닭은 없을 것이다. 그래, 분명히 아직까지도 그 하숙에가 들어 엎드렸을 것이나, 그것은 그렇다 하더라도, 그 여자가 자기의 아낙도, 누이도, 아무것도 아니라는 것을 누구보다도 잘 알고 있는 하숙 주인이, 자기가 없는 사이에 어떠한 짓을, 그 미련하고 철없는 여자에게 하였을지,

'더구나 놈이 작년에 상처한 이후로 아직까지 홀아비로 지내오는 터이라…….'

그러한 것을 생각하니 마음이 편안치 않아, 그는 가장 떠름한 얼굴을 하고 부리나케 하숙집 대문을 들어섰던 것이다.

● 제27절

여급 하나꼬

그 이튿날 같은 시각에, '평화' 카페 부엌에서 기미꼬가 저녁밥을 먹고 있으려니까, 점, 카운터에 앉아서 냅킨을 접고 있던 '다로'가,

"기미꼬 상, 고신끼*—."

하고 외친다.

아직 전깃불이 들어오기도 전인 이러한 시각에 대체 손님은 어떤 손님인구—, 그보다도 지금이 자기 차례가 아닌데 웬 까닭인구—, 하여튼 숟가락을 놓고 몸을 일으키려니까, 카운터와 부엌 사이에 뚫린 조그만 구멍으로, 다로가 고개를 데밀고,

"누가 만나러 왔에요."

"만나러 와? 누군데……."

"첨 보는 이예요."

처음 보는 이라? 하지만 만나면 알리라 생각하고, 부리나케 점으로 나가보니까, 텅 빈 점 안 저편, 대문을 들어선 곳에가 우두커니 서 있는, 우선 첫인상이 좋지 못한 사나이는, 다시 한 번 훑어보아야 초면이 틀림없

---

* ごしんき. 처음 오는 손님. 음식점이나 술집에서 쓰는 비속어.

었다.

"누굴 찾으셔요?"

"당신이 기미꼬란 이요?"

"네—. 누구세요?"

남자는, 그러나, 그 말에는 대답을 않고,

"흐으응?"

하는 눈으로 여자의 얼굴을 빠안히 바라보며, 몇 번인가 혼자서 고개를 끄떡이는 품이, '얘기'가 있더라도, 심상한 얘기가 아닌 듯싶다.

기미꼬는 일종 불길한 예감을 느끼며 그래도 또 한 번,

"무슨 일로 오셨어요?"

물었으나, 그 대답으로,

"일이 있게 왔지!"

하고 담배를 꺼내어 피어 무는 꼴이, 이것은 바로 '시비'가 분명하다.

대체 어찌된 영문을 몰라, 잠깐 물끄러미 남자의 얼굴만 마주 바라보고 있으려니까,

"왜 댁이 긴치 않은 일은 허는 게요?"

역시 까닭을 알 수 없어,

"긴치 않은 일이라뇨?"

"홍, 국으루 사정을 모르거든 가만히나 있지, 왜, 주저넘게 그러는 게야?"

역시 까닭을 알 수 없어, 이번에는 잠자코 그의 다음 말을 기다리려니까,

"금순이라는 여자가 어찌 된 여잔지나 알구 그러는 거야? 대체 댁이 무슨 권리를 가지구서……."

경우에 따라서는 가만두지 않겠다는 결심을 바로 미간에 보이며, 절반

도 타지 않은 담배를 발아래 밀어뜨려 구둣발로 비벼 끄는 것을, 남자의 정체를 모르는 동안에는 마음이 불안하지 않은 것도 아니었으나, 이만큼 알고 보니,

'하, 하—, 그럼 바루 이자가 금순이를 유인해가지구 왔다던 작자로구나…….'

짐작이 서며, 바로 여자라고 넘보고 소리나 몇 마디 지르면 무서워 떨 줄 알고, 이렇게 으르딱딱거리는 꼴이, 말이 여자지, 경우에 따라서는 남자 외딴치게 꿋꿋하고 사나운 기미꼬에게는 도리어 가소로울 뿐이다.

기미꼬는 싱끗 한 번 웃어 보이고,

"금순이에 관해 무슨 말씀을 하러 오셨는지, 하여튼 좀 앉으시지요."

그리고 그는 남자보다 먼저, 우선 자기가 자리를 잡고 앉으며, 태연한 얼굴로 그 뻔뻔스러운 사나이의 다음 말을 기다리는 것이다.

'야—, 이건, 이만저만헌 기집년이 아니로구나…….'

깨닫지 못하고 일순간 입을 따악 벌린 우리의 조그만 파락호는, 우선 제일전에 있어 일개 '아녀자'에게 지고 만 것이다.

그의 작전 계획은 근본적으로 실패의 것이었다.

상대자를 생각하지 않고, 섣불리 소리소리 지르고, 눈으로 노리고, 그렇게 흥분하였던 것은 자기의 잘못이었다고, 그는 뉘우치지 않으면 안 되었다.

그러나, 그러면 또 그런 대로, 좀 더 다른 방법도 있는 것이다.

'아무리 제가 약고 똑똑한 체를 해도 여자는 어디까지든 여자니까…….'

결국은 별수가 없으리라고, 그는 자기도 기미꼬의 맞은편 의자에가 앉아서, 또 새로이 담배를 한 대 피워 물었던 것이나, 그는 얼마 안 지나, 대

체 어떠한 작전 계획을 세우든, 도대체 이러한 여자를 상대로 그러한 교섭을 하러 온 것이 근본적으로 자기의 잘못이었다고 뉘우치지 않으면 안 되었다.

상대자가 여자라고—, 그러니까 즉 어리석은 동물이라고, 그렇게 단순하게 생각하였던 바로 그 '여자'에게서,

"대체, 처음 들어가는 길루 하루에 이 환 칠십 전씩 준다는 공장은, 어디 있는 무슨 공장이에요? 금순이는 그만두구래두, 우선 나버텀 좀 너주슈. 카페 여급 노릇두 인젠 아주 지긋지긋허니……."
하고, 그러한 종류의 비꼬아 하는 수작을 들으리라고는 꿈에도 생각하지 못하였던 자기가 이를테면 도리어 무던히나 단순하고 또 어리석은 동물이었다.

그는 분노와 굴욕으로 하여 얼굴을 붉힌 채, 더 앉아 있어야 꼴만 사나울 줄 알면서도 일어나지를 못하고 있었다.

그러나 어느 틈에 그 안에 불은 화안하게 켜지고, 활짝 열어젖힌 들창으로 저녁들을 치르고 난 천변의 일 없는 사람들이 무슨 구경이나 난 것같이, 열심으로 들여다보고 있는 것을 이제 새삼스러이 깨닫자, 그는 좀 더 얼굴을 붉히고 미간을 잔뜩 찌푸린 채, 성난 걸음걸이로 그곳을 나가 버리는 수밖에 없었다.

이 사건의 전말은, 또 즉시 재봉이의 선전으로 며칠 동안 이발소 안에서의 주요한 화제가 되었다.

그러나 그로부터 나흘 뒤, 그들은 좀 더 새롭고 좀 더 놀라운 뉴스에 눈들을 크게 뜨지 않으면 안 되었다. 그것은 종로 은방의 젊은 주인이 '금밀수'를 하다 발각이 되어, 검거되어 갔다는 것이다.

모든 사람이 저마다 만나면 그 일을 이야기하고 비판하고 그랬다. 남의

일은 어디까지든 남의 일인 것이다.

그러나 여기, 그것을 남의 일과 같이 생각할 수 없는 여자가 한 사람 있었다. 그것은 평화 카페의 하나꼬이다.

그는 물론 종로 은방의 젊은 주인을 마음으로 사랑한다거나, 그와 무슨 약속이 있다거나 하는 것은 아니다. 그러나, 남자가 자기에게 은근히 마음이 있었던 것쯤은 제 자신 눈치채고 있었다. 그가 이를테면 자기의 환심을 사려, 자동차에 다친 아버지의 치료비로라도 보태서 쓰라 준, 일금 오십 원의 돈을, 자기는 불안을 느끼면서도 그 당시 받아서 썼던 것이다.

자기가 마음에 그만한 '부채'를 느끼고 있는 은방 주인이 경찰서로 잡혀 들어가 고생하고 있다는 사실은 그의 마음에 괴로움과 아픔을 주었으나, 그의 이야기가 이미 남의 입에 오르지 않게 되었을 때, 그도 차차 그것을 잊게 되고 그이가 카페에 나타나지 않게 된 이후로 좀 더 빈번하게 좀 더 맹렬하게 자기를 보러 출입하는 무교정 '사이 상'의 열정에 차츰차츰 마음이 기울어져가는 것도 어찌할 수 없는 일이었다.

하나꼬의 이 마음의 움직임을 기미꼬는 대강 눈치채고 있었다. 그러나 그는 아직은 냉정하게 경과를 관망하기로 방침을 세우고,

"언니이, 언니이."

하며, 무던히나 자기를 따르는 이 어린 '아우'의 행동에 마구 비판을 가하려 하지는 않았다.

때때로 비가 또 내렸으나, 이제는 장마도 거의 끝이다.

● 제28절

비 갠 날

지루한 장마도 마침내 끝나고, 오늘, 날은 활짝 들었다.

포목전 주인은 덧구두를 벗고, 다시 실내화를 애용하며, 민 주사는 우산을 두고 다시 단장을 휘둘러, 그 걸음들이 함께 가볍다.

우리의 점룡이도 다시 아스꾸리 통을 짊어지고 오늘 광교 모퉁이로 나왔다. 아직 남은 더위가 물론 만만하지 않았다. 하지만 그래도 이를테면, 이 장사도 철이 다하였다. 이제 그는 얼마 안 있어 햇밤이 나오는 길로, 군밤 장사를 시작할 예산을 세우지 않으면 안 되는 것이다.

샘터 주인 김 첨지는, 용돌이와 같이서 술 한잔 사준다는 약속으로 민 주사 집 칠성 아범을 꼬여가지고, 오늘은 아침 일찍부터 삽과 갈퀴를 들고 샘터로 내려왔다.

장마 통에 허물어진 빨래터를 다시 다스려놓아야 한다. 그동안 밀렸던 빨래 광주리들을 들고, 이고, 동리의 아낙네들은 이제 금방이라도 이곳으로 들이밀릴 것이다.

볕은 쨍쨍히 났으나, 맨발에 아침 물은 오히려 찼다. 세 사람은 얼마 동안 말 한마디 주고받지 않고 일에만 골몰하였다.

"날이 드니깐, 개천 속이 오늘 대청결이로구면."

어느 틈엔가, 그곳 천변에 나와 선 점룡이 어머니가 한마디 하였다. 그러나 그것은 그들에게만 한 말이 아니다.

개천 속에는 또 부청에서 나온 인부들이 서너 명, 삽이며 고무래며, 그러한 것들을 들고 개천을 치우고 있었다.

그들 편을 이슥히 바라보고 있던 점룡이 어머니가,

"아아니, 저게 만돌 애비 아니야?…… 저게 인젠 저런 걸 또 댕기나?"

그 말에 고개들을 돌려보니, 딴은, 한약국 집에 살다가 바로 장마 전에 모교 다리 어씨 집으로 들어간 만돌 아범이 밀짚 벙거지에 지까다비를 신고, 물속에서 연해 흙을 한편으로 긁어 올리고 있다.

"아마 안팎드난이 아닌 게로구면."

점룡이 어머니는 혼자 고개를 끄떡거린 다음, 잠깐 눈을 돌려 광교 다리 위에 아들과 아스꾸리 통과, 그 앞에 모여 선 몇 명의 어린애들을 바라보고, 생각난 듯이 나무장 안으로 들어가 버렸다.

큰물이 지난 뒤의 샘터는, 우선, 흙을 치우기에만도 무던히 시간을 잡는다. 더구나 이번은 딴 때 없이 물이 벅차, 샘터의 널판 사다리가, 아래 두 머리 한 동강이 뭉텅 휩쓸려 나갔다. 장마가 시작되었을 때, 집으로 들여다 둔, 빨래 삶는 큰 가마솥을 내어다 다시 걸기 전에, 그들은 우선 이것을 수선하여야 한다.

김 첨지는 널조각을 톱질하며, 어인 까닭도 없이 후유― 하고 한숨을 내쉬었다.

참말이지 그것은 지루한 장마였다. 그동안 그는 거의 담뱃값에도 궁하였던 것이 아닌가? 하지만 이제는 또 다만, 얼마간이라도 잔돈푼을 만져보게 될 것이다.

그러나 이를테면 그보다도 좀 더 먼저 '잔돈푼'을 만져볼 수 있었던 것은 만돌 아범이다.

바로 광교 다리 밑을 조금 들어간 곳에서, 획! 모래를 긁어 올리던 고무래 끝에, 희끗하니 보이는 것이 심상하지 않아 허리를 굽혀 살피니,

'아—니, 이게 웬 땡이야?……'

그것은 의외에도 오 전 백통화가 분명하다.

그는 기계적으로 주위를 흘낏 둘러보았다. 그리고 그것을 얼른 집어, 슬쩍 주머니에 넣었다.

자기가 아직 한약국 집에 있을 때, 심부름하던 창수란 녀석이, 돈 오 전 개천에 떨어뜨리고 그것으로 하여 주인 영감에게 꾸지람을 톡톡히 듣던 것이 생각에 떠올랐다. 이것은 어쩌면 바로 그 돈일지도 모른다.

그러나 그러한 것은 아무렇든 좋았다. 오늘 뜻하지 않고 생긴, 이 돈 오 전이 바로 자기에게 이 앞에 좀 더 큰 행복이나 약속하고 있는 것 같아서, 그는 저도 모르게 빙그레 웃음조차 입가에 띠고, 좀 더 신나게 고무래를 놀리는 것이다…….

● 제29절

행복

참말 행복은, 그러나, 지금 이 동리에서는 한약국 집 젊은 며느리에게밖에는 없을지도 모른다.

그는 광화문 네거리에서 전찻길를 가로질러, 남쪽 천변을 시집으로 향하여 걸어 내려오며, 그 가슴에, 남에게는 좀처럼 말하기 어려운 감격과 희망을 가득히 가졌다.

허기야, 그동안 자기의 몸 위에 일어난 생리적 변조를, 오늘에야 처음 '그것'이라 깨달았던 것은 아니다. 다달이 순조롭던 경도*가 딱 끊인 지 석 달—, 그는 은근히 기다리고 있던 것이 마침내 자기 몸 위에 일어난 것이라 알았으나, 그렇다고 경솔하게 단정을 내리어 아무에게나 알릴 일이 아니었다.

그래, 시집에서는 물론이요, 잠깐 친정에 다니러 갔었을 때에도, 친어머니에게조차 아직은 숨겨왔던 것이나, 근래에 이르러 부쩍 덧난 입맛이 어제오늘 더하여, 식전에는 극도로 비위가 역하여 견디지 못하고 음식을 돌린 것이 두 차례나 되어, 그는 드디어 오늘 틈을 타서 사직골 친정으로

* 월경.

어머니를 보러 갔던 것이다.

이 소식은, 당자보다도, 어쩌면, 친정어머니가 좀 더 절실하게 듣고 싶었던 것일지도 모른다. 딸을 시집보낸 지 이미 십 개월—, 그는 입 밖에 내어 말은 못 하면서도, 그 보도를 받기에 이미 거의 지쳤다.

사위와 사이에 금슬이 좋은 듯싶은 것은 마음에 다시없이 든든하게 기뻤다. 하지만 언제 무슨 '연고'를 가져, 그 애정이 식을지 누가 알랴?— 이른바 구식 가정의 부인은, 우선 그러한 점에서도, 내 딸이 혹은 아이를 못 가지는 그러한 여자일까 두려워하였다…….

그러나 이제는 이미 그러한 객쩍은 걱정은 하지 않아도 좋았다. 이제 내 딸은 앞으로 일곱 달만 있으면, 옥 같은 귀동자를 낳을 게다. 낳는다면, 물론, 아들이어야 한다. 사돈 마님은, 그래, 며느리를 괄시하지 않을 것이요, 자기는 또 그만큼 자랑스러울 것이다.

하지만 모든 행복이 대개는 그러한 것과 같이, 여기에도 끔찍한 고난은 당연히 상반된다. 자기를 닮아 역시 몸이 그다지 건실하지는 못한 딸이, 그 '큰일'을 어떻게 견디어낼까?— 어머니는 당자보다도 그렇게 앞서 격렬한 진통을 자기 몸에 느끼기조차 한다…….

그러나 정작 딸은, 도리어 지금 그러한 고통을 생각하지는 않았다. 조금의 의심도 할 여지가 없는 것이었으면서도, 역시 자신을 분명히 갖고자, 어머니와 같이 부인병원에 가서 확실한 진단을 받고 난 이제, 그의 가슴속에 있는 것은 오직 샘솟듯 하는 행복감뿐이었다.

'내가 애를 뱄어. 내가 이제 어머니가 되네.'

그것은 말하자면 지극히 당연한 일임에는 틀림없었다. 그야, 아이를 못 낳아, 무진 애를 쓰는 이들도, 보고, 듣고, 하기는 하였다. 하지만 남편 있는 여자가 아내뿐 아니라, 그와 함께 어머니를 경험하게 되는 것은 이를테면 평범한 보통의 현상일 것이다.

그러나 자기의 경우에 있어서만은, 그것을 그렇게 평범한, 당연한 일로 여겨버릴 수가 도저히 없을 것 같았다. 자기의 몸속에 또 한 개의 생명이 지금 자라나고 있는 이것을, 어떻게 그렇게 대수롭지 않은, 흔히 있는 일같이 쳐버릴 수가 있을까?—이것이 참말 신통하고 현묘한 조화가 아니고 무엇일까?……

마음씨 고운 사람, 재주 있는 사람, 아름다운 사람—, 오직 그러한 사람만이 하늘의 축복을 받아 경험할 수 있는 일인 것만 같아, 그는, 자기가 이것을 사랑하는 이에게 일러줄 때, 남편은 대체 얼마나 놀라고 또 기뻐해줄까? 그보다도 그것을 말할 때의 자기의 가슴의 기꺼운 울렁거림을 벌써 깨닫느라, 그래, 한 여인이 바구니를 들고 맞은편에서 오다,

"아씨. 어디, 갔다 오세요?"

반갑게 인사를 할 때까지 그는 그를 알아내지 못하였다.

"아유, 어멈이유?"

다옥정과 무교정이니까, 거리로 치면, 거의 지척 사이였으나, 만돌이네는 집을 나간 뒤, 다시 인사차로라도 단 한 번 온 일이 없어, 그사이 한 달이나 거의 지난 이제, 두 사람은 진정 반가웠다.

"나, 집이 좀 갔다 오는 길이야. 어멈은 찬거리 사러 나왔군."

"네."

"왜, 한 번두 안 와. 마님두 궁금해하시는데……."

"가 뵈야만 허는 걸, 이래저래 바빠서요."

바쁘다면 서방한테 얻어맞느라고 틈이 없는 것일지도 모른다. 오늘 아침 아니면, 간밤에라도 또 분란이 났었는지, 젊은 계집의 오른 뺨에가, 한

이틀 지나야 딱지가 앉을, 끔찍스러운 손톱자국이, 보기에도 쓰라리게 아팠다.

"아범은 요새는 일 성실히 하나?"

무심코 한마디 물은 말에, 가엾은 계집은 어처구니없이 얼굴을 붉히고,

"그저 새벽이면 나가서 일거리 얻어 허구는 밤에나 들어오니까……."

그리고, 무슨, 그러한 말을 또 물을까 겁내는 사람같이 얼른 말머리를 돌려가지고,

"참, 늙은이를 두셨다죠?"

"응. 할멈 하나 뒀지."

그럼 쉬이 한번 놀러 오라고, 만돌 어미와 헤어져, 그는 제 자신 걸음을 빨리하며,

'에이, 저 어멈두 서방을 잘못 만나 고생은 이루…….'

혀를 한번 차보고, 다시 돌이켜, 자기의 행복을 새삼스러이 강렬하게 느끼는 것이다…….

● 제30절

꿈

그와 거의 같은 시각에 하나꼬는 수표정에 있는 자기들의 처소를 나와 역시 남쪽 천변을 자기의 일터 '평화' 카페로 향하여 걸어 올라오고 있었다.

그도 오늘 저녁만은 아무에게도 지지 않게시리 행복된 사람인 거나 같이 자기 자신을 느꼈다.

오늘, 내리는 어둠과 함께, '사이 상'은 반드시 자기를 일터로 찾아올 것이고, 그에게 자기가 한마디 응낙하는 뜻의 말을 전할 때, 이제 곧 자기에게는 한 개의 새로운 생활이 크나큰 행복을 약속하고 전개될 것이다…….

그사이, 거의 매일같이 자기를 찾아와서, 은근하고도 뜨거운 연모의 정을 표시하여온 남자는, 바로 사흘 전에, 밤이 퍽 늦어서야 들어와, 하나꼬가 우선 술을 따라 권하려는 것을 손을 저어 멈추고,

"술을 먹은 뒤에 말하면, 혹은 취중의 무책임한 소리라 생각할지도 모르니, 아주 술을 먹기 전에 말을 하여두겠소마는……."

하고, 미리 그러한 말을 한마디 한 다음에 남자는 잠깐 여자의 얼굴을 테이블 너머로 바라보다가, 마침내 자기와 정식으로 결혼하여달라 간청하

였던 것이다.

그 말을 처음 들었을 때, 하나꼬는 그것이 꿈에도 들으리라고는 생각하지 못하였던 말이나 되는 것같이 놀랐다. 자세히는 몰라도, 들은 바에 의하면, 그의 집안은 다방골 안에서 소위 행세한다는 양반으로 벼 천이나 실히 한다고 한다. 칠 년 전에 결혼하여, 그사이에 일남 일녀를 둔 아내와는, 이 봄에 갈라섰다지만, 그의 처가에서는 절대 반대의 의견을 가지고 있어, 아직 정식으로 이혼 수속은 되지 못한 모양이요, 그야 그것은 남자의 말마따나 쉬이 해결될 문제라 하더라도, 하여튼 점잖은 집안의 맏며느리로 자기를 능히 그의 가족들이 용납하여줄는지, 그렇다면 이제 머지않아 자기가 그 소위 행세한다는 집안의 주부로서 집안일을 처리하여나가야만 할 것이라, 우선 그러한 것을 생각하면, 그것은 상상하기에만도 일종 가소로운 일로, 남자가 한때 실없는 소리로 자기를 놀린다고밖에는 생각되지 않았다.

그러나 남자의 태도에는 정성스러운 뜻과 열렬한 정이 충분하게 나타나 있었다. 그는 분명히 자기를 사랑하고 있었고, 자기는 또 남자를 미덥다고 생각하여왔다.

남자가 만약 자기에게 사랑을 구하고 어느 정도까지의 생활 보장을 하여준다 하면, 어차피 이러한 곳에 나와 있는 몸은, 그 이상의 것을 요구할 욕심도 없이, 남자의 소실이라든 그러한 지위도 싫다 하지 않겠다고, 그렇게 생각한 일도 있는 하나꼬였고, 그러한 여자의 마음속은 아주 숫보기*가 아닌 남자로서는 누구나 넉넉히 짐작할 수 있는 일일 것이라, 만약 그가 자기의 아름다운 얼굴과 젊은 몸뚱이만을 탐내어, 그래, 한때 욕정이

* 순하고 어수룩한 사람.

명하는 대로 꾀는 수작으로 하는 말이라면, 무어 구태여 정식으로 혼인을 하여 아주 내 집 사람이 되어달라거니 어쩌니 그렇게까지 늘어놓지 않아도 좋을 것이다.

'이이는 분명히 진심으로 나를 사랑하고 있고, 그래, 내가 자기의 참말 아내가 되기를 바라서 마지않는 것이다……'

문득 그러한 것을 생각하고 보니, 자기는 그의 앞에서 그다지 비굴하지 않아도 좋을 듯싶었다.

사람에게는 누구나 행복을 요구할 권리가 있을 것이요, 가난하고 보잘것없는 집안에 태어났다는 것은 물론 개인의 죄과가 아니다.

더구나 젊고 또 아름다운 여자란 반드시 그만한 '꿈'을 가져도 좋을 것이다.

그래도 그는 그 자리에서 남자에게 확답할 것을 피하였다.

"그럼, 하나꼰, 날 사랑하지 않소?"

남자가 약간 격한 어조로 이렇게 물었을 때, 그는,

"아니에요. 저는 다만 최 선생이 참말 냉정하게 생각하신 끝에 하시는 말씀인가 아닌가가 좀 믿어지지 않아서, 그래 지금 이 자리에서 말씀드리지 않는 게야요. 무슨, 최 선생을 믿지 못한다든 하는 것보다도 제게 하여주신 말씀이, 저 같은 여자에겐 너무나 분수에 지나친 말씀이기 때문에요. ……저어, 한 사흘, 피차간 더 생각해보시기루 하시면 으때요? 그래 사흘이 지나도 역시 오늘과 똑같은 생각으로 저를 대하신다면, 저야 물론 그 말씀에 이의가 있을 턱 있겠어요?"

남자는 사흘은커녕, 설혹 삼십 년이 지난다더라도, 자기의 마음은 한결같을 것을 맹서하였다. 그러나 남자도 자기의 이 청년다운 '모험'에 있어, 고만한 곡절을 갖는 것에, 일종 로맨틱한 기쁨을 느꼈던 것인지도 모른다.

"그럼 그날은 꼭 승낙을 하여주어야 하우. 꼭 믿구 있겠소."

그러한 사흘 뒤가 바로 오늘이었다. 하나꼬가 스스로 흥분을 억제하지 못하는 것도 무리는 아닐 것이다.

그러나, 그는 문득, 이번 일에 대한 기미꼬 태도를 생각해내고, 순간에, 마음이 편안하지 않았다.

이제까지 자기는 그를 바로 친형이나 같이 대하여왔고, 그도 또한 자기를 마치 친동생이나 같이 생각하여왔다. 그러한 그는 누구보다도 자기의 이번 '행운'에 대하여 마음으로 기뻐해주고 또 축복하여주어야만 마땅할 것이다.

하나꼬는 반드시 그러할 것을 예기하고 간밤에 그에게 향하여 그것을 이야기하였던 것이나, 기미꼬는 이를테면, 처음부터 성의를 가지고 그것을 들어주지는 않았다.

그는 우선 하나꼬에 대한 남자의 애정부터 그리 미더운 것이 아니라 단정하고, 설혹 그것이 사실이라 하더라도, 하나꼬의 이 앞의 생활이 결코 행복될 수는 없을 것이라고 말하였다.

더구나 그가 듣기에 불쾌하였던 것은,

"애애. 넌, 그 남자의 재산이 네 몸을 행복하게 하여줄 것인 줄 알구 그러지? 허지만 도리어 그 재물이라는 것이, 이를테면, 재앙이 될 테니, 이제 볼렴. 대체 그런 남자허구 정식으루 혼인을 하느니, 양반 댁 맏며느리루 들어가느니 허는 게 그게 다 무슨 어림두 없는 생각이냐?"
하고, 언제나 다름없이 거치러운 목소리로 늘어놓던 말이다. 간밤에 느꼈던 흥분과, 또 기미꼬에게 대한 격렬한 반감을 하나꼬는 지금 다시 한 번 경험하는 것이나, 말하자면 그러한 것은 무어 그다지 마음에 꺼릴 것이 못 된다.

역시 여자에게는 남의 행복에 대한 부러움과 샘이 있어, 그것은 아무러한 기미꼬로서도 어쩌는 수 없이, 그래 그러는 것일 게다.

기미꼬의 용모와 연령을 가지고는 영구히 그러한 기회를 만나보지 못할 것이다. 그러한 자기 몸에 비겨, 사랑하는 동료에게 던져진 행복에 대하여 끝없는 샘을 갖는다더라도, 그것은 깊이 책망할 것이 못 되지 않느냐?—

그는 다시 그것을 염두에 두지 않으리라 생각하며, 그보다도 바쁘게 그의 머리에 앞을 다투어 떠오르는 이제 쉬이 자기 앞길에 전개될 온갖 행복스러운 장면을 즐기느라, 마음은 다시 즐겁게 뛰노는 것이다…….

● 제31절

희화戲畵

하나꼬와, 한약국 집 며느리와—, 이 두 여성이 각각 자기들의 행복을 꿈꾸고 있었을 때 한편 관철동집은 좀 더 실속 있게 청춘을 즐겼다.

"음력설을 쉬고 온 뒤루, 오월 열사흗날, 어머니 생신에두 뭇 가뵙구…… 이번에 겸지겸지*해서 여름이나 나구 올까 하는데…… 영감두 단 며칠이구 피서 겸 내려가셨으면……."

하고, 젊은 계집이 저녁 상머리에 앉아 맥주를 따라 권하며 그렇게 말하였을 때, 우리의 착한 민 주사는 물론, 그 배후에 어떠한 음모가 감추어져 있는지 알 턱 없이,

"나야 어디 한가허게 그럴 수 있나?"

간단히 한마디 하였던 것이나, 계집은 정작 안성 본집에 가서는 사흘 이상을 묵지 않고, 미리 맞추어두었던 학생과 함께, 온양 온천으로 가서 '신정관'에다 자리를 잡고서는 매일같이 가족탕에만 드나들었다.

××전문학교 운동선수인 남자의 육체미는, 계집의 가히 감상하기에 족한 것이라, 관철동집은 이번 유락에 좀 더 몸이 달아서, 어떻게 어리석

---

* 겸사겸사. 한꺼번에 일을 겸하여 하는 모양.

은 민 주사를 발라맞추어서 끌어낼 수 있는 한도로 돈을 끌어내다가는 이 젊은 남자와 좀 더 즐거운 때를 가져보리라 계획하는 것이었으나 원산에서 수영부원들의 합숙이 있어, 단 며칠이고 가 보아주지 않으면 안 된다고, 여비로 오십 원의 돈을 그의 핸드백 속에서 끌어내 가지고 간 학생이, 이번에는 관철동집보다 좀 더 젊고 좀 더 아리따운 여학생과, 해수욕꾼들이 장마로 하여 천막들을 걷어들고 돌아간 월미도에 나타나, 사람 드문 조탕* 속에서 남들의 눈도 꺼리지 않고 서로 희롱한다는 것을 그는 꿈에도 알아내지 못하였다.

그렇기로 말하면, 민 주사도 일반이었다. 노인이라고 젊은 축들이 그렇게 놀고 돌아다닐 때 눈을 멀뚱멀뚱 뜨고, 오직 관철동집이 돌아오기를 고대하고만 있으란 법은 없었다.

관철동에 주인 없는 집에는, 시골서 마침 딸을 보러 올라온 간난이 모에게 부탁하여, 안성서 '아씨'가 돌아올 때까지 지키고 있게 하기로 마련되었던 까닭에, 그 집은 그대로 버려두고, 민 주사는 똑같은 노름을 하더라도, 좀 더 자극을 구하여, 밤이면은 곧잘, 서린동 강옥주 집을 찾았다.

나이 먹은 이로 외입께나 해본 사람이면, 대개 이름쯤은 그저 기억하고 있을 이제 사십 줄에 들어선 퇴기로, 근래는 전혀 마작을 얌전히 한다고, 그 방면에 소문이 난 계집이다.

이러한 장난은 여자가 끼면, 좀 더 흥미를 돋우는 것이라, 그래, 민 주사는 자기가 그 집에 나타난 뒤로, 주인 옥주를 비롯하여, 그곳에 모이는 패들이 어디서 '가모'**가 하나 잘 걸려들었다고, 뒷공론이 일치되어 있는

* 바닷물을 데운 목욕물.
** 카모かも. 이용하기 좋은 사람.

것은 알 턱도 없이, 매일, 남들에게 적지 아니 부조만 하여주면서도,

"오락은 이게 그저 지일이야. 하여튼 청국 놈이 묘하겐 꾸며놨거든……."

하고 오로지 그러한 것만 감탄하였다.

물론 아무러한 그로도 더러 따는 수는 있는 법이라, 그래 어쩌다가 그동안 잃은 돈의 십분의 일이나 그밖에는 더 안 되는 이삼십 원 금액의 수입이 있었으나, 그러면, 이미 늙어 여우가 다 된 주인 여자는 그나마 곱게 버려두지 않고,

"민 주사. 딴 김에 난치*나 한턱내슈."

조르는 통에 워낙 사람이 좋은 민 주사라, 사람 수효대로 '난치'라는 것을 시키느라면, 이번에는 또,

"이왕이면 술이나 한 병 삽시다."

술에는 물론 안주가 있어야 하므로, 이래저래 그까짓 이삼십 원의 돈쯤은 앉은 자리에서 홀딱 날아가고 만다.

그러면서도 역시,

"취미는 이게 무척 있는 장난이야."

하고 그러한 말만 하던 민 주사가, 며칠 전부터, 간혹 그 자리에 놀러 오는 취옥이란 젊은 기생에게 흥미를 갖게 되어, 객쩍게 돈을 또 좀 소비하지 않으면 안 되는 것이나, 그것도 역시 민 주사의 취미에 맞는 것이라면, 우리가 이러니저러니 도무지 논란할 필요가 없는 것이다.

열아홉이라면, 우선 그 나이가 신선한 데다, 얼굴 말고도 타고 나온 목소리가 또 귀여워, '문전청', '혼일색'에 '홍중', '구통', '떼방'**이라도 달

---

* 런치. 점심 식사.

** 문전청門前清, 혼일색混一色, 홍중紅中, 구통九筒, 떼방은 마작 용어.

고 앉았을 때, 대청 선반에 놓인 라디오에서,

"지금부터 김취옥 씨의 〈수심가〉 외 네 가지가 있겠습니다."

하고라도 들려온다면,

'고년 참 귀엽다…….'

물론 고년이라는 것은 여자 아나운서를 가리키는 것이 아니요, 취옥이 말이지만 그러한 생각이 점점 더하여지는 것도 어쩌는 수 없는 일이다.

그래, 관철동집이 돌아온 뒤에도, 다시 그곳에서 판을 벌일 생각은 아예 하지 않고, 여전히 서린동으로 출입이 잦았던 것이, 이내 은근하게 이야기가 되어, 어느 일요일 날, 민 주사는 취옥이를 데리고 경인가도로 시원스레 자동차를 몰아, 오류장으로 소풍을 나갔다.

관철동집을 얻은 뒤로, 이번 이것이 이를테면 민 주사로서는 오입다운 오입이라, 그는 마치 십 년이나 젊어진 듯싶게 즐거운 하루를 가졌던 것이나, 밤늦게 돌아오느라 잡아탄 경인선 막차 속에서 전에 자기와 관철동집과 사이에, 일시 저기압을 가져왔던 그 괘씸한 전문학교 학생과 딱 마주친 것은, 일이 참 공교롭기도 하였다.

물론, 언제 친하였다고 서로 자리를 같이하여 바로 이야기를 주고받고 하지는 않았지만, 잠깐 고개를 끄떡하여 알은체를 하였을 뿐이었어도, 그 뒤에 두 사람은 서로 마음에 우울한 그림자를 지니지 않을 수 없었다.

그 학생과 관철동집과의 사이가 과연 얼만한 정도의 것인지, 그것은 의연히 민 주사에게 있어서는 의문이었으나, 그러한 것이야 어떻든 간에, 이후에라도 두 사람이 만날 기회라도 있어, 자기가 젊고 어여쁜 기생을 데리고 다니더라는 말이 나온다면, 일이 적지 아니 귀찮게 되겠다고 하루 사이의 환락이 끝판에 가서 민 주사는 그 마음이 매우 불쾌하였다.

그러나 그것은 물론 학생에게 있어서도 매일반이었다.

저녁차로 상경하자는 것을, 이제 서울에 가면, 졸연히 기회도 만만하지는 않을 것이라, 그래 딴생각을 먹고 굳이 막차로 떠나자 고집을 부려, 두 시간 남짓이나 여관방에서 단둘이만 지내고 나온 것이 지금에 이르러서는 적지 아니 후회가 되는 것이다.

이를테면, 민 주사라는 사람에게 있어서는 자기가 '사랑의 경쟁자'라, 다른 여학생을 동반한 현장을 발견된 이상, 그는 어쩌면 그것을 한 개의 무기로 이용할지도 모르는 일이다,

학생은, 문득, 계집이 민 주사는 부처님이라, 우리의 사이는 전연 눈치도 못 채고 있다— 그렇게 말하던 것을 생각해내었던 것이나 말하자면 그러한 것도 아무 소용이 없다.

그러면 또 그런 대로 민 주사는 내일이라도 관철동에 들를 때, 저녁상을 물리고라도 문득 생각이 나,

"참, 그 학생 있지 않아? 왜, 안성 사람이라는……, 그 학생이 웬 이쁜 여학생허구 연앨 허드군그래."

그렇게 한때 이야기로라도 말할지 알 수 없는 일이다.

'그럼, 그 말을 듣구 여자는…….'

하고 생각을 하니, 자꾸 입맛이 다셔지는 것이었으나, 다시 냉정하게 생각을 하여본다면 설혹 이 말이 계집의 귀에까지 들어간다더라도,

"응, 그건, 내 친구의 누이? 제 오래비가 데리고 온 걸 인천서 만나서 동행이 돼서……."

라고든 어떻든, 얼마든지 꾸며댈 여지는 있다고 얼마쯤이나 마음이 편안하여지는 것을 그는 느꼈다.

그러한 자기 경우와는 달라, 만약 자기가 민 주사와 기생의 일을 계집에게 일러준다 하면, 민 주사는 자기와는 비교도 할 수 없게시리 처지가

곤란하리라는 것에 그는 새삼스러이 생각이 미쳤다.

"응, 그건 내 친구의 기생?"

하고 그러한 어림도 없는 변명은 결코 용납될 수가 없을 것이다.

그는 비로소 가슴을 펴고, 새로이 담배를 피워 물며, 하여튼, 관철동집에게 이 자료를 제공하면, 민 주사는 계집을 무마시키느라 돈푼이나 또 쓰지 않으면 안 될 것이요, 그럼, 그중의 일부분은 또 자기에게로 돌아올 것에는 틀림없는 일이라고, 이, 법과에다가 학적을 두고 있는 학생은, 어느 틈엔가 자기가 그만치나 파렴치한이 된 것을 스스로 부끄럽다고도 생각하지는 않는 것이다.

● 제32절

오십 원

"그, 은방의 젊은 양반은 어떻게 됐나요?"

"어떻게 되긴, 경찰에서 취조받구 있지."

묻는 사람은 이발소 주인. 대답하는 이는 포목전 주인.

해 질 임시의 이발소 안에는 다른 객도 없이, 복중 모양으로 바로 등 뒤에다 대고 선풍기를 틀어놓을 양이면, 오히려 좀 선선할 만한 구월 초순 어느 날이다.

"무사하기는 어렵겠습죠?"

"어렵다마다. 진 죄가 있는 걸, 그게 무죄 석방이 될 까닭이 있나?"

"돈은 있는 이니까, 운동두 많이 했으련만요."

"운동해 될 일 있구, 안 될 일 있지. 그러지 않어두 얼마 전에 그 집 일 보는 사람이 내게 와서, 어떻게 좀 해달라는군. 허지만, 나라구 무슨 권세가 있는 것두 아니구……."

그 말에 이발사는, 이것은 금시초문이라고 눈을 반짝이며, 놀리던 가위조차 멈추고,

"네에, 그런 일이 있었에요?…… 그럼 그걸 으떻게 좀 힘써주시지 않으시구서……."

"힘써주기는 글쎄 무슨 권한이 내게 있다구…… 그래두, 하 졸르기에 장사동으루 소개를 해 보내긴 했지. 나보다두 그편에서 유력자를 아는 이가 많은 터이라……."

장사동에는 부회의원인 그의 매부가 살고 있다.

"참, 그 어른이 힘쓰시면 으떻게 되겠습니다그려."

"흥. 그게 어디 쉬운가?"

"그래두 애길 들으면, 아주, 이 한 달에 집안이 난가가 되다시피 됐다니, 남의 일이지만 딱해서요. 그, 으떻게 헐 수만 있으시면 좀 선생님께서 힘써주시지요."

"글쎄—, 허지만 원체 밀수를 헌 액수가 큰 모양이라……, 경찰에서두 그 방면의 범죄는 아주 엄벌주의인 모양이라, 좀처럼 쉽지 않을걸그래."

"그래두 들으니까 안됐드군요. 그 부인 되는 이가 아주 반은 미쳤다는군요. 먹지두 못허구 잠두 못 자구, 더구나 애를 밴 지 일곱 달이라든가, 여덟 달이라든가……."

"쨋, 쨋, ……그러기에 무슨 일이구 독신인 적에 제 맘대루 해보는 게지, 처자만 있어놓으면 그만 매 지내는 몸이라니까그래. 죄를 진 당자는 진 죄나 있으니까 어떤 일을 당하든 누구 탓헐 수 없는 노릇이지만, 그, 처자 되는 사람이야 대체 무슨 짝이야. 청천벽력두 분수가 있지."

"그럼요, 그렇습죠. ……헌데, 돈은 하여튼 있는 이니까, 그저 유력한 변호사래두 얼른 대서 주선을 하였으면 좋으련만, 그런 말두 안 들리니……."

"변호사는 사건이 검사국으루 넘어간 댐에야 나서게 되는 게지. 경찰에 있는 동안에야 어쩌는 수가 있나?"

"그, 고생이 여간 아닐 게죠?"

"고생이야 말은 해 뭘 해."

"에이 참, 어쩌다 그 양반이 그랬담? 선생님께서두 그러시죠만, 그 양반두, 저희가 이곳에서 처음 개업할 때부터 이내 찾아오시는 손님으루, 고사 지내시면 고사떡 갖다 주시구, 참, 아주 찬성을 많이 해주셨는데……."

그 말에 포목전 주인은 아무런 대답도 하지는 않았다. 그는 일찍이 이 이발소에 고사떡이라든 그러한 것을 나누어 준 일이 없었다.

그러나 이를테면, 고사떡 같은 것은 아무래도 좋았다. 좀 더 나아가 말하자면, 종로 은방의 젊은 주인이 유치장 속에서 욕을 보거나 말거나 그것도 자기에게는 관계가 없는 일이다.

그는 지금 문득, 이제 한 달 있으면 맞이할 자기 자당의 회갑연을, 어떻게 성대하게 지낼까?— 하고, 그러한 것을 생각하여보는 것이다…….

그러나 경찰서에 붙들려 가서 고생하는 이에게 대하여 관심을 가지고 있는 사람은, 몇 번 고사떡 받아먹은 이발소 주인만이 아니다.

바로 며칠 전에도, '사이상'은, 필연코 그동안 저 혼자서 머리를 괴롭혔던 문제인 듯싶어,

"당신의 그 애인허군—, 그 은방 주인이란 사람허군, 언제부터 사귔수?"

하고, 반은 농담 비슷이 하나꼬에게 물어보는 것이다.

농담 비슷이?— 응, 농담인 듯싶게 말을 꺼내는 것에, 도리어 그의 그윽한 심정이 나타나 있었던 것이므로, 하나꼬는,

'그럼, 내가, 그이에게 오십 원씩이나 돈을 타 쓴 것을 알고, 무어 그이에게 특별한 관계라도 있는 줄 생각하고…….'

그래서 이렇게 묻는 것일까?

'허지만 사실은 나로서 이이 앞에 말 못할 짓을 한 것은 결코 아니고
…….'

단순히 그이의 호의를 좇아, 그 돈을 받아 썼을 뿐이니까, 받았으면 받았다고 아주 정직하게 고백을 하면 좋을 법도 하지만,

'어디, 사람의 마음이란 그런가? 전에, 그이가 한참 여기 드나들 때, 꼭 나만 찾구, 옆에다 앉히구선 손두 잡아보구, 등두 어루만지구 그러는 걸, 이이는 분명히 자기 눈으로 본 터이라, 이제, 내가 그이한테 오십 원씩이나 돈을 받은 일이 있다면, 응당, 내가 그이허구 무슨 좋지 않은 짓이래두 한 것같이 생각하기 쉬운 일이라…….'

그러한 것을 생각하면 객쩍은 말을 도무지 할 필요가 없다고,

"누구요? 은방 주인? 그이허구야, 진작부터 사귈 만큼 사귔지. 와서는 돈푼이나 좋이 흘리구 가니깐, 주인 술 좀 더 팔아주느라 괄시헐 순 없는 게 아녜요?…… 그야, 자기가 내게 무슨 맘이래두 있었는지 그걸 누가 아우? 허드래두 그건 내 책임은 아니죠."

하여튼, 그러한 말로 남자의 궁금하여하는 마음을 얼마쯤 풀어주었으나, 그때 마침 저편 테이블에 앉아 비웃음과 샘이 가득한 얼굴로 이편을 바라보는 메리라는 계집애의 눈초리를 전신에 느끼자, 하나꼬는 역시 마음에 뜨끔하지 않을 수 없었다.

'사이 상'이 돈푼이나 있대서 손아귀에 넣어보려고 메리가 제법 애를 태우던 것은 자기도 알고 있는 터이라, 그 남자가 자기와 좋아지내는 것을, 그러니까, 그는 물론 심사 좋게 생각할 턱은 없을 것이요, 뿐만 아니라, 평소에도, 하나꼬가 이 카페 안에서 가장 인기가 있다 해서 은근히 강짜를 마지않던 터이니, 혹은 그의 입에서 어떠한 말이 나와, 사이상과 자기의 사이를 이간질할지 모르지 않느냐?

어떠한 말이 나와서?— 응, 하나꼬가 은방 주인의 주는 돈을 받을 때, 그때 메리는 마침 문간으로 나오던 길이라, 혹은 그것을 알았을지도 모를 일이다. 만약 그것을 알기만 하였다면 은방 주인에게 대하여, 그는 응당 또 하나꼬의 정조를 의심할 것은 틀림없는 것이, 행실이 단정하지 못하기로는 이미 이름이 난 메리라, 그러한 자기 몸에 비겨, 남의 결백한 몸에도 쉽사리 의혹을 둘 것이 아니겠느냐?……

그래, 그러한 이유도 있었고, 또 그보다도 남자의 집 가문이라는 것을 생각하고, 이제 그의 집에서 자기가 점령할 지위라는 것을 생각하고, 그는 남자에게서 그러한 의견을 듣기 전에 미리 자기가 먼저 카페를 나와버렸던 것이다.

'자기가 없는 카페로, 남자는 다시 발을 들여놓지도 않을 것이요, 그럼 메리가 무어 자기의 참소를 하고 싶더라도 그러할 기회가 용이하지는 않을 것이라…….'

하나꼬는 그러한 것을 생각하고 얼마쯤 마음이 가든하였다.*

그러나, 그렇다고, 그의 머리에서 '여급'이라는 굴레는 쉽사리 벗어지지 않았다. 분명히 여급을 그만둔 이제 있어서도, 사람들은 다방골 '최진국'이의 애인을,

"으응. 그, 여급 말이지?"

그렇게 대우하였고, 정작 최씨 집안에서는, 가족들의 의견이, 이제 집안에 들어오게 될지도 모르는 여자가 천한 여급이라 해서, 일제히 반대할 것에 일치되어 있었다.

---

* 가든하다. 마음이 가볍고 상쾌하다.

그러나, 오직 자기의 사랑에 충실하려는 젊은이는, 집안사람들의 반대 의사에 완강하게 버티었고, 아들을 무던히나 귀애하여, 이제까지 한 번이라 그의 말을 물리친 일이 없는 늙은 아버지는 이번 일에 있어, 분명히 그 마음속에 불만을 가진 듯싶으면서도, 아들의 마음을 돌리기가 불가능하다고 깨닫자, 그는 도리어 자기가 마음을 돌려, 이제 며느리가 될 아들의 정인을, 역시 자기도 사랑을 가져 대할 마음의 준비를 가졌다.

이러한 전말을 남자는 일일이 보고하고, 그리고 하루바삐 그는 여자를 완전히 획득하고 싶어 애썼으나, 하나꼬는 이제 갓 스물인 나이 분수보다는 그러한 점에 있어 영리하였으므로, 이번 기회를 놓치고는 언제 그의 정실 행세를 하여볼지 모르는 일이라고, 우선 한시바삐 먼점번 아내와 법률적으로도 갈라서야 할 것을 주장하여, 경솔하게 그의 의견을 좇으려, 들지 않았다.

"저를 정말 사랑하신다면, 우선 자유로운 몸이 되셔가지구 내게 오셔야 할 게 아녜요?……"

그러면 남자는 초조하면서도, 다시 할 말이 없이, 좀처럼 도장을 안 찍으려는 처갓집 사람들에게 화를 내며, 애꿎은 어머니를 독려하여, 오늘도 양삿골을 다녀오라는 것이다…….

● 제33절

금순의 생활

서울에서의 서투른 살림살이—, 이를테면, 좀 유가 다르다 할 여자들만의 공동생활에도 금순이는 이제 제법 익숙하였다.

한집에 있는 식구, 기미꼬와 하나꼬의 직업이 직업이라, 그들은 매일같이 아침이면 늦잠을 자는 것이었으나, 금순이만은 언제든 일찌거니 자리를 떠났다. 그것은 순진한 시골 색시가 게으름 많아질 것을 염려하여, 특히 기미꼬가 엄격하게 일러두기도 한 일이거니와, 금순이 자신 시골에서의 세찬 시집살이가 이미 습관이 되어, 아무리 늦게 자리에 들더라도 아침에는 의례히 일찍이 눈이 떠지는 것이다.

눈을 뜨면, 그는 곧 밖으로 나와 들통을 들고 골목 모퉁이 수통으로 갔다. 빨래라도 한다든 그러기 전에는 그것으로 두 통이면 세 사람이 하루에 쓸 물은 족하였다.

물을 떠다 놓고는 이번에는 바구니를 들고 큰길가의 반찬 가게로 간다. 셋이서 이 생활을 시작한 당초에는 반찬 장만하는 데 있어서도 기미꼬가 일일이 주관을 하였었다. 그러나 닷새나 엿새, 그밖에 더 안 되어 기미꼬는 그러한 것을 금순이에게 일임하여버리고 말았다.

사실 가난한 살림살이에 있어, 매일 조석으로 하여 먹는 반찬의 종류는 많아야 두세 가지를 넘지 못하였고, 시골서는 대문 밖을 잘 나가지 않던 금순이도 며칠 하여보면 물건 흥정이란 그리 어려운 것이 아니었다. 하지만, 하나꼬의 의견에 의하면 그것은 기미꼬가 이미 금순이 혼자서 그러한 것을 하여갈 수 있으리라 생각하여서가 아니라, 그러한 것을 상의하기 위하여, 한창 졸린 때에, 비록 잠시라도 자리에서 몸을 일으키지 않으면 안 되는 것이 적지 아니 고통인 까닭이리라는 것이다.

그러나, 그러한 것이야 어떻든, 매일 별로 변화가 없는 요리였으나, 그것을 자기 혼자서 생각하여 마련을 하여가지고, 식구들의 감상을 비는 것이 금순이에게는 결코 우습게 쳐버릴 수 없는 기쁨의 하나이었다.

시간밥도 넉넉히 대어서 할 수 있을 만치, 일찍 일어나는 금순이가, 아홉 점이나 그렇게 되면 벌써 배가 고플 것은 게으른 다른 식구들로서도 능히 상상할 수 있는 일이었다. 그래, 그들은 금순이에게 상관없으니, 먼저 먹어치우라고 언제든 말하는 것이었으나, 그는 결코 그 말을 좇지는 않았다. 그렇다고 두 시 세 시에나 잠이 드는 그들이 금순이나 한가지로 그러한 시간에 대어서 잠을 깰 수는 없었다. 그래 기미꼬는 생각 끝에 잠을 두 번에 잘라 자는 방법을 고안하였다.

아홉 점이면, 금순이는 가만히 그들을 깨우고, 아직 얼마든지 졸린 두 식구는 선하품을 하며 어떻든 식탁에 향한다. 그리고 식사를 마치고는 다시 한 번 자리 속으로 들어가는 것이었으나, 그것도 규칙 있게 실행되지는 않았다. 손님에게나 시달리고, 술이나 많이 먹은 그 이튿날 아침에는, 가뜩이나 민망하여하는 손길로 금순이가 가만히 흔들어 깨우는 것쯤으로는 아무 소용이 없었다.

그래 기미꼬는 다시 한 번 화를 내다시피 하여 금순이에게 먼저 먹을 것을 명하고, 금순이도 드디어 그러기로 방침이 섰다. 그러나 기미꼬는 즉시 셋이서 마땅히 공동으로 먹어야 할 찌개 한 가지라도, 금순이는 먼저 만드는 법 없이 자기는 외지나 콩자반, 그러한 것으로 간략한 조반을 치르고, 그들이 일어나기를 기다려서 비로소 풍로 위에 냄비를 올려놓고 장을 풀고 한다는 것을 알아내었다.

그는 다시 그것에 관하여 입이 아프게 잔소리를 늘어놓았으나, 이번에는 막무가내였다. 금순이는 그 이상 결코 양보하지 않았다.

마침내 기미꼬는 그대로 버려두는 것이 도리어 금순이의 마음에서 조그만 불안이라도 덜 수 있다 생각하고, 그 대신 금순이 자신을 위하여 저녁에 한두 가지라도 반찬을 만들도록 하였다. 그러나 기미꼬나 하나꼬나, 두 사람이 모두 점에 나가느라, 저녁을 집에서 먹는 일이 드물었으므로, 자기들 없는 사이, 그가 과연 제게 부여된 그 특전을 즐기는지 않는지, 그 점이 분명하지 않았다.

그러나 물론 금순이의 소임은 조석 준비에만 그치지 않았다. 세탁과 재봉이 또한 그의 중요한 직무이었다.

객들을 대하는 여자의 옷은 언제든 깨끗할 것을 요구하였으므로, 두 여자가 번갈아가며 벗어놓는 적삼이며, 치마며, 단속곳이며, 잠방이며, 양말이며, 그러한 것들을 빨기만 하더라도 별로 한가한 시간이 있을 턱 없었다. 그러나 그는 자기가 그들을 위하여 그만큼이나 봉사하여줄 수 있다는 것에서 도리어 기쁨을 발견하는 것이었으므로, 그러한 것은 조금의 고통도 되지 않았다. 그래 그는 한나절을 언제든 바쁘게 지내는 것이나, 문제는 다른 식구들이 모두 나가고 없는 밤이었다.

그들이 수표정 한구석에 얻어 든 집에는 도합 네 가구가 들어 있었으나, 원체가 각살림을 하기에 적당하게시리 마련되어, 한 채 한 채가 간 반 방 혹은 이 간 방 하나에다, 그저 솥이나 걸고 나뭇단이나 쌓을 만한 의지간* 하나씩으로 되어 있는 데다, 각각 서로 떨어져 있고, 더욱이 공동으로 쓰는 일각대문은 언제든 잠그는 일이 없었으므로, 이십도 채 다 못 된 금순이는 다른 식구들이 돌아오는 시각까지 도저히 혼자서 지켜내는 수가 없었다.

그러나 그 문제는 뜻밖에도 쉽사리 귀정이 났다. 그 한집 속에 뒤채라고 할 위치에 있는 한 채에 들어 있는, 오십을 바라보는 아낙네가 삯바느질을 하느라, 언제든 일러도 자정까지는 잠을 자지 않았으므로, 기미꼬는 그와 교섭을 하여 자기들이 돌아올 때까지 금순이가 그 방에 같이 있어 바느질을 좀 배우도록 하여주었다.

그 중년 과부에게는 시구문** 밖, 어느 철공장에 다니는 아들이 있어, 일곱 점이면 피곤한 몸을 이끌고 돌아와, 바쁘게 밥을 떠먹고는 그대로 한옆에가 쓰러져 자는 것이었다. 그러나, 그 나이, 이제 겨우 열다섯이었으므로, 기미꼬는 그 소년의 존재를 무어 시골 색시를 위하여 고려할 것이 못 되는 것같이 생각하였던 것이나, 일찍이 고만한 또래의 어린 남편을 가져보았던 금순이에게 있어서는, 젊은 여자 앞도 가리지 않고, 잠방이만 입은 몸에 한 가닥 홑이불을 두르고, 그것도 곧잘 차버리면서 입을 따악 벌리고 자는 어린 남성의 일이 아주 '아무것'도 아닐 수는 없었다.

그러나 그것은 물론 때때로의 일시적 가벼운 감정이었고, 시골에 있을 때와 같이 남성에 대한 동경을 무리로 어린 남자에게만 제한시켜 갖지 않

---

* 원래의 집채에 기대어 지은 칸.
** 광희문의 속어. 신당동, 왕십리 쪽에 묘지를 잡을 때 시체를 내가는 문이라 해서 붙은 이름.

아도 좋아, 이 생활을 시작한 지 얼마 아니 되었을 때, 어느 날 밤중에 자리 속에서,

"이제 마땅한 사람이 있는 대루 내가 시집을 보내줄게스리 모두들 잡념들은 아직 먹지 말 일……."

하고, 기미꼬가 농담 비슷이 한 말을, 무어 하늘같이 믿고 있다는 것은 아니지만, 이를테면 우선 부끄럼도 채 모르는 이러한 소녀에게 조그만 관심이라도 정말 갖기에는, 금순이의 시야도 그동안에 좀 넓어졌다.

그러나 근래에 하나꼬의 결혼 문제가 생기어 그것은 또 새로운 자극을 금순이에게 주었고, 그보다도 그 문제에 대하여만은 기미꼬가 좋은 낯을 보이지 않아, 그래 세 사람의 공동생활의 한 점 검은 구름이 덮인 것이 두 사람 사이에 든 금순이에게는 적지 아니 불안되고 또한 걱정인 것이다.

구루마꾼을 아버지로, 안잠자기를 어머니로 갖고, 자기 자신은 여급인 하나꼬가 돈푼이나 있는 소위 양반 댁 맏며느리로 들어가, 그 생활이 결코 행복될 수는 없으리라 하는 기미꼬의 의견에 물론 금순이는 동감이었으나, 그것은 이를테면 나중 문제요, 우선 그만한 집 젊은 주인의 눈에가 든 하나꼬의 지위가 그에게는 무던히나 부러웠던 것이다.

● 제34절

그날의 감격

그러나, 이를테면 그만만 하여도 금순이의 생활은 안정되고, 그래, 그의 마음에는 요사이 얼마간 여유라 할 만한 것이 생겼다고 할 수 있을 게다. 그는 이즈음에 이르러, 지금은 행방조차 알 길 없는 아버지와 어린 오라비 순동이의 일을 궁금하게 생각하는 것이다.

그야 이제까지 한 번도 그들의 일을 생각하지 않았다는 것은 아니다. 그러나 그러한 것은 그때그때마다 잠깐 그의 마음을 애달프게 할 뿐이었고, 역시 고달픈 금순이에게는 금순이 자신의 일이 좀 더 긴하고 또 절박한 것임에 틀림없었다.

그렇던 것이 요사이에 이르러 그는 거의 갑자기라고 할 만큼 오라비를 그리워하고 아버지를 생각하고 하였다. 그들이 정처 없이 타향으로 떠나버린 것이 그것이 자기가 열일곱 살 때 가을의 일이니,

'일곱, 여덟, 아홉…….'

아하, 벌써 그사이 삼 년의 시일이 경과되지 않았는가?

대체 그들은 지금 어디서 무얼 하고 있는 것이기에 편지 한 장 하는 일 없이…….

하지만 그것은 알 수 없는 일이다. 자기가 시집을 뛰어나온 뒤에라도

혹시 아버지는 순동이의 손을 붙잡고, 참말 여러 해 만에 그리운 내 딸 보러 사돈집을 찾았을 것인지…….

그러나 딸은 이미 그곳에는 없었고, 딸의 간 곳은 그의 시부모도 알고 있지는 않으므로, 그래 외로운 아버지는 애끓는 마음으로 다시 발길을 돌이키어…….

그러나 그뿐이면 오히려 좋을 게다. 그 기승스럽고 감때사나운 시어머니는 며느리가 도망간 것을 마치 사돈 영감의 잘못이나 되는 것같이, 본래 타고 나온 천성이 그렇게도 유순하고 착하신 아버지로서는 한시를 견디어내지 못하시게시리 들볶았을 것이나 아닐까?……

금순이는 새삼스러이 그러한 것을 생각하고, 얼마 동안 놀란 눈을 하여도 보는 것이었으나, 다시 생각하여보면, 이제 이르러 그러한 것은 그다지 문제가 아니었다. 다만 자기가 시집을 뛰어나왔음으로 하여, 외로운 아버지와 가엾은 순동이와, 어쩌면 여영영 만나지 못하게 될지도 알 수 없는 것이 마음에 안타까운 것이다.

그래, 뒤채에 들어 있는 과부 마나님의 외아들을 볼 때에도, 금순이의 마음은 쉽사리 애달파지고, 이제는 이미 그렇게도 어리고 답답하였던 옛날의 남편을 생각한다든 하는 대신에 좀 더 절실하게 오라비 순동이의 일이 생각되어, 그래, 그것은 물론 어느 한두 아이의 특별난 버릇이라든 하는 것이 아니요, 그만 또래의 아이들은 대개 누구나 다 그러한 것을, 가령 아침에 세수를 하더라도 변변히 얼굴에 물칠도 하지 않아, 그 까닭에 목덜미에는 언제고 때가 더께더께 앉은 것을 보고도 쉽사리 마음은 감동되어,

'순동이도, 참, 똑, 저랬지…….'

짠지라든 그러한 것을 좀 얻으러 뒤뜰로 갔다가, 마악 세수를 하고 방

으로 들어가는 소년의 목덜미를 그는 가장 눈을 끔벅거려가며 바라보곤 하는 것이다.

그러나 어린 몸에 철공장 일은 그렇게도 고되었던지, 곧잘 잠꼬대를 하고, 더러 이를 갈고 그리고 툭하면 홑이불을 걷어차고 하는 그 소년을 애달파하여, 그의 어머니가 보지 않을 때 바로 자애 깊은 손을 들어 그것을 바로 덮어주고, 덮어주고, 그 김이 이마에 맺힌 땀방울을 씻겨주기조차 하며,

'순동인 지금 어데 가 있누?……'

고향을 떠나지 않았더라도, 서울과 사이에는 삼백칠십 리의 머나먼 길이 가로놓여 있는 것을, 이제는 그보다도 엄청나게나 먼 거리에 그들은 있어, 어쩌면 한평생을 마칠 때까지 결코 한곳에 모일 수 없을 것같이 금순이가 한숨을 토하는 것은, 그러나 옳지 않았다…….

참말 삼백칠십 리의 몇 곱절이고 더 멀리 떠나보려, 얼마를 부산에서 헤매다가 돈 내고 배 타는 데도 법식과 절차는 너무나 까다로워, 이내 발길을 돌이키어 그사이 이리로 저리로 되는대로 구르고 아무렇게나 돌고 한 끝에, 마침내는 금순이보다도 한 걸음 앞서서, 그들은 서울에 올라와 있었던 것이다.

그러나 서울은 너무나 넓었다. 더구나 아버지는 딸이, 딸은 아버지가, 이 같은 서울 장안에 있으리라고는 생각조차 못 하고 있는 그들에게, 좀처럼 길에서라도 서로 만난다든 할 기회가 쉽지 않았다.

설혹 한두 번을 길에서 만날 수 있다 하더라도, 가령 저녁 뒤 소풍 겸 나온 야시장에서, 오이를 한 십 전어치 사가지고 돌아가는 중년 과부와 동반한 젊은 여인을, 그 옆얼굴과 뒷맵시만으로도 용이하게 알아내고,

'앗! 누나가 아니야?'

그래, 순동이가 황망하게 아버지의 소매를 끌어 잡아당겼더라도, 아버지는 용이히 그 말을 믿을 턱 없이,

"누나라니? 금순이가?"

그러나 딸의 시집은 서울과 상거가 삼백칠십 리—, 그래,

"어림없는 소리 마라. 금순이가 서울엔 왜 와? 딴 사람이디, 딴 사람이야."

그래도 종시 미심하여 순동이가 그 여인의 사라진 곳을 바라보노라면, 여름 저녁 종로통 야시에는 참말 사람도 많아서…….

그러면, 어떻게 용이하게 금순이 쪽에서라도 그들을 먼저 알아낼 수 있다면?— 그러나 금순이는 조선 농가에서 얌전하게 자라난 어린 여인이었고, 그러한 사람은 길에서 남의 얼굴을, 더욱이 남정네들의 얼굴을 눈여겨본다든 하는 것에 익숙지는 않았다.

그러나 사실 또 만나려 들면 우스운 것이었다. 외로운 아버지와 가엾은 오라비의 생각을, 오직 멀리 남쪽 하늘 위에만 달리고 있던 금순이가, 참말 뜻밖에도 백화점 문간에서 순동이와 마주쳤더라도 그것은 무어 그렇게 있기 어려운 일로 돌릴 것이 못 된다…….

그날 아침, 금순이는 딴 때 없이 그 마음이 명랑하였다.

바로 며칠 전에, 결혼식을 거행할 시일과 장소가 결정된 하나꼬는, 어제 또 남자에게서 우선 옷이라도 한 벌 장만하라고 일금 백 원을 받아가지고 와서, 오늘은 세 식구가 함께 옷감을 끊으러 가자는 것이다.

그것이 물론 금순이에게는 바로 제 일인 거나 같이 기뻤으나, 오직 그뿐이 아니었다.

얼마 전까지만 하여도, 하나꼬 앞도 꺼리지 않고, 젊은 유야랑*의 변하

기 쉬운 마음이 이제 오늘내일로라도 무슨 난데없는 소리를 할지 아느냐고—, 그러한, 남이 듣기 싫어하는 소리를 텅텅 하던 기미꼬가, 정작 택일 말이 나오고, 또 전처와 사이의 이혼 문제도 귀정이 났다고 듣자, 언제까지든 제 고집을 내세우는 일 없이, 이제는 본래부터 그래온 사람같이, 그 참, 일이 순조롭게 잘되었다고, 이제 곧 시작될 점잖은 집 며느리 생활에 있어, 마땅히 하나꼬가 알고 있어야 할 것들을, 자기 자신은 일찍이 시집살이라 하여본 일도 없으면서, 그래도 역시 나이가 나이라, 뉘게라도 들어 아는 것은 많아서, 이것저것 간곡히 타일러주는 바가 있었고, 하나꼬는 바로 그전이나 한가지로 그것을 친형에게서나 듣는 것같이 참말 고맙게 알았으므로, 세 사람의 사이는 다시 평화로워지고, 누구보다도 금순이는 그 사이에서 객쩍게시리 심려를 하지 않아도 좋았던 것이다.

이날도 하나꼬가 옷감 바꾸러 나가자고, 말이 있었을 때, 기미꼬는 당자보다도 더 기운이 나서,

"사실은 내가 오늘 아주 볼일이 태산 같지만서두, 네가 혼인날 입을 옷감 끊으러 간다는데 모른 체헐 수 있니? 아모래두 내가 나가 모든 걸 마련해줄밖에……."

그러한 말을 하고는 아침부터 구두를 닦느라, 치맛주름을 잡느라 법석이었다.

하기야 무엇을 사러 나간다는 것이 아낙네들에게 있어서는 단순한 사무가 아니다. 더구나 옷감이라든 그러한 것을 흥정할 때, 이미 그 전에 그들은 그렇게도 흥분되고 또 열정적이기조차 하다. 더구나 오늘은 하나꼬가 자유로 할 수 있는 돈이 어마하게 백 원이나 그의 핸드백 속에 들어 있

* 주색에 빠져 행실이 나쁜 사람.

다. 물론 돈이 있다고 함부로 아무것이나 살 것은 아니로되, 사려만 들면 무엇이든 얼마든 살 수 있다는 자신을 가질 수 있는 하나꼬를 따라, 같이서 백화점을 휘돌 때에 비록 그 돈이 제 것이 아니요, 그래 산 물건이 제 것일 수 없더라도, 두 사람의 마음은 역시 그만치 부요*할 수 있을 것이 아니랴?

그래, 집을 나서기 전부터, 혼인에 입을 옷이니만치 깨끗하게 아래위 흰 것으로 감아야 한다고,

"애애, 아주 멋떨어지게 속옷서부터 치마저고리까지 번견 하부다이루 내리 감자꾸나."

하고 기미꼬는 제안하였던 것이요, 하나꼬나 금순이나, 그 말에는 다 같은 의견이어서, 어디 가까운 포목전에서라도 그 이른바 '번견 하부다이'라는 것은 용이히 구할 수 있는 것을, 그, 좀처럼은 또 맛보기 어려운 쾌락을 즐기느라, 그들은 좀 이름났다는 포목전과 네 군데 백화점을 차례로 돌기에 꼬박이 네 시간 반을 소비하였다.

기운들이 좋다 하여도 역시 여자들이었고, 또 아직 광교에는 점룡이가 그대로 아스꾸리를 팔고 있을 만치 그래도 날은 더웠으므로, 그들이 예산 이외의 홍정을 마치고서 화신 상회 식당에가 다리를 쉬었을 때에는, 아무러한 그들로서도 역시 피로를 느끼지 않을 수 없었다.

백화점 식당—, 그곳은 원래, 그리 불행하다거나, 슬프다거나 그러한 사람들이 오는 곳이 아니다. 하루하루를 평온무사하게 보낼 수 있었던 사람, 얼마간이라도 행복을 스스로 느낄 수 있었던 사람, 그러한 이들이, 더러는 아내를 동반하고, 또는 친구와 모여서, 그리고 대부분의 경우에 자

---

* 부요富饒하다. 재물을 풍부하게 가지고 있다.

녀들을 이끌고, 결코 오랜 시간을 유난스럽게 즐기기에는 적당치 않은 이곳을 찾아온다. 그러나 하나꼬의 일행은 그들 중의 누구에게도 비할 수 없이 행복스러웠고, 또 호화스러웠다.

웬만한 것은, 나중에 배달을 시켜도 좋을 것을, 그것도 이를테면 '멋'이라고, 사는 족족 한두 가지씩 나누어 들고 다닌 것이, 마침 손님이 많지 않은 식당 안, 옆 테이블에다 쌓아놓으니, 그 안에 시중드는 어린 계집들이 눈을 둥그렇게 뜬 것도 무리가 아닐 만치 그것도 참말 어지간한 짐이었다.

"그래, 참, 그리룬 언제 떠나니?"

"어디?"

"백천 온천 말이야."

"그, 전날 떠나지."

"그럼 저어, 열…… 사흘? 신식으루 헌다니까 무어 수모니 뭐니 그런 사람은 데리구 가지 않겠구나?"

"응, 그날 예서 아주 미용원엘 댕겨갈 생각이라우."

수모를 안 데리고 가든, 식은 신식으로 하든, 그러한 것이야 이를테면 문제가 아니다. 기미꼬는 다만 무남독녀 외딸인 하나꼬의, 한평생에 오직 한 번 있는 그 성스러운 예식에, 그의 친부모가 참례할 수 없다는 것이 마음에 무던히나 애달팠던 것이다.

자기의 결혼식에, 단지 신분이 다르다는 그 까닭으로 하여, 오직 두 분 어버이조차 모실 수 없는 그러한 부자연하고 가소로운 결혼—, 기미꼬가, 그들의 혼인 말이 났을 때, 애초부터 실답지 않게 여겼던 것은, 이러한 경우를 예상하고서이었다.

'소위, 신랑 집은 행세한다는 집. 신랑은 카페 여급에게라도 미칠 만큼 열정적이지만 그래도 한편으로는 같잖게 체모는 볼 것. 대체 그러한 사람이 구루마꾼이나 안잠재기나 그러한 이를 바루 장인이라 장모라 식에 부를 까닭은 없는 게고……, 뿐만 아니라, 또 이 결혼이 성립되기 위하여서는 자식까지 둘이나 있는 그의 본처를 무어 이렇다 할 죄목두 없이 이혼하여버려야 하는 게고…….'

그렇게 부자연한 모든 것을 지나서 성립된 결혼은 끝끝내 온전할 것 같지는 않아, 그래 기미꼬는 의식하고 하나꼬의 듣기 싫은 말을 얼마든지 하여왔던 것이다.

'그러나, 사실 그런 걸 염려하기보다도 어쩌면 경박한 남자의 일이라, 지금은 바루 정식으로 결혼을 하느니 어쩌느니 하지만, 이제 며칠 안 가서 우습게스리 이 혼담은 깨질지두 모르지…….'

그러면 물론 당장은 얼마 동안, 하나꼬에게 실망과 비탄이야 있겠지만, 결국 그의 장래를 위하여서는 퍽 다행하리라고, 그렇게 은근하게 바랐던 것이, 일은 뜻밖에도 순조롭게 진전되어, 이달 열나흗날 백천 온천서 이른바 '정식 결혼'이 거행된다 함에는, 웬만한 일에 결코 놀라지 않는 기미꼬로도 역시 얼마 동안 아연하지 않을 수 없었다.

기미꼬는 이제 와서는 이미 전과 같이 그것에 반대 의사를 표시한다거나 하는 것의 전연 무의미함을 깨닫고, 쓰디쓴 입맛을 다셨다.

그러나 그러면 또 그런 대로, 그는 어린 동무의 앞길에, 부디 크나큰 불행이나 없으라고, 아니 한 걸음 더 나아가 바라건대 모쪼록 행복되라고, 그렇게 마음속에 빌어 마지않았던 것이다.

그러한 그였던 까닭에, 구태여 백천까지 가지 않더라도 좋을 것을, 굳이 그러한 곳에다 결혼식장을 정해놓은 것이 오로지 색싯집 사람은 부르지 않으려는 '구실' 될 수 없는 '구실'로서라고—, 그러한 것을 주책없이

폭로하려 들지 않고, 역시 오랫동안 친형제나 진배없이 지내온 하나꼬의 장래에 행운만이 크라고,

"참, 언니이. 다른 사람은 못 와두, 언니 한 분은 꼭 와야 허우. 아주 전날 나허구 같이 떠납시다. 그이두 그러는데 언니만은 꼭 모시구 가자 구……."

하고 하나꼬가 거의 응석 부리듯 하는 말투로 말하였을 때, 그는 물론 그러지 않아도 원래 '아우'의 혼인 예식에 참례야 하고 싶었다.

그러나 그곳에 모일 신랑 집의 소위 '점잖은 이'들이 자기를 대체 어떻게 볼 것인가? 그들의 눈짓콧짓에 나타날 비웃음은 능히 지금부터라도 예상할 수 있었고, 그야 자기는 그러한 것 개의하지 않는다더라도, 그 모든 것이 곧 신부인 하나꼬에게 반영될 것이 그의 마음에는 싫었다.

'내가 도저히 서울을 떠날 수 없는 몸이라고……, 어디 멀리 가서 도저히 그날 식에 참례할 수 없었다고……, 그렇게만 생각하면 그만이 아니냐? 그저 그런 것 아무 상관 없으니 네 한 몸만 행복되어라…….'

그래, 그는 식후의 과일을 벗기던 손을 멈추고,

"너 참, 몇 번이든지 말이지만, 시집 사람들에게 첫눈에 들두룩 노력해야 헌다. 그야 그이만 너를 믿구, 그이만 너를 사랑해주면 그만일 것 같애두, 시집살이란 그런 게 아니야. 물론, 그이두 중하려니와 어떻든 집안 어른들……, 또 어른들두 어른들이려니와 아이들……, 또 아이들 말구두 아랫것들……, 그저 모든 사람에게 책당할 일, 흉잡힐 일, 그런 걸 해선 안 된다. 늬가 그냥 여염집 색시가 아니구 여급을 댕기던 여자래서, 그래 모든 사람들이 으레 색안경을 쓰구 볼 게니라. 그러니까, 너루서는 그리 대단치 않은 잘못, 누구에게든지 흔히 있는 실수를 허드래두, 그 사람들은 그걸 그렇게 보지는 않거든. 으레 놀아먹던 계집이라 그렇다거니, 배지

못한 게 돼놔서 어떻다거니 그럴 게다. 일테면, 난생처음으루 네가 크나큰 시험을 치르는 게지. 물론 괴롭지, 괴로워. 허지만 우선 얼마 동안을 아주 정신 바짝 채려서 해만 봐라. 그래 그들의 마음 하나만 꽉 잡아놓으면, 다음엔 호옥 무슨 잘못헌 게 있드래두, 도리어 어린 몸으루 나서서 돈벌구 그러느라 이루 밸 틈이 없어 그렇다구―, 다 같은 말이래두 이번엔 호의를 가지구 헐 게 아니냐?……"

차근차근히, 한 마디 한 마디에, 기미꼬는 힘과 정성을 들여 말하였다. 하나꼬는 그 한 마디 한 마디를 행여나 잊을세라, 바로 기억 속에다 차곡차곡 접어 넣을 듯이 귀담아들었다. 그것은 이를테면 엄숙한 순간이다. 사람은 이러한 경우에 부딪혀 저 모르게 옷깃을 여미지 않으면 안 된다.

옆에서 듣고 있던 금순이도, 문득, 사 년 전, 제가 시집가기 전날, 이제는 이미 돌아가고 없는 가엾은 '내 어머니'가 사랑을 가져 일러주던 그 모든 말이 기억 속에 너무나 새로워 깨닫지 못할 사이 눈둥*이 더웠다.

"애, 참, 그리구……."

기미꼬는 또 말을 이어,

"시집살이 살려면 슬픈 일, 원통한 일, 별별 일이 다 많지. 그러나 그걸 아무에게나 함부루 말해선 안 된다. 그렇게 지내느라면, 흔히 엄하게 구는 이, 야속하게 구는 이, 그런 이, 허구―, 또 좀 호의를 가지구 돌보아주는 이, 말동무쯤 되어주는 이 허구―, 그렇게 은연중에 두 패루 갈리는 수두 있지. 허지만, 결코 이 사람은 내 편이래서 헐 말 안 헐 말 다 허구, 저 사람은 내 편이 아니래서 더러 헐 말두 숨기구서 안 허구―, 너 그래선 못쓴다. 그저 한 말루 말하자면, 마음을 바로 가져 지성으루만 대해라.

---

* 눈두덩.

그래두 저편에서 알아주질 못허면, 그건 저편 허물이지, 내 잘못은 아니니까……, 또 비록 남편에게두 헐 말 있구, 뭇헐 말 있는 법이니까, 그저, 너, 모든 것을 삼가서……."

그의 하는 말, 마디마디마다, 하나꼬는 이를 것도 없이, 금순이까지도, 이제 며칠 안 있어 부잣집 맏며느리로 들어가는 것이, 바로 자기 자신이나 되는 것처럼, 그저 몇 번이고 고개를 끄떡이고 끄떡이고 그러는 것이다.

"그리구 또, 경망되게 자주 나들일 허구 그럼 못쓴다. 또 나오드래두 볼일만 보구 곧 들어가야지, 아주 나선 김에 어머닐 잠깐 만나구 가겠다든지, 호옥 어머니는 괜찮드래두, 무얼 사러 종로래두 나온 김에 참 동무들이래두 만나보구 가겠다든지 그러진 애예 말어라. 가뜩이나 늬가 여급 노릇을 했대서 싫여하는 시집이서, 늬가 혼인헌 뒤에두 옛날 동무들을 만나구 허는 걸 알면 야단일 게니……, 참말 이것 한 가지는 정신 바짝 채려야 헌다."

하나꼬는 또 고개를 끄떡이었으나, 이제 그러면 사랑하는 언니와도, 또 그사이 정이 들 만큼은 든 금순이와도, 어쩌면 다시 조용히 만나 이야기할 기회가 없는 것이나 아닌가 하고 생각하니, 일순간 마음이 서운하였다. 그것은 물론 금순이도, 그리고 그 말을 꺼낸 기미꼬도 절실히 느꼈던 것이나, 역시 사랑하는 동무를 위하여서는 어쩌는 수 없는 노릇이리라…….

잠깐 동안 세 사람은 말이 없었다. 그러자 문득 하나꼬가 생각난 듯이,

"참, 정작 안 산 게 있네."

"뭐?"

"경대—."

딴은 옷감이야 안 바꾼다는 수 없지만, 핸드백에, 양산에, 비단 양말에,

화장품에, 또 조그만 슈트케이스에, 그리고 이곳에 들어오기 전 요 앞 양화점에서 나흘 뒤에 찾기로 하고 맞춘 에나멜 구두에……, 그러한 것들은 오히려 나중에 하더라도 우선 경대만은 먼저 샀어야만 옳았을 것이다.

그렇게 쓰고도 물론, 돈은 아직도 사십 원이나 가깝게 남았다. 하지만 돈을 받은 당초에 하나꼬는 그 속에서 한 삼십 원 어머니에게 보낼 예산이었던 것이다.

"그럼, 나 준다던 경댈 그냥 가주가지. 안직두 말 건*데……."

금순이가 말하는 것에 채 하나꼬가 대답할 사이도 없이, 기미꼬가 한마디 조용히,

"그건 내가 다아 생각허구 있단다."

"언니가 생각허구 있다니?"

의아스러이 묻는 하나꼬의 테이블 위에 놓인 손을 기미꼬는 문득 덥석 잡고서,

"그건, 이 언니가 해주께……."

"언니가?"

"응. 나두 오늘은 부자란다. 자아 내려가서 경대 보자."

하나꼬는 무엇이라 또 말을 하려 하였으나, 기미꼬는 그것을 기다려주지 않고, 앞장을 서서 나갔다.

아까 집을 나올 때, 종로에 이르러, '언니'가,

"내, 잠깐 다녀 나오께, 게서들 기다려어."

그리고 일터로 들어가던 것이 지금 생각하여보아, 주인에게라도 돈을 꾸기 위하여서이었던 것이 분명하다.

---

* 새 것.

하나꼬는, 반은 옆에 가지런히 서서 층계를 내려가는 금순이에게 대고,

"언니에게 돈을 씌워선 안 될 텐데……."

한마디 중얼거렸으나, 바로 한 층 아래, 가구부에가, 한 걸음 먼저 다다른 기미꼬는 벌써 열심으로 경대를 고르고 있었다.

"언니이. 돈을 내느니 안 내느니, 그런 건 다아 형식이지, 정작은 맘이 제일 아뉴? 내, 언니 맘은 고맙게 받을게, 적당헌 걸루 골라만 주우. 난 아직두 사십 환이나 있으니……."

그러나, 기미꼬는 무얼 쓸데없는 소리를 하고 있느냐는 듯이, 그 말은 들은 체도 안 하고 드디어 한 경대 앞에 이르러, 그는 금순이를 돌아보고,

"이거 으때? 괜찮지?"

"아이 참 좋군요. 아마 십 원두 더 하겠죠?"

물론 십 원두 더 한다. 하나꼬가 그들의 어깨 너머로 들여다보니, 그곳에 붙어 있는 종이에 ¥35.50이라 적혀 있다.

"네 맘엔 또 으떻냐?"

"어유—, 언니, 이렇게 비싼 걸……."

그러나 기미꼬는,

"맘에 안 들거나 허진 않지?"

다짐을 받듯이 한마디 한 다음에, 어느 틈엔가 그들 앞에 와 서 있는 젊은 점원에게 그는 돈을 치른다.

'삼십오 원 오십 전—, 이 돈을 해놓으려면, 이제 몇 달이 걸릴지 알 수두 없는걸…… 언닌 이처럼, 날 귀애주나?'

저도 모를 사이에 눈물이 두 눈에 핑 돌고 있는 것을 하나꼬는 느끼며, 문득 며칠 전까지만 하여도 언니가 제 혼인에 반대 의견을 가지고 있대서, 그래 제가 무던히나 섭섭해하고 야속해하던 것이 이제는 마음에 무던

히나 죄스럽게 생각되어,

'그것두 말하자면 언니가 진정 내 생각을 허구 그랬던걸…….'

그것을 저는 소갈머리 없이도, 무어 내 행복이 샘이 나서 그러는 거니 어쩌니 하고, 그러한 얕고, 또 천한 생각만 한 것이 부끄러웠으나, 이제는 어떻든, 오직 내 한 몸이 참말 행복되는 것밖에는 이 '정말 언니'보다도 더 장한 언니의 고마운 은혜와 깊은 사랑을 갚는 수가 없다고, 그는 몇 번이고 마음속에 고개를 끄떡거리는 것이다.

그 감격을, 바로 옆에 서 있는 금순이도 거의 그대로 느꼈다. 이제까지도 기미꼬라는 이를 '미더운 이' '장한 이'라고 알아는 왔지만, 그것을 오늘처럼 강렬하게, 또 절실하게 느낀 일이 없다. 그는 새삼스러이, 사람과 사람이 서로 주고받을 수 있는 '인정'이라는 것, '사랑'이라는 것, 그것들이 암만이든지 서로서로의 마음을 아름답게, 또 고맙게 하여줄 수 있는 것임을 깨닫고, 스스로 감동한 나머지에 잠깐 목 너머로 소리 없는 울음을 삼켰다.

그러나 우리 금순이를 좀 더 감동시킬 일이 바로 사 층 아래, 거리 위에서 그를 기다리고 있었다.

그들이 점원에게 배달을 명하고 문밖에 나왔을 때, 마침 문간 모퉁이 연초 소매부에서 담배를 사가지고 나가던 소년이 문득 걸음을 멈추고, 금순이의 얼굴을 뚫어져라 치어다보는 것이 괴이하여 고개를 돌리니,

'참말 이런 일이 있을 수도 있을까?……'

"아—."

뜻 모를 부르짖음 뒤에, 두 사람의 손과 손은 굳게 붙잡히고,

"누나!"

"순동아!"

그리고 다음은 흡사 바보와 같이, 서로 사랑하는 이, 그렇게도 그립고 보고 싶어 하던 이의 얼굴을 서로 머엉하니 마주 바라보았다. 바라보고 있는 사이, 두 사람의 눈에서 함께 눈물이 주울줄 흘러내려도, 그것을 그들은 행인 많은 길거리 위에 부끄럽다고도 생각 안 했다. 기미꼬와 하나꼬도 서로 고개를 한 번 끄떡인 다음, 같은 감격 속에 얼마 동안 울음을 삼켰다…….

● 제35절

그들의 일요일

제법 가을답게 하늘이 맑고 또 높다. 더구나 오늘은 시월 들어서 첫 공일—.

그야 봄철같이 마음이 들뜰 턱은 없어도 그냥 이 하루를 집 속에서 보내기는 참말 아까워 그렇기에 삼복더위에도 딴말 없이 집에서 지낸 한약국 집 며느리가, 조반을 치르고 나자,

"참, 어디 좀 갔으면……."

옆에 앉은 남편더러 들으라고 한 말이라,

"어디?"

물어주는 것을 기화로, 그러나 원래 어디라 꼭 작정이 있었던 것은 아니라, 그래 되는대로,

"인천—."

하여본 것을, 의외에도 남편은 앞으로 나앉으며,

"인천? 그것두 준 말이야. 인천 가본 지두 참 오랜데……."

남편이 그러니까, 젊은 아내도 참말 소녀와 같이 마음이 들떠서,

"돈, 뭐, 그렇게 많인 안 들죠?"

"돈이야, 몇 푼 드나?…… 허지만 여행을 해두 괜찮을까?"
"왜?"
"이거 말야."
그의 약간 나올까 말까 한 배를 손가락질하는 남편의 모양이 우스워,
"아이 참 당신두……, 달 차구두 돌아댕기는 사람은, 그럼 으떡허우?"
"으떡허긴, 그런 사람들은 그럭허구 댕기다 기차 숙에서두 낳구, 전차 숙에서도 낳구, 그래 신문에 나구 법석이지."
"아이 참 당신두……."
"책에두 삼사 개월 됐을 때 그중 조심허라지 않어?"
"글쎄, 괜찮아요. 어디 먼 데 가는 것두 아니구, 기찰 탄대야 한 시간밖에 안 되는걸……."
그래 두 사람은 어디 요 앞에 물건이라도 사러 가는 것처럼 가든하게 차리고 경성역으로 나갔다.
"훙, 모두들 놀러 가시는구나?"
밖을 내다보고 중얼거린 것은 이발소 소년이다. 그러나 그것은 물론 한약국 집 젊은 내외에게만 향하여 한 말이 아니다.
동리의 아이들이, 우선 재봉이가 보기에도, 여러 패나 저희끼리 맞추어 점심들을 싸 들고 일찍부터 산으로 들로 나갔다.
개천 건너 평화 카페의 여급들도, 놀기 좋아하는 젊은것들과 벌써 어저께 그저께부터 서로 맞추어, 오늘은 한강으로 '보트'를 타러 간다든 그래, 그러한 것에도 참예를 못 하고, 그대로 이날 오후 카페 문간에가 나와 섰는 한두 명 젊은 계집의 얼굴이 그렇게 생각하여 그런지 무던히나 멋쩍게 외로워 보였다.
그들은 멀거니 개천 속을 들여다보고 있었다. 그곳 양지쪽에는 한두 놈

씩 깍정이들이, 혹은 아무렇게나 자빠지고, 또는 웅크리고들 앉아 있었다. 앉아 있는 놈은 그래도 부지런하게 이를 잡고 있다. 이를테면, 일요일은 그놈들에게도 통용된 듯싶다.

그러나 거지들의 동정은 지극히 단조로운 것이어서, 갈 곳이 없어서 점에가 남아 있는 젊은 여자들의 마음에 조그만 오락도 주지는 못하였으므로, 그들은 또 줄 곳 없는 눈을 돌려 광교 편을 바라본다.

그곳에도 사철 서 있는 철물 장사, 점룡이의 군밤 장사, ……언제든 그러한 것이어서, 이 카페의 유일한 단발 여급 유끼꼬는 깨닫지 못하고 선하품을 하였으나 즉시 눈을 동그랗게 뜨고,

"저이가 손 주사 아니냐?"

저나 한가지로 멋쩍게 서 있는 동무를 돌아보았다.

"손 주사?"

"아, 왜, 무진 회사* 댕긴다는……."

"무진 회사?"

"아, 왜, 언젠가 와서, 상처했다구 울던 이 말야. 왜, 대머리 훌떡 벳겨진……."

"오—, 참, 그이로구면. 그래, 그래서?"

"그래선 뭬 그래서야? 아마 딸을 데리구 어디 가나 보단 말이지."

무슨 그러한 것이라도 이야기할밖에 그들은 당장 화제에도 궁하였다.

참말 손 주사를 이 근처에서 만나보는 것도 오래간만의 일이다. 한 손으로는 아버지의 손을 잡고, 또 한 손에는 장난감 손가방을 든, 올에 다섯

* 금융 회사의 하나. 오늘날의 상호신용금고와 유사.

살이나 그밖에는 더 안 된 계집아이는, 무어 어린애래서 다 귀엽다는 것이 아니라, 참말 양복 입은 맵시도 똑 떨어지게 탐스럽게도 잘생겼다. 아마 부녀가 오늘은 동물원이나, 그러한 곳에라도 가는 게지……, 뚱뚱보 손 주사의 어깨에는 조그만 빨병*조차 걸려 있다.

그들이 군밤 장수 앞에 이르렀을 때,

"아빠아. 나, 굼밤……."

병아리 주둥아리같이 귀엽고 조그만 입을 열어 어린 딸이 말하는 것을, 아버지의 사랑을 그 큰 얼굴에 가득히,

"저렁 거, 행길에서 먹으면 나쁘다. 아빠가 인제 뚜, 뚜— 가서 사주께, 응?"

그리고 어린 딸의 손을 이끌어 그 앞을 떠나는 손 주사는, 바로 며칠 전엔가 기미꼬가 문득 생각해내고,

"참, 손 주사가 웬일이야? 그때 울구 가선 이내 발거림자두 허지 않으니……."

하고 젊은 빠텐과 더불어 그러한 말을 하도록, 상처한 이후로 술집 출입을 안 했다.

돈을 아끼기도 하려니와 무엇보다도 딸자식이 그렇게나 귀여워, 무어 유난스럽게 입 밖에까지 내어 말은 안 하여도,

'어린걸 위해서라두 후취는 얻지 말구…….'

그래, 호옥 누가 무던한 여자가 있다 해도 그것을 사절하여오면서, 아내가 오직 하나 늦게 남기고 간 어린 딸을 위하여 이제부터 일을 하려는 손 주사였다.

---

* 마실 물을 넣어 가지고 다니는 물병.

손 주사의 모양이 광교 위에서 사라졌을 때, 재봉이는, 개천 건너 국숫집 앞에서 우연히 만나, 몇 마디 이야기를 나누고 있는 중년 신사와 젊은 기생을 발견하고,

'애애, 이것 봐라. 민 주사허구 취옥이허구, 아주 그렇지 않은가 부다……'

코를 실룩거렸다. 소식통이라 할 그로서도, 아직 그들의 '오류장' 일건은 모르고 있었고, 더구나 이날 오후에는 이발소를 찾는 손님도 별로 없어, 재봉이는 그러한 것에라도 흥미를 갖는밖에 별도리가 없었던 것이다. 그는, 그들의 말소리를 알아듣도록 가까운 곳에서 그들이 만나지 않은 것을 불만하게 여기는 것이었으나, 설혹 들을 수 있었다더라도 별 흥미를 느끼지는 못하였을 것이다.

그, 별로 신기할 것 없는 그들의 대화는 대략 아래와 같다.

"오늘, 너, 아무 데두 안 갔구나?"

"아, 영감께서나 불러주시기 전에야, 제가 갈 데가 어딨에요?"

"아따, 고것……."

"근데, 참, 왜 그렇게 뵐 수 없어요?"

"응, 좀 바빠서……."

"참, 저어, 〈춘향전〉* 보셨어요?"

"〈춘향전〉이라니?"

"왜, 요새, 단성사에서 놀리죠."

"활동사진 말이로구나. 거, 재밌나?"

"모두 좋다구들 그래요. 오늘, 동무 몇이서 구경 가자구 맞췄는데……,

* 단성사에서 1935년 10월 4일 개봉. 조선 최초의 유성영화.

영감 같이 안 가시렵쇼?"

"가두 좋지만, 글쎄—, 좀 바빠서……."

"참, 요샌 서린동에두 안 들르시구……, 그래, 그렇게 바쁘세요?"

"그렇게 바쁜 일이 다— 있단다."

바쁘기로 말하면, 요사이 민 주사는 관철동집 강짜를 얼버무리느라 며칠 아주 골머리를 앓는다.

취옥이와의 일건을 똥겨준 것은 묻지 않아도 그 괘씸한 학생 놈이 분명하였으나, 그런 것을 이제 새삼스러이 문제 삼는대야 신통할 턱 없이, 그래 마음이 약하고 사람이 좋은 민 주사는 계집이 평소부터 사달라 조르던 다이아박이 백금 반지를 사주는 것으로 은근히 벌충을 하려 들었던 것이나, 여자는 고만 것으로 물러앉지는 않았다.

그는 바로 호기를 물실*이라는 듯이 아주 그 김에 치마와 저고리를 각두 감씩 끊어 받고,

"영감. 참, 반상을 또 한 벌은 장만해야지. 손님이래두 있을 땐……."

무어니 무어니 하고, 유기전으로 가고는 하였다.

그리고 강옥주 집에서 그동안 마작을 하였다는 것은 대체 또 누구에게 들어서 알았던지,

"그, 비싼 껨다이** 내가면서, 뭣하러 게 가서 허신담. 참, 영감두 망령이시지."

그리고 그는 그날로 간난이를 보내어 전에 놀러 오던 이들을 다시 청하여다 그전이나 한가지로 사랑방에다 판을 차리고 그러는 것이다.

---

* 물실호기勿失好機. 좋은 기회를 놓치지 아니함.

** ゲームだい. 게임 비용.

그러한 여자에게 절대 복종을 안 하면 안 되는 민 주사는, 오늘 길에서 만난 취옥이에게서 소문을 들은 김에, 그렇게 바쁘다던 사람이, 어쩌면 이날 밤에 관철동집을 데리고 단성사에 나타날지도 모르는 일이다.

그래도 그러한 민 주사가 재봉이에게는 무던히 부러웠을지도 모른다. 그는 지금 당장 심심하여 못 견디는 것이다.

정기 휴일이라는 것은 한 달에 한 번 '열이렛날'이라 정하여 있지마는, 공일은 역시 공일이라 한두 명씩 번차례로 노는 것을, 그러나 그것은 어른들에게만 한한 일이요, 저 같은 아이에게는 결코 통용되지 않았다.

그것은 언제나 그러한 것을, 오늘 유달리 재봉이가 불평스럽게 생각하는 것은 날씨가 그렇게 좋다는 그것으로 하여서뿐이 아니다.

바로 아까 김 서방은 면도를 하고, 그리고 주인에게 돈 이 원을 얻어가지고 나갔다. 재봉이는 그가 또 여자를 만나러 가는 것에 틀림없다고, 지금도 제가 이렇게 멀거니 이발소 안에가 붙박여 있어야만 할 때, 그 망할 놈의 김 서방은 대체 어디서 어떤 재미를 볼지 알 수 없는 일이라 생각하면, 공연히 심사가 좋지 못한 것이다.

김 서방은, 그러나, 재봉이가 샘을 하고 있느니만치 그렇게 재미있는 시간을 가지고 있지는 못하였다. 그가 오늘, 그의 애인을 만나러 간 것은 사실이나, 그들의 연애는 결코 화려하지 못하였다.

김 서방이, 그악스러운 재봉이로서도 아직 여자가 어디 사는 누구라고 알아낼 수 없게시리 남에게 숨겨, 은근히 그리워하고 또 서로 틈을 타서 만나고 하는 여성은, 종로에서 과히 멀리도 떨어져 있지 않은, 남촌, 어느 '만주'*집에서 일을 보고 있었다.

다른 때 같으면, 그는 바로 손님같이 그곳에 나타난다. 김 서방은 특히

'아베가와'**를 좋아한다. 그것을 두 접시째 먹으며, 때마침 딴 손님이 없으면, 거의 공공연하게 사랑하는 이를 맞은편 걸상에 앉혀놓고, 그렇지 않을 때에는 일에 바쁘면서도 생각난 듯이 흘낏흘낏 자기 편으로 얼굴을 향하는 그의 눈과 웃음을 놓치지 않으려 거의 쉴 사이 없이 그의 동정을 살피며……, 그래 말이 '밀회'지 그들은 그들의 사정을 아는 이면, 어느 의미에 있어 도리어 가엾어할 만큼, 지극히 온건하였다.

그러나 오늘은 일요일—. 그야 '모찌 떡' 파는 집에는 정기 휴업이고 무어고 없었으나, 은근히 그들의 사이를 눈치채고 있는 주인은, 여자에게 반나절의 말미를 줄 만치는 관대하였다.

여자는 재빨리 단장을 새로이 하고, 벌써 삼십 분 전부터 골목 모퉁이에서 기다리고 있는 남자를 우체통 앞까지 쫓아와, 두 사람은 어깨를 나란히 하고 왜성대***로 올라갔다.

"저리루 가볼까?"

남자가 턱으로 코끼리바위 쪽을 가리켜도 여자는 웃으며, 고개를 모로 흔든다. 그들을 요모조모 남김없이 뜯어보고, 그리고 무어라 비웃고 놀리고 할 애 녀석들이 많이 모여 놀기는 언제 가보아도 그러한 곳이었다.

그래, 그들은 '과학관'**** 앞을 지나 그 길을 그대로 곧장—, 마침내 높지 않은 언덕 위에까지 더듬어 오른다. 그리고 탐스러운 늙은 소나무 아래, 편편한 바위 위에가 두 사람은 수건도 까는 일 없이 그대로 나란

* まんじゅう,(饅頭). '찐빵', '만두'의 일본 말.
** あべかわ(安部川). 시즈오카 서부에 흐르는 강 이름. 아베가와 떡은 지역 특산품으로 전병 안에 황색의 소를 넣어 만듦.
*** 지금의 남산 공원.
**** 남산의 총독부 구 청사를 개조 · 개장한 과학관.

히—, 그러나 누가 별안간 그곳에 나타나더라도 당황하여 물러앉지 않아도 좋을 만큼 서로 약간 사이를 두고 앉는다.

그리고 순서에 의하여 두 사람은, 두 사람만의 비밀한 이야기를 하는 것이나, 그것은 세상의 대부분의 애인들이 주고받는 정담과는 내용이 좀 다른 것이어서,

"참, 쥔 조카가 꾀 간 건 그 뒤에 가져왔나?"

"아아니."

"그럼 어떡헐 작정이야? 그거 팔월 안에 꼭 갚겠다던 게?"

"그래두 염녜 없어요. 지가 못 해놓으면 쥔이 대신 해준댔는데, 뭬 걱정이유?"

"글쎄, 그야 그렇지만……."

"또 사실, 우리두 지금 당장 그 둔 받는대야, 도루 저금이나 했지, 무슨 소용 있수? 늦게 받으면 그 분수대루 기미*두 더 느니까, 일테면 그편이 우리루선 낫지."

"아따, 기미는 퍽두……. 그까짓 사십 원이, 푼 오 리가 얼마나 된다구……."

"푼 오 린, 왜?"

"그럼 두 푼이던가?"

"두 푼은 왜? 어엿헌 서 푼이라우."

"서 푼이면 어엿헌가?…… 하여튼 가만있자. 서 푼이면 삼사는 십이라, 일 원 이십 전— 그게 언제 꾀 간 게지?"

"작년 섣달."

---

* 현물 없이 쌀과 콩을 대상으로 한 투기 행위. 여기서는 문맥상 '이자'를 뜻함.

"양력이렷다?…… 그럼, 십이, 일, 이, 삼, 사, 오, 륙, 칠, 팔, 구, 이달까지 열한 달이로군, 이달에 이놈이 갚는다면……, 일이는 이, 일일은 일, 일이는 이, 일일은 일, 그러니까 십삼 원 이십 전. 그것두 그렇게 치니까 적지 않은데?"

"저금버덤 훨씬 낫지 뭐유? 참, 당신 저금은 언제가 기한이지?"

"식산 은행 꺼?…… 후년 봄—."

"어유—, 그럼 인제두 이 년이나 남았게?"

"이 년은, 무슨……, 일 년 남즛허지."

"그래두 그때까지 기대려야만 될 게 아니겠수?"

"돈 말이지. 돈이야 기한 전이래두 허려면 허지. 백 원 먼저 찾아 쓰구, 나중에 이자 쳐서 내가면 그만이니까."

"그럼, 내년 봄에 내려가서 시작하려면 하겠네."

"아, 내년은커녕 지금 당장이래두 허려면 허지."

"그래두 내년 봄에 허기루 해요. 그 안에 나두 돈 좀 더 모구 그럴 게니……, 그게 좋지 않우?"

"그야 그렇지."

그리고 두 사람은 잠시 고향의 산천을 머릿속에 그리며, 바로 장터 앞 우편소 옆에다 조그만 집을 구하여가지고, 얼마 안 있어 그들이 시작할 이발업과, 또 그 영업이 능히 보장하여줄 자기들의 새살림을, 거룩하고 또 아름답게 꿈꾸어본다.

그러나 김 서방은, 문득,

'아마, 너덧 점이나 됐을걸?'

시간관념과 함께, 이제 자기들이 자유로 할 시간이 얼마가 안 남았다— 생각하면, 으레,

'오늘은, 같이 청요리래두 먹기루 허구……, 순이는 탕수육허구 된장 국수를 좋아허니까.'

그러나 너무나 돈에 알뜰한 여자가 된장 국수쯤은 말이 없어도, 탕수육만 해도 객쩍은 과용이라고, 이제까지 함부로 시킬 것을 허락지 않던 것이 생각나, 그래 김 서방은, 오늘은 어떤 일이 있든, 탕수육하고 배갈 반 근은 꼭 시키리라고,

'이 원이면, 예산은 충분허구……, 또 애초에 쥔한테 이 원 말헌 것도 이 생각으루 그런 거니까…….'

그래 자기는 그것을 다 쓰고도 후회 안 할 자신을 가지고, 이제 좀 더 알맞추 시장하기를 기다리며, 마음은 근래에 드물게 행복을 느끼고 있는 것이다.

김 서방과 그의 정인이 아직 남산에서 내려오려고도 않고 있었을 때, 한약국 집 주인 영감은, 근래에 없이 자기 집 안방에가 앉아 술상을 받고 있었다.

어린아이가 있는 집안이 아니라, 딴 때는 언제 소란하였던 것이 아니지만, 오늘은 아들 내외가 바람 쐬고 온다고 나가고, 할멈은 오래간만에 잠깐 손주 보고 오겠다고 애오개 아들네 집을 찾아가고, 또 귀돌 어멈은, 며칠째 앓던 이를, 오늘은 참다못해 빼고 오겠다고, 치과로 가고—, 그래 집안은 딴 때 없이 조용하였다.

약국 일도 별로 바쁘지는 않았고, 많이는 못하여도, 본래 싫어는 않는 술이라 오래간만에 한잔해볼 만도 하다고, 마늘장아찌를 가져오래서 안주는 그것 한 가지로, 그는 소주잔을 들었다.

"참, 그, 할멈이 사람이 어떤구?"

술 한 잔 마시고, 턱 아래 수염 한 번 쓰다듬고, 그리고 어허험 하는 그것을, 창수 놈이 그저 있어 본다면, 그것까지도 천연 구장 영감이라 할 게다.

"사람이야 흉허진 않죠."

영감보다 두 살이 위인 마누라는, 그러나 타고 나온 천성이 유하여, 올에 쉰넷이건만, 별로 주름살이라 할 것도 잡히지 않은 얼굴은, 얼른 보아 나이보다도 오륙 년이나 젊어 보였다.

"무어 안 먹는 음식이 많다지?"

"고기허구 생선은 냄새두 맡기 싫다죠."

"그건 또 웬일이야?"

"누가 아나요? 별 식성두 다 있지. 그러니 해 먹을 반찬 있나? 그저 똑 짠지 쪽 아니면, 깍두기 국물 해서 밥이라 먹죠."

"그럼, 잔칫날 곰국두 제게는 소용이 없겠구면?"

"소용이 없는 게 뭐유? 지난번 애기 생일날, 곰국 좀 끓이랬더니, 고기두 고기려니와, 기름기허군 아주 상극이라, 곱창 기름을 요만큼두 안 냉기구, 왼통 뜯어서 내버렸구료. 참, 별 늙은이 다 봐아."

"허, 허…… 허지만, 그런 거야 이루 어쩌누. 그저 일이나 성실허게 했으면야……."

"일은 무어, 별루 꾀를 안 피지만, 제 손주를 못 잊어서, 자주 나가는 통에 그게 똑 안됐죠."

"그래두, 아까 들으니까, 오래간만에 잠깐 대녀오겠에요— 그러던데?"

"오랜만은 한 이레가 오래간만이야? 허기야 딴 때는 닷세만큼씩두 갔다 오구 그랬으니까, 그 분수루 봐선 궁금두 허겠지. 그러나 가면 간다구나 허구서 가면 좋으련만, 딴 심부름 나간 김에 곧잘 그리루 빠지니, 그걸

어쩌우? 지난번에두 새집이 심부름을 좀 보냈더니, 그리 급헌 일은 아니라구, 짐작은 있어서, 곧장 돌아오질 않구, 거기서 또 애오갤 나갔구료. 아주 나선 김에 잠깐 다녀왔다는군. 그래 사직굴서 애우개가, 또 얼마야? 그걸 나선 김이라니……."

"허, 허…… 허지만 달리 큰 허물 없으면 그냥 두는 게지. 사람 쓰느라면 별별 것을 다 보니까……, 아, 바로 요전, 그 만돌 애비란 놈을 좀 보지?"

"그런 것이야 별짜죠……, 어떻든, 아마 귀돌 에미만 헌 것은 없을걸요?"

"아암, 그야 남이래두 아주 집안사람이나 진배없지. 지금, 하난가? 둘인가?"

"왜? 갓 서른이죠."

"그럼 과히 늦지두 않었는데 어떻게 마땅한 데가 있으면 다시 살림을 들어가는 게 좋지 않을까? 언제까지 남의 집 안잠재기루 있을 것두 아니겠구……."

"그래두 저는 싫다는걸요. 죽어두 아주 댁에서 죽겠다구……."

"지금은 그래두, 이제 좀 더 나이 먹은 뒤에 가구 싶어지면 그땐 으떡허려구 그러누? 그 어멈이 과부가 된 게 언제지?"

"집이 들어오기 이태 전이라니까, 갓 스물이로구면…… 참, 혼인 말이 났으니 말이지만, 무어 요 아래 술집이 있던 계집이 최씨 집으루 들어갔다죠?"

"응. 그, 최상호란 사람이 아들을 주책없이 길러놔서 이놈이 못 허는 게 없구, 또 이놈 허는 짓을 애비는 금허는 게 없어서……, 본래가 그런 사람이, 이 사오 년 이래로 정신이 또 좀 이상해져서……."

"정신이 이상허다니, 그럼 그이가 미쳤단 말씀이에요?"

"미쳤다구까지는 못 해두, 말하자면 노망이 났다구 헐까? 그저 매사에 어릿어릿허구, 또 정신이 없구……, 아, 보구료, 아무리 자식이 허는 말을 다 듣는다드래두 그래 그것두 한도가 있는 게지. 죄 없는 며누릴 왜 쫓어 내여? 그게 성한 사람 하는 짓은 아니지. 똑 부모가 잘못 가르쳐 자식 버려놓는 게구, 자식이 망해서 제 부모 욕뵈는 게구 그렇지."

"아아무렴요……, 그런데 참 가평서는 그 뒤에 무슨 편지 있었에요?"

"가평이라니?"

"아, 그 창수란 놈 말씀예요."

"으응, 한 번 있긴 있었지. 자식 하나루 해서 내게 그런 죄가 없다구. 그 사람두 참말 자식으루 해서 걱정이지, 그저 웬만만 해두 어떻게 데리구 있으련만, 애가 원체 불량해서……."

"어유—, 걔가 으떤 애라구 그러슈?……, 누가 들오나? 오오, 귀돌 어멈이로군. 그래 이를 뺐어?"

그 말에 영감은 앞창 너머로 귀돌 어미를 흘낏 보며, 이제 그만 상을 물리고 담배에 불을 붙였다.

● 제36절

구락부 소년 소녀

젊은 주인이 금 밀수 사건으로 검속이 된 뒤로, 문을 닫힌 종로 은방 이층에 있는 '한양 구락부'*라는 다마 치는 집에서 금순이의 오라비 순동이는 께임도리를 하고 있었다.

근무 시간은 오전 열한 시경부터 그 이튿날 오전 한 시경까지—, 월급은 들어오던 당초에 십 원이던 것이, 그 뒤 승급이 되어 지금 십일 원을 받고 있다.

아버지와 함께 이곳 서울로 올라온 지 이제 일 년이나 그밖에 더 안 되지만, 시골 소년이 제법 서울 아이가 되기 위하여서는 그것으로 충분하다.

이 구락부에 들어온 지도 이미 오 개월—, 그야 '삼백'을 치는 젊은 감독과는 어림도 없는 일이지만 뚱뚱보 주인과는 '삼십'은 같은 '삼십'이지만 그 실제의 기량에 있어서 우리 십육 세 소년 순동이가 훨씬 어른이었다.

같이 한집에 있는 그와 한또래의 께임도리가, 소년이 두 명, 소녀가 두 명으로 순동이와 도합 다섯 명—, 한창 바쁠 때는 오히려 손이 쨌지만,**

---

* '동아 구락부'의 오기인 듯.

** 째다. 일손, 물건 등이 모자라서 일에 쫓기다.

손님들은 대개 저물게야 차차 찾아드는 것이었으므로, 아침에 점 안을 치워놓고, 불 들어오기까지 오후 시간은 참 한가하기가 짝이 없었다.

잠깐 그 한가한 시간을 이용하여, 이 아이들을 소개하자면—.

이 아이들 중에서는 그중 나이가 많은 삼봉이라는 녀석—, 많대야 순동이보다 한 살 위인 열일곱 살짜리 애 녀석이지만, 원래가 서울 아이인데다 어려서 부모를 잃고 일곱 살 맏이인 '누나'와 함께 고모의 손에 길려오다가, 그 고모마저 삼 년 전에 돌아가고, 그 뒤로는 인물이 과히 흉치는 않은 '누나'가 카페 여급 노릇을 하여 그래 지내오는 터이라, 이를테면 환경이 좋지 못하다.

그야 아무러한 그로서도, 아직 그 나이에 '계집'이라는 것을 알고 있지는 않았지만, 말하자면, 그 바로 한 걸음 전이어서, 우선 갖은 음란한 이야기를 듣기 좋아한다든 그러는 것은 버얼써부터의 일이요, 요사이는 모양을 내기에만 오직 골몰이어서, 심심하면 하루에도 다섯 차례씩 여섯 차례씩 세수를 하느라 바쁘고, 이젠 세수도 그 이상 더 할 수 없을 때에는 그저 생각난 듯이 옷솔로 양복을 닦고, 구둣솔로 구두를 닦고 그러느라, 참말 삼봉이에게 한가한 시간이란 없다.

그러한 그는 옷 치장도 대단하여, 옥색빛 나는 것과, 하얀 감에 보랏빛 시마*진 것과, 삼 원씩이나 하는 교직 와이샤쓰를 그렇게 두 벌씩이나 가지고 있는 것도 이곳 소년들 중에서는 이 삼봉이 녀석뿐이지만, 이발은 또, 모양내기 좋아하는 감독의 본을 받아, 한 달에 또박또박 두 번씩, 그것도 아주 멋들어진 상고머리다.

* しま. 줄무늬.

뿐만 아니라, 그렇게 자주 이발소에를 가는 것도 부족하던지 따로 책상 서랍에다 안전면도를 한 자루 감추어두고서 사흘에 한 번씩, 닷새에 한 번씩, 그 나이에는 별로 밀 것도 없는 뺀들뺀들한 얼굴에다 온통 비누칠을 하여가지고, 기둥에 걸린 거울 앞으로 가서는, 반 시간씩 서 있는 꼴도 참말 가관이다.

아이들만 모이면, 곧잘 담배를 태우고 바로 요전번 월급을 타던 날은, 새문 밖 무슨 식당이라나 하는 데서 삼 원어치 술을 먹고는, 그날 밤과, 그 이튿날 온종일을 구락부에 나오지 않은 일조차 있어, 마땅히 주인으로부터 톡톡히 잔소리가 있어야만 할 듯싶은 것이, 특별히 삼봉이에게 한하여서만은, 주인이 눈을 감고 있는 것도 괴이한 일이지만, 그것은 어쩌면 젊은 감독의 말마따나 이 녀석의 누나인, 평화 카페의 여급 유끼꼬라는 여자에게, 뚱뚱보 신사가 제법 호의를 가지고 있는 까닭일지도 모른다.

이 삼봉이 녀석에게 좋지 못한 영향을 받았다 할지, 근래로 하는 말, 하는 일에, 건전한 소년답지 않은 티가 가끔 눈에 띄는, 영선이라고—, 이 아이는, 이 구락부에 들어오기 전까지, 어느 큰 양약국 공장에서 십여 명의 같은 소년들과 함께, 거의 반년이나 가깝게 약포지로 약을 싸는 일에만 골몰하였었다.

나이는 열여섯이라지만, 생일이 동짓달 스무여드레라, 이를테면, 한 살 나이는 공 먹은 데다 원체 생김생김이 앳되고, 모든 것이 어려서 삼봉이 녀석과는 모든 점에 있어 판이하다고 하겠다.

그가 만약 그대로 약국에가 눌러 있었다면 적어도 사오 년 동안은 돈 한 푼 객쩍게 쓸 줄도 모르고, 그저 얌전한 아이로 지냈을 것을 일은 참말 공교롭기도 하였다.

같이 있던 애 녀석 하나가, 약국 방에 불을 때는데, 불쏘시개가 만만하지 않다고 선반 위에 쌓여 있는 약포지 뭉텅이를 덤썩, 그것도 두 뭉치씩이나 집어다 그대로 아궁이에다 처넣고는 성냥을 드윽 긋는 것을, 하필 까다롭기로 유명한 서사 보는 최 서방에게 들켜,

"인석아. 약포지 허면, 그걸루 너희들이 밥을 먹구 지내는 겐데, 백죄 그걸 불쏘시갤 헌다니……."

그러한 괘씸한 일이 어디 또 있겠느냐고, 평소에도 몇 가지 눈에 벗어난 일이 있던 그 아이를 내쫓는 것과 함께, 이 영선이라는 소년도, 그야 별 잘못은 없었지만, 그런 것을 보고도 말리거나 그러지 않았다고, 그래 무자비하게도 내어보냈던 것이므로, 그는 억울한 사정을 뉘게다 호소도 못 하고, 그냥 아주머니에게로 다시 돌아와, 두 달이나 그렇게 놀고 있지 않으면 안 되었다.

그, 아주머니라는 이가, 부모 형제 모두 없는 이 소년에게 있어서는 오직 하나의 의지할 수 있는 '어른'인 것이지만, 그 자신의 신세라는 것도 험상궂어, 남편 되는 사람은 그에게 자식 둘을 남겨놓고는 만주라나 그러한 곳으로 오 년도 전에 들어가서는, 근래 풍편에 들으면 무어 딴 계집을 얻어서 같이 산다고……, 그래 생과부 노릇을 하며 바느질품을 팔아 겨우 입에 풀칠이나 하고 있는 형편이라, 영선이는 소년의 마음으로도 그러한 아주머니에게 매달려, 하는 일 없이 밥을 얻어먹고 있기가 적이 괴로웠다.

그러던 차에, 그 안집에 있는 젊은 이발사가 바로 이 구락부의 감독과 잘 안대서, 그래, 일자리를 하나 얻게 된 것은 우선 다행한 일이지만, 다마 치는 집에 있어서는 이를테면 제법 일이라 할 만한 일은 없는 것이어서, 바쁘대야 그저 손님에게 차나 따라주고, 다음에는 의자에가 게으르게 기대어 앉아서는,

"산뗑, 게엠."*

"니뗑, 게엠."**

선하품 섞어 졸린 소리나 하면 그만인 노릇이라, 하는 일이란 그러하고, 날마다 대하는 사람들이란 그야 호옥 '신사'들도 그중에는 있었지만, 소년들 앞에서 안 할 말, 안 할 짓도 곧잘 하는 그러한 이가 적지 않았으므로, 그렇게 그의 아주머니가 '얌전한 애'라고 보는 사람마다 일러온 영선이도, 어느 틈엔가 반드시 그렇지도 않은 아이가 되어버려, 근래로 군것질이 잦아지고, 바로 며칠 전에는 같은 께임도리 명숙이와 단둘이서 청요릿집에를 가서 달걀 국수를 한 그릇씩 먹고 왔다고, 그래, 다른 아이들의 놀림도 받을 만치, 말하자면, 이 아이도 그만큼은 버린 셈이다.

하지만, 이 애는 삼봉이와는 달라 어른들의 귀여움을 받을 점이 많았다. 일례를 들자면, 선천적으로 차를 먹기와 수수께끼 하기를 좋아하는 것도 남에게 미움을 사는 것은 아니어서, 하루에도 몇 번씩 뜨거운 차를 따라 후—후 불면서,

"금이 금을 먹구 배탈이 났다가, 금을 먹구 난 게 뭐겠니?"
라고 동무들에게 문제를 꺼내는 것은 보통이요, 혹 가다가는, 익숙하게 사귄 손님에게까지, 제가, 좋아하니까, 남에게도 차를 권하는 도수가 잦아,

"자아, 긴상, 차 한잔 드시지요."

생각만 나면 주전자를 들고 그의 앉은 앞으로 가서는,

"저어 긴상. 쓸 땐 못 쓰구 안 쓸 땐 쓰는 게 뭐겠에요?"
하고, 그러한 것을 묻고는 매우 만족하여한다.

---

* "세 번째 판."
** "두 번째 판."

이 영선이란 아이와 얼마 전에 우동을 같이 먹었대서 잠깐 '문제'를 일으킨 명숙이란 계집애는 영선이나 순동이와 한동갑인 열여섯—, 그 언니가 관철동에서 기생 노릇을 하는 것은 삼봉이 누나가 카페 여급인 것과 그 경우가 근사하지만, 기생의 아우라든 그러한 티는 눈곱만치도 없어, 권번에를 다니라고 그렇게 제 언니의 '어머니'가 권하여도 듣지 않고, 제가 어떻게 어떻게 주선을 하다시피 하여 이곳에 와 있는 그는, 평생 지망이, 제일이 백화점의 여점원이요, 제이가 버스걸이다.

일이 없을 때면, 동무 경순이와 손을 맞잡고 바로 지척 사이인 화신 상회로 가서 위아래층을 한 바퀴 돌아오는 것이 우습게 쳐버릴 수 없는 기쁜 사무였고, 그것에도 지치면 그는 곧잘 《소년구락부》*니, 또는 《킹꾸》**니 하는 그러한 묵은 잡지를 뒤적거렸다. 그 헌 잡지는, 보통학교를 졸업하였을 뿐인 젊은 감독이 제 자신 보기 위하여 때때로 야시장에서 오 전씩에 십 전씩에 사 오는 것이었으나, 정작 그보다도 명숙이와 순동이가 좀 더 열심으로 읽었다.

이러한 명숙이가 영선이나 그러한 소년과 같이 한 그릇의 국수를 먹으러 청요릿집으로 갔던 것은 단순한 어린이들의 호기심에서 나온 일로, 그곳에 무슨 야비한 동기를 찾아보려는 것은 그러는 사람의 마음이 천한 것이라 하겠거니와, 그렇기에, 일종 야비한 생각을 가지고 덩치가 큰 삼봉이가, 그다음 날 그를 '탕수육'을 가지고 유인하려 들었을 때, 우리 명숙이는 명랑하게도 그 '초대'를 거절하여버렸던 것이다.

---

* 일본 고단샤[講談社]에서 발행하던 대중 잡지.

** 《킹구キング》. 일본 고단샤에서 발행하던 대중 잡지.

이 명숙이보다 한 살 아래—, 그러니까 이 구락부에서는 그중 나이가 어린 경순이라는 계집애는 그 어림에도 불구하고, 다섯 아이 중에서는 육 년제 보통학교를 바로 올 사월에 완전히 졸업한 유일한 '지식인'으로, 졸업식에서 육 년간 개근상장을 탄 만치 그만큼 부지런하고 착실한 소녀다.

뿐만 아니라, 구리개 자전거포에서 일을 보고 있는 그의 젊은 아저씨가 '엄복동'이도 '조수만'이도 이미 없어진 자전거 경기계에 있어, 지금 드물게 보는 우수한 선수로, 우승기를 벌써 세 개나 탔다는 것은, 무어 누나가 단발 여급으로 유명하다거나, 언니가 무슨 소리를 잘한다거나 그러한 것을 내세우고 있는 동무들에게 대하여, 가히 당당하게 자랑할 사실인 것이다.

그러나 역시 이러한 곳에 있노라면, 말 한 가지라도 객쩍은 것을 배우기가 쉬운 것이라, '꾿나이'니 '오케이'니 하는 것을 일쑤 잘하고, 또, 얼마 전에, 가끔 이곳에 놀러 오는 어느 기생 하나가 기계로 손톱을 깎고, 줄로 쓸고 하는 것을 본 뒤부터, 저도 화신 상회서 일금 십오 전짜리 '네일클리퍼'를 하나 사가지고, 심심하면 손톱만 깎으려 드는 것은 좀 아름답지 못하다고 하겠다.

● 제37절

삼인三人

그러한 가운데서 우리 순동이만은 가히 모범 소년이라 할까?—

이미 이 서울에 익숙하여졌다고는 하여도, 원체 농가에가 태어나 거의 선천적으로 일에 부지런하였고, 더욱이 집을 버리고 아버지를 따라 각처로 밥거리를 구하여 고생이라 할 고생은 다 하여본 터이라, 나이 분수로는 엄청나게 경난을 하였다 할 것으로, 그만큼 돈 아낄 줄은 알고, 하는 일에 꾀피울 줄은 몰라, 삼봉이와 같은 아이는 무어 '구소마지메'*니 '빠가쇼지끼'**니 하고 때때로 욕을 하기조차 하여도, 주인과 감독의 신임에는 가히 두터운 것이 있었던 것이다.

더구나 지금으로부터 한 달 전에, 뜻밖에도, 참말 뜻밖에도, 누나 금순이와 화신 상회 앞에서 만나, 그가 어느 틈엔가 소년 과부가 되어 그대로 집을 뛰어나와 가지고는 이 같은 장안에서 마음씨 좋은 카페 여자와 함께 지낸다는 것을 안 뒤부터는 갑자기 저의 책임이 중하여진 것을 느끼고, 이것은 아무래도 자기가 얼른 '어른'이 되고, 또 돈도 많이 벌고 그래서,

---

* 쿠소마지메くそまじめ. 농담도 모르는 고지식한 사람.

** 바가쇼지끼ばかしょうじき. 너무 정직해서 융통성 없고 눈치 없는 사람. 우직한 샌님.

가엾은 누나를 먹여 살려야만 하겠다고, 그는 이제부터 새로이 저금할 방침조차 세운 것이다.

그는 매일같이 '마전 다리'* 아버지 들어 있는 집에서 구락부로 나오는 길에는 으레 잠깐 수표정 누이에게를 들러, 밤낮 만나는 사이에 무어 이야기라 할 이야기가 있을 턱 없었으나, 주고받는 단 한두 마디 평범한 말에도, 동기간의 은근한 정의는 역시 나타나, 그래 곁에서 보는 외로운 기미꼬의 마음을 무던히나 감동시켜주는 것이다.

물론 이제는 기미꼬와도 제법 서로 사귀었다. 그래 저도 그를 아주 남같이는 대접 안 했고 기미꼬도 소년을 바로 친오라비나 되는 것같이 귀애하고 아끼는 마음은 지극하여, 그래,

'순동이를 위하여 좀 더 좋은 일자리가 없을까…….'

'다마 치는 집 같은 데는 순직한 아이가 있을 곳이 못 되는데…….'

하고, 그러한 것을 염려하였으나, 순동이는,

"저, 그런 데 있어두 난봉나지 않을 테니 아무 염네 마세요."

하고 그러한 말을 하여 누이와 기미꼬를 웃겨주었다.

제 자신을 위하여서도, 또 제 누이를 위하여서도 그저 돈이 급하다고 그 생각에만 골몰인 그는, 어디 다른 곳에 일자리를 구하여, 한 달에 십일 원이든 그러한 액수의 돈을 벌어들인다는 수는 없을 듯싶어, 우선 그 점 한 가지만으로도 용이하게 께임도리를 그만두려 들지는 않았다.

어느 날 순동이는 다른 때보다 좀 일찍이 누이에게를 들러, 그때 마침 일어나 머리를 빗고 있는 기미꼬를 향하여, 오늘은 누이보다도 바로 그를

---

* 성북구 성북동에 있던 다리로, 마전터에 놓인 다리라 하여 '마전 다리'라고 함.

만나러 온 것이라고,

"저어, 꼭 청헐 말씀이 있어서요."

하고, 그러한 말을 그는 웃지도 않고 하였다.

"내게 청할 말이 뭐유."

"저어, 다른 게 아니라요……."

그리고 그가 이야기하는 것을 들어보면, 아버지와 새어머니 사이가 근래로 좀 더 험악하여져서 자기가 단칸방에 그들과 함께 지내는 것이 여러 가지로 고통이요, 더욱이 전달까지도 제 월급을 또박또박 들여놓던 것을 이번부터는 특별히 아버지에게 양해를 구하여, 그래 제 이름으로 우편국에 저금을 시작하게 되자, 자기에게 대한 새어머니의 반감은 제법 커서 아버지와 사이가 좀 더 좋지 못한 것도 절반은 그러한 것에 원인이 있는 것일지 모르겠고, 그뿐 아니라 또 마전 다리와 광교면은, 그 거리가 상당히 멀어, 아침에는 괜찮지만 밤중 새로 한 점이나 그렇게 되어 걸어 내려가려면, 정히 귀찮을 때도 사실 많다고,

"그래, 인제버텀은 아주 구락부에서 잘까— 허는데, 한 가지 어려운 건 하루 두 끼니 밥이거든요. 그걸 어떻게 이루 사 먹어요? 그래, 오늘 온 건, 나, 밥 좀 해주실 수 없을까 허구요…… 내, 아침에 밥 먹으러 올 테니 아침 해주시구요, 그리구 저녁밥은 그때 벤또를 싸주시구 그랬으면……."

그리고 순동이는 잠깐 말하기 어려운 듯이 머뭇거리다가,

"아주 적지만, 한 달에, 내, 삼 원씩만 드릴게요……."

소년이 말하는 동안 기미꼬의 입가에는 바로 친어머니와 같은 자애 깊은 미소가 떠돌았다. 그의 말이 끝나자 그와 함께 머리를 빗고 난 기미꼬는, 비로소 몸을 돌려 그에게 물었다.

"구락부에 제법 그렇게 잠잘 방이 있나?"

"방은 없에요. 하지만 의자루 침대를 맨들어놓구 자면 여간 좋지 않아요."

"의자루 침댈 맨들다니?"

"왜, 세 사람 네 사람씩두 앉는 기—다란 의자 있지 않어요? 그것 두 개를 맞붙여놓구, 머리 두는 데다간 혼자 앉는 가죽 걸상을 갖다가 놓구, 그러구 그 위에서 자면 아주 십상이죠. 이번 장마 때에두 밤중에 집이 갈 수 없으면, 여러 번 그렇게 자봤에요."

"응, 그건 그렇드래두, 밥값 삼 원은 너무 적은데?"

"적죠? 나두 마음에 적을 것 같었에요. 그럼 을말 드리면 좋까요? 사 원요? 오 원요?"

그 말에 기미꼬는 눈물이 날 만치 한참을 웃었다. 그러나 웃느라고만 나온 눈물은 아니었을지도 모른다. 참말 친동기같이 사랑하던 하나꼬가 그에게서 떠난 뒤로, 그야 그만큼 금순이와 좀 더 정이 깊이 들었다고도 할 수 있지만은, 역시 그래도 마음 한구석에 빈 터전을 어찌하지 못하던 터에, 그는 지금 능히 그 터전을 채우고도 남을 '동무' 하나를 또 구하여 내고야 만 것이다.

"아아니, 우리 그럴 게 아니라, 누나두 나허구 여기서 같이 지내구 허니, 데렌님두 아주 우리허구 함께 예서 같이 자구, 같이 먹구 그럽시다그려. ……금순이두, 그게 좋지 않아?"

물론 그게 좋았다. 그러나,

'그래선 이 언니한테 너무 신세를 끼치는 게 되구…….'

그래, 그것을 사퇴하려 들었으나, 그러한 경우에는 암만이든 고집을 부리는 기미꼬다.

이리하여 바로 그날 밤부터 금순이 남매와 기미꼬와—, 세 사람의 살림살이가 또 새로이 시작되었다.

그것은 누구에게보다도 우선 금순이에게 그지없는 기쁨을 가져왔다. 지나간 몇 달 동안, 기미꼬와 하나꼬와 그렇게 세 사람이 경영하여온 살림살이—, 그만만 하여도 정이 들 만큼은 들었던 동무 하나꼬를 잃어버린 그 뒤의, 그 서운하고 또 쓸쓸한 감정은 결코 기미꼬에게 지지 않으리만큼 금순이도 마음 깊이 느꼈던 것이다. 그러나 이제 새로이 사랑하는 오라비를 한집에 맞아들여, 셋이서 같이 대하는 아침 식탁은 참말 즐거웠고, 벤또 밥을 싸서 들려주고,

"잘 대녀오너라."

어느 틈엔가 그렇게 장성하여 키가 제법 큰 오라비의 등덜미에다 대고 한마디 할 때, 금순이는 참말 자기가 지금 행복인 듯싶었다.

그러나 문득 순동이의 걸음걸이에도 역력히 닮은 아버지를 생각해내면, 역시 그는 풀이 죽어,

'새어머니와 사이가 좋지 않다니, 아버지두 참말 걱정이야. 어디서 그런 여잘 얻어가지구…….'

만약 아버지에게 '계집'만 없다면, 자기들은 능히 온 식구가 한집에 모일 수 있고, 그래 자기는 얼마든지 아버지의 뒤를 거두어드릴 수 있는 것이 아닌가?— 하면, 벌써 한 달도 전에, 순동이를 따라가 보아, 그 첫인상이 우선 좋지 못하던 '새어머니'라는 것의 존재가 불쾌하게 생각되어,

'아버진 왜 그냥 혼자 지내질 못하시고…….'

가엾이 돌아간 어머니의 기억이 너무나 또렷하게 머리 위에 소생되는 것이었으나, 이제 갓 마흔이 되었을 뿐인 아버지가 결코 독신으로 지낼 수도 사실은 어렵다고, 그러한 것에 생각이 미치면,

'그렇드래두, 좀 더 착하구 마음 곱구 헌 여자가 구하면 을마든지 있을

텐데…….'

그리고 그는 난데없이 기미꼬를 생각해보는 것이었다.

'언니가 만약에 아버지와 같이 살게 되어, 그래 우리가 모두 한집안에 모이게 되면 을마나 좋을까?……'

언니면 아버지도 위해드릴 줄 알 게요, 그래 자기도 마음이 편안할 것이라고, 금순이는 진정으로 그러한 것을 꿈도 꾸어보는 것이나, 그 대신 기미꼬 자신은 사십이나 된—(그야 기미꼬부터가 삼십이 넘었으므로 만약 이제 가정을 갖는다더라도 어차피 사십은 훨씬 넘은 사나이가 상대겠지만……) —일개 막벌이꾼에게 시집을 가서 그 생활이 행복될 것 같지는 않아 금순이는 즉시 그것을 단념하고, 비록 현재의 그러한 여자와 같이서라도, 다만 얼마큼이나마 아버지의 생활이 평화로우라고, 그는 그러한 것을 은근히 마음속에 비는 것이다.

● 제38절

다정한 아내

그러나 금순이의 그 기원도 헛된 것으로, 용 서방의 그 계집과의 살림살이는 '평화'라든 그러한 것과는 지극히 인연이 멀었다.

자기가 모군꾼*으로 따라다니는 얼금뱅이 미장이의 누이인 그 계집은, 일개 모군꾼의 아낙으로 버려두기는 아까우리만치 제법 정돈된 용모의 소유자이었으나, 그 마음은 결코 곱지 못하였다.

곱지 못하기로 말하자면, 마음뿐이 아니라 행실도 그러하여, 원래가 허약하여 밤낮 골골 앓는 먼저 서방에게 마음이 없어서, 거지반 공공연하게 남편의 친구 하나와 정을 통하였고, 그래 먼저 남편이 병도 병이려니와 그러한 모든 것으로 마음을 썩여 일찍 죽었다고, 남들의 뒷공론이 있는 모양이나, 그러한 것에는 왼 눈 하나 까딱 않고, 또 시집에는 늙은 어머니가 오직 하나 남아 있어, 그것은 마땅히 그가 봉양하여야 할 것을,

"과부 된 것만 해두 설은데, 누가 그 구찮은 노릇을……."

하고, 그따위 소리를 한마디 남기고는 친정 오라비에게로 와서 얼마 동안을 지냈던 것이나, 이미 서른넷이나 된 누이의, 그 행실이 또한 부정하여,

* 공사판 등에서 삯을 받고 품을 파는 사람.

집에 와 있은 뒤에도 동네 일꾼들과 말이 많아, 정히 그야말로 성가신 노릇이라, 어떻게 용 서방과 알아가지고 같이 일을 하게 되자, 그대로 홀아비인 그에게 누이를 떠맡겨버린 것은, 이를테면, 이 얼금뱅이 미장이로서는 그만큼 현명한 처치였으나, 그와 똑같은 분수로 용 서방에게 있어서는 두통거리였던 것이다.

사람에 따라서는 그 계집이, 이를테면, '미인'이라 해서, 은근히 그러한 점에 있어, 용 서방을 부러워하는 축도 있었고, 호옥 그의 몸 가지는 것이 단정하지 않은 것을 아는 사람들도, 그것은 그렇게 분수에 넘치는 계집을 데리고 사는 사람들의 마땅히 지불하여야 할 일종의 '소득세'인 거나 같이 말하는 일조차 있었으나, 그 '세금'은 그의 '소득'에 비하여 엄청나게 큰 것이었다.

계집을 얻은 뒤 방을 세 번이나 갈았으나, 그때마다 크고 작고 간에 다른 사내로 하여 문제를 일으키어, 남자로서는 너무나 유순하여, 말하자면, 그만큼 변변하지 못하다 할 그는, 계집의 소행을 괘씸하게 노하기보다도 먼저 남이 부끄럽다고—, 얼마든지 제가 얼굴을 붉혀온 것이나, 물론 그렇다고 계집은 현재의 서방에게 애정이 없다든, 무슨 큰 불만이 있다든, 그래 그러는 것은 아니었다. 말하자면 타고 나온 천성이 그만큼이나 음란하여, 도저히 한 남자로는 만족하지 못하는 마음의 결함이, 자기의 배우자와, 주위의 남자와, 그리고 제 자신까지를 불행하게 만드는 것이었다.

이 마전 다리께 집으로 바깥방을 얻어 온 뒤에도, 안집, 오십이 넘은 박수와 또 요사이 다소간 교섭이 있는 듯싶어, 용 서방은 한시도 눈살이 펴질 때가 없이,

'내가 왜 이 계집을 얻어가지구 이 성환가? 대체 이것의 오래비를 알지 않아두 이 계집은 모르구 지냈을 것이요, 그보다도 그때 아주 부산서 신

서방을 만나지만 않었드래두 사람의 일이 어찌 되었을지…….'

물론, 지금보다도 더 불행할 수는 없었을 게라고—, 그는 일하던 손을 멈추고 시멘트 부대 위에가 걸터앉아, 차디찬 벤또 밥을 먹는 그러한 때에도, 문득 일 년이나 전의 일을 생각해내고 입맛을 쩍쩍 다셔보는 것이다.

고향을 등지고 나서서 이래 삼 년 동안을, 그는 순동이의 손을 이끌고, 물론 일정한 주소를 가질 수 있을 턱이 없어, 되는대로 일거리를 구하여 남선* 지방을 아무렇게나 떠돌아다녔다.

그러다가 그러한 경우에 있는 사람들이 으레들 한 번은 마음먹어 보는 것과 같이, 그들도 마침내 한 개의 희망을 가져, 부산까지 이르렀다. 그리고 부자는 그곳 부두에가 아침저녁으로 서서 항구에 드나드는 관부연락선**을 애타는 눈을 가져 바라보며, 어떻게 저 배를 좀 붙잡아 타고 저 푸른 바다를 건너서 훨씬 더 살기 좋은 땅에 일자리를 구하여보았으면…… 하였다.

그러나 그것은 물론 어림도 없는 생각이었다. 그들은 결코 '도항증'을 갖는 일 없이 현해탄을 건너가지 못하였고, 또 도항증이라는 문서는, 물론, 그들을 위하여 작성되지 않았다.

그들은 그래도 용이하게 그것을 단념하지 못하였다. 그대로 닷새나 그렇게 객줏집에가 머물러 있으면서, 그 도저히 될 수 없는 일을 가지고,

"그래두 어떻게 좀……."

하고, 부자는 어림도 없이 마주 앉아서는 눈만 껌벅거렸다.

---

* 南鮮. 조선의 남쪽.

** 부산과 일본 시모노세키 사이를 연결하던 연락선.

그러한 그들을, 물론, 그들보다 '약은 사람들'이 가만둘 턱 없다. 그러고 있는 사이, 부랑한, '갸꾸히끼'*와 또 그 정체를 알기 어려운 사나이들이 하루에도 몇 차례씩 겨끔내기**로 그들 부자를 찾아와서는 '밀항'이라든 그러한 방법을 가져, 형편 모르는 그들 부자를 꼬였다.

무지하고, 또 불행한 사람들이란, 물론, 그러한 파락호들의 '밥'이다. 외로운 부자는 종시 마음 한구석에 의혹과 위구를 가지면서도, 끝끝내 그들의 유혹에 지고, 그래 그는 자기가, 삼 년 동안 품팔이에 알뜰하게도 모아온 금액의 거의 전부인 일금 칠십오 원 중에서 오십 원을, 그날 밤 아홉 시에 ×× 창고 뒤에서 그들에게 전하고, 그러면 그들은 '안전'하고도 확실한 방법으로 그들 부자를 '나이찌'***까지 보내주기로, 약속은 가장 굳었던 것이다.

그러나 그가 마침내 순동이와 함께 총총히 객줏집을 나서, 남몰래 약속한 장소로 향하여 발길을 돌렸을 때, 뜻밖에도 우편국 모퉁이에서,

"아, 이게 누구야?"

눈을 휘둥그렇게 뜨고 그들의 앞으로 바싹 다가서는 어느 키다리 양복쟁이가 하나 있었다.

"어?"

용 서방은 의아스러이 그의 얼굴을 마주 치어다보았으나, 그 낡기는 하였어도 어엿한 신사 양복에 캡을 눌러쓰고 콧잔등이에다가는 굵다란 대모테**** 안경을 얹어놓은, 붉은 코 밑에 수염조차 기른 사나이를, 그는

* 갸쿠히키きゃくひき. 호객꾼.
** 서로 번갈아가며 자꾸 어떤 행위를 하는 것.
*** 내지內地.
**** 바다거북의 등딱지로 만든 안경테.

알아낸다는 재주가 없었다.

'호옥, 형사나?……'

'그자'들의 말을 들으면, 그렇게 몰래 바다를 건너려다 들킨다는 그러는 경우에도 '죄'는 자기들이 도맡아 지고, 다른 이들은 당국에서도 숫제 아랑곳을 않는다고, 그러한 말을 몇 번이든 거듭하여 안심을 시켜주었던 것이지만, 그것을 물론 그대로 믿도록 용 서방은 어리석지 않았다.

'만약, 형사가 이번 일을 어떻게라도 정탐을 하여가지고…….'

문득, 그러한 것에 생각이 미치자, 그는 순간에 저 모르게 몸이 부르르 떨리도록 겁을 집어먹었던 것이나, 옆에서 빠안히 그 사나이의 얼굴을 치어다보고 있던 순동이의 눈은 마침내 용하게도 그의 이름을 맞혀내었다.

"아, 언년이 아저씨야, 아버지."

딴은 그러고 보니, 그것이 벌써 일곱 해나 전—, 가는 곳도 알리지 않고 마을을 나간 채, 소식을 끊었던 바로 한이웃에서 살던 신 서방이 틀림없었다.

그러나 신 서방은 그동안 너무나 변하였다. 그것은 차림차림뿐이 아니다. 그렇게도 유순하기로 이름난 사람의, 한 번 보아 우직하던 얼굴에는 간흉하고 표한한 빛이 가득하고, 술 담배를 안 하여 얌전하다던 그의 입에서는 아직도 초저녁이건만 소주 냄새가 물씬물씬 났다.

"아—니, 이게 몇 해 만인구?"

"몇 핸, 일곱 해지. 그래 여긴 무슨 일루 왔나?"

우선 어디 가서 술이나 한잔하면서 오래간만에 이야기나 하자고 이끄는 신 서방의 말에 그러나 얼른 응하려고 하지 않고서, 약속한 아홉 점 '시간'만을 애타하는 용 서방의 꼴을, 어찌 생각하였던지 신 서방은 독특한 웃음조차 입가에 띠고 바라보며,

"만나다니, 그래, 누굴 만나러 간단 말인가? 설마 순동이 놈 손묵을 잡구서 갈보 만나러 갈 턱 없을 게구……."

"아니, 저—, 누굴 좀 꼭 만날 일이 있어서……."

어찌 대답을 하여야 좋을 줄을 모르는 채 어름거리는 것을,

"만나긴 누굴 만나? 예서 날 만나길 잘했지. 어서 가서 술이나 한잔하며 얘기나 좀 들어보세."

이미 모든 것을 알아챈 사람같이, 옛 친구의 의사를 완전히 무시하고, 그는 뒷골목을 몇 번 돌아서, 아마 자기가 단골로 다니는 곳인 듯싶은 조그만 '오뎅'집으로 그들 부자를 안내하는 것이었다.

그 이튿날 아침에 용 서방 부자는 그 며칠 동안 그렇게도 타고 싶어 마지않던 '배'를, '차'로 바꾸어 타고 그만 서울을 향하여 부산을 떠나고 말았다.

신 서방 말마따나 하마터면, 자기는 결코 목적을 이루지도 못하고, 오직 돈만 협잡꾼에게 빼앗겼을지도, 또 더 심한 경우에는 경찰서에까지 붙들려 가서 얼마 동안 욕을 보았을지도 참말이지 모르는 일이라 생각하면, 가슴이 제법 뜨끔하였고, 그렇기에 그는 신 서방이 그 이튿날 새벽에,

"간밤에두 말했지만, 어서 서울로나 올러가 보게."

그러한 말을 한 다음에,

"그, 돈이나 한 십 원 꿔게그려."

하고 손을 내밀었을 때, 주저하는 일 없이 그 요구에 응하고, 그 뒤에도 그 까닭 없이 잃은 금전에 대하여 아깝다거나 그렇게 생각은 안 하였던 것이다.

그러나 지금에 와서는 그것에 대하여 용 서방의 생각이 좀 달랐다.

그야, 반절을 깨쳐 신문까지 보는, 유식한 얼금뱅이 처남의 말을 들어 보면, 사실 그러한 협잡꾼들에게 걸려, 적지 않은 돈을 빼앗긴 다음, 조그만 '똑딱선'*을 타고 바다를 건너려다, 수상 경찰서의 탐지한 바 되어, 목적도 이루지 못하고 유치장에 들어가 고생만 무진 하다가 나오게 된다든―, 그러한 일이 종종 신문에까지 난다지만, 그 반대로 묘하게 성공하는 일도 또한 있을 것으로, 그러한 경우에는 물론 신문에 보도될 턱이 없는 일이라 생각하면, 자기가 그때 참가하려던 '밀항단'은, 어쩌면 꼭 자기를 빼놓은 채로 성공을 하였을지도 또한 모를 일이라, 용 서방은 어째 꼭 그럴 것만 같아서, 그렇기에 신 서방에게 빼앗긴 돈 십 원과, 그날 밤의 적지 않은 주식대까지가 아까워 견디는 수가 없는 것이다.

'그때, 빌어먹을 신가 놈만 만나지 않었드래두…….'

무사히 건너간 바다 저편에는, 혹은, 뜻하지 않은 행운이 자기를 기다리고 있었을지도 모르고, 같은 계집이라도 현재의 '이따위' 말고, 아주 그럴듯한 '오까미'**를 얻었을지, 그것은 또한 알 수 없는 일이라,

'계집은 거기 계집이 남편 공경하기는 천하에 제일이라지 않나?……'

열 번 생각하여본대야, 아무 보람이 없는 생각을 또 하며, 그는 바로 지금 처남과 둘이서 만들어놓은 수챗구멍의, 아직 마르지 않은 시멘트 바닥을 멀거니 바라보기도 하는 것이다.

* 통통배.
** 오카미おかみ. 고급 여관 및 요정 등의 여주인. 마담.

● 제39절

관철동집

그러나 계집을 경영하기의 어려움은 용 서방보다도 오히려 우리 민 주사가 좀 더 심각하게 느끼고 있다 할 수 있었다.

어느 날 관철동집은 난데없는 문제를 꺼내어 민 주사를 놀래주었던 것이다. 그는 현재의 관철동 주택의, 대체 어떠한 점이 불만이었는지, 그 집을 팔아버리고 계동 꼭대기 집장수 집에, 아주 마땅한 것이 있다고, 그리로 이사를 가고 싶다고 주장을 하여 마지않았다.

이사도 좋았지만, 계집이 말하는, 방 하나와 광 한 칸이 더한 그 집을 사기 위하여서는 현재의 이 집을 매 칸에 꼭 삼백 원씩 받고 팔 수 있다 하더라도, 돈 천 원이나 또 보태야 하였고, 그 천 원이라는 돈이 사오 년 전이면 혹시 모르지만, 지금은 여간 곤란한 것이 아니었으므로, 민 주사는 한참을 눈살을 찌푸린 채 말이 없었다.

계집은, 그러한 민 주사에게 근래에 드물게 아양을 떨며,

"영감. 영감이 지금 계시니깐 그래도 괜찮지만, 영감이 안 계신 그 후에 남아 있을 이년의 팔자두 사나울 것이구, 또 지금은 홑몸두 아니어서, 그것을 생각하드래두……."

"아—니, 홑몸이 아니라니?"

너무나 뜻밖의 말에 놀라서 묻는 민 주사의 얼굴을, 계집은 그것 좀 봐라는 듯싶게,

"그저께, 아무래두 의심이 나서 병원엘 가보았죠. 그랬더니 역시 삼 개월이 됐다는군요."

계집은 물론 그럴 것을 예기하고 한 말이지만, 그 예기하였던 것보다도 민 주사의 놀람은 커서,

"삼 개월? 허—."

혼자 고개를 끄떡이며, 그의 주름살 잡힌 얼굴에도 은근한 기쁨은 그 빛을 감추는 수가 없었다.

그러나 그것과는 별문제로, 돈 천 원씩 더 들여가며 새 집을 사자는 말에는 민 주사도 쉽사리 고개를 끄떡여주지는 않고, 그야 좀 더 큰 집, 좀 더 좋은 집에 살고 싶기도 하겠지만, 형편을 모르는 터도 아니고, 어째 그리 이야기가 난데없누—, 혼자 눈살을 찌푸려보아도 그 참뜻을 알아내는 수가 없었다.

그러나 민 주사가 눈살을 찌푸리는 것쯤으로 쉽사리 단념하여버리기에는 그 문제가 계집에게 있어서는 지나치게 이해관계가 붙은 것이었다.

사실 민 주사는 그만치나 선량한 신사였으므로, 자기에게 웬만큼 잘못이 있더라도 설마하니 자기를 떼어버린다거나 이 집에서 내쫓는다거나 그러지는 않을 것이라— 짐작은 있지만, 그가 어처구니없이 세상을 버린 그 뒤에—(몸이 약하고 병이 많은 민 주사에게 있어, 그것은 혹은 지극히 가까운 장래에 일어날지도 모를 일이다)—그의 큰마누라가 자기를 결코 용납하여줄 턱 없이, 그래 제 신세만 고단하여질 것은 참말 빼언한 노릇이었다.

만약 민 주사가 지금이라도 이 집의 명의를 자기의 것으로 고쳐준다면, 혹은 그것만으로 만족하여도 과히 밑지는 장사는 아니겠지만, 아무러한

관철동집으로도 그것을 당장 제 입을 열어 요구하기에는 너무나 그 속이 빠안히 들여다보이는 일이라, 그래, 그는 생각 끝에 새집을 사자고 문제를 꺼내어 그것이 성공할 때, 아주 애초에 문서를 제 명의로 하자면, 그것은 입을 열어 말하기도 쉬울 뿐 아니라, 우선 사람이 무던히나 좋고 착한 민 주사가 상대인 이상, 그것은 지극히 용이하게 해결될 것만 같았다.

그래, 관철동집은 민 주사의 생각이야 대체 어떠한 것이든 자기는 자기대로 벌써 혼자 마음속에 딱 결정을 하여놓고,

"열 번 찍어 안 넘어가는 나무 없다."

"쇠뿔은 단김에 빼다구."

이 두 가지 '격언'에 의하여, 요사이 민 주사를 자꾸 들볶는 것이다.

● 제40절

시집살이

가을도 이미 깊었다. 며칠 전 공일 날, 신문사는 자기네가 주최한 소요산의 단풍놀이가 매우 성황이었다고 전하였다. 단풍놀이도 지금 한창일 것이, 요사이 아침저녁에는 제법 선뜩선뜩하기조차 하다.

기미꼬가 저녁때 점으로 나가니까, 먼저 나와 있던 단발 여급 유끼꼬가, 바로 기다리고나 있었던 듯이,

"나, 오늘 만났지."

가장 진기한 뉴스나 되는 듯싶게, 밑도 끝도 없이 불쑥 그러한 말을 한마디 한다.

"만났다니?"

의아스러이 물으니까,

"하나꼬—."

하고 어떠냐는 듯이 제가 우선 눈을 똥그랗게 뜬다.

"어디서?"

미상불 놀라고 반갑고 하여, 기미꼬도 그만 눈을 동그랗게 떴다.

"화신 상회서—. 구리무 사러 왔드구면. 근데 아주 뭇됐어."

"뭇됐다?"

"응. 신혼 재미가 너무 나서 여윈 것두 아닌가 봐아. 걔가 조옴 혈색이 좋던 애야? 근데 해쓱허니, 살이 쪽 빠지구……."

"……."

신혼 재미가 너무 나서 여위었다든 그런 것이 아니라면, 시집살이가 힘에 겨워 얼굴이 못되었다고밖에는 할 수 없을 게다. 기미꼬는 얼마 동안 말없이, 오직 고개만 느리게 끄떡이고 있었다…….

오래간만에 만난 옛 동무가 단번에 지적할 수 있도록, 하나꼬는, 사실 요사이 얼굴이 말이 아니었다.

행세한다는 부잣집 며느리로 들어가서 저의 할 일을 감당하여가기가 진정 어려우리라고는 어머니며 기미꼬 언니의 말을 들어볼 것도 없이, 제 자신 미리 짐작은 있어서, 웬만한 것쯤은 이를 악물고라도 견디어내리라—, 결심은 굳었던 것이나, 막상 당하여보니, 이를 열 번 악물어 보아도 그것은 과시 견디기 어려운 일이었다.

애초에 혼인 말이 났을 때부터 시어머니가 완강하게 반대를 하였다고—, 그것은 그 집에 들어가기 전에 이미 들어 알고 있는 사실이지만, 자기 집 사람이 아주 되어버린 이제 있어서도, 호의는커녕 도리어 좀 더 심한 악의를 가지고 대하는 것에는 참말 기가 탁탁 막혔다.

젊은 여자의 잔소리라는 것도 아름답지는 않은 것이지만, 늙은 부인네의 잔말은 참말 귀가 아팠다. 그야 물론 철부지요, 배운 것이 없는 하나꼬에게, 들추어내자면 얼마든지 결점이며 잘못이며가 있는 것이지만, 그것을 그렇게 알알이 샅샅이 뒤져내어, 아랫것들 있는 데서 공개를 하는 것은, 아무리 자기의 사랑하는 남편의 친어머니라고는 하더라도, 참말 너무나 약속하였다.

웃어른 앞에서는 모든 것이 조심스러워도, 서로 사랑한 끝에 결혼을 한 남편의 앞에서야 무어 어려울 것도 없어, 한때 즐거운 마음으로 단둘이 이야기를 하고, 웃고 하려면 아들의 방에도 시어머니는 곧잘 나타나, 아무리 제 남편 앞이라도 그렇게 두 다리를 쭈욱 뻗고 벽에가 몸을 기대어 앉는 법이 대체 어디 있느냐고 꾸지람이다.

하나꼬는 남편 앞에서도 마음을 놓는 수 없이, 시어머니가 바느질 솜씨를 보느라 갖다 맡긴 헌 버선짝을 들고 가뜩이나 자신이 없는 것을, 이마에 진땀조차 흘려가며 한참을 씨름이다.

상 하나 볼 줄을 모른다거니, 어른께 상 갖다 올리는데 궁둥이는 대체 얼마나 장한 궁둥이기에 그렇게 쳐드느냐거니, 말이 공손하지 못하다거니, 매무시가 단정하지 못하다거니, 가지가지로 말이 많은 시어머니라, 별로 탈을 잡을 수 없게시리 일을 하여놓아도,

"그래도 이렇게 아무렇게래두 찍어매 놓은 것을 보면, 바늘에다 실을 꿸 줄은 알었던 게로구나."

그러한 말을 하고는 빨고 있던 장죽을 들어 재떨이 전에다 탁탁 치는 것이다.

며느리에 대한 시어머니의 태도가 우선 그러하였으므로, 온 집안사람이, 특히 아랫것들은 주인 노마님의 비위를 거스르지 않기 위하여서도, 그에게 호의나 동정을 표시하려고는 하지 않아, 하나꼬가 오직 믿고 하소하고 할 사람이란, 남편이 하나 있을 뿐이었으나, 구리개에서 조그만 양약국을 경영하고 있는 이 젊은 약제사는, 아침 아홉 점에 점에 나가면 점심과 저녁을 먹으러 잠깐 들어왔다 나갈 뿐으로, 점은 열 시나 되어야 닫치는 모양이요, 점을 닫고도 곧 돌아오는 것이 아니었으므로, 하루 종일

을 하나꼬는 시어머니의 감시 아래 마음을 졸일 대로 졸이고 있지 않으면 안 되었다.

시아버지만은 그들 중에서 비교적 이 어린 며느리에게 대하여 호의를 가지고 있는 듯싶었으나, 그는 매일같이 사랑에서 손님이나 문객을 상대로 바둑 두고 술 먹기에 골몰이었고, 물론 사랑이라는 곳은 하나꼬라든 그러한 여자가 가까이 갈 곳이 아니었으므로, 거의 그와는 하루에 두 번, 조석 문안을 드리는 때 외에는 얼굴조차 대할 기회가 없었다. 또, 설혹 자주 한자리에 모일 기회가 있었다 하더라도, 대체 이 '어른'은 얼마만 한 일을 이 가엾은 며느리를 위하여 하여줄 수가 있었을까?……

하나꼬는 시집온 지 이제 달 반이 채 못 되어 극도로 마음과 몸을 함께 상하였다. 계집이란 공연히 너무 웃어도 못쓴다고, 시어머니의 꾸지람을 들어서가 아니라, 그는 이미 웃음을 잊어버린 사람이 되었다. 매일같이, 그는, 이 집에 들어오기 이전의 제 몸을 부러워하고, 어머니가, 아버지가, 기미꼬가, 금순이가, 그리고 같이 놀던 모든 동무가 그리웠으나, 제가 이 집에 있는 동안은, 그러한 욕망을 일체 누르지 않으면 안 되었다.

종로에 잠깐 분 한 가지를 사러 나가는 일이 있어도, 동대문 안은 그만두고라도 수표정에나 잠깐 들러볼까?— 마음은 간절하였으나, 그는 끝끝내 용기가 나지 않아, 총총히 돌아가지 않으면 안 되었다.

단 한 시간이 채 못 되는 그동안—, 그렇건만 시어머니는 젊은 여자가 일도 없이 그렇게 밖에 나가 종일 살다시피 해서는 못쓴다고 입을 씰룩거렸다. 그러나 그러한 것에도 어느 틈엔가 졸업을 하고 나니, 웬만한 것에는 눈물도 잘 나오지 않았다.

하지만 근래로 남편이 밤에 술이 취하여가지고 돌아오는 도수가 잦아지고, 또 자기에게 대하여서도 말에, 행동에, 애정이 엷어진 듯싶은 것에는 하나꼬도 가끔 시름없이 생각에 잠기고는 그랬다…….

● 제41절

젊은 녀석들

"얘애."

"……."

"점룡아아."

"……."

"온, 이 녀석, 에미가 불러두 대답 한마디 없구……."

"……."

"에이 시끄러워. 제발 그 빌어먹을 것 좀 불지 말어라."

"……."

"오늘은, 늬가 사내 걸음에 좀 힝여케 대녀오너라."

담배를 뻐억뻑 빨며 대체 어머니가 무어라 말을 하든, 말든, 저는 저대로 그 '씽씽이'라는 것만 열이 나게 불고 있던 점룡이는 여기에 이르러 문득 하모니카를 입에서 떼고,

"아—니, 어딜 또 갔다 오라구 야단유?"

귀찮은 듯이 눈살을 잔뜩 찌푸리고 소리를 버럭 질렀다.

"아, 그 녀석, 소리는 제우 지르네. 수표정이지, 어디야."

"수표정은 왜?"

"아, 오늘이 스무사흘 아니냐?"

"그래, 스무사흘이면, 스무사흘이 어쨌단 말이유?"

"아, 곗돈 내야지 으쩌긴……."

"……."

그러나 점룡이는 그 말에는 대답을 않고 다시 씽씽이를 입에다 대고서, 이번에는 〈군함 행진곡〉*이라는 것을 신이 나게 분다.

잠깐 동안 그 꼴을 못마땅하게 노려보다가, 그래도 점룡이 어머니는 다시 타이르는 어조로,

"자아, 한달음에 어서 일쯔거니 대녀오너라. 응?"

"……."

"오늘은, 아주 제법 바람이 쌀쌀헌가 본데, 그래 에미더러 거길 또 갔다 오라니?"

이 말에 점룡이는 다시 고개를 홱 그에게로 돌리고,

"누가 아우? 가거나, 말거나……, 어머니가 좋아서 곗지 빌어먹을 것인지 등 걸, 내가 무슨 아랑곳이야?"

"……."

"그래, 벌써 이태나 두구 뭐와두 빠지질 않는 걸, 아, 미쳤다구 열이 나서 댕기는 게유?"

"뭐, 미쳤다니?"

"아, 그럼, 그게 성헌 사람 허는 짓이유? 둔이나 있어서 헌다면 또 물라……, 이건 곗돈 낼 때마다 빚을 얻느라구 발광이며 그건 왜 허는 거유? 어서 누구헌테든 팔어서 넹겨버려요. 그 뭣허러 한 달에 세 번씩 꼬

* 〈軍艦マーチ〉. 호전적 분위기의 일본 군가.

박꼬박이 오십 전씩을 갖다가 기부허는 거유?"

"……."

"아—주, 칠성이네가 단 네 번 내보구서 돈 삼백 환 타먹었다니까, 누구든지 저마다 그렇게 될 줄 알구서……."

"……."

"흥, 어림두 없에요. 그건 참 으째 가다 그 사람이 바루 운수가 터지려니깐 그랬지."

"허지만, 얘애. 이제 와서야 으떡허니?"

"으떡허긴, 그러게 지금이래두 누구헌테 넹겨버리면 좋지 않수?"

"온, 참, 넌, 툭허면 넹겨버려라 넹겨버려라 허지만, 글쎄, 넹겨 맡을 사람이 있에야지 넹겨버리는 게 아니냐?"

"왜, 넹겨 맡을 사람이 없어? 아, 샘터 허는 김 첨지가 십 환에 팔려건 팔라구, 요 메칠 전에두 그러던데……."

"십 환에? 허— 참 기가 맥혀. 아아니 우리가 그동안에 내오길 을말 내왔는데?…… 흥, 삼십사 환 오십 전이야. 일천칠백수물댓 냥이야. 그걸 그래 단둔 십 환에다?…… 온, 참, 십 환에다 파느니 바루 길 가는 사람한테 거저 줘버리지……."

"아이, 물르겠수, 거저 줘버리거나 아주 장님 북자루 쥐듯 붙들구 늘어지거나……."

그리고 그 덩치가 커—단 녀석은 다시 천장을 바라고 자빠져서는 연방 씽씽이만 분다.

그 모양을 또 잠깐 괘씸하게 바라보다가,

"그만둬라. 내, 갔다 오지."

다 탄 담뱃대를 타악탁 나무로 만든 재떨이 전에다 쳐서 한옆으로 밀어

놓고,

"내, 다녀오께 둔이나 이리 다우."

"둔? 둔이 어딨수? 내가……."

"어딨수라니? 어서 이리 내라."

"내놓긴, 글쎄, 있어야 내놓지?"

"있어야 내놓지라니, 그럼 어제 판 둔은 모두 으쨌니?"

"으쩌긴?……"

"어디 가만있거라……."

점룡이 어머니는 벌떡 일어나 윗목 벽으로 갔다. 그리고 그곳에 걸려 있는 점룡이의 단벌 나들이 양복의 주머니를 뒤지다가,

"아아니, 이거, 웬 단발랑*이……."

하고 의아스러이 중얼거리는 것에, 다시 씽씽이를 불던 점룡이는,

"아차!"

하고 후닥닥 일어나서,

"아이, 왜, 남의 주머니는 뒤지구 이러우?"

거의 얼굴이 벌게가지고 어머니의 손에서, 그 대지를 붙이지 않은 명함판 사진을 홱 뺏어 감췄다.

"아아니, 그게 웬 기집년 사진이냐?"

"……."

"어디, 갈보겠지?"

"갈본 왜? 알지두 못허구……."

"갈보가 아니면 그럼 뭐냐? 여학생이냐?"

---

* 머리를 짧게 자른 젊은 여자.

"글쎄, 어머닌 몰라요."

"흥, 참, 늬가 바루 연애라는 걸 허는 모양이로구나? 시큰둥허게……."

코웃음을 한 번 치고, 다시 주머니를 뒤져, 지갑을 꺼내 보고는, 이 마누라쟁이의 변덕도 변덕이려니와, 놀란 것도 사실이어서,

"아아니, 모두 요것뿐이야?"

"……."

"오십 전, 육십 전, 칠십 전…… · 모두 칠십삼 전밖엔 없으니……."

"……."

"그래, 모두 어디다 내버리구 요것뿐이냐?"

"내버리긴 뭘 내버렸다구 그러우?"

"아아니, 내버리질 않었으면, 그럼 모두 어딜 갔단 말이냐?"

"……."

"너, 이 녀석. 장사를 헌다구 밑천을 들어먹으면 으쩌잔 말이냐? 그래 군밤 장수두 인젠 구만둘 작정이냐?"

"구만두긴, 은제 누가 구만둔다구 그랬수?"

"그럼, 구만두는 게 아니구 뭐야?…… 오오, 그래 간밤에 술을 처먹구 온 것두 용돌이 녀석이 한턱냈다구 날 쇡였지만, 그게 이 녀석아, 실상은 늬가 낸 거로구나? 응?"

"……."

"필시, 그 사진 백인 년, 그년한테 반해서 그래 이 녀석이 둔을 자꾸 쓰구 쓰구 그러지……, 이 녀석아, 정녕 그렇지?"

"어이 참, 글쎄 모르거든 국으루 가만히나 있에요."

"이 녀석아, 내가 몰라?…… 그래 몰른다. 그러니 어서 어디, 아는 녀석이 시연허게 말이나 좀 해라."

"말은 무슨 말을 해?"

"이 녀석아. 간밤에 용돌이가 한턱냈다는 게 그게 다아 거짓말이지?"

"글쎄 정말 용돌이가 한턱냈대두 곧이 안 듣네."

"그럼, 이 녀석아. 둘이 모두 어디루 갔니?"

"어디루 가긴, 저어…… 꾀줬어."

"꾀줘? 누굴?"

"저어, 용돌이."

"용돌일? 아아니 이 녀석아 그럼 늬가 어제 술을 사냈구나?"

"글쎄, 아니래두 자꾸 그러네."

"그래, 을말 꿔줬단 말이냐?"

"삼 환……."

"그래, 이 녀석아, 은제 받겠다구 장사 밑천을 남을 꾀줘?"

"아, 오늘 갖다 준댔어. 참 퍽두 그러네."

"정녕, 그 녀석이 오늘 가졸까?"

"글쎄 가존대두 제—길……."

점룡이 어머니는 그 말이 꼭 믿어지지는 않았지만, 아직은 그만큼쯤 하여두고, 치마를 갈아입고는 아들의 지갑을 톡톡 털어 염낭에다 집어넣고, 그대로 밖으로 나왔다.

"아, 담뱃값이나 내놓구 나가우."

등덜미에다 대고, 소리를 버럭 지르는 점룡이 말에는 대꾸도 안 하고, 그는 그대로 골목을 나가 북쪽 천변을 광교까지 가서, 이번에는 다리를 건너, 남쪽 천변을 장차골 다리로 향하여 걸어 내려갔다.

이미 겨울이다. 햇살은 있어도, 제법 쌀쌀한 천변 바람을 더구나 마주 안고 내려가려니, 이제까지 방 속에 있다 나온 몸이 으쓱으쓱 춥다.

"망한 녀석. 심부름 하나 고분고분허게 허는 일 없이……."

어미가 이렇게 추위에 떠는데, 이 녀석은 방 속에가 그저 버둥버둥 뒹굴며, 그 빌어먹을 씽씽이만 처불고 있을 것을 생각하니, 몇 번이든 괘씸하기만 하였으나, 그는 문득 점룡이 녀석 호주머니에서 발견한 그 머리를 쌍동 자른 계집년의 사진 조각이 다시 눈앞에 어른거리자,

'그게 필시…….'

더구나, 자기가 그것을 꺼내 보자, 그렇게도 질겁을 하여 달려들어 뺏던 아들놈의 모양을 생각해내고는,

'그만허면, 알조지…….'

혼자 고개를 끄덕이어보는 것이다.

'그래, 이 녀석이 벌써…….'

그는 '굽은 다리'를 건너며, 저도 모르게 혓바닥을 내밀어 보았으나, 그 즉시,

'이 녀석이 올에 스물셋…….'

그러나, '스물셋'이면, 사실, 한창 그럴 나이라고,

'어여 장가를 들여야만…….'

혼자 또 한 번 고개를 끄덕여도 보았으나,

'허지만, 무슨 둔에…….'

싸고 허름한 잡화 나부랭이를 가방에 넣어 들고, 지방으로 밤낮 돌아다니는 영감이 때때로 부쳐주는 것으로는 쌀 나무를 겨우 댈 만하였고, 점룡이 녀석이 몇 푼 벌어들이는 것으로는 그저 잔돈푼 뜯어 쓴다는밖에 안 되어, 남에게 빚만 자꾸 늘고, 방세 삼 원도 벌써 석 달치가 밀린 채, 매월 양력 초사흗날이면, 전당국으로 기미 내러 가느라 법석인 이 형세에,

'참말, 무슨 재주루 그 녀석 장가를 들여주누?……'

고개를 설레설레 흔들며, 혀를 차려니까, 부썩 나는 돈 생각과 함께,

'빌어먹을……, 참말이지 오늘 같은 날, 계나 좀 빠졌으면…….'

그놈이 '돌다가' '돌다가' 쑥 빠졌으면, 온 참, 얼마나 좋을꼬— 하고, 마침 지나는 수표교 예배당 안에서 풍금 소리가 들리는 것에,

'오오, 참, 오늘이 공일이래서, 그래, 예배들을 보는군…….'

그와 함께, 딸의 시집살이가 불쌍하고 자기 신세가 너무나 고독하대서 바로 한 달이나 전부터 뒷집 마누라를 따라 예배당에를 다니기 시작한 이쁜이 어머니를 생각해내고,

'그 마누라두 오늘 예배를 보러 갔겠군…….'

예배당엘 다니면 참말 좋은 일이 생기고, 신세가 편안하여질까?— 그렇다면 자기도 지금 당장에 저 안에를 뛰어 들어가 예수를 믿고, 그리고 오늘, 곗돈 좀 타먹었으면— 하고, 그러한 난데없는 생각조차 하였던 것이나, 그 즉시, 수표교 다리 모퉁이에 한 젊은 양복쟁이가 누구를 기다리기라도 하는지, 주춤하니 서 있는 것이 눈에 띄자,

'아아니, 저게…….'

하고 눈을 크게 뜨고 자세히 상고하여보니, 이쁜이 서방 강가가 분명하였다.

'아아니, 저 녀석이 여기는 왜 서 있는 겐구?……'

두리번, 두리번, 길 가는 사람들의 눈을 꺼리며, 분명히 누구를 기다리고 있는 모양이 적지 아니 점룡이 어머니의 호기심을 끌어, 그는 젊은이의 옆을 지나 두어 칸통을 가다 말고 돌아서서 잠시 남의 집 처마 밑에서 이쁜이 남편의 동정을 지켜보았다.

대체 연초 회사 직공으로 다니는 놈이 돈이 어디서 그렇게 나는지, 이번 겨울에 새로 맞춘 듯싶은 검은 회색 외투를 버젓하게 입고서, 새파랗

게 젊은 녀석이 더구나 그 작달막한 키에는 어울리지도 않게 노—란 단장을 짚고 섰는 꼴이라니,

'그래, 저런 날탕 녀석한테, 그만 우리 이쁜이를 줘놔서…….'

암만을 생각하여도 딱하고 불쌍하기는 이쁜이 모녀라고, 한바탕 한숨을 쉬고 있으려니까, 예배가 끝이 났는지, 한 떼의 사람들이 예배당 안에서 몰려나와, 그 앞 천변이 잠시 왁자하다.

그편을 보고, 강 서방이 고개를 휘둘러가며 누구를 찾는 꼴이, 아마도 그가 만나려는 사람은 그사이 예배를 보고 있었던 모양이라, 점룡이 어머니가 눈을 깜박거리며, 저도 모르게 두어 발자국 그편으로 나서보려니까, 갑자기 강 서방이 바로 단장을 휘두르며 혼자서 구리개로 빠지는 골목을 들어간다.

'그럼, 만나지를 못한 겔까?……'

잠깐 그렇게도 생각하였으나, 그래도 궁금하여 다리께까지 와서, 그 뒷모양을 바라보려니까, 강 서방은 서너 칸통을 더 안 가서 문득 걸음을 멈추고 뒤를 돌아본다.

그러자 점룡이 어머니의 옆을 지나, 한 십팔구 세나 그밖에 더 안 된, 말 꼬랑지같이 머리를 늘인 색시 하나가 강가의 옆으로 가서, 둘이 한 번 마주 보고 씽긋 웃더니 그대로 나란히 서서 걸어간다.

미색 연두 강화 인조견 저고리에, 분홍 송고직 치마를 입은 처녀는, 한 손에 성경과 찬미가 책을 든 꼴이, 바로 지금 마악 예배당에서 나온 것이 분명하다.

'흥!……'

점룡이 어머니는 코웃음을 한 번 치고, 잠깐 동안 고개를 끄덕끄덕하며,

'저건 또 웬 년인구?'

그 생김생김이라든지, 차림차림이라든지, 또 예배당에를 다니는 것이라든지, 그러한 모든 것으로 보아서, 강가가 한참 미쳐서 보러 다닌다던, 그 관철동 무슨 식당이라나 하는 데 있는 계집년은 분명히 아닌 듯싶어,

'아, 그러니, 대체, 저 녀석이 연애를 한답시구 보러 댕기는 기집이, 그래, 이것, 저것, 도합이 몇 명이란 말인구? 아 그 녀석, 아주 알부랑자 놈이 아닌가?'

점룡이 어머니는 얼마 동안, 아들 점룡이와, 그 단발랑에 관한 일도, 또 바로 지금 곗돈을 내러 가야 할 것도 모두 잊어버리고서, 정신없이 그곳에가 그렇게 서서는, 어처구니없이 입만 따악 벌리고 있었다…….

● 제42절

강 모의 사상

이날, 이쁜이 남편 강석주를 따라간 여자는, 참말, 점룡이 어머니의 추측이 옳아, 어디 관철동 무슨 식당에서 웃음을 파는 계집이라거나 그러한 것이 아니었다.

우리는 언젠가, 이 강석주라는 자가, 자기와 함께 연초 공장에 다니는 두 동무와 더불어, '평화' 카페에 나타난 일이 있던 것을 기억하고 있다. 그때에 그들의 화제에 올랐던, 역시 그들과 같은 일터에 있는 '후깡하리부'의 정옥이라나 하는 여자—, 이날 바로 평복을 하고 나온 색시가 틀림없는 이 여자인 것이다.

당시의 풍문에 의하면, 이 나이 분수로 보아서 깜찍한 여자는 '시아게부'의 우석이라나 하는 젊은이와 좋게 지내던 것은 이미 오래전의 일이요, 근래는 '마끼아게부'의 김가라는 자하고 전혀 친하게 지낸다 하였었는데, 그것도 이미 옛이야기로, 이제는 또 이렇게 강가와 자주 만나고 하는 모양이, 점룡이 어머니 말마따나 남자도 물론 알부랑자 놈인 것이지만, 이 여자 역시 결코 심상하다거나 그러한 인물이 아닌 것이 분명하다.

심상하지 않기로 말하자면, 이 여자는 바로 요전번 달《전매통보》에다 한 편의 시를 발표하여, 직공들 사이에 그 문명*을 크게 떨쳤다.

그것은 「강변의 애상」이라는 것으로,

저 달도 외로워
나와 함께 거니네.

제법 그러한 구절도 들어 있는 서정 소곡이었다.

근래로 갑자기 그와 친근하여진 강석주는 문학이라든 그러한 것에 조금도 취미를 가지고 있지 않았음에도 불구하고 여러 날을 걸려 이 '소녀 시'를 암송하고, 그렇게 함으로써 이 '여류 시인'에게 대한 자기의 열정의 한끝을 표현하려고 꾀하였다.

그러한 그는 물론, 그 '신정옥'이라 서명을 한 작품이, 기실은, 그와 한때 밀접한 관계를 가졌었고, 요사이도 아주 교섭을 끊지는 않은, '마끼아게부'의 김가라는 자의 손으로 된 것이라는, 그러한 내막은 꿈에도 알 턱이 없었다.

그러나 그러한 것이야 어떻든, 요사이 강석주라는 불량 청년은 스스로 마음에 가장 행복인 듯싶었다. 이미 이쁜이에게 장가를 들기 전부터 자주 만나던 식당의 젊은 계집 말고, 이번에 또 재색이 가히 겸비하였다 할, 이 소녀 시인을 획득하였다는 것이, 결코 우습게 돌릴 수 없는 '자랑'을 그에게 가져왔다.

옛날의 벼슬 높고 또 부유한 사람들은, 이야기책을 보더라도, 무어 '일처 이첩'을 두었다든 그러하다. 자기도 이쁜이를 아내로, 식당 계집을 정부로, 그리고 이 신정옥이라는 여자를 애인으로—, 이리하여 누구의 앞

* 文名. 글을 잘하여 세상에 알려진 이름.

에서도 부끄럽지 않게시리 그 생활이 호화스럽다 생각하니 한편 '정렬부인'* 이쁜이가 애가 타고 속이 상하여 더욱 마르고 여위고 하였을 때, 그는 좀 더 몸과 마음에 기운을 얻어, 요사이, 참말, 혈색도 좋아졌다…….

---

* 조선 시대에 정조와 지조를 굳게 지킨 부인에게 내리던 칭호.

● 제43절

흉몽

어느 날 아침.

금순이와 순동이와 기미꼬와—, 그렇게 셋이서 언제나 한가지로 겸상을 하여 아침을 먹고 있으려니까, 뜻밖에도 하나꼬의 어머니가,

"지금들 조반이슈우?"

하고 찾아왔다.

"아이, 이렇게 일찍이 웬일이세요?"

금순이는 부리나케 자리에서 일어나,

"춘데, 어서 들오세요."

반가이 맞아들였으나, 혹은 무슨 근심되는 일이라도 있는지, 그의 얼굴빛이 못된 것을 살핀 기미꼬는 유심히 그를 치어다보며,

"아아니, 무슨 일루 오셨에요?"

바로 시비나 할 듯한 거친 목소리로 채 그가 앉기도 전에 그러한 것부터 물었다.

사실, 하나꼬의 소식들을 몰라 모두 궁금하여하던 터에 칠팔일 전에 그에게서 간단은 하나마 무사히 있으니 안심하라는 편지가 와서, 기미꼬는 그날로 동대문 안으로 하나꼬의 어머니를 찾아 딸의 안부를 전하여주었

던 것이요, 그도 그 편지로 우선 그만큼은 마음을 놓은 듯싶었는데, 그로부터 열흘도 채 못 된 오늘, 이렇게 일찍이―(그야 시간은 거의 열한 시나 되었지만, 여섯 점이 훨씬 넘어서야 날이 훠언하여오는 요즈음에, 남의 집 사는 사람이 언제 밥 짓고, 설거지하고, 그리고 이렇게 나올 수 있으랴)―더구나 얼굴빛이 좋지 못하여가지고 자기들을 찾아온 것에는 반드시 무슨 곡절이 있을 듯만 싶었다.

"저어―."

하나꼬의 어머니는 그들과 한상에서 밥을 먹고 있는 낯선 사내 녀석이, 대체 그들과 어떻게 되는 아이인가를 알아보려고도 않고, 처음 집을 나올 때부터 오직 그것 한 가지를 물으려고 꼭 마음먹은 사람인 거나 같이,

"개한테서 또 무슨 편지나 그런 거 없었지?"

두 여자의 얼굴을 번갈아 보면서 물었다.

"없는데요. 아, 요전번에 편지허구, 이레나 여드레밖에 안 됐는데, 뭘 벌써 또 편질 헐라구요?"

"그두 그렇지만……, 그럼, 아―무 소식두 못 들었겠구료?"

"못 들었죠. 아아니, 왜, 무슨 얘길 들으셨나요?"

기미꼬는 약간 몸을 앞으로 나앉으며 되물었으나, 그는 잠깐 기미꼬의 얼굴을 마주 바라보며, 뜻 없이 고개를 끄떡거리다가,

"아아니, 그런 게 아니라……, 저어, 간밤 꿈이……, 아아니, 오늘 새벽이로구면. 오늘 새벽에 꾼 꿈이 하―두 수상해서 말이야……."
하고, 문득 고개를 돌려, 저편 구석에가 기미꼬의 것과 나란히, 전에 하나꼬가 쓰다가 금순이를 주고 간 경대를 바라보며 눈을 끔벅거렸다.

무어, 꿈쯤 꾸고서 이렇게 야단이냐는 듯이, 기미꼬는 다시 소반 앞으로 다가앉아 콩나물국에다 밥을 말아 퍼억퍽 퍼먹었다. 그러나 금순이는

결코 그렇게 꿈 이야기에 냉담할 수 없었다.

밥을 다 먹은 오라비에게 숭늉 대접을 집어 주며,

"아아니, 그래, 으떤 꿈을 꾸셨게요?"

눈을 동그랗게 뜨고, 그 평소에 별로 말이 없는 중년 부인의 조그맣게 다물린 입을, 그는 제법 열심으로 지켜보았다.

방문객은, 역시 그대로, 딸이 쓰던 경대를 멀거니 바라보며,

"그게, 어덴지, 밖엔 눈이 퍼얼펄 날리는데……."

그의 흉하다는 꿈 이야기를 시작할 때, 기미꼬는 거의 기계적으로 앞창에 붙어 있는 유리 조각을 통하여 밖을 내다보고 중얼거렸다.

"참말, 싸락눈이 오시나 보이."

금순이도 잠깐 내다보고,

"아이, 참말……."

그리고 다시 꿈꾼 이의 얼굴을 치어다보고,

"꿈에 말씀이죠?"

"응. 꿈에 눈이 펴억펵 쏟아지는데 그게 어디든지 내가 혼자 마루 겉은 데가 앉어 있구료. 그 앞은 바루 훠언허게 티인 벌판이구."

"……."

"그런데 춥지두 않은지 내가 그렇게 마루에가 앉아서, 벌판에가 눈이 쌔는 걸 보구 있지 않었겠수."

"……."

"그러려니까, 누가 하얗게 소복을 허구 눈이 펴억펵 쏟아지는데 우산두 안 받구 그리루 걸어오는구료."

"하얗게 소복을 허구요?"

"그래, 소복을 허구……, 그래, 난, 참 이상두 해라, 저게 누군가— 허

구 바라보려니까, 가까이 오는데, 그제서야 자세히 보니, 그게 바루 그 애로구면."

"아이, 절, 으쩌나아, 그래, 왜 숭없게* 소복을 했에요?"

"글쎄, 정작 만나니까, 내 정신 좀 봐아. 그건 안 물어보구, 그저 반가워서 아, 너, 이 눈 오는데 글쎄 웬일이냐 허구 맨발바당**으루 뛔 내려갔지."

"……."

"그랬더니, 걔가 웃으면서, 내, 어머니 보구 싶어 왔지―, 그러는군, 글쎄."

"으쩌면요?…… 그래서요."

"그래, 어서 좀 올러가자, 그러지 않었겠어? 그랬더니, 올러가지는 뭇허구 그냥 예서 잠깐 애기나 허구 가겠다구 그러는군. 그래두, 나는, 이 추운데 이렇게 한데가 눈을 맞구 섰으면 감기 들기 쉽지, 뭇쓴다, 어서 올러가자―. 그래두, 걔는, 아니야, 집안사람 몰래 나왔으니까 인제 얼른 가야 해애, 올러가진 뭇해요―, 그러더니 별안간 몸을 으슬으슬 떨며 재채기를 허는군, 재채기를……."

"……."

"그래, 내가 있다, 내, 뭐라던, 감기 든다지 않었니? 자아, 어서 잠깐이래두 올러가서 몸이나 녹히구 가거라― 해두 그저 아니라구 고개만 흔들며 연방 재채기만 허는구면……."

"그래서요."

---

* '흉하게'의 방언.
** '맨발바닥'의 방언.

"그만, 그 재채기 소리에 깜짝 놀라 깨니깐 마침 안마루 기둥에 걸린 시계가 떼엥, 뗑, 석 점을 치지 않겠어? 그때부터 다시 잘려두 잠은 안 오구, 또 암만 생각해두 꿈은 이상허구……, 그래 지금 마악 대강 설거지를 마치구서 나온 길인데……."

딸의 경대만 바라보고 하던 꿈 이야기를 그는 여기서 마치고 비로소 그들에게로 고개를 돌려,

"아아니, 글쎄, 그게 대체 무슨 꿈이야?"

"글쎄요오. 이상두 해라, 하여튼 꿈에 눈이 오시구 그러는 게 좋지는 않다지 않어요?"

"그래, 그게 숭없다는 게 아니야?"

"저어, 분명히 소복을 했에요?"

"응, 아주 하얗게 소복을 했구면."

"아이, 이상하기두 해라……."

금순이가 그렇게 이야기를 하는 것을, 밥을 다 먹고 난 기미꼬는 별로 아무 흥미를 느끼지 않는 얼굴로,

"이상허긴 무에 이상허다구 그러는 거야? 그건 아주머니가 하—두 그 앨 보구 싶어 하시니깐 그래 꿈에 뵌 게지. 또 요새, 날이 몹시 치운데 몸성히 잘 있나, 감기나 혹시 들지 않았나? 그런 게 모두 염녜가 되시구 그래서, 그 애가 꿈에두 재채기를 허구 그런 게지. 무어 그까지 꿈 꿨다구 공연히 염녜허신다든 그럴 건 없에요."

대수롭지 않게 말하였으나, 꿈을 꾼 당자보다도, 우선 금순이가 그것에는 의견이 달라,

"그래두, 꿈이 맞는 일이 으떻게 많다구, ……어떻든 무슨 연고든 필시 있기에 그런 게 아녜요?"

그 말에 하나꼬의 어머니도 마주 고개를 끄떡거리고,
"그러기에 말이지."
그리고 그는 고개를 돌려,
"그런데 이거 보오."
하고, 그는, 이를 쑤시고 앉았는 기미꼬의 얼굴을 빠안히 바라보며,
"으떻게 소식을 좀 알아보는 수가 없을까?"
"……."
"잠깐이래두 만나봤으면 더 좋겠지만, 그렇게까진 못허드래두 으떻게 좀 소식이나 들었으면……."
"……."
"뭐어, 꿈자리가 사나워서 그렇다는 게 아니라, 그런 꿈 안 꾸드래두, 그 애가 으쩌구나 있는지 궁금두 허구……."
아무 대답이 없이 무엇인지 혼자 생각에 잠겨 있는 듯싶었던 기미꼬는 여기에 이르러 비로소 입을 열고,
"가만히 깁쇼. 내, 으떻게 알아볼 도리를 허죠."
그러고 금순이를 향하여,
"다아 먹었으면 어서 상을 치우."
그러다가 그제서야 생각을 해내고,
"참, 조반 으떡허셨에요?"
"나? 나, 먹었어."
"잡숫긴 언제 잡수셨겠어요?"
"아아니, 정말 먹었어."
기미꼬는 더 묻지 않고, 자기의 경대 앞으로 가서 머리를 풀었다.
"아, 참, 난, 그만 나가봐야지."

그동안 누이와 기미꼬가 가끔, 하나꼬라나 하는 여자에 관하여 이야기를 하는 것을 들은 일이 있어, 대강 그들의 하는 말의 내용을 짐작은 하고 있던 순동이는, 문득 책상머리에 놓인 목각종이 열한 점을 어느 틈엔가 십칠 분이나 지나고 있는 것을 보고 깜짝 놀라 자리에서 일어났다.

"참, 넌, 어서 가봐야지. 오늘은 좀 늦었구나."

금순이도 그제야 아랫목에 묻어놓았던 벤또를 꺼내어, 간장 물이 흘러서 얼룩이 진 보자기에다 싸서 들려주고,

"참, 눈 맞구 밖으루 쏘다니거나 그러지 말아라."

소년이 밖으로 나간 뒤에,

"그, 누구요?"

"네에, 제 오래비랍니다."

"오래비라니, 그럼 저어 은젠가 바루 화신상 앞에서 만났다던?"

"그 얘긴 으떻게 들으셨어요?"

"으떻게 듣긴, 그 애가 그날 집일 와서 그러드구면. 그래 알았지. 그래, 이렇게 같이 데리구 지내는구면?"

"네에."

하나꼬 어머니는 문득 호젓한 웃음을 입가에 띠고,

"아이 참 좋소. 친동기간에 서루 멀리 떨어졌다 이렇게 한집에서 살게 됐으니……, 그래, 벤똘 가지구 나가니 어델, 댕기나?"

"다마쓰기*라구, 공들 치는 데 있답니다."

"그럼, 월급, 받겠구면?"

"네에. 달에 십일 원씩 타 오죠."

---

* たまつき. 당구 기술의 하나(공찍기). 여기서는 '당구 치는 곳'이라는 뜻.

"온, 저것 좀 보지."

잠깐 그들이 그러한 이야기를 하고 있는 사이, 기미꼬의 간단한 치장은 벌서 끝이 났다.

"그럼, 앉아서 잠깐만 기다리세요. 내 금방 다녀올게요."

"아아니, 어델 가게?"

하나꼬의 어머니가 자기도 모르게 엉거주춤히 자리에서 일어나려는 것을,

"내, 약국엘 잠깐 가보죠."

"저어, 최 서방이 헌다는?"

"네에. 가서 좀 알아보죠. 그냥 앉어 계세요."

그리고 앞창 미닫이를 열고 나가려는 기미꼬의 치맛자락이라도 곧 붙들려는 듯싶게, 딸로 하여 애가 타는 아낙네는 급한 어조로,

"저어, 만나거든 부디 좀 자세에 물어봐요. 그 애가 그저 몸이나 성한지. 원래가 약해놔서 꼭 겨울이면 감기 한차례씩은 앓고야 마는걸……, 그리구 저어……."

가엾은 어머니는 어리고 또 약한 내 딸의 몸 위에 온갖 걱정을 가지며, 그 애에게 일러주어야만 할 말이 얼마든지 많건만, 그것을 도무지 얼른 죄다 생각해낼 수 없는 것이 스스로 갑갑하고 또 안타까워,

"저어—."

하고, 마침내 다시 몸을 반쯤 일으키어, 기미꼬의 기색을 살피며,

"나두—, 나두 좀 같이 가보까?"

그러나 기미꼬는 잠깐 눈을 감고 생각한 뒤에,

"아아니, 이번은, 그냥 나 혼자 갔다 오죠."

'그, 무던히나 체면을 차리는 최가는 제 장모를 볼 때, 필시 불쾌한 감

정을 가지리라…….'

미간이 무던히나 좁고, 또 콧날이 매섭게 날카로워, 그것만 가지고도 그 성미가 까다롭고, 또 고집이 센 것을 능히 짐작할 수 있을 '사이상'이라는 인물을, 그는 순간에 눈앞에 그려보았던 것이다.

사위를 양반집에 가진 가난한 장모는 혼자 고개를 끄떡거려 애달프게 단념을 하고, 대문을 향하여 걸어 나가는 기미꼬의 뒷모양을 물끄러미 바라보다가, 황망히 열어젖힌 앞창 미닫이 밖으로 상반신을 내밀고서,

"저어 내가—, 내가, 그 애, 보구 싶어 허드라구, 그런 말은 애예 마우."

"네에."

기미꼬가 대문 밖으로 사라진 뒤에도 가엾은 어머니는 종시 마음이 놓이지 않아,

"글쎄—. 소식을 좀 듣구 왔으면 좋으련만……, 다아 알아서 잘허겠지……."

혼잣말로 중얼거리고, 그리고 미닫이를 닫을 생각도 않고는, 얼마 동안을 그는 음산한 날씨에 싸락눈이 휘날리는 바깥을 그렇게 내다보고 있었다…….

● 제44절

거리

그로써 이틀째 되는 날 오후 두 시.

모교 다리 모퉁이 조그만 청요릿집 아늑한 방 안에가, 하나꼬의 어머니와 기미꼬와 금순이와 이렇게 세 사람이 별로 말들도 없이 앉아서, 이제 이곳에 나타날 하나꼬를 기다리고 있었다.

그들은, 채 한 시도 되기 전부터 그곳에 온 것이다. 하나꼬와는 두 시 정각에 만나기로 약속이었던 것이나, 그를 시집보낸 뒤로, 오늘이야 처음 딸을 만나본대서, 이 가엾은 어머니는 오늘 오정도 치기 전부터 수표정으로 두 사람을 찾아왔던 것이다.

"시간이 아직 멀었는데요."

그러는 말에, 그러나 그는, 시간은 멀었지만 그래도 그 애가 어떻게 모처럼 좀 별러서 나왔다가 만약 우리들이 그곳에 보이지 않아, 그래 그냥 도로 가버린다든 그러기라도 하면 어찌하겠느냐고, 아무래도 우리가 먼저 가서 기다리고 있는 수밖에는 없다고—, 그렇게 주장을 하여 그래, 세 사람은 정각보다도 한 시간 이상이나 전에 이곳으로 왔던 것이다.

그러나 와서도, 딸의 얼굴에 주린 여인은 모든 것이 마음에 걱정이 되어,

"분명히 모교 대리, 이 집이라구 일렀수?…… 그 애가 혼자서 이 집을

찾아올까?"

그러한 것도 묻고,

"꼭 두 시에 오랬지? 그래, 두 시가 되려면 아직두 멀었나?"

이것은 여러 차례나 묻고,

"그런데 우리가 예서 만나보는 걸 호옥 그 애 시집이서래두 알면 싫여 허지나 않을까?"

이것은 그중에도 그의 마음에는 염려가 되는 듯싶어, 그는 몇 차렌가 두 사람의 얼굴을 번갈아 보아가며 두루 묻고, 또 혼자 생각에 잠기고 하는 것이다.

그것에 대하여 기미꼬는,

"이 집요? 잘 알구말구……, 이 집인 전에두 둘이서 여러 번이나 같이 왔었으니까요."

라고도 말하고,

"네에. 거반 됐어요. 이제 무어 곧 올 겝니다."

그렇게도 대답을 하였으나, 그가 자신을 가져 말할 수 있었던 것은, 오직 이 두 가지에 한하였고, 이번 이 모임에 대하여 하나꼬의 시집에서들 어떠한 생각을 가질까 하는 것에 관하여서는, 그는, 자기 자신 적지 아니 마음에 걱정거리가 아닐 수 없었다…….

바로, 이틀 전, 그 싸락눈이 날리던 날―, 딸의 일이 그렇게도 궁금하다 하여 혼자서 그 좁은 가슴을 태우고 있는 가엾은 아주머니가 참말이지 보기에 딱하여,

'아아니, 어머니로서 어엿한 내 딸 좀 만나보려는데 그것도 못 허고, 그냥 안부나마 알아보려도 그것도 쉬웁진 않고…… 흥! 이게 무슨 어림

두 없는 수작이냐?'

잠깐 그러한 것을 생각해볼 뿐으로, 그의 마음은 차차 흥분이 되어,

'대체, 양반이 다아 뭐구, 행세헌다는 게 다아 뭐냐?…… 남의 집 딸이 탐이 나면 그것만 뺏어 가구, 사돈집에 대해서는 인사를 채리지 않어두 좋단 말이냐?…… 그렇게 구역나는 체면을 채리구 싶거들랑 애초에 쌍놈의 집안허구 혼인을 말지…….'

깨닫지 못하고 울끈! 울화가 치밀어 올랐으나, 그는 곧 그것을 스스로 달래었다.

'일은 냉정히 하여야 헌다…….'

그는 우선, 최가를 만나보고 불쌍한 아주머니가 잠시 마음이라도 놀 수 있게시리, 하나꼬의 안부나 알아 오려고 하였다. 어떻게 경우에 따라서는 그 가엾은 모녀를 잠깐 만나보게 할 도리를 생각하여보고 싶다—, 마음 한구석에서 궁리를 하지 않은 것이 아니나, 집을 나올 때 그가,

"저어, 내가—, 내가, 그 애 보구 싶어 허드라구, 그런 말은 애예 마우." 하고, 행여나 사돈집의 비위를 건드리기라도 할까 보아, 그러한 것을 전혀 염려하여 말하였을 때,

'하나꼬 집에서, 그 집에다 무슨 크나큰 죄라도 졌단 말인가?……'

다시 끝없는 울분을 느꼈으나, 그래도 돌이켜, 가난한 것밖에는 아무 죄도 없는 동무 어머니의, 그 가엾은 심정을 생각하고, 자기의 한때의 격분은 눌러두지 않으면 안 된다고, 그는 거듭 맹세하였던 것이다.

그러나 싸락눈 내리는 거리를 거의 누구에게 쫓기기나 하는 듯이 빠른 걸음걸이로 구리개 네거리에까지 이르러, 그곳 약국에를 들어가서 정작 최가와 만나보자, 그의 마음은 쉽사리 또 흥분하고, 그래, 그는 당초에 정하고 온 방침을 고치지 않을 수 없었다.

그가 점 안으로 들어서자. 책상 앞에가 앉아서 신문을 보고 있던 최가는 약을 사러 온 손님인 줄만 여겨,

"어서 옵쇼—."

기계적으로 인사를 하였던 것이나, 즉시 그것이 기미꼬라 알자, 분명히 그의 얼굴에는, 순간에, 불쾌하여하는 표정이 떠올랐다.

그것이 우선 기미꼬의 마음을 뭉클하게 하여놓았으나, 그는 자기의 띠고 온 사명이라는 것을 생각하고, 힘써 말소리도 부드럽게,

"재미, 많이 보세요?"

그러나 그러한 인사에도 최가는 잠깐 동을 떼어, 마지못한 대답이,

"네—."

한 마디다.

기미꼬는 쓴침을 꿀떡 삼키고,

"저어, 영이 잘 있에요?"

마침내 하나꼬의 안부를 물었다.

(영이라고—, 꽃부리 영 자 한자 이름은, 하나꼬라는 여급의 이름이 싫대서, 결혼하기 조금 전에, 바로 최가가 지어준 것이다.)

최가는 역시 떠름한 얼굴을 하여가지고,

"네—."

기미꼬는 그 이상, 이 사나이와 이야기를 주고받기가 싫었다. 그러나 집에서 그렇게 딸의 소식을 고대하고 있을 가엾은 여인을 생각하고,

"밖엔 잘 나오지 않나요?"

"별루……."

그것은 물어 무엇하자는 거냐— 싶게 그는 이 짧은 대답 뒤에 귀찮다는 얼굴로 그는 잠깐 곁눈질조차 하였다.

'애가 오늘 무슨 수틀리는 일이 있단 말인가?'

설혹 그렇다 하더라도, 무어 갓난아이가 아닌 이상, 사람에게 대한 인사라도 있는 것이요, 더구나 제가 한창 하나꼬한테 열이 올라 다닐 때, 내게 그 애와 사이를 잘 좀 알선하여달라고 몇 번이나 간절히 청하였던 것이 아니냐?……

기미꼬는 자기도 모를 사이에,

"저어, 영이 좀 만나볼 수 없을까요?"

드디어 집을 나올 때, 하나꼬의 어머니가 그렇게도 당부하던 것을 잊어버리고, 그는 입술을 깨물어 말하고 말았다.

그래도 역시 그 순간,

'아차! 내가, 이건, 일을 잘못허지나 않았나?……'

적지 아니 당황하였으나, 말은 한번 입 밖에 나간 뒤였고, 또 집을 나올 때, 그렇게도 애가 말라 딸의 소식을 알려 하던 하나꼬 어머니에게, 이제 돌아가, "하나꼬 잘 있느냐?" 물었더니 "네—" 하고 대답하고, "밖엔 잘 나오지 않느냐?" 물었더니 "별루……." 하고 대답하더라고 그러한 것을 바로 무슨 '소식'입네— 하고 전한다는 수는, 사실, 없기도 하였다.

기미꼬의, 좀 만나볼 수 없느냐는 말에, 남자는 그것이 전혀 꿈에도 생각하지 못하였던 것이나 되는 것처럼, 우선 놀라고 다음에 얼굴을 붉혔다.

그는 몹시 당황한 어조로,

"왜? 만나보시죠."

기미꼬는 또 잠깐 우울을 느끼며, 한편 기둥에 걸린 조그만 전기 시계를 별 까닭도 없이 흘낏 치어다본 다음에,

"저어, 낮에라두 잠깐 나올 수 없을까요?"

"글쎄—. 오늘은 좀 어떨지……."

"그럼 내일이래두 좋은데……."

"내일은, 바루 내 아우 생일이 돼놔서……."

'생일? 생일이면 아주 그러한 기회에라도 집으루 청헌다든 그래야 옳을 게 아니냐? 흥!'

기미꼬는 이 불쾌한 사나이와 좀 더 이야기를 길게 하고 싶지 않아,

"그럼, 모레 낮에 잠깐 만나기루 허죠. 저어—."

그는 사나이에게 채 무어라고 저의 의견을 말할 여유를 주지 않느라 빠른 어조로,

"모레 오후 두 시에, 저어…… 무교정 ××루에서 만나자구 허드라고 그래주세요."

"××루라니, 저— 청요릿집이요?"

"네에. 청요릿집이요. 모레 오후 두 시에 그리루 오두룩 꼭 좀 전해주세요."

그리고 그는 약방을 나왔던 것이나, 하나꼬의 어머니가 기다리고 있을 자기 집 앞에까지 돌아왔을 때, 그의 흥분은 차츰차츰 식고, 모든 것으로 미루어, 결코 행복되다든 그렇게는 추측이 되지 않는 하나꼬의 시집살이를, 공연히 자기가 객쩍은 문제를 꺼냈음으로 하여서, 혹시 좀 더 불리하게 만들지나 않았을까?— 차차로이 뉘우침이 컸다…….

그 전말을 들은 당초의 하나꼬 어머니는, 남이 옆에서 보기에도 딱하게시리 풀이 죽어가지고는 생각에 잠겼다.

그리고 가끔 생각난 듯이 고개를 들고는,

"그래 최 서방이 처음 볼 때부터 아주 재미없는 얼굴을 헙디까?……"

"저어, 좀 만날 수 없겠냐구 그 말은 허지 않았더면 좋걸 그랬지?……"

"그래, 만나보겠다구 그랬을 때, 얼른 그러라구 그럽디까?……"

그러한 것을 기미꼬에게 물었다. 그러고는 다시 입을 모으고, 얼마 동안을 또 혼자서 생각에 골몰이었다.

그러나 그러는 한편, 그의 마음속에는 이제 이틀만 있으면 그리운 내 딸을 만나볼 수 있게 된다는 것이 아무것에도 비길 수 없는 크나큰 기쁨으로 느껴졌다.

그래, 그는, 혹시 자기가 일을 그르치지나 않았나— 하여, 잠깐 입맛을 쩌억쩍 다시고 있는 기미꼬에게,

"하여튼 잘됐수. 그래, 모레루 정했댔지? 모레 두 시? 그럼, 내, 시간 전에 이리루 오리다."

그리고 그는 오늘 오정도 되기 전에 수표정을 다시 찾아온 것이다…….

그러나 오후 두 시—, 약속한 시간이 되고, 두 시 반— 반 시간이나 지나고, 오후 세 시— 또 한 시간이나 지나고, 그래도 당연히 나타나야 할 하나꼬가 그곳에 보이지 않자, 떳떳하지 못한 어머니의 가슴은 또 한 개 새로운 근심을 맞아들여,

"애가 대체 웬일일꾸? 나오려다 그만 시어머니한테 꾸지람이래두 들은 겔까…… 그렇지 않으면 갑자기 병이래두 났누?……"

이제껏 오지 못하는 것을 보면 정녕코 그 두 가지 중의 하나일 듯싶은데, 대체 그 어느 경우든 간에 어머니의 마음이 놀랍고 애가 쓰이기는 일반이었다.

어찌할 바를 모르면서 답답하게 두 사람의 얼굴을 번갈아 보았을 때, 그 자신,

"아니, 참 웬일야? 이렇게 시간이 지나두룩……."

초조하게 시계만 보고 있던 기미꼬는 마침내,

"허지만 별 까닭이 아닐지두 모르지. 아마 애최, 최 서방이 그 애한테 말을 전하지 않었는지두 모르지 않아요? 일부러 전허지 않았거나, 또는 무심해 잊어버리구 그랬거나……."

하고 그러한 말을 하였다. 그렇게 듣고 보면 그러한 일도 있을 법은 하였다.

"하여튼 이래 안 오든, 저래 안 오든, 올 사람이 이대도록 안 올 까닭은 없는 게니, 고만 돌아가시죠."

그러나 그 의견에, 딱한 어머니는 용이히 동의하지 않고,

"그래두……, 그래두 알 순 없는 일이니, 우리 반 시간만 더 기대려보지. 둘이선, 퍽 지루헐걸?……"

마침내 삼십 분이 또 지났다. 그러나 종시 하나꼬는 그곳에 나타나지 않았다.

세 사람은 실망과 피로 속에 그곳을 나왔다.

"최 서방이 정말 무심해서 그 말을 전허지 않았을까?"

"글쎄—. 장담이야 헌다는 수 없지만, 그렇기두 쉽지 않아요?"

"글쎄, 외레, 그렇기나 했으면 얼마나 다행하겠소만……, 혹시 무슨 다른 연고나 중간에 생겨서 그래 못 오기나 헌 거라면……."

"무어, 공연히 근심을랑 마세요. 별 연고야 무에 있겠어요?"

그리고 기미꼬는, 걸어서도 실컷 간다는 그를 굳이 권하여 전차를 태워 보내고, 아무리 이왕 나온 김이라도, 이제 이렇게 되어서는 다른 곳으로 헤매 돈다든 그러할 맛도 없어,

"자아, 우리두 집으루나 가지."

두 사람은 잠깐 말도 없이 나란히 서서 걸었다.

집 근처에까지 왔을 때, 이제까지 그것 한 가지만 궁리하고 있었던 듯

싶게, 금순이는 기미꼬를 돌아보고,

"참말, 그 말을 전허지 않았을까?"

그러한 것을 물었으나, 기미꼬는 대답도 안 하였다.

"설마 그 말을 전하지 않았을라구……."

금순이는 혼잣말같이 또 중얼거렸다. 물론 전하지 않았을 리가 없다. 그 말을 꺼내놓은 기미꼬 자신부터 그것이 당치 않은 말인 것을 알고 있었다. '아주머니'가 가여워서, 그래, 그는 그러한 말이라도 한마디 하지 않을 수 없었던 그뿐이다.

마침내 집으로 돌아와, 한 걸음 앞서서 방으로 들어간 금순이가,

"언니. 편지가……."

"뭐, 편지?"

받아보니, 그것은 뜻밖에도 하나꼬에게서 온 것이다.

떼어보니, 사연은 간단하여,

뵈옵고 싶은 생각 간절하오나, 집안에 일도 있고 해서, 못 나갑니다. 별고 없이 지내오니 안심하세요. 무슨 일로 만나자 하셨는지, 곧 편지로 알려주십시오.

요다음에라도 만나자 하실 때는 편지로 말씀해주시면 좋겠습니다. 총총 이만.

기미꼬는 시름없이 툇마루에가 걸터앉아 버렸다.

'"만나자 하실 때는 편지로 말씀해주시면."…… 그럼, 역시, 내가 최가에게다 대고 그런 말을 헌 게 문제가 됐을까?…… 그러기에 아무에게두 말을 말구, 제게다만 비밀히 편질 허라구…….'

역시 내가 객쩍은 문제를 만들어가지고 모든 사람을 괴롭혔구나?— 또 다시 그러한 것을 뉘우치며, 오늘 한나절을 딸을 기다리다 그만 지쳐서 돌아간 '어머니'를 생각하고, 또 분명히 그렇게도 그악스럽고 인정머리 없는 시집 식구들 틈에가 끼어, 어린 몸이 응당 혼자서 속을 태울 '딸'을 생각하고, 그렇게도 가까운 그들의 사이를, 그렇게도 멀리 떨어뜨려놓은 '것'에, 기미꼬는 새삼스러이 한없는 슬픔과, 또 분노를 느끼며, 한데가 얼마 동안을 그렇게 툇마루에가 걸터앉은 채 있었다…….

● 제45절

민 주사의 감상

민 주사는 이발소 주인이 등 뒤에가 들고 섰는 외투 소매에다 팔을 꿰며, 지금 이곳을 나가 오래간만에 서린동 강옥주 집으로 취옥이를 만나러 갈까? 또는 애초부터의 작정대로 계동으로 올라가 볼까?— 잠깐 망살거렸다.

관철동집이 제 고집을 내세워, 그예 계동 꼭대기로 집을 옮긴 다음부터는, 전의 관철동과 다옥정 사이에 비하여서, 역시 그 거리가 거리라, 민 주사도 자주 들르게는 되지 않아, 그는 계집의 얼굴을 보지 않기 벌써 닷새가 된다.

그래 오늘 밤은 이발이나 하고 거기라도 들러보겠다—, 마음먹고 집을 나섰던 것이, 배다리를 채 건너기 전에 우연히도 취옥이를 만나,

"아이, 영감. 안녕, 허세요오?"

너는 그새 잘 있었느냐, 했더니,

"영감, 왜 그렇게 뵈올 수가 없어요? 서린동에두 요샌 토옹 안 오시구……."

그래, 서린동에서는 여전들 하냐고 물으니까, 여전들 하다면서,

"지금 그리 가는 길인데, 영감두 같이 가시죠."

하고 바로 팔이라도 잡아끌듯이 앞으로 나선다.

일찍이 보지 못하게 머리를 모양 있게 틀고, 뒷굽 높은 구두에다 새 외투를 둘러, 바로 여학생같이 꾸민 맵시가 또한 그럴듯하여, 민 주사는 입가에 미소를 띠고,

"난 좀, 어딜 다녀가야 헐 텐데, 너 늦드래두 게 있겠니?"

불쑥 그러한 소리를 하였더니,

"영감만 오신다면 기다리다마다요."

갑자기 놀음에라도 불려가게 된다면 어쩌겠냐니까,

"영감만 꼭 오신다면 놀음에두 안 나가죠."

연해 '영감만' '영감만' 하고 내세우는 통에, 그게 다아 수단이거니— 생각은 하면서도, 민 주사 귀에는 역시 은근하게 구수하여,

"내, 그럼, 어디, 봐서 가기루 허지."

그리고 헤어졌던 것이나, 정작 이발을 하고 나니, 취옥이도 가 있고 한김에, 오래간만에 서린동에를 들러, 한 짱 하는 것도 좋기는 하지만, 막상 취옥이와 만나고 보면, 한자리에서 마작을 붙드는 것으로 그치지 않고, 또 무슨 일을 만들어놓고야 말 것 같아, 그렇게 되면 소문은 어디서 또 그렇게 쉽사리 나고, 안성집의 강짜도 적지 아니 머릿살 아픈 것이어서,

'글쎄—, 으떻게 했으면 좋을꾸?……'

아주 여학생같이 차린 취옥이가 몇 잔 술에 눈가가 발개가지고 자기의 무릎에다 손을 올려놓는 장면과, 안성집이 한마디 대꾸도 할 겨를이 없게 시리 자기를 닦아세우고, 그리고 마침내는 백화점으로 귀금속품점으로 분주히 끌려다니지 않으면 안 되는 장면과, 그렇게 두 가지 경우를 생각하고 그는 구두를 신으면서, 또 한 번,

'글쎄…….'

하지 않을 수 없었다.

"안녕히 들어가십쇼."

이발사들의 인사를 받으며, 유리창 문손잡이에다 손을 대려니까, 마침 밖에서 먼저 문이 방긋이 열리며, 완전히 어둠이 내린 그곳에, 상판대기에 불에다 덴 자국이 큼직한 깍정이가 밥통을 들고 다가선다.

"아, 이놈아. 그믐날두 아닌데 동냥 얻으러 다니니?"

그러나 그가 얻으려는 것은 동냥이 아니다. 젊은 이발사는 말없이 물구기*를 들어, 펄펄 끓는 물을 퍼서 깍정이가 내미는 생철통에다 부어주었다.

"아, 그놈들, 아주 더운물에다 밥 말아 먹구……, 그래 늘 얻으러 오?"

"겨울이면 늘 그렇게 얻으러 온답니다."

"허—."

하고 민 주사는, 다시 한 번, 안녕히 들어가십쇼 소리를 듣고 밖으로 나왔던 것이나, 대체 어디로 가야 좋을지를 모르는 채, 잠깐 우두커니 그곳에가 서 있으려니까, 개천 속에서 애 녀석들의 쌈하는 소리가 시끄럽게 들려온다.

바라보니, 얼음을 지치고, 팽이를 돌리고 하느라, 십여 명이나 들어가 있는 개천 속에서 어떤 녀석이 몹시도 때렸는지 웬 아이가 기색을 하여 우는 소리가 들리고, 누가 맞은 아이 편을 들어 대드는지, 서로 왁자하게 욕지거리들을 하는 품이, 비록 아이들 쌈이라도 만만하게는 볼 수 없게시리, 제법 크게 벌어진 모양이다.

민 주사는,

---

* 술, 죽, 기름 따위를 풀 때 쓰는 국자와 비슷한 기구.

'혹시나……'

하고, 저도 모르게 눈을 크게 뜨고 개천 속을 살펴보았다.

역시 그 속에, 그는, 자기의 어린 아들을 발견하였으나, 다행히 쌈패에는 들지 않았다. 하지만 이제 아홉 살밖에 안 된 어린애가 어두운 개천 속, 치고, 때리고, 바로 크게 벌어진 쌈판 옆에가 그렇게도 가까이 서 있는 것이 놀랍고 또 염려되어, 그는 좀 더 천변으로 다가서서,

"얘—, 효준아—."

어린 효준이는 고개를 돌려 아버지를 그곳에 발견하자, 한달음에 뛰어 빨래터 사다리를 올라서 그의 옆으로 왔다.

"밤엔 밖에 나와 놀지 말래두, 왜, 말을 안 듣니? 집이서 공부나 허는 게 아니라……."

"공분, 다 했어."

"그래두 개천 속에 들어가 놀지 마러. 이렇게 치운데 또 감기나 들면 어쩌니?"

그는 어린 아들의 팽이채 든 손을 쥐어보고,

"이렇게 손이 꽁꽁 얼구……."

그러자 그는 문득, 얼마 전부터 '짜꼣또'*를 하나 사달라고 효준이가 그렇게도 조르던 것을 생각해내고, 역시 잠깐 망살거리다가, 끝끝내,

"너, 아버지허구 진고개 갈련?"

"진고개? 아이, 좋아. 뭐어 사러 가는 거죠?"

"가, 옷 입구 나우너라. 내 예서 기다리구 있으께……."

좋아라고, 집을 향하여 벌써 달음질을 치는 어린 아들의 등덜미에다

* ジャケット. 재킷.

대고,

"모자 쓰구, 외투 입구……."

연해, 네—, 네—, 하고 대답을 하며, 벌써 어느 틈엔가 배다리를 건너는 조그만, 참말 조그만 내 아들의 모양을 물끄러미 바라보며, 저도 모르게 민 주사는 가만한 한숨조차 토하였다.

"민 주사, 안녕허십쇼?"

그의 옆을 지나다 잠깐 걸음을 멈추고, 한 젊은이가 인사를 한다.

"어—, 진국인가? 지금 들어가는 길일세그려?"

"네—."

그리고 배다리로 향하는 젊은이의 뒷모양을 그는 잠깐 물끄러미 바라보며,

'주책없는 아이가 본처를 이혼해버리구, 여급을 데리구 산다니, 온, 참…….'

그래, 그 여급 노릇 했다는 계집과는 의가 좋아서, 이렇게 초저녁부터 집으로 찾아 들어가는 것일까?— 민 주사는 막연히 그러한 것을 생각하고 있었던 것이나, 참말 최가가 지금 목적하고 가는 곳을 그가 알았다면, 그는 너무나 놀란 나머지에 얼마 동안은 따악 벌어진 입을 다물 생각도 못 하였을지 모른다. 근래, 도무지 서린동에를 들르지 않은 민 주사는 한 달포 전부터, 이 최진국이라는 젊은이가 자주 강옥주 집에를 드나들고, 그것도 마작 놀음에 미쳐서라는 것보다는 취옥이와 만나기 위함이라는 것을, 꿈에도 알 턱이 없었던 것이다.

그래, 이날 민 주사가 갑자기 어린 아들 귀여운 생각에 '짜껫또'를 사주고, '에노구'*를 사주고, 식당에서 밤참까지 달게 먹여가지고 같이 돌아온 집에가 그대로 눌러 있어, 우선 그날 밤만이라도 취옥이를 만나러 간다든

하지 않은 것은 민 주사 자신은 물론, 취옥이나 최진국이를 위하여서도 다행한 일이었다.

그럼 계동은?—

계동으로도 가지 않기를 잘했다.

계집은 이 밤에도 그 학생을 방 안으로 이끌어들여, 내년 봄에 졸업하거든 부디 그 길로 같이 살 도리를 차리자고, 이 집도 이제는 어엿한 내 집이라, 언제 민 주사와 갈라서더라도 자기에게 손해는 없는 게고, 그보다도 지금 배 속에 들어 있는 것이, 그것이, 하늘께 맹세하여 당신의 씨가 분명하다고—, 계집은 남자에게 몇 번짼가 그러한 말을 하고 있었던 것이다…….

* えのぐ. 그림물감. 채료彩料.

● 제46절

근화 식당

저녁을 먹고 나무장 한데 뒷간을 다녀 나오느라니까, 개천가에가 서서 샘터 주인과,

"아, 글쎄 큰일 났다니까 그래애? 이제 아주 장사두 다아 집어치구, 그래 어디서 그 녀석이 둔이 밤낮 생기는지……."

하고, 무엇인지 그러한 이야기를 하고 있던, 그 수다스러운 점룡이 어머니가,

"참, 너, 점룡이 어디서 못 봤니?"

"뭇 봤에요. 왜요?"

재봉이가 무슨 일인가 호기심이 부쩍 나서 되물었으나, 마누라쟁이는 그 말에 대답을 않고, 다시 김 첨지에게로 향하여,

"이 녀석, 오늘 밤엔 문을 닫아걸구 디리질 말아야지. 아아주, 남들이 제 나이에 외입들을 허구 그린다니까, 바루 저두 그래야 헐 상싶어서……, 흥, 참, 이 녀석이 글쎄 무슨 성세에……."

반은 혼잣말같이 중얼거리다가, 문득 생각난 듯이, 그저 그곳에가 서 있는 재봉이 녀석을 돌아보고,

"참, 용돌이두 뭇 봤니?"

못 봤다니까, 그는 혀를 차고,

"똑 둘이 얼려 다니지. 그 용돌이는 사람이 퍽 얌잔허건만 가을 들어서부터 무슨 곤투를 배러 다니느니 어쩌니 그러다가 술이 늘구, 놀길 좋아허구, 쨋쨋……, 그저 젊은 녀석들은 하루바삐 장가들여 줘야지, 아주 걱정이거든."

변덕스러운 마누라쟁이가 눈을 끔벅거려가며 연해 늘어놓는 말을 재봉이가 흥미 깊게 듣고 있으려니까,

"아, 이 녀석아. 무얼 또 정신없이 듣고 섰어?"

분명히 김 서방인 듯싶은 목소리가 바로 등 뒤에서 들린다. 눈살을 잔뜩 찌푸리고 재봉이가 고개를 돌렸을 때, 그러나 그곳에는 뜻밖에도, 참말 뜻밖에도, 창수 녀석이 생글생글 웃으며 서 있다.

"아, 너, 은제 올러왔니?"

진정 반가워서 물어보니까,

"오늘 낮에—."

한다.

"그래 왜 올러왔니?"

"왜 올로긴 돈 벌러 왔지."

"돈 벌러?"

재봉이는 저도 모르게 개천 건너 한약국 집을 바라보고,

"다시 저기 있게 됐니?"

그러나 창수는 모멸 가득한 코웃음조차 웃고,

"미쳤다구 저눔의 집일 다시 들어가? 그 고리탑탑한 한약국엘……, 이래 뵈두 어대감은 신사들허구만 교제야."

신사들하고 교재란 무엇인가, 생각을 하며, 그의 뒷말을 기다렸으나,

창수는 문득 생각난 듯이,

"애애 춥다. 내, 우동 사주께 거기 가서 얘기허자."

바로 앞장을 서서, 장마 때 서울을 떠나기 전에 그러듯이 큰 행길 조선 모자점 옆집—, 철이 철이라 이제는 빙수를 그만두고 우동 가게가 된 집으로 그를 안내한다.

"그래, 너, 지금 어딨니?"

"종로 구락부—."*

"아, 요기, 은방 이 칭에서 다마 치는 집?"

"응. 아주 신사들만 다니는 데다. 호옥 칼라상**들두 오구……."

창수 녀석이 발을 까불며 그러한 말을 하였을 때, 그들보다 먼저 그곳에서 한 그릇의 우동을 먹고 난 사나이가 자리에서 일어나 주인을 불러 음식값을 치르며,

"저—, 관철동이란 데가 어디쯤이오?"

소년들이 새삼스러이 그의 행색을 훑어보니, 바로 지금 정거장에서라도 들어온 듯싶어, 한 손에 낡은 가죽 가방을 든 그 사람은, 어디 시골서 갓 올라온 이가 분명하였다.

"관철동이야, 저 큰 광교 북쪽 천변으루 내려가면, 게가 왼통 관철동이죠. 뉘 집을 찾으시게요?"

"저—, 근화 식당이라구 요릿집이라는데……."

"근화 식당?"

우동집 주인이 얼른 알아내지 못하는 것을 재봉이가 대신 나서서,

* '동아 구락부'의 오기인 듯.

** 신문물을 접한 사람들.

"근화 식당요? 그럼 바로 우미관 옆이로군요."

"우미관?"

"우미관 말이에요, 우미관……, 왜 활동사진 놀리는……."

"거길 내가 알 수가 있나?"

"하여튼 종로 네거리루 나가서 동쪽으루 쭈욱 내려가며, 우미관이 어디냐구만 물으시면 누구든지 아르켜드릴 게니 우미관 앞에까지 가서는 이번엔 또 근화 식당이 어디냐구 물으시란 말이에요. 뭐, 찾기 쉽죠."

"저—, 큰길루 나가서 우미관을 찾어라? 응 고맙소."

시골 사람은 털로 짠 목도리를 고쳐 두르고 그대로 밖으로 나갔다.

"그, 웬 꼴짜*야? 그래 우미관두 모른담?"

"그건 그만두구 근화 식당이 그게 식당이지 무슨 요릿집인가?"

"코는 왜 또 그렇게 새빨개?"

"코두 코지만 둥글넓적헌 얼굴에 왼통 개기름이 지르르 흐르구……."

두 소년은 잠깐 그 시골 사람에 대하여 경박한 비평을 하고 있었다.

그러나 우리는 언제까지 그들의 이야기에만 귀를 기울이고 있을 수는 없다. 주독으로 하여 코가 벌겋고, 둥글넓적하니 개기름이 지르르 흐르는 얼굴에, 우리는 분명히 기억이 있다. 우리는 시골서 갓 올라와 근화 식당을 찾아가는 이 시골 사람의 뒤를 잠시 밟기로 하자.

그 사람은 분명히 이번 길이 초행인 모양이다. 우선 종로 보신각 앞에서 현판을 치어다보고, 창살 안을 들여다보고 한 다음에, 건너편 화신 상회를 멀거니 바라보다가,

* 골짜. '시골뜨기'를 더욱 얕잡아 부르는 속어.

'참, 동쪽으루 가라든데, 동쪽이 어딘구?……'

잠깐 두리번거리다가, 마침 옆을 지나는 젊은이를 돌아보고,

"저—, 우미관이라는 데를 어디루 가나요?"

"우미관? 이리루 곧장 내려가다 바른편 쪽으루 꺽이슈."

'이리루 곧장 가다 바른편으루 꺾여라?……'

겨울밤이건만 섣달 대목이라, 사람이 제법 북적대는 야시장 군중 틈을 지나며 우동집에서 아이들은 아주 찾기 쉽다고 말들을 하더라만, 대체 얼마큼을 가다가 바른편으로 꺾어야 될는지 도무지 어림이 서지 않아, 연해 두리번거리며 청년회관 맞은편께쯤 와서, 이대로 가다가 호옥 지나치지나 않을까?— 문득 그것이 염려되어 또 누구한테든지 물어보려고 걸음을 멈추려니까, 뜻밖에도 등 뒤에서,

"아, 이거 누구야?"

하고 말을 건다. 깜작 놀라 돌아다보니, 그곳에가 눈을 크게 뜨고 서 있는 사나이는, 그것이 바로 자기가 지금 찾아가고 있는 근화 식당 주인이 분명하다.

"아, 은제 올러왔나?"

"지금 차에서 나린 길이야. 그래 자네게루 찾어가는 꼴이라네."

"아, 그 참, 잘 만났군. 그래 어디 객사나 정했나?"

"정허기는, 무슨, 형편을 알어야지? 그래 우선 자네나 만나보구……."

"그럼 어서 내게루 가세그려. 헌데 섣달 대목에 서울엔 무슨 일루 올러왔나?"

"무슨 일루 올러왔느냐? 알구 보면 참 기가 맥히지……."

그리고 그는 야시장 군중 틈도 가리지 않고 후유—, 한숨조차 토한다…….

관철동 근화 식당에는, 아직 초저녁이건만 한 패의 손님이 있었다. 그 중 구석진 테이블에가 자리를 잡고 앉아 정종을 먹고 있는 두 젊은이—, 감때사나운 마누라쟁이가 천변에 나와 그렇게 찾아도 없던 점룡이가, 딴은 그의 어머니 말마따나 용돌이와 이 밤에도 얼려서, 참말 군밤 장수 형세에 돈을 또 어디서 어떻게 변통을 하였던지, 테이블 위에 쓰러진 '도꾸리'* 수효만 하여도 이미 여섯 개가 넘는다.

"자아, 어서 드세요."

목소리는 거칠어도 파닥지는 과히 밉지 않은 여급은 '시즈꼬'라고, 언젠가 점룡이가 속주머니에 넣어두었던 사진을 어머니에게 들킨 일이 있던 바로 그 계집인 것이다.

문을 들어서서 그들 옆을 지나, 자기가 거처하는 다다미방으로 시골 친구를 안내하여 우선 담배를 권하고, 곧 부엌에서 일 보는 젊은 사람에게 술상을 보아 오라 명한 다음에,

"아아니, 그래, 알구 보면 기가 맥힐 일이라니?……"

하고 식당 주인은 그의 뜻밖의 상경에 대하여 물었던 것이나, 듣고 보니 딴은 기가 막힐 사정이기는 하였다.

단지 어린 아들 하나를, 그야말로 애지중지 길러서 장가라고 들여놓았더니, 작년 가을에, 그만 호열자에 걸려 어처구니없게도 죽고 말았다. 며느리는 올여름에 시어머니와 쌈을 하고 온다 간다 말도 없이 집을 나가버렸으나, 내가 며느리 년을 분수에 넘치게 위해줬느니, 떠받들었느니, 하고, 밤낮 이웃이 부끄럽게 늘어놓던 마누라는, 그년, 어디 가서 무슨 짓을 하든, 뒈져버리든, 누가 아느냐고, 나간 년을 찾아선 뭘 하느냐고—, 그

---

* とくり. 호리병 모양의 정종 넣는 술병.

래 여태껏 생사도 모르고 있는 터이요, 또 몇 해를 두고 잔병치레만 하여 오던 마누라는 바로 달 반 전에 그만 죽고 말고,

"그래, 네 식구 살던 것이 만 일 년이나 그밖에 안 되는 사이에 다 없어지고 나 하나가 남었을 뿐이니, 대체 무슨 재미루 누굴 믿고 그냥 게서 눌러 지내겠나? 동네서도 흉갓집이니 무어니 하고, 왼통 소문이 떠돌고, 나도 그 집이서 혼자 살 마음은 없고, 그래, 생각다 못해서 그저 뭐 좀 있다는 거 모조리 팔아 없애고 알몸으로 서울이라 올러왔지. 그저 되나 안 되나 서울서 어떻게 좀 살어볼 생각일세. 허지만 무어 아는 게 있에야지? 참말이지 자네 하나만 믿고 올러온 터이니, 그저 잘 좀 지시를 해주게."

그가 신세타령을 하는 동안,

"온, 저런……."

"쩻, 쩻, 쩻……."

"아—니, 그 참 웬일인가?"

"온, 저럴 데가 있다구?"

연해 그러한 말로, 불과 이 년 동안에 아들과 며느리와, 끝끝내는 마누라까지를 잃어버린 친구의 신세를 가엾어하던 식당 주인은, 여기에 이르러,

"자—, 어서 약주나 자시게."

우선 술을 한잔 권하고,

"지시야, 내가 무얼 안다고……, 그래 이제부터 서울서 으떻게……."

"글쎄 말일세. 밑천 얼마 안 드는 장사로, 경험이 없이두 어떻게 할 수 있는 게 있다면……."

"아—니, 을마나 가지구 헐 작정인데?"

"글쎄……."

금순이 시아버지는 역시 얼마 동안을 망살거리다가,
"한 오백 원이나 그가량으로……."
"오백 환?"
식당 주인은 시골 친구의 참마음이라도 들여다보려는 듯싶게 그의 얼굴을 잠깐 지켜보다가,
'제 말루 오백 환이랄젠, 친구가 아마 적어두 둔 천 환은 착실히 가지구 올라온 모양이라……'
그렇다면 할 만하다고,
"그야, 자네가 참말, 헐 맘만 있다면 괜찮은 장사가 있기야 있지."
그리고 그는 스끼야끼 냄비에서 고기 한 점을 집어 먹고,
"자네, 이 장사는 으떤가?"
"이 장사라니?"
"나같이 술장사 말이야."
"이렇게 요릿집 말이지? 어유—, 그 무슨 돈으로 이걸 시작하겠나? 더구나 경험도 아모것도 없는 내가……."
"경험은 무슨 경험이야? 난, 언제 경험이 있어 이 장살 시작했단 말인가?"
"그래도 자본이 제법 들걸그래?"
"그야, 시작하기 나름이지."
그는 상반신을 앞으로 내밀고 한껏 은근하게,
"난, 이거 일천이백 환 가지구 시작헌 걸세. 그야 오륙백 환에두 허려들면 뭇헐 거야 없지만, 둔이 덜 들면 설비라든 모든 점이 역시 좀 엉성하단 말이야……."
"그럼, 어디, 나야 해볼 수 있나?"

술이 제법 돌기도 하였지만 개기름이 지르르, 유난하게도 흐르는 얼굴에, 입을 딱 벌리고 치어다보는 것을,

'아따 친구두……, 둔 천 환 가진 걸 누가 모를 줄 알구 그러나?……'

속으로 냉소를 하며, 그래도 겉으로는 천연스럽게,

"그야 자기가 처음 시작허러 들면, 아—무렴, 둔 천 환 덜 들여가지구서야 엄두를 못 낼 노릇이지만, 그러기에 남이 허다가 넹기는 걸 싸게 물려받어 가지구 허거든……."

"하, 하—, 남이 허든 걸 말이지? 허지만 그런 걸 만나기가 어디 쉬운가?"

"아암, 쉽지 않지. 더구나 누가 이 장사를 허다가 내놨다— 소문만 한번 돌면, 와—들 달려드니깐……."

"아, 그렇게 이 장사가 이가 남는 겐가?"

"웬만큼 남지. 그러기에 그 야단들 아닌가?"

"그렇다면, 돈 몇 푼 더 들드래도 제가 새로 시작을 하면 편할 게 아닐까?"

"누군, 그 생각을 못 허겠나? 허지만 당국에서 그렇게 새루 영업 허가를 내주지 않으니까……."

"그럼 자본도 자본이지만, 나 같은 사람은 어디 생각이나 해보겠나?"

그 말에 식당 주인은 짐짓 대답을 않고, 부엌 쪽으로 고개를 돌려,

"여봐—. 술 더웠거든 어서 들여오구, 또 무어, 간즈메* 좀, 안주 될 만헌 걸루……."

친구 대접이 바로 극진하다.

---

* 통조림.

"아닐세. 이 이상 어떻게 더 먹나? 난 못 먹겠네."

"아따, 이 사람아. 내가 자네 주량을 모르나? 더구나 이렇게 오래간만에 만나서 우리 사이에 사양이 어디 있단 말인가?"

그리고 그는 다시 은근한 목소리로,

"사실은, 자네가 사흘만 일쯔거니 올러왔드라면 좋았네."

"사흘만 일쯕 올러오다니?"

"내가, 사실은, 이 집을 남에게다 넹겼네."

"뭐? 이 집을 넹겨? 아—니, 왜, 장사가 괜찮다며, 아까운 걸 넹겼단 말인가?"

의아스러이 묻는 것을, 식당 주인은 간사스러이 웃으며,

"이 장사두 헐 만큼 허구, 돈두 몣 푼 몰 만큼은 뫘으니까, 이제 한 급 상등으루 올라서잔 말이지."

"한 급 상등이라니?"

"한 오천 환 가지구 가후에를 해볼까 허네."

"오천 환 가지고 가후에? 허—."

사정을 모르는 시골 사람은 우선 오천 원이라는 금액에 놀랐다. 칠 년 전에 그야말로 빚에 쫓겨 알몸 하나 가지고 서울로 올라온 이 친구가, 그래, 그사이에 오천 원이나 돈을 모았다니?— 그것이 사실이라면 이 식당이라는 장사가 이가 무던히나 남는 것만은 틀림없을 것이다.

'그걸 사흘 전에 누구에게다 넹겨버렸다니?……'

그는 저도 모르게 침을 한 덩어리 꿀떡 삼키고,

"그래, 을마에 넹겼나?"

"누구한테 팔든지 둔 천 환 뭇 받을 게 아니지만, 알 만한 사이구 그래서 단둔 팔백 환에 넹겼지. 사실은 계약금두 채 안 받긴 했지만……."

"계약금은 아직 안 받었다?"

"응. 내일 다시 만나기루 했다네."

"내일?"

"응."

두 사람은 잠깐 말이 없었다.

그사이, 식당 안에는 여러 패의 손님이 찾아든 듯싶어, 웃고, 지껄이고, 노래를 하고, 그러는 소리에 좁은 집이 바로 떠날 것 같다.

"가쓰, 있쬬—."*

"오쬬—시 넹아이마쓰."**

"오야꼬 돔부리 잇쬬—."***

"쓰끼다시, 산닌붕."****

어린 계집의 소리에 맞추어 부엌에서는 젊은 사나이가 종종걸음을 친다.

"손님은 늘 이렇게 많이 오나?"

시골 사람은 몽롱한 눈으로 식당 주인을 바라보았다.

"무어, 술을 먹으러 오기엔, 아직 이른 편이지. 인제 우미관만 파해보게. 들이밀릴 테니……."

그는 효과적으로 말을 잠깐 끊었다가,

"예가, 미상불, 이런 장사 허긴 그중 좋은 델세. 서울서두 중앙 지대인 데다, 바로 옆에 극장을 끼구 있구……, 자네두 서울서 지내보면 알겠지만, 사실, 이만헌 좌처가 없다네."

---

* "커틀릿 하나."
** "준비해주세요. 세팅해주세요."
*** "닭고기덮밥 하나."
**** "안주 삼 인분."

또 잠깐 말들이 없다가 식당 주인은 문득 상반신을 부썩 앞으로 내밀고,

"여보게."

"응?"

"길구 짧은 소리 다 그만두구, 으떤가? 자네 한번 이 장사 안 해보려나?"

"……."

"이왕 자네두 만나구, 또 이런 얘기두 나구, 그랬으니 말이지, 장사치군, 이게 괜찮은 장살세."

"허지만 벌써 남에게 넹겼다며?"

"아암, 약조야 했지. 그러나 말하자면 계약금은 아직 안 받었으니까……."

"을마랬지? 팔백 원?"

"응. 허지만 그것두 알 만한 사이구 그래 그 통에 정했지. 그렇지 않으면 둔 천 환 안짝엔 사실 말두 안 되네."

"……."

"자네에게 의향이 있다면 말일세. 아주 생각이 없는 바엔 팔백 환 아니라 단둔 팔십 환에래두 내가 권헐 까닭이 없는 게지만, 호옥 헐 맘이 있다면, 기회두 좋구 허니, 같은 값에라면 난 자네한테 물려주구 싶단 그 말이지."

"……."

바깥 식당에서는 여전히 웃고, 지껄이고, 소리판에 맞추어 노래하고, 그러는 소리가 자못 시끄럽다. 그러나 정작 술 먹으러들 올 시간이 안 되었다고 한다. 극장이 파하면, 참말 문이 미어지게 들이밀린다지 않나? 칠 년 동안에 오천 원도 족히 벌 수 있을 장사다.

'오천 원…….'

금순이 시아버지는 입안말로 중얼거리고, 술기운과 함께 한숨을 토하였다…….

이렇게 방 안에서는 식당 주인의 수단으로 하여 처음 서울 올라온 시골 사람의 마음이 이쯤 기울어졌을 때, 바깥 식당에서는 술을 먹으러 온 손님과 손님 사이에 차차 그 형세가 험악하여가고 있었다.

이 근화 식당이라는 곳으로 술만 먹으러 온다면, 별반 갈등이라든, 그러한 것이 생길 까닭도 없는 것이지만, 젊은 축들에게는 이 집에 여왕과 같이 군림하고 있는 시즈꼬라는 어린 계집의 존재가 대단한 것이어서, 그에게 은근한 생각을 가지고 있는 젊은이와 젊은이가 같은 시각에 모일 때, 때로 주린 이리들과 같이 서로 이빨을 내놓고 으르렁거린다.

그러나, 이 밤의 점룡이의 분노는 단순한 질투로 하여 일어난 것이 아니다. 그것은 한편 정의를 사랑하는 젊은 사나이의 의분이기도 하다.

말하자면 애초에 우선 눈꼴이 틀렸다. 어디서 먹고 왔는지 불콰—한 얼굴을 하여가지고 젊은 아이가 문을 밀치고 들어와서, 떠억 자리를 잡고 앉자, 제 테이블에 시중드는 계집으로 따로 '요시꼬'라는 것이 있음에도 불구하고,

"오이."*

하고, 점룡이 곁에 앉아 있는 시즈꼬를 부르는 것이 아니냐?

그러나 정작 시즈꼬는 그편을 한 번 흘낏, 그것도 모멸 가득한 눈으로 보고, 역시 바로 한이웃인 우미관에서 활동사진으로라도 보아 배웠던 게

* "어이."

지, 양녀들이 흔히 그러한 경우에 하듯, 어깨를 한 번 으쓱— 하는 것이 아니냐?

그것을 젊은 아이는 자존심이나 상한 듯이, 또 한 번,

"오이. 춋또 고이."*

그러나 계집은 이번에는 들은 척도 안 하고 용돌이에게 술을 따라 권하였던 것이나 젊은 아이가 그래도 단념하지 않고, 또 한 번,

"오이."

하고 불렀을 때, 계집은 뜻밖에도 그편으로 몸을 홱 돌려 앉으며,

"어서 그 풍금 잘 치는 여학생 보러 가지 않구, 왜, 내게 와서 성화야?"

난데없이 그러한 소리를 한마디 하더니, 이것은 또 어찌 된 까닭일까, 입술을 몇 번 비쭉거리며, 눈에는 닭의 똥 같은 눈물조차 한 방울 떠오르는 것이 아니냐?

여기 이르러 점룡이는 '사랑의 기사'로서 '천사'에게 슬픔을 준 가증한 자를 징계하러 나서지 않으면 안 되었다.

물론, 제법 먹은 술기운도 술기운이었다. 하지만 점룡이는, 그 색깔이 희고, 눈가가 검푸르니 야쁘장하게 생긴 젊은 아이의 상판대기가, 이를테면, 비위에 맞지 않아, 그래 자리에서 몸을 반쯤 일으키며,

"우루 싸이소—."**

하고, 소리를 한마디 버럭 질렀다.

젊은 아이는, 물론, 예기하지 못하였던 일이라, 우선 놀랐다. 그러나 그 즉시,

---

* "어이, 잠깐 와봐."
** "시끄러워—."

"우루싸이?…… 잘못 됐소. 허지만 사정을 모를 바엔 잠자쿠 계슈."

그러나 점룡이는 결코 잠자코 있지 않았다. 그는 우선 어느 정도까지 '사정'을 알고 있었던 것이다.

첫째, 젊은 아이 편에서 점룡이를 알아보지 못하는 대신에, 점룡이 쪽에서는 진작부터 그 애가 누구임을 알고 있었다. 같은 동리에 핀 향기로운 한 떨기 꽃으로 젊은이들의 동경하는 바이던 이쁜이의 남편―, 물론 언제 서로 만나 이야기를 하여보았다거나 한 일은 없어도 그의 소문은 동리에서 너무나 유명하여, 가엾은 이쁜이를 구박은 할 대로 하고, 저는 밤낮 관철동 어느 식당 여급에게 미쳐 다닌다고, 우선 동리에선 저의 어머니를 비롯하여, 귀돌 어멈이며, 필원이네며, 김 첨지며, 칠성 어멈이며, 만나면 의례히들 그 이야기요, 그때마다,

"온, 그런 고연 녀석이……."

"온, 급살을 해두 싼 녀석이……."

하고, 이 아이의 가증한 소행에 대하여서 공분은 또한 컸던 것이 아니냐?

그러나 이 아이가 이쁜이를 울려가며 미쳐서 다닌다는 계집이, 바로 이 근화 식당의 시즈꼬라는 것은 과연 오늘 처음 알아낸 사실로, 자기가 달포 전부터 은근히 마음을 두고 지내온 이 여자가, 알고 보니 가엾은 이쁜이에게서 남편의 사랑을 빼앗았던 그 계집이라, 우선 그 점에 있어 점룡이는 쓰디쓴 침을 몇 덩어리고 삼키지 않으면 안 되었던 것이나, 사실은 계집이 남자를 유혹한 것이 아니라, 이 불량한 젊은 아이가 시즈꼬를 농락하였던 것이 분명하여, 자기가 이 식당에 다니기 시작한 뒤로 오늘 밤에야 비로소 강가와 이곳에서 만날 수 있었던 것을 보면, 분명히 달포 이상은 강가가 이곳에 발그림자도 하지 않고, 여자 말을 들으면, 무슨, 풍금을 잘 치는 여학생에게 근래는 또 미쳐서 다닌다는 게 아니냐?

어엿한 아내가 있으면서, 따로 계집을 두고, 그 계집이 물리면 또 다른 여자에게로 발길을 돌리고……, 그러는 이 젊은 아이의 성행이 점룡이에게는 견딜 수 없게 불쾌하였다.

불끈! 하는 열홧덩이를 점룡이는 순간에 느끼고, 자기의 격렬한 감정을 스스로 억제하지 못하는 채, 그는 번개같이 테이블 위의 빈 도꾸리를 손에 잡아, 두 칸통 떨어진 곳에 강가 면상을 향하여 팽개치고, 강가가 얼떨결에 고개를 비틀어 가까스로 병을 피하였을 때, 어느 틈엔가 그는 벌써 강가 테이블 건너로 달려들어 억센 손이 그의 멱살을 움켜쥐었다.

"리유—모 나시니, 람보—쟈 나이데쓰까?"*

겁을 잔뜩 집어먹은 눈으로, 바로 눈앞 다섯 치 거리에 급박한, 무지하게 크고도 험상궂은 점룡이 얼굴을 치어다보며, 강가는 소리쳤던 것이나, 성난 젊은이는 이를 악문 채, 말도 없이 콘크리트 바닥에다 그를 으스러지라고 메다꽂고, 다음에 주먹과 발길이 번개같이 그 위에 내렸다.

"이눔아, 네 죈 늬가 알지? 여잔 사람이 아닌 줄 알었던? 이 여자, 저 여자, 네 맘대루 농락을 해두 죄가 안 될 줄 아니? 망헌 놈의 자식!"

"자—, 그만허면 버릇을 고치겠지. 그만 진정을 해라."

용돌이가 두어 번 어깨를 툭툭 치자, 점룡이는 그만 자기 자리로 돌아가 앉았으나, 흥분은 쉽사리 사라지지 않아,

"저눔의 자식이 다시 이쁜이 구박했단 소식만 들려봐라. 내, 살려두진 않을 테니……."

씨근거리며 술을 찻종에다 콸콸 따라, 그는 그것을 한숨에 들이마셔 버렸다.

---

* "이유도 없이 너무 행패 부리는 거 아니오?"

이편에서 소동이 이쯤 진정되었을 때, 방에서는,

"술들이 취해가지고, 저렇게 밤낮 쌈들을 허면, 구찮은 노릇이 아니겠나?"

순박한 시골 사람이 눈을 크게 뜨고 염려스러이 물으니까,

"하, 하, 하……."

식당 주인은 우선 한차례 웃고,

"그건 모르는 소리. 사실은 저렇게 기집으루 해서 가끔 객들 사이에 쌈이 있구 그래야 이런 영업두 제격에 들어섰다구 그러는 게지. 그만큼 유명허구 인기가 있구 그런 증거니까……."

"그래두 기명이나 깨트리고 창이나 부시고 그러면……."

"아, 그거야 몇 갑절을 해서든 물어 받지. 아—무렴, 누가 미쳤다구 저이들 쌈허는데 우리가 손해를 보나? 자— 어서 한잔 들게."

간사한 식당 주인은 연해 그러한 소리를 하여가며 술병을 집어 든다.

● 제47절

영이의 비애

영이—, 하나꼬의 시집살이는 역시 괴로웠다. 그러나 그것은 시어머니가 구박이 자심하고, 하인배들까지도 자기에게 악의를 가지고 있는 것에서만 오는 것이 아니었다.

우선 그렇게 믿었던 남편의 마음이 원래 먼점번 아내에게서 자기에게로 옮아왔던 것과 같이, 이제는 또 다른 여자에게로 옮아가고 있다는 것을 분명히 깨달았을 때, 그의 놀라움과 슬픔은 또한 컸다.

그뿐이 또 아니다. 아무 죄도 없이 버림을 받은 전실댁이 이 집에 남겨놓고 간 두 어린것—여섯 살 먹은 명준이와 세 살 먹은 명숙이가 죽어라 하고 자기를 따라주지 않는 것에도 마음은 아팠다.

처음에 그가 이 집에 들어왔을 때, 그는 온갖 괴로움, 온갖 슬픔 속에서라도, 오직 남편 하나만이 변치 않고 저를 사랑하고, 아껴주었으면—, 그리고 제가 낳은 자식은 비록 아니나, 역시 사랑하는 남편의 어린것들을 지성으로 사랑하고 돌보고 그러면, 어린것들도 응당 새어머니를 따를 것이요, 그래 자기도 능히 행복일 수 있으리라고—, 그렇게 생각하고 영이는 철없는 전실 아이들에게 참말 '어머니'로서의 애정을 가지려 노력하였던 것이다. 그러나, 그것은 물론 힘든 일이 아닐 수 없다.

내가 낳은 자식이 아니요, 어디까지든 이 애들한테 대하여 나는 의붓어미라고—, 언제든 그것을 느끼지 않으면 안 되는 영이는 한참 장난이 심한 여섯 살짜리 사내 녀석 명준이를 나무란다든 꾸짖는다든 그러할 때, 역시 제 자신 떳떳하지 못하였다.

제가 낳은 자식이 아니래서, 나무라지 않을 것도 나무란다든 그렇게 집안사람이 알지나 않을까?— 눈치를 살피기에 바빴고, 그와 함께, 내가 참말 이 불쌍한 자식들을 내 자식이라 삼고 지낼 바에는, 내 진정에서 자식들 잘되라고 나무라고 꾸짖는데, 누구 눈치를 살핀다든 그럴 필요가 어디 있겠느냐고—, 굳세게 마음을 먹으려도 드는 것이나, 돌이켜 생각하여보면 참말 애정이라든 교육이란 그렇게 발표되고 이루어질 것이 아니어서, 영이는 아무리 싫어도 이 집안에 있어서 제 자신의 부자연한 위치에 끝없는 슬픔을 맛보지 않으면 안 되었다.

물론, 아이들이 그렇게 유난하게까지 따르지는 않는다더라도 자기에게 호의만은 가져주었으면—, 호의도 그만두고 제발 악의만이라도 갖지 말아주었으면—, 그러면 영이의 마음도 그렇게까지 아프지는 않아도 좋았을 것이다. 그러나 아이들이 자기에게 가지고 있는 것은 이 집안의 어른들이나 마찬가지로 악의였다.

저희들을 낳아준 어머니가 병으로 일찌거니 죽었다든 그런 것이 아니다. 제가 이번 여름까지도 곧잘 어머니를 따라 놀러 가고, 놀러 가면 국수에 떡에 과자에 대접이 대단하던 양삿골 외갓집에가, 저를 낳아준 정말 어머니는 저를 그렇게 귀애해주던 외할머니와 함께 살고 있다. 그 어머니가 내 집으로 왜 돌아오지를 못하느냐 하면, 그것은, 난데없이 '새어머니'라는 사람이 어머니 대신 들어온 까닭이다—, 여섯 살 먹은 명준이는 이만한 사정을 능히 알았고, 그 까닭으로 하여 영이에게 끝없는 적의조차 가졌다. 영이가 이른바 어진 어머니로 무던하게 전실 자식을 돌보아 준다 더라도, 어린아이의 이 감정은 커서도 별로 변하지 않을 것이다…….

유치원에 다니는 명준이는 벤또 반찬을 새어머니가 담았대서 밥그릇을 차버리고—, 그것은 영이가 이 집에 들어온 지 얼마 안 돼서의 일로, 아직 새로운 사랑을 갖은 남편은,

"이 자식아. 엄마가 해주는 걸 왜 싫대?"

어린것의 머리를 한 번 쥐어박았던 것이나, 그 뒤부터 영이는 명준이의 밥상을 보아주는 것을 단념하지 않으면 안 되었다.

그러나 언제까지 그렇게 지낼 수는 없는 것이요, 그것은 또한 너무나 외로운 일이었으므로 영이는 저를 결코 따르지 않는 어린것에 대하여 애달픈 애정을 가지려 노력하며, 두 달 만에 그는 명준이의 밥상을 보았던 것이나, 갖다 주기를 기다리지 못하고,

"나, 밥, 얼른 주우."

하고 (그것은 물론 늘 제 상을 보아주는 할멈에게 한 말이다) 찬간으로 뛰어왔다가 그곳에서 뜻밖에 제 수저를 행주로 닦고 있는 새어머니를 발견하자, 그대로 성이 나서 밖으로 뛰어나간 채 세 시간을 들어오지 않았다. 이때에도 마침 남편은 집 안에 있었으나, 이번에는 어린 아들을 쥐어박는다든 하여 꾸짖는 대신에 영이를 나무랐다.

"그 애 성미를 모르는 터 아니구, 그 왜 객쩍게 상은 보는 게야?"

벌써 한 열흘 전부터 안으로 들어와 자지를 않고, 꼭 작은사랑에서 기거하는 남편의 입에서, 경우가 또 경우라, 그 말은 영이의 가슴에 너무나 쓰리게 아팠다. 침모와 한방에서 늦도록 바느질을 하고 자정이 훨씬 넘어

서야 자리에 들어갔던 것이나, 좀처럼 잠이 오지 않은 채 벌써 오랫동안을 만나지 못한 어머니 생각, 아버지 생각, 기미꼬 언니 생각, 금순이 생각에, 드디어 영이는 참지 못하고 소리를 죽여 느껴 울었다. 그러나 심사가 고약한 침모는 새벽녘에 발견한 그 사실을, 그냥 제 가슴속에만 간수하여두지 않고, 소문은 그렇게도 쉽사리 나서, 영이의 조반이 끝나기도 전에, 시어머니는 그를 안방으로 불러들여,

"왜, 젊은 년이 밤낮 훌쩍훌쩍 우니? 그, 방정맞아 못쓴다."

다시 울음이 나오려는 것을 이를 악물고 참았던 그날 밤에, 남편은 떠름한 얼굴을 하고 돌아와 기미꼬가 모레 낮에 모교 다리 청요릿집에서 만나자더라고, 볼멘소리를 하고 그대로 돌아서서 작은사랑으로 나가며,

"누가 가둬뒀단 말인가?"

반은 혼잣말로 그러한 말을 한마디 하였다.

밤새도록 시아주비 생일 차리느라 바쁘면서도, 그는 그 말이 어떻게 한 말임을 궁리하여보았으나, 알아내는 도리가 없었다.

기미꼬 언니가 어디서 남편을 보고, 자기와 만나자고 그러한 말을 하였던 것인지, 그때 호옥 웃음의 소리로라도,

"그, 밤낮 영이를 가둬두지만 말구, 더러 밖에두 좀 내노슈."

그러한 말이라도 한 것이 비위에 틀려 그랬던 것인지도 모른다. 그러나 그러한 것이야 이를테면 어떻든 좋았다.

대체 기미꼬 언니는 왜 갑자기 나를 만나자는 것일꼬?— 시집오기 전에, 날더러 마구 밖에 나오지 말라고 몇 번인가 거듭 타일러준 것이 바로 그였는데, 그가 이렇게 나오라고 부르는 것에는 무슨 까닭이든 까닭이 있을 것이다.

'갑자기 무슨 일이라도 생긴 것일까?……'

일이 생겼다면 무슨 일이 누구에게?— 하고 생각하니 기미꼬의 몸 위에 일어난 일은 아닐 듯싶었다.

'그럼, 어머니나 아버지 몸 위에?……'

사정을 모르는 만치 염려는 컸다. 즉시 만나자는 것이 아니고, 모레—, 이틀씩 날을 둔 것을 보면 무슨 급한 일은 아닐 듯도 싶지만, 하여튼 그러면 또 그런 대로, 내일은 꼭 언니를 만나고, 어머니를 만나고, 그동안 혼자 가슴속에 쌓아놓고 애타하던 모든 설움을 터놓을까?— 영이는 한때, 그렇게 생각하지 않았던 것이 아니나, 다시 냉정히 생각하여보고, 그는 그것을 단념하여버렸다.

자기를 사랑하여주는 이들이, 현재 자기가 행복되다 생각하고 있든, 불행되다 생각하고 있든, 자기는 결코 그이들에게 이 고생을, 이 슬픔을 알려서는 안 된다.

나의 일은 역시 나 혼자 처리할 것이요, 나의 슬픔도 오직 나의 마음속에만 간직하여, 결코 이 집을 나가는 일 없이, 어디까지든 모든 박해와 싸워가리라—, 그것은 이를테면 영이와 같은 경우에 있는 여자가 자기 한 사람에게 너무나 가혹한 주위에 대하여, 복수를 이룰 수 있는 오직 한 개의 수단인 것이다.

'모든 것을 참자. 죽어도 이 집 귀신이다…….'

약속한 날, 어머니가 기미꼬와 금순이를 따라, 무교정 청요릿집에서 몇 시간을 눈이 빠지게 기다렸을 때, 자기가 응당 좋아라고 뛰어나가리라 생각하고 있는 남편의 심사가 가증하여서도, 영이는 사랑하는 이들을 만나고 싶은 욕망을 꾹 눌러 참고, 속달을 부치려 펜을 잡았던 것이다…….

그러나 언제까지 이러한 상태가 계속될 것인가? 자기는 그것을 끝끝내 견디어낼 수 있을 것인가? 그보다도 그것을 이를 악물어 견디어내는 것이 나의 인생인 것인가? 그리고 그것이 대체 누구에게 다행한 빛을 준단 말인가?— 그러한 것을 생각하여보면, 영이는 금시에 풀이 죽지 않을 수 없었다.

여섯 살 먹은 명준이는 이를 것도 없이, 이제 세 살 되는 명숙이, 그 갓난것도, 고 조그만 머리와 가슴속에 무슨 생각과 감정을 가졌는지, 참말 죽어라 하고 새어머니를 따르지 않아,

"자아, 엄마가 안아주께."

애정을 가져 말하여보아도 결코 안기지를 않고, 억지로 안으려 들면, 기색을 하게 울고— 그러는 것을 볼 때, 그러한 철없는 어린것에게까지 사랑을 받지 못하는 자기의 끝없는 불행을 느끼고, 그와 함께, 그것도 모두 내가 남의 사랑을 빼앗은 그 큰 죄 때문이 아닐까? 마음은 한껏 어두워지는 것이다.

물론 죄는 남자에게 있었다. 굳이 싫다는 것을 거의 애걸을 하다시피 하여 혼인을 한 것은 물론 남자다.

하지만 나는 옳았던가?

"저를 정말 사랑하신다면, 부인과 갈라서신 다음에 저를 맞어줍쇼."

그러한 말을 남자에게 하였던 나는 과연 옳았던가?

'오히려 죄는 내게 더 큰 것이 있다…….'

영이는 그러한 것을 느끼지 않으면 안 되었다.

'어째서, 나는 버림을 받은 뒤의 여인의 슬픔과, 어머니의 사랑을 잃은 어린것들의 결코 나을 수 없는 상처에 대하여 생각하지 못하였던 것인가?……'

모든 사람이 나를 미워하여도 그것은 그들의 탓이 아니요, 암만을 내가

이 집에서 고생을 한다더라도 그것은, 나의, 이 고약한 년의 용서받을 수 없는 죄로 말미암아서라고— 영이는 어느 눈 오는 밤, 자리 속에서 피가 나라고 입술을 깨물며, 그대로 얼마든지 느껴 울었다.

● 제48절

평화

영이나, 이쁜이나, 그러한 여자에게 비하면 한약국 집 며느리의 시집살이는 어디까지든 평범하였고, 평범한 것은 이를테면 행복을 의미한다.

명년 이월이 낳을 달—, 임신 칠 개월의 그의 몸을 집안사람들은 끔찍이나 위하고 아껴주었다,

손자를 기다리기에 이미 지친 시어머니는, 이제 앞으로 석 달을 기다리지 못하고, 점 잘 치는 이를 화류교 다리로 찾아가, 태점을 쳐 받고, 틀림없이 아들이라는 말에 어찌나 좋았던지, 만나는 이마다 보고는,

"두 군데서 다 물어봤는데 여출일구*루 고추라는구면. 하, 하, 허기야, 맞을려면 맞구, 안 맞을려면 안 맞구 허는 게지만……."

그러한 말을 하고는 얼굴에서 기쁜 빛을 감추지 못하였다.

만돌이네가 나가고 창수가 나가고 한 이 집안에는, 이제는 별로 말이라 할 말도 없이, 이 동리에서 이십 년의 역사를 가진 한약국은 신용도 두터워서, 그냥 벌려놓고만 있으면 좋았고 삼한사온의 그 사온—, 바람 없고 따뜻한 날, 남향한 대청에는 햇빛도 잘 들고, 그곳에가 시어머니와 며느

* '이구동성'과 같은 의미.

리, 귀돌 어멈과 할멈이, 각기 자기들의 일거리를 가지고 앉아 육십팔 원짜리 '콘써톤'*으로 '쩨 · 오 · 띠 · 케'**의 주간 방송, 고담이라든 그러한 것을 흥미 깊게 듣고 있는 풍경은, 말하자면, 평화— 그 물건이었다.

---

* 전축.

** 경성방송국(JODK). 1925년 도쿄(JOAK), 오사카(JOBK), 나고야(JOCK)에 이어 경성에 설립된 일제의 네 번째 방송국.

● 제49절

손 주사와 그의 딸

"아이, 손 주사가 웬일이세요? 왜 그렇게 한 번도 오시질 않으셨어요?"

기미꼬가 이렇게 진정으로 반가이 맞아준 손님은 참말 오래간만에 들른 대머리 신사다. 벌써 그게 언젠가? 상처를 한 날 밤에 와서 술 먹고 울고 간 다음, 그가 이 평화 카페를 찾은 것은 분명히 이 밤이 처음인 것이다.

"그동안 안녕히 지내셨어요? 애기두 잘 있구요?"

"잘 있다우. 그래 노형들두 평안히 계셨소?"

손 주사는 사람 좋은 웃음을 웃고,

"자—, 오늘은, 여보, 우리 둘이서 망년회 헙시다."

기미꼬는 흔연히 그와 마주 앉아 술잔을 들었다.

"그저, 그 회사에 다니시죠?"

"어디? 무진 회사? 거긴 벌써 그만뒀지."

"그럼 지금 뭘 허세요?"

"내, 장살 시작했지."

"무슨 장살요?"

"종로 오정목에다 잡화상을 냈는데……, 참 선전해야겠군."

그는 주머니에서 명함을 꺼냈다.

"자—, 여기니 말이야. 무어, 양품 잡화 나부랭이루 살 게 있거든 좀 멀긴 허지만 내게루 오오. 내, 싸게 해줄 테니……."

"네에. 정말 사러 갈게요."

손 주사는 잠깐 주위를 살펴보다가,

"참, 하나꼬라든가 누군, 뵈지 않으니 웬일이요? 오늘 안 나왔나?"

"왜 모르시던가?…… 오—, 참 모르시겠군. 시집갔답니다."

"시집? 그, 잘됐군. 그래 행복스럽게 사나?"

"네에."

"참, 혼인 얘기가 났으니 말이지만, 난, 아무래두 다시 장가를 들어야겠어."

"암만해두 혼잔 못 사시겠죠?"

"참말 혼자는 못 살겠습디다. 아, 그런데 진정의 말이지만 내 마누라가 죽었을 당시는, 어린게 불쌍해서라두 다시 후취는 않겠다구 딱 마음을 정했었지만, 어린건 애비 손 하나루는 정말 못 길르겠드군. 더구나 딸자식이라 꼭 어머니가 있에야만 될 것 겉단 말이야."

"그럼요. 애기는 꼭……."

"그래, 인젠 어린걸 위해서 무던헌 부인을 하나 구해볼까 허는데……, 물론 내가 색을 취해 얻는 게 아니니까 용모야 어떻든 나이야 어떻든 그런 건 다아 둘째 문제요, 정말 제 자식같이 그 애 하나 극진히 돌보아주는 사람이면 좋겠는데……."

"……."

"허지만 말이 그렇지, 그런 사람이 어디 그리 쉬운가? 더구나 얻었다가 맘에 안 맞는다고 곧 갈아들이는 수두 없는 게구……."

"……."

"아—니, 뭘 또 별안간 그렇게 생각이요? 자—, 어서 술이나 더 먹읍시다."

그러나 기미꼬는 다시 고개를 들고 그의 얼굴을 빠안히 바라보며,

"참말 마땅한 사람만 있으면, 곧 후취루 삼으시겠어요?"

그의 표정이며 어조가 엄숙하여, 손 주사는 잠깐 어리둥절한 얼굴을 하였으나,

"그야 곧이야 뭇 얻지. 어린게 내년 여름에 거상*이나 벗은 그 뒤래야 헐 게 아니오? 그런데 어디 그럴 법한 후보자가 있긴 있소?"

"글쎄에, 있다면 있구, 없다면 없구……."

"하, 하, 하, 그, 참 그럴듯한 대답이로군. 자—, 우리 명년 신수 좋라구 감바이**헙시다."

그러나 물론 기미꼬는 농담으로 한 말이 아니다. 그는 내심으로 은근히 금순이 생각을 하였던 것이다. 손 주사는 올에 마흔둘이든가, 셋이든가? 이제 열아홉인 금순이와 나이에 있어 차이가 너무 있기는 하다. 그야 금순이도 좀 더 청춘을 즐기고 싶기야 하겠지. 하지만 청춘이 인생의 전부는 아니다. 나이 지긋이 자시고, 이렇게 대머리가 벗겨지고 한 중년 신사가, 금순이 같은 그다지 어여쁘지 못하고, 또 반절*** 하나 깨치지 못하고 한 여자를, 도리어 위하여줄 줄 알 게요, 또 금순이는 그 타고 나온 착한 마음으로 전실 아이를 참말 귀애해줄 줄 알 게요, 그래가지고 그들은 좀

---

* '상복喪服'을 속되게 이르는 말.

** かんぱい. 건배.

*** 한글.

더 서로 행복일 수 있지나 않을까?— 기미꼬는 그들의 행복이 곧 제 자신의 행복이나 되는 것같이, 이날 밤 마음에는 기쁨이 가득 찼다.

● 제50절

천변 풍경

마침내 이쁜이는 어머니에게로 돌아왔다. 제가 자의로 시집을 나온 것이 아니다. 그는 서방에게 쫓겨 친정으로 돌아온 것이다.

장가처*에게 눈곱만 한 애정도 갖지 않는 강가에게, 이쁜이를 쫓아낼 구실을 준 것은, 이를테면 그날 밤 근화 식당에서 점룡이가 한 한마디 말이었다.

"저눔의 자식이 다시 이쁜이 구박했단 소식만 들려봐라. 내, 살려두진 않을 테니……."

어떻게 몹시 맞았는지 사흘 동안을 공장에도 못 나가고 자리에 누워 앓지 않으면 안 되었던 그는, 자리에 누워 곰곰 생각한 끝에, 이쁜이가 닷새는 앓을 만큼 독하게 매질을 하였다.

기억을 더듬어보면, 그때 같이 왔던 용돌이는 바로 제 혼인날 이쁜이 집 마당에서 술 받아먹고 세간짐 나르던 젊은이가 분명하고, 그러고 보니, 어디서 많이 보던 얼굴은, 또 광교 다리서 여름내 아스꾸리 팔던 사람이 틀림없다.

---

* 정식으로 예를 갖추어 맞은 아내.

'제가 대체 무슨 까닭으루 그렇게 대짜고짜루 달려들어 남을 죽두룩 쳤느냐?……'

더구나, 나중에 한 그 말과, 그자가 이쁜이와 한동리에 산다는 것을 종합하여볼 때, 강가는 그들 사이에 어떠한 관계가 있었을지도 모른다는 결론을 지어내었다.

물론, 아무 죄도 없이 이쁜이가 그자에게 그렇게 얻어맞은 것은 심히 억울한 일이다. 그것을 가지고 따지자면, 직접 책임은 점룡이에게 있다고 하겠으나, 강가와 같이 산다 해도 끝끝내 다행한 날을 맞아보기는 어려운 일이라 하면, 진작 이렇게 갈라설 수 있었던 것이 결국은 얼마나 좋을지 모른다.

외로운 어머니도 이번에는 다시 이쁜이를 그 집에 보내려 하지 않았다. 그는 그 이튿날로 즉시 필원이네를 시켜 딸의 세간을 아주 찾아오고야 말았다.

동네 아낙네들은 이쁜이의 시집살이가 그렇게도 맵던 것을 잘 알고 있었으므로, 공연히 그 집에서 고생만 더 하느니, 오히려 시원하게 잘되었다고—, 모두들 같은 의견이었다.

매일같이 이쁜이는 시집가기 전에 그랬던 것과 한모양으로, 어머니를 도와 밥을 짓고 바느질을 하고 그랬다. 역시 딸에게는 그리운 어머니의 곁이 살기 좋았고, 어머니도 이제는 딸로 하여 너무 애를 태우지 않아도 지낼 수 있었다.

이제는 동네 여편네들이 함께 모여도, 그전 모양으로 인정 없는 시어미와 사랑 없는 서방 틈에서 울음으로 지내는 이쁜이의 가엾은 신세며, 불쌍한 딸 생각에 혼자 조바심을 하는 어머니의 딱한 처지며—, 그러한 것을 애달파하는 나머지에, 강가 집 식구를 입이 아프게시리 욕하고 꾸짖고 하지 않아도 좋은 것은 얼마나 다행한 일일지 모른다.

이쁜이가 제집에 돌아오기 전후하여 점룡이도 다시 근화 식당을 찾는다든 그러는 일 없이, 이제는 오직 장사에만 마음을 썼다. 간혹 눈이 뿌리는 밤에도 광교 모퉁이에서 연해 풍로에다 부채질을 하며,

"서얼설이 끓었소오, 굼밤야아."

바로 목청도 좋게 그는 외우고 있었다.

어느 날 점룡이 어머니는 문득 생각해내고,

"참, 그년허구는 놀지 않니? 왜 그 단발랑 말이다."

하고 물었을 때, 그는 태연한 얼굴로 대답하였다.

"헤, 헤, 인젠 안 논다우."

사실은 시즈꼬라는 소녀가 이제는 서울에 없었다. 근화 식당의 주인이 갈리자, 그는 그만 그곳을 나왔다. 누구의 말을 들으면 원산 어디 카페로 갔다고도 하나 자세한 것은 알 수가 없다.

시골 신사는 '아는 도끼에 발등을 찍히어' 마침내 칠백오십 원이나 내고 식당을 인계하였으나, 경영하기에 따라서는 붙들고 앉아, 어떻게 뜯어먹고는 살 것이다. 시즈꼬도 없고 하여 그나마 손님이 줄었다는 말도 있으나, 그 뒤로 도무지 가보지 않은 점룡이는 그 집 장사가 과연 어떠한지 알 길이 없다.

자기 동무가 이러할 때, 용돌이만 게으르게 놀러 다닌다거나 그러고 있지는 않았다. 원체 힘이 장사요, 또 체격이 좋은 그는, 특히 권투에는 비상한 소질이 있어, 배우기 시작한 지는 비록 반년이 채 다 못 되나, ××

구락부에서는 벌써 가장, 유망한 신진 선수로, 이해 들어서서 첫 번 대회에는 기어코 웰터급의 패권을 잡으려, 매일같이 도장에 나가서 맹연습을 거듭하는 것은 매우 기특한 일이다.

이발소의 귀여운 소년 재봉이는, 저보다 나이도 어리고, 이를테면 시골뜨기인 창수와 같은 아이가, 종로 구락부에서 놀고 지내며 달에 십 원씩이나 월급을 받는 것에도 이제는 이미 그다지 유혹을 느끼지는 않고, 젊은 이발사 김 서방과 밤낮 쌈을 하면서도 좀처럼 그곳을 떠나지는 않았다. 컬러 머리는 아직 만지지를 못하지만, 막 깎는 것은 기계 놀리는 솜씨도 익숙하였고, 면도질은 또 아주 선수여서, 이제 얼마 안 가서 이발사 시험에 어렵지 않게 합격되리라는 것은 이 집 주인의 말이다.

어느 날, 그는 개천가에서 동네 아이들이 난데없이 "아하하하." 웃고 떠드는 소리에 놀라, 부리나케 문을 열고 내다보았다. 개천 속을 들여다보는 아이들 등 뒤에가 포목전 주인이 맨머릿바람에 임바네쓰를 두르고, 같이 아래를 굽어보는 것이 눈에 띄자, 그는 곧 신기하게 눈을 깜박거리며 밖으로 뛰어나갔다.

그렇게도 그가 벼르고 기다리던 포목전 주인의 중산모가 끝끝내 바람에 날아 떨어진 것이다. 그 불운한 중산모는 하필 고르디골라, 새벽에 살얼음이 얼었다가 마악 풀린 개천 물속에가 빠졌다.

상판대기에 불에다 덴 자국이 있는 깍정이 놈이 다리 밑에서 뛰어나와 얼른 건졌으나, 시꺼먼 똥물이 뚝뚝 떨어지는 것이, 코에다 갖다 대보지 않더라도 우선 냄새가 대단할 듯싶다.

포목전 주인은 잠깐 망살거리는 모양이었으나, 마침내 머리를 들어 주위를 둘러보고, 그사이에 모여든 구경꾼들과 눈이 마주치자 순간에 얼굴을 붉히고, 다음에 손상된 위신을 회복하려고 엄숙한 표정으로, 연래 애용하여오던 모자를 개천 속에 남겨둔 채, 큰기침과 함께, 그는 그 자리를 떠나 자택으로 향하였다.

"예, 얘, 너, 봤니? 으떡해서 떨어졌니? 응? 바람이 불었니?"

재봉이는 중산모가 그의 머리에서 굴러떨어지는 현장을 목격하지 못한 것이 아무래도 유감이었다.

"인석아. 늬가 그렇게 밤낮 축수를 허드니, 그으예 그 어른이 모자 하나 버리구 말았구나."

점룡이 어머니가 바로 등 뒤에 와서 늘어놓았다. 그리고 다음은 혼잣말로,

"지성이면 감천이지. 헌데 빌어먹을 내게는 왜 그리 죽어라구 안 빠지누?"

그는 그 계통 안에서 '돌다가' '돌다가' 결코 빠지지 않는 곗돈을 내러, 오늘도 수표교를 향하여 가는 길이다.

천변에 구경꾼들은 얼마 동안 좀처럼 흩어지지 않았다. 중산모를 삐뚜스름히 쓴 깍정이 녀석이 바로, 흥에 겨워 '채풀링'* 흉내를 내고 있는 꼴이 제법 흥미 깊었던 까닭이다.

입춘이 내일모레라서, 그렇게 생각하여 그런지는 몰라도, 대낮의 햇살이 바로 따뜻한 것 같기도 하다.

昭和丙子五月起稿

昭和丁丑七月脫稿

昭和戊寅十月改稿

—『천변 풍경』, 박문서관, 1938.

---

* 찰리 채플린. 영국의 희극배우. 직접 연출 · 출연한 〈모던 타임즈〉, 〈시티 라이트〉 등이 유명함.

중편소설

●

소설가 구보 씨의 일일

●

소설가 구보 씨의 일일

어머니는

아들이 제 방에서 나와, 마루 끝에 놓인 구두를 신고, 기둥 못에 걸린 단장*을 떼어 들고, 그리고 문간으로 향하여 나가는 소리를 들었다.

"어디, 가니."

대답은 들리지 않았다.

중문 앞까지 나간 아들은, 혹은, 자기의 한 말을 듣지 못하였는지도 모른다. 또는, 아들의 대답 소리가 자기의 귀에까지 이르지 못하였는지도 모른다. 그 둘 중의 하나라고 생각한 어머니는 이번에는 중문 밖에까지 들릴 목소리를 내었다.

"일찌거니, 들어오너라."

역시, 대답은 들리지 않았다.

중문이 소리를 내어 열려지고, 또 소리를 내어 닫혀졌다. 어머니는 얇은 실망을 느끼려는 자기 자신을 스스로 위로하려 한다. 중문 소리만 크

---

* 1930년대에 유행한 굵고 손잡이가 구부러진 지팡이.

게 나지 않았다면, 아들의 "네—" 소리를, 혹은 들을 수 있었을지도 모른다…….

어머니는 다시 바느질을 하며, 대체, 그 애는, 매일, 어딜, 그렇게, 가는, 겐가, 하고 그런 것을 생각하여본다.

직업과 아내를 갖지 않은, 스물여섯 살짜리 아들은, 늙은 어머니에게는 온갖 종류의, 근심, 걱정거리였다. 우선, 낮에 한번 집을 나서면, 아들은 밤늦게나 되어 돌아왔다.

늙고, 쇠약한 어머니는, 자리도 깔지 않고, 맨바닥에가, 팔을 괴고 누워, 아들을 기다리다가 곧잘 잠이 든다. 편안하지 못한 잠은, 두 시간씩 세 시간씩 계속될 수 없다. 잠깐 잠이 들었다 깰 때마다, 어머니는 고개를 들어 아들의 방을 바라보고, 그리고, 기둥에 걸린 시계를 쳐다본다.

자정— 그리 늦지는 않았다. 이제 아들은 돌아올 게다. 어머니는 아들이 어서 돌아와지라 빌며, 또 어느 틈엔가 꼬빡 잠이 든다.

그가 두 번째 잠을 깨는 것은 새로 한 점 반이나, 두 점, 그러한 시각이다. 아들의 방에는 그저 불이 켜 있다.

아들은 잘 때면 반드시 불을 끈다. 그러나, 혹은, 어느 틈엔가 아들은 돌아와 자리에 누워 책이라도 읽고 있는 게 아닐까. 아들에게는 그런 버릇이 있다.

어머니는 소리 안 나게 아들의 방 앞에까지 걸어가 가만히 안을 엿듣는다. 마침내, 어머니는 방문을 열어보고, 입때 웬일일까, 호젓한 얼굴을 하고, 다시 방문을 닫으려다 말고, 방 안으로 들어온다.

나이 찬 아들의, 기름과 분 냄새 없는 방이, 늙은 어머니에게는 애달팠다. 어머니는 초저녁에 깔아놓은 채 그대로 있는, 아들의 이부자리와 베개를 바로 고쳐놓고, 그리고 그 옆에가 앉아본다. 스물여섯 해를 길렀어도 종시 마음이 놓이지 않는 것은 자식이었다. 설혹 스물여섯 해를 스물여섯 곱하는 일이 있다더라도, 어머니의 마음은 늘 걱정으로 차리라. 그래도 어머니는 그가 작은며느리를 보면, 이렇게 밤늦게 한 가지 걱정을 덜 수 있으리라 생각한다.

"참 이 애는 왜 장가를 들려구 안 하는 겐구."

언제나 혼인 말을 꺼내면, 아들은 말하였다.

"돈 한 푼 없이 어떻게 기집을 멕여 살립니까?"

하지만…… 어떻게 도리야 있느니라. 어디 월급쟁이가 되드래두, 두 식구 입에 풀칠이야 못 헐라구…….

어머니는 어디 월급자리라도 구할 생각은 없이, 밤낮으로, 책이나 읽고 글이나 쓰고, 혹은 공연스레 밤중까지 쏘다니고 하는 아들이, 보기에 딱하고, 또 답답하였다.

"그래두 장가를 들어놓면 맘이 달러지지."

"제 기집 귀여운 줄 알면, 자연, 돈 벌 궁릴 하겠지."

작년 여름에 아들은 한 '색시'를 만나본 일이 있다. 그 애면, 저두 싫다구는 않겠지. 이제 이놈이 들어오거든 단단히 따져보리라…… 그리고 어머니는 어느 틈엔가 손주 자식을 눈앞에 그려보기조차 한다.

아들은

그러나, 돌아와, 채 어머니가 무어라고 말할 수 있기 전에, 입때 안 주무셨에요, 어서 주무세요, 그리고 자리옷으로 갈아입고는 책상 앞에 앉아, 원고지를 펴놓는다.

그런 때 옆에서 무슨 말이든 하면, 아들은 언제든 불쾌한 표정을 지었다. 그것은 어머니의 마음을 아프게 한다. 그래, 어머니는 가까스로, 늦었으니 어서 자거라, 그걸랑 낼 쓰구…… 한마디를 하고서 아들의 방을 나온다.

"얘기는 낼 아침에래두 허지."

그러나 열한 점이나 오정에야 일어나는 아들은, 그대로 소리 없이 밥을 떠먹고는 나가버렸다.

때로, 글을 팔아 몇 푼의 돈을 구할 수 있을 때, 그 어느 한 경우에, 아들은 어머니를 보고, 무어 잡수시구 싶으신 거 없에요, 그렇게 묻는 일이 있었다.

어머니는 직업을 가지지 못한 아들이, 그래도 어떻게 몇 푼의 돈을 만들어, 자기에게 그런 말을 할 수 있는 것을 신기하게 기뻐하였다.

"어서 내 생각 말구, 네 양말이나 사 신어라."

그러면, 아들은, 으레, 제 고집을 세웠다. 아들의 고집 센 것을, 물론 어머니는 좋게 생각 안 했다. 그러나 이러한 경우라면, 아들이 고집을 세우면 세울수록 어머니는 만족하였다. 어머니의 사랑은 보수를 원하지 않지만, 그래도 자식이 자기에게 대한 사랑을 보여줄 때, 그것은 어머니를 기쁘게 하여준다.

대체 무얼 사줄 테냐. 무어든 어머니 마음대루. 먹는 게 아니래두 좋으냐. 네—. 그래 어머니는 에누리 없이 욕망을 말해본다.

"너, 나, 치마 하나 해주려무나."

아들이 흔연히 응낙하는 걸 보고,

"네 아주멈은 무어 안 해주니?"

아들은 치마 두 감의 가격을 묻고, 그리고 갑자기 엄숙한 얼굴을 한다.

혹은 밤을 새우기까지 하여 아들이 번 돈은 결코, 대단한 액수의 것이 아니었다. 그래, 어머니는 말한다.

"그럼 네 아주멈이나 해주렴."

아들은, 아니에요, 넉넉해요. 갖다 끊으세요. 그리고 돈을 내놓았다.

어머니는, 얼마를 주저한다. 그러나, 마침내, 그는 가장 자랑스러이 돈을 집어 들고, 얘애 옷감 바꾸러 나가자, 아재비가 치마 허라구 돈을 주었다. 네 아재비가…… 그렇게 건넌방에서 재봉틀을 놀리고 있던 맏며느리를 신기하게 놀래어준다.

치마가 되면, 어머니는 그것을 입고, 나들이를 하였다.

일갓집 대청에가 주인 아낙네와 마주 앉아, 갓난애같이 어머니는 치마 자랑할 기회를 엿본다. 주인마누라가, 선불리, 참, 치마 좋은 거 해 입으셨구먼, 이라고나 한다면, 어머니는 서슴지 않고,

"이거 내 둘째 아이가 해준 거죠. 제 아주멈 해하구, 이거하구……."

이렇게 묻지도 않은 말을 하였다. 어머니는 그것이 아들의 훌륭한 자랑거리라 생각하였다.

자식을 자랑할 때, 어머니는 얼마든지 뻔뻔스러울 수 있다.

그러나 그런 일은 늘 있을 수 없다. 어머니는 역시, 글을 쓰는 것보다는 월급쟁이가 몇 곱절 낫다고 생각하고, 그리고 그렇게 재주 있는 내 아들은 무엇을 하든 잘하리라고 혼자 작정해버린다. 아들은 지금 세상에서 월급자리 얻기가 얼마나 힘든 것인가를 말한다. 하지만, 보통학교만 졸업하고도, 고등학교만 나오고도, 회사에서 관청에서 일들만 잘하고 있는 것을 알고 있는 어머니는, 고등학교를 졸업하고도, 또 동경엘 건너가 공부하고 온 내 아들이, 구하여도 일자리가 없다는 것이 도무지 믿어지지가 않았다.

구보仇甫는

집을 나와 천변 길을 광교로 향하여 걸어가며, 어머니에게 단 한마디 "네—" 하고 대답 못했던 것을 뉘우쳐본다. 하기야 중문을 여닫으며 구보는 "네—" 소리를 목구멍까지 내어보았던 것이나 중문과 안방과의 거리는 제법 큰 소리를 요구하였고, 그리고 공교롭게 활짝 열린 대문 앞을, 때마침 세 명의 여학생이 웃고 떠들며 지나갔다.

그렇더라도 대답은 역시 하여야만 하였었다고, 구보는 어머니의 외로워할 때의 표정을 눈앞에 그려본다. 처녀들은 어느 틈엔가 그의 시야에서 사라졌다.

구보는 마침내 다리 모퉁이에까지 이르렀다. 그의 일 있는 듯싶게 꾸미는 걸음걸이는 그곳에서 멈추어진다. 그는 어딜 갈까, 생각하여본다. 모두가 그의 갈 곳이었다. 한 군데라 그가 갈 곳은 없었다.

한낮의 거리 위에서 구보는 갑자기 격렬한 두통을 느낀다. 비록 식욕은 왕성하더라도, 잠은 잘 오더라도, 그것은 역시 신경쇠약에 틀림없었다.

구보는 떠름한 얼굴을 하여본다.

취박臭剝* 4.0

취나臭那 2.0

취안臭安 2.0

고정苦丁 4.0

수水 200.0

---

* 브롬화칼륨. 신경안정제, 사진 용품의 원료, 광학 부속품, 적외 흡수 스펙트럼 측정용 분말 등에 씀.

1일 3회 분복 2일분—日 三回 分服 二日分

그가 다니는 병원의 젊은 간호부가 반드시 '삼삐스이'라고 발음하는 이 약은 그에게는 조그마한 효험도 없었다.

그러자 구보는 갑자기 옆으로 몸을 비킨다. 그 순간 자전거가 그의 몸을 가까스로 피하여 지났다. 자전거 위의 젊은이는 모멸 가득한 눈으로 구보를 돌아본다. 그는 구보의 몇 간통 뒤에서부터 요란스레 종을 울렸던 것임에 틀림없었다. 그것을 위험이 박두하였을 때에야 비로소 몸을 피할 수 있었던 것은 반드시 그가 '삼B水'*의 처방을 외우고 있었기 때문만이 아니었다.

구보는, 자기의 왼편 귀 기능에 스스로 의혹을 갖는다. 병원의 젊은 조수는 결코 익숙하지 못한 솜씨로 그의 귓속을 살피고, 그리고 대담하게도 그 안이 몹시 불결한 까닭 외에 아무 이상이 없다고 선언하였었다. 한 덩어리의 '귀지'를 갖기보다는 차라리 사 주일간 치료를 요하는 중이염을 앓고 싶다 생각하는 구보는, 그의 선언에 무한한 굴욕을 느끼며, 그래도 매일 신경질하게 귀 안을 소제하였었다.

그러나, 구보는 다행하게도 중이 질환을 가진 듯싶었다. 어느 기회에 그는 의학 사전을 뒤적거려보고, 그리고 별 까닭도 없이 자기는 중이가답아中耳加答兒**에 걸렸다고 혼자 생각하였다. 사전에 의하면 중이가답아에는 급성 및 만성이 있고, 만성중이가답아는 또다시 이를 만성 건성 및 만성 습성의 이자二者로 나눈다 하였는데, 자기의 이질耳疾은 그 만성 습성의

* 브롬(B) 계열인 취박, 취나, 취안 등이 첨가된 신경안정제. 브롬은 진정제의 일종이고, 고정은 건위제.
** 중이염.

중이가답아에 틀림없다고 구보는 작정하고 있었다.

그러나 부실한 것은 그의 왼쪽 귀뿐이 아니었다. 구보는 그의 바른쪽 귀에도 자신을 갖지 못한다. 언제든 쉬이 전문의를 찾아보아야겠다고 생각은 하면서도, 일 년이나 그대로 내버려 둔 채 지내온 그는, 비교적 건강한 그의 바른쪽 귀마저, 또 한편 귀의 난청 보충으로 그 기능을 소모시키고, 그리고 불원한 장래에 '듄케르 청장관聽長管'이나 '전기보청기'의 힘을 빌리지 않으면 안 될지도 모른다.

구보는

갑자기 걸음을 걷기로 한다. 그렇게 우두커니 다리 곁에가 서 있는 것의 무의미함을 새삼스러이 깨달은 까닭이다. 그는 종로 네거리를 바라보고 걷는다. 구보는 종로 네거리에 아무런 사무도 갖지 않는다. 처음에 그가 아무렇게나 내어놓았던 바른발이 공교롭게도 왼편으로 쏠렸기 때문에 지나지 않는다.

갑자기 한 사람이 나타나 그의 앞을 가로질러 지난다. 구보는 그 사나이와 마주칠 것 같은 착각을 느끼고, 위태롭게 걸음을 멈춘다.

그리고 다음 순간, 구보는, 이렇게 대낮에도 조금의 자신을 가질 수 없는 자기의 시력을 저주한다. 그의 코 위에 걸려 있는 이십사 도의 안경은 그의 근시를 도와주었으나, 그의 망막에 나타나 있는 무수한 맹점을 제거하는 재주는 없었다. 총독부 병원 시대의 구보의 시력 검사표는 그저 그 우울한 '안과 재래眼科再來'의 책상 서랍 속에 들어 있을지도 모른다.

R, 4 L, 3

구보는, 이 주일간 열병을 앓은 끝에, 갑자기 쇠약해진 시력을 호소하러 처음으로 안과의와 대하였을 때의, 그 조그만 테이블 위에 놓여 있던 '시야 측정기'를 지금 기억하고 있다. 제 자신 강도强度의 안경을 쓰고 있던 의사는, 백묵을 가져 그 위에 용서 없이 무수한 맹점을 찾아내었었다.

그래도, 구보는, 약간 자신이 있는 듯싶은 걸음걸이로 전차 선로를 두 번 횡단하여 화신 상회 앞으로 간다. 그리고 저도 모를 사이에 그의 발은 백화점 안으로 들어서기조차 하였다.

젊은 내외가, 너덧 살 되어 보이는 아이를 데리고 그곳에가 승강기를 기다리고 있었다. 이제 그들은 식당으로 가서 그들의 오찬을 즐길 것이다. 흘낏 구보를 본 그들 내외의 눈에는 자기네들의 행복을 자랑하고 싶어 하는 마음이 엿보였는지도 모른다. 구보는, 그들을 업신여겨볼까 하다가, 문득 생각을 고쳐, 그들을 축복하여주려 하였다. 사실, 사오 년 이상을 같이 살아왔으면서도, 오히려 새로운 기쁨을 가져 이렇게 거리로 나온 젊은 부부는 구보에게 좀 다른 의미로서의 부러움을 느끼게 하였는지도 모른다. 그들은 분명히 가정을 가졌고, 그리고 그들은 그곳에서 당연히 그들의 행복을 찾을 게다.

승강기가 내려와 서고, 문이 열려지고, 닫혀지고, 그리고 젊은 내외는 수남이나 복동이와 더불어 구보의 시야를 벗어났다.

구보는 다시 밖으로 나오며, 자기는 어디 가 행복을 찾을까 생각한다. 발 가는 대로, 그는 어느 틈엔가 안전지대에 가 서서, 자기의 두 손을 내려다보았다. 한 손의 단장과 또 한 손의 공책과— 물론 구보는 거기에서 행복을 찾을 수는 없다.

안전지대 위에, 사람들은 서서 전차를 기다린다. 그들에게, 행복은 알 수 없다. 그러나 그들은 분명히, 갈 곳만은 가지고 있었다.

전차가 왔다. 사람들은 내리고 또 탔다. 구보는 잠깐 머엉하니 그곳에서 있었다. 그러나 자기와 더불어 그곳에 있던 온갖 사람들이 모두 저 차에 오른다 보았을 때, 그는 저 혼자 그곳에 남아 있는 것에, 외로움과 애달픔을 맛본다. 구보는, 움직인 전차에 뛰어올랐다.

전차 안에서

구보는, 우선, 제 자리를 찾지 못한다. 하나 남았던 좌석은 그보다 바로 한 걸음 먼저 차에 오른 젊은 여인에게 점령당했다. 구보는, 차장대 가까운 한구석에가 서서, 자기는 대체, 이 동대문행 차를 어디까지 타고 가야 할 것인가를, 대체, 어느 곳에 행복은 자기를 기다리고 있을 것인가를 생각해본다.

이제 이 차는 동대문을 돌아 경성운동장 앞으로 해서…… 구보는, 차장대, 운전대로 향한, 안으로 파아란 융을 받쳐 댄 창을 본다. 전차과에서는 그곳에 '뉴스'를 게시한다. 그러나 사람들은, 요사이 축구도 야구도 하지 않는 모양이었다.

장충단으로. 청량리로. 혹은 성북동으로. ……그러나 요사이 구보는 교외를 즐기지 않는다. 그곳에는, 하여튼 자연이 있었고, 한적이 있었다. 그리고 고독조차 그곳에는, 준비되어 있었다. 요사이, 구보는 고독을 두려워한다.

일찍이 그는 고독을 사랑한 일이 있었다. 그러나 고독을 사랑한다는 것은 그의 심경의 바른 표현이 못 될 게다. 그는 결코 고독을 사랑하지 않았는지도 모른다. 아니 도리어 그는 그것을 그지없이 무서워하였는지도 모른다. 그러나 그는 고독과 힘을 겨루어, 결코 그것을 이겨내지 못하였다. 그런 때, 구보는 차라리 고독에게 몸을 떠맡기어버리고, 그리고, 스스로 자기는 고독을 사랑하고 있는 것이라고 꾸며왔는지도 모를 일이다…….

표, 찍읍쇼— 차장이 그의 앞으로 왔다. 구보는 단장을 왼팔에 걸고, 바지 주머니에 손을 넣었다. 그러나 그가 그 속에서 다섯 닢의 동전을 골라내었을 때, 차는 종묘 앞에 서고, 그리고 차장은 제자리로 돌아갔다.

구보는 눈을 떨어트려, 손바닥 위의 다섯 닢 동전을 본다. 그것들은 공교롭게도, 모두가 뒤집혀 있었다. 대정 십이 년. 십일 년. 십일 년. 팔 년. 십이 년, 대정 오십사 년—,* 구보는 그 숫자에서 어떤 한 개의 의미를 찾아내려 들었다. 그러나 그것은 부질없는 일이었고, 그리고 또 설혹 그것이 무슨 의미를 가지고 있었다 하더라도, 그것은 적어도 '행복'은 아니었을 게다.

차장이 다시 그의 옆으로 왔다. 어디를 가십니까. 구보는 전차가 향하여 가는 곳을 바라보며 문득 창경원에라도 갈까, 하고 생각한다. 그러나 그는 차장에게 아무런 사인도 하지 않았다. 갈 곳을 갖지 않은 사람이, 한 번, 차에 몸을 의탁하였을 때, 그는 어디서든 섣불리 내릴 수 없다.

차는 서고, 또 움직였다. 구보는 창밖을 내다보며 문득, 대학병원에라도 들를 것을 그랬나 하여본다. 연구실에서, 벗은, 정신병을 공부하고 있었다. 그를 찾아가, 좀 다른 세상을 구경하는 것은, 행복은 아니어도, 어

---

* 대정大正은 일본 연호로 1912년(대정 1년)에서 1925년까지 이어짐. 곧 다섯 개의 동전 숫자는 각각 1923년, 1922년, 1922년, 1919년, 1923년. 그러니까 대정 54년은 '1965년'에 해당하므로 실제로는 부재하는 미래의 해를 의미함.

떻든 한 개의 일일 수 있다…….

구보가 머리를 돌렸을 때, 그는 그곳에, 지금 마악 차에 오른 듯싶은 한 여성을 보고, 그리고 신기하게 놀랐다. 집에 돌아가, 어머니에게 오늘 전차에서 '그 색시'를 만났죠 하면, 어머니는 응당 반색을 하고, 그리고, "그래서 그래서", 뒤를 캐어물을 게다. 그가 만일, 오직 그뿐이라고라도 말한다면, 어머니는 실망하고, 그리고 그를 주변머리 없다고 책할지도 모른다. 그러나 누가 그 일을 알고, 그리고 아들을 졸拙하다*고라도 말한다면, 어머니는, 내 아들은 원체 얌전해서…… 그렇게 변호할 게다.

구보는 여자와 시선이 마주칠까 겁怯하여, 얼토당토않은 곳을 보며, 저 여자는 내가 여기 있는 것을 보았을까, 하고 생각한다.

여자는

혹은, 그를 보았을지도 모른다. 전차 안에, 승객은 결코 많지 않았고, 그리고 자리가 몇 군데 비어 있음에도 불구하고, 구석에가 서 있는 사람이란, 남의 눈에 띄기 쉽다. 여자는 응당 자기를 보았을 게다. 그러나, 여자는 능히 자기를 알아볼 수 있었을까. 그것은 의문이다. 작년 여름에 단 한 번 만났을 뿐으로, 이래 일 년간 길에서라도 얼굴을 대한 일이 없는 남자를 그렇게 쉽사리 여자는 알아내지 못할 게다. 그러나, 자기가 기억하고 있는 여자에게, 자기의 기억이 없으리라고 생각하는 것은, 누구에게 있어서든, 외롭고 또 쓸쓸한 일이다. 구보는, 여자와의 회견 당시의 자기

* 재주나 재능이 없다. 솜씨가 서투르다. 주변이 없고 생각이 좁아 옹졸하다.

의 그 대담한, 혹은 뻔뻔스러운 태도와 화술이, 그에게 적지 아니 인상 주었으리라고 생각하고, 그리고 여자는 때때로 자기를 생각하여주고 있었다고 믿고 싶었다.

그는 분명히 나를 보았고 그리고 나를 나라고 알았을 게다. 그러한 그는 지금 어떠한 느낌을 가지고 있을까, 그것이 구보는 알고 싶었다.

그는 결코 대담하지 못한 눈초리로, 비스듬히 두 칸통 떨어진 곳에 앉아 있는 여자의 옆얼굴을 곁눈질하였다. 그리고 다음 순간, 그와 눈이 마주칠 것을 겁하여 시선을 돌리며, 여자는 혹은 자기를 곁눈질한 남자의 꼴을, 곁눈으로 느꼈을지도 모르겠다고, 그렇게 생각하여본다. 여자는 남자를 그 남자라 알고, 그리고 남자가 자기를 그 여자라 안 것을 알고 있을지도 모른다. 이러한 경우에, 나는 어떠한 태도를 취하여야 마땅할까 하고, 구보는 그러한 것에 머리를 썼다. 알은체를 하여야 옳을지도 몰랐다. 혹은 모른 체하는 게 정당한 인사일지도 몰랐다. 그 둘 중에 어느 편을 여자는 바라고 있을까. 그것을 알았으면, 하였다. 그러다가, 갑자기, 그러한 것에 마음을 태우고 있는 자기가 스스로 괴이하고 우스워, 나는 오직 요만 일로 이렇게 흥분할 수가 있었던가 하고 스스로를 의심하여보았다. 그러면 나는 마음속 그윽이 그를 생각하고 있던지도 모르겠다고 생각하여보았다. 그러나 그가 여자와 한 번 본 뒤로, 이래 일 년간, 그를 일찍이 한 번도 꿈에 본 일이 없었던 것을 생각해내었을 때, 자기는 역시 진정으로 그를 사랑하고 있는 것은 아닌지도 모르겠다고, 그러한 생각이 들었다. 만일 그렇다면 자기가 여자의 마음을 헤아려보고, 그리고 이리저리 공상을 달리고 하는 것은, 이를테면, 감정의 모독이었고, 그리고 일종의 죄악이었다.

그러나 만약 여자가 자기를 진정으로 그리고 있다면—.

구보가, 여자 편으로 눈을 주었을 때, 그러나, 여자는 자리에서 일어나 양산을 들고 차가 동대문 앞에 정차하기를 기다리어 내려갔다. 구보의 마음은 또 한 번 동요하며, 창 너머로 여자가 청량리행 전차를 기다리느라, 그곳 안전지대로 가 서는 것을 보았을 때, 그는 자기도 차에서 곧 내리고 싶은 충동을 느꼈다. 그러나, 여자가 청량리행 전차 속에서 자기를 또 한 번 발견하고, 그리고 자기가 일도 없건만, 오직 여자와의 사이에 어떠한 기회를 엿보기 위하여 그 차를 탄 것에 틀림없다는 것을 눈치챌 때, 여자는 그러한 자기를 얼마나 천박하게 생각할까. 그래, 구보가 망살거리는 동안, 전차는 달리고, 그들의 사이는 멀어졌다. 마침내 여자의 모양이 완전히 그의 시야에서 떠났을 때, 구보는 갑자기, 아차, 하고 뉘우친다.

행복은

그가 그렇게도 구하여 마지않던 행복은, 그 여자와 함께 영구히 가버렸는지도 모른다. 여자는 자기에게 던져줄 행복을 가슴에 품고서, 구보가 마음의 문을 열어 가까이 와주기를 갈망하였는지도 모른다. 왜 자기는 여자에게 좀 더 대담하지 못하였나. 구보는, 여자가 가지고 있는 온갖 아름다운 점을 하나하나 헤어보며, 혹은 이 여자 말고 자기에게 행복을 약속하여주는 이는 없지나 않을까, 하고 그렇게 생각하였다.

방향판을 한강교로 갈고 전차는 훈련원을 지났다. 구보는 자리에 앉아, 주머니에서 오 전 백동화白銅貨를 골라 꺼내면서, 비록 한 번도 꿈에 본 일은 없었더라도, 역시 그가 자기에게는 유일한 여자가 아닐까 하고 생각하여본다.

자기가, 그를, 그동안 대수롭지 않게 여겨왔던 것같이 생각하는 것은, 구보가 제 감정을 속인 것에 지나지 않을지도 모른다. 그가 여자를 만나 보고 돌아왔을 때, 그는 집에서 아들을 궁금히 기다리고 있던 어머니에게 '그 여자면' 정도의 뜻을, 표시하였었던 것에 틀림없었다. 그러나 구보는, 어머니가 색시 집으로 솔직하게 구혼할 것을 금하였다. 그것은 허영만에서 나온 일은 아니다. 그는 여자가 자기 생각을 안 하고 있는 경우에 객쩍게시리 여자를 괴롭혀주고 싶지 않았던 까닭이다. 구보는 여자의 의사와 감정을 존중하고 싶었다.

그러나, 물론, 여자에게서는 아무런 말도 하여오지 않았다. 구보는, 여자가 은근히 자기에게서 무슨 말이 있기를 기다리고 있는 것이나 아닐까, 하고도 생각하여보았다. 그러나 그런 것을 생각하는 것은 제 자신 우스운 일이다. 그러는 동안에, 날은 가고, 그리고 그것에 대한 흥미를 구보는 잃기 시작하였다. 혹시, 여자에게서라도 먼저 말이 있다면—. 그러면 구보는 다시 이 문제에 흥미를 가질 수 있을 게다. 언젠가 여자의 집과 어떻게 인척 관계가 있는 노마나님이 와서 색시 집이서도 이편의 동정만 살피고 있는 듯싶더란 말을 들었을 때, 구보는 쓰디쓰게 웃고, 그리고 그것이 사실이라면, 그것은 희극이라느니보다는, 오히려 한 개의 비극이라고 생각하였다. 그러면서도 구보는 그 비극에서 자기네들을 구하기 위하여 팔을 걷고 나서려 들지 않았다.

전차가 약초정若草町* 근처를 지나갈 때, 구보는, 그러나, 그 흥분에서 깨어나, 뜻 모를 웃음을 입가에 띠어본다. 그의 앞에 어떤 젊은 여자가 앉아 있었다. 그 여자는 자기의 두 무릎 사이에다 양산을 놓고 있었다. 어느

---

* 오늘날의 을지로 3가와 중구 저동 부근.

잡지에선가, 구보는, 그것이 비非처녀성을 나타내는 것임을 배운 일이 있다. 딴은, 머리를 틀어 올렸을 뿐이나, 그만한 나이로는 저 여인은 마땅히 남편을 가졌어야 옳을 게다. 아까, 그는 양산을 어디다 놓고 있었을까 하고, 구보는, 객쩍은 생각을 하다가, 여성에게 대하여 그러한 관찰을 하는 자기는, 혹은 어떠한 여자를 아내로 삼든 반드시 불행하게 만들어주지나 않을까, 하고 생각하였다. 그러나 여자는—. 여자는 능히 자기를 행복되게 하여줄 것인가. 구보는 자기가 알고 있는 온갖 여자를 차례로 생각하여보고, 그리고 가만히 한숨지었다.

일찍이

구보는, 벗의 누이에게 짝사랑을 느낀 일이 있었다. 어느 여름날 저녁, 그가 벗을 찾았을 때, 문간으로 그를 응대하러 나온 벗의 누이는, 혹은 정말, 어린 구보가 동경의 마음을 갖기에 알맞도록 아름답고, 깨끗하였는지도 모른다. 열다섯 살짜리 문학 소년은 그를 사랑하고 싶다 생각하고, 뒷날 그와 결혼할 수 있다 하면, 응당 자기는 행복이리라 생각하고, 자주 벗을 찾아가 그와 만날 기회를 엿보고, 혹 만나면 저 혼자 얼굴을 붉히고, 그리고 돌아와 밤늦게 여러 편의 연애시를 초草하였다.* 그러나, 그가 자기보다 세 살이나 위라는 것을 생각할 때, 구보의 마음은 불안하였다. 자기가 한 여자의 앞에서 자기의 사랑을 고백하여도 결코 서두르지 않을 나이가 되었을 때, 여자는, 이미, 그 전에, 다른, 더 나이 먹은 이의 사랑을

* 초하다. 기초하다.

용납해버릴 게다.

그러나 구보가 그것에 대하여 아무런 대책도 강구할 수 있기 전에, 여자는, 참말, 나이 먹은 남자의 품으로 갔다. 열일곱 살 먹은 구보는, 자기의 마음이 퍽 괴롭고 슬픈 것같이 생각하려 들고, 그리고, 그러면서도, 그들의 행복을 특히 남자의 행복을 빌려 들었다. 그러한 감정은 그가 읽은 문학서류類에 얼마든지 씌어 있었다. 결혼 비용 삼천 원. 신혼여행은 동경으로. 관수동에 그들 부처를 위하여 개축된 집은 행복을 보장하는 듯싶었다.

이번 봄에 들어서서, 구보는 벗과 더불어 그들을 찾았다. 이미 두 아이의 어머니인 여인 앞에서, 구보는 얼굴을 붉히는 일 없이 평범한 이야기를 서로 할 수 있었다. 구보가 일곱 살 먹은 사내아이를 영리하다고 칭찬하였을 때, 젊은 어머니는, 그러나 그 애가 이 골목 안에서는 그중 나이 어림을 말하고, 그리고 나이 먹은 아이들이란, 저희보다 적은 아이에게 대하여 얼마든지 교활할 수 있음을 한탄하였다. 언제든 딱지를 가지고 나가서는, 최후의 한 장까지 빼앗기고 들어오는 아들이 민망하여, 하루는 그 뒤에 연필로 하나하나 표를 하여주고 그것을 또 다 잃고 돌아왔을 때, 그는 골목 안의 아이들을 모아, 그들이 가지고 있는 딱지에서 원래의 내 아이 물건을 가리어내어, 거의 모조리 회수할 수 있었다는 이야기를, 젊은 어머니는 일종의 자랑조차 가지고 구보에게 들려주었었다…….

구보는 가만히 한숨짓는다. 그가 그 여인을 아내로 삼을 수 없었던 것은, 결코 불행이 아니었다. 그러한 여인은, 혹은, 한평생을 두고, 구보에게 행복이 무엇임을 알 기회를 주지 않았을지도 모른다.

조선 은행 앞에서 구보는 전차를 내려, 장곡천정長谷川町*으로 향한다.

---

* 오늘날의 서울 중구 소공동.

생각에 피로한 그는 이제 마땅히 다방에 들러 한 잔의 홍차를 즐겨야 할 것이다.

몇 점이나 되었나. 구보는, 그러나, 시계를 갖지 않았다. 갖는다면, 그는 우아한 회중시계를 택할 게다. 팔뚝시계는— 그것은 소녀취미에나 맞을 게다. 구보는 그렇게도 팔뚝시계를 갈망하던 한 소녀를 생각하였다. 그는 동리에 전당典當 나온 십팔금 팔뚝시계를 탐내고 있었다. 그것은 사 원 팔십 전에 구할 수 있었다. 그리고, 그는, 그 시계 말고, 치마 하나를 해 입을 수 있을 때에, 자기는 행복의 절정에 이를 것같이 생각하고 있었다.

'벰베르쿠' 실로 짠 보이루 치마. 삼 원 육십 전. 하여튼 팔 원 사십 전이 있으면, 그 소녀는 완전히 행복일 수 있었다. 그러나, 구보는, 그 결코 크지 못한 욕망이 이루어졌음을 듣지 못했다.

구보는, 자기는, 대체, 얼마를 가져야 행복일 수 있을까 생각해본다.

다방의

오후 두 시, 일을 가지지 못한 사람들이 그곳 등의자에 앉아, 차를 마시고, 담배를 태우고, 이야기를 하고, 또 레코드를 들었다. 그들은 거의 다 젊은이들이었고, 그리고 그 젊은이들은 그 젊음에도 불구하고, 이미 자기네들은 인생에 피로한 것같이 느꼈다. 그들의 눈은 그 광선이 부족하고 또 불균등한 속에서 쉴 사이 없이 제각각의 우울과 고달픔을 하소연한다. 때로, 탄력 있는 발소리가 이 안을 찾아들고, 그리고 호화로운 웃음소리가 이 안에 들리는 일이 있었다. 그러나 그것들은 이곳에 어울리지 않았고, 그리고 무엇보다도 다방에 깃들인 무리들은 그런 것을 업신여겼다.*

구보는 아이에게 한 잔의 가배차珈琲茶**와 담배를 청하고 구석진 등탁자로 갔다. 나는 대체 얼마가 있으면— 그의 머리 위에 한 장의 포스터가 걸려 있었다. 어느 화가의 '도구유별전渡歐留別展'. 구보는 자기에게 양행비洋行費***가 있으면, 적어도 지금 자기는 거의 완전히 행복일 수 있으리라 생각한다. 동경에라도—. 동경도 좋았다. 구보는 자기가 떠나온 뒤의 변한 동경이 보고 싶다 생각한다. 혹은 더 좀 가까운 데라도 좋았다. 지극히 가까운 데라도 좋았다. 오십 리 이내의 여정에 지나지 않더라도, 구보는, 조그만 '슈트케이스'를 들고 경성역에 섰을 때, 응당 자기는 행복을 느끼리라 믿는다. 그것은 금전과 시간이 주는 행복이다. 구보에게는 언제든 여정에 오르려면, 오를 수 있는 시간의 준비가 있었다…….

구보는 차를 마시며, 약간의 금전이 가져다줄 수 있는 온갖 행복을 손꼽아 보았다. 자기도, 혹은, 팔 원 사십 전을 가지면, 우선, 조그만 한 개의, 혹은, 몇 개의 행복을 가질 수 있을 게다. 구보는, 그러한 제 자신을 비웃으려 들지 않았다. 오직 고만한 돈으로 한때 만족할 수 있는 그 마음은 애달프고 또 사랑스럽지 않은가.

구보는 담배에 불을 붙이며 자기가 원하는 최대의 욕망은 대체 무엇일꾸, 하였다. 이시카와 다쿠보쿠〔石川啄木〕****는, 화롯가에 앉아 곰방대를 닦으며, 참말로 자기가 원하는 것이 무엇일꾸, 생각하였다. 그러나 그것

---

* '때로~업신여겼다'까지는 단행본 출간 때 검열로 강제 수정하게 된 부분. 연재 당시의 내용은 다음과 같다. "어떤 때, 활동사진관으로 향하여야 마땅한 발길을 돌려 젊은 군인 서너 명 이곳을 찾아와, 군대에서나 같이 큰 목소리로 홍차를 명命하였다. 그들은 암만을 이 안에 있든, 이곳 공기에 동화되지 않았다. 또 그들은 암만을 그곳에 있도록 끈기 있지 못하다. 사람들은 그들이 그 근대적 고상한 감정을 모른다고 비웃었다. 또 가엾어하였다."

** '커피'의 음차.

*** 서양으로 갈 만한 돈.

**** 일본 근대 시인(1886~1912).

은 있을 듯하면서도 없었다. 혹은, 그럴 게다. 그러나 구태여 말하여, 말할 수 없을 것도 없을 게다. 원거마의경구 여붕우공 폐지이무감願車馬衣輕裘與朋友共敝之而無憾*은 자로子路**의 뜻이요, 좌상객상만 준중주불공座上客常滿樽中酒不空***은 공융孔融****의 원하는 바였다. 구보는, 저도 역시, 좋은 벗들과 더불어 그 즐거움을 함께하였으면 한다.

갑자기 구보는 벗이 그리워진다. 이 자리에 앉아 한 잔의 차를 나누며, 또 같은 생각 속에 있고 싶다 생각한다…….

구둣발 소리가 바깥 포도鋪道를 걸어와, 문 앞에 서고, 그리고 다음에 소리도 없이 문이 열렸다. 그러나 그는 구보의 벗이 아니었다. 뿐만 아니라, 두 사람의 시선이 마주쳤을 때, 두 사람은 거의 일시에 머리를 돌리고 그리고 구보는 그의 고요한 마음속에 음울을 갖는다.

그 사내와,

구보는, 일찍이, 인사를 한 일이 있었다. 그러나, 그것은 공교롭게 어두운 거리에서이었다. 한 벗이 그를 소개하였다. 말씀은 많이 들었습니다, 하고 그는 말하였었다. 사실 그는 구보의 이름과 또 얼굴을 전부터 알고 있었던 것임에 틀림없었다. 그러나 구보는, 구보는 그를 몰랐다. 모른 채

---

* 마차를 갖고 가벼운 옷을 입을 수 있는 신분이 되더라도 이를 친구들과 함께 나누고, 이것들이 다 낡아져도 불평하지 않기를 바란다. 즉 '높고 귀한 자리에 있어도 겸허한 사람이 되겠다'는 뜻. 『논어』 공야장.

** 중국 춘추 시대 노나라의 유학자(기원전 543~480).

*** '자리에는 늘 손님이 가득하고 술독은 빌 날이 없다.'

**** 중국 후한後漢 말기의 학자(153~208).

어두운 곳에서 그대로 헤어져버린 구보는 뒤에 그를 만나도, 그를 그라고 알아내지 못하였다. 그 사내는 구보가 자기를 보고도 알은체 안 하는 것에 응당 모욕을 느꼈을 게다. 자기를 자기라 알고도 모르는 체하는 것이라 생각할 때, 그의 마음은 평온할 수 없었을 게다. 그러나 구보는, 구보는 몰랐고, 모르면 태연할 수 있다. 자기를 볼 때마다 황당하게, 또 불쾌하게 시선을 돌리는 그 사내를, 구보는 오직 괴이하게만 여겨왔다. 괴이하게만 여겨오는 동안은 그래도 좋았다. 마침내 구보가 그를 그라고 알아낼 수 있었을 때, 그것은 그의 마음에 암영暗影을 주었다. 그 뒤부터 구보는 그 사내와 시선이 마주치면, 역시 당황하게, 그리고 불안하게 고개를 돌리는 수밖에 없었다. 그것은 사람의 마음을 우울하게 하여놓는다. 구보는 다방 안의 한 구획을 그의 시야 밖에 두려 노력하며, 사람과 사람 사이의 교섭의 번거로움을 새삼스러이 느끼지 않으면 안 된다.

구보는 백동화를 두 푼, 탁자 위에 놓고, 그리고 공책을 들고 그 안을 나왔다. 어디로—. 그는 우선 부청府廳* 쪽으로 향하여 걸으며, 아무든 벗의 얼굴이 보고 싶다, 생각하였다. 구보는 거리의 순서로 벗들을 마음속에 헤아려보았다. 그러나 이 시각에 집에 있을 사람은 하나도 없을 듯싶었다. 어디로—. 구보는 한길 위에 서서, 넓은 마당 건너 대한문을 바라본다. 아동유원지 유동의자遊動椅子**에라도 앉아서…… 그러나 그 빈약한, 너무나, 빈약한 옛 궁전은, 역시 사람의 마음을 우울하게 하여주는 것임에 틀림없었다.

구보가 다 탄 담배를 길 위에 버렸을 때, 그의 옆에 아이가 와 선다. 그

---

* 경성 부청. 오늘날의 서울시청.

** 움직이는 의자. 놀이공원에 있는 어린이용 놀이기구.

는 구보가 다방에 놓아둔 채 잊어버리고 나온 단장을 들고 있었다. 고맙다. 구보는 그렇게도 방심한 제 자신을 쓰게 웃으며, 달음질하여 다방으로 돌아가는 아이의 뒷모양을 이슥히 바라보고 있다가, 자기도 그 길을 되걸어갔다.

다방 옆 골목 안. 그곳에서 젊은 화가는 골동점을 경영하고 있었다. 구보는 그 방면에 대한 지식을 갖지 않는다. 그러나, 하여튼 그것은 그의 취미에 맞았고, 그리고 기회 있으면 그 방면의 이야기를 듣고 싶다 생각한다. 온갖 지식이 소설가에게는 필요하다.

그러나 벗은 점店에 있지 않았다. 바로 지금 나가셨습니다. 그리고 기둥에 걸린 시계를 쳐다보며 "한 십 분, 됐을까요."

점원은 덧붙여 말하였다.

구보는 골목을 전찻길로 향하여 걸어 나오며, 그 십 분이란 시간이 얼마만 한 영향을 자기에게 줄 것인가, 생각한다.

한길 위에 사람들은 바쁘게 또 일 있게 오고 갔다. 구보는 포도 위에 서서, 문득, 자기도 창작을 위하여 어디, 예例하면 서소문정 방면이라도 답사할까 생각한다. '모데로노로지오'*를 게을리하기 이미 오래다.

그러나 그러한 생각과 함께 구보는 격렬한 두통을 느끼며, 이제 한 걸음도 더 옮길 수 없을 것 같은 피로를 전신에 깨닫는다. 구보는 얼마 동안을 망연히 그곳, 한길 위에 서 있었다…….

---

* 모더놀로지modernology(고현학考現學). 곤 와지로[今和次郎]가 1927년경에 주창함. 박태원의 주요 창작 기법으로 발전되었음.

얼마 있다,

구보는 다시 걷기로 한다. 여름 한낮의 뙤약볕이 맨머릿바람의 그에게 현기증을 주었다. 그는 그곳에 더 그렇게 서 있을 수 없다. 신경쇠약. 그러나 물론, 쇠약한 것은 그의 신경뿐이 아니다. 이 머리를 가져, 이 몸을 가져, 대체 얼마만 한 일을 나는 하겠단 말인고—. 때마침 옆을 지나는 장년의, 그 정력가형 육체와 탄력 있는 걸음걸이에 구보는, 일종 위압조차 느끼며, 문득, 아홉 살 적에 집안 어른의 눈을 기어 『춘향전』을 읽었던 것을 뉘우친다. 어머니를 따라 일갓집에 갔다 와서, 구보는 저도 얘기책이 보고 싶다 생각하였다. 그러나 집안에서는 그것을 금했다. 구보는 남몰래 안잠자기에게 문의하였다. 안잠자기는 세책貰冊* 집에는 어떤 책이든 있다는 것과, 일 전이면 능히 한 권을 세내 올 수 있음을 말하고, 그러나 꾸중 들우—. 그리고 다음에, 재밌긴 『춘향전』이 제일이지, 그렇게 그는 혼잣말을 하였었다. 한 분分**의 동전과 한 개의 주발 뚜껑, 그것들이, 십칠 년 전의 그것들이, 뒤에 온, 그리고 또 올, 온갖 것의 근원이었을지도 모른다. 자기 전에 읽던 얘기책들. 밤을 새워 읽던 소설책들. 구보의 건강은 그의 소년 시대에 결정적으로 손상되었던 것임에 틀림없다…….

변비. 요의빈수尿意頻數***. 피로. 권태. 두통. 두중頭重. 두압頭壓. 모리타 마사타케〔森田正馬〕 박사의 단련 요법……**** 그러한 것은 어떻든, 보잘것없는, 아니, 그 살풍경하고 또 어수선한 태평통의 거리는 구보의 마음을

* 도서 대여점.
** 푼.
*** 소변이 비정상적으로 자주 마려운 증상.
**** 1920년경 마사타케가 개발하여 많은 영향을 끼친 정신 수양 방법으로 불교의 좌선과 흡사함.

어둡게 한다. 그는 저, 불결한 고물상들을 어떻게 이 거리에서 쫓아낼 것인가를 생각하며, 문득, 반자*의 무늬가 눈에 시끄럽다고, 양지洋紙**로 반자를 발라버렸던 서해曙海***도 역시 신경쇠약이었음에 틀림없었다고, 이름 모를 웃음을 입가에 띠어보았다. 서해의 너털웃음. 그것도 생각하여보면, 역시, 공허한, 적막한 음향이었다.

구보는 고인故人에게서 받은 『홍염紅焰』을, 이제도록 한 페이지도 들쳐보지 않았던 것을 생각해내고, 그리고 딱한 표정을 지었다. 그가 읽지 않은 것은 오직 서해의 작품뿐이 아니다. 독서를 게을리하기 이미 삼 년. 언젠가 구보는 지식의 고갈을 느끼고 악연愕然하였다.

갑자기 한 젊은이가 구보의 시야에 들어왔다. 그는 구보가 향하여 걸어가고 있는 곳에서 왔다. 구보는 그를 어디서 본 듯싶었다. 자기가 마땅히 알아보아야만 할 사람인 듯싶었다. 마침내 두 사람의 거리가 한 칸통으로 단축되었을 때, 문득 구보는 어린 시절을 회상하고, 그리고 그곳에 옛 동무를 발견한다. 그리운 옛 시절. 그리운 옛 동무. 그들은 보통학교를 나온 채 이제도록 한 번도 못 만났다. 그래도 구보는 그 동무의 이름까지 기억 속에서 찾아낸다.

그러나 옛 동무는 너무나 영락하였다. 모시 두루마기에 흰 고무신, 오직 새로운 맥고모자를 쓴 그의 행색은 너무나 초라하다. 구보는 망살거린다. 그대로 모른 체하고 지날까. 옛 동무는 분명히 자기를 알아본 듯싶었다. 그리고, 구보가 자기를 알아볼 것을 두려워하는 듯싶었다. 그러나 마

---

* 천장이나 벽면을 평평히 하거나 발라놓은 것.
* '한지'가 아닌 서양식 제지법으로 만든 종이.
** 최서해(1901~1932). 본명 학송. 신경향파의 대표적 소설가.

침내 두 사람이 서로 지나치는, 그 마지막 순간을 포착하여, 구보는 용기를 내었다.

"이거 얼마 만이야, 유 군."

그러나 벗은 순간에 약간 얼굴조차 붉히며,

"네, 참 오래간만입니다."

"그동안 서울에, 늘, 있었어."

"네."

구보는 다음에 간신히,

"어째서 그렇게 뵈올 수 없었에요."

한마디를 하고, 그리고 서운한 감정을 맛보며, 그래도 또 무슨 말이든 하고 싶다 생각할 때, 그러나 벗은 그만 실례합니다. 그렇게 말하고, 그리고 구보의 앞을 떠나, 저 갈 길을 가버린다.

구보는 잠깐 그곳에 섰다가 다시 고개 숙여 걸으며 울 것 같은 감정을 스스로 억제하지 못한다.

조그만

한 개의 기쁨을 찾아, 구보는 남대문을 안에서 밖으로 나가보기로 한다. 그러나 그곳에는 불어 드는 바람도 없이, 양옆에 웅숭그리고 앉아 있는 서너 명의 지게꾼들의 그 모양이 맥없다.

구보는 고독을 느끼고, 사람들 있는 곳으로, 약동하는 무리들의 있는 곳으로, 가고 싶다 생각한다. 그는 눈앞에 경성역을 본다. 그곳에는 마땅히 인생이 있을 게다. 이 낡은 서울의 호흡과 또 감정이 있을 게다. 도회의 소설가는 모름지기 이 도회의 항구와 친하여야 한다. 그러나 물론 그러한 직업의식은 어떻든 좋았다. 다만 구보는 고독을 삼등 대합실 군중 속에 피할 수 있으면 그만이다.

그러나 오히려 고독은 그곳에 있었다. 구보가 한옆에 끼어 앉을 수도 없게시리 사람들은 그곳에 빽빽하게 모여 있어도, 그들의 누구에게서도 인간 본래의 온정을 찾을 수는 없었다. 그네들은 거의 옆의 사람에게 한마디 말을 건네는 일도 없이, 오직 자기네들 사무에 바빴고, 그리고 간혹 말을 건네도, 그것은 자기네가 타고 갈 열차의 시각이나 그러한 것에 지나지 않았다. 그네들의 동료가 아닌 사람에게 그네들은 변소에 다녀올 동안의 그네들 짐을 부탁하는 일조차 없었다. 남을 결코 믿지 않는 그네들의 눈은 보기에 딱하고 또 가엾었다.

구보는 한구석에가 서서, 그의 앞에 앉아 있는 노파를 본다. 그는 뉘 집에 드난을 살다가 이제 늙고 또 쇠잔한 몸을 이끌어, 결코 넉넉하지 못한 어느 시골, 딸네 집이라도 찾아가는지 모른다. 이미 굳어버린 그의 안면 근육은 어떠한 다행한 일에도 펴질 턱 없고, 그리고 그의 몽롱한 두 눈은 비록 그의 딸의 그지없는 효양을 가지고도 감동시킬 수 없을지 모른다. 노파 옆에 앉은 중년의 시골 신사는 그의 시골서 조그만 백화점을 경영하고 있을 게다. 그의 점포에는 마땅히 주단포목도 있고, 일용 잡화도 있고, 또 흔히 쓰이는 약품도 갖추어 있을 게다. 그는 이제 그의 옆에 놓인 물품을 들고 자랑스러이 차에 오를 게다. 구보는 그 시골 신사가 노파와 사이에 되도록 간격을 가지려고 노력하는 것을 발견하고, 그리고 그를 업신여겼다. 만약 그에게 얕은 지혜와 또 약간의 용기를 주면 그는 삼등 승차권을 주머니 속에 간수하고 일이등 대합실에 오만하게 자리 잡고 앉을 게다.

문득 구보는 그의 얼굴에 부종浮腫을 발견하고 그의 앞을 떠났다. 신장

염. 그뿐 아니라, 구보는 자기 자신의 만성 위확장을 새삼스러이 생각해 내지 않으면 안 되었다. 그러나 구보가 매점 옆에까지 갔었을 때, 그는 그곳에서도 역시 병자를 보지 않으면 안 되었다. 사십여 세의 노동자. 전경부前頸部의 광범한 팽륭澎隆. 돌출한 안구. 또 손의 경미한 진동. 분명한 '빠세도우' 씨 병.* 그것은 누구에게든 결코 깨끗한 느낌을 주지는 못한다. 그의 좌우에는 좌석이 비어 있어도 사람들은 그곳에 앉으려 들지 않는다. 뿐만 아니라, 그에게서 두 칸통 떨어진 곳에 있던 아이 업은 젊은 아낙네가 그의 바스켓 속에서 꺼내다 잘못하여 시멘트 바닥에 떨어트린 한 개의 복숭아가 굴러 병자의 발 앞에까지 왔을 때, 여인은 그것을 쫓아와 집기를 단념하기조차 하였다.

구보는 이 조고만 사건에 문득, 흥미를 느끼고, 그리고 그의 '대학 노트'를 펴 들었다. 그러나 그가 문 옆에 기대어 섰는 캡 쓰고 린네르 쯔메에리** 양복 입은 사내의, 그 온갖 사람에게 의혹을 갖는 두 눈을 발견하였을 때, 구보는 또다시 우울 속에 그곳을 떠나지 않으면 안 된다.

개찰구 앞에

두 명의 사내가 서 있었다. 낡은 파나마에 모시 두루마기 노랑 구두를 신고, 그리고 손에 조그만 보따리 하나도 들지 않은 그들을, 구보는, 확신을 가져 무직자라고 단정한다. 그리고 이 시대의 무직자들은, 거의 다 금

---

* 바세도우씨 병Basedow disease. 갑상선 기능항진증.

** 흰색 여름 옷감으로 만든 옷깃이 세워진 양복. 당시의 순사 복장으로 묘사됨.

광 브로커에 틀림없었다. 구보는 새삼스러이 대합실 안팎을 둘러본다. 그러한 인물들은, 이곳에도 저곳에도 눈에 띄었다.

황금광 시대黃金狂時代—.

저도 모를 사이에 구보의 입술을 무거운 한숨이 새어 나왔다. 황금을 찾아, 황금을 찾아, 그것도 역시 숨김없는 인생의, 분명히, 일면이다. 그것은 적어도, 한 손에 단장과 또 한 손에 공책을 들고, 목적 없이 거리로 나온 자기보다는 좀 더 진실한 인생이었을지도 모른다. 시내에 산재한 무수한 광무소鑛務所.* 인지대 백 원. 열람비 오 원. 수수료 십 원. 지도대 십팔 전…… 출원 등록된 광구, 조선 전토全土의 칠 할. 시시각각으로 사람들은 졸부가 되고, 또 몰락하여갔다. 황금광 시대. 그들 중에는 평론가와 시인, 이러한 문인들조차 끼어 있었다. 구보는 일찍이 창작을 위하여 그의 벗의 광산에 가보고 싶다 생각하였다. 사람들의 사행심, 황금의 매력, 그러한 것들을 구보는 보고, 느끼고, 하고 싶었다. 그러나, 고도의 금광열은, 오히려, 총독부 청사, 동측 최고층, 광무과 열람실에서 볼 수 있었다…….

문득, 한 사내가 둥글넓적한, 그리고 또 비속한 얼굴에 웃음을 띠고, 구보 앞에 그의 모양 없는 손을 내민다. 그도 벗이라면 벗이었다. 중학 시대의 열등생. 구보는 그래도 약간 웃음에 가까운 표정을 지어 보이고, 그리고, 단장 든 손을 그대로 내밀어 그의 손을 가장 엉성하게 잡았다. 이거 얼마 만이야. 어디, 가나. 응, 자네는—.

구보는 친하지 않은 사람에게 '자네' 소리를 들으면 언제든 불쾌하였다. '해라'는, 해라는 오히려 나았다. 그 사내는 주머니에서 금시계를 꺼

* 광업에 관한 모든 제출 서류를 광업령鑛業令에 의거해 대신 써주던 영업소.

내 보고, 다음에 구보의 얼굴을 쳐다보며, 저기 가서 차라도 안 먹으려나. 전당포 집의 둘째 아들. 구보는 그러한 사내와 자리를 같이하여 차를 마실 생각은 없었다. 그러나, 그러한 경우에 한 개의 구실을 지어, 그 호의를 사절할 수 있도록 구보는 용감하지 못하다. 그 사내는 앞장을 섰다. 자아 그럼 저리로 가지. 그러나 그것은 구보에게만 한 말이 아니었다.

구보는 자기 뒤를 따라오는 한 여성을 보았다. 그는 한 번 흘낏 보기에도, 한 사내의 애인 된 티가 있었다. 어느 틈엔가 이런 자도 연애를 하는 시대가 왔나. 새삼스러이 그 천한 얼굴이 쳐다보였으나, 그러나 서정 시인조차 황금광으로 나서는 때다.

의자에 가 가장 자신 있게 앉아, 그는 주문 들으러 온 소녀에게, 나는 가루삐스, 그리고 구보를 향하여, 자네두 그걸루 하지. 그러나 구보는 거의 황급하게 고개를 흔들고, 나는 홍차나 커피로 하지.

음료 칼피스를, 구보는, 좋아하지 않는다. 그것은 외설한 색채를 갖는다. 또, 그 맛은 결코 그의 미각에 맞지 않았다. 구보는 차를 마시며, 문득, 끽다점喫茶店에서 사람들이 취하는 음료를 가져, 그들의 성격, 교양, 취미를 어느 정도까지는 알 수 있을 것이 아닌가, 하고 생각하여본다. 그리고 그것은 동시에, 그네들의 그때, 그때의 기분조차 표현하고 있을 게다.

구보는 맞은편에 앉은 사내의, 그 교양 없는 이야기에 건성 맞장구를 치며, 언제든 그러한 것을 연구하여보리라 생각한다.

월미도로

놀러 가는 듯싶은 그들과 헤어져, 구보는 혼자 역 밖으로 나온다. 이러한 시각에 떠나는 그들은 적어도 오늘 하루를 그곳에서 묵을 게다. 구보는, 문득, 여자의 발가숭이를 아무 거리낌 없이 애무할 그 남자의, 야비한 웃음으로 하여 좀 더 추악해진 얼굴을 눈앞에 그려보고, 그리고 마음이 편안하지 못했다.

여자는, 여자는 확실히 어여뻤다. 그는, 혹은, 구보가 이제까지 어여쁘다고 생각하여온 온갖 여인들보다도 좀 더 어여뻤을지도 모른다. 그뿐 아니다. 남자가 같이 '가루삐스'를 먹자고 권하는 것을 물리치고, 한 접시의 아이스크림을 지망할 수 있도록 여자는 총명하였다.

문득, 구보는, 그러한 여자가 왜 그자를 사랑하려 드나, 또는 그자의 사랑을 용납하는 것인가 하고, 그런 것을 괴이하게 여겨본다. 그것은, 그것은 역시 황금 까닭일 게다. 여자들은 그렇게도 쉽사리 황금에서 행복을 찾는다. 구보는 그러한 여자를 가엾이, 또 안타깝게 생각하다가, 갑자기 그 사내의 재력을 탐내본다. 사실, 같은 돈이라도 그 사내에게 있어서는 헛되이, 그리고 또 아깝게 소비되어버릴 게다. 그는 날마다 기름진 음식이나 실컷 먹고, 살진 계집이나 즐기고, 그리고 아무 앞에서나 그의 금시계를 꺼내보고는 만족하여할 게다.

일순간, 구보는, 그 사내의 손으로 소비되어버리는 돈이, 원래 자기의 것이나 되는 것같이 입맛을 다셔보았으나, 그 즉시, 그러한 제 자신을 픽 웃고, 내가 언제부터 이렇게 돈에 걸신이 들렸누…… 단장 끝으로 구두코를 탁 치고, 그리고 좀 더 빠른 걸음걸이로 전차 선로를 횡단하여, 구보는 포도 위를 걸어갔다.

그러나 여자는, 확실히 어여뻤고, 그리고 또…… 구보는, 갑자기, 그 여자가 이미 오래전부터 그자에게 몸을 허락하여온 것이나 아닐까, 생각하였다. 그것은 생각만 하여볼 따름으로 그의 마음을 언짢게 하여준다.

역시, 여자는 결코 총명하지 못했다. 또 생각하여보면, 어딘지 모르게 저속한 맛이 있었다. 결코 기품 있는 인물은 아니다. 그저 좀 예쁠 뿐…….

그러나 그 여자가 그자에게 쉽사리 미소를 보여주었다고 새삼스러이 여자의 값어치를 깎을 필요는 없었다. 남자는 여자의 육체를 즐기고, 여자는 남자의 황금을 소비하고, 그리고 두 사람은 충분히 행복일 수 있을 게다. 행복이란 지극히 주관적인 것이다.……

어느 틈엔가, 구보는 조선 은행 앞에까지 와 있었다. 이제 이대로, 이대로 집으로 돌아갈 마음은 없었다. 그러면, 어디로—. 구보가 또다시 고독과 피로를 느꼈을 때, 약칠해 신으시죠 구두에. 구보는 혐오의 눈을 가져 그 사내를, 남의 구두만 항상 살피며, 그곳에 무엇이든 결점을 잡아내고야 마는 그 사내를 흘겨보고, 그리고 걸음을 옮겼다. 일면식도 없는 나의 구두를 비평할 권리가 그에게 있기라도 하단 말인가. 거리에서 그에게 온갖 종류의 불유쾌한 느낌을 주는 온갖 종류의 사물을 저주하고 싶다, 생각하며, 그러나, 문득, 구보는 이러한 때, 이렇게 제 몸을 혼자 두어두는 것에 위험을 느낀다. 누구든 좋았다. 벗과, 벗과 같이 있을 때, 구보는 얼마쯤 명랑할 수 있었다. 혹은, 명랑을 가장할 수 있었다.

마침내, 그는 한 벗을 생각해내고, 길가 양복점으로 들어가 전화를 빌렸다. 다행하게도 벗은 아직 사社에 남아 있었다. 바로 지금 나가려던 차야 하고, 그는 말했다.

구보는 그에게 부디 다방으로 와주기를 청하고, 그리고 잠깐 또 할 말을 생각하다가, 저편에서 전화를 끊어버릴 것을 염려하여 당황하게 덧붙여 말했다.

"꼭 좀, 곧 좀, 오—."

다행하게도

다시 돌아간 다방 안에, 사람들은 많지 않았다. 또, 문득, 생각하고 둘러보아, 그 벗 아닌 벗도 그곳에 있지 않았다. 구보는 카운터 가까이 자리를 잡고 앉아, 마침, 자기가 사랑하는 '스키퍼'의 〈아이 아이 아이〉*를 들려주는 이 다방에 애정을 갖는다. 그것이 허락받을 수 있는 것이라면 그는 지금 앉아 있는 등의자를 안락의자로 바꾸어, 감미한 오수를 즐기고 싶다, 생각한다. 이제 그는 그의 앞에, 아까의 신기료장수를 보더라도, 고요한 마음을 가져 그를 용납하여줄 수 있을 게다.

조그만 강아지가, 저편 구석에 앉아, 토스트를 먹고 있는 사내의 그리 대단하지도 않은 구두코를 핥고 있었다. 그 사내는 발을 뒤로 무르며, 쉬— 쉬— 강아지를 쫓았다. 강아지는 연해 꼬리를 흔들며 잠깐 그 사내의 얼굴을 쳐다보다가, 돌아서서 다음 탁자 앞으로 갔다. 그곳에 앉아 있는 젊은 여자는, 그는 확실히 개를 무서워하는 듯싶었다. 다리를 잔뜩 옹크리고 얼굴빛조차 변하여가지고, 그는 크게 뜬 눈으로 개의 동정만 살폈다. 개는 여전히 꼬리를 흔들며 그러나, 저를 귀애해주고 안 해주는 사람을 용하게 가릴 줄이나 아는 듯이, 그곳에 오래 머무르지 않고, 또 옆 탁자로 갔다. 그러나 구보가 앉아 있는 자리에서는 그곳이 잘 안 보였다. 어떠한 대우를 그 가엾은 강아지가 그곳에서 받았는지 그는 모른다. 그래도 어떻든 만족한 결과는 아니었던 게다. 강아지는 다시 그곳을 떠나, 이제는 사람들의 사랑을 구하기를 아주 단념이나 한 듯이 구보에게서 한 칸통쯤 떨어진 곳에가 네 발을 쭈욱 뻗고 모로 쓰러져버렸다.

---

* 〈아이 아이 아이Ay, Ay, Ay〉는 테너 스키퍼가 부른 베르디의 오페라 〈팔스타프〉에 나오는 노래.

강아지의 반쯤 감은 두 눈에는 고독이 숨어 있는 듯싶었다. 그리고 그와 함께, 모든 것에 대한 단념도 그곳에 있는 듯싶었다. 구보는 그 강아지를 가엾다, 생각한다. 저를 사랑하는 사람이 단 한 사람일지라도 이 다방 안에 있음을 알려주고 싶다, 생각한다. 그는, 문득, 자기가 이제까지 한 번도 그의 머리를 쓰다듬어 준다거나, 또는 그가 핥는 대로 손을 맡기어 둔다거나, 그러한 그에 대한 사랑의 표현을 한 일이 없었던 것을 생각해 내고, 손을 내밀어 그를 불렀다. 사람들은 이런 경우에 휘파람을 분다. 그러나 원래 구보는 휘파람을 안 분다. 잠깐 궁리하다가, 마침내 그는 개에게만 들릴 정도로 "캄, 히어." 하고 말해본다.

강아지는 영어를 해득解得하지 못하는지도 모른다. 머리를 들어 구보를 쳐다보고, 그리고 아무 흥미도 느낄 수 없는 듯이 다시 머리를 떨어뜨렸다. 구보는 의자 밖으로 몸을 내밀어, 조금 더 큰 소리로, 그러나 한껏 부드럽게, 또 한 번, "캄, 히어." 그리고 그것을 번역하였다. "이리 온." 그러나 강아지는 먼젓번 동작을 또 한 번 되풀이하였을 따름, 이번에는 입을 벌려 하품 비슷한 짓을 하고, 아주 눈까지 감는다.

구보는 초조와, 또 일종 분노에 가까운 감정을 맛보며, 그래도 그것을 억제하고, 이번에는 완전히 의자에서 떠나, 그의 머리를 쓰다듬어주려 하였다. 그러나 그보다도 먼저 강아지는 진저리치게 놀라, 몸을 일으켜, 구보에게 향하여 적대적 자세를 취하고, 캥, 캐캥 하고 짖고, 그리고, 제풀에 질겁을 하여 카운터 뒤로 달음질쳐 들어갔다.

구보는 저도 모르게 얼굴을 붉히고, 그 강아지의 방정맞은 성정性情을 저주하며, 수건을 꺼내어, 땀도 안 난 이마를 두루 씻었다. 그리고, 그렇게까지 당부하였건만, 곧 와주지 않는 벗에게조차 그는 가벼운 분노를 느끼지 않으면 안 된다.

마침내

벗이 왔다. 그렇게 늦게 온 벗을 구보는 책망할까 하고 생각하여보았으나, 그보다 먼저 진정 반가워하는 빛이 그의 얼굴에 떠올랐다. 사실, 그는, 지금, 벗을 가진 몸의 다행함을 느낀다.

그 벗은 시인이었음에도 불구하고, 극히 건장한 육체와 또 먹기 위하여 어느 신문사 사회부 기자의 직업을 가지고 있었다. 그것이 때로 구보에게 애달픔을 주지 않는 것은 아니다. 그래도, 그래도 그와 대하여 있으면, 구보는 마음속에 밝음을 가질 수 있었다.

"나, 소오다스이를 다우."

벗은, 즐겨 음료 조달수曹達水*를 취하였다. 그것은 언제든 구보에게 가벼운 쓴웃음을 준다. 그러나 물론 그것은 적어도 불쾌한 감정은 아니다.

다방에 들어오면, 여학생이나 같이, 조달수를 즐기면서도, 그래도 벗은 조선 문학 건설에 가장 열의를 가지고 있었다. 그러한 그가 하루에 두 차례씩, 종로서와, 도청과, 또 체신국엘 들르지 않으면 안 되었던 것은 한 개의 비참한 현실이었을지도 모른다. 마땅히 시를 초草하여야만 할 그의 만년필을 가져, 그는 매일같이 살인강도와 방화 범인의 기사를 쓰지 않으면 안 되었다. 그래 이렇게 제 자신의 시간을 가지면 그는 억압당하였던, 그의 문학에 대한 열정을 쏟아놓는다…….

오늘은 주로 구보의 소설에 대하여서이었다. 그는, 즐겨 구보의 작품을 읽는 사람의 하나이다. 그리고, 또, 즐겨 구보의 작품을 비평하려 드는 독지가였다. 그러나, 그의 그러한 후의에도 불구하고, 구보는 자기 작품에

* '소다수'의 일본식 음차어.

대한 그의 의견에 그다지 신용을 두고 있지 않았다. 언젠가, 벗은 구보의 그리 대단하지 않은 작품을 오직 한 개 읽었을 따름으로, 구보를 완전히 알 수나 있었던 것같이 생각하고 있는 듯싶었다.

오늘은, 그러나, 구보는 그의 말에 귀를 기울이지 않으면 안 된다. 벗은, 요사이 구보가 발표하고 있는 작품을 가리켜 작자가 그의 나이 분수보다 엄청나게 늙었음을 말했다. 그러나 그뿐이면 좋았다. 벗은 또, 작자가 정말 늙지는 않았고, 오직 늙음을 가장하였을 따름이라고 단정하였다. 혹은 그럴지도 모른다. 구보에게는 그러한 경향이 있었을지도 모른다. 그리고 다시 돌이켜 생각하면, 그것이 오직 가장에 그치고, 그리고 작자가 정말 늙지 않았음은, 오히려 구보가 기꺼하여 마땅할 일일 게다.

그러나 구보는 그의 작품 속에서 젊을 수가 없었을지도 모른다. 그가 만약 구태여 그러려 하면, 벗은, 이번에는, 작자가 무리로 젊음을 가장하였다고 말할 게다. 그리고 그것은 틀림없이 구보의 마음을 슬프게 하여 줄 게다…….

어느 틈엔가, 구보는 그 화제에 권태를 깨닫고, 그리고 저도 모르게 '다섯 개의 임금林檎'* 문제를 풀려 들었다. 자기가 완전히 소유한 다섯 개의 임금을 대체 어떠한 순차로 먹어야만 마땅할 것인가. 그것에는 우선 세 가지의 방법이 있을 게다. 그중 맛있는 놈부터 차례로 먹어가는 법. 그것은, 언제든, 그중에 맛있는 놈을 먹고 있다는 기쁨을 우리에게 줄 게다. 그러나 그것은 혹은 그 결과가 비참하지나 않을까. 이와 반대로, 그중 맛없는 놈부터 차례로 먹어가는 법. 그것은 점입가경, 그러한 뜻을 가지고 있으나, 뒤집어 생각하면, 사람은 그 방법으로는 항상 그중 맛없는 놈만

* 능금. 즉 '사과'와 동의어.

먹지 않으면 안 되는 셈이다. 또 계획 없이 아무거나 집어 먹는 법. 그것은…….

구보는, 맞은편에 앉아, 그의 문학론에, 앙드레 지드의 말을 인용하고 있던 벗을, 갑자기, 이 유민遊民다운 문제를 가져 어이없게 만들어주었다. 벗은 대체, 그 다섯 개의 임금이 문학과 어떠한 교섭을 갖는가 의혹하며, 자기는 일찍이 그러한 문제를 생각하여본 일이 없노라 말하고,

"그래, 그것이 어쨌단 말이야."

"어쩌기는 무에 어째."

그리고 구보는 오늘 처음으로 명랑한, 혹은 명랑을 가장한 웃음을 웃었다.

문득,

창 밖, 길가에 어린애 울음소리가 들린다. 그것은 울음소리에는 틀림없었다. 그러나 어린애의 것보다는 오히려 짐승의 소리에 가까웠다. 구보는 『율리시스』를 논하고 있는 벗의 탁설卓說에는 상관없이, 대체, 누가 또 죄악의 자식을 낳았누, 하고 생각한다.

가엾은 벗이 있었다. 그는, 어렸을 때부터 그렇게도 불행하였던 그는, 온갖 고생을 겪지 않으면 안 되었었고, 또 그렇게 경난經難한 사람이었던 까닭에, 벗과의 사이에 있어서도 가장 관대한 품이 있었다. 그는 거의 구보의 친우親友였다. 그러나, 그에게는 남자로서의 가장, 불행한 약점이 있었다. 그의 앞에서 구보가 말을 한다면, '다정다한多情多恨', 이러한 문자를 사용할 게다. 그러나 그것은 한 개의 수식에 지나지 않았고, 그 벗의 통제를 잃은 성 본능은 누가 보기에도 진실로 딱한 것임에 틀림없었다. 구보

는, 왕왕히, 그 벗의 여성에 대한 심미안에 의혹을 갖기조차 하였다. 그러나 오히려 그러고 있는 동안은 좋았다. 마침내 비극이 왔다. 그 벗은, 결코 아름답지도 총명하지도 않은 한 여성을 사랑하고, 여자는 또 남자를 오직 하나의 사내라 알았을 때, 비극은 비롯한다. 여자가 어느 날 저녁 남자와 마주 앉아, 얼굴조차 붉히고, 그리고 자기가 이미 홑몸이 아님을 고백하였을 때, 남자는 어느 틈엔가 그 여자에게 대하여 거의 완전히 애정을 상실하고 있었다. 여자는 어리석게도 모성됨의 기쁨을 맛보려 하였고, 그리고 남자의 사랑을 좀 더 확실히 포착할 수 있을 것같이 생각하였다. 그러나 남자는 오직 제 자신이 곤경에 빠졌음을 한하고, 그리고 또 그 젊은 어미에게 대한 자기의 책임을 느끼지 않으면 안 되었던 까닭에, 좀 더 그 여자를 미워하였을지도 모른다.

여자는, 그러나, 남자의 변심을 깨닫지 못하였을지도 모른다. 또, 설혹, 그가 알 수 있었더라도, 역시, 그 수밖에 없었을지도 모른다. 여자는 돌도 안 된 아이를 안고, 남자를 찾아 서울로 올라왔다. 그러나 그곳에는 그들 모자를 위하여 아무러한 밝은 길이 없었다. 이미 반생을 고락을 같이하여 온 아내가 남자에게는 있었고, 또 그와 견주어볼 때, 이 가정의 틈입자는 어떠한 점으로든 떨어졌다. 특히 아이와 아이를 비하여 볼 때 그러하였다. 가엾은 사생자는 나이 분수보다 엄청나게나 거대한 체구와, 또 치매痴呆적 안모顔貌를 가지고 있었다.

그러나 그것만이라면, 오히려 좋았다. 한번 그 아이의 울음소리를 들을 수 있었을 때, 사람들은 가장 언짢고 또 야릇한 느낌을 갖지 않으면 안 되었다. 그것은 결코 사람의 아이의 울음이 아니었다. 그것은 그들의, 특히, 남자의 죄악에 진노한 신이, 그 아이의 비상한 성대를 빌려, 그들의, 특히, 남자의 죄악을 규탄하고, 또 영구히 저주하는 것인 것만 같았다…….

구보는 그저 『율리시스』를 논하고 있는 벗을 깨닫고, 불쑥, 그야 제임스 조이스의 새로운 시험에는 경의를 표하여야 마땅할 게지. 그러나 그것이 새롭다는, 오직 그 점만 가지고 과중 평가를 할 까닭이야 없지. 그리고 벗이 그 말에 대하여, 항의를 하려 하였을 때, 구보는 의자에서 몸을 일으키어, 벗의 등을 치고, 자아 그만 나갑시다.

그들이 밖에 나왔을 때, 그곳에 황혼이 있었다. 구보는 이 시간에, 이 거리에, 맑고 깨끗함을 느끼며, 문득, 벗을 돌아보았다.

"이제 어디로 가?"

"집으루 가지."

벗은 서슴지 않고 대답하였다. 구보는 대체 누구와 이 황혼을 지내야 할 것인가 망연하여한다.

전차를 타고

벗은 이내 집으로 돌아가고 말았다. 집이 아니다. 여사旅舍였다. 주인집 식구 말고, 아무도 없을 여사로, 그는 그렇게 저녁 시간을 맞추어 가야만 할까. 만약 그것이 단지 저녁밥을 먹기 위하여서의 일이라면…….

"지금부터 집엘 가서 무얼 할 생각이오."

그러나 그것은 물론 어리석은 물음이었다. '생활'을 가진 사람은 마땅히 제집에서 저녁을 먹어야 할 게다. 벗은 구보와 비겨 볼 때, 분명히 생활을 가지고 있었다.

하루의 대부분을 속무俗務에 헤매지 않으면 안 되었던 그는 이제 저녁 후의 조용한 제 시간을 가져, 독서와 창작에서 기쁨을 찾을 게다. 구보는,

구보는 그러나 요사이 그 기쁨을 못 갖는다.

어느 틈엔가, 구보는 종로 네거리에 서서, 그곳에 황혼과, 또 황혼을 타서 거리로 나온 노는계집의 무리들을 본다. 노는계집들은 오늘도 무지無智를 싸고 거리에 나왔다. 이제 곧 밤은 올 게요 그리고 밤은 분명히 그들의 것이었다. 구보는 포도 위에 눈을 떨어트려, 그곳에 무수한 화려한 또는 화려하지 못한 다리를 보며, 그들의 걸음걸이를 가장 위태롭다 생각한다. 그들은, 모두가 숙녀화에 익숙하지 못한 것은 아니다. 그러나 그러함에도 불구하고, 그들은 모두들 가장 서투르고, 부자연한 걸음걸이를 갖는다. 그것은, 역시, '위태로운 것'이라고밖에 말할 수 없는 것임에 틀림없었다.

그들은, 그러나 물론 그런 것을 그들 자신 깨닫지 못한다. 그들의 세상살이의 걸음걸이가, 얼마나 불안정한 것인가를 깨닫지 못한다. 그들은 누구라 하나 인생에 확실한 목표를 가지고 있지 않았으나, 무지는 거의 완전히 그 불안에서 그들의 눈을 가리어준다.

그러나 포도를 울리는 것은 물론 그들의 가장 불안정한 구두 뒤축뿐이 아니었다. 생활을, 생활을 가진 온갖 사람들의 발끝은 이 거리 위에서 모두 자기네들 집으로 향하여 놓여 있었다. 집으로 집으로, 그들은 그들의 만찬과 가족의 얼굴과 또 하루 고역 뒤의 안위를 찾아 그렇게도 기꺼이 걸어가고 있다. 문득, 저도 모를 사이에 구보의 입술을 새어 나오는 다쿠보쿠〔啄木〕의 단가短歌*—.

누구나 모두 집 가지고 있다는 애달픔이여
무덤에 들어가듯

* 이시카와 다쿠보쿠[石川啄木]의 첫 시집인 『한 줌의 흙一握の砂』에 실린 작품. 위의 단가는 1장의 132번째 수.

돌아와서 자옵네

그러나 구보는 그러한 것을 초저녁의 거리에서 느낄 필요는 없다. 아직 그는 집에 돌아가지 않아도 좋았다. 그리고 좁은 서울이었으나, 밤늦게까지 헤맬 거리와, 들를 처소가 구보에게 있었다.

그러나 대체 누구와 이 황혼을…… 구보는 거의 자신을 가지고, 걷기 시작한다. 벗이 있다. 황혼을, 또 밤을 같이 지낼 벗이 구보에게 있다. 종로경찰서 앞을 지나 하얗고 납작한 조그만 다료茶寮*엘 들른다.

그러나 주인은 없었다. 구보가 다시 문으로 향하여 나오면서, 왜 자기는 그와 미리 맞추어두지 않았던가, 뉘우칠 때, 아이가 생각난 듯이 말했다. 참, 곧 돌아오신다구요, 누구 오시거든 기다리시라구요. '누구'가, 혹은, 특정한 인물일지도 모른다. 벗은 혹은, 구보와 이제 행동을 같이할 수 없을지도 모른다. 그래도 사람은 언제든 희망을 가져야 하고, 달리 찾을 벗을 갖지 아니한 구보는, 하여튼, 이제 자리에 앉아, 돌아올 벗을 기다려야 한다.

여자를

동반한 청년이 축음기 놓여 있는 곳 가까이 앉아 있었다. 그는 노는계집 아닌 여성과 그렇게 같이 앉아 차를 마실 수 있는 것에 득의와 또 행복을 느낄 수 있었는지도 모른다. 그의 육체는 건강하였고, 또 그의 복장은

---

* 다방, 찻집.

화미華美하였고, 그리고 그의 여인은 그에게 그렇게도 용이하게 미소를 보여주었던 까닭에, 구보는 그 청년에게 엷은 질투와 또 선망을 느끼지 않으면 안 되었다. 그뿐 아니다. 그 청년은, 한 개의 인단仁丹* 용기와, 로도 목약目藥**을 가지고 있는 것에조차 철없는 자랑을 느낄 수 있었던 듯싶었다. 구보는 제 자신, 포용력을 가지고 있는 듯싶게 가장하는 일 없이, 그의 명랑성에 참말 부러움을 느낀다.

그 사상에는 황혼의 애수와 또 고독이 혼화되어 있었는지도 모른다. 구보는 극히 음울할 제 표정을 깨닫고, 그리고 이 안에 거울이 없음을 다행하여한다. 일찍이, 어느 시인이 구보의 이 심정을 가리켜 독신자의 비애라 하였다. 그러나 그것은 언뜻 그러한 듯싶으면서도 옳지 않았다. 구보가 새로운 사랑을 찾으려 하지 않고, 때로 좋은 벗의 우정에 마음을 의탁하려 한 것은 제법 오랜 일이다…….

어느 틈엔가, 그 여자와 축복받은 젊은이는 이 안에서 사라지고, 밤은 완전히 다료 안팎에 왔다. 이제 어디로 가나. 문득, 구보는 자기가 그동안 벗을 기다리면서도 벗을 잊고 있었던 사실에 생각이 미치고, 그리고 호젓한 웃음을 웃었다. 그것은 일찍이 사랑하는 여자와 마주 대하여 권태와 고독을 느끼었던 것보다도 좀 더 애처로운 일임에 틀림없었다.

구보의 눈이 갑자기 빛났다. 참 그는 그 뒤 어찌 되었을꼬. 비록 어떠한 종류의 것이든 추억을 갖는다는 것은 사람의 마음을 고요하게, 또 기쁘게 하여준다.

동경의 가을이다. '간다〔神田〕'*** 어느 철물전에서 한 개의 '네일 클리

---

* 은단.
** ロート目藥. '로도'라는 일본제 안약.
*** 현재 도쿄 치요다구[千代田區] 내의 한 구역.

퍼'를 구한 구보는 '짐보오쪼오[神保町]'* 그가 가끔 드나드는 끽다점을 찾았다. 그러나 그것은 휴식을 위함도, 차를 먹기 위함도 아니었던 듯싶다. 오직 오늘 새로 구한 것으로 손톱을 깎기 위하여서만인지도 몰랐다. 그중 구석진 테이블. 그중 구석진 의자. 통속 작가들이 즐겨 취급하는 종류의 로맨스의 발단이 그곳에 있었다. 광선이 잘 안 들어오는 그곳 마룻바닥에서 구보의 발길에 채인 것. 한 권 대학 노트에는 윤리학 석 자와 '임姙' 자가 든 성명이 기입되어 있었다.

그것은 일종의 죄악일 게다. 그러나 젊은이들에게 그만한 호기심은 허락되어도 좋다. 그래도 구보는 다른 좌석에서 잘 안 보이는 위치에 노트를 놓고, 그리고 손톱을 깎을 것도 잊고 있었다.

제1장 서론. 제1절 윤리학의 정의. 2. 규범과학. 제2장 본론. 도덕 판단의 대상. C동기설과 결과설. 예 1. 빈가貧家의 자손이 효양孝養을 위해서 절도함. 2. 허영심을 만족키 위한 자선 사업. 제2학기. 3. 품성 형성의 요소. 1. 의지필연론.……

그리고 여백에, 연필로, 그러나 수치심은 사랑의 상상 작용에 조력을 준다. 이것은 사랑에 생명을 주는 것이다. 스탕달의 『연애론』의 일 절. 그러고는 연락 없이, 『서부전선 이상 없다』. 요시야 노부코[吉屋信子], 아쿠타가와 류노스케[芥川龍之介]**. 어제 어디 갔었니. 〈라부파레드〉***를 보았니. ……이런 것들이 씌어 있었다.

다료의 주인이 돌아왔다. 아 언제 왔소. 무슨 좋은 소식 있소. 구보는 대

---

* 간다[神田]에 있는 거리 이름. 고서점 거리로 유명함.

** 일본의 소설가(1892~1927). 대표작으로는 『나생문羅生門』이 있으며, 매년 2회 그를 기념하여 수여하는 아쿠타가와상이 있음.

*** 〈러브 퍼레이드The Love Parade〉. 할리우드 초창기인 1929년 뮤지컬 코미디 영화.

답 없이 자리에서 일어나, 노트와 단장을 집어 들고, 저녁 먹으러 나갑시다. 그리고 속으로 지난날의 조그만 로맨스를 좀 더 이어 생각하려 한다.

다료에서

나와, 벗과 대창옥大昌屋*으로 향하며, 구보는 문득 대학 노트 틈에 끼어 있었던 한 장의 엽서를 생각하여본다. 물론 처음에 그는 망살거렸었다. 그러나 여자의 숙소까지를 알 수 있었으면서도 그 한 기회에서 몸을 피할 수는 없었다. 그는 우선 젊었고, 또 그것은 흥미 있는 일이었다. 소설가다운 온갖 망상을 즐기며, 이튿날 아침 구보는 이내 여자를 찾았다. 우시코메쿠야라이초〔牛込區 矢來町〕. 그의 주인집은 신초샤〔新潮社〕** 근처에 있었다. 인품 좋은 주인 여편네가 나왔다 들어간 뒤, 현관에 나온 노트 주인은 분명히…… 그들이 걸어가고 있는 쪽에서 미인이 왔다. 그들을 보고 빙그레 웃고, 그리고 지났다. 벗의 다료 옆, 카페 여급. 벗이 돌아보고 구보의 의견을 청하였다. 어때 예쁘지. 사실, 여자는, 이러한 종류의 계집으로서는 드물게 어여뻤다. 그러나 그는 이 여자보다 좀 더 아름다웠던 것임에 틀림없었다.

어서 옵쇼. 설렁탕 두 그릇만 주우. 구보가 노트를 내어놓고, 자기의 실례에 가까운 심방에 대한 변해辯解를 하였을 때, 여자는, 순간에, 얼굴이 붉어졌었다. 모르는 남자에게 정중한 인사를 받은 까닭만이 아닐 게다.

---

* 당시 종로에 성업 중이던 설렁탕집 옥호.

** 일본의 출판사.

어제 어디 갔었니. 요시야 노부코. 구보는 문득 그런 것들을 생각해내고, 여자 모르게 빙그레 웃었다. 맞은편에 앉아, 벗은 숟가락 든 손을 멈추고, 빠안히 구보를 바라보았다. 그 눈은, 무슨 생각을 하고 있느냐, 물었는지도 모른다. 구보는 생각의 비밀을 감추기 위하여 의미 없이 웃어 보였다. 좀 올러오세요. 여자는 그렇게 말하였었다. 말로는 태연하게, 그러면서도 그의 볼은 역시 처녀답게 붉어졌다. 구보는 그의 말을 좇으려다 말고, 불쑥, 같이 산책이라도 안 하시렵니까, 볼일 없으시면. 그날은 일요일이었고, 여자는 마악 어디 나가려던 차인지 나들이옷을 입고 있었다. 통속소설은 템포가 빨라야 한다. 그 전날, 윤리학 노트를 집어 들었을 때부터 이미 구보는 한 개 통속소설의 작자이었고 동시에 주인공이었던 것임에 틀림없었다. 그는 여자가 기독교 신자인 경우에는 제 자신 목사의 졸음 오는 설교를 들어도 좋다고까지 생각하고 있었다. 여자는 또 한 번 얼굴을 붉히고, 그러나 구보가, 만약 볼일이 계시다면, 하고 말하였을 때, 당황하게, 아니에요 그럼 잠깐 기다려주세요, 그리고 여자는 핸드백을 들고 나왔다. 분명히 자기를 믿고 있는 듯싶은 여자 태도에 구보는 자신을 갖고, 참 이번 주일에 무사시노칸〔武藏野館〕* 구경하셨습니까. 그리고 그와 함께 그러한 자기가 할 일 없는 불량소년같이 생각되고, 또 만약 여자가 그렇게도 쉽사리 그의 유인에 빠진다면, 그것은 아무리 통속소설이라도 독자는 응당 작자를 신용하지 않을 게라고 속으로 싱겁게 웃었다. 그러나 설혹 그렇게도 쉽사리 여자가 그를 좇더라도 구보는 그것을 경박하다고 생각하고 싶지 않았다. 그것에는 경박이란 문자는 맞지 않을 게다. 구보의 자부심으로서는 여자가 초면임에도 불구하고 자기를 족히 믿을 만한 남

---

* 일본 도쿄의 극장가.

자라 알아볼 수 있도록 그렇게 총명하다고 생각하고 싶었다.

여자는 총명하였다. 그들이 무사시노칸 앞에서 자동차를 내렸을 때, 그러나 구보는 잠시 그곳에 우뚝 서 있을 수밖에 없었다. 그것은 뒤에서 내리는 여자를 기다리기 위하여서가 아니다. 그의 앞에 외국 부인이 빙그레 웃으며 서 있었던 까닭이다. 구보의 영어 교사는 남녀를 번갈아 보고, 새로이 의미심장한 웃음을 웃고 오늘 행복을 비오, 그리고 제 길을 걸었다. 그것에는 혹은 삼십 독신녀의 젊은 남녀에게 대한 빈정거림이 있었는지도 모른다. 구보는 소년과 같이 이마와 콧잔등이에 무수한 땀방울을 깨달았다. 그래 구보는 바지 주머니에서 수건을 꺼내어 그것을 씻지 않으면 안 되었다. 여름 저녁에 먹은 한 그릇의 설렁탕은 그렇게도 더웠다.

이곳을

나와, 그러나, 그들은 한길 위에 우두커니 선다. 역시 좁은 서울이었다. 동경이면, 이러한 때 구보는 우선 긴자〔銀座〕*로라도 갈 게다. 사실 그는 여자를 돌아보고, 긴자로 가서 차라도 안 잡수시렵니까, 그렇게 말하고 싶었었다. 그러나, 순간에, 지금 마악 보았을 따름인 영화의 한 장면을 생각해내고, 구보는 제가 취할 행동에 자신을 가질 수 없었을지도 모른다. 규중처자를 꼬여 오페라 구경을 하고, 밤늦게 다시 자동차를 몰아 어느 별장으로 향하던 불량 청년. 언뜻 생각하면 그의 옆얼굴과 구보의 것과 사이에 일맥상통한 점이 있었던 듯싶었다. 구보는 쓰디쓰게 웃고, 그러나

* 일본 도쿄의 유흥가.

그러한 것은 어떻든, 긴자가 아니라도 어디 이 근처에서라도 차나 먹고…… 참, 내 정신 좀 보아. 벗은 갑자기 소리치고 자기가 이 시각에 꼭 만나야 할 사람이 있음을 말하고, 그리고 이제 구보가 혼자서 외로울 것을 알고 있었으므로, 그는 미안한 표정을 지었다. 여자가 주저하며, 그만 집으로 돌아가야겠다고 구보를 곁눈질하였을 때에도, 역시 그러한 표정이었던 것임에 틀림없었다. 우리 열 점쯤 해서 다방에서 만나기로 합시다. 열 점. 응, 늦어도 열 점 반. 그리고 벗은 전찻길을 횡단하여 갔다.

전찻길을 횡단하여 저편 포도 위를 사람 틈에 사라져버리는 벗의 뒷모양을 바라보며, 어인 까닭도 없이, 이슬비 내리던 어느 날 저녁 히비야〔日比谷〕 공원* 앞에서의 여자를 구보는 애달프다, 생각한다.

아. 구보는 악연히 고개를 들어 뜻 없이 주위를 살피고 그리고 기계적으로, 몇 걸음 앞으로 나갔다. 아아, 그예 생각해내고 말았다. 영구히 잊고 싶다, 생각한 그의 일을 왜 기억 속에서 더듬었더냐. 애달프고 또 쓰린 추억이란, 결코 사람 마음을 고요하게도 기쁘게도 하여주는 것은 아니었다.

여자는 그가 구보와 알기 전에 이미 약혼하고 있었던 사내의 문제를 가져, 구보의 결단을 빌었다. 불행히 그 사내를 구보는 알고 있었다. 중학시대의 동창생. 서로 소식 모르고 지낸 지 오 년이 넘었어도 그의 얼굴은 구보의 머릿속에 분명하였다. 그 우둔하고 또 순직한 얼굴. 더욱이 그 선량한 눈을 생각할 때 구보의 마음은 아팠다. 비 내리는 공원 안을 그들은 생각에 잠겨, 생각에 울어, 날 저무는 줄도 모르고 헤매 돌았다.

참지 못하고, 구보는 걷기 시작한다. 사실 나는 비겁하였을지도 모른다. 한 여자의 사랑을 완전히 차지하는 것에 행복을 느껴야만 옳았을지도

* 일본 최초의 근대식 공원.

모른다. 의리라는 것을 생각하고, 비난을 두려워하고 하는, 그러한 모든 것이 도시都是 남자의 사랑이, 정열이, 부족한 까닭이라, 여자가 울며 탄하였을 때, 그 말은 그 말은, 분명히 옳았다, 옳았다.

구보가 바래다주려도 아니에요, 이대로 내버려 두서요, 혼자 가겠어요, 그리고 비에 젖어 눈물에 젖어, 황혼의 거리를 전차도 타지 않고 한없이 걸어가던 그의 뒷모양. 그는 약혼한 사내에게로도 가지 않았다. 그가 불행하다면 그것은 오로지 사내의 약한 기질에 근원할 게다. 구보는 때로, 그가 어느 다행한 곳에서 그의 행복을 차지하고 있는 것같이 생각하고 싶었어도, 그 사상은 너무나 공허하다.

어느 틈엔가 황토마루 네거리에까지 이르러, 구보는 그곳에 충동적으로 우뚝 서며, 괴로운 숨을 토하였다. 아아, 그가 보고 싶다. 그의 소식이 알고 싶다. 낮에 거리에 나와 일곱 시간, 그것은 오직 한 개의 진정이었을지 모른다. 아아, 그가 보고 싶다. 그의 소식이 알고 싶다…….

광화문통

그 멋없이 넓고 또 쓸쓸한 길을 아무렇게나 걸어가며, 문득, 자기는, 혹은, 위선자나 아니었었나 하고, 구보는 생각하여본다. 그것은 역시 자기의 약한 기질에 근원할 게다. 아아, 온갖 악은 인성의 약함에서, 그리고 온갖 불행이…….

또다시 너무나 가엾은 여자의 뒷모양이 보였다. 레인코트 위에 빗물은 흘러내리고, 우산도 없이 모자 안 쓴 머리가 비에 젖어 애달프다. 기운 없이, 기운 있을 수 없이, 축 늘어진 두 어깨. 주머니에 두 팔을 꽂고, 고개

숙여 내디디는 한 걸음, 또 한 걸음, 그 조그맣고 약한 발에 아무러한 자신도 없다. 뒤따라 그에게로 달려가야 옳았다. 달려들어 그의 조그만 어깨를 으스러져라 잡고, 이제까지 한 나의 말은 모두 거짓이었다고, 나는 결코 이 사랑을 단념할 수 없노라고, 이 사랑을 위하여는 모든 장애와 싸워가자고, 그렇게 말하고, 그리고 이슬비 내리는 동경 거리에 두 사람은 무한한 감격에 울었어야만 옳았다.

구보는 발 앞에 조약돌을 힘껏 찼다. 격렬한 감정을, 진정한 욕구를, 힘써 억제할 수 있었다는 데서 그는 값없는 자랑을 가지려 하였었는지도 모른다. 이것이, 이 한 개 비극이 우리들 사랑의 당연한 귀결이라고 그렇게 생각하려 들었던 자기. 순간에 또 벗의 선량한 두 눈을 생각해내고 그의 원만한 천성과 또 금력이 여자를 행복하게 하여주리라 믿으려 들었던 자기. 그 왜곡된 감정이 구보의 진정한 마음의 부르짖음을 틀어막고야 말았다. 그것은 옳지 않았다. 구보는 대체 무슨 권리를 가져 여자의, 그리고 자기 자신의 감정을 농락하였나. 진정으로 여자를 사랑하였으면서도 자기는 결코 여자를 행복하게 하여주지는 못할 게라고, 그 부전감不全感이 모든 사람을, 더욱이 가엾은 애인을 참말 불행하게 만들어버린 것이 아니었던가. 그 길 위에 깔린 무수한 조약돌을, 힘껏, 차, 헤뜨리고, 구보는, 아아, 내가 그릇하였다, 그릇하였다.

철겨운 봄노래를 부르며, 열 살이나 그밖에 안 된 아이가 지났다. 아이에게 근심은 없다. 잘 안 돌아가는 혀끝으로, 술주정꾼이 두 명, 어깨동무를 하고, 〈수심가〉를 불렀다. 그들은 지금 만족이다. 구보는, 문득, 광명을 찾은 것 같은 착각을 느끼고, 어두운 거리 위에 걸음을 멈춘다. 이제 그와 다시 만날 때, 나는 이미 약하지 않다. 나는 그 과오를 거듭 범하지 않는다. 우리는 영구히 다시 떠나지 않는다. ……그러나 그를 어디 가 찾누. 어허, 공허하고, 또 암담한 사상이여. 이 넓고, 또 훼엉한 광화문 거리 위에서, 한 개의 사내 마음이 이렇게도 외롭고 또 가엾을 수 있었나.

각모 쓴 학생과, 젊은 여자가 어깨를 나란히 하여 구보 앞을 지나갔다. 그들의 걸음걸이에는 탄력이 있었고, 그들의 말소리는 은근하였다. 사랑하는 이들이여. 그대들 사랑에 언제든 다행한 빛이 있으라. 마치 자애 깊은 부로父老와 같이 구보는 너그럽고 사랑 가득한 마음을 가져 진정으로 그들을 축복하여준다.

이제

어디로 갈 것을 잊은 듯이, 그러할 필요가 없어진 듯이, 얼마 동안을, 구보는, 그곳에가, 망연히 서 있었다. 가엾은 애인. 이 작품의 결말은 이대로 좋을 것일까. 이제, 뒷날, 그들은 다시 만나는 일도 없이, 옛 상처를 스스로 어루만질 뿐으로, 언제든 외롭고 또 애달파야만 할 것일까. 그러나, 그 즉시 아아, 생각을 말리라. 구보는 의식하여 머리를 흔들고, 그리고 좀 급한 걸음걸이로 온 길을 되걸어갔다. 마음에 아픔은 그저 있었고, 고개 숙여 걷는 길 위에, 발에 채는 조약돌이 회상의 무수한 파편이다. 머리를 들어 또 한 번 뒤흔들고, 구보는, 참말 생각을 말리라, 말리라…….

이제 그는 마땅히 다방으로 가, 그곳에서 벗과 다시 만나, 이 한밤의 시름을 덜 도리를 하여야 한다. 그러나 그가 채 전차 선로를 횡단할 수 있기 전에 그는 "눈깔, 아저씨—" 하고 불리고 그리고 그가 걸음을 멈추고 돌아보았을 때, 그의 단장과 노트 든 손은 아이들의 조그만 손에 붙잡혔다. 어디를 갔다 오니. 구보는 웃는 얼굴을 짓기에 바쁘다. 어느 벗의 조카아이들이다. 아이들은 구보가 안경을 썼대서 언제든 눈깔 아저씨라 불렀다. 야시 갔다 오는 길이라우. 그런데 왜 요새 토옹 집이 안 오우, 눈깔 아저씨. 응, 좀 바빠서…… 그러나 그것은 거짓이었다. 구보는, 순간에, 자기가 거의 달포 이상을 완전히 이 아이들을 잊고 있었던 사실을 기억에서 찾아내고 이 천진한 소년들에게 참말 미안하다 생각한다.

가엾은 아이들이다. 그들은 결코 아버지의 사랑을 몰랐다. 그들의 아버지는 다섯 해 전부터 어느 시골서 따로 살림을 차렸고, 그들은, 그래, 거의 완전히 어머니의 손으로써만 길리웠다. 어머니에게, 허물은 없었다. 그러면, 아버지에게. 아버지도, 말하자면, 착한 이었다. 그러나 그에게는 역시 여자에게 대하여 방종성이 있었다. 극도의 생활난 속에서, 그래도, 어머니는 아이들을 학교에 보냈다. 열여섯 살짜리 큰딸과, 아래로 삼 형제. 끝의 아이는 명년에 학령學齡이었다. 삶의 어려움을 하소연하면서도 그 애마저 보통학교에 입학시킬 것을 어머니가 기쁨 가득히 말하였을 때, 구보의 머리는 저 모르게 숙여졌었다.

구보는 아이들을 사랑한다. 아이들의 사랑을 받기를 좋아한다. 때로, 그는 아이들에게 아첨하기조차 하였다. 만약 자기가 사랑하는 아이들이 자기를 따르지 않는다면―, 그것은 생각만 하여볼 따름으로 외롭고 또 애달팠다. 그러나 아이들은 그렇게도 단순하다. 그들은, 그들을 사랑하는 사람을 반드시 따랐다.

눈깔 아저씨, 우리 이사한 담에 언제 왔수. 바로 저 골목 안이야. 같이 가아 응. 가보고도 싶었다. 그러나 역시, 시간을 생각하고, 벗을 놓칠 것을 염려하고, 그는 이내 그것을 단념하는 수밖에 없었다. 어찌할꾸. 구보는, 저편에 수박 실은 구루마를 발견하였다. 너희들 배탈 안 났니. 아아니, 왜 그러우. 구보는 두 아이에게 수박을 한 개씩 사서 들려주고, 어머니 갖다 드리구 노놔 줍쇼, 그래라. 그리고 덧붙이어 쌈 말구 똑같이들 노놔야 한다. 생각난 듯이 큰아이가 보고하였다. 지난번에 필운이 아저씨가 빠나나를 사왔는데, 누나는 배탈이 나서 먹지를 못했죠, 그래 막 까시를 올렸더니만…… 구보는 그 말괄량이 소녀의, 거의 울가망이 된 얼굴을 눈앞에 그려보고 빙그레 웃었다. 마침 앞을 지나던 한 여자가 날카롭게 구보를 흘겨보았다. 그의 얼굴은 결코 어여쁘지 못했다. 뿐만 아니라 무에 그리 났는지, 그는 얼굴 전면에 대소大小 수십 편의 삐꾸를 붙이고 있었다. 응당 여자는 구보의 웃음에서 모욕을 느꼈을 게다. 구보는, 갑자기, 홍소하였다. 어쩌면, 이제, 구보는 명랑하여질 수 있을지도 모른다.

그래도

집으로 자꾸 가자는 아이들을 달래어 보내고, 구보는 다방으로 향한다. 이 거리는 언제든 밤에, 행인이 드물었고, 전차는 한길 한복판을 가장 게으르게 굴러갔다. 결코 화안하지 못한 이 거리, 가로수 아래, 한두 명의 부녀들이 서고, 혹은, 앉아 있었다. 그들은, 물론, 거리에 봄을 파는 종류의 여자들은 아니었을 게다. 그래도, 이, 밤들면 언제든 쓸쓸하고, 또 어두운 거리 위에 그것은 몹시 음울하고도 또 고혹적인 존재였다. 그렇게도 갑자기, 부란腐爛*된 성욕을, 구보는 이 거리 위에서 느낀다.

문득, 제비와 같이 경쾌하게 전보 배달의 자전거가 지나간다. 그의 허리에 찬 조그만 가방 속에 어떠한 인생이 압축되어 있을 것인고. 불안과

---

* 썩어 문드러짐. 생활이 문란함을 비유적으로 이르는 말.

초조와, 기대와, ……그 조그만 종이 위의, 그 짧은 문면은 그렇게도 용이하게, 또 확실하게, 사람의 감정을 지배한다. 사람은 제게 온 전보를 받아 들 때 그 손이 가만히 떨림을 스스로 깨닫지 못한다. 구보는 갑자기 자기에게 온 한 장의 전보를 그 봉함을 떼지 않은 채 손에 들고 감동하고 싶은 충동을 느꼈다. 전보가 못 되면, 보통 우편물이라도 좋았다. 이제 한 장의 엽서에라도, 구보는 거의 감격을 가질 수 있을 게다.

흥, 하고 구보는 코웃음 쳐보았다. 그 사상은 역시 성욕의, 어느 형태로서의, 한 발현에 틀림없었다. 그러나 물론 이 결코 부자연하지 않은 생리적 현상을 무턱대고 업신여길 의사는 구보에게 없었다. 사실 서울에 있지 않은 모든 벗을 구보는 잊은 지 오래였고 또 그 벗들도 이미 오랫동안 소식을 전하여오지 않았다. 그들은, 모두, 지금, 무엇들을 하구 있을꾸. 한 해에 단 한 번 연하장을 보내줄 따름의 벗에까지, 문득 구보는 그리움을 가지려 한다. 이제 수천 매의 엽서를 사서, 그 다방 구석진 탁자 위에서, ……어느 틈엔가 구보는 가장 열정을 가져, 벗들에게 편지를 쓰고 있는 제 자신을 보았다. 한 장, 또 한 장, 구보는 재떨이 위에 생담배가 타고 있는 것도 깨닫지 못하고, 그가 기억하고 있는 온갖 벗의 이름과 또 주소를 엽서 위에 흘려 썼다. ……구보는 거의 만족한 웃음조차 입가에 띠며, 이것은 한 개 단편소설의 결말로는 결코 비속하지 않다, 생각하였다. 어떠한 단편소설의—. 물론, 구보는, 아직 그 내용을 생각하지 않았다.

그러나 그러한 것은 어떻든 벗들의 편지가 참말 보고 싶었다. 누가 내게 그 기쁨을 주지는 않는가. 문득 구보의 걸음이 느려지며, 그동안, 집에, 편지가 와 있지나 않을까, 그리고 그것은 가장 뜻하지 않았던 옛 벗으로부터의 열정이 넘치는 글이나 아닐까, 하고 제 맘대로 꾸며 생각하고 그리고 물론 그것이 얼마나 근거 없는 생각인 줄 알았어도, 구보는 그 애달픈 기쁨을 그렇게도 가혹하게 깨뜨려버리려 하지 않았다. 그러나 그것은 벗에게서 온 편지는 아닐지도 모른다. 혹은, 어느 신문사나, 잡지사나…… 그러면 그 인쇄된 봉투에 어머니는 반드시 기대와 희망을 갖고, 그것이 아들에게 무슨 크나큰 행운이나 약속하고 있는 거나 같이 몇 번씩 놓았다, 들었다, 또는 전등불에 비추어 보았다…… 그리고 기다려도 안 들어오는 아들이 편지를 늦게 보아 그만 그 행운을 놓치고 말지나 않을까, 그러한 경우까지를 생각하고 어머니는 안타까워할 게다. 그러나 가엾은 어머니가 그렇게까지 감동을 가진 그 서신이 급기야 뜯어보면, 신문 일 회분의, 혹은 잡지 한 페이지분의, 잡문의 의뢰이기 쉬웠다.

구보는 쓰디쓰게 웃고, 다방 안으로 들어선다. 사람은 그곳에 많았어도, 벗은 있지 않았다. 그는 이제 이곳에서 벗을 기다려야 한다.

다방을

찾는 사람들은, 어인 까닭인지 모두들 구석진 좌석을 좋아하였다. 구보는 하나 남아 있는 가운데 탁자에가 앉는 수밖에 없었다. 그래도, 그는 그곳에서 엘먼*의 〈발스 센티멘털〉**을 가장 마음 고요히 들을 수 있었다. 그러나 그 선율이 채 끝나기 전에, 방약무인한 소리가, 구포 씨, 아니오—. 구보는 다방 안의 모든 사람들의 시선을 온몸에 느끼며, 소리 나는 쪽을 돌아보았다. 중학을 이삼 년 일찍 마친 사내. 어느 생명보험회사의

---

* 미샤 엘만Mischa Elman(1891~1967). 러시아 태생의 미국 바이올린 연주자.

** 차이콥스키의 현악곡.

외교원*이라는 말을 들었다. 평소에 결코 왕래가 없으면서도 이제 이렇게 알은체를 하려는 것은 오직 얼굴이 새빨개지도록 먹은 술 탓인지도 몰랐다. 구보는 무표정한 얼굴로 약간 끄떡하여 보이고 즉시 고개를 돌렸다. 그러나 그 사내가 또 한 번, 역시 큰 소리로, 이리 좀 안 오시료, 하고 말하였을 때, 구보는 게으르게나마 자리에서 일어나, 그의 탁자로 가는 수밖에 없었다. 이리 좀 앉으시오. 참, 최 군, 인사하지. 소설가, 구포 씨.

이 사내는, 어인 까닭인지 구보를 반드시 '구포'라고 발음하였다. 그는 맥주병을 들어보고, 아이 쪽을 향하여 더 가져오라고 소리치고, 다시 구보를 보고, 그래 요새두 많이 쓰시우. 무어 별로 쓰는 것 '없습니다'. 구보는 자기가 이러한 사내와 접촉을 가지게 된 것에 지극한 불쾌를 느끼며, 경어를 사용하는 것으로 그와 사이에 간격을 두기로 하였다. 그러나 이 딱한 사내는 도리어 그것에서 일종 득의감을 맛볼 수 있었는지도 모른다. 그뿐 아니라, 그는 한 잔 십 전짜리 차들을 마시고 있는 사람들 틈에서 그렇게 몇 병씩 맥주를 먹을 수 있는 것에 우월감을 갖고, 그리고 지금 행복이었을지도 모른다. 그는 구보에게 술을 따라 권하고, 내 참 구포 씨 작품을 애독하지. 그리고 그러한 말을 하였음에도 불구하고 구보가 아무런 감동도 갖지 않는 듯싶은 것을 눈치채자, 사실, 내 또 만나는 사람마다 보구,

"구포 씨를 선전하지요."

그러한 말을 하고는 혼자 허허 웃었다. 구보는 의미 몽롱한 웃음을 웃으며, 문득, 이 용감하고 또 무지한 사내를 고급高給으로 채용하여 구보 독자 권유원을 시키면, 자기도 응당 몇십 명의, 또는 몇백 명의 독자를 획

* 외판원.

득할 수 있을지 모르겠다고 그런 난데없는 생각을 하여보고, 그리고 혼자 속으로 웃었다. 참 구보 선생, 하고 최 군이라 불린 사내도 말참견을 하여, 자기가 독견獨鵑*의 『승방비곡僧房悲曲』과 윤백남**의 『대도전大盜傳』을 걸작이라 여기고 있는 것에 구보의 동의를 구하였다. 그리고, 이 어느 화재보험회사의 권유원인지도 알 수 없는 사내는, 가장 영리하게,

"구보 선생님의 작품은 따루 치고……."

그러한 말을 덧붙였다. 구보가 간신히 그것들이 좋은 작품이라 말하였을 때, 최 군은 또 용기를 얻어, 참 조선서 원고료는 얼마나 됩니까. 구보는 이 사내가 원호료라 발음하지 않는 것에 경의를 표하였으나 물론 그는 이러한 종류의 사내에게 조선 작가의 생활 정도를 알려주어야 할 아무런 의무도 갖지 않는다.

그래, 구보는 혹은 상대자가 모멸을 느낄지도 모를 것을 알면서도, 불쑥, 자기는 이제까지 고료라는 것을 받아본 일이 없어, 그러한 것은 조금도 모른다 말하고, 마침 문을 들어서는 벗을 보자 그만 실례합니다. 그리고 그들이 무어라 말할 수 있기 전에 제자리로 돌아와 노트와 단장을 집어 들고, 마악 자리에 앉으려는 벗에게,

"나갑시다. 다른 데로 갑시다."

밖에, 여름 밤, 가벼운 바람이 상쾌하다.

---

* 최상덕崔象德(1901~1970). 소설가이자 연극인.

** 윤백남尹白南(1888~1954). 소설가, 극작가, 영화감독 등으로 활동한 대중예술가.

조선 호텔

앞을 지나, 밤늦은 거리를 두 사람은 말없이 걸었다. 대낮에도 이 거리는 행인이 많지 않다. 참 요사이 무슨 좋은 일 있소. 맞은편에 경성 우편국 삼 층 건물을 바라보며 구보는 생각난 듯이 물었다. 좋은 일이라니—. 돌아보는 벗의 눈에 피로가 있었다. 다시 걸어 황금정으로 향하며, 이를테면, 조그만 기쁨, 보잘것없는 기쁨, 그러한 것을 가졌소. 뜻하지 않은 벗에게서 뜻하지 않은 엽서라도 한 장 받았다는 종류의…….

"갖구말구."

벗은 서슴지 않고 대답하였다. 노형같이 변변치 못한 사람은 죽을 때까지 받아보지 못할 편지를. 그리고 벗은 허허 웃었다. 그러나 그것은 공허한 음향이었다. 내용 증명의 서류 우편. 이 시대에는 조그만 한 개의 다료를 경영하기도 수월치 않았다. 석 달 밀린 집세. 총총하던 별이 자취를 감추고 하늘이 흐렸다. 벗은 갑자기 휘파람을 분다. 가난한 소설가와, 가난한 시인과…… 어느 틈엔가 구보는 그렇게도 구차한 내 나라를 생각하고 마음이 어두웠다.

"혹시 노형은 새로운 애인을 갖고 싶다 생각 않소."

벗이 휘파람을 마치고 장난꾼이같이 구보를 돌아보았다. 구보는 호젓하게 웃는다. 애인도 좋았다. 애인 아닌 여자도 좋았다. 구보가 지금 원함은 한 개의 계집에 지나지 않는지도 몰랐다. 또는 역시 어질고 총명한 아내라야 하였을지도 몰랐다. 그러다가 구보는, 문득, 아내도 계집도 말고, 십칠팔 세의 소녀를, 만약 그럴 수 있다면, 딸을 삼고 싶다고 그러한 엄청난 생각을 하여보았다. 그 소녀는 마땅히 아리땁고, 명랑하고, 그리고 또 총명하여야 한다. 구보는 자애 깊은 아버지의 사랑을 가져 소녀를 데리고 여행을 할 수 있을 게다—.

갑자기 구보는 실소하였다. 나는 이미 그토록 늙었나. 그래도 그 욕망은 쉽사리 버려지지 않았다. 구보는 벗에게 알리고 싶은 것을 참고, 혼자 마음속에 그 생각을 즐겼다. 세 개의 욕망. 그 어느 한 개만으로도 구보는 이제 용이히 행복될지 몰랐다. 혹은 세 개의 욕망의, 그 셋이 모두 이루어지더라도 결코 구보는 마음의 안위를 이룰 수 없을지도 몰랐다.

역시 그것은 '고독'이 빚어내는 사상이었다.

나의 원하는 바를 월륜月輪도 모르네

문득 '하루오〔春夫〕'*의 일행시를 구보는 입 밖에 내어 외어본다. 하늘은 금방 빗방울이 떨어질 것같이 어둡다. 월륜月輪은커녕, 혹은 구보 자신 알지 못하고 있을지도 모른다. 어느 틈엔가 종로에까지 다시 돌아와, 구보는 갑자기 손에 든 단장과 대학 노트의 무게를 느끼며 벗을 돌아보았다. 능히 오늘 밤 술을 사줄 수 있소. 벗은 생각하여보는 일 없이 고개를 끄떡이었다. 구보가 다시 다리에 기운을 얻어, 종각 뒤, 그들이 가끔 드나드는 술집을 찾았을 때, 그러나 그곳에는 늘 보던 여급이 없었다. 낯선 여자에게 물어, 그가 지금 가 있는 낙원정의 어느 카페 이름을 배우자, 구보는 역시 피로한 듯싶은 벗의 팔을 이끌어 그리로 가자, 고집하였다. 그 여급을 구보는 이름도 몰랐다. 이를테면 벗이 흥미를 가지고 있는 계집이었

---

* 사토 하루오(佐藤春夫, 1892~1964). 일본 근대 시인이자 소설가. 이 절節 제목 '나의 원하는 바를 월륜도 모르네'는 그의 시 「고적孤寂」의 한 구절.

다. 마치 경박한 불량소년과 같이, 계집의 뒤를 쫓는 것에서 값없는 기쁨이나마 구보는 맛보려는 심사인지도 모른다.

처음에

벗은, 그러나, 구보의 말을 좇지 않았다. 혹은, 벗은 그 여급에게 흥미를 느끼지 않고 있었던 것인지도 모른다. 그러나 만약 그가 그 여자에게 무어 느낀 게 있었다 하면 그것은 분명히 흥미 이상의 것이었을 게다. 그들이 마침내, 낙원정으로, 그 계집 있는 카페를 찾았을 때, 구보는, 그러나, 벗의 감정이 그 둘 중의 어느 것도 아니었다는 것을 알았다. 혹은, 어느 것이든 좋았었는지도 몰랐다. 하여튼, 벗도 이미 늙었다. 그는 나이로 청춘이었으면서도, 기력과, 또 정열이 결핍되어 있었다. 까닭에 그가 항상 그렇게도 구하여 마지않는 것은, 온갖 의미로서의 자극이었는지도 모른다.

여급이 세 명, 그리고 다음에 두 명, 그들의 탁자로 왔다. 그렇게 많은 '미녀'를 그 자리에 모이게 한 것은, 물론 그들의 풍채도 재력도 아니다. 그들은 오직 이곳에 신선한 객이었고, 그리고 노는계집들은 그렇게도 많은 사내들과 알은체하기를 좋아하였다. 벗은 차례로 그들의 이름을 물었다. 그들의 이름에는 어인 까닭인지 모두 '꼬'가 붙어 있었다. 그것은 결코 고상한 취미가 아니었고, 그리고 때로 구보의 마음을 애달프게 한다.

"왜, 호구 조사 오셨어요."

새로이 여급이 그들의 탁자로 와서 말하였다. 문제의 여급이다. 그들이 그 계집에게 알은체하는 것을 보고, 그들의 옆에 앉았던 두 명의 계집이 자리를 양도하려 엉거주춤히 일어섰다. 여자는, 아니 그대루 앉아 있에요, 사양하면서도 벗의 옆에 가 앉았다. 이 여자는 다른 다섯 여자들보다 좀 더 예쁠 것은 없었다. 그래도 어딘지 모르게 기품이 있어 보이기는 하였다. 벗이 그와 둘이서만 몇 마디 말을 주고받고 하였을 때, 세 명의 여급은 다른 곳으로 가버리고 말았다. 동료와 친근히 하고 있는 듯싶은 객에게, 계집들은 결코 흥미를 느끼지 않는다.

"어서 약주 드세요."

이 탁자를 맡은 계집이, 특히 벗에게 권하였다. 사실, 맥주를 세 병째 가져오도록 벗이 마신 술은 모두 한 곱보나 그밖에 안 되었던 것임에 틀림없었다. 그러나 벗은 오직 그 곱보를 들어 보고 또 입에 대는 척하고, 그리고 다시 탁자에 놓았다. 이 벗은 음주불감증이 있었다. 그러나 물론 계집들은 그런 병명을 알지 못한다. 구보에게 그것이 일종의 정신병임을 듣고, 그들은 철없이 눈을 둥그렇게 떴다. 그리고 다음에 또 철없이 그들은 웃었다. 한 사내가 있어 그는 평소에는 술을 즐기지 않으면서도 때때로 남주濫酒를 하여, 언젠가는 일본주를 두 되 이상이나 먹고, 그리고 거의 혼도昏倒를 하였다고 한 계집은 이야기를 하고, 그리고 그것도 역시 정신병이냐고 구보에게 물었다. 그것은 기주증嗜酒症, 갈주증渴酒症, 또는 황주증荒酒症이었다. 얼마 전엔가 구보가 흥미를 가져 읽은 『현대의학대사전』 제이십삼권은 그렇게도 유익한 서적임에 틀림없었다.

갑자기 구보는 온갖 사람을 모두 다 정신병자라 관찰하고 싶은 강렬한 충동을 느꼈다. 실로 다수의 정신병 환자가 그 안에 있었다. 의상분일증意想奔逸症. 언어도착증言語倒錯症. 과대망상증誇大妄想症. 추외언어증醜猥言語症. 여자음란증女子淫亂症. 지리멸렬증支離滅裂症. 질투망상증嫉妬妄想症. 남자음란증男子淫亂症. 병적기행증病的奇行症. 병적허언기편증病的虛言欺騙症. 병적부덕

증病的不德症. 병적낭비증病的浪費症.……

그러다가, 문득 구보는 그러한 것에 흥미를 느끼려는 자기가, 오직 그런 것에 흥미를 갖는다는 것만으로도 이미 한 것의 환자에 틀림없다, 깨닫고, 그리고 유쾌하게 웃었다.

그러면

무어, 세상 사람이 다 미친 사람이게―. 구보 옆에 조그마니 앉아, 말없이 구보의 이야기만 듣고 있던 여급이 당연한 질문을 하였다. 문득 구보는 그에게로 향하여 비스듬히 고쳐 앉으며 실례지만, 하고 그러한 말을 사용하고, 그의 나이를 물었다. 여자는 잠깐 망살거리다가,

"갓 스물이에요."

여성들의 나이란 수수께끼다. 그래도 이 계집을 갓 스물이라 볼 수는 없었다. 스물다섯이나 여섯. 적어도 스물넷은 됐을 게다. 갑자기 구보는 일종의 잔인성을 가져, 그 역시 정신병자임에 틀림없음을 일러주었다. 당의즉답증當意卽答症. 벗도 흥미를 가져, 그에게 그 병에 대하여 자세한 것을 물었다. 구보는 그의 대학 노트를 탁자 위에 펴놓고, 그 병의 환자와 의원 사이의 문답을 읽었다. 코는 몇 개요. 두 갠지 몇 갠지 모르겠습니다. 귀는 몇 개요. 한 갭니다. 셋하구 둘하구 합하면. 일곱입니다. 당신 몇 살이오. 스물하납니다(기실 삼십팔 세). 매씨는. 여든한 살입니다. 구보는 공책을 덮으며, 벗과 더불어 유쾌하게 웃었다. 계집들도 따라 웃었다. 그러나 벗의 옆에 앉은 여급 말고는 이 조그만 이야기를 참말 즐길 줄 몰랐던 것임에 틀림없었다. 특히 구보 옆의 환자는, 그것이 자기의 죄 없는 허위에

대한 가벼운 야유인 것을 깨달을 턱 없이 호호대고 웃었다. 그는 웃을 때마다, 말할 때마다, 언제든 수건 든 손으로 자연을 가장하여, 그의 입을 가린다. 사실 그는 특히 입이 모양 없게 생겼던 것임에 틀림없었다. 구보는 그 마음에 동정과 연민을 느꼈다. 그러나 그것은 물론, 애정과 구별되지 않으면 안 된다. 연민과 동정은 극히 애정에 유사하면서도 그것은 결코 애정일 수 없다. 그러나 증오는—, 증오는 실로 왕왕히 진정한 애정에서 폭발한다…… 일찍이 그의 어느 작품에서 사용하려다 말았던 이 일 절은 구보의 얕은 경험에서 추출된 것에 지나지 않았어도, 그것은 혹은 진리이었을지도 모른다. 그런 객쩍은 생각을 구보가 하고 있었을 때, 문득, 또 한 명의 계집이 생각난 듯이 물었다. 그럼 이 세상에서 정신병자 아닌 사람은 선생님 한 분이겠군요. 구보는 웃고, 왜 나두…… 나는, 내 병은,

"다변증이라는 거라우."

"무어요. 다변증……."

"응, 다변증. 쓸데없이 잔소리 많은 것두 다아 정신병이라우."

"그게 다변증이에요오."

다른 두 계집도 입안말로 "다변증." 하고 중얼거려보았다. 구보는 속주머니에서 만년필을 꺼내어 공책 위에다 초한다. 작가에게 있어서 관찰은 무엇에든지 필요하였고, 창작의 준비는 비록 카페 안에서라도 하여야 한다. 여급은 온갖 종류의 객을 대함으로써, 온갖 지식을 얻으려 노력하였다—. 잠깐 펜을 멈추고, 구보는 건너편 탁자를 바라보다가, 또 가만히 만족한 웃음을 웃고, 펜 잡은 손을 놀린다. 벗이 상반신을 일으키어, 또 무슨 궁상맞은 짓을 하는 거야—, 그리고 구보가 쓰는 대로 그것을 소리 내어 읽었다. 여자는 남자와 마주 대하여 앉았을 때, 그 다리를 탁자 밖으로 내어놓고 있었다. 남자의 낡은 구두가 탁자 밑에서 그의 조그만 모양

있는 숙녀화를 밟을 것을 염려하여서가 아닐 게다. 그는, 오늘, 그가 그렇게도 사고 싶었던 살빛 나는 비단 양말을 신을 수 있었다. 그리고 그것은 그렇게도 자랑스러웠던 것임에 틀림없었다.

홍, 하고 벗은 코로 웃고 그리고 소설가와 벗할 것이 아님을 깨달았노라 말하고, 그러나 부디 별의별 것을 다 쓰더라도 나의 음주불감증만은 얘기 말우―. 그리고 그들은 유쾌하게 웃었다.

구보와 벗과

그들의 대화의 대부분을, 물론, 계집들은 알아듣지 못하였다. 그러면서도 그들은 능히 모든 것을 이해할 수 있었던 듯이 가장하였다. 그러나, 그것은 결코 죄가 아니었고, 또 사람은 그들의 무지를 비웃어서는 안 된다. 구보는 펜을 잡았다. 무지는 노는계집들에게 있어서, 혹은, 없어서는 안 될 물건이나 아닐까. 그들이 총명할 때, 그들에게는 괴로움과 아픔과 쓰라림과…… 그 온갖 것이 더하고, 불행은 갑자기 나타나 그들의 마음을 사로잡고 말 게다. 순간, 순간에 그들이 맛볼 수 있는 기쁨을, 다행함을, 비록 그것이 얼마나 값없는 물건이더라도, 그들은 무지라야 비로소 가질 수 있다…… 마치 그것이 무슨 진리나 되는 듯이, 구보는 노트에 초하고, 그리고 계집이 권하는 술을 사양 안 했다.

어느 틈엔가 밖에 비가 내리고 있었다. 가만한 비다. 은근한 비다. 그렇게 밤늦어, 그렇게 은근히 비 내리면, 구보는 때로 애달픔을 갖는다. 계집들도 역시 애달픔을 가졌다. 그들은 우산의 준비가 없이 그들의 단벌옷과, 양말과 구두가 비에 젖을 것을 염려하였다.

유끼짱—. 보이지 않는 구석에서 취성醉聲이 들려왔다. 구보는 창밖 어둠을 바라보며, 문득, 한 아낙네를 눈앞에 그려보았다. 그것은 '유끼'*—눈이 그에게 준 생각이었는지도 모른다. 광교 모퉁이 카페 앞에서, 마침 지나는 그를 작은 소리로 불렀던 아낙네는 분명히 소복을 하고 있었다. 말씀 좀 여쭤보겠습니다. 여인은 거의 들릴락 말락 한 목소리로 말하고, 걸음을 멈추는 구보를 곁눈에 느꼈을 때, 그는 곧 외면하고, 겨우 손을 내밀어 카페를 가리키고, 그리고,

"이 집에서 모집한다는 것이 무엇이에요."

카페 창 옆에 붙어 있는 종이에 女給大募集. 여급대모집. 두 줄로 나누어 씌어 있었다. 구보는 새삼스러이 그를 살펴보고, 마음에 아픔을 느꼈다. 빈한은 하였을지도 모른다. 그러나 그는 제 자신 일거리를 찾아 거리에 나오지 않아도 좋았을 게다. 그러나 불행은 뜻하지 않고 찾아와, 그는 아직 새로운 슬픔을 가슴에 품은 채 거리로 나오지 않으면 안 되었던 것일 게다. 그에게는 거의 장성한 아들이 있을지도 모른다. 혹은 그것이 아들이 아니라 딸이었던 까닭에 가엾은 이 여인은 제 자신 입에 풀칠하기를 꾀하지 않으면 안 되었을 게다. 그의 처녀 시대에 그는 응당 귀하게 아낌을 받으며 길리웠을지도 모른다. 그의 핏기 없는 얼굴에는 기품과, 또 거의 위엄조차 있었다. 구보가 말을, 삼가, 여급이라는 것을 주석할 때, 그러나 그 분명히 마흔이 넘었을 아낙네는 그의 말을 끝까지 듣지 않고, 혐오와 절망을 얼굴에 나타내고, 구보에게 목례한 다음, 초연히 그 앞을 떠났다…….

구보는 고개를 돌려, 그의 시야에 든 온갖 여급을 보며, 대체 그 아낙네

---

* 눈[雪]의 일본어.

와 이 여자들과 누가 좀 더 불행할까, 누가 좀 더 삶의 괴로움을 맛보고 있는 걸까, 생각하여보고 한숨지었다. 그러나 그 좌석에서 그러한 생각을 하는 것은 옳지 않았을지도 모른다. 구보는 새로이 담배를 피워 물었다. 그러나 탁자 위의 성냥갑은 두 갑이 모두 비어 있었다.

조그만 계집아이가 카운터로 달려가 성냥을 가져왔다. 그 여급은 거의 계집아이였다. 그가 열여섯이나 열일곱, 그렇게 말하더라도, 구보는 결코 의심하지 않았을 게다. 그 맑은 두 눈은 그의 두 뺨의 웃음우물은 아직 오탁에 물들지 않았다. 구보가 그 소녀에게 애달픔과 사랑과, 그것들을 한꺼번에 느낄 수 있었던 것은 결코 취한 탓만이 아니었을지도 모른다. 너 내일, 낮에, 나하구 어디 놀라갈련. 구보는 불쑥 그러한 말조차 하며 만약이 귀여운 소녀가 동의한다면, 어디 야외로 반일半日을 산책에 보내도 좋다고 생각한다. 그러나 소녀는 그 말에 가만히 미소하였을 뿐이다. 역시 그 웃음우물이 귀여웠다.

구보는, 문득, 수첩과 만년필을 그에게 주고, 가可면 ○를, 부否면 ×을, 그리고 ○인 경우에는 내일 정오에 화신 상회 옥상으로 오라고, 네가 무어라고 표를 질러놓든 내일 아침까지는 그것을 펴보지 않을 테니 안심하고 쓰라고, 그런 말을 하고, 그 새로 생각해낸 조그만 유희에 구보는 명랑하게 또 유쾌하게 웃었다.

오전 두 시의

종로 네거리— 가는 비 내리고 있어도, 사람들은 그곳에 끊임없다. 그들은 그렇게도 밤을 사랑하여 마지않았는지도 모른다. 그들은 그렇게도 용이하게 이 밤에 즐거움을 구하여 얻을 수 있었는지도 모른다. 그리고 그들은 일순, 자기가 가장 행복된 것같이 느낄 수 있었는지도 모른다. 그러나 그들의 얼굴에, 그들의 걸음걸이에, 역시 피로가 있었다. 그들은 결코 위안받지 못한 슬픔을, 고달픔을 그대로 지닌 채, 그들이 잠시 잊었던 혹은 잊으려 노력하였던 그들의 집으로 그들의 방으로 돌아가지 않으면 안 된다.

이렇게 밤늦게 어머니는 또 잠자지 않고 아들을 기다릴 게다. 우산을 가지고 나가지 않은 아들에게 어머니는 또 한 가지의 근심을 가질 게다. 구보는 어머니의 조그만, 외로운, 슬픈 얼굴을 생각하였다. 그리고 제 자신 외로움과 또 슬픔을 맛보지 않으면 안 된다. 구보는 거의 외로운 어머니를 잊고 있었던 것임에 틀림없었다. 그러나 어머니는 그 아들을 응당, 온 하루, 생각하고 염려하고, 또 걱정하였을 게다. 오오, 한없이 크고 또 슬픈 어머니의 사랑이여. 어버이에게서 남편에게로, 그리고 다시 자식에게로, 옮겨 가는 여인의 사랑— 그러나 그 사랑은 자식에게로 옮겨 간 까닭에 그렇게도 힘 있고 또 거룩한 것이 아니었을까.

구보는, 벗이, 그럼 또 내일 만납시다. 그렇게 말하였어도, 거의 그것을 알아듣지 못하였다. 이제 나는 생활을 가지리라. 생활을 가지리라. 내게는 한 개의 생활을, 어머니에게는 편안한 잠을—. 평안히 가 주무시오, 벗이 또 한 번 말했다. 구보는 비로소 그를 돌아보고, 말없이 고개를 끄떡하였다. 내일 밤에 또 만납시다. 그러나, 구보는 잠깐 주저하고, 내일, 내일부터, 내 집에 있겠소, 창작하겠소—.

"좋은 소설을 쓰시오."

벗은 진정으로 말하고, 그리고 두 사람은 헤어졌다. 참말 좋은 소설을 쓰리라. 번番 드는 순사가 모멸을 가져 그를 훑어보았어도, 그는 거의 그것에서 불쾌를 느끼는 일도 없이, 오직 그 생각에 조그만 한 개의 행복을 갖는다.

"구보—."

문득, 벗이 다시 그를 찾았다. 참, 그 수첩에다 무슨 표를 질렀나 좀 보우. 구보는, 안주머니에서 꺼낸 수첩 속에서, 크고 또 정확한 ×표를 찾아내었다. 쓰디쓰게 웃고, 벗에게 향하여, 아마 내일 정오에 화신 상회 옥상으로 갈 필요는 없을까 보오. 그러나 구보는 적어도 실망을 갖지 않았다. 설혹 그것이 ○표라 하였더라도 구보는 결코 기쁨을 느낄 수는 없었을 게다. 구보는 지금 제 자신의 행복보다도 어머니의 행복을 생각하고 싶었을지도 모른다. 그 생각에 그렇게 바빴을지도 모른다. 구보는 좀 더 빠른 걸음걸이로 은근히 비 내리는 거리를 집으로 향한다.

어쩌면, 어머니가 이제 혼인 얘기를 꺼내더라도, 구보는 쉽게 어머니의 욕망을 물리치지는 않을지도 모른다.

갑무년* 구월 작, 《중앙조선일보》
—『성탄제』, 을유문화사, 1948.

* 1934년.

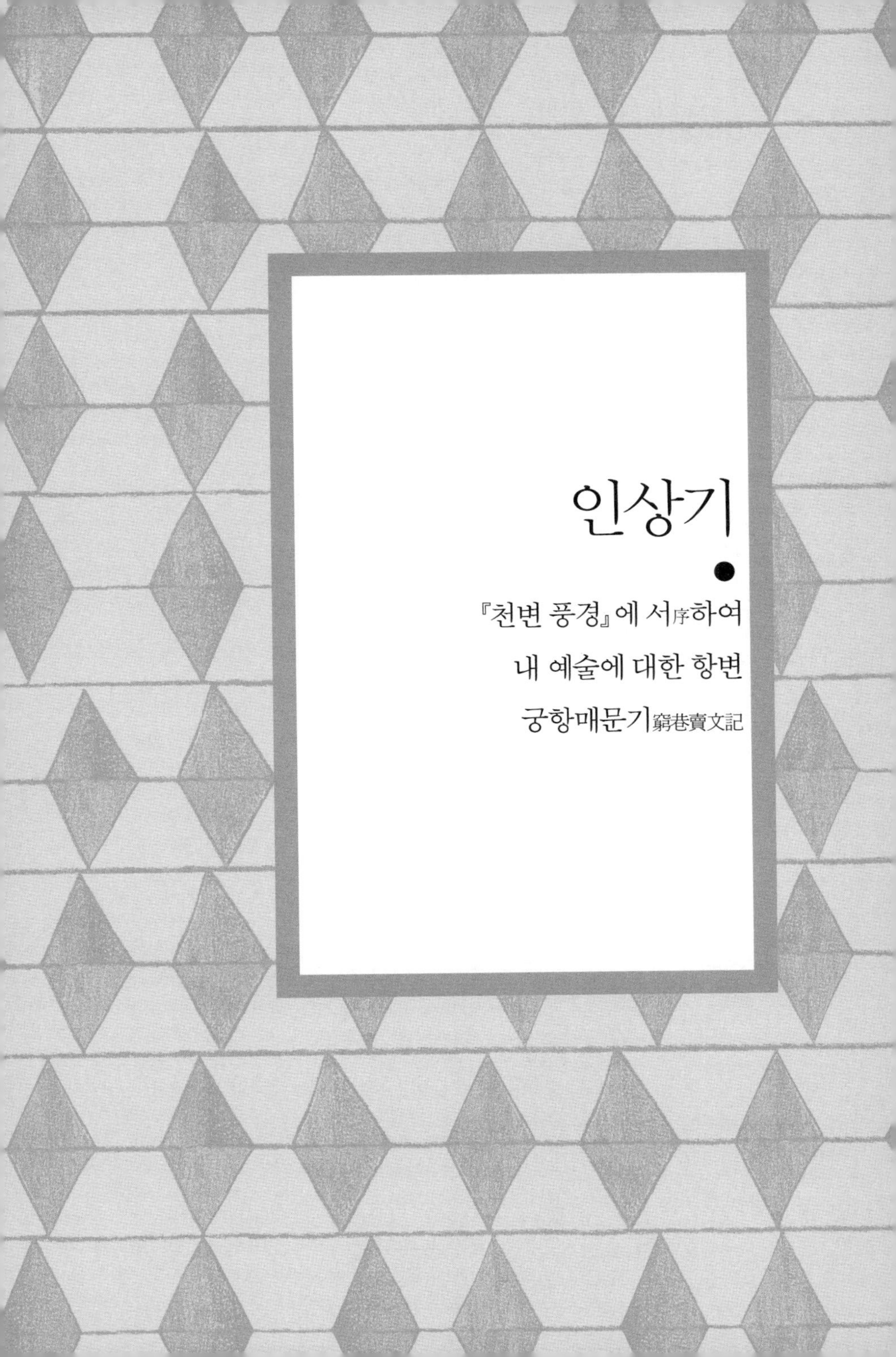

인상기

●

『천변 풍경』에 서序하여

내 예술에 대한 항변

궁항매문기窮巷賣文記

『천변 풍경』에 서序하여

이광수*

박태원 씨의 『천변 풍경』은 내가 일생에 읽은 문학 중에 가장 인상 깊은 것 중의 하나다. 어떤 평가評家는 이 작품을 세태소설世態小說이라고 하였거니와, 그 세태소설이란 말이 다만 세태를 그린 이야기라는 뜻이라 하면 그 평가는 이 소설의 진의를 모른 것이 아닌가 한다. 이 소설이 과연 어느 한 시대의 청계천 천변의 스케치일 뿐일까. 나는 강하게 아니라고 항의하지 아니할 수 없다. 과연 이 소설은 그 제호가 표시하는 바와 같이 천변 풍경의 한 연속적인 스케치라는 형식을 취하였다. 그러나 우리는 거기서, 인류에 대한 강한 연민을 가지고 그네와 함께 울고 있는 한 혼이 우리에게 보여주는 우리 자신의 가엾은 생활상을 본다. 이상도 신앙도 없는 인생군이 어떻게, 행복에 대한 잘못된 추구에서 저와 및 제 주위의 동포들을 갈수록 불행에 끌어넣고 있나 하는 비극을, 이 『천변 풍경』에서 아니 느낄 수가 있을까, 아니 느낄 사람이 있을까. 나는 박태원 씨의 『천변 풍경』에서, 톨스토이의 만년의 작품에서 받는 것과 방불한 감동을 받는

* 이광수李光洙(1892~1950). 소설가. 호는 춘원春園. 1917년 근대적인 장편소설의 효시라 불리는 『무정』을 《매일신보》에 연재. 주요 작품에 『흙』, 『유정』, 『사랑』 등이 있음.

다. 작자의 그 진지하고도 경건한 태도, 그 꾸밈없는, 붓을 아끼는 필법, 그 표현의 효과—그 어느 것으로 보든지 나는 이 작품을 시간과 공간을 초월한 생명을 가진 인류의 문학적 작품들 중에 참여할 것으로 믿는다.

소화 12년* 봄.

—『천변 풍경』, 박문서관, 1938.

---

* 1937년.

내 예술에 대한 항변

—작품과 비평가의 책임

박태원

경오년 10월《신생》지에 발표된 졸작「수염」이 내게 있어서는 이를테면 처녀작이다. 이래 7, 8년간 나는 수삼십 편의 작품을 제작하여왔고 그중의 몇몇 작품은 월평月評에 올라 더러 시비是非가 되었던 듯싶다.

어느 경우에 있어서는 작가로서 그대로 잠자코 있을 수 없는 따위의 평언을 들은 일조차 있으나 나는 그러한 것에 대하여서도 일찍이 단 한 번이라 붓을 들어 항변을 하여본다든 그런 일이 없었다. 그러나 그렇다고 하여 그들 비평가들의 나의 작품에 대한 재단을 그 모두가 지극히 옳은 것이라 하여 스스로 마음에 용납한 것은 물론 아니다. 나는— 매우 부끄러운 말이기는 하지만 무슨 일에든 좀 게으르고 또 끈기가 없는 사람인 것 같다. 어떠한 일을 대하여서든 시초에는 그 열이 가히 볼만한 자가 있어도 그것이 결코 오래가는 일 없이 얼마 지나지 못하여 식어버리고 만다. 이것은 유감된 기질로 이 결핍으로 하여 나는 얼마나 실생활에 있어 적지 않은 손실을 받고 있는지 스스로 헤아릴 길이 없는 것이나, 타고난 것이니 어찌한다는 도리가 없다.

무책임한 비평가의 부당한 논평에 대하여서 나는 그 게으름에도 불구하고 쉽사리 흥분하고야 만다. 흥분하고서도 마음에 있는 것을 경솔하게 입 밖에 내지 않을 만큼, 나는 영민하지도 능하지도 못하다. 그래 지극히 불쾌하고 또 우울한 가운데서 나는 나의 불평을 아무에게든 토로하지 않으면 안 된다. 나의 호소를 들은 이는 또 들은 이대로, 이것은 이러고 있을 것이 아니라 그러한 부당하고 또 무책임한 비평에 대하여 마땅히 항변을 시험하여야만 할 것으로 그것은 작가로서의 당연한 권리이기조차 하다고 일러준다. 물론 그러한 통고가 설혹 없었다 하더라도 나는 역시 나대로 한마디 항의가 없을 수 없다고 스스로 생각하였던 터이다.

그래 나는 얼마를 책상 앞에 앉아 두뇌가 그다지 명석하지 못한 듯싶은 해該 평론가를 대체 어떻게 하면 일거에 물리칠 것인가 면밀하게 궁리하여본다. 그러나 나는 이 앞에서도 말하였거니와 결코 끈기 있는 사람이 아니다. 그래 정작 붓을 들어 반박을 꾀할 수 있기 전에 나는 대개는 이미 이 우울한 사무에 대하여 정열과 흥미를 아울러 망실하고 흥미도 정열도 가질 수 없는 일에 물론 나는 종사한다는 수가 없다.

마침내 나는 이렇게 생각한다.

나의 작품이 참말 내 자신 생각하고 있는 바와 같이 그렇게 값있는 것이라 하면 '제까짓' 비평가류의 아무러한 논란을 캐든 간에, 결국 아는 이는 알 것이 아니냐?—

그러한 것에 대하여 일일이 항변을 한다는 것도 정히 귀찮은 노릇이다. 그보다는 차라리 완전히 묵살하여버리는 것이 현명한 일이나 아닐까?—

더구나, 그러한 데다 부질없이 정력과 시간을 소비하여버리느니, 오히려 그 시간과 정력을 가져, 좀 더 값있는, 좀 더 무게 나가는 작품을 제작하는 것이 얼마나 의의 있는 일인지 알 수 없지 않으냐?—

이것은 물론, 내 자신의 끈기 없고 또 게으른 일면을 스스로 합리화하려는 데서 나온 생각이나 역시 코올(?) 또 떳떳한 것이라 아니할 수 없다.

그래 그렇게 방침을 세운 뒤로 나는 더러 묵과하기 어려운 혹평을 받는 일이 있어도 이미 전과 같이 흥분하지 않고 따라서 신세가 얼마쯤이나 편안하여졌는지 모른다.

이번에 편집 선생이 모처럼 비평가에 대한 항변의 기회를 내게 주셨을 때도 그러한 까닭에 나는 역시 잠자코 있을까 하고 생각하였다. 이미 지난 일을 이제 이르러 다시 들추어낸다는 것도 싱거운 일이요 그보다도 위선 문제를 삼으려도 삼기도 어렵게 대체 나는 언제 누구에게 어떠한 말을 들었던 것인가 기억이 매우 희미하여진 까닭이다.

그러나 언제까지든 잠자코 있는 것만이 재주가 될 것도 없을 게다. 나는 이 기회에 하고 싶은 말을 몇 마디 하기로 작정이다.

이렇게 방침을 고쳐 세우고 생각하여보니 우선 머리에 떠오르는 것은 계유년 10월 《조선문단》지에 발표되었던 졸작 「오월의 훈풍」에 대한 시비이다.

계유년(1933)이면 아직도 프로문학 이론이 득세하고 있던 시절이라 나의 작품류가 만의 일이라도 호평을 받으리라고는 물론 제법 낙천가인 작자로서도 기대는 안 하였다. 아니나 다를까 그달의 월평을 시험한 이기영, 유진오 두 분 선생이 논조를 맞추어 이 작품이 저열하고 경박한 것이라 논단하였다.

이 두 분의 위대한—이것을 물론 반어라 하는 것이다—선배는 내 작품 속의 다음과 같은 구절이 참기 어렵게 불쾌하였던 모양이다.

> 철수는 양말을 두 켤레 사서 그것을 아무렇게나 양복 주머니에 처넣고 화신 상회를 나왔다. 그러나 그곳을 나와서 집으로밖에는 어디라 갈 곳을 가지지 못한 철수였다. 양말을 살 것이 오늘의 사무였었고, 그 사무는 이미 끝났

다. 그는 백화점 앞에가 서서 물끄러미 종로 네거리를 오고 가는 사람들을 바라보고 있었다.

어째 이러한 무위한 청년을 그려놓았느냐 하는 것에 이분들(이기영, 유진오)의 분개는 있었던 듯싶으나, 내가 내 작품 속에 무기력한 룸펜 인텔리를 취급하는 것은 이분들이 그들의 작품 속에 '투사'라는 '주의자'를 취급하는 것과 동등한 권한에서 나온 것으로 다만 이곳에서 우리가 명심해 둘 것은 이 「오월의 훈풍」이 나의 이제까지 제작한 작품 속에서 결코 우수한 것이 아님에도 불구하고 이 '철수'라는 인물이 그분들의 어느 '주의자'나 '투사'보다도 훨씬 책임감을 가지고 있었다는 한 가지 사실이다.

무기력한 룸펜 인텔리를 주인공으로 삼았대서 홀대(?)를 받은 작품은 이 밖에도 또 있다. 같은 계유년(1933) 2월에 《신가정》지에 발표되었던 「옆집 색시」가 그중의 하나로 이것에 대하여서는 백철 선생이 역시 작자로서 수긍하기 어려운 말을 늘어놓았던 듯싶으나 이 「옆집 색시」든 또 「오월의 훈풍」이든 소위 '역작'이라든 '대작'이라든 하는 것이 아니오. 엷은 애수를 주조로 한 소편小篇이었으므로, 그분들의 망령된 논평을 오직 가만한 쓴웃음으로 지나쳐버린다는 수도 있었던 것이나 그 이듬해 10월 《중앙》지에 발표한, 남의 앞에 내어놓아 과히 부끄럽다고는 생각되지 않는 작 「딱한 사람들」은 작자 자신, 당시에 있어 제법 정력을 기울여 제작한 것으로 지금에 있어서도, 이 품品인 만치 당시에 그것을 일개 태작으로 물리쳐버린 박영희 선생의 '망평妄評'에는 처음에 아연하였고 다음에 분개하였고 그리고 마침내 옥석을 분간하지 못하는 평가評家 선생을 위하여 차탄嗟歎함을 마지않았다. 이 고명하신 노평론가에게 작품에 대한 비평안도 감상안도 없다고 분명히 내가 알 수 있었던 것은 정히 이때였다.

「거리」(병자년 《신인문학》 신년호)에서도 나는 그와 비슷한 경험을 하였다. 이것은 「딱한 사람들」보다도 작가 자신, 좀 더 자신을 가질 수 있는 작품이었던 까닭에 세평에 대하여 결코 무관심일 수 없었다. 그러나 이태준 형이 호의를 가진 단평短評을 시험한 이외에는 옳게 알아보는 이가 역시 없는 듯싶어, 이를 월평에 들어 말한 이종수李鍾洙 선생도 백철 선생도 태작으로까지 대우하지는 않았어도 그분들이 드물게 대하는 가작佳作으로는 생각되지 못하였던 모양이다. 이 선생은 센텐스(문장)가 긴 것이 희한하였던지 몇십 몇 자 몇십 몇 행의 기다란 센텐스 운운하시고 그러한 것에 감탄하시느라 여가가 없었던 모양이요, 백 선생은—매우 유감이나 선생의 평문을 좌우座右에 준비 못하여 지금 그것을 다시 검토하여볼 도리가 없으나—여하튼 분망하신 중에 촌가를 얻어 작품을 보시고 또 평하시고 그러느라 그랬던지 나의 「거리」가 아닌 「거리」를 용하게도 바로 논의하여놓으셨다.

그러나 나는 이러한 유이나마 논평을 받아보기보다는 완전히 묵살을 당한 작품을 오히려 좀 더 많이 가지고 있다.

「소설가 구보 씨의 일일」이 그러하다. 「애욕」이 그러하다. 「전말」이 그러하다. 「비량」과 「악마」가 그러하다. 「악마」와 같은 작품은, 임병淋病(성병)과 임란성 결막염을 취급한 것으로, 다른 모든 것을 제외하고라도, 이러한 방면에 새로운 제재를 구하여보았다는 한 가지만으로도, 작자의 노력과 공부는 마땅히 문제되어야 옳을 것임에도 불구하고 내가 듣고 또 본 한도에 있어서는 한 사람도 이 작품에 의견을 말한 이가 없었다.

그렇기로 말하면 「구보 씨의 일일」도 일반이다. 이것은 「딱한 사람들」과 전후하여 갑술년 8월에 제작된 것으로 그 제재는 잠시 논외에 두고라도 문체, 형식 같은 것에 있어서만도 가히 조선 문학에 새로운 경지를 개

척하였다 할 것이건만 역시 누구라도 한 사람, 이를 들어 말하는 이가 없었다.

이 일반 독자에게는 좀 난해한 것인지도 모를 작품은 나의 다른 작품들보다도 훨씬 더 독자의 흥미라는 것을 무시하고 제작되었던 것인 까닭에 횟수로 30회, 일수로는 40여 일을 《조선중앙일보》 지상에 연재되는 동안 편집국 안에서도 매우 논란이 되었던 듯싶어, 만약 이태준 형의 지지가 없었다면 나는 이 작품을 완성할 수 없었을지도 모른다.

이곳에서 내가 한 가지 괴이하게 생각하여 마지않는 것은 일반 저열한 독자는 애초에 문제가 안 되지만, 순수한 예술 작품을 ○○ 이해하는 듯이 자처하는 ○○ 제 선생들이 기실 대부분은 ○○이 그 무엇임을 알지 못할 뿐 아니라 알려고 노력하기조차 않았다는 한 가지 사실이다.

남의 작품을 잘 읽지 않기로는 우선 나 같은 사람이 으뜸이 되겠지만, 무릇 평가(비평가)로 행세하고 때때로는 문예시평쯤 시험하려는 이는 작가들의 노력과 저인에 대하여 꾸준히 유의하는 바가 있어야 마땅할 것이다. 한때한때의 필요에 의하여서 남의 작품을 한두 편 그것도 정독할 성의가 없이 총총히 뒤적거려보았을 뿐으로 함부로 당치 않은 논단을 내리는 것은 심히 옳지 않은 일이다.

경망된 수삼 평가(비평가)들의 명명으로 나와 같은 사람은 기교파라는 레테르가 붙어 있는 모양이나 평가(비평가)들은 혹 그들의 부실한 기억력을 위하여 간편하게 분류하여놓을 필요상 그러하여도 용허되는 수가 있을지도 모른다. 그러나 같은 작가들 중에 거개는 한참 당년에 프로 작가라고 자칭하던 이들이지만 말이 궁하면 반드시 나와 같은 사람을 문장만 아느니 형식만 찾느니 기교만 중히 여기느니 하고 그것만 내세우는 데는 너무나 어이가 없어 말도 하고 싶지 않다.

대체 군들은 그러한 말을 할 때 스스로 마음에 부끄러워하는 바가 없느냐? 작가로서 문장이 졸렬하고 형식이 미비하고 기교가 치졸한 것보다 더 큰 비극이—아니 희극이 어디 또 있을 것이냐? "그러나 내용이?—" 대체 군들의 작품에 무슨 취할 만한 내용이 있다고 자부하는 것이냐?

설사 백 보를 양讓하여 참말 볼만한 것이 있다면 그러면 군들은 차라리 소재 도매상이라도 개업하는 것이 상책이리라. 소설은 제재만 가지고 결코 예술 작품일 수 없는 것이니까…….

하도 오래 잠자코 있다가 붓을 드니 이것은 혹은 안 할 말까지 하였는지 모른다. 그러나 사실을 사실대로 말한 것이라 구태여 무를 필요도 없을 것이다. 나는 다시 이러한 잡문에 시간을 허비하는 일 없이 창작에만 정진할 방침이다. 나의 예술에 대한 정신과 태도는 오직 나의 작품을 통하여서 독자에게 전달될 것이다.

이 글이 얼마간 말썽을 부릴는지도 모르나 그것은 나의 흥미할 바가 아니다. '말썽'을 무서워하지는 않으나 좀 시끄럽다 생각할 뿐이다. —이상.

—《조선일보》, 1937. 10. 21~23.

궁항매문기窮巷賣文記

박태원

조선 문단의 부진이란, 흔히 듣는 말이요, 또 그것은 사실임에 틀림없다.

그러나 사람들이, 그것을 오로지 조선 작가의 무능, 혹은 태만에 말미암은 것같이 생각하려 들 때, 그것은 얼핏 그런 듯하면서도 실상은 크게 옳지 않다.

그야 조선 작가의 창작 활동이 지극히 활발하지 못한 것임에는 틀림없다. 그러나 오직 그 한 개의 사실을 가져 곧 그대로 조선 작가를 무능하다 또는 태만하다 그렇게 쉽사리 말해버릴 수는 없을 것이다.

우선, 우리는 조선 작가의 생활이라는 것을 생각하여보지 않으면 안 된다.

그러나 우리가 이렇게 말하였을 뿐으로 약간이라도 문단 사정에 통한 이라면 그는 반드시 쓰디쓴 웃음을 웃고 그리고 가장 민망하게

"조선 작가의 생활? 조선 작가에게도 제법 생활이라는 것이 있나? 흥!"

이렇게 한탄할 것이다.

과연 딱하게도 조선 작가는 생활을 가지고 있지 못하다.

가령—.

한 사람의 일 개월간의 생활비를 최소한도 ××원이라 하자.

(그야 우리는 현실에서 그 이하의 가령 ××원으로 혹은 ×원으로 최악의 경우에는 ×, ×원으로 근근이 노명露命을 이어가는 허다한 예를 보고 있다. 그러나 그것은 결코 가리켜 생활이라 이를 수 없다…….)

그러면 조선 작가는? 그의 생활비는?

그는, 외국 작가 모양으로, 가령 독서를 할 수 없더라도 좋다. 여행을 할 수 없더라도 좋다. 사교를 못 하여도 또 연애를 못 하여도 모두 좋다고 하여두자. 그러나 그도 역시 사람인 이상에는 어떻게 생명만이라도 유지하며 가야 할 것이므로 그의 일 개월간의 생활비는 다른 모든 사람의 예에 의하여 역시 최소한도 이 ×원을 계상하지 않으면 안 될 것이다.

그러나 조선 작가는 그의 최소한도의 생활비를 어디서 어떻게 구하나?

(이 경우에 우리는 제 자신 작가 생활을 하여가기에 족한 자력을 가졌다거나 유복한 부형 혹은 아내를 가진 작가를 제외하기로 한다.

그들은 수효로 보더라도 겨우 두세 명에 불과할 것이다.)

조선 작가에게는 작가인 까닭에 다행히 글 쓰는 재조裁操가 있었고 또 작가인 까닭에 불행히 그 밖에 다른 재조가 없었다. 그리고 또 다행히 혹은 불행히 이 구차한 조선에서도 실로 그 구차함에도 불구하고 그의 글을 '돈을 내어' 사주었으므로 그는 어떻게 글을 써서 생활하여갈 방도를 세우지 않으면 안 되었다.

그러나 대체 어떠한 방도를?

독자 중에 가장 낙천적인 이는 혹은 말할지도 모른다.

"××원의 생활비를 위하여서는 조선 작가는 오직 ××원어치 원고를 쓰면 그만일 것이다."라고.

가히 지당한 말씀이다. 그리고 그것으로 조선 작가의 생활 문제는 쉽사리 해결된 듯싶다.

그러나 우리는 이 기회에 ××원어치의 원고란 대체 얼마나 한 분량의 것인가나 알아보기로 하자.

조선에 있어서 이른바 원고료라는 것은 '24자 10행' 원고지 1매에 대하여 ××이나 ×××, 그밖에 더 안 되는 것이 통례이다.

(하하 대체 언제부터 내가 이렇게 궁상을 떨게 되었는지 제 자신이 알 수 없는 노릇이요 더구나 안면도 없는 독자들에게 이러한 말을 하는 것이 결코 본의가 아니나…….)

까닭에 다달이 ××원을 구하기 위하여서 조선 작가는 적어도 다달이 240~250매의 원고를 쓰지 않으면 안 된다.

상업

이른바 '예술가'라는 것을 한 개의 '직업'으로 혹은 '지위'로 대접하여 주는 것은, 나의 기억으로는 오직 도서관이 있을 뿐이다. 열람권, 직업란에는 '기자 및 예술가'라 인쇄되어 있는 곳이 있어 확실히 '무직'과 사이에 명료한 구별을 갖는다.

그러나 우리가 한번 집을 떠나 어느 지방의 여사旅舍에 투숙한다 하자. 우리는 그 여사의 '숙박부'에, 우리의 '씨명氏名' '원적原籍' '현주現住'와 함께, 당연히 우리의 '직업'을 기입하지 않으면 안 되는 운명에 봉착한다. 그러나 우리는 결코, 우리가 '예술가' 혹은 '작가' 또는 '시인' 이외의 아무것도 아니라는, 단지 그만한 이유를 가져 '시인'이라 또는 '작가'라 혹은 '예술가'라 기입하여서는 안 된다.

물론 내 자신에 있어서는 그러한 경험을 갖지 않는다. 다만 한 번, 꼭 한 번, 나는 '소설가'다 행세하고자 한 일이 있다.

그러나 그 '때'와, 그 '곳'을 이곳에서 밝혀야 할 아무런 까닭도 나는 발견하지 못한다. 다만 언젠가 내가 어느 곳으로 여행하였을 때의 일이라고만 독자는 알라.

그곳에서 나는 어리석게도, 혹은 대담하게도, (물론 나로서는 일상다반사이었으나, 여관 주인으로 보면 분명히 그러하였을 것이다) 숙박부 직업란에다, '소설가'라고 해서楷書*로 기입하였다.

그러나 유식하고 경험 있는 여관 주인은, 가장 민망하게 내 얼굴을 본 다음에, 다행히 내가 손에 잡고 있었던 것이 연필이라 알자 그는 방으로 들어가 책상 서랍에서 한 개의 낡은 '고무'를 찾아내었다. 그리고 그는 나의 직업을 장부 위에서 말살하여버리고 부디 처세함에 있어 좀 더 신중하기를 간곡히 내게 충고하였다.

내가 생각 끝에 그곳에 '무직'이라 역시 정확한 해서로 기입하였을 때 그는 황망히 또 한 번 고무를 사용하고 아무것이든지 좋으니 직업을 정말 직업을 가령 '상업' 하면 '상업'이라든지 그러하게 기입하여주면 좋겠노라고 거의 애원하였다.

---

* 한자 서체의 하나. 예서에서 변한 것으로, 똑똑히 정자로 씀.

나는 그의 간청을 물리치기 어려워 내 자신 어디서 무엇을 경영하고 있는지 알지도 못하는 것을 아무렇게나 '상업'이라 이번에는 특히 초서草書*로 썼던 것이다.

그러나 나는 물론 그러한 것에서 '우울'을 맛보지 않아도 좋도록 감정이 둔하지도 신경이 굵지도 않다. 나는 그곳에서 무한한 굴욕을 느끼지 않으면 안 되었던 까닭에 그 뒤에 이무영李無影과 만났을 때 나는 상세히 그 이야기를 하고 이후에는 단연코 그러한 경우에 있어 '소설가' 혹은 '작가' 또는 '예술가'로 행세할 작정이라고 참말 결심하였노라고 말하였다.

그러나 그는 역시 외롭게 웃고 그 자신이 어느 기회에 '저술가'라고 행세하려 하였을 때 그는 미지의 인사의 심방을 받지 않으면 안 되었고 그리고 그의 여행 일정표는 드디어 변경되지 않으면 안 되었던 예를 들어 나의 생각이 얼마나 꾀 없는 것인가를 친절히 일러주었다.

나는 조선의 작가가 무슨 까닭에 그의 직업에 충실하고 또 정직할 때 그러한 불유쾌한 대우를 받지 않으면 안 되는 것인가를 도저히 해득하지 못한다.

그러나 우리는 배워 알고 있다. 의식이 넉넉하여야 예절을 안다는 말씀을— 항산恒産**이 없으면 항심恒心이 없다는 말씀을! 혹은 '그들'이 이 성현의 말씀을 체득하고 있는 까닭에.

---

* 필획을 가장 흘려 쓴 서체로 획의 생략과 연결이 심함.

** 살아갈 수 있는 일정한 재산이나 생업.

조선 작가들은 의식이 넉넉하지 못하다. 더구나 항산이란 있을 턱이 없다. 그러니까 예술이란 알 턱이 없고 더구나 항심이란 있을 턱이 없고…….

그래 '그들'은 조선의 작가들을 일단 선량한 백성들과 구별하려 드는 것인지도 모른다.

그러나 그러한 것은 어떻든 나는 나의 여행이 까닭 없이 불유쾌하여지기를 바라지 않으므로 아직은 도처의 숙박부 속에서 내 자신이 알 수 없는 '상업'에 종사하지 않으면 안 될 것이다.

—《조선일보》, 1935. 1. 18~19.

작가 연보

1909년 12월 7일(음력) 서울 출생. 등에 큰 점이 있어 첫 이름은 점성點星이었음.
1918년 이름을 태원泰遠으로 개명. 경성사범부속보통학교 입학.
1922년 경성사범부속보통학교 졸업. 경성제일공립 고등보통학교 입학.
1927년 경성제일고보 휴학. 춘원春園 이광수에게 사사.
1928년 3월 15일 아버지 사망. 경성제일고보 복학
1929년 경성제일고보 졸업. 12월 필명 박태원泊太苑으로 《동아일보》에 소설 「해하의 일야」 연재.
1930년 동경법정대학 예과 입학. 《신생》 10월호에 단편 「수염」으로 본격적 문단 데뷔. 몽보夢甫라는 필명으로 번역, 수필 등 발표.
1931년 동경법정대학 예과 2학년 중퇴 후 귀국.
1933년 이상, 이태준 등과 함께 '구인회'를 조직하여 활동.
1934년 《조선중앙일보》에 「소설가 구보 씨의 일일」 연재. 10월 27일 보통학교 교사인 김정애와 결혼.
1938년 장편소설 『천변풍경』 및 단편소설집 『소설가 구보 씨의 일일』 출간.
1939년 『박태원 단편집』과 『지나 소설집』 출간.
1941년 《신시대》에 번역소설 『신역 삼국지』 연재.
1945년 조선문학가동맹 중앙집행위원으로 선출.
1947년 장편소설 『홍길동전』 출간.
1948년 『중국소설선』 I, II, 『이순신 장군』, 단편집 『성탄제』 출간. 보도연맹에 가입하여 전향성명서에 서명.
1949년 장편소설 『금은탑』 출간. 《조선일보》에 『갑오농민전쟁』의 모태가 되는 『군상』을 연재하다 중도 하차.
1950년 6·25 전쟁 중 가족을 둔 채 월북. 중편소설 「조국의 깃발」 발표.
1953년 평양문학대학 교수 취임.
1955년 『조선창극집』 출간.
1956년 평양에서 권영희(소설가 정인택의 처)와 재혼. 남로당 계열로 몰려 숙청.
1959년 『이순신 장군 이야기』, 『심청전』, 『임진조국전쟁』 등 출간.
1960년 복위되어 창작 활동 재개.
1965년 『계명산천은 밝아오느냐』 출간.
1970년 당뇨병으로 인한 실명.
1972년 1차 뇌출혈로 반신불수가 됨.
1976년 2차 뇌출혈로 전신불수와 언어장애가 나타남.
1977년 『갑오농민전쟁』 1부(문예출판사) 출간.

1980년　『갑오농민전쟁』 2부(문예출판사) 출간.

1981년　구술 능력 상실. 청력만 남게 됨.

1986년　7월 10일 저녁 9시 30분 사망. 12월 구술을 정리한 『갑오농민전쟁』 3부 출간.

1998년　평양 신미리 애국열사릉으로 이장.

한국현대문학전집13-박태원 작품선

천변 풍경

지은이 | 박태원
엮은이 | 권 은
펴낸이 | 김영정

초판 1쇄 펴낸날 2011년 8월 10일
초판 5쇄 펴낸날 2020년 4월 15일

펴낸곳 | (주)현대문학
등록번호 | 제1-452호
주소 | 06532 서울시 서초구 신반포로 321(잠원동, 미래엔)
전화 | 02-2017-0280
팩스 | 02-516-5433
홈페이지 | www.hdmh.co.kr

ISBN 978-89-7275-553-1 04810
세트 978-89-7275-470-1

* 책값은 뒤표지에 있습니다.